DaPuDong

李康 / 著

天地出版社 | TIANDI PRESS

图书在版编目（CIP）数据

大浦东 / 李康著 . —成都：天地出版社，2018.11
ISBN 978-7-5455-4225-7

Ⅰ . ①大… Ⅱ . ①李… Ⅲ . ①长篇小说—中国—当代
Ⅳ . ① I247.5

中国版本图书馆 CIP 数据核字（2018）第 213296 号

大浦东
DA PUDONG

出 品 人	杨 政
著 者	李 康
责任编辑	杨永龙 李建波
封面设计	思想工社
内文排版	尚上文化
责任印制	葛红梅

出版发行	天地出版社
	（成都市槐树街2号 邮政编码：610014）
网 址	http://www.tiandiph.com
	http://www.天地出版社.com
电子邮箱	tiandicbs@vip.163.com
经 销	新华文轩出版传媒股份有限公司

印 刷	河北鹏润印刷有限公司
版 次	2018年11月第1版
印 次	2018年11月第1次印刷
成品尺寸	170mm×240mm 1/16
印 张	27.75
字 数	435千字
定 价	48.00元
书 号	ISBN 978-7-5455-4225-7

咨询电话：（028）87734639〔总编室〕
购书热线：（010）67693207〔市场部〕

本版图书凡印刷、装订错误，可及时向我社发行部调换

目 录

第一章

华尔街来的客人

1

冬季的纽约覆盖着一层薄薄的白雪，繁华似乎被锁定在静谧的纯白之中。雪后的暖阳丝丝缕缕从鳞次栉比的摩天高楼、玻璃大厦的缝隙间洒落，带着暖意扑向中央公园。柔和的阳光透过树枝跳跃而下，又扎进还没有结冰的湖水里，激起一片浅金色的涟漪，反射的光芒在湖边的白雪丛中闪烁。

曼哈顿的街道繁华而拥挤，汽车排成长龙，缓慢地移动。赵海鹰坐在奔驰车的后座上，不停地打着电话。显然电话的内容有连串的数据，司机忍不住从车内后视镜里偷瞄了几眼。挂上电话，赵海鹰深吸一口气，整理下心情，扭头望向窗外，突然开口问司机在想什么。司机显然有些猝不及防，但长年的默契让他很快就调整了情绪，反问赵海鹰此刻的心情。车窗上映出赵海鹰冷峻坚毅的"金色"面庞，他没有立刻回答司机的问题，或许他已经走神了，根本就没有听到司机的话。他就那样一直看着车窗外的景致，突然看到了一个熟悉的身影，他几乎要让司机停车，却又发现是一个陌生的面孔。"砰！"突然从车后传来巨大的碰撞声，碰撞的冲击力让赵海鹰系着安全带的身体向前冲了一下。这突如其来的撞击把他的思绪拉回现实。

司机马上停车，同随车秘书下车交涉。而这时，急促的手机铃声又响了起来。赵海鹰接起电话，电话另一头传来好兄弟钱春生焦急的声音："海鹰，路上堵车还严重吗？你到哪儿了？上市仪式就要开始了！"赵海鹰看看车旁解决追尾事件的众人，又看看狭窄的街道上依旧缓慢移动的车辆长龙，不由得有些焦心。正当他想开口说话时，从路旁井盖中冒出的白色蒸汽里，冲出来一辆自行车。看到这辆自行车他眼前一亮，忙对电话里说："别催了，我不会错过敲钟的！"

赵海鹰信步走进纳斯达克大厅，抬眼便是滚动着英文和数字的环形屏幕，注视着屏幕上"海银集团"的名字和 Logo，他露出了自信的笑容。

"董事长！"赵海鹰循着声音望去，只见手拿电话、西装笔挺的钱春生，从匆忙穿行的纳斯达克工作人员身边挤出来，本来焦急的脸，在看见他的瞬间放松下来。赵海鹰快步迎着他走过去，拍了拍他的肩膀，说："春生哥，我跟你说了别担心的，这不是及时赶到了吗！"钱春生无奈地摇头笑道："你总有办法化险为夷，这点上，我就服你！赶紧走吧！"

赵海鹰和钱春生刚刚并肩走进纳斯达克交易大厅，立刻有几个财经记者拿着相机和麦克风围了上来。虽然赵海鹰在国内经常面对各路记者长枪短炮的围堵，但在今天这个特殊的日子，在世界的金融中心之一——美国纽约的纳斯达克大厅见到这些记者，他仿佛回到了第一次接受采访的时候，紧张里充溢着难以克制的激动。

记者们迫不及待地把话筒伸向赵海鹰，只听一个记者问道："您好，赵先生，今天是海银集团在纳斯达克上市的日子，还有 20 分钟就要敲钟了，作为董事长，您此刻最想和我们分享什么，请您说几句吧？"赵海鹰微微一笑，停住了脚步："就在我来的路上，遇到了糟糕的大堵车，还被追了尾。我从一个路过的年轻人手里买了一辆自行车，所以才没有迟到。"

因为赵海鹰出人意料的小幽默，记者们都笑了起来，他们之间紧张的竞争情绪也有些松弛。

赵海鹰继续说道："骑车的时候，我想起了当年在中国上海，在财经大学里骑车的情景，觉得老天爷真的很有意思，可能是要提醒我，无论走到哪里，都不能忘本，不忘初衷。没有过去的奋斗，没有对梦想的执着，没有自行车轮下碾过的那些路，我不可能站在这里。"

另一个记者马上接着提问："赵先生，赵先生，听说您曾经最大的梦想就是能来华尔街，今天算是圆梦了吗？"赵海鹰看着这位记者，收敛笑容，严肃地说道："在世界大城市中，纽约的历史只有 300 年。但这 300 年，却让纽约拥有了耀眼的光环。在这些光环中，最耀眼的也许就是全球最大的证券交易场所——华尔街。这里控制了全球 40% 的金融资产，耀眼的华尔街曾经是我们那一代学金融的人梦想的圣地。不过梦想也是与时俱进的，世界金融等行业的中心正从西方向亚洲转移，所以作为一个从事金融行业的中国人，生活在中国上海是非常幸运的事情。海银集团今天在纳斯达克上市，这既是圆梦，也是我这样的中国金融人梦想的又一个新开始。"

听完赵海鹰这一番发自肺腑的感言，在场的记者无不动容，一个个不住地点头。就在记者们回味赵海鹰的发言，忘记提问的空当，钱春生见缝插针地赶紧说道："好了，好了，先打断各位记者朋友们一下，上市仪式就要开始了！等仪式结束后，会有专门的采访时间，到时候再接着聊吧！那现在，赵董事长，这边请吧。"

赵海鹰随着钱春生的指引走上台，身后的大屏幕上滚动播放着精心制作的海银集团宣传片。赵海鹰昂首走向台中央，钱春生和海银集团的其他随行人员分列在他的两旁。

赵海鹰意气风发地环视整个纳斯达克交易大厅，按捺住激动的情绪，将手放在按钮上，这一刻，他好像等了一辈子的时间。回首自己这么多年的奋斗，他的内心已经不仅仅是激动了，曾经的一句狂言，今天成为了现实。他重重按下按钮，似乎用尽了积攒几十年的力气！一瞬间，纳斯达克的钟声立刻响了起来。"砰砰砰"，彩带飞扬在大厅的空中，在场的所有人开始鼓掌欢呼。

赵海鹰转身直视钱春生，春生的脸上洋溢着激动的笑容，眼眶有些湿润。赵海鹰紧紧握起春生的手，动情地说："这么多年，终于等到了今天！春生哥，谢谢你！"钱春生激动的眼泪终于抑制不住地夺眶而出，他说不出一句话，只是更紧地握住了赵海鹰的手。赵海鹰知道春生想告诉他的是什么，他想表达的与自己想表达的肯定一样：这些年的辛苦与煎熬，为了这一刻都是值得的！兄弟，感谢有你！

2010年的这天，成了赵海鹰人生中又一个重要日子！

纳斯达克的上市仪式结束后，赵海鹰同海银集团的一行人怀着难以平复的激动心情，应邀参观同在华尔街的美国金融博物馆。博物馆高管布朗先生站在门口迎接他们。满头银发的布朗先生一边与赵海鹰热情地握手，一边寒暄："赵先生，我衷心祝贺你和你的海银集团在美国纳斯达克成功上市！"赵海鹰微笑道谢。布朗先生紧接着说道："你是第一次来美国金融博物馆，我们的馆藏涉及了金融业的方方面面，各个历史时期的珍贵藏品数不胜数。其中有一件东西你一定会很感兴趣！""哦？"赵海鹰的好奇心立刻被激发了出来。布朗先生露出得意的笑容："赵先生，这边请。"

布朗先生带着他们来到一个展柜之前，充满美式风情的实木玻璃展柜里陈列着一张邓小平同志接见纽约证券交易所前主席约翰·范尔霖并与其手持股票的照片。想不到能在这里看见这张照片，赵海鹰很是惊喜："你说得不错，布朗先生，这张照片确实令我心潮澎湃。"布朗先生看着激动的赵海鹰继续微笑介绍说："不知道各位了解吗？当时范尔霖先生手里拿的这张上海飞乐音响面值50元的股票，目前已经累计升值1009倍了！"

听到这个数字，周围的人群不禁发出一阵唏嘘感慨。

赵海鹰反而没有说话，只是隔着玻璃，仔细地看着这张照片，心中感慨万千："众人只知道这张照片的历史意义，却不知道这张历史照片、这次历史事件，对我个人的意义。毫不夸张地说，它就是我，以及千千万万像我一样的普通人的人生道路的重要转折点！"看着这张黑白照片，赵海鹰的思绪不由得回到了那个年代，那个平凡却又注定掀起不平凡波涛的年代……

2

1986年11月，首都北京，初冬的冷风吹起地上枯黄的落叶，带来丝丝寒意，但万里无云的天空中那轮金色的暖阳，却为这寒意注入勃勃生机。被日光镀上一层金色的人民大会堂里，中美金融市场研讨会即将开始，美国代表团一行20余人走进人民大会堂上海厅，受到了特殊的礼遇。

这次中美双方的会面，注定是中国改革开放进程中具有历史意义的瞬间，因为当时人们正在用一种复杂甚至是怀疑的眼光审视着刚刚出现的一种金融新生事物，以及由它带来的问题——中国究竟能不能搞股份制？能不能发展资本市场？

会不会动摇公有制经济的主体地位、造成国有资产的流失？质疑、分歧、反对的声音始终伴随着中国股市的"婴儿时代"。

充盈着热烈气氛的上海厅内，多名记者在镜头前做着现场报道。邓小平同志与纽约证券交易所董事长范尔霖热情握手。会中，范尔霖向邓小平赠送了纽约证券交易所的证章，邓小平同志则回赠给他一张中国飞乐音响公司的股票。

就是这幅画面，在世界各大媒体的镜头下，被定格成了一张经典历史照片。正是这张照片，最后被美国金融博物馆收藏，成为珍贵的历史文物。

邓小平同志在这次会议中的一举一动，无疑给了正在蹒跚学步的中国股市以莫大的肯定和鼓励。在此后的十多年中，这位伟人更是始终关注着中国金融市场的发展……

会议结束后，范尔霖主席乘坐的轿车平稳地行驶在长安街的车流中。车内，范尔霖仍然情绪亢奋，小心翼翼地审视这张飞乐音响公司的股票，他指着股票票面的签名，转向身旁的人问道："宋司长，这张股票上面股权人是谁的名字？"听了翻译的转答后，陪同美国贵宾一行的中国人民银行国际司宋司长赶忙解释道："哦，周芝石，他是中国人民银行上海分行副行长。"范尔霖疑惑地摇头道："是吗？可送给我的股票不能用别人的名字呀！"

宋司长解释说："这是一件礼物，是中国首批发行的股票，面值50元，是小平同志送给您特殊的纪念品，董事长先生不会真的要兑现它吧？"听了随行翻译的释疑，范尔霖认真地说道："宋司长，正是因为这张股票对我有极其特别的价值，极为珍贵，我会永久保存它，所以希望拥有其完整的权益。难道不是这样吗？"宋司长点点头，有些为难地说："您的要求是有道理的，不过这只股票是在上海发行的，北京无法办理，这个事嘛……"接下来，范尔霖先生的回答出乎宋司长的意料之外：他愿意亲自去上海办理过户。

黄浦江的水流缓缓地涌动着，欧式与中式建筑林立，在阳光的照耀下显得格外挺拔，晴朗的天气让赵海鹰心情格外愉悦。白鸽结队飞过蓝天，鸽哨与他的口哨声相应和，赵海鹰用力地踩着自行车，穿梭在上海的大街小巷。风，突然变大了些，他不自觉地吸了吸鼻子，更加卖力地蹬着自行车。车行至上海锦江饭店附近，远远就望见门外围着很多记者，争先恐后地抢拍照片。赵海鹰心想，这是来了怎样的大人物呢？哎，不会是报纸上说的范尔霖先生已经到了吧？

正在胡思乱想间，没留神，一个举着照相机专注拍照的记者，一边拍一边后退，恰好挡住了去路，等赵海鹰发现他时，已经来不及了。为了避让，他猛拐车头，连人带车摔在了地上。车篓里的饭盒和报纸都甩了出去，饭盒里汤包碎了一地。

那位记者被身后巨大的动静吓了一跳，回头一看，赶紧来搀赵海鹰。赵海鹰顾不上扶车，迅速捡起报纸，心中连叫侥幸："还好没把这报纸污了，今早刚买的，还没来得及看呢。"记者见他没有大碍，竟变了脸，皱着眉头说："哎哟，以后骑车看着点人。"说完转身就要走。赵海鹰一把抓住记者的手臂："你就这么走了？这损失你得赔。"两人正纠缠间，人群突然朝饭店大门口的方向拥去。赵海鹰朝着人群拥挤的方向一看，天哪！竟然真是范尔霖！他不敢相信自己的双眼，纽约证券交易所主席范尔霖，这位赵海鹰只在报纸上见过、一心仰慕的大人物就这样突然地出现了！现实中的范尔霖先生比报纸上更加英姿飒爽！

赵海鹰目瞪口呆，不自觉松开了紧抓记者的手。记者顺势摆脱他，举起相机跑过去。赵海鹰也瞬间清醒，跟着跑了过去，不想却被酒店外的安保人员拦住，情急之下，他冒充那位记者的助理混了进去。

身旁的一众记者争先恐后、拼命地按着快门，赵海鹰兴奋不已：范尔霖，那是华尔街大亨范尔霖先生吗？他真的来上海了！赵海鹰可是一直通过报纸关注范尔霖先生来华的一举一动啊！赵海鹰在拥挤的人群中，不住跳起脚来想看得更清楚。范尔霖先生本人，原来连背影都这么帅！赵海鹰不禁在心中赞叹。

赵海鹰的眼睛一直紧紧跟随范尔霖一行人，直到他们消失在视线之外，这才不甘心地回过神来。这时，刚刚与他发生小碰撞的记者，摆弄着相机调侃他说："助理，还让我赔你吗？刚才看你的样子那么兴奋，你知道那是谁吗？"赵海鹰立刻不好意思地笑着连说"不用"，而后又骄傲地告诉他说，自己当然知道那是谁，而且范尔霖先生还是自己的偶像呢！这位记者瞅着赵海鹰乐了，夸他运气不错，撞了人反而看到了偶像。

听他这么说，赵海鹰又得意又惭愧地挠了挠头，向他鞠了一躬说道："我正式向您道歉。还有，做下自我介绍，我叫赵海鹰，是财大经济系的学生，很高兴认识您！"记者哈哈一笑，连说没事。赵海鹰转身待走，却突然止步，请求记者给自己一张他拍摄的范尔霖的照片留作纪念。记者没说同不同意，只是上下打量着他。最后，记者指了指赵海鹰手里的报纸，自称马跃，让赵海鹰记得买明天的报纸，说完就大步流星走开了。

赵海鹰纳闷地抬起手，看着手里的报纸，在范尔霖的新闻报道下，记者署名赫然是"马跃"二字。马跃，马跃！我赵海鹰今天太幸运了吧。

就在赵海鹰站在锦江饭店门口，暗自庆幸出神的时候，酒店套房中，范尔霖先生正喝着咖啡，与静安证券交易所的业务部经理讨论日程安排问题。经理面带难色地解释："范尔霖先生，我想先给您介绍一下静安业务部的情况。我们目前的业务部只有不到12平方米，条件十分简陋，工作人员也很少，而且目前只代理了两只股票。所以……考虑到范尔霖先生没有必要亲自去办理过户，我们完全可以代为办理。"听了业务经理的介绍，范尔霖站了起来，温和又执拗地笑道："我非常理解，可是这张股票是邓小平先生亲自赠送给我的礼物，在我看来是极为珍贵的。我相信，我也是第一个持有中国股票的美国人，这对于我、对于华尔街都是一件很有意义的事情。"他坚持要亲自去、尽快去办理。这也是受了好奇心的驱使，他要亲眼看看中国发行股票、交易股票的地方。范尔霖先生如此坦率真诚，静安业务部经理只好表示会尽快安排好这次行程。

这时，范尔霖团队中的一位代表查尔德询问：静安业务部有多少业务人员？经理回答只有七人，范尔霖皱了皱眉头，中肯地提出："中国的金融要发展，金融人才不可或缺。可是，中国发行的股票却太少，实际操作的机会就不多，那人才培养方面就会成问题。"中方代表赵国平立刻介绍了关于人才培养的规划，并且以上海财经大学来举例："他们的经济系正在培养我们所需要的经济人才。虽然他们甚至都没有真正接触过股票，但系里开设了模拟课堂，通过模拟交易来培养未来的股票交易员。如此，他们同样能够真实地得到锻炼。而且据我所知，模拟课堂里有一些案例还是来自美国华尔街。"

赵国平的这段介绍，激起了查尔德的兴趣，他立时提议去财经大学观摩。

3

回到学校，赵海鹰难以抑制兴奋的心情，忍不住在课堂自由讨论中，与几个同学分享了今天的幸运经历。谁知他们非但不信，还笑赵海鹰吹牛，尤其是那个讨厌的谢天阳。赵海鹰忙提高嗓门，挥舞着手里的报纸辩解："那是因为我当时急中生智当了一回临时演员！"随后，他从骑车撞人开始，把整件事巨细无遗地讲了一遍。讲完这些，赵海鹰得意扬扬地斜觑着同学们，这下轮到他们傻眼了。吴一白一把抓过赵海鹰手里的报纸说："海鹰，你行啊，财经大记者也见到活人了！"

就在赵海鹰陶醉在众人艳羡的目光中时，一个声音在他身后响起："看见了范尔霖就这么骄傲吗？"赵海鹰一听，更是摆足了骄傲的架势，转头答道："那当然，他是我的偶像！"随之，他一瞬间僵住了，骄傲的神情变得尴尬——他看到了徐敬之教授。

毫无疑问，赵海鹰被徐教授留堂了。这时又轮到谢天阳冲着赵海鹰露出了得意的笑容。

课后的走廊里，偶尔传来一声年轻学生充满活力的呼唤，楼外的喧哗声也隐约可闻，夕阳余晖透过走廊尽头的窗户照进来，时光在此时显得静默而美好，让人心情平静。赵海鹰深吸一口气，追上前面缓步而行的徐敬之教授，为自己在课堂上的不恰当行为道歉。徐教授让赵海鹰评论范尔霖这个人物。赵海鹰低头稍作思索，便滔滔不绝讲了起来。他说范尔霖就是一个伟大的金融家，范尔霖在美国被誉为金融界的"里根"；因为徐教授说过华尔街是美国资本市场和经济实力的象征，所以华尔街也是自己的梦想之地……

徐教授听着赵海鹰的长篇大论，突然停住脚步，静静地看着他："我还说过，这里，上海，将会是中国的华尔街，你还记得吗？"说完便向前走去，头也不回地告诉赵海鹰，要他好好反思。

看着徐教授走进办公室，困惑的赵海鹰并没有离开，而是跟了过去；刚想推门进入，却听到办公室里系主任的声音。系主任的话让有些失落的赵海鹰再度兴奋了起来：原来，明天范尔霖先生一行要派代表来他们课堂观摩和交流。"面对面的交流，太好了！交流，英语！哎呀，我可不能因为语言而错失交流的机会，得找好帮手才行。英语好帮手自然是我英语出色的女友陈梦蕾呀！"想到这里，赵海鹰赶紧从办公楼跑了出去，骑上自行车飞快地冲向学校家属楼。

陈梦蕾家在三楼，赵海鹰一口气冲上去，抬手刚想敲门，就听见屋里传来杜黎的声音："伯父，您做的打卤面真的真好吃，我又吃撑着了。"赵海鹰知道，这个杜黎是梦蕾父亲陈建华北京老同学的儿子。陈建华一心想让女儿毕业后到北京工作，并且能够嫁给这个知根知底的杜黎。赵海鹰放下已经抬到半空的手，转身下了楼。

饭桌边，陈梦蕾充满敌意地看着与老爸畅聊的杜黎，故意重重放下筷子说："吃撑了就赶紧走吧，时间也不早了！"女儿这种不给杜黎一点面子的态度惹恼了父亲陈建华。他呵斥了女儿一句，又开始老生常谈起来，一是为了缓解有些尴尬的气氛，二是为了再次给女儿提个醒："杜黎，我和你父亲是同学，从上学那会儿到现在，我们的关系是最好的。我们两家也是知根知底的，当然我也相信你能好好照顾蕾蕾……"

陈梦蕾看见杜黎在一旁马屁精似的只会说"是是是……"，气就更不打一处来！她忍不住反驳父亲：都什么年代了，还要搞包办婚姻那一套！陈建华没想到女儿会当着杜黎的面这样让自己下不来台，扬起手一巴掌打在陈梦蕾脸上，瞪眼睛怒吼："你说什么？你再说一遍！"陈梦蕾捂着脸，夺门而出。

看女儿跑出家门，陈建华坐在餐桌边唉声叹气。杜黎默默倒了一杯茶端来给他，让他消消气，并且郑重对他说："伯父，您放心，我一定会对蕾蕾好的。"陈建华抬头看看这个年轻人，轻轻地拍了拍他的肩头。

陈梦蕾跑出家属楼时，赵海鹰正靠着自行车看着她。陈梦蕾一看到赵海鹰，眼泪夺眶而出。

夜晚风寒，街道上行人稀少。赵海鹰沉默地蹬着自行车，坐在后座的梦蕾突然紧紧抱住了他，头轻轻靠在赵海鹰的背上。赵海鹰深深吸了一口气说："小蕾，只要你不放弃，我绝不会放弃你。别伤心了，带你去个地方。"

赵海鹰带着梦蕾来到阳光花园酒店，找自己的哥哥钱春生，他在这里当大堂经理。陈梦蕾好奇地不停追问赵海鹰带自己来这里做什么，赵海鹰又从哪里跑来个哥哥。赵海鹰告诉她，干什么她一会儿就知道了；至于这个哥哥嘛，是自己的发小。

一会儿工夫，西装笔挺的钱春生走了过来。虽然陈梦蕾不认识钱春生，钱春生却在赵海鹰的念叨下，早就知道了陈梦蕾。彼此热络地打过招呼，赵海鹰就附在钱春生耳边嘀咕起来。钱春生笑笑："就这事啊，太简单了！跟我来吧。"陈梦蕾一脸困惑地跟在后面。

流水般的钢琴乐声清清浅浅，水晶灯在头顶熠熠生辉，光洁的大理石地面倒映出两手相挽的一双身影。赵海鹰和陈梦蕾坐在只有几个外国人用餐的西餐厅里，钱春生端着一个银色雕花的托盘走了过来，盘中的水晶杯盛着冰激凌，冰激凌上的樱桃像少女的面庞一样鲜艳。看到这么漂亮的冰激凌，陈梦蕾下意识地吞了一口口水，却偷偷拉拉赵海鹰的衣袖！她知道，这漂亮的冰激凌必定昂贵，但又不敢明说，怕抹了赵海鹰的面子。

钱春生看到了陈梦蕾的举动，连忙解释说："二位有口福了，这是我们餐厅刚刚推出的新品，请二位免费品尝。"听了这话，陈梦蕾才放下心来，轻轻舀起一勺，放进了嘴里，表情满足而甜蜜。赵海鹰轻声问她："现在心情好些了吗？"陈梦蕾笑着说："这么好吃的冰激凌，我必须心情好啊。"说完，三人都笑了起来。

4

上海财经大学的校园充满了人文气息，古朴的教学楼烙着时代的印记，繁茂的香樟树在初冬季节依旧葱绿。校园广播里传来甜美的女声："现在又到了音乐时间，我们为各位同学准备了特别好听的歌曲，郭峰的《走向明天》送给大家……"

赵海鹰骑着自行车，跟着广播的音乐哼唱着。可好心情马上就要被破坏掉了：情敌杜黎正在等着他。

杜黎一早就骑着车来到上海财经大学门口，每出来一个人，他都要眯着眼睛仔细辨别，生怕错过赵海鹰。原来，杜黎是打心眼里喜欢陈梦蕾的，他怎么也想不通，自己哪里比不上赵海鹰这个乡下土包子，让陈梦蕾宁愿和父亲翻脸，也不愿和自己在一起。他在陈梦蕾那里吃了闭门羹，转而来到上海财大，就是准备让赵海鹰知难而退。

赵海鹰本身并不反感杜黎，毕竟每个人都有追求爱情的权利，喜欢陈梦蕾的人越多，越能证明他的眼光不错。但是，当杜黎说出什么"别再纠缠陈梦蕾""我们都是北京人"的话后，赵海鹰的怒火一下被激起，他毫不留情地说："首先，缠着梦蕾的人是你！其次，别整天把'北京人'三字挂嘴上，我要是陈梦蕾，我也看不上你，死缠烂打，不像个男的！"说完，赵海鹰脚下一蹬，自行车飙了出去，留给还没反应过来的杜黎一个蔑视的背影。

无暇纠缠在不愉快的情绪里，赵海鹰要赶紧赶到班里，今天还有重要的事情等着他。刚刚坐稳，上课铃声就响了起来，徐敬之教授走上讲台宣布，今天的模拟课主题是推销股票。同学们左顾右盼，交头接耳。

正当课堂模拟进入正轨之时，教室的门突然打开了，系主任和查尔德先生走了进来，沸腾的教室顿时安静了。系主任先是为徐教授和查尔德先生做了介绍，查尔德又为这次突然的造访向大家致歉，希望没有搅扰正常教学。

之后，徐教授转向学生，提高声音介绍道："同学们，这位是查尔德先生。查尔德先生是这一次中美金融市场研讨会的美方代表之一，曾经就职于纽约证券交易所，现在是纽约著名的金融企业 CF 集团的执行董事。今天，查尔德先生是专程来我们财经大学，来我们班观摩同学们的模拟课，请大家以热烈的掌声欢迎查尔德先生。"立时，教室里掌声雷动。

掌声刚落，查尔德先生就开始发问了："今天，此刻，我走进了这间教室，我就不是什么金融家，而只是一个想来买股票的客人。我听说这里有非常优秀的股票经纪人，可以给我推荐优质的股票，是这样吗？"

面对这位尊贵的、世界金融界的权威人物，同学们一时紧张起来，课堂一片沉默。系主任看见这样的场面，不禁额头冒汗。就在眼看要冷场的时候，赵海鹰高高举起了手："查尔德先生，我想我能给你推荐好的股票，让你满意。"

查尔德饶有兴致地看着赵海鹰，抛出了他的第一个问题："我对股票一窍不通，想请你解释一下股票经纪人和客户之间的关系。"这个问题对在场的学生来说太简单了，属于专业的基本知识范畴。赵海鹰朗声答道："可以的。一般来说二者有这样几种关系：第一种是授权人与代理人的关系；第二种是债务人和债权人的关系；第三种是抵押关系；第四种是信托关系。"

查尔德继续发问："你这样解释，我还是很困惑。其实我是想知道，我怎么才能信任你，愿意授权给你？"这个问题也不难，在平时的模拟课程中都探讨过。赵海鹰回答他说："信任建立的基础很复杂，但有的时候也很简单。你可以先了解我的从业资历，并且了解我的业务能力。也可以先观察我推荐给你的股票，如果在一定时期内你能够认可我，那我们就可以成为第一种授权人和代理人的关系了。"

没想到查尔德却摇头说："可是我有钱，没有时间，你说的这些让我觉得你很不自信。如果是这样，我很难相信你能成为帮我赚钱的股票经纪人。"他这样说，一时间让赵海鹰有些紧张。赵海鹰努力平复情绪，理清思路后，答道："查尔德先生，我的客户他们有共同的特点，那就是没有多余的时间自己买卖股票，又或者是不会分析股票，所以他们选择了我。我并不是不自信，而是要对自己的客户负责。我们是第一次见面，我当然要把情况向你解释清楚。"

听完赵海鹰的回答，查尔德轻轻点头并说道："我还有几个问题希望得到你的解答。"有了之前的几个问题的应对，赵海鹰的自信心得到了加强。他微笑答道："请问。"

教室里，同学们被他们一来一往的快速问答深深吸引，赵海鹰能够感觉到系主任以及徐教授投来的赞许的目光；但他不知道，教室外，校长正透过门上的玻璃看着教室内的一切，脸上也浮现了满意的笑容。

这一堂课似乎过得太快了些，下课铃声突然就响了起来。查尔德先生微笑着说："很好，不过我还有最后一个问题，如果客户是一个很激进的冒险家，可是股票经纪人却有一个相对稳重的思路，他们的合作能长久吗？"面对这样一个有关"人"的问题，赵海鹰一时语塞。平时课堂上主要讨论金融理论和实际操作的相关问题，而并未涉猎人际间的复杂交往。正当赵海鹰绞尽脑汁思考的时候，陈梦蕾用流利的英文接过了话题："查尔德先生，你很幽默。中国有句话，叫'用人不疑'。如果你很爱冒险，却选择了一个相对稳重的股票经纪人，说明你在心里对他的信任超越了对你自己的信任，因为人总是因需要而合作，不是吗？"

陈梦蕾的这番精彩而自信的回答，让同学们纷纷拍手叫好。查尔德更是竖起了大拇指连连称赞："你们都很优秀，我没有想到在中国会遇到这么多热爱金融的年轻人，你们是未来的大金融家，模拟课堂非常生动。谢谢你们。"查尔德又特意走到陈梦蕾面前，夸赞她优秀的英文水平，并建议她前往美国继续深造。随后，查尔德又转向赵海鹰，问他的梦想是什么。赵海鹰毫不犹豫地答道："我想成为比范尔霖先生更优秀的金融家。"听到这狂妄的回答，满教室的人都笑了起来。查尔德先生虽然也笑着，也惊异于赵海鹰的自负，但他还是鼓励所有人说："你们的确让我惊讶。在教室里，你们可以成为股票经纪人；还是在教室里，你们能练一口这么流利的英文。至少我觉得金融和语言是最难的两件事情。"这一次，同学们又会心地笑了起来，并感谢查尔德先生的鼓励。

在离开之前，查尔德先生把自己在华尔街得到的第一枚股票经纪人纪念徽章，送给了陈梦蕾作为留念。陈梦蕾受宠若惊，不敢接受这份过于珍贵的礼物，查尔德先生说："如果你觉得过意不去，也可以送我一份礼物。啊，你的校徽就是最好的礼物了，因为上海财经大学给我留下了深刻的印象。"

这份意料之外的惊喜礼物，赢得同学们一片艳羡之情。一向不甘落于人后的谢天阳追上即将离开的查尔德先生，想求得一个签名。查尔德微笑着在他的笔记本上写下了这样一句话：要想获得成功，欢迎来华尔街！

这句话不仅激励着谢天阳，同样也激励着赵海鹰，激励着陈梦蕾，更激励着当时在场的全体同学。

与查尔德先生交流后的第二天清晨，赵海鹰依然没有从激动的情绪中走出来。他对着镜子刷牙，镜子里却恍惚出现了查尔德的脸。查尔德站在镜子里对他说："我喜欢复杂的东西，就好像投资。对我来说，投资是一场体育比赛，我希望寻找好的对手来激发自己的无限潜力，最终的胜利者一定是我。华尔街，就是这个世界最好的赛场。"

"在出国的问题上，我支持儿子，你不应该一言堂。"厕所门外传来赵海鹰母亲特意提高的嗓门，这一声让赵海鹰回过神来，赶紧漱完口出去做父母"大战"的调停人。

赵海鹰的医生母亲周蕙和处长父亲赵国平，在儿子出国留学这个问题上意见完全相左。赵海鹰在这个问题上的态度是——学金融的一定要去美国留学！

吃过早饭，赵海鹰追随着行色匆匆的爸爸一起出了门，因为他知道，父亲今天要陪同范尔霖先生办理股票过户手续。不出所料，静安交易所门外站满了围观的群众和大学生，媒体记者更是数不胜数。赵海鹰和谢天阳、吴一白等人也挤在人群中，踮着脚尖，翘首张望。

交易所内，范尔霖在翻译的帮助下认真地填写过户表格，在表格姓名栏里写下了自己的名字。窗口工作人员认真核对，将办好过户的新股票递到了范尔霖手里。范尔霖拿到股票，眉飞色舞，激动地说道："这是我的第一只中国股票，现在的感觉真是太棒了。"

这时，赵国平和接待办的两个工作人员走了进来。赵国平与范尔霖握手并询问过户手续办理是否顺利。范尔霖说："非常顺利，我没有排队，是不是你们特意的安排？"赵国平笑着否认："现在静安所只代理了两只股票，业务量和排队应该是成正比的吧。"范尔霖郑重地说道："股票就像一个商品市场，卖货的人越多，买货的人也才会越多。"说着他举起手里的股票："我很期待，也相信我手里的这只股票会大涨，这是我这一次来中国收到的最珍贵的礼物！你们的安排很周到，我们的代表去参观你们的大学和企业，他们都觉得非常有意义，谢谢。"赵国平真诚地望着范尔霖先生的眼睛说道："非常欢迎，我们有一句话叫作'他山之石，可以攻玉'，我们非常希望有更多这样的交流机会。"听着工作人员的翻译，范尔霖先生边点头，边微笑着，举起了手中的股票。而守候多时的摄影记者"噼里啪啦"争先恐后地按下快门，抓住了这个经典的瞬间，把这一历史时刻定格在了照片里。

5

送走范尔霖一行人，赵国平步履匆匆赶到市计委，忙着处理一些事务。刚走到办公楼的门口，就迎面撞上一个人，对方手里的稿纸被撞得散了一地。赵国平立刻蹲下，帮忙捡起地上的稿纸递回去，结果对方不忙着接，反而盯着他看。"是你？"对方说。赵国平这时才看清对方，原来是陈建华，陈工。

赵国平还没来得及开口问好，陈建华就情绪激动地挡在他面前嚷嚷起来："赵处长，今天这个事情我还就得找你说。我就是想问问你，为什么杨浦大桥的项目就是批不下来？你今天不给个理由，我就不走了。"赵国平很是诧异，解释说："陈工程师，我不是什么赵处长了，我已经调走了，不在这里上班了。今天我也是过来办事的。"

无奈，陈建华就是不听，非说当初这个项目的规划书，是卓老先生亲自安排做的，之前三番五次找他赵国平就不给批，现在他赵国平拍拍屁股调走了，可这个项目还是不批。是不是看他陈建华是个知识分子，好欺负啊？

赵国平只好在心里叹气：这个陈建华呀，就惦记着一件事——修杨浦大桥，要把浦东浦西连起来。说什么"杨浦大桥项目设计师是我们的总工林元培先生，他带着大家做了精确的计算"啦；说什么"它不仅仅是一座桥梁的价值，一旦建成，它跨越黄浦江，不但是重要的交通线，更是连接浦东浦西的经济带，具有非常重要的意义"啦。可是，上海要建设、要发展，用钱的地方太多了，杨浦大桥并不是迫在眉睫、就要开发的项目呀。更何况，难道你陈同志不就只是个桥梁专家、建筑专家吗，怎么还成了经济专家了？！

赵国平虽然心里这样想着，口里还是要先安抚对方情绪："陈工，你真的误会了。对于每一个项目，规划处都是要收集资料，分析资料，集体讨论研究决定，从来都是对事不对人。"

陈建华听说，不以为然地"哼"了一声："你们规划处对这样的项目一拖再拖，然后干脆就来个不批。你让我们怎么理解？"赵国平见他软的不吃，只好从工科人擅长的数字方面来与他沟通："老陈啊，你的情绪太过激了。我知道你们为设计建造这座桥付出了大量的心力，但是如果我没记错的话，修建这座桥的总造价应该是14个亿。我的同志，这是个什么概念？简直就是天文数字啊。我可以告诉你，上海的财政根本就不可能拿得出钱开发这么巨大的一个项目。"

可是出乎赵国平的意料，知识分子陈建华很不屑于这些说辞，还振振有词反驳他："那重点工程都是有国家支持的，你上海拿不出这么多钱，中央是可以拨款的嘛。钱不够根本就不是理由。"

这下轮到赵国平着急了，觉得跟这个书呆子怎么也说不通，真是火噌噌往上冒啊："钱怎么不是理由？这就是最大的理由。苏州河以北就没有越江的工程，这么庞大的项目，耗费巨资，规划处当然要慎之又慎。就算中央拨款，这么一座桥架起来又不能马上产生效益，那将是极大的浪费。"

话说完，只见陈建华把嘴不屑地一撇，又把他"上海人小气"的论调搬了出来。听他如此说，赵国平哑然失笑，可还是努力解释说："我们讨论的可不是上海人的价值观，而是一个天文数字的大项目啊。它关系着上海的建设和发展。"他还劝说陈建华要平复平复心情，给这座城市一些时间，这座桥的建设在未来还是很有可能实现的。

如此苦口婆心的劝说，最后只换来陈建华一句："算了，我也跟你说不着了，话不投机。"看着陈建华大步离开的背影，赵国平轻笑着摇了摇头，转身走进市计委。

在市计委碰了一鼻子灰，又跟赵国平唇枪舌剑一番的陈建华，一整天心情都不怎么样，却还得收起满腹心事踏实工作。可算熬到了下班的时间，他那满肚子的不高兴、满心的不得意，也已经憋胀到极限了。陈建华就这样一路气鼓鼓走到家，又气鼓鼓推开家门，一眼看见杜黎正在客厅扫地。这一眼不要紧，他的怒气又加重了一层："这个陈梦蕾，放着这么懂事的杜黎不要，对人家各种不客气！哼，我陈建华就不信了，建桥的事做不了主，自己女儿的婚事还做不了主吗？！"

于是他问杜黎："陈梦蕾回来没？"杜黎回说梦蕾在房间里。陈建华就提高了声音："梦蕾，出来出来，我有话跟你们说。"

陈梦蕾打开了门，看了看父亲的脸色，就知道他今天不知道在哪里又受了气，自己又要遭殃了。而这个杜黎，他怎么这么没眼力见儿，还赖在这儿不走！于是她冲着杜黎嚷道："你还是先走吧，我爸今晚没心情做饭了。"

陈建华狠狠瞪了女儿一眼，说："别打岔，你们都坐下听我说。我今天郑重地宣布，我要调回北京工作。陈梦蕾，你给我听好了，你一毕业，我们就回北京。"

陈梦蕾一下子站起来："爸，你上班受什么刺激了？"陈建华愤愤地说："我就是受刺激了，我不想再受这份气了。我必须回北京，再这么待下去，我非被气死不可。杜黎，蕾蕾回北京工作的事情联系得怎么样了？"

杜黎早就等着说这件事了，听问连忙炫耀似的说："我爸说都联系好了！蕾蕾，就是我上次跟你提过的北京商业局，会计岗位。专业也对口，还是国企，好多人都想进。下个礼拜一面试，只要你去参加面试通过了，就可以入职。"

陈梦蕾一听急了："我什么时候说要回北京工作？我服从学校分配，但必须是在上海。"杜黎知道陈梦蕾的心结是赵海鹰，她不对赵海鹰死心，就不会同意去北京工作。于是他搬出自己打听来的"撒手锏"消息，说赵海鹰是要出国的。结果陈梦蕾根本不当一回事，反而说赵海鹰去哪儿她就去哪儿。这下杜黎没了主意，用求助的眼神看向陈建华。

陈建华的怒气终于憋不住，爆发了出来。他猛地一拍桌子，怒吼道："胡说八道！"这突如其来的一下还是很有效的，陈梦蕾把快到嘴边的话使劲咽进了肚子里。陈建华乘胜追击："陈梦蕾，我这个当爸爸的都快不认识你了。你长大了，翅膀硬了，有主意了是吧？我的话你不听，我身上的教训你也忘了？过去的事情我也不想提，但是这两地分居，不可能有好的结果。你必须回北京，你和那个赵海鹰绝没有可能，马上给我断干净！"

在一旁观望战势的杜黎，觉得陈梦蕾的"气焰"已经被她爸爸压制得差不多了，于是赶紧摸出他早就买好的第二天的火车票递给陈梦蕾。陈梦蕾看了眼火车票，仍在做最后的反抗，嘟嚷着："我不去。"陈建华接过火车票，用力拍在女儿手里："你必须去！你是我的女儿，我已经决定了，过段时间我就把调回北京工作的申请交上去。所以这次面试，你必须好好表现，不要辜负了你杜伯伯的一番苦心！"

拿着被父亲硬塞进手里的火车票，陈梦蕾转身回到卧室。但这一夜陈梦蕾注定难以入眠。她望着车票发呆，内心痛苦无助："海鹰，你在哪儿呢？我该怎么办呢？我该怎么摆脱爸爸的控制？怎么才能跟你永远相守呢？"

而就在陈梦蕾痛苦得难以入眠的时候，这两天因为范尔霖来沪而一直兴奋不已的赵海鹰，正在夜幕下跟同学们打篮球。在篮球场上的激烈比拼中，赵海鹰还不忘宣示要出国求学的远大理想："出国的事就好像这局比赛，输赢还有悬念，但保送就像我手里这个球，我有把握能进球得分。而我，喜欢挑战！美国我是一定要去的。今年的西班牙世锦赛，我们的篮球又输给了美国，这就是差距。"

此时此刻球场上意气风发的赵海鹰，是不会想到自己心爱的人陈梦蕾正深陷在痛苦之中；他更不可能预料到，第二天陈梦蕾真的坐上了开往北京的火车。

第二章

高才生梦碎毕业季

1

　　教学楼大门口悬挂着一个红色条幅——"1986年上海财经大学保研面试点"。看着条幅，赵海鹰微微一笑，迈步走进教学楼。走进用作面试的小会议室时，看到早已等候多时的其他同学，都是一脸紧张的表情，他不禁暗自偷笑。赵海鹰志不在此，他做好了搞砸这次面试的"万全准备"。

　　果不其然，当赵海鹰神色自若阐述完论文后，面试考官之一的徐敬之教授早已变了脸色，开口质问他："你写的这是什么东西？文言文？你是学文学的，还是学经济的？"赵海鹰暗自窃喜，这一切都是按照自己的预期在发展嘛。他神色自如，按照早已想好的话继续气考官："教授，我最近对文言文比较感兴趣，所以就用文言文写了这篇论文。"系主任想打圆场，开口问他："赵海鹰同学，你这篇论文我仔细看了，文言文的表述的确影响了你的论点分析的清晰度和深度，也难怪徐教授这么生气。关于论文的问题我不想多问你，我只有一个问题，为什么想要继续攻读我们系的研究生？"

　　赵海鹰决定如实相告了："我确实还没有想好到底要不要继续读本系的研究生，只不过是因为我的各项成绩都符合保送的资格，所以就来了……"

　　赵海鹰话还没说完，徐教授一下子站起来，摔掉了手里的眼镜，扬长而去。系主任也从眼镜上沿翻着眼睛看了他一眼，不悦地说："面试就到这里吧，你可以走了。"赵海鹰站起来边道歉边鞠躬，走出了小会议室。

　　一出门就遇见谢天阳。谢天阳嬉皮笑脸地嘲笑赵海鹰说："我刚才看见徐教授的脸都被气绿了，你本事太大了。"教授的反应虽然让赵海鹰有点内疚，但也达到了他想要的结果，心情还是愉悦的。所以，赵海鹰只是笑了笑，没有接谢天阳这个茬："哎，你看到陈梦蕾了吗？"谢天阳摇头。"那我不和你说了，先走了。我今天要去趟孙妈家，晚了赶不上船了。"

想起孙妈，赵海鹰就想起她最拿手的糖醋小排，还有孙妈一家人对他的爱护。孙妈名叫孙明芳，当年她爱人重病，自己也没工作，还带着几个儿女；父亲赵国平为了帮她，让孙妈帮着带赵海鹰。不过，孙妈真是拿他当亲儿子看待，更不用提孙妈的亲儿子、好兄弟钱春生了。想到孙妈一家人一定在热切地盼着他，赵海鹰不由得加快了脚步。

黄昏时分，上海老弄堂里下班回家的人多起来，有人拎着小菜，有人拎着热气腾腾的包子，自行车铃声不断，一片嘈杂的生活气息。身着西装的钱春生走到弄堂口，轻轻碰了碰一位身着黑色大衣、压着帽檐的人。黑衣的人警惕地观察了下四周，不远不近地跟在钱春生身后走进巷子深处。

巷子深处，钱春生停住了脚步，拿出一支香烟，准备点燃。正巧邻居王阿姨路过，春生跟她打了个招呼。见王阿姨走过，黑衣人紧走两步来到春生身边："借个火？"钱春生把一盒火柴递给他，在他点烟的当儿，春生压低了声音问："东西呢？"黑色大衣的人把火柴和一个信封一起递给了钱春生。钱春生瞄了一眼，迅速塞进了包里，拿出另外一个信封塞进那人手里。随后，黑衣人转身迅速离开。

钱春生环顾四周，没有发现异常，便向家里走去。一进家门，他就把一个塑料袋放在了桌子上："姐，姐，我带了他们酒店大厨做的烧鹅，给你们尝尝。"大姐钱冬梅应声，端着糖醋小排走进来："春生，你回来了。又乱花钱？"当听到弟弟说是免费大餐的时候，钱冬梅笑起来，从碗柜里拿出一个干净盘子，把烧鹅从塑料袋里倒在了盘子上。

赵海鹰一进孙妈家的院子，就高兴地摁响了自行车铃。小妹钱青青兴奋不已地从房里冲出来："是三哥，三哥来了。"青青对她这个外姓哥哥比她的亲哥哥还好，春生也总是跟她抱怨，吃赵海鹰的醋。孙妈和大姐也在后面迎出来："海鹰，就等你了，快来！"春生在她们身后送给海鹰一个鬼脸。

跟孙妈一家吃饭总是这样，孙妈和大姐不停给他夹菜，生怕他吃不饱。一家人其乐融融，有一搭没一搭地聊着些家常话。孙妈和大姐听春生说赵海鹰有女朋友了，不免问长问短，还问他妈知道不知道。春生连忙打圆场，孙妈和大姐看着赵海鹰，笑他还会害羞。这时，小妹钱青青不知为何，突然站起身来，放下筷子说吃饱了，然后就跑回了自己房间。

这一边，虽然钱青青跑回房间，她的耳朵还是留意着外面的声音。只听春生哥跟海鹰哥说，自己帮助一位入住酒店的外国客人找回了遗失的重要行李。巧的是，这位外国客人不仅是美国商会的人，还是纽约商学院的理事。这位客人要用钱感谢他，他拒绝了，却提出让这位客人做担保，送自己的弟弟财大高才生去纽约商学院深造。没想到，这位客人一口答应了。

海鹰哥听到这个消息激动异常。是啊，钱青青知道，去纽约商学院是海鹰哥的梦想。春生哥让海鹰哥赶紧准备简历，这位客人三天后要回美国。听到这里，海鹰哥等不及妈和大姐给装上糖醋小排和烧鹅，跑出门，骑上自行车就走了。钱青青跑到窗口看着海鹰哥的背影，陷入了沉思。

第二天一大早，赵海鹰拿着熬夜做完的简历去找陈梦蕾帮他翻译成英文。可宿舍、教室一大圈找下来，都没见到她的影子。她能去哪儿呢？他皱起眉想了想，对了，百丽舞蹈中心。

明亮光洁的舞蹈大厅里，几对男女在探戈舞曲中翩翩起舞，舞蹈老师在旁边打着节拍。这时，陈梦蕾的好友周媚抛下舞伴朝赵海鹰跑了过来。周媚支支吾吾地告诉他，杜黎他们家给梦蕾介绍了一家北京的大国企，梦蕾去北京面试去了，还是杜黎送她去的火车站。哦，竟然是这样吗？梦蕾明明跟自己说毕业了要留在上海工作，怎么会……赵海鹰的心不由得沉下去，顾不上跟周媚道谢，握紧了手里的简历，转身离开。梦蕾，你已经忘了你对我的承诺了吗？

赵海鹰无精打采回到宿舍，求吴一白帮他翻译简历。吴一白一边翻着字典翻译，一边不忘嘲笑他的聋子哑巴英文。赵海鹰不理会吴一白的嘲笑，还是一心纠结在梦蕾会不会真的回北京这件事上。没一会工夫，谢天阳回来了。吴一白像见到救星一样，把翻译工作推给了谢天阳。谢天阳询问赵海鹰做简历的缘由，感叹说："太厉害了，海鹰，你运气真好，我到现在还发愁呢，没有担保人，申请学校几乎就不可能。不如这样，你也把我介绍给你的担保人，你简历翻译的事就包在我身上。"谢天阳是自己一个宿舍的兄弟，课业成绩更是与自己不相上下，赵海鹰答应了谢天阳。这时，吴一白突然问了赵海鹰一个问题："你总是担心梦蕾回北京不留在上海，那你准备出国留学的事情，告诉她了吗？"赵海鹰低头沉默了。

那时的赵海鹰还是太年轻了，年轻人容易感情用事，也容易对一切抱着怀疑的态度。事实证明，陈梦蕾始终如一坚守着诺言，她也在绞尽脑汁想办法让这次北京面试失败，并且也已经想到了一个"坏"主意，就像赵海鹰搞砸研究生保送面试的那个主意一样"坏"。

北京商业局大楼人事科办公室门外的过道内，一身职业装的陈梦蕾等待面试的开始。她观察到过道另一头的墙上贴着禁烟标志，就马上走到那里，从包里掏出了一盒烟，点燃一支猛吸一口，就大声咳起来。

当陈梦蕾坐在返回上海的火车上时，回想在面试点发生的一切，脸上止不住泛起轻松的笑容。她不敢相信自己真的用"自毁形象"的方法毁掉了"前程"——人事科长"很配合地"看到了她相当不文明的行为，亲自给她的名字打上叉。她知道这次回去必定会面对父亲的失望和痛心，但即便如此，也挡不住她内心的声音，一个坚定而热烈的梦想在指引着她，让她不顾一切地想要和赵海鹰一起高飞。

赵海鹰认定陈梦蕾是要跟他不告而别，而陈梦蕾却在第二天突然出现了。当时，赵海鹰和吴一白几个人在食堂吃饭，陈梦蕾高兴地走过来叫他，赵海鹰却不想理会，一味埋头吃饭。赵海鹰的冷漠自然惹怒了陈梦蕾，她正要发作的时候，杜黎走了过来，一把拉着她的手臂，愤怒地让陈梦蕾解释为什么要制造恶劣的形象，故意搞砸了他父亲辛苦安排的面试。杜黎激动地喊道："陈梦蕾，我真没想到你是这样的人。"陈梦蕾不甘示弱，吼回去："现在你知道了，我不是你心目中那个乖乖女陈梦蕾，你没有资格来管我，更没有权力安排我的人生。就算是我爸，他也没有这个权力。"

杜黎不管陈梦蕾说什么，使劲拉着她走。一旁的赵海鹰早就坐不住了，当听到陈梦蕾故意搞砸了杜黎父亲安排的面试时，他的心里居然闪过一丝邪恶的想法："杜黎就是活该！"他站起身，警告杜黎放手。杜黎似乎终于找到了与赵海鹰正面较量的时机，提出要通过一场篮球比赛来竞争梦蕾，让陈梦蕾、谢天阳、吴一白做见证人，一对一对抗赛，40分钟时间内，谁进球多，谁就算赢。

虽然赵海鹰志在必胜，可结果却是41比25，杜黎胜。当杜黎得意地看向陈梦蕾时，梦蕾送他一句"无聊"，转身离开。当赵海鹰擦着汗望向人群时，却没有看到陈梦蕾的身影。

这场意料之外的篮球比赛，严重影响了赵海鹰的心情，也严重影响了他与春生哥的约定。酒店大堂里人来人往，当赵海鹰和谢天阳气喘吁吁跑进来的时候，春生哥生气地责备他们整整晚了两个小时。赵海鹰先是道歉，然后又把谢天阳的来意告知，春生哥接过他俩的简历说："担保人你们是见不上了，既然来了，先吃饭吧，边吃边说。"

他们三人坐在那夜赵海鹰带陈梦蕾吃冰激凌的西餐厅里，在大酒店工作日久、经验丰富的春生哥事无巨细，一一教给他们西餐用餐的各种礼仪与细节。他叮嘱他们说，老美很喜欢细节，他们往往从一个人的礼仪来判断合作对象。就在这个西餐厅里，他曾经不下三次目睹生意因为吃饭细节而谈崩。赵海鹰不禁叹道："看来今天迟到了还是个好事，否则在约翰先生面前就丢人了。"

钱春生笑了笑，说已经替他们跟那位叫约翰的客人解释过了，约翰让他们把简历寄给他。不过自己也不保证他们的简历寄过去后约翰先生能不能看到，愿不愿意做这个担保人。虽然春生哥如此说，可无论如何，能够有这样的机会，在赵海鹰和谢天阳两人看来已是求之不得了，他俩不停向春生哥道谢。

突然，喜悦之余的赵海鹰又想起一件烦人的事情：他爸是一直反对他出国的，可去美国留学的托福考试报名费得交美元。所以，他就向认识许多外国人的春生哥提出了一个冒昧的请求，要他帮自己换点外汇券。春生哥虽然顾虑他爸的感受，但还是一口应承了下来，并让他大后天下午，去他家后边那个菜市场等他。

生活总是变化莫测。这不，第二天一来到学校，赵海鹰发现自己和谢天阳竟然都通过了研究生保送面试。这是赵海鹰没有想到的，那么，自己到底是去还是留呢？

夜晚的篮球场没有了白日的喧闹，赵海鹰一个人打着篮球，一次次投篮，却又一次次落空。篮球撞击地面发出的声响，更显孤寂。终于，赵海鹰精疲力尽，躺在球场上，望着茫茫夜空。天幕上缀满了星星，闪烁着，忽明忽暗。

在赵海鹰最迷茫的时候，陈梦蕾的脸出现在眼前。她笑着问他："干吗？保研了还不高兴？"看到陈梦蕾，赵海鹰一下子跳起来，把心中的烦闷一股脑儿倾诉了出来。陈梦蕾看着赵海鹰笑道："海鹰，我成功了，我把北京的面试彻底搞砸了。"赵海鹰已经知道了她的苦心。他是那么害怕她回北京，没想到她的选择是如此干脆。陈梦蕾说，虽然她说服不了爸爸，但是也绝不会放弃。她爸讨厌上海就是因为她妈妈在她还小的时候，就抛下他们回了上海了。可即便是这样的理由，她还是会抗争到底。"因为你的座右铭，你说过轻易放弃的就不是梦想，而只是梦。"陈梦蕾看着赵海鹰动情地说。

对，梦想是不能轻易放弃的！我知道该怎么做了。陈梦蕾的话惊醒了赵海鹰。他决定要跟系里说清楚，退出保研。

到了和钱春生约定拿外汇券的这天，赵海鹰和谢天阳准时来到菜市场等他。但赵海鹰、谢天阳和钱春生谁也不会想到，他们三人的命运就在这一天，在这个乱糟糟的菜市场发生了巨变。

钱春生为了给赵海鹰搞到外汇券，做黑市交易，被早早埋伏在菜市场的便衣公安抓个正着。钱春生在逃跑时叮嘱赵海鹰躲起来，千万不要露面，有事他来担。目睹抓捕全程的赵海鹰惊慌失措，却又无能为力。

在确认周围安全后，赵海鹰劝谢天阳先行离开。接着，自己最后的冷静也崩塌了，他从来没有像今天这样感到慌乱，甚至是恐惧。他懊恼自己不应该胆怯地躲起来，至少应该和春生哥在一起，而不是在这里猜测各种可能，他深深地担心春生哥的安危。赵海鹰不敢回自己的家，更不敢去钱家，该去哪里？在黎明到来的时候，赵海鹰踏上了早班的摆渡船，他只能回到学校这个唯一的庇护所。然而，当时的赵海鹰并不知道，这个唯一的庇护所也即将坍塌。

直到第二天清早，钱春生的家人才得知了他被捕的消息。听到消息，孙明芳脸色惨白，头晕目眩，险些摔倒。

此时的钱春生，正穿着号服戴着手铐坐在凳子上，心情沮丧，面色晦暗。面对公安的一再追问，他始终否认自己有过违法行为，更坚决不承认有同伙。他心里只有一个信念：自己无所谓，海鹰的前途不能因为他耽误掉。

突然，参与审讯的公安"砰"的一声把几张照片拍在了低着头、一语不发的钱春生面前。"就算你什么都不说，我们也已经掌握了你的犯罪证据。钱春生，你是一个豪华酒店的大堂经理，工作好，收入也稳定；我们还知道你的母亲开了一家副食店，小生意也做得不错。你放着踏实日子不过，搞那些投机倒把、倒买倒卖、黑市交易！你自己看看吧！"公安指着其中一张照片，问照片里的人是谁。钱春生一看那张照片，顿时脸色发白，额头渗出汗珠。照片上，钱春生正在往赵海鹰手里塞信封。旁边是谢天阳。

公安冷冷地哼了一声："我提醒一下你，他叫赵海鹰……"钱春生立刻急了，心想无论如何也不能把海鹰搭进来呀！"公安同志，不关海鹰的事，他什么都不知道。我愿意交代，但是我请求你们，不要去找赵海鹰。他就是一个大学生，他真的什么都不知道。"

无论钱春生怎样辩护，该赵海鹰面对的怎么也逃不掉。赵海鹰已经为这件事做好了心理准备，他就算帮不到春生哥，也不能连累谢天阳。当公安找到学校时，赵海鹰冷静地说："公安同志，一切都是我的责任，和谢天阳没有关系。"

赵海鹰的父母是接到了徐教授的电话后才知道了这件事。赵国平挂上电话，一阵眩晕。严重违纪，系里给出了处分决定——取消保送资格，记过处分！周蕙听到学校的这个决定急得几乎发了疯，要马上去学校找徐教授。这个时候，虽然伤心愤怒，但依然冷静的赵国平劝住了情绪激动的周蕙："赵海鹰必须为自己的行为承担后果，付出代价。这一次就好好地让他受点教训吧。"

于是，一天的时间，赵海鹰就从同学中人人称羡的保研生、有望留学美国的高才生，成了被处分、被撤销保送资格的反面典型。

自己和谢天阳都被撤销了保送资格，这一点赵海鹰没有任何的异议。但是记大过的处分他想不通：我大学四年品学兼优，再有几个月就要毕业，不能背着这么大的污点走出校园，那样我的前途就没有了。

赵海鹰一头冲进系主任办公室，正好系主任和徐敬之教授都在，他激动地说道："记大过的处分我不服，既然没有违反法律，再大的错都是可以被教育、被纠正的。系里培养了我四年，我也勤奋努力了四年，为系里获得过很多次的荣誉，虽然功不能全抵过，但我希望系里能从培养和发展的角度，充分考虑从轻处分我。"

系主任脸色难看，看着徐敬之，气得哆哆嗦嗦地说赵海鹰简直是狂妄自大。徐敬之为了维护赵海鹰，大声斥责道："荒唐！赵海鹰，你现在就马上回去，好好反省一下自己的错误，写一份深刻的检讨书，明天上课的时候交给我。"一向自傲又牛脾气的赵海鹰却不领教授的好意，大声喊道："教授，我不会写什么检讨书，我会写一份申请书。如果系里坚持要给我的档案里记大过，我就申请退学！"

在门口偷听多时的谢天阳、吴一白、陈梦蕾等人，赶紧进来为赵海鹰求情，一个个都紧张得脸色苍白。不过，这一切对气极的系主任和钻进牛角尖的赵海鹰来说已经毫无用处了。就这样，赵海鹰又多了一个不光彩的身份——大学退学生。

赵海鹰永远不会忘记自己离校那天徐敬之教授对自己说的话，教授说："赵海鹰，你是聪明反被聪明误，心比天还要高。傲气不是优秀的品质，反而会成为你人生道路上的绊脚石。你曾经是我最得意的学生，说实话，我很痛心。这件事情上，你虽然是不知情，但也的确是犯了错。可惜你不懂反思，反而冲动任性、自毁前程。我希望你记住这个教训，在你未来的人生中，记住今天，记住这个时刻，记住你此刻的心情，让它一辈子提醒你，永远不要认为自己是最优秀的那个人，要先学会谦虚做人，才能踏实做事！"徐教授说完，转身就走。百感交集的赵海鹰在教授身后喊道："教授，我记得您的第一堂课。您给我们讲，1872年底，李鸿章向同治皇帝递交奏折，提出让朝廷拿出一部分银子作为股本，其余的部分股权公开向华商出售，可以自由交易，同治皇帝批准了这个奏折。'股份制'这个词语在奏折中出现，在中国历史上是第一次。从此，轮船招商局成立，中国境内发行了第一只华商股票。我记得您当时说，我们学金融的，不要只盯着华尔街的繁华，更要清楚我们自己的金融历史。我会记住您的话，从这里走出去，我不会给学校和您丢脸的。"

前来送行的同学们安静地听着，赵海鹰的泪水在眼眶里打转，却努力抬起头，不让眼泪流下来。徐教授并没有转身，只是放慢了脚步继续向前走去。

难以面对徐教授，同样，赵海鹰更难面对对他寄予厚望的父母。回到家里，他和父亲赵国平对着饭菜，谁都没有动筷子，谁都没有说话。房间里很安静，只有墙上钟表的秒针发出滴滴答答的轻响。

还是父亲赵国平首先打破沉默："先吃饭吧。"赵海鹰再也忍不住："爸，对不起。其实我想过，档案里背着一个记大过，好一点的单位都不会要我的，说不定还会影响出国留学，国外很重视大学期间的综合表现。爸，人生充满了各种挑战，这一次我想放手一搏。"

赵国平放下了筷子，盯着赵海鹰："你是应该说对不起，不过不是对我，是对不起你自己。可能你现在都还没有意识到，因为你的冲动失去的是什么。你今天输不起，可能明天就要付出更大的代价。我必须要提醒你，没有人会替你的错误承担后果，只有你自己可以。"说完，赵国平转身走进了书房。

父亲还是不理解自己，赵海鹰也无话可说。那妈妈呢？赵海鹰轻轻推开卧室的门，母亲周蕙平躺着，一条手绢盖在眼睛上。"妈，我知道我伤了你的心，我已经想好了，我会好好努力考托福，不会让你失望的。"赵海鹰坐在母亲身边，轻抚着母亲说。

周蕙一下子坐起来，红着眼睛看着儿子："你已经让我失望了呀，海鹰。我是怎么都没想到，你呀，你会干出这么轻率的事情。退学，我的儿子居然会退学，我周蕙的儿子居然连一个文凭都没有拿到。我真的不敢相信，不敢相信呀。你还是我的儿子吗？是我周蕙一直视为骄傲的儿子吗？"泪水夺眶而出，她的声音哽咽了，无法再说下去，一直摆着手："出……去……"

赵海鹰伸手去扶母亲，周蕙却情绪有些失控，一下子甩开他的手，顺势一个耳光打在他脸上。

挨了打的赵海鹰坐在客厅里，垂头丧气。赵国平走来建议他去孙妈家住一阵子。"我知道你感觉没脸见孙妈，"赵国平语重心长地说，"可春生的事情和你撇不开关系，你应该怎么做自己好好想想吧。"

退了学的赵海鹰日子难过，陈梦蕾的日子也不好过。杜黎和陈建华轮番对她发动"攻击"，所用"弹药"很简单，就是"赵海鹰已经退学了，你们两个已经完全不可能在一起了！"

陈梦蕾却始终不为所动，无论他俩怎样苦口婆心或者气急败坏，陈梦蕾只咬紧一句话："开除了又怎么样？在我心里，他就是最优秀的，就算退学了，他也一定会干出一番事业来！这辈子，我认定他了！"

陈梦蕾的坚定态度，无疑再一次激怒他的父亲陈建华。最后，陈梦蕾又挨了怒不可遏的父亲的一记耳光，跑出了家门。陈建华认定女儿跑出门肯定是去找那个什么赵海鹰了，杜黎虽然没去过赵海鹰家，但曾经听陈梦蕾说过，于是连忙把地址写给了陈建华。

根据杜黎提供的地址，余怒未消的陈建华敲开了赵海鹰家的门。等他看到开门的人是赵国平，立时愣在当地："赵国平，怎么是你？怎么，赵海鹰是你的儿子？"

赵国平看到陈建华神色不对，连忙把他请进屋坐下。在听了他因为情绪激动而有些说不到重点上的话后，赵国平大概清楚这陈工为什么找上门来了：陈工的女儿跟自己儿子是大学同学，俩人恋爱，陈工反对；海鹰退了学，陈工更反对；女儿跑了，那么他就认为是来找赵海鹰了。这个海鹰啊，什么事都不跟家里透一点风声，唉……

正在气氛有些尴尬之时，周蕙提着一袋菜开门走进来。陈建华回头一看，瞬间又呆住了。周蕙与陈建华四目相对，惊讶得合不拢嘴，手一松，一兜子菜掉在了地上："陈建华，是你？"两人的双手热情地握在了一起。

原来，周蕙和陈建华在东北插队的时候，是同一个生产大队的。后来返城，陈建华当时回了北京，之后就失了联系。真是没想到，今天会在周蕙家里再次见面。

赵国平听闻缘由后也不胜唏嘘，跟爱人周蕙说："原来你们早就认识啊！可是周蕙你知道吗？这位就是我跟你提过的那个大名鼎鼎的桥梁工程师。"就在周蕙热情地邀请陈建华留下吃饭时，陈建华却换了严肃地面庞，让周蕙别忙活，知青聚会的事情再另找时间。今天他是无事不登三宝殿，有非常重要的事要跟他俩谈。

正准备去做菜的周蕙听陈建华语气严肃，一脸疑惑地望向自己的爱人赵国平，赵国平一副无奈的表情："你过来坐吧。还是你儿子的事。你儿子和人家女儿谈恋爱呢。"

周蕙听着陈建华的述说，越听心里越气，既然话都说到这份上了，周蕙起身拉开了房门，不客气地请陈建华离开了。同时周蕙在心里打定主意，明天要当面问问那个浑小子，是不是要把他妈气死才高兴。

赵海鹰背着行李走进大姐钱冬梅的男朋友"四眼"开的理发店，说要在店里借宿几天。"四眼"看出赵海鹰情绪不对，可任凭他怎么追问，就是问不到原因。"四眼"当下先一口答应了赵海鹰，转头去通知了女友钱冬梅。

钱冬梅在领着赵海鹰回家时，痛心疾首地说："你是不是翅膀硬了，大姐的话都不听了？退学，还从家里搬出来，不知道家里人多担心啊？春生的事情，我心里埋怨过你。可我也知道，不是你的错，春生他做黑市交易不是一次两次了，总在河边走，哪有不湿鞋的？他进去也是个教训。你要是真觉得内疚，就好好听话，照顾好你孙妈，替你春生哥尽点孝心。"赵海鹰抹着不争气的眼泪，嘴里说着对不起，心里暗暗提了把劲。

第二天，当周蕙找到永春副食店时，赵海鹰正在卖力搬运着店里的货品。周蕙一看就气不打一处来，责备儿子放着自己卖着老脸四处托朋友给他联系的应聘机会不去，而是要在副食店当一辈子搬运工！

赵海鹰不想再惹妈妈生气，耐心地向她解释："妈，你给我联系的那些临时工，都和我学的专业不对口，我去了也是浪费时间啊。"可周蕙已经听不进儿子的话，还责备在一旁帮儿子说话的孙妈惯坏了赵海鹰，弄得他现在这么不听话。

赵海鹰到底是拗不过妈妈，看着妈妈离开前塞给自己的名片，让他明天必须去找这个人，只见名片上面印着：永康医疗器械厂……韩要强。

在赵海鹰终于乖乖进了自己介绍的永康医疗器械厂之后，周蕙算是松了一口气。没过两天，这个医械厂的厂长韩要强因病住院，周蕙和护士钱冬梅一直精心照顾着。

住院的韩厂长一直对周蕙夸赞赵海鹰，说同一批招进来的销售，赵海鹰是能力最突出的一个，形象好，口才好，还特别会算账。销售组长也对他很赞赏，想推荐他早点转正呢。周蕙自是有点小得意："我早就说过，我儿子本来就是高才生。韩厂长，我没给你推荐错人吧？"

就在赵海鹰为自己的未来纠结挣扎之时，昔日的大学同学迎来了毕业的日子。彼时彼刻的赵海鹰无疑是失落的，是自卑的——他不仅没有文凭，托福成绩也十分不理想，还在小厂子当着一个小临时工。多亏了陈梦蕾，点醒了深陷迷茫的他。

那天，陈梦蕾来工厂找赵海鹰，对他说："你现在做销售，虽然是临时工，但是没什么不体面的，这是一份踏实的工作。可这不是你想要的，你还是在回避你自己的内心。海鹰，你总是说范尔霖先生也是从最底层做起的，但不要忘记，他是在交易所里跑腿，是在交易所里得到了历练。老白进了经济报，带他的师傅就是名记者马跃；我明天就到静安所正式上班；天阳已经拿到了美国一所大学的Offer；就连翔子，也进了卫生局工作，当了会计。你想想，你的专业比我们都要好，不管你有没有文凭，你至少应该做和专业有关的工作吧。而能够让你离梦想近一点的最好办法，不就是踏踏实实、全力以赴复习托福考试吗？"

那一刻，赵海鹰双手扶着陈梦蕾的肩头，激动地说："谢谢你，蕾蕾，你把我骂醒了！我应该像范尔霖先生那样，在交易所里历练。我要离你近一点，离我们共同的梦想近一点。"

于是，当工厂人事科长满脸笑容地宣布，要给包括赵海鹰在内的三个优秀销售转正时，赵海鹰却提出了辞职，毫不犹豫地离开了工厂，留下一脸不解的同事和警告他"一定会后悔的"脸色变难堪的人事科长。

离开医疗器械厂的赵海鹰已经在静安交易所内做了两周的清洁工了。虽然陈梦蕾一直劝他放弃，不忍心他天天扫厕所，但是赵海鹰却坚持己见，认为自己即便现在进交易所，也只能从临时工做起。自己会利用一切空余时间学习，一定能和陈梦蕾一样，成为正式的交易员。

这天，交易所的领导、同时也是谢天阳的父亲谢东看到赵海鹰又来了，就走过来说："哎呀，我都跟你说了很多次了，你没有大学文凭，连基本的门槛都够不着。你这样天天来，我就是再想帮你，也无能为力啊。"赵海鹰也不知道是第几次这样请求谢东了，他诚恳地说："谢伯伯，我不要编制，我就当临时工，什么活都可以的。打扫卫生，当保安，只要是在静安所，我干什么都愿意。"

正在两人纠缠之时，洗手间里突然传来一声巨大的响声。赵海鹰反应迅速，冲进洗手间一看，一个中年男人躺在地上，脸色惨白，嘴唇发紫，表情痛苦。赵海鹰记得刚才看见这个男人在外面咨询股票，可能是犯病了。

紧跟赵海鹰冲进来的谢东和其他工作人员以及顾客们，众人七嘴八舌，有人建议快送医院，有人建议先扶起来。此时的赵海鹰是冷静的，他在大学时学过一些医学常识，这位中年男人看起来好像有心脏病，现在在移动会很危险。于是赵海鹰凑近中年男人，轻声询问他哪儿不舒服，身上有没有药物。赵海鹰看着中年男人的口型，突然又想到之前看到这位先生时，他是拿着一个手提包的，于是问道："先生，你的包在哪里？包里面是不是有药？"中年男人再次点头，努力地挤出两个字："柜……柜台……"

赵海鹰赶紧跑到柜台找到存包，并让陈梦蕾赶紧打电话叫救护车。

因为赵海鹰的细心和果断，中年男人转危为安。当救护车载着病人离开时，谢东出现在他的身后，拍了拍赵海鹰的肩头："海鹰，今天多亏了你啊。天阳跟我说，你很擅长观察，还真是没有说错。这样吧，明天你就不要再来做清洁了。下周一早上准时到人事部，去领一套保安服。你明白我的意思了？"

赵海鹰的心，随着谢伯伯的话忽起忽落，当听说交易所终于接受他的时候，他兴奋地跳了起来："谢伯伯，真是太感谢了。"

周蕙是在两周后才知道儿子从工厂辞职的，她生气地抱怨，赵国平却平静地劝她道："这一次，我觉得海鹰做得对，干销售对他来说是有点浪费生命！他如果真能去静安所，不管做什么，我相信都会有一些收获的。"

在赵海鹰要去静安交易所当保安的前一天，谢天阳来与海鹰见面，因为他第二天就要去美国了。谢天阳对赵海鹰说："我的研究生学习是三年时间，我们来个三年之约，怎么样？"谢天阳和赵海鹰这两个意气风发的年轻人，他们的手紧紧握在了一起。赵海鹰也把谢天阳的那句话深深刻在了心里，天阳对他说："我在华尔街等着你。"

烈日炎炎的午后，树上的知了一个劲地叫着，越发显得夏日燥热。静安交易所旁边树荫下摆着一个凉茶摊，摊主一个劲地用草帽扇着风。路上的行人很少，偶尔才有一两个人走进静安交易所。柜台后面，陈梦蕾正在打算盘整理材料，同事杨昊在给一个客户办理股票交易，同事王姐面前的客户是个家庭妇女模样的女人。王姐心想，这么一个家庭妇女，能有几个钱，能懂什么是股票。有些势利眼的她，于是有些爱答不理。

恰好王姐有些不耐烦之时，门外走来一个穿着时髦的"海派"，她立刻来了精神。看得出来，这"海派"显然是第一次来，对这里不熟悉，因为他只是朝交易所里面望了望，就在门口停了下来。

穿着保安制服的赵海鹰也看到了那个"海派"，走了出去主动询问："先生，需要帮忙吗？""海派"用疑惑的眼神看着赵海鹰道："听说你们这里有股票交易？"赵海鹰立刻明白，对方显然是对这间小小的证券交易所产生了怀疑。于是他热情解释道，虽然这看起来是"世界上最小的证券交易所"，但也是麻雀虽小五脏俱全，并邀请这位先生进去看看。

王姐的眼睛早就盯上那个"海派"了，她不想错过这个优质客户，怕眼前的妇女耽误自己的"大单子"。正在心急时，一转头看到低头打算盘的陈梦蕾，立刻有了主意，把妇女支到了陈梦蕾那里。

赵海鹰带着那个"海派"过来了，他本来想介绍给陈梦蕾的，没提防王姐把妇女推给了梦蕾，两眼放光走到"海派"跟前介绍起了业务。眼看客户被王姐抢走，赵海鹰心中惋惜，可他一个小小保安也没有办法，只有走开了。

当陈梦蕾为那位妇女办完300块的业务时，王姐也已经为"海派"办好了交易手续。王姐美滋滋地带着炫耀的口气小声对陈梦蕾说："梦蕾，我又成交了100股，一会儿下了班请你吃雪糕啊。"陈梦蕾看一眼王姐，只有羡慕的分。

墙上的时钟指向5点钟，马上到下班时间了。交易所的经理却宣布了一个重要的消息：总公司要选派一批年轻骨干去美国进修，静安业务部只有一个名额，因此决定进行为期一个月的考察，视业绩为主，表现优秀者可以得到这次出国进修的机会。

陈梦蕾听到这个消息，微笑着没有表示。赵海鹰靠在墙角，看着陈梦蕾，也是沉默无语。

在这个火热的夏天里，静安交易所里的员工，迎来了一次人生机遇；而另一边，一场会议正在为更多的人创造着变革与机遇。赵国平正是这场会议的负责人。他来到小会场，会场墙上悬挂着"征求关于国有企业股份制改革方案座谈会"的横幅。赵国平走到豫园商场的顾国椿总经理身旁，询问他豫园商场的股份制改革进行得怎么样了。市委市政府一直很关心这次的改革进度，今天来开会之前，赵国平还接到了市委办公厅的电话，市委江书记亲自过问了改革情况。

顾总经理兴致勃勃地汇报说："赵主任，我们的改革很成功，股份制改革快一年了，机制活了，优越性十分明显。今年3月份，我们又向社会公开发行股票129万股，公司资本大增，发展成果明显。"

正说着，徐敬之和杜黎一起走了进来。徐敬之对他们介绍道："国平，这位是人民银行金融市场司的杜黎，今天专程从北京赶来参会，是我的学生。哦，对了，他和海鹰还是同学。"杜黎恭敬地打招呼："赵主任，顾总经理。"赵国平哈哈笑了起来，恭维道："你徐大教授的弟子，个个都是这么优秀啊。"

这次座谈会之所以请来徐敬之，赵国平是经过深思熟虑的：这不仅仅是因为徐教授是上海经济界的权威，更是因为徐教授原则性强，从不趋炎附势，有一说一有二说二，绝不搞表面一套背后一套那些弯弯绕绕。正是如此，徐教授对政府提出的建议，政府都会认真考察。看看手表到时间了，赵国平招呼着大家向会议桌走去。

改革开放以来，国有企业股份制改革一直是争议的焦点，上海从1986年下半年起在市委、市政府直接领导下，由市体改办负责组织研究国有大中型企业进行股份制试点的改革方案。但赵国平心里也明白，反对的声音不小，还有人写信向中央政治局举报，认为股份制改革的模式，实为资本主义的发展模式，建议中央撤销上海的股票交易。徐敬之教授对此也是持反对态度的。不出所料，会议一开始，徐敬之就不客气地开口了："赵主任，股票是自由化的典型，怎么对待这种经济形式，从中央到地方，现在都没有统一的看法。我认为股票、股份制不能再放手发展了，而是要大力收缩。"

赵国平和颜悦色地回答："徐教授，您先不要太激动，我明白你们中间有人支持股份制，有人反对，但是它到底是好是坏我们说了都不算，要用事实说话，事实胜于雄辩。我今天特意把豫园商场的顾国椿总经理请来了，豫园商场是我市商业系统第一家股份制企业，今天就让顾总给我们现身说法。"

顾总经理站起身来，把商场改革前后的变化仔细介绍给参会人员。小礼堂内，所有与会人员都在认真听着介绍，丝毫没有注意到时间的流逝，待顾总经理发言完毕，已是夕阳西下了。

听着顾总的发言，赵国平不时点头称好，等发言完后，赵国平接着说："同志们，只是利息支出就节省了100余万元啊，这100余万放到别的地方投资经营可以多创收，可以保住工人的饭碗，可以养活多少家庭，大家心里都应该有一杆秤。市委江书记先后两次到豫园调研，一直惦记着股份制改革的进程。现在改革开放让我们刚刚尝到了甜头，难道要因为这些姓社姓资的争议再走回头路吗？"

徐敬之听说后仍旧很不服气，指责赵国平是危言耸听，表示撤销股份制绝不是走回头路！

赵国平认真看着徐敬之说道："当然了，我们的股份制和股票发行现在还是非常不规范的。一来我国处于改革开放初期，没有相应的立法；二来现在发行的股票既保底、又分红，债务证券与权益证券的特征混淆；三来股票发行没有严格的招股说明书和必要的信息披露，确实有一定隐患。"赵国平说着把目光投向了一直在旁听没有发言的杜黎，邀请他给大家讲一讲人民银行的态度。

杜黎看了看赵国平，又看了看自己的老师徐敬之，弥漫在两个举足轻重人物之间浓浓的火药味让他不得不小心谨慎地斟酌自己所说的每一句话："十三大报告明确指出，改革中出现的股份制形式，包括国家控股权和部门、地区、企业参股以及个人入股，是社会主义企业财产的一种组织形式。"

听自己的得意门生这样说，徐敬之的脸色变得有些不好看了，坐立不安，握紧拳头准备拍桌子。杜黎侧目，立刻察觉了老师的情绪，转而说道："中国人民银行作为金融管理主管机关，在股份制和股票公开发行试点政策方面一直强调现在的试点范围仅限于上海、深圳等地，强调按比较规范的股票公开发行程序进行股票发行。在中央没有明确股份制和股票市场试点政策之前，股票流通市场试点只限于上海、深圳两地。这在一定程度上也能说明，我们对于股票、股份制还是持保留态度的。"

听杜黎这么一说，徐敬之又露出了笑意，紧握的拳头缓缓张开。杜黎在心里暗暗舒了一口气，小心翼翼地观察双方的神色，好不容易把发言完成。

会议结束后，徐敬之很满意自己的弟子为自己说话，邀请杜黎去家里吃饭。杜黎却推辞说他约了几个老同学叙叙旧。这时，徐敬之想到让杜黎帮忙劝劝赵海鹰："见到赵海鹰，你劝劝他，不要忘记自己是从上海财大走出去的。当保安，他真是太有出息了，竟然在当保安！"杜黎被赵海鹰当保安的消息震惊得还没缓过神来，突然背后有人喊着"徐教授，徐教授……"

杜黎和徐敬之停住脚步，来人拿出名片递上，名片上印着韩要强的大名。原来韩要强在会场内听了徐教授和杜黎的发言后，感觉收获颇丰。正在为医疗器械厂改革突破绞尽脑汁的他，想在会后向二位高人请教。

听说了韩厂长的来意，徐敬之谦虚地说道："我只是个大学教书匠，对你们工厂的改革不敢妄议。不过我还是要提醒你，如果是改制，要慎之又慎。"

这时，赵国平走过来给了韩要强一剂良药："韩厂长，我问你一个问题，你敢不敢搞一次'厂长招标'？"韩要强惊讶，一时答不上来。赵国平继续解释说："我们说了一千种的方法，其实核心还是人，是人才。厂长招标刺激的是内部竞争机制，接下来就会刺激到经营机制。如果你韩厂长有这个胆量和意识，我相信你一定能带领永康走出一条康庄大道来。"

韩要强听完赵国平的解释，顿觉茅塞顿开。激动万分的他，握住赵国平的手连连致谢。

第三章

三个男人一台戏

1

自打陈梦蕾进入静安交易所，就一心想要干出一番事业，但残酷的现实让这位"金融才女"有些力不从心。黄昏时分，斜阳的余晖返照在上海，暮色渐渐袭来，同事都走了，只剩下陈梦蕾还在愁眉苦脸地计算自己一天的营业额。面对公司一个个业务骨干，她每天的交易完成量简直可以用"凄惨"来形容。

这时，赵海鹰给陈梦蕾送饭来了。工作之后，二人约定，暂时不公开恋情，所以见面也是下了班之后。

看到赵海鹰，陈梦蕾的心情依旧没有好转，垂头丧气地说："我没有胃口。"

"打开看看。"赵海鹰一副神秘兮兮的样子。

陈梦蕾好奇，打开饭盒一看，原来是光明雪糕，陈梦蕾脸上的愁云瞬间散去，拿起雪糕吃了一口，心满意足地说："真甜。"可是吃完之后，烦躁又涌上心头。

其实，赵海鹰从进屋之后就发现陈梦蕾心情不佳，可是没想到连她最爱吃的雪糕也没能让她心情好转。他询问原因，陈梦蕾一脸发愁地说："我今天只成交了100股，比昨天还差，王姐今天一天就有1000股的交易额。不用说，这个月我的成交量肯定又是全所倒数第一。出国进修要考察业绩，肯定轮不上我了。"

赵海鹰安慰道："王姐以前就是工商银行静安办事处的员工，是咱们这儿资格最老的，你才来多久啊，以你的资质，用不了半年，你肯定能超过她。"其实对于新人来说，陈梦蕾的业绩已经算不错了，可偏偏赶上出国进修的机会，机会可是不会等人的。虽然在经理公布这个消息的时候，陈梦蕾表现得很淡定，但心里对这次机会却极度渴望。这次考核最重要的指标就是业绩，想到这儿，再看看手里的业绩表，陈梦蕾愁容满面。

赵海鹰自然知道陈梦蕾的想法，也明白这次机会真的很好。别说是陈梦蕾这样的新人，就是交易所里工作了几十年的老员工们也都像饿狼般死死地盯着这个机会，竞争压力可想而知。可是刚刚入行的陈梦蕾，想要超过其他业务骨干，确实不太现实。

看着陈梦蕾愁眉不展的样子，赵海鹰脑子里突然蹦出了一个念头，他带着安慰同时又有些提醒的意味说："英国经济学家凯恩斯就说过，选择股票就像是选择美人，聪明的投资者不会单纯地选择你推荐的美人，而是要猜测和分析选美的倾向和投票的行为。"

陈梦蕾这会儿哪里有心情和赵海鹰打哑谜，一脸迷茫地看着他，明显没太听懂。赵海鹰解释道："这个理论运用到资本市场，也就是说聪明的投资者不会简单地去买自己认为能够赚钱的股票，而是要买大家普遍认为会赚钱的那一只。按照这个理论，我们就要分析投资者的心理，而不是一味地按照我们的想法去推荐股票，要考虑投资者的需求。"

陈梦蕾的眼睛里露出了久违的兴奋，像是一下开了窍似的说："也就是说要打消投资者的顾虑，让他看到股票的潜力。"不过，她转而又有些失落，"首先要找到客户，才能有机会引导他啊，可是我的客户在哪儿呢……"

看着这位财经学院的大才女因为业务而发愁的样子，赵海鹰觉得既心疼又可爱。

他的思绪被闯入者打断，这个人就是他曾经的情敌——杜黎。

眼前的杜黎西装革履，英俊非凡，全身都散发着成功人士的气息。他毕业后回到了北京，进入了人民银行金融市场司，拥有了人人羡慕的"铁饭碗"。之前陈梦蕾宁可和父亲断绝关系，也不愿意和他在一起，非要和赵海鹰做一对"苦命鸳鸯"，这让杜黎心里多少还是有些不舒服。不过毕业后，一走上工作岗位，之前的那些小心机、小妒忌也就慢慢消失了，同学之间的情谊变得格外珍贵。

这不，一回到上海，他就准备找赵海鹰几个人出来聚聚。他本来想去赵海鹰家找他，结果一打听，知道赵海鹰在静安交易所，就直接找上门来了。

说起吃饭，赵海鹰觉得没啥意思。自从谢天阳去了美国之后，曾经的"梦之队"好久都没好好打一场球了，正好杜黎回来了，赵海鹰提议先打球，后吃饭。

杜黎欣然答应，他也好久没有舒展舒展筋骨了，几个人来到了附近一所中学的篮球场。篮球场有些破旧，篮球架锈迹斑斑，篮网也只剩下一两根绳子，借着昏暗的灯光，在做垂死的挣扎。

不过这丝毫没影响几个人打篮球的心情，他们特地换上了曾经的球衣，上面写着"梦之队"三个字。比赛还没开始，各自在场下做着热身运动。

一声哨响，比赛开始，赵海鹰和张翔一队，吴一白和杜黎一队，比赛一开始就进入了白热化的局面。赵海鹰直接带球，却被杜黎盯死，他一个转身把球传给了张翔，张翔拿球着，直接投篮，球从球框擦过，没有进。杜黎直接跃起，抢下篮板，控球，赵海鹰严防死守，从杜黎手中断球，随即投篮，一个漂亮的三分球。

"漂亮！"张翔喊道。

"有进步啊。"杜黎挡在赵海鹰面前，"今天我见到你爸了，他发言是真有水平。"这才是这次杜黎来找赵海鹰的真正原因。这时，张翔把球传给赵海鹰，赵海鹰接球、控球，杜黎继续说着："今天的会真是热烈，教授和你爸就差打起来了。"

赵海鹰知道杜黎口中所指的教授肯定是徐敬之教授，不过他怎么也想不出敬爱的徐教授和他父亲吵架是一种怎么样的场面。一走神，杜黎直接抢球、投篮，球进了。

看赵海鹰有兴趣，杜黎补充道："讨论改制的问题，各执一词。"

听到这儿，赵海鹰就已经猜出了大概："从1984年到现在讨论了四年了，还停留在姓社姓资的老问题上出不来。"

"姓社姓资这是很敏感的问题，也很关键，多次开会研讨当然是有必要的。"在单位待久了，不自觉就会带有官腔，杜黎一本正经地说，"就是因为股份制改革有一定风险，所以现在股票流通市场只限于上海、深圳两地试点。"

听杜黎这么说，赵海鹰有些反感，毫不掩饰地说："杜黎，这皇城根儿下的人就是不一样啊，你现在怎么也学会打官腔了？"

"这怎么是打官腔呢？我实话实说。"杜黎有些不满，反驳道，"就是因为股份制改革有一定风险，所以现在股票流通市场试点只限于上海、深圳两地。"

赵海鹰一直都认为，改革改革，就是要改变旧事物、旧制度，但这种试点步伐是难以满足各地股份制改革要求的。股票公开发行管得过死，经济发展还是会受到掣肘。面对杜黎过于保守的态度，赵海鹰毫不让步："即使有风险，也值得试一试闯一闯。股份制改革的厂子现在发展得怎么样，大家有目共睹，守旧保守的厂子有发展前途吗？"

面对赵海鹰的不断质问，杜黎也毫不让步，他认为欲速则不达，改革的事情不可能像赵海鹰说的那么简单，方方面面都要考虑到，牵一发而动全身，而人民银行作为金融管理主管机关，一直严格控制在国家综合信贷计划的总盘子内股票公开发行的额度，然后在此额度内确定股份制试点企业，进行公开发行股票的试点，超出额度是绝对行不通的。

二人各执一词，眼瞅着就要开始互掐，站在旁边的吴一白估计这球是打不下去了，他无奈地叹了一口气，扔掉手中的篮球，开口道："得了，这球别打了，吃馄饨去吧。"

…………

孙明芳的永春副食店位于洋泾街的一条小巷子里，已经有几十年的历史了，店铺已有些陈旧。店外摆放着五六张破旧的桌椅，带有厚重的沧桑感，用赵海鹰的话说："这才叫真正的'老字号'。"

永春副食店内货品琳琅满目，小小的一间房，东西放得满满的，顾客也是络绎不绝。虽然附近也有一些大的副食店，但街坊邻居都习惯来这儿买点东西，东家长西家短地唠上几句，才觉得圆满。尤其是孙明芳包的馄饨，在附近的几条弄堂里都是出了名的，白天需要排很长时间的队才能买到。

杜黎可不管什么"老字号"，直接讽刺赵海鹰小气，全身散发着上海男人特有的精明。不过，所有的想法都在他吃了一口小馄饨之后全部消失了。在连续说了三个"太好吃了"之后，他一口气把整碗馄饨吃了个精光，连汤都没剩。

看到杜黎没成色的吃相，赵海鹰乐了，带着得意的口吻说："我孙妈的手艺，如果给这个馄饨加上包装，那就是名牌产品。"

"这个点子好！产品好，就是要好的包装才能畅销。"杜黎用筷子挑着碗里仅剩的一点佐料渣子，意犹未尽地说。

一旁的张翔补充道："那你们的意思是，让孙妈改行，这个副食店不开了，就做馄饨？想个好名字，就叫'孙妈馄饨'，注册商标。"

几个人你一句我一句说得热血沸腾，好像这个计划马上就要执行一样。一直不怎么说话的陈梦蕾看着这一幕，笑了，他们的样子，让她仿佛回到了大学时光：一群充满理想和抱负的年轻人，坐在小小的饭店里，谈论着自己的梦想，畅想着未来，在他们的世界没有什么是不可能的。

就在大家讨论得热火朝天的时候，从头到尾都没出声的吴一白一下把大家拉回了现实。他最近正在为租房子的事情苦恼，单位分配的宿舍太挤了，还没有他们大学宿舍的条件好，他晚上经常要熬夜写稿子，总会打扰到别人，实在是不方便。

"你们还有宿舍，我们工厂连宿舍都没了，我现在还在工厂仓库凑合呢。"一提到现实问题，张翔也皱起了眉。

说起房子，赵海鹰最近也在为这个事儿发愁，他想租一个房子，搬出单位的宿舍，怎么说他也是个二十来岁的大小伙子了，有工作，也有工资，总在宿舍住也不是长久之计。另外，他暂时不想公开自己和陈梦蕾的关系，单位人多嘴杂，他俩天天都像是做贼似的，弄得他很不自在，陈梦蕾心里估计也不舒服。但上海的房价已经很昂贵，要租房子，光是租金已经让他有些吃不消了。一听到张翔和吴一白也要租房，赵海鹰突然萌生了一个想法："要不要我们三个合租在一起？这样一来能平摊费用、降低成本啊。"

"好主意！"吴一白的眼睛一下亮了起来，"这可不光是经济成本，我们兄弟在一起，那就是其利断金、前途无量啊。"

张翔一拍大腿，举起杯子："就这么定了！"

2

阳光明媚，又是一个好天气。

周蕙的心情也和天气一样，格外美好，她一边哼着小曲，一边在厨房里忙活。厨房里摆满了各种菜，鸡鸭鱼肉一样都没落下。自从赵海鹰搬到单位，周蕙见儿子的机会就少了，在她的强烈要求下，赵海鹰每周六必须回家吃饭。其实，自打赵海鹰毕业，周蕙希望儿子能回家住，因为家里有现成的屋子，空着也是空着，别的不说，就是家里的饭总比食堂的要好得多吧。可是赵海鹰偏不，说什么自己二十多岁了，不能在家"啃老"。

要说周六最幸福的不是周蕙，而是赵海鹰的父亲赵国平。以前老婆怎么说每顿饭也是四菜一汤，营养也很均衡；自从儿子跑去当保安以后，老婆像是丢了魂，饭也不做了，家也不怎么打理，天天炒一个菜随便对付对付，而且清淡得都不见油。享受惯了四菜一汤的赵国平哪里吃得下这些，每次提意见，周蕙都给出冠冕堂皇的理由："年纪大了，吃清淡对身体比较好。"赵国平完全找不出回击的理由，没办法，不吃就得饿着，最后只能找各种理由，偶尔跑到食堂改善一下生活。唯独星期六这天，赵国平会老老实实地待在家里，等待着中午的荤腥。

赵海鹰一进门，桌子上已经摆满了各式各样的上海菜，全是赵海鹰爱吃的。看着满桌子的大鱼大肉，赵国平唏嘘道："看见没，你妈这一碗水不平，你今天回来吃饭，这鱼就摆上桌了。"

说着，赵国平准备夹菜，却被周蕙狠狠瞪了一眼："我是做给你吃的，你这段时间太操劳了。"说着，她把一块鱼夹到丈夫碗里。

赵海鹰看着日渐消瘦的母亲，有些心疼，夹起一块鱼放进周蕙的碗里："妈，你也辛苦了。"

周蕙却似乎没什么胃口，看似无意实则有意地问道："听说那个杜黎现在在人民银行上班，你爸他们开会，杜黎都去参加了。你知道吗？"

"知道，他跟我说了。"赵海鹰一边大口吃饭，一边不以为然地答道，"其实那小子上学的时候成绩一般，也不知道什么运气进了人民银行。"

这下，周蕙是彻底没了胃口。读书的时候，杜黎没有赵海鹰成绩好，谢天阳也没有赵海鹰有天分，可他们现在一个在人民银行，一个跑去了美国。自己的儿子呢，从小就是老师的重点培养对象，朋友口中的"别人家的孩子"，现在却跑去当什么保安。周蕙只要一想到儿子变得如此不思进取，就觉得心里憋屈。

周蕙忍着脾气，耐着性子，一口气把憋在肚子里的话全部说了出来："我厚着脸皮到处求人，好不容易给你推荐到永康医疗器械厂，虽然说是干销售，但那是国企，至少很稳定，对吧？你刚去的时候，不也做得不错吗？好好的转正不要，跑去静安所当保安，你让我这张脸往哪里放？"她缓了缓，直接把矛头指向了陈梦蕾："你是不是为了那个陈梦蕾？"

赵海鹰没想到事情已经过了这么久，母亲心里还是放不下，说到底还不是为了自己的面子，觉得儿子丢人。再说，他现在的情况和陈梦蕾有什么关系。他嘴里的饭菜突然变得难以下咽："陈梦蕾是我的女朋友，就算是为了她也没什么错。何况，我一直想到证券交易所工作，以我现在的情况，我只能从最底层做起。"

这是赵海鹰第一次顶撞自己，还是为了一个女孩，周蕙感到心寒，眼眶里的泪就要流出来了。赵海鹰见情况不对，赶紧保证道："您放心，我一定会努力当上静安所的股票经纪人。"

赵海鹰一副信誓旦旦的样子，周蕙却根本不吃这一套，当初就是因为太相信、太尊重儿子的想法，导致他最后连大学文凭也没拿到，这次她绝不妥协："两条路：要么你好好复习再考托福，爸爸妈妈还能养得起你；要么你就找一份正式的工作，踏踏实实地工作、生活。"

没想到赵海鹰态度却异常坚决，表示不会辞职，这下周蕙彻底生气了，直接把筷子摔在桌子上。母子二人都不让步，就连一直吃得津津有味的赵国平也没了胃口，原本好好的一顿饭，最后搞成这副样子，他看着妻子："周蕙，你少说两句吧。"

周蕙正愁没地方发泄呢，直接把矛头转向赵国平："你就是不负责任，儿子都这样了，你也不管。"

"他现在又不是不能自食其力，你一定要按照你的意愿来安排他，这是行不通的。"赵国平也毫不退让，他一直的理念就是"儿孙自有儿孙福"，做家长的不要过度干涉孩子。再说，他了解赵海鹰，从小就是个有分寸、有主见的人，不会轻易妥协。

不过周蕙却不这么想。眼看父母一直争执不下，赵海鹰看着一桌子的菜，全无胃口，起身离开了。

看着儿子的背影，周蕙有气也发不出，她气、她恨，气儿子不争气，更恨那个把他儿子"拐"去当保安的女人。她暗暗下定决心，只要自己还活着，陈梦蕾就别想进赵家的门。

中午时分，太阳晒得柏油马路发烫，马路两边的植物也被晒得低垂着脑袋，无精打采。

从家里出来后，赵海鹰来到了电影院门口，看看手表，离和陈梦蕾约定的时间还有半个多小时。他买了陈梦蕾最喜欢吃的糖炒栗子，耐心地等待着。太阳无情地晒在他的身上，不一会的工夫，他的额头上全是汗珠子。

"棒冰，雪糕。"赵海鹰一个激灵，朝着声音的方向看去，一位拎着保温瓶、肩背棉花保温木箱的老人朝着他走过来。

赵海鹰迎上去："要两根光明雪糕。"他从包里掏出钱，所剩无几，他犹豫了一下，跟老人说："还是要一根吧。"

老人从保温木箱里拿出一根光明雪糕递给赵海鹰，他没有打开吃，要留给陈梦蕾。

这时，赵海鹰看到了马路对面的陈梦蕾，脸上马上露出了幸福甜蜜的笑容，隔着马路跟她招手。

几十秒的红灯像是几个小时那么长，终于，小红人变成小绿人了，对面的陈梦蕾朝着赵海鹰跑过来，刚跑了一半突然停了下来，脸上的表情立刻变了。

赵海鹰还纳闷呢，就听见耳边响起了一个非常熟悉的声音："赵海鹰。"

赵海鹰这才看到身边站着的同事们，很意外，表情尴尬："王姐，你们怎么在这儿？"

王姐晃了晃手里的电影票："当然是看电影了。你呢，也看电影吗？"

"对，我等人，一会儿就进去。"

"该不会是女朋友吧？"王姐脱口而出，却说得赵海鹰后背冒出一身冷汗。王姐可是老江湖，一下就能嗅出八卦的味道，还没等赵海鹰解释，她的两个眼珠子已经瞪得溜圆溜圆，像是一只猛兽，四处寻找自己的猎物，"快让我看看，你女朋友长什么样子。"赵海鹰下意识地抬头看向马路对面，人来人往的街道，却已经没有了陈梦蕾的身影。他脸上的笑容一下子消失了。

"没有，不是女朋友，就是一个普通朋友。"赵海鹰的语气里充满失落。

眼看电影开场的时间就到了，王姐一无所获，顿时失去了兴趣，倒是一直站在一旁的杨昊突然开口了，低声对她说："我刚才好像看到陈梦蕾了，赵海鹰不会是和陈梦蕾约会吧？"

"不会吧，陈梦蕾会看上他？"王姐的语气里明显带着不可置信的态度，"陈梦蕾出身好学历好，长得又漂亮，会跟一个小保安谈恋爱？那可真是世纪大新闻了。"

只言片语飘进赵海鹰的耳朵里，他的拳头攥得紧紧的，手里的雪糕都化了。赵海鹰心里十分难受，把雪糕丢进垃圾桶，正转身准备离开电影院。突然，一只柔软的手牵住了他，赵海鹰缓过神，原来是陈梦蕾，她拉着自己就往前走。还没反应过来呢，他俩就来到王姐和杨昊面前，陈梦蕾大大方方地说："我和赵海鹰大学时候就是恋人，因为现在是同事，怕影响不好，所以一直没有公开，你们可要替我们保密啊！"

王姐和杨昊早就惊讶地瞪大了眼睛，还没回过神，陈梦蕾就拉着赵海鹰往电影院里走。赵海鹰跟在后面，方才那一丝小小的隐痛消失了。这一刻，他拉着陈梦蕾的手握得更紧了一些。

看完电影，赵海鹰回到了他和张翔、吴一白新租的房子。这是一家典型的弄堂小院，院子有些破旧，但是却很有艺术气息，据说是一个大画家的故居。院子里一共有三个房间，房子已经多年没有人居住，年久失修，墙皮已经脱落。三个人准备重新粉刷，但是请人成本太高，最后索性买点涂料，自己当起了粉刷匠。

大周末的，赵海鹰和陈梦蕾约会去了，就剩下吴一白和张翔在屋里子粉刷。没想到赵海鹰回来的时候，还带着一副苦大仇深的表情。

正好他俩也饿了，张翔提议去喝酒，三个人一拍即合。

夜幕降临，上海弄堂里的大排档却刚刚开张，五颜六色的霓虹灯亮了起来，形成一道独特的风景线。商贩们把自家的小推车推向巷子里，上面摆满了各式各样好吃的。形形色色的叫卖声在弄堂中回荡，营造出了一种浓浓的弄堂风情。

赵海鹰点了一盘炒螺蛳，几瓶冰镇啤酒。他喝了一口酒，有些苦闷："我知道如果公开我们的关系，公司那些人一定会说闲话，我觉得不舒服，感觉像在拖后腿，太别扭了。"说完，他惆怅地又喝了一杯酒。

看兄弟这么苦闷，吴一白安慰地拍了拍赵海鹰的肩头："其实这事也没什么大不了的嘛。你想想，退学这么大的事情，陈梦蕾都没有离开你，就凭这一点就说明她有多爱你。"

赵海鹰心里也清楚，陈梦蕾是为了自己才留在上海的，"每次我看到她工作压力那么大，我都会很愧疚，如果她去了北京，也许会比现在更快乐幸福。"

"你舍得吗？"张翔问道。

"舍不得，所以我要努力，我不能让蕾蕾有任何的遗憾。"说完，赵海鹰又有些消沉，他向二人诉说着自己的困惑，"现在全中国的股票市场都没有价值投资的概念，也没有审计报表，没有机构投资者和研究员，市场涨跌的主导力量就是个人大户，不成熟的股民只会追涨杀跌，就算将来我穿上了黄马甲，恐怕也难有一番作为。"

说起这个，张翔想起了谢天阳："还是谢天阳好啊，那么快就出国了。我们经济系毕业的谁不想去华尔街。对我们来说，那才是一个可以造梦的地方。"

华尔街，这三个字对赵海鹰来说似乎离得很远了："现在静安所有公派出国进修的机会，我想帮蕾蕾争取到。不过，以蕾蕾现在的业绩表现，难度很大，我也在发愁啊。"

听赵海鹰三句不离陈梦蕾，吴一白啧啧赞叹，说赵海鹰真是本世纪最佳男友。看到赵海鹰这么犯愁，吴一白正好有一张名片，是上海华建建筑公司老板的，他把名片交给他："如果你想帮陈梦蕾做业绩，可以找他试试。每天都盯着小散户，恐怕短时间很难做高业绩吧。"

赵海鹰接过名片，满眼放光，脸上一扫之前的阴霾，拍拍吴一白的肩膀："你小子，够意思！"

吃了饭，喝了酒，就该干正事了。三个人抓紧时间，粉刷墙面，安灯，又买了一些简单的家具。别说，这么一捯饬，原本破旧的小屋，还真有了家的味道。

房子的问题解决了，赵海鹰眼下最重要的就是帮着陈梦蕾提升业绩。他拿着吴一白给他的名片，来到了上海华建建筑公司，找到了老板孙华建。

一听是吴一白的朋友，孙华建热情接待了他。赵海鹰直接递上名片，孙华建一看，脸上的笑容瞬间消失了。他大概明白了赵海鹰来的意图，还没等赵海鹰说话，就直接表明了自己的态度："有个朋友告诉我，中国股市不过是'国企的圈钱工具'。我虽然不完全赞同，但我觉得，有些物品的市价可以莫名其妙地狂升暴跌，就像股票，实在让人捉摸不透。像我这样的生意人还是本本分分地做买卖，不要去想那些天上掉馅饼的好事。"这话明摆着是对股票这种"投机取巧"的事情没兴趣。他直接用开会的理由婉拒赵海鹰，整个会面不到十分钟，赵海鹰除了进门的时候介绍了一下自己，除此之外没说一个字。

不过赵海鹰却没有放弃，反倒觉得收获很大。从言谈举止上，他对孙华建的性格也摸了个大概，此人为人直爽，同时又非常保守，不过这也代表他是一个十分谨慎稳重的人。知己知彼，百战不殆，第一次的会面虽然以失败告终，但赵海鹰心里已经有了主意，他暗暗下定决心，一定要拿下孙华建这个客户。

第二天一下班，赵海鹰又来到华建公司，不过这次就没上次那么幸运了，还没见到孙华建，就被看门的老头拦在了门外。原来赵海鹰前一天来华建公司的时候，向看门的老头撒了个小谎，说自己是孙华建的朋友，当时老头看着赵海鹰穿着，虽然有些怀疑，但是本着多一事不如少一事的心态，还是让赵海鹰进公司了，没想到却挨了孙华建的批评。

"这次说什么也不能让你进了。"老头态度坚决，还给出了一个非常充分的理由，"我一把年纪找份工作不容易，你也体谅体谅我好不好？"

如果是读书时候的赵海鹰，他一定会和老头磨洋工，周旋到底，但是自从他自己当了保安之后，才知道这种岗位身份其实很尴尬，说白了，出来工作，谁都不容易。想到这里，赵海鹰放弃了纠缠老头，临时改变战术，就站在华建公司门前等。前一天他特地观察过华建公司的地形，发现只有一个大门，出出进进的人全部都要经过这里。他就在这里等，等着孙华建出来。下班铃声响了，工人如潮水般涌了出来，赵海鹰瞪大了眼睛，在人群中搜寻，人渐渐少了，最后四周已经空荡荡了，但始终不见孙华建的身影。

夜幕低垂，街上的路灯点亮了，华建公司内却格外安静。看大门的老头都端着饭盒去食堂打饭回来了，一伸头，看到赵海鹰还站在门口，又是好气又是好笑地问："你怎么还在啊？"

"你别等了，这都几点了，你不饿啊？"老头的语气明显比之前缓和了不少，甚至还带有关心的成分，"孙总不一定什么时候出来呢，他一忙也许今天就不回家了，就住在公司了。"

不过这些话对赵海鹰似乎没什么作用，他铁了心要等到孙华建。哪怕孙华建今天真的加夜班，住在单位，那他明天总会出来吧。赵海鹰就不信，孙华建会一直待在公司。

时间一分一秒地过去，夜渐渐深了，路上的行人也稀疏了，赵海鹰又饿又困，加上前一天夜里为了整理近半年来静安交易所代理的几只股票的收益情况，整整熬了一个通宵，长时间缺乏睡眠，年轻力壮的赵海鹰竟有些体力不支，不停地打着瞌睡。

直至深夜，华建公司内一个身影远远朝着大门方向走来。

"孙总，这么晚才走啊。"老头故意把声音提得高高的，说着，朝着孙华建使了个眼神，指了指站在门口的赵海鹰，轻声说道，"等了您一个晚上了。"

孙华建看到赵海鹰，有些意外："你怎么又来了？"

赵海鹰这次是有备而来，他直接提及了一个人的名字：李康国。

这个名字是他通宵研究的成果，他整理了静安交易所代理的收益情况，希望从中找到和华建公司有联系的公司，竟真的被他找到了李康国这个人。

李康国这个名字孙华建自然不陌生，甚至说是十分熟悉和了解。李康国是他们公司最大的竞争对手，在市场占有率上和他的公司不分伯仲，而现在正是两家公司竞争白热化的阶段，可以说，谁的资金多，谁胜出的可能性就更大，孙华建之所以加班加到这么晚，正是在整理这些资料。按理说，这些都是商业机密，孙华建不知道赵海鹰是从什么渠道得到这个消息的，是真的如他所说，从静安交易所半年的交易记录上找到了李康国这个名字，还是赵海鹰原本就是李康国派来的奸细。不过不管赵海鹰是什么人，他都对眼前这个年轻人产生了兴趣，想要听听他到底想干什么。

赵海鹰看到孙华建的迟疑，知道自己已经成功吸引了孙华建，便趁势说道："李总已经在我们交易所购买了数量不菲的股票，收益都很稳定，你可以看看我给你的资料，不过具体的购买信息我就不方便透露给您了。"

李康国那么猴精的人也会相信股票？孙华建心里暗暗纳罕。

赵海鹰建议道："您可以做些调查，就知道我说的是不是真的了。"赵海鹰虽然是笑着说的这些话，但他的心里已经盘算着，孙华建这单很快就要成功了。

第三天，赵海鹰再一次来到了华建公司门口，这一次他直接站在门外面等，根本就不入大门。根据他的推测，这次不是他找孙华建，而是孙华建会主动来门口迎接他了。

让他没想到的是，这次看门老头居然主动跟他说话了："我告诉你啊，孙总这两天都不在公司，他母亲中风了，要住院但是医院没有病床了，孙总为这事急坏了，都没心思工作了。"

老头的话犹如晴天霹雳砸向赵海鹰，原本的计划一下被打乱了。据老头说，孙华建是有名的孝子，平时对老太太照顾得无微不至。可是老太太毕竟年纪大了，这次病得又太突然，让孙华建一时有些手足无措。

听老头这么说，赵海鹰一下想到了身为医生的母亲。他来到华山医院，找到母亲，说明了事情的经过，周蕙犹豫了一下，想起正好有一个病人出院，可以腾出一间房，于是把孙华建的母亲接来了。这可算是帮了孙华建大忙了。

不过，孙华建是生意人，不会因为感激而拿公司的钱乱花。自从上次和赵海鹰分别之后，他特地去调查了李国康的资料。赵海鹰说的没错，李国康确实买了不少股票，还靠着股票赚了不少钱。现在加上母亲的事情，孙华建更加信任赵海鹰了。不过，在认识赵海鹰之前，他对哪一只股票都不感兴趣，他需要建议："既然你如此坚持，不如先说说你想向我推销哪只股票？"

赵海鹰看到孙华建的窗台上摆着好几盆花，便说道："股票不是郁金香，也不是蝴蝶兰，本身并不可爱，可爱的是股票能带来的收入。归根结底，一只股票的价值，是由发出这只股票的公司在实际上可以预期的前景与利润来决定的。所以综合这几个因素考虑，我推荐孙总现在可以买豫园商场。"

4

赵海鹰最近每天下班都往华建公司跑，也不接陈梦蕾下班了。陈梦蕾表面上装作什么都没发生的样子，可是心情却十分低落；最让她无法忍受的是，每次问赵海鹰干吗去了，他总是一副神秘兮兮的样子，用一句"暂时保密"就把自己打发了，看着赵海鹰那一脸坏笑，陈梦蕾的气不打一处来。原本准备自己生日这天和赵海鹰好好谈谈，问问他最近到底在干什么，可是没想到这个家伙居然爽约了，让陈梦蕾整整等了大半个晚上。

原因是这样的，孙华建和赵海鹰聊完股票之后，发现彼此志趣相投。孙华建从赵海鹰身上看到了自己年轻时候的影子，做事坚持，永不放弃。他们好像一下找到了失散多年的知己，彼此欣赏着，诉说着对当前经济的见解。这不，陈梦蕾生日当天，赵海鹰一聊就忘记了时间，直到深夜才猛地想起来。他提着预定好的蛋糕匆匆赶到预先约定的地点时，只见街道冷清，路灯斜照，四周空荡荡的一个人也没有，更别提陈梦蕾的人影了。

第二天，赵海鹰起了个大早，穿上了保安制服，站在自己的工作岗位上，一见到陈梦蕾赶紧笑脸相迎，可是陈梦蕾像没看到他似的，直接从他身边走了过去。这下赵海鹰知道，自己闯祸了。不过幸好，他还有"撒手锏"。

正想着，他的"撒手锏"走进了静安交易所，孙华建一眼就看到了赵海鹰，刚要打招呼，赵海鹰却忙不迭地用眼神暗示他假装不认识自己，孙华建心领神会，径直走进了交易所。

"陈梦蕾在吗？"孙华建直接点名。

陈梦蕾有些意外，赶紧站起来："我就是。"孙华建仔细打量了一下陈梦蕾，心里暗自感叹赵海鹰的眼光，要是他年轻个几十岁，这么好的姑娘，他也会做很多事情讨她欢心。

"我要买 2000 股豫园商场。"

陈梦蕾当时被惊呆了，以为自己听错了。孙华建以为自己没说清楚，又说了一遍："买 2000 股豫园商场，陈小姐，你帮我办吧。"

陈梦蕾这才回过神来，还是有些不敢相信，又问了一遍："先生，您要 2000 股豫园商场？"

孙华建拿出一张支票："对，2000 股，这是 20 万支票。"

陈梦蕾从孙华建手中接过支票，她简直不敢相信自己的眼睛，可是支票上明明白白写着"贰拾万"几个大字。她不敢怠慢，赶紧为孙华建办理股票交易手续，那种感觉简直就是天上掉下来一个大馅饼砸到了自己的头上。

陈梦蕾很快帮孙华建办完了业务，一个刚刚来到单位的新人能一次办理这么大一笔业务，这在静安证券所还是破天荒头一回，不免让其他人看着眼红。

"陈梦蕾，刚才那是谁啊？这么大手笔。"王姐试探地问。

"我不认识啊。"陈梦蕾还沉醉在兴奋中。

"不认识会点名找你？2000 股，这是你一个月的业绩了。"大家显然不相信陈梦蕾的回答，都觉得这次出国的名额铁定就是她的了。

大家七嘴八舌地还在问着，陈梦蕾也懒得去解释，她深信身正不怕影子斜的道理。此刻，她只想把这个好消息告诉赵海鹰。

"孙阿姨手艺真好，比我爸强多了。"陈梦蕾一边吃着赵海鹰为自己准备的盒饭，一边说。她的脸上已经没有之前的忧愁，签单成功让她一扫所有的不快。

赵海鹰把自己饭盒里的肉都挑出来夹给陈梦蕾："多吃点肉，你就是太瘦了，得好好补一补。"

"海鹰,你说我今天的运气怎么这么好? 突然就来了这么大一个客户,一单业务就顶我以前一个月的业绩了。"这件事情,连陈梦蕾自己也有些想不通。不过赵海鹰生日缺席这件事,她还是耿耿于怀。

赵海鹰拿出了准备已久的蛋糕,陈梦蕾看到蛋糕,心里的气消了一半,却故意表现得还很在意:"你以为一个蛋糕就能把我打发吗? 关键是我生日,你让我等了你那么久!"

"是,是,我让你等,是我不对,我道歉,但是我是为了准备你的生日礼物啊!"

看陈梦蕾一头雾水,赵海鹰笑着说:"今天上午的惊喜还不够大吗?"

陈梦蕾这下瞪大了眼睛,之前的困惑终于解开了,难怪之前一段时间赵海鹰天天不见人影,原来他是为了帮自己找到这个大客户。突然,一股强烈的幸福感涌上心头。

"其实你有没有想过,你现在的工作,与其每天累死累活地接待那些散户,不如有针对性地开发大客户,就像孙华建,一笔业务就比得过几十个小股民。"赵海鹰边吃饭边说。

他的话正好和陈梦蕾的想法如出一辙,最近一个月的工作经历,让陈梦蕾成长很多,学校里学的那一套在社会上根本就没有太多实用价值。她其实一直有个想法,就是想做一套股票分析,匹配不同的客户群,这样在给客户讲解的时候更有说服力。她的想法得到了赵海鹰的认可,赵海鹰拍着胸脯说:"我再帮你整理一份上海的大中型企业名录,这些企业都是你的潜在客户资源。"

陈梦蕾感动之余更是兴奋,她觉得自己离梦想越来越近了……

出国进修的消息很快就公布了,不出所料,陈梦蕾因为孙华建的单子,成功得到了出国进修三个月的机会。这在静安交易所还是破天荒头一次,一个刚刚进入单位的实习生居然打败了众多拥有丰富经验的骨干。大家议论纷纷,多数是对陈梦蕾和孙华建之间的关系进行种种猜测,不过陈梦蕾却不以为然。她现在心心念念的都是去美国学习,这是她一直以来的梦想,也是赵海鹰的梦想。

一对年轻的恋人憧憬着去美国华尔街的梦想,这个梦想开始得很早,从他们接触到第一节金融课程、第一次讲座就开始了。见到金融大亨范尔霖先生,以及与查尔德近距离模拟股票交易，更是点燃了他们心中渴望去华尔街的火焰。虽然赵海鹰遭遇了滑铁卢，但陈梦蕾的鼓励和陪伴始终如初。梦想就像这对年轻人手里的船桨，哪怕逆水行舟，他们也一起奋力前行。陈梦蕾很清楚，这一次公派去美国是一次绝好的机会，她要好好地为他们的未来铺路。

5

陈梦蕾已经走了一周，赵海鹰依旧如常，当着他的小保安，日子似乎并没有发生什么变化。

"陈梦蕾在吗？"一个熟悉的声音传入耳朵。

来人不是别人，正是孙华建，之前赵海鹰推荐他买的那只股票，赚了不少钱，这次他准备再买一些。孙华建的到来让王姐等人兴奋不已，之前孙华建的大手笔给他们留下了深刻的印象，所以他们都很期待这个财神爷的垂青。

"小陈出国进修，要三个月以后才回来呢。"王姐笑脸相迎，满心期待等着给孙华建办股票交易，岂料他却直接走向了门口的赵海鹰。

"赵海鹰，今天我带了 30 万支票，你准备推荐哪只股票？"孙华建的话让王姐目瞪口呆。

赵海鹰笑着解释："孙总，我只是一名保安，是没有资格给您办理股票交易的。"正说着，谢东也走了过来，听到了孙华建和赵海鹰的交谈，准备上前解释。还没开口呢，门口就围过来很多人，领头的是一个大妈，一进门，大妈就指着赵海鹰，大声说着："就是他，就是他给我推荐的股票。"

这阵势直接把赵海鹰吓住了，还以为是来找麻烦的，顿时不知所措。他努力回忆着自己最近做了什么事情，得罪了哪些人。岂料大妈上前拉着赵海鹰的手亲热地说："小同志，上次我听你的买了豫园商场，赚大了，听你的就对了。"

赵海鹰这才想起来，之前这位大妈来过静安交易所，一直纠结买什么股票，赵海鹰当时为她推荐了一只股票，其实是举手之劳，没想到这次大妈又找上门来了，还带了这么多朋友，弄得赵海鹰有些尴尬。大家纷纷冲上前，拿着钱就往赵海鹰手里塞。此时的赵海鹰简直被这些市民奉为"股神"。同时，赵海鹰心里十分激动，冲着大家说："别着急，一个一个来，先把你们的职业、家庭情况告诉我，我再帮你们具体分析。"

这一幕被一旁的谢东看在眼里。其实之前他就对赵海鹰有很深的印象，毕竟他是自己儿子的同学，多少还是有些了解的。赵海鹰来静安交易所之后，谢东和赵海鹰聊过几次，赵海鹰独到的见解和眼光让谢东很受启发，这样的人才当一名保安确实有些太屈才了。

谢东深思熟虑之后向经理推荐赵海鹰，经理思索片刻，听取了他的意见，破例给赵海鹰一张正式职工考试的报名表，并告诉他，三个月后，如果能通过考试，就能成为静安交易所的一名正式职工。

幸福来得太突然，赵海鹰简直不敢相信，捧着报名表，激动得难以自持。

三个月后，赵海鹰顺利通过了考试，成为了一名真正的股票经纪人。

当赵海鹰穿上梦寐以求的红马甲，坐到了柜台后面，激动的心情难以言表。虽然眼前的一切都已经熟悉得不能再熟悉了，但他今天却看什么都觉得新鲜，仿佛是第一次来到静安交易所上班。

这时，杨昊在柜台后面的小黑板上更新"今日股票行市"的数据，在延中实业股票那一栏的卖出价格上填写了"44.5 元"。

赵海鹰一看到延中实业的价格跌了好几块，有些着急，嘀咕道："怎么又跌了？昨天就跌了 3 块，怎么今天还是跌？"

原来，之前孙明芳给了赵海鹰一大笔钱，那笔钱是孙明芳攒了二十多年的积蓄。孙明芳看到邻居个个都开始炒股票，就是一买一卖，轻轻松松就能赚好几百块钱，羡慕得不得了。正好赶上赵海鹰去钱家吃饭，她一口气把自己的积蓄全部拿出来，准备投资股票。

赵海鹰了解孙明芳家里的情况，养活一大家子人，加上钱青青正在上大学，家里很多要花钱的地方，可是他耐不住孙明芳坚持，最终决定让孙明芳拿出三分之一的钱即 800 块试试。他为孙明芳买了"延中实业"，没想到出师不利，买了之后一直跌，跌得赵海鹰心里直打鼓。

思前想后，赵海鹰决定借钱，把孙明芳的800块钱凑一凑，先垫上，总不能直接对孙明芳说钱全部亏了，她肯定受不了这个刺激。

"老吴，翔子，你们有钱吗？先借给我应急。"赵海鹰满脸着急地问。

这俩人正在煮着面呢，吴一白想都没想就从兜里掏出几十块钱："都在这儿呢，拿着用！"说着，从锅里挑出两根面条，一个吸溜，面条进入口中，烫得吴一白一直往外吐气，"真不错，快去拿碗吃面。"

赵海鹰哪有心情吃面，看着东拼西凑的几十块钱，他愁容满面。整整800块钱，这让他去哪儿找啊。

张翔好奇，问道："到底怎么了？"

"我给孙妈推荐的股票跌了。"说着，赵海鹰一下瘫坐在椅子上，无精打采，"孙妈前天说想卖掉'延中实业'，担心这两天会跌得更惨。"

一听说是"延中实业"，张翔一下来了精神，这只股票最近他也注意到了："这只股不能卖啊，很快就会再涨起来。我分析过曲线，绝对没问题。"

一旁的吴一白最近也总听人说起这只股票："我也看好啊，现在卖肯定是亏。"

看到二人意见居然出奇地一致，赵海鹰还是有些迟疑，最后在两个好友的坚持下，他终于没有卖。

都说等待的日子是难熬的，等待股票上涨的日子或许是最为难熬的事情之一。赵海鹰天天盯着那块小黑板，一会儿跌，一会儿涨。几周过去了，张翔和吴一白的坚持终于看到了成效，赵海鹰帮孙明芳买的股票最后赚钱了，短短两个月，800块的成本就净赚回了180块。这让孙妈激动了好几天，她从来没有在这么短的时间里赚过这么多的钱，逢人就夸赵海鹰有本事。看到孙明芳久违的笑容，赵海鹰的心也总算是放下了。

三个月的时间转瞬即逝，赵海鹰顺利当上了股票经纪人，而陈梦蕾也要从美国回来了。

在美国结束了三个月的培训，陈梦蕾学习到了一些新的知识。不过，她变化最大的却是眼界。她看到了外面的世界，一个不一样的世界，她的世界观彻底被刷新了。

　　为了庆祝陈梦蕾学成归来，赵海鹰特地做东请大家吃饭。陈梦蕾提议去西餐厅喝咖啡，这让几个年轻人激动到不行。

　　西餐厅里播放着柔和的音乐，装修格调舒适宜人，空气中飘着诱人的香味。服务员小姐优雅地站在一旁，面带微笑地等待着他们点餐。

　　陈梦蕾十分娴熟地为他们每个人点了一杯蓝山咖啡，自己点了一杯卡布奇诺。等咖啡的期间，陈梦蕾兴奋地向大家介绍自己在美国的经历："我有太多话想跟你们说了。你们知道吗？我这次出国进修竟然就在谢天阳的学校，你们说这个世界是不是太小了？"

　　"谢天阳他怎么样？"吴一白有些好奇。

　　"他现在好得不得了。"陈梦蕾激动地说，"纽约真的太繁华了，跟我们这里完全不一样，这次我真是大开眼界。谢天阳带我喝咖啡吃西餐，参加了多场讲座。更重要的是，在讲座上我认识了兰瑟教授，教授愿意接收我当研究生，做我出国留学的担保人。"

　　"真的？你要出去读研？那工作怎么办？"吴一白瞪大了眼睛。

　　"辞职。"陈梦蕾不以为然地说。

　　话音一落，几个人同时投来惊讶的目光，一直没出声的赵海鹰也有些惊讶："蕾蕾，你要辞职，怎么没听你提过啊？"

　　"我现在跟你说也不晚啊。"陈梦蕾十分平静地说，"你们听说过缪里尔·希伯特吗？她是一位股票经纪人，也是第一个在纽交所获得经纪人席位的女性，被称为'华尔街第一女人'。你们知道吗？她进纽交所竟然缘于一次假期旅行。当时，游客们可以登上建筑的阳台，俯览纽交所的全貌。缪里尔女士就站在那个阳台上，对自己说，如果还能来到纽约，她也许会在华尔街谋个职位。"

　　看着大家期待的样子，陈梦蕾继续说道："早期的华尔街是男人的天下，女人的禁地。华尔街的血雨腥风、理想与欲望，似乎都是为男人准备的，而不适合女人。直到 1967 年 12 月 28 日，第一张女性的面孔出现在交易大厅，成为 1366 名交易员中唯一的女性。她就是希伯特夫人。"

　　吴一白感慨道："真是个了不起的女人，如果有机会为她做一个专访那就太刺激了。"

赵海鹰也站起来，举起手里的杯子轻轻碰了一下陈梦蕾手里的杯子："李鸿章在清末就说过，中国欲自强，莫不如学习外国利器。华尔街是世界的金融中心，我们去华尔街就是站在了世界金融的大舞台上。我们努力学习、拼搏奋斗，我们坚信未来的上海一定会成为中国的华尔街。蕾蕾，你真的太棒了！我希望能和你并肩前行！"

赵海鹰的话让陈梦蕾有些吃惊，她出国留学唯一的担心就是赵海鹰的态度。现在赵海鹰已经是静安交易所正式的员工，她没想到赵海鹰会放弃眼前的一切，主动提出和她一起出国，除了感动之外还有感激，感激赵海鹰懂她，理解她。这一刻，她觉得自己是世界上最幸福的女人。

第四章

美国梦是美国人的

1

夜色深沉，街上空无一人，家家户户的门前都挂上了崭新的春联，贴上了迎接新年的"福"字，或远或近传来噼里啪啦的鞭炮声。又是一年除夕夜，赵国平一家自从搬到浦西之后，几乎每年春节都会回到洋泾街，在孙明芳家吃年夜饭、守岁。多少年了，这似乎成为了一种习惯。

吃完饭，赵海鹰带着孙妈包的汤圆，回到了他租房的小院。吴一白加夜班，张翔老家太远，索性也留在上海过年。

夜已经深了，巷子里偶尔还是会传来稀稀落落的鞭炮声，小院里吃的也不含糊，汤圆、饺子、鸡鸭鱼肉样样不少，三个年轻人觥筹交错，推杯换盏，喝得十分尽兴。

酒喝到一半，赵海鹰站了起来，带着一副对未来憧憬的样子，慷慨激昂地说："同学们，机会！机会！机会在敲门！属于我们的机会，属于我们的时代马上就要来了！你们听到了吗？我们不能再坐以待毙，是时候主动出击了。"

虽然观众只有两个，不过丝毫没有影响赵海鹰的心情，他喊着问吴一白："你听到了吗？"

"我听到了！"吴一白兴奋地大喊。

赵海鹰又问："张翔，你听到了吗？"

张翔明显喝高了，声音高了足足有八度："赵海鹰，华尔街在向你招手，你就是华尔街未来金融界的宠儿，中国未来的巴菲特。"

赵海鹰借着酒劲，大声喊着："我有一种强烈的预感，华尔街将会为我打开一个完全不一样的世界。我已经有了一个非常完美的计划，我计划的第一步首先是进入所罗门兄弟公司，成为一名真正的王牌交易员。"

"所罗门兄弟公司？"吴一白和张翔同时瞪大了眼睛，"那和你较量的将会是哈佛、耶鲁的高才生。你有信心吗？"

"哈佛怎么样，耶鲁又怎么样？"赵海鹰满不在乎的样子，"你们忘了，当年我也是上海财经的高才生，难道我们中国的大学会输给老外吗？"他信誓旦旦。

"是，我们不会输给任何人！"吴一白被赵海鹰感染，借着酒精的魔力，也发表了一番豪言壮语，"等将来你在华尔街站稳了脚跟，一定要多透露些内幕给我，我的梦想是成为中国第一名登上《福布斯》的财经作家。"

"那当然，到时候你的书一定会被《福布斯》评为'本世纪最具影响力的十部商业书籍'，你还会被评为中国当代影响力最大的财经作家，到时候我一定会把你写的书推荐给巴菲特。"赵海鹰应和着。张翔也跟着凑热闹："我的梦想是成为中国股市的第一个'张百万'。"

说着，三个人彼此手搭着肩，述说着自己的志向，畅想着对未来的憧憬，说到兴奋的时候，不约而同地大笑起来。这是几个年轻人追逐梦想的豪言，华尔街的传奇故事始终在激励着勇敢者继续前行。

不过，事情并没有赵海鹰想的那么容易，他的托福考试成绩离合格线差了几分，仅仅几分，让他和美国失之交臂，彻底打碎了他的梦想。像他这种情况，如果想要申请去美国，一般是先读一年的语言学校，然后再考。不过一般来说，读语言学校的风险比较高，读完之后能不能考上还是一个问题。同时，最主要是费用太高，对于一个普通中国家庭来说，是不小的负担。

这些问题陈梦蕾也考虑到了，她思前想后，终于想到了一个"好办法"。

"结婚！"陈梦蕾两眼放光，甚至有点像蓄谋已久似的说，"等我出国后，你再以亲人探亲的方式出国。"

赵海鹰一听，满脸震惊："你是说现在？马上？"

"对啊，你不愿意跟我结婚吗？"陈梦蕾不满地说，赵海鹰的反应，让她的心瞬间凉了一大截，挺不是滋味的。原本结婚这件事情从女孩嘴里说出来就已经挺怪的了，说白了，她这可是明摆着向赵海鹰求婚呢！要不是事出紧急，她才不会主动提出来呢。

　　赵海鹰马上意识到自己的失态，赶紧表态："我当然愿意，我是非你不娶的！"赵海鹰深爱着陈梦蕾，这点他自己非常确定，但是目前的他还从来没考虑过结婚这件事，毕竟眼前他们的条件还不成熟：他的工作刚刚稳定，陈梦蕾还在读书，经济基础太薄弱，别的不说，光是婚房就够让他头疼的了。他转而解释道："可是结婚是大事，没有那么简单，还有很多程序要走啊。首先要我们的父母同意，我妈妈当然没问题了，她很喜欢你，可是你爸爸一直反对我们交往，我们都没正式地见过面。"说这话的时候，赵海鹰自己都有些心虚，之前因为他当保安的事情，母亲对陈梦蕾有些误会，赵海鹰还没来得及解释。现在可好，一边是自己的母亲，一边是陈梦蕾的父亲，一个就很难对付了，一下来俩，想到这儿，赵海鹰冒了一身的冷汗。

　　陈梦蕾倒是认为赵海鹰想得太多，婆婆妈妈。她觉得结婚这件事说复杂很复杂，但是说简单其实也很简单，只要他俩去民政局把证领了就是法律上的合法夫妻，就算父亲陈建华也没有办法阻拦。

　　"可是我不能让你这么做。"看陈梦蕾一脸真诚地样子，赵海鹰反倒更加坚定了自己的态度。他解释道："因为你是我深爱的女人，我希望你和我的婚姻得到所有人的祝福，尤其是你爸爸，他是你在国内唯一的亲人。如果你的婚姻连他的祝福都得不到，那样你为我牺牲的就太多了。如果我连最基本的幸福都不能给你，那我怎么值得你托付终身呢？"

　　赵海鹰的话让陈梦蕾大为感动，她感觉自己是世界上最幸福的女人，能有一个如此爱她的男人。就为了赵海鹰刚刚这句话，陈梦蕾向他保证，一定会说服自己的父亲。

　　但是她没想到，当她把自己准备结婚的消息告诉父亲的时候，陈建华想都没想，直接反对，并且大发雷霆。

　　陈梦蕾没料到陈建华的反应这么大，再说她本来也不是征求意见，只是通知一下父亲而已。

　　"我已经是成年人了，早就过了法定结婚年龄。恋爱自由婚姻自由，爸爸为什么反对我结婚？我违法了国家法律哪一条哪一款？"

陈梦蕾说得有理有据，陈建华难以反驳，气得浑身发抖，只能摆出一条歪理，指着女儿大吼道："你没有违法国家法律，你违反了我们陈家的家法！"

"家法？我怎么不知道？谁定的？"陈梦蕾对这个理由显然很不屑。

"我定的！"陈建华边拍桌子边大喊着，"我是你爸爸，我就有资格管你。从小到大我管你吃管你喝，管你上大学，现在我就要管你跟谁结婚。反正那个保安就是没资格娶你。"

陈梦蕾一副恍然大悟的表情，说到底，父亲是瞧不上赵海鹰是个保安。这下，陈梦蕾也不乐意了，她最讨厌别人天天"保安保安"地叫赵海鹰，哪怕是自己的父亲也不行，况且，赵海鹰现在已经不是保安了："结婚是你情我愿，感情是我们结合的基础，我的婚姻幸福又不是商品买卖，我选择了赵海鹰，他就比任何人都有资格娶我。"

听着女儿的话，陈建华一时无力反驳。他也年轻过，冲动过，但是谈恋爱是一回事，结婚又是另外一回事儿。婚姻不是谈恋爱时候的风花雪月，婚姻要生儿育女，要天天和油盐酱醋打交道。一旦结婚，所有的风花雪月要被烦琐的家务事覆盖，激情最终会被平淡无奇的日子磨蚀干净。他认为女儿和赵海鹰根本就不合适，他不能眼睁睁地看着女儿去经营一段注定会失败的婚姻。

陈建华努力平复了一下自己的心情，他知道再这么对抗下去，只会加剧女儿和赵海鹰在一起的冲动，解决不了任何问题。陈梦蕾从小被惯坏了，脾气倔强，保不齐一气之下和赵海鹰私奔了，那时候就是覆水难收了。他转换策略，语重心长地说："你去美国是为了深造，将来不管是留在美国还是学成归国都大有可为。赵海鹰呢，他有选择的余地吗？他一个大男人总不会以后要靠你养吧？"

父亲的话让陈梦蕾的气势瞬间减半，她试图去辩解："赵海鹰虽然没有文凭，但是他有能力，美国也不可能只认文凭不认能力吧。"

"那这个机会的概率是多少？"陈建华反问。这下陈梦蕾不说话了。看女儿软了下来，陈建华趁热打铁，看似非常理性地分析道："你将来是纽约大学的硕士，他连一张本科文凭都没有，你们如果去同一家公司面试，他有资格跟你在同一个平台竞争吗？爸爸是过来人，这么多年的工作经验告诉我，去到一个完全陌生的环境，文凭首先就是一个人的脸面，文凭就是敲门砖。"

父亲的话并不是没有道理，每个字都直戳陈梦蕾的心。她一时无从辩驳，不禁有些心灰意冷。这场"战争"最终以陈建华的胜利而告终，可是他却没有一丝胜利的喜悦，看着女儿满脸的失望与难过，他感到阵阵心疼，最后拍拍女儿的肩膀，安抚道："不要再有那些不现实的幻想，等你去了美国，时间就会冲淡一切，你会忘了他的。"

听着父亲的话，陈梦蕾只感到心痛加剧，一句话也说不出，默默地回到房间。这一夜，陈家父女房间的灯亮了一夜。

2

陈建华思索了一夜，在脑海里想了一千种破坏女儿和赵海鹰结婚的方法，最后选择了一种杀伤力最大的：直接找赵海鹰的母亲周蕙。

天还没有亮透，淡青色的天空还镶着几颗稀落的残星。

周蕙刚刚下夜班，一出医院大门，就看到陈建华站在门口，满脸的疲惫，脸上还带着两个大黑眼圈。周蕙十分意外："你怎么来了？哪儿不舒服？"

"有时间吗？我想跟你单独聊几句。"陈建华缓缓地说。

当周蕙从陈建华的口中得知了儿子要结婚的消息时，着实吃了一惊，不过她表面很淡定，脸上没有一丝情绪的波澜："他们要结婚的事我也是刚知道。"

说起来二人也算是老朋友了，陈建华也不废话，直接说明来意："我厚着脸皮来找你，就是想恳求你劝劝自己的儿子，放过我女儿。"

"放过？"这两个字对周蕙来说太重了，"请注意你的措辞，什么叫放过？！他们两个人是自由恋爱，而且海鹰也不是像你想的那样，虽然他没有拿到大学文凭，但是他这个人还是很踏实能干的。"说到这儿，周蕙突然想到了什么，赶紧补充道："他已经不是保安了，他现在是静安所正式的股票经纪人了。"

陈建华也知道自己言辞有些不妥，又是道歉，又是解释："对不起，我可能说话比较直接，但是我真的觉得他们俩不合适，赵海鹰的做事方式和为人，我都难以认同。"

周蕙一听就明白，陈建华指的是赵海鹰读大学的时候发生的事情。她为自己的儿子辩解道："海鹰读大学的时候确实犯过错，但是他已经付出了很大的代价，至于为人，作为母亲，我可以向你保证，海鹰绝对是一个正直可信赖的孩子。"说完，周蕙突然带着质问的语气问："或者你是觉得我为人有什么问题？"

周蕙最后这句话狠狠地给了陈建华一个回击，陈建华有些不知所措，一直弓着腰，连连道歉。

看着陈建华的样子，周蕙的心也软了，她理解陈建华，天下哪有一个父母不希望自己的儿女能够幸福？她自己也不同意赵海鹰和陈梦蕾在一起，只不过赵国平经常开导她，让她也想开了不少。可是陈建华只能自己一个人默默地忍受着，陈梦蕾的母亲很早就离开了他们，只剩下陈建华一个人又当爹又当妈，把陈梦蕾养大，其中的艰辛她不用想都知道。

如果陈建华说的这个人换了其他任何一个人，周蕙是绝对会站在陈建华这边的，可是现在陈建华说的是她亲生儿子，她原本就爱面子，赵海鹰没毕业当保安的事儿已经让她在朋友面前抬不起头，现在可好，老朋友亲自上门，嫌弃自己的儿子。陈建华值得同情，但又有谁理解她为人母的心情呢？没办法，所有的一切只有她来承担了，她劝解道："这段时间，我看着海鹰工作那么努力，两个孩子相互鼓励，相互帮助，我觉得我没有理由再反对什么。再多嘴说一句，海鹰和梦蕾他们从大学一路走过来，维持一段感情不容易，我们做家长如果轻易去破坏了孩子之间的那份美好，会给他们留下一辈子的遗憾。"

可是陈建华态度依旧坚决："如果我不及时反对，让他们悬崖勒马，那才会给梦蕾留下一辈子的遗憾。"陈建华心里苦，从小到大，他一直把陈梦蕾当作掌上明珠一样爱护，他希望女儿能找到一个能够照顾好她的人，他觉得自己这个希望并不过分。可是没有人能理解他，女儿不能，朋友也不能，陈建华彻底失望了。

意见不合，多说无益，陈建华告别了周蕙，临走之前，斩钉截铁地留下了五个字："我不会同意。"

看着陈建华离开的背影，周蕙心里不是滋味。陈建华口口声声说陈梦蕾是

"掌上明珠"，那赵海鹰还是她一把屎一把尿拉扯大的呢！在学校的时候，赵海鹰本来是优等生，是保送留校的人选，要不是出了事，早就去美国深造了，那时候就是陈梦蕾配不上赵海鹰了。现在倒好，被人挑剔成这个样子。想到这里，周蕙气不打一处来。她直接找到了这件事情的罪魁祸首，她的宝贝儿子赵海鹰，准备问个究竟。

一见到儿子，周蕙怒气上冲，双眼喷火似的，质问道："结婚这么大的事情，你究竟怎么想的？我还是从别人口中才知道，真是……"周蕙气得喘不上气，半天说不出话来。

赵海鹰看到母亲的样子，也有些心疼，又是端茶，又是递水，满脸歉意："妈，这事我还没想好，所以……"

"没想好？"喝了一口水的周蕙像是一下恢复了体力，一肚子的委屈和怒气全部发泄在儿子身上，"那陈梦蕾的爸爸怎么找上门来了？问得我是哑口无言，这张脸都不知道往哪里放。"

赵海鹰一听，陈建华居然找过周蕙，吓了一跳，愣得半天没有说话。

坐在周蕙旁边的赵国平一直在观察赵海鹰，看得出，赵海鹰对结婚似乎并不是十分坚定，他了解自己的儿子，做任何决定之前都会慎重考虑，一旦决定，绝对不会有任何犹豫。他推测，结婚的事可能另有隐情。思索了半天，他认为可能与出国有关。他问儿子是不是因为出国，赵海鹰没否认，就等于是默认。他向赵海鹰表明自己的态度："我不反对你们在一起，但是建立在出国的基础上谈婚论嫁，恐怕不是太好啊。你们都太年轻，事业都还没有开始，这个时候就结婚，有没有想过婚姻生活是什么状态？"

还没等赵海鹰回答，周蕙就坐不住了："不管什么状态，也不能靠结婚出国吧？海鹰，你的志气去哪里去了？况且，你现在的情况，出国去能做什么呢？难道去餐馆洗盘子刷碗养家糊口？"

周蕙原本无心的话彻底地伤害了赵海鹰那仅存的卑微的自尊，说到底，还不是觉得自己没出息："妈，华尔街不足 600 米的街道，却改变了很多人的命运。那里遍地是金融公司，多得是机会，那儿孕育着人们的理想和欲望，尤其是像我们这样的年轻人更应该去华尔街追梦。我的同学谢天阳，已经在摩根士丹利总部工作啦。"

"你只看到华尔街的繁华，没有好好分析分析你自己的真实情况。"这下连赵国平也开始反驳他，在他看来，赵海鹰说的话完全就是一个乳臭未干的孩子的狂妄之语，一点都不成熟，现实远比他想象要艰难的多，"华尔街不是温床，更不是天堂，这个事情必须好好分析琢磨。你现在在静安所干得不错，工作上刚有起色，这么快就放弃太可惜。有时候好高骛远，换来的是竹篮打水。"赵国平中肯地说。

这些话赵海鹰根本就听不进去，只觉得父母不理解他，他有些赌气地说："就算我去了是端盘子，也能学到东西。在静安所，我虽然之前当保安，但是每天我接触到各种各样的人，学到了很多东西，从某种角度来说，甚至超过了在大学课堂上的收获。"

这次谈话最终不欢而散。

又是一个风和日丽的日子，三个年轻的身影穿梭在陆家嘴老篮球场上。

赵海鹰汗流浃背，衣服已经被浸透，他持球突破了吴一白和张翔两个人的拦截，三步上篮进球。接下来吴一白拿到了篮球，但是一眨眼的工夫球就被赵海鹰成功拦截，又变成了赵海鹰控球，他一个假动作成功甩开了张翔，回身就是一个漂亮的三分球。赵海鹰打得很疯狂，似乎是在使出拼命的劲头打球，用这种方式宣泄自己的情绪。

赵海鹰一个接一个地投篮命中，但是他的脑海里此刻却被这些天来因为自己要结婚而引起的风波填满了，所有发生的一切一一从脑海中闪过。运球过人的时候，脑海中闪过父亲赵国平的不满脸色，投篮命中的时候，耳边是母亲周蕙的委屈哭泣……越是想到这些，赵海鹰就越发不能平静。

整个球场只看到赵海鹰一个人在疯狂地投篮，吴一白和张翔似乎成了摆设。直到体力不支，赵海鹰才停止了这场"一个人的篮球赛"。

这次，赵海鹰真的犹豫了，自己到底要怎么做？是和陈梦蕾结婚，去美国？还是像所有人所说的那样，踏踏实实地工作？耳边响着陈梦蕾充满期待的声音："日子我都已经选好了，下个星期一，我们就在那一天去民政局领证结婚。"从小到大，他从来没有这么纠结过。爱情是两个人的事情，可是婚姻却是两个家庭的事情。得不到父母的理解，得不到陈梦蕾父亲的认可，赵海鹰整个人陷入了艰难的抉择中。

离陈梦蕾说的领证的日子只剩下最后两天，这两天对赵海鹰来说简直是度日如年。

…………

迎着一轮旭日，天空犹如被冲洗过一般，一片蔚蓝，人的心情似乎也格外好。

陈梦蕾一大早就来到了民政局门口，她的手里紧紧地握着自己的户口本，这可是她在父亲上夜班时"偷"出来的。她看着手里红灿灿的户口本，想着马上就要成为赵海鹰合法的妻子了，幸福的感觉涌上心头。

可是马上就要成为她老公的赵海鹰却迟迟不见来。已经过了约定的时间，陈梦蕾开始有些担心，因为赵海鹰从来不迟到。时间一分一秒地过去，看着一对对新人拉着手走进民政局，又拉着手拿着结婚证出来，陈梦蕾突然有种不祥的预感。她打电话到单位，王姐说赵海鹰请假了。她又分别打电话给吴一白和张翔，大家也都不知道赵海鹰去哪儿了。

此时，陈梦蕾的脸色惨白，她脑子里闪过一个念头：赵海鹰逃婚了。果然，最终她没有等到赵海鹰，却等来了双方的家长。

当陈建华像平时一样整理房间的时候，无意中发现床头桌子打开了一个小缝，他当即感觉脑袋嗡的一声。拉开抽屉，发现户口本没了。陈建华想都没想，直接把电话打到了周蕙的单位，电话那头的周蕙一听，也急了，叫上赵国平直接冲到了民政局。

可是，三个人来到民政局，却只看到陈梦蕾垂头丧气地坐在台阶上，若有所思。

"蕾蕾！"耳边传来熟悉的声音，陈梦蕾红着眼眶，看到父亲怒气冲冲地朝着自己走过来，身后还跟着周蕙和赵国平。

陈梦蕾看到父亲，先是惊讶，然后是不知所措，还没反应过来，胳膊就被陈建华狠狠地拽了起来。"跟我回家！"说着，他使劲拉着陈梦蕾往回走。

陈梦蕾的眼泪再也控制不住，一上午的委屈与不安，在这一刻全部爆发："我不走！"可是，身体却被陈建华狠狠拖着。走到周蕙和赵国平面前，陈建华停了下来，他看着二人，眼睛里全是怒火："请你们以后管教好自己的儿子，不要带坏了我女儿。"

陈建华的话让周蕙顿时语塞，还没来得及反驳，陈建华就气呼呼拉着女儿走了。

只有赵国平一人四处寻找，好奇地说道："海鹰去哪儿了？"

此时，事件的男主角赵海鹰，正躲在张翔工作的单位，永康医疗机械厂里，满脸愁容，看着手中红得刺眼的户口本，难以抉择。

…………

时间过得很快，转眼就到了陈梦蕾出国的日子。整整一周的时间，她没有见到赵海鹰。

整个候机大厅人声鼎沸，有的是来送行的，有的是来接人的。临登机前，陈建华一件一件地检查女儿的东西，特地嘱咐道："你到了以后，一定要先给爸爸打电话报平安，每个月定时给我来电话啊。"

看着父亲最近因为自己的事情，明显憔悴了不少，陈梦蕾有些心疼。临进登机口前，陈梦蕾一直朝着机场大门的方向看去，她希望能看到那个人，那个欠自己一个说法的人，可是最终等来的还是失望。她转过身，擦干脸上的泪水，走进登机口。

此时此刻，赵海鹰正站在机场外，看着飞机飞过，落下了眼泪。

陈梦蕾走后，很长一段时间，赵海鹰的生活就像是迷失了方向，表面看上去什么事情都没发生，但是吴一白和张翔知道，他心里憋屈得慌。有一天，赵海鹰喝得酩酊大醉，嘴里一直在喊："American Dream，American Dream…"

华尔街梦想硬生生被现实撕裂了，重新变得遥不可及。黑暗中，赵海鹰倍显孤独绝望。他为宝贵的青春落泪，为华丽的爱情落泪，为轻狂的昨日落泪。人生的苦酒吞下越多，痛苦越大，也让他越发清醒。纽约300年的嬗变并非是追逐梦想的终点，600米的华尔街亦不再是自己命运的中转站，他将带着梦想重新起航。

3

1989 年 6 月 5 日，美国方面宣布对中国进行"全面制裁"，两国交往戛然而止。这是从 1979 年中美正式建交之后，两国关系的最低谷。至此，中美关系再次破裂。

美国的制裁，让中国的改革开放面临着前所未有的挑战。赵国平作为浦东开发研究小组的负责人，被叫到市委商议对策。

一见到赵国平，顾问卓老就跟他先聊了聊最近在国际上非常火爆的文章，由日裔美籍学者福山写的《历史的终结》，这篇文章发表在美国杂志《国家利益》上。

冷战结束以后，如何评价资本主义制度和社会主义制度及其各自的命运，成为东西方理论界普遍关注的问题。在这一背景下，福山抛出了所谓的"历史终结论"，核心就是"共产主义失败论"，在他看来，东欧剧变、苏联解体、冷战的结束，这些都标志着共产主义的终结。历史的发展只有一条路，那就是西方的市场经济和民主政治。

针对福山的言论，卓老认为，书中的内容可以代表相当数量的西方政治家和学者的看法。西方政治家普遍认为，西方国家实行的自由民主制度也许是"人类意识形态发展的终点"和"人类最后一种统治形式"。这无疑是对共产主义赤裸裸的挑衅。说到这里，卓老顿了顿，语重心长地说："小平同志在中央提出，要进一步把改革开放的旗帜打出去，要多做几件有利于改革开放的事情，他希望我们要向世界表明中国改革开放的决心、政策都没有变。"

"卓老，你这么着急找我来，是浦东的开发工作上面有新指示了吗？"赵国平从卓老的话中听出了玄机，直接问道。

卓老解释道："自从 1987 年成立浦东开发研究咨询小组后，我们把浦东开发的设想上报了中央。这两年浦东开发仍然停留在研究阶段，小平同志对上海的期望很大。他打了个比方：比如抓上海，就算一个大措施。上海是我们的王牌，把上海搞起来是一条捷径。"卓老顿了顿，"我想，上海能否抓住这个机会，关键在发展浦东。"

卓老的话和赵国平的想法不谋而合，作为土生土长的上海人，他眼睁睁地看着浦西这么多年的发展变化，而浦东却一直停滞不前。自从两年前，他成为浦东开发研究咨询小组的组长后，曾多次向市领导做了汇报，他觉得上海目前的城市功能就像一个心脏衰竭的老人，无序扩张和基础设施落后，使得城市不堪重负。不少上海市民这样比喻，说上海像夹花的大饼，生动而形象。几十年城市建设"摊大饼"式扩张，造成住宅、工厂、商场、学校等无序地混杂在一起，粪便横溢、垃圾成山、交通拥挤、住房紧张，简直要爆炸了。同时，狭窄的空间也挤压了上海人的视野和心胸，"斤斤计较"成为外地人嘲笑上海人的一个形容词。眼前的上海，看上去是个"顶天立地"的巨人，实际上是个"健康欠佳"的病人，已经到了不改不行的时候了！

赵国平向卓老讲了一件事儿："就在几天前，我接待了一个台湾商人，他的一个问题把我问得哑口无言。他说：'听说你们上海人吃饭睡觉，甚至洗澡都在一个房间里？'我不知该怎么回答，80万个煤炉，80万个马桶，人均绿化全国倒数。"说到这里，赵国平无奈地叹了一口气，不再说话。

"只有建设'新上海'，才能减轻'老上海'的压力。"卓老语重心长地说。他从办公桌上取出一份文件，交给赵国平，"所以我们咨询小组给中央写了个计划，抓住机会，开发浦东。你们研究室尽快拿出个意见，我们先向市委报告。"

赵国平临出门时，卓老又把他叫住："国平啊，我希望这个计划不仅仅是在浦东浦西建几座桥，转移几座工厂，功能性分散城市负担，而是有宏伟的思路，是对上海的未来甚至是国家改革开放，都能产生长远影响的新思路。"

自从来到美国之后，陈梦蕾把全部的精力都放到了学习上，每天累得倒头就睡。反倒是谢天阳每天像是有使不完的劲，一边学习，一边在摩根士丹利总部实习，忙得不亦乐乎。

一到周末，两个人就会相约一起吃个饭，喝个咖啡，放松一下。

"上个月查尔德经手的一个项目，刚刚在纽交所上市，天使投资人就获得了近百倍的回报，连《纽约时报》都大篇幅报道了。现在，查尔德的公司已经跻身华尔街前列了。如果能进查尔德的公司实习，那是千载难逢的机会。"谢天阳一边喝咖啡，一边两眼放光地看着陈梦蕾，看得出他有这个想法已经不是一天两天了。

听着谢天阳的描述，陈梦蕾也一脸期待，毕竟之前她和查尔德先生有过一面之缘，也算是认识。之后，他俩抱着试试看的态度直接来到了查尔德的公司。

还没见到查尔德呢，就被前台小姐给拦住了。谢天阳各种求情，可是根本没用，前台小姐婉拒："对不起，先生，您没有预约，而且查尔德先生也不在。"

这下，谢天阳和陈梦蕾没了主意，刚有的一点梦想，还没开始就破灭了。谢天阳垂头丧气地从大楼里出来，陈梦蕾也不知该说什么，唉声叹气地跟在后面。

"今非昔比，像查尔德这样的大人物怎么可能瞧得上我们穷学生？"谢天阳无奈地说。

看着谢天阳的样子，陈梦蕾建议道："我们去别的地方试试吧。"

就在陈梦蕾和谢天阳几近绝望的时候，查尔德居然已经站在了背后，惊讶地说："陈梦蕾小姐，你怎么会在这里？"

陈梦蕾不敢相信自己的耳朵，转身看到了满脸惊讶的查尔德。

查尔德自从在上海财经大学见过陈梦蕾之后，她自信爽朗的性格，当然还有独具东方女性美丽的外貌，都让他印象深刻。刚刚从公司出来的时候，他远远地就看到了一个和陈梦蕾极其相像的女孩，赶紧走了过来，没想到居然真的是她。

"华尔街是我的梦想，我来这里是为了追梦。"面对查尔德的问题，陈梦蕾自豪地回答。

查尔德看着陈梦蕾，眼神中充满了热切的盼望，她的美丽与自信吸引着他。他的眼睛始终停留在陈梦蕾身上，完全没有注意到旁边的谢天阳。敏感的谢天阳立即发现查尔德对陈梦蕾特殊的好感，一个想法迅速在他脑子里生成。

每年的 10 月，都是流感高发的时节，而 1989 年的流感来得极为猛烈，北美、欧洲和亚洲均出现了甲型流感的病人，光是纽约，就已经发现了几十例流感病人。远在美国的陈梦蕾也遇到了出国以来最大的问题。

陈梦蕾哪里知道什么是甲型流感，起初她就是感觉身体很难受，整个人昏昏沉沉的，身体热得像个火球，可是还是觉得特别冷。她挣扎着从床上起来，给自己倒了一杯水喝，但是四肢酸痛无力，端杯子的手一滑，玻璃杯掉在地上打碎了。拖着昏昏沉沉的病体，陈梦蕾蹲下去收拾玻璃碎片，因为头脑发晕，她的手一下子被玻璃划破，她按着出血的手指到厨房去用水龙头冲。

头痛依旧继续，陈梦蕾隐约记得离家的时候父亲给她拿了不少备用药，翻了半天，终于在抽屉角落里找到了。她激动得快哭了，赶紧吃了两颗，没想到却感到一阵恶心，刚吃进去的药全吐了出来。

直到从宿舍管理员的房间里看到甲型流感的新闻时，陈梦蕾才意识到自己病情的严重。管理员建议她赶快住院治疗，可是她打开钱包，发现里面的钱所剩无几。这一刻，她害怕了，身无分文的她身在异乡，身边没有家人，也没有她的爱人，她想念祖国，想念父亲，更想念赵海鹰。陈梦蕾抿着嘴唇，挣扎了好大一会儿，下了好大的决心，终于按下一串号码，那是静安交易所证券业务部的电话，听筒里传来嘟嘟嘟的响声。陈梦蕾既紧张又害怕，出国之后，她和赵海鹰就没有再联系过，但是此时此刻，她渴望听到赵海鹰的声音，似乎他的声音有种魔力，能让她战胜内心的恐惧。这时，电话那头传来"喂"的声音。

"静安所吗？我找赵海鹰。"陈梦蕾声音有些虚弱。

接电话的正是王姐，王姐也一下子听出了电话那头的声音："你是陈梦蕾？

你等一下啊。"正准备把电话给赵海鹰，却看到赵海鹰和经理正聊得热火朝天。

此时的赵海鹰俨然已经成了静安交易所的红人，她面露羡慕之色，重新拿起话筒说："赵海鹰现在正忙呢，没时间接电话……"

"你有没有说是我打来的？"陈梦蕾不甘心，继续追问道。

王姐明显有些不耐烦了，敷衍道："说了，他真的在忙，你换个时间再打吧。"说完直接把电话挂上了。

陈梦蕾双眼已经被泪水模糊，她的心被狠狠地刺痛着。

好大一会儿，陈梦蕾才擦干眼泪，拨了另一通电话："谢天阳，你能不能来一趟？"

挂上电话的谢天阳拿起东西就要出门，突然脑子里闪过一个念头，他犹豫片刻，拿起电话，拨通了一个号码。

当查尔德和谢天阳赶到陈梦蕾的宿舍时，陈梦蕾已经瘫倒在地，还是宿舍管理员打开了门。看到倒在地上的陈梦蕾，查尔德脸色苍白，冲到她面前，大喊："陈小姐，你没事吧？"

陈梦蕾还来不及开口，身体就再也撑不住了，一下子昏了过去，倒在查尔德的怀里。查尔德的心猛地揪紧了，他二话不说，抱起陈梦蕾下楼，开车直接冲到了自己的私人医生诊所。

"一定要用最好的药给陈小姐治疗。"查尔德像下命令一样跟医生说，他转向谢天阳，语气明显与之前不同，甚至带着一些恳求，"谢天阳，我马上要回公司处理一个项目，陈小姐能先拜托你照顾吗？"

查尔德这么客气跟自己说话，这是谢天阳之前从没见过的，这让他有些受宠若惊，他唯恐错过巴结的机会，极力表现出对陈梦蕾的关心："当然，查尔德先生请放心，我和梦蕾一直情同兄妹，她现在病得这么重，我一定会照顾好她的，不过……"

谢天阳迟疑了一下，查尔德有些好奇，谢天阳转而笑着说："不过您的项目真的那么重要吗？"

查尔德一下没有明白谢天阳的意思，谢天阳笑着解释道："现在陈梦蕾是最需要人照顾的时候，如果您能够放下重要的事照顾她，是不是显得她更重要呢？"

谢天阳的话说得这么直白，查尔德怎么会不明白，他顺着谢天阳的话继续说道："我知道她在中国有男朋友，我想我这么做似乎不太合适吧。"

谢天阳没想到在商场叱咤风云的查尔德也有如此纠结的一面，他分析道："查尔德先生，现在他们两人远隔重洋，要想鸳梦重温恐怕困难重重啊。更何况现在她的男朋友只是一名小小的交易员，以您的身份，您的魅力，如果您和他男朋友相比，我觉得您的胜算更大一些。"

"所以……"查尔德等待着谢天阳继续说下去。

"所以我觉得您应该留下，无微不至地照顾这个涉世未深的女孩子，有这么一位英俊成熟、曾经的偶像照顾，我想她的病也能好得更快些。"谢天阳一口气把话全部说完，他确信，查尔德已经动了心。

查尔德也看得出来，谢天阳是个聪明人，但是却不欣赏他。不过，为了表示感谢，他还是把自己的名片给了他，笑着说："看来我们以后会有更多的交集了。"

走出医院大门，谢天阳深深舒了一口气，和查尔德的对话让他劳心劳神，不过，结果总归是好的。手里捧着名片，他感到自己离梦想又近了一步。

5

时间飞逝，转眼已是隆冬时节，刚刚下过一场小雪，树枝、屋顶都变作了白色。

1990 年初，邓小平再次来到上海进行实地考察。他对上海有着特殊的感情。1920 年，16 岁的邓小平初到上海，正是从上海乘坐邮轮，踏上了赴法勤工俭学的道路。

为了迎接邓小平的到来，赵国平特地来到了浦东进行实地调研。

浦东位于上海的东部，面积 552 平方公里，约相当于上海陆地面积的 1/10。早在 1918 年，面对这片荒土，孙中山就曾感慨："如果浦东发展到浦西的水平，那中国就不得了了。"新中国第一任上海市市长陈毅也表示了同样的期待："浦东是一块处女地。"可几十年过去了，浦东还是一块处女地，与浦西形成了鲜明对比。坊间更是流传着"浦西是城，浦东是乡""有女莫嫁浦东郎""宁要浦西一张床，不要浦东一间房"的说法。

夜已经深了，黑暗的天空时不时被烟火点亮，传递着节日的热闹气息。

大年夜，万家灯火，鞭炮声声。

赵国平没有回家，而是留在了办公室。自从去浦东考察之后，他的心情久久不能平复。考察期间，一条烂泥路让他印象深刻，这条路是浦东落后的典型代表，路两旁没有能看上眼的建筑，全是一些破旧低矮的烂房子。他听说，到了夏天，下一场大雨，这条路就是名副其实的"水漫金山"，积水能淹到膝盖。

做完调研之后，他搜集了所有关于浦东的材料，摞起来足足有一米多厚。赵国平认真翻看着材料，看到重要的地方就用红笔勾画出来，然后再把重要数据摘抄下来，一忙起来就忘记了时间。

这一年的除夕对钱家来说是特别的，因为这一天，是钱春生出狱的日子。

刚过中午，钱冬梅、钱青青和赵海鹰就来到监狱门口，等待着钱春生。寒风肆无忌惮地吹着，像一把锋利的尖刀在他们的身体上扎着，但是他们却一点也感觉不到。足足等了三个多小时，临近黄昏的时候，监狱的大铁门才缓缓打开，只见剃了寸头的钱春生拎着简单的一小包行李走了出来，在寒风中不禁缩了缩脑袋。

大姐钱冬梅见状，赶紧从包里掏出一顶帽子给弟弟戴上了，看着弟弟骨瘦如柴的样子，钱冬梅鼻子一酸，眼眶红了。

旁边的赵海鹰一把抱住了钱春生，两人互相拍了拍肩膀，心中的感慨却难以言说。

太阳偏西，渐渐地隐没在弄堂的烟囱边，形成玫瑰色的晚霞。在一条条纵横交错的弄堂里，家家户户炊烟升起。

孙明芳和老娘舅里里外外地忙活着，饭菜都一一摆上了桌。

老娘舅数了数桌子上的菜，高兴地说道："不多不少，正好 10 个菜，圆圆满满。"

孙明芳看了看墙上的挂钟，已经6点钟了，外面的天也擦黑了，不禁有些担忧。自从钱春生入狱之后，孙明芳也变得胆小敏感起来，平日里谨小慎微，生怕出什么乱子。正想着，就听见外面传来钱青青响亮的声音："妈！哥回来了！"

方才的紧张一扫而光，孙明芳开心得红了眼眶，用手去抹眼睛，出门迎接儿子。

饭桌上，孙明芳不住地给儿子夹菜，钱春生嘴巴一会儿就被塞得满满的。钱冬梅给老娘舅倒酒，老娘舅喝得脸红红的。钱青青一会儿看着哥哥，一会儿看着姐姐，只剩开心的笑容。这顿饭有着久违的温暖，赵海鹰看着大家，十分感慨，不禁有些出神。钱家一家团聚了，可是他自从"偷"户口本事件之后，就再也没回过家。

从钱家出来后，赵海鹰经过一家商场门口，橱窗里一件红色的大衣映入眼帘。他驻足在橱窗前，呆看了半天，最后买下了这件大衣。

当赵海鹰把大衣送给妈妈的时候，周蕙感动得不行，这可是赵海鹰长这么大第一次送给她礼物。看着高过一头的儿子，周蕙突然觉得儿子长大了。

"你还给我买衣服啊，妈的衣服够穿，你的工资不要浪费啊，多给自己买衣服，买好吃的。"说着，周蕙已经把衣服穿到了身上。

看着母亲满脸的幸福，赵海鹰觉得知足了，他笑着说："儿子赚了钱给妈妈买衣服是天经地义的，等我以后赚了大钱，还要给你买名牌衣服。"听赵海鹰这么说，周蕙更是感动得双眼通红，穿着衣服在镜子前照来照去。

这时，赵海鹰才注意到，进门这么久，也没见父亲的身影："我爸还在加班？"

"可不是吗，也不知道他天天在忙什么，回来得一天比一天晚。"周蕙的语气里明显带着埋怨，"我看他是把单位当成家了，家里倒成了他的旅馆了，他对这个家一点都不上心。"

看母亲有些不满，赵海鹰为父亲辩解道："妈，我爸这是舍小家、为大家，为大浦东的建设服务呢，你可不许再说他了。"

母子之间很久没有像现在这样聊家常了，可是说着说着，周蕙就又聊起了陈梦蕾："本来你和陈梦蕾谈恋爱，我很开心的，没想到陈梦蕾就这么出国了，你们现在还有联系吗？"

一句话说到赵海鹰的痛处，他的双眼一下子失去了光彩。

见儿子不出声，周蕙又忍不住了："我看美国你就不要去了，我也去了解过，像你这种情况，出去了以后比在国内还要难。至于你现在的工作，我也不懂，你又是卖股票的，早几年前，那就是投机倒把，不定哪股风吹来，说撤销就撤销！"

"妈，都什么时代了，还翻老皇历。"

听儿子有些不耐烦了，周蕙识趣地不说了。

时间一分一秒地过去，赵海鹰看看手表，和谢天阳约定的时间已经越来越近，他租房的地方打电话不方便，所以特地让他把电话打到家里。

电话铃声突然响起，赵海鹰激动得不行，寒暄几句之后，他直接问起了陈梦蕾的消息。他原本以为除夕之夜，陈梦蕾会和谢天阳在一起，可是从电话中却得知，陈梦蕾被查尔德接走了。

挂上电话，赵海鹰感到失落。他怎么也想不到，自己的好兄弟，正在为他的女朋友和别的男人搭桥牵线。

自从陈梦蕾生病之后，查尔德就对她展开了猛烈的攻势。他从谢天阳口中得知，中国人除夕之夜是要吃饺子的。他跑遍了大半个纽约，也没找到饺子这种食物。最后还是谢天阳建议，自己包显得更加有诚意。

冷冷清清的学生公寓走廊，一点节日的氛围都没有。陈梦蕾给父亲打完电话后，回到了宿舍，她准备用写论文打发时间，忽略不愉快的情绪。不过，刚写了几句话就写不下去了，看着一屋子的冷锅冷灶，远在异国的她感到了前所未有的孤独。想着想着，眼泪不禁滑落下来。

就在这时，敲门声响起，陈梦蕾擦了擦眼泪，振作起来去开门。一开门，就看到了查尔德的司机。陈梦蕾有些好奇，还没开口，对方竟用一口流利的英语说："陈小姐，查尔德先生让我来接你去一个地方。"

陈梦蕾有些意外，她本想拒绝，不过考虑到自己生病全靠查尔德先生照顾，于情于理都是要当面表示一下感谢。她匆匆收拾了一下，就跟着司机上了车，来到了查尔德的别墅。

陈梦蕾从来没见过这么大的房子，别墅足足有三层，黑色的大理石铺成的地板明亮如镜，使整个客厅显得格外明亮。整个别墅里陈梦蕾没有看到奢华的家具，只有简约的沙发，实木的桌椅，一看就知道主人的品位，简约雅致。

偌大的别墅里一个人都没有，陈梦蕾有些好奇，她朝里面走了几步，开口询问："查尔德先生，你在吗？"

"你来了！我在这里。"声音从厨房传来，陈梦蕾看到了手上脸上全沾上了面粉的查尔德。"查尔德先生，你在干什么？"陈梦蕾一脸惊讶。

查尔德却满脸开心的样子，举着沾满了面粉的双手："我在包饺子啊，中国年要吃的饺子。"

说话间，陈梦蕾已来到厨房门口。整个厨房被精心布置过了，满屋子的玫瑰花，厨房中还点着蜡烛。厨房料理台上有饺子馅，还有面粉，查尔德正在和面，但是笨拙得把面粉洒得到处都是。

查尔德只吃过一次饺子，当时就觉得很惊讶，感叹世界上怎么会有这么有趣的食物。他拿着谢天阳写给他的制作方法，准备一步一步来，可是连第一步水和面的比例都弄不好，一会儿加水一会儿加面粉，手忙脚乱。过了一会儿，他扭头问陈梦蕾，俨然一个做错事的孩子："我是不是搞砸了？为什么面粉这么难搞？"

看到查尔德如此狼狈的样子，陈梦蕾忍不住笑了："查尔德先生，没想到像你这样一个在华尔街叱咤风云的大人物也有这么狼狈的时候。"

见到陈梦蕾终于笑了，查尔德心情大好，开玩笑地说："你是在笑我笨吗？"语气中带着宠爱。

陈梦蕾赶紧否认："不，我没有笑你，我是觉得你现在的样子很有趣，和我平常见到的你不一样。"看查尔德一脸迷茫，陈梦蕾又解释道："你是华尔街的风云人物，报纸都说你有一根'金手指'，因为被你点中的投资项目都能获利不菲。"

查尔德听出了陈梦蕾对自己的欣赏，他把沾满面粉的手伸到她面前，故作惊讶的样子："你快帮我找一找，哪一根是金手指，我要好好保管起来。"

吃过了饺子，查尔德安排了娱乐活动，他打开音响，悠扬的音乐缓缓响起，二人翩翩起舞，气氛一时有些暧昧。

查尔德轻轻揽住了陈梦蕾的腰："梦蕾，你不知道，其实我第一次看到你就再也忘不了你了。就好像聂鲁达的诗句一样：'我爱你而我不知道我爱你，我想方设法回忆你……'"

陈梦蕾这才意识到什么，猛地推开查尔德，表明了自己的态度："查尔德先生，我真的不知道该怎么感谢你才好。上次我生病的时候欠你的钱还没有还清，现在又欠了你这么大的人情，我都不知道要怎么还你了。"

查尔德却凝视着陈梦蕾，眼神中充满欲望："我需要的不是钱，如果你真的要还我人情，不如以身相许，你们中国的戏词里不都是这么写的吗？"

陈梦蕾被查尔德的话吓了一跳，根本不敢抬头看他。查尔德前进一步，陈梦蕾就后退一步。查尔德步步紧逼，很快把她逼到了墙角。

陈梦蕾抬起头来，惊慌失措，还没开口，查尔德就强吻了上去，吻得霸道激烈。陈梦蕾吓了一跳，用力推开了查尔德，突然剧烈咳嗽起来。这下把查尔德吓坏了。陈梦蕾捂着嘴的手慢慢张开，手心是一口鲜血，她眼前一黑，晕倒在查尔德的怀中……

第五章
初恋成了金融大师的妻子

1

　　黄昏时分，陈梦蕾独自站在医院的顶层露台上，望着眼前一片繁华沐浴在落日的余晖之中，若有所思。查尔德告知她的病情——肺癌。他已经替她联系好加州的一家医院，据说是这方面的权威。陈梦蕾清楚，这是要付出代价的，她明白查尔德想要的是什么，她想都没想，就直接拒绝了。但是，当她站在医院的顶层，看着眼前陌生的国度、陌生的环境，她有点害怕了，她想大哭，却哭不出来。她想念赵海鹰，疯狂地想念。

　　"还有什么比活着更重要？"当谢天阳得知陈梦蕾的病情后，被吓了一跳。他听查尔德说已经联系了一家权威的医院，可是陈梦蕾却拒绝了，谢天阳想不明白，难道爱情真的比命还重要？他来到医院，苦口婆心地劝陈梦蕾："你还这么年轻，你还有很多想做的事情没有做，难道你就愿意这样孤单地死去吗？还是，你想好了，回国去，去找你的赵海鹰，找你的父亲，看看他们有没有办法救你？但是我真的必须提醒你，你现在就在世界上医疗条件最好的国家，你留在这里活下来的希望是最大的。"

　　谢天阳说了一大段，可是陈梦蕾还是不说话。谢天阳急了，直接拿出撒手锏："如果我是你，我会选择查尔德。如果是赵海鹰，我相信他也会劝你选择查尔德，因为只有查尔德才是你活下去的希望，这就是现实。"

　　陈梦蕾的眼睛早就涌满了泪水，谢天阳看劝说奏效了，赶紧从包里拿出一个信封递给她，里面放的是一张去加州的机票。临走前，谢天阳留下一句话："赵海鹰更希望你能活着。"陈梦蕾的心理防线彻底被击垮了。

　　…………

1990 年初，邓小平再次来到上海，这已经是他连续第三年在上海过年了。其间，他对上海各地区进行视察，面对改革开放可能放缓的压力，他高瞻远瞩，一锤定音："上海的浦东开发，不是上海一个地方的事。浦东开发，可以带动长江三角洲和长江流域的发展，所以是全国的事。"至此，拉开了上海改革的序幕。回到北京后，邓小平特地对中央政治局的相关负责人表明了态度，他提到："我已经退下来了，但还有一件事，我还要说一下，那就是上海浦东的开发，你们要多关心。"他的到来给上海人民传递了一个信号：浦东要发生翻天覆地的变化了，上海要发生翻天覆地的变化了。

邓小平离开上海后，上海市政府相关负责人立即召开了"开发浦东新区"的讨论会议，上海市副市长主持会议，赵国平、徐敬之应邀出席。

会议首先由赵国平发言。从 1987 年开始，赵国平的工作重心就放了浦东的开发上，经过几年的实地考察、研究探索，他知道浦东已经到了非改不可的时候了。这次会议，他再次表明态度："小平同志希望上海能采取大动作，在国际上树立中国更加改革开放的旗帜。我认为开发开放浦东就是一个十分恰当的举措。如今浦西已经车水马龙，拥挤不堪，而一江之隔的浦东，还是稻田和荒野。纵观世界上跨江河的大城市，江河两边都很繁华。所以上海要发展，首先需要拓展浦东。"

话音刚落，反对的声音就出来了："我不赞成赵主任刚才的发言。"

赵国平光听声音就知道是谁。徐敬之教授缓缓地说道："我不知道赵主任在说刚才这些话的时候有没有切实地做过调研，你到底了解不了解浦东的真实情况？现在的浦东和浦西是天壤之别，浦东农田遍布，基础太差了。"他把目光转向赵国平，"所以我想问问赵主任，你知道开发浦东需要多少钱吗？"

徐敬之的话正中浦东发展的核心问题：钱。徐敬之说得不错，浦东的基础确实很差，需要投入的资金额度巨大："初步估计，我认为不会少于 8000 亿。"

这个数字一说出口，会议现场立刻陷入一阵骚动，大家都在交头接耳、低声议论，别说是对上海了，就是对正在发展的中国，这也是一个天文数字。

现场反应在徐敬之预料之中，他用咄咄逼人的语气问赵国平："8000 亿，赵主任说得很轻松嘛，可你我都不是开印钞厂的，这么大一笔钱对于解放后大部分收入上缴中央的上海而言，根本就是天文数字，对浦东更是一道迈不过去的'坎'。这笔钱从哪里来，赵主任考虑过吗？"

"中央有一些返税和贷款的优惠政策，但是更多的需要浦东自己想办法。"

听赵国平这么说，徐敬之得了势似的，步步紧逼，他认为开发浦东根本不现实，最后直接送给赵国平四个字：痴人说梦。

赵国平听出了徐敬之的敌意，也毫不客气地反击道："是不是痴人说梦，不是徐教授一句话就能盖棺论定。你觉得不现实，可我却不这么认为，开发浦东当然有困难，也有不少阻力，但如果鼠目寸光，止步于此，那中国改革永远无法突破重重障碍再次起飞。上海经济发展已经到了非转变不可的瓶颈期了。"

根据自己的观点，赵国平给出了强有力的数据。据他调查，上海市当前的人均住房面积为 6.5 平方米，人均住房不足 2.5 平方米的特困户主要在浦西。如果开发浦东，这些特困户迁往浦东，新配住房绝对可以保证人均在 8 平方米以上。最后，他把目光转向市长，带着恳切的语气说："开发浦东也是改善民生需要。"

徐敬之却依旧不买账，他认为改善民生不是只有开发浦东一条路可以走。他之前看过浦东开发研究小组提出的几条建议，其中一条就是利用土地批租来得到巨额资金启动开发项目。对于这一点，他强烈反对，并给出了强有力的论据："土地批租能带来巨额资金，解决眼前的困难，但却是后患无穷，会给上海发展埋下巨大的祸根。一旦引起房地产市场的膨胀，就会一发不可收拾，是在祸害子孙后代。"

这下，会议彻底进入白热化，赵国平毫不让步，徐敬之毫不客气，双方各自坚持着自己的观点，言辞激烈，争得面红耳赤。

看着二人争得不可开交，卓老终于坐不住了，他知道再这么讨论下去又回到了之前的老问题上，又会不欢而散。他挥挥手，示意讨论暂时结束。

这下，二人的"战争"才得以平息，会议室恢复了短暂的平静。赵国平说得很有道理，但徐敬之的担忧也没有错，"钱从哪里来？"摆在这位老干部眼前的是非常棘手的问题。但是一味地讨论只会带来更多的问题，让浦东的改革之路停滞不前也不行，毕竟开放浦东不只关系上海，更事关全国的改革大局。他思索片刻，作总结性发言："上海市委、上海市政府已正式向中共中央、国务院提出《关于开发浦东的请示》。至于徐教授提出的土地批租等细节问题，浦东开发咨询小组愿意同大家继续讨论。"他认为赵国平和徐敬之争论的焦点是钱，但钱从哪里来的问题，总有办法解决，这不能成为影响浦东开发的障碍，改革势在必行。

邓小平再次来上海过年，也激起了赵海鹰对浦东开发的热情。一时兴起，他翻出了当年自己的毕业论文，论文的题目叫《论上海经济发展的战略转变》，其中很大一部分都是关于浦东的发展策略。论文封面落满了灰尘，赵海鹰掸了掸上面的灰，清了清嗓子，拿出演讲的范儿，一本正经地念道："浦东一旦开发，上海除了依靠原有的经济基础之外，还可以充分利用中央给予的优惠政策，冲破传统体制的束缚，最大限度地发挥上海的优势和潜力，进一步推进上海经济发展的战略转变，大幅度解放上海的生产力。"

赵海鹰认为，邓小平连续三年来上海过春节，已经在传递信号：中央准备发展上海。尤其是第三年，以往两次他绝少公开发表言论，这次却提出了"开发浦东、开放浦东"的设想。赵海鹰有种预感，开发浦东会带来本世纪末上海最大的发展机遇。

"现在是最好的时代，金融市场全球一体化、证券化、自由化和金融创新，全球资本流动的规模明显扩大。最新一期的《华尔街日报》报道，据国际货币基金组织的统计，近五年来发展中国家的对外净融资一直呈上升趋势，每年平均增长率为9.9%。一旦浦东开放，这些国际资本一定会源源不断地流入上海。"赵海鹰跟吴一白说到这里，整个人像打了鸡血一般，兴奋得不行。

就在吴一白和赵海鹰说得热火朝天的时候，张翔正在永康医疗器械厂车间角落和几个车间的工人同事围着桌子打麻将。

车间里，烟头、垃圾扔了一地，由于长时间不通风，整个车间里混杂着各种味道，浑浊不堪。

张翔叼着一根烟，整张脸都贴满了小纸条，胡子拉碴，衣服掉色到已经看不出原来的样子，整个人无精打采。

自从赵海鹰推荐他买了人生中的第一只股票之后，张翔就一发不可收拾，疯狂地往股市里投钱。赵海鹰多次劝他，让他不要太冒进，可是张翔根本听不进去，反倒越来越上瘾。自己的工资花完了，就向朋友借、向同事借，他把借到的钱全部投入到股市里，想着大赚一笔就收手。可是，股票升了，舍不得卖，股票降了，更舍不得卖，这么一来二去，钱全部投入到股市里不说，升的慢慢也降了，降的反倒降得更厉害了。最后，他变本加厉借了十几万，车间里的工友几乎都成了他的债主。

为了躲债，张翔班也不上了，家也不回了，天天躲在小酒馆里喝闷酒。这不，连喝酒的钱也没了，才灰溜溜跑回单位。同事听说他来单位了，连活也不干了，都跑到车间追债来了。

一来二去，几个人争执起来，张翔一不小心，一脚踩在一张麻将牌上，脚底一滑，直接朝一个工友扑了过去，工友瞬间被撞翻在地，两道鼻血流了下来。这个工友也不是吃亏的主儿，二话不说扑上去和张翔厮打起来，你一拳、我一脚，叫骂不绝。

赵海鹰是在派出所里见到张翔的，他鼻青脸肿地坐在椅子上，一声不吭，受伤的工友也没占到啥便宜，坐在旁边骂骂咧咧。赵海鹰又是赔钱又是道歉，这才平息了这场风波。一回到租房子的地方，赵海鹰的火就上来了，冲着张翔就问："你这么做跟赌博有什么区别？还有你欠他们的那些钱，到底是怎么回事？"一旁的吴一白一脸迷茫地看着二人，他刚刚才知道张翔欠了别人钱，一时也不知道该说什么。

倒是张翔，一副无所谓的样子，他只是觉得自己倒霉："我的钱都在股市里套着呢，等明天股票涨了我就兑现。"

听张翔完全没有后悔的意思，赵海鹰更气了，像张翔这种心存侥幸的股民赵海鹰见多了，他提醒道："如果你持有一种股票，期待它明天早晨就上涨，那是最愚蠢的一种人。如果你没有做好持有它10年的准备，那么连10分钟都不要持有这种股票，这就是股票的风险性。"

可是沉迷在股市中的张翔根本听不进去，还怪赵海鹰不透露内部消息给自己，要不也不至于输得这么惨。

这下，赵海鹰一直压抑的怒火彻底爆发了，连连骂他活该。两个人越吵越凶，站在一旁的吴一白既尴尬又为难，但他知道这么吵下去也不是办法，眼下最重要的是帮张翔解决问题。他赶紧问道："除了借工人那些钱，你是不是还有用了别的钱我们不知道的？"这下，张翔不说话了。

最后在吴一白和赵海鹰的连续追问下，张翔这才老老实实地交代："我也是没办法，就挪了一点医疗器械厂的公款应急。"一说完，他又赶紧解释，"我早就想好了，股市赚钱马上还回去，是不会被发现的。"

赵海鹰听到张翔的话震惊不已，又是着急又是生气，挪用公款，这可不是闹着玩的，弄不好是要被判刑的。

不过张翔却不在意，一副破罐子破摔的样子，反正他现在没钱，要判刑就判刑，大不了住监狱。他早就厌倦了这种每天东躲西藏的日子，厌倦了提心吊胆、有家不能回的生活，他认为蹲监狱没什么了不起，出狱后又是一条好汉。

赵海鹰看着张翔的这副样子，气得牙根直痒痒，但是也不能坐视不理。赵海鹰知道张翔家里困难，几代人就出了他一个大学生，一家人都仰仗着他。说得好听叫仰仗，说得难听点就是一家人都靠他养活。哥哥结婚，等他的钱回去盖房子；妹妹嫁人，等着他的钱回去买嫁妆；一家老小天天都盼望着张翔寄回去的钱过日子。可是，就凭张翔的那点工资，在上海这么大的城市，连自己生存都成问题，咋帮他们呢？说白了，张翔就是想钱想疯了，要不他也不可能铤而走险。最后，赵海鹰走回屋子里，拿出了自己这几年在静安交易所赚的钱，让他赶快还钱，吴一白更是拿出了母亲给自己娶媳妇的钱，全部交给他，让他应急。

张翔拿着这两张存折，半天说不出话来，他发誓，以后再也不玩股票了。

2

吴一白自从来到《东方经济报》工作之后，格外拼命，马跃也很欣赏这个充满活力的年轻人，经常带着他到处跑新闻。这不，马跃把整整一厚摞的资料放到了吴一白面前，里面全是关于上海市市长国际企业家咨询会的资料。吴一白一看到堆得高高的资料，瞬间感到头晕眼花，冲着马跃直报怨："师傅，不就是一个上海市市长国际企业家咨询会议吗，用得着这么兴师动众？"

马跃看着吴一白一副不知深浅的样子，好好向他科普了一下这个会议的重要性："现在全中国包括上海都面临着国际市场和国内市场竞争的双重挑战，面临着体制改革过程中所带来的双重困扰，着眼于未来发展，朱市长认识到进一步发展外向型经济是上海经济的重要出路，认识到上海的发展不仅需要依靠自身的力量，也需要世界各国的帮助。所以，他接受了经叔平先生提出的邀请国际上著名企业家担任顾问的建议。"

"那就意味着有大文章？"听马跃这么说，吴一白立刻兴趣盎然地说，眼睛瞪得足足有乒乓球那么大。马跃会心一笑，不置可否。

会议当天，来自美国、英国、德国等十多个国家的知名企业家乘坐专机抵达上海。记者们也都早早守在机场，一副翘首企盼的样子。

飞机缓缓降落，记者们都眼睛放光。这是一场纯粹的力量的抗争啊，吴一白作为《东方经济报》的主力，自然拼了命地往前挤，师傅马跃紧随其后。突然，人群中一阵躁动，有人大喊了一声："美国代表团出来了！"说着，记者们立刻蜂拥而上，吴一白和马跃跟着往前冲。

查尔德走在美国代表团最前面，他满面春风，意气风发。不过让大家瞩目的是，他的身边居然跟着一位娇媚的中国女人，女人身穿套装连衣裙，乌黑的秀发盘起，轻挽着查尔德的胳膊，面带微笑地缓缓走来。查尔德时不时转过头看一眼身边的女人，眼神中充满了温柔与宠爱。

一时间，女人的身份成了在场记者最为关注的焦点。大家都争着朝前挤，开始询问这个女人的真实身份："查尔德先生，您身边的这位女士是您的太太吗？"查尔德一脸骄傲地介绍："是的，她是我的太太。"

现场发出一片赞叹，另一个记者接着提问："查尔德先生，1986年您就来过中国，时隔四年再次来到上海，这一次是不是和上一次的心情不一样？"

查尔德得意之情尽写在脸上，谈笑风生："当然，上一次我是一个人，这一次有妻子陪伴，我感觉自己更年轻更有活力，很期待这次上海之行能给我带来意想不到的收获。"

马跃跟着吴一白一直往前冲，吴一白配合地低着脑袋使劲往前挤，脑袋在这一刻成了最好的开路工具。好不容易前面没有其他人了，吴一白一抬起头，眼神正好落在了查尔德的中国太太身上。这个人他太熟悉了，他经常听到身边人念叨这个女人的名字，偶尔还会开玩笑，说万一人家结婚了怎么办，可是每次都吃一顿痛扁。吴一白从没想过，曾经的玩笑会成为眼前的现实，陈梦蕾居然真的结婚了，还嫁给了商界精英查尔德。

吴一白呆呆地看着陈梦蕾，恍惚间，他觉得眼前的人不是她，她的身上已经没有那份青涩与单纯，多了几分成熟与优雅；眼神也失去了晶莹透亮，多了几分幽怨和哀伤；爽朗的笑声不见了，变成了很官方的十分礼貌的笑容。穿着虽然款式简单，但是一看就知道价格不菲。

就在这时，陈梦蕾也在人群中看见了正盯着自己出神的吴一白，两人的视线终于连接在了一起。她原本优雅的笑容僵在脸上，一瞬间百感交集。

3

上海的弄堂很多，与北京的胡同相似，是孩子们玩耍的天堂。但是不同于北京胡同的豪迈，上海的弄堂里多了一些南方人的细腻和阴柔。弯弯曲曲的弄堂，幽深窄长，一小群一小群退休老人聚在一起，或打牌，或下棋，或聊天，或剃头，或在看人修伞、修棕帮什么的，其乐融融。古老的巷子，收藏着岁月的痕迹，收藏着生活中的故事，收藏着多少年轻人的梦想。

陈梦蕾去美国后，赵海鹰就在这样的一个小弄堂里为自己的梦想努力着，他一刻也没有放弃过去华尔街的梦想，那里有他的宏图，也有他的爱人。他骑着车在巷子里穿行，潇洒自在，远远就看见吴一白倚门而坐，眼神呆滞。

从机场回来后，吴一白就搬了个小板凳，放在院子的大门前，靠着门坐着。自从见到了陈梦蕾，他就开始纠结要不要把真相告诉赵海鹰。不说，是欺骗兄弟，说了，又怕赵海鹰无法接受。

一串清脆的自行车铃声让吴一白回过神来，他抬头一看，是赵海鹰下班回来了。

"老白，你坐这儿干什么呢？"赵海鹰一边停车，一边问道。

"当然是等你了。"吴一白脱口而出。

"等我？"赵海鹰笑了，这可是大姑娘上轿头一回啊，他一脸纳闷，"奇怪了，今天太阳从西边出来的吗？"

吴一白可没心情和赵海鹰开玩笑，一本正经道："你猜我今天遇见谁了？"

赵海鹰正准备问呢，这时，一个西装革履、戴着墨镜的年轻身影朝他们走来，那走路姿势俨然一个留洋归来的华侨二代做派，与古老的弄堂显得极不和谐。起初赵海鹰和吴一白没有注意这个人，但这个人走到他们面前停下了脚步，摘下墨镜。赵海鹰和吴一白几乎异口同声地发出了惊呼："谢天阳！"

留洋回来谢天阳张开怀抱，秀着流利的英语："拥抱我吧，亲爱的兄弟们！"说着，就朝着赵海鹰和吴一白直接扑了上去，也不顾周围投来异样的眼光。

此时的谢天阳不单单穿着变了，连身份也变了，凭借着查尔德的帮助，他成为了华尔街一家投资集团的投资总监，他的名片上面印着"Associate"的英文职务。

谢天阳原本想着学成归来，在老同学面前炫耀一番，没想到却被吴一白毫不留情地戳穿了："别以为我们在国内的就不懂行，Associate 在华尔街就是一个普通职员，跟国内的小跟班差不多，往大了说也就是个投资经理，还投资总监呢，你可真会往自己脸上贴金。"吴一白有些不屑，这几年做记者，他多多少少也见过一些大人物和一些海外学成归来的学子，像谢天阳这样的他见得太多了。不知道为什么，吴一白对眼前的谢天阳竟产生了一丝厌恶之感。他发现回国的谢天阳不单单穿着变了，连性格和说话的语气也都变得有些傲慢，言行之间充满着对美国的崇拜，他口中的华尔街，已经不是之前大家眼中的天堂，更像是一面照妖镜，能照出每一个人人性最深处的贪婪、堕落。而谢天阳自认为作为一个中国人，能在华尔街谋得这样一份职位，已经是非常成功了。

赵海鹰敏锐地看出谢、吴二人有点针锋相对，赶紧转移话题："天阳，这么长时间没见了，大家都很挂念你。你看看镀了金就是不一样，有了一种华尔街的气质。"

听赵海鹰这么说，谢天阳还真带着几分得意和炫耀的语气说："海鹰，我可听我爸说了，你现在还在静安干着呢。怎么不跳槽啊？老在一个地方多没意思，你干得再好不也只是个股票经纪人吗？还租着这个破房子，什么时候才能出人头地啊！"

这下，赵海鹰的脸上明显挂不住了，但他没有争辩。不过，吴一白却看不下去了，直接抢白道："呦，喝过洋墨水的就是不一样啊。谢天阳，我记得大学那会儿，每次考试你可都是排在海鹰后面，怎么镀了一层金回来，就真以为自己是金子做的了。"吴一白的话狠狠地给了谢天阳一个嘴巴子，气得谢天阳半天说不出一句话。不知怎的，赵海鹰总感觉几个老同学在一起的气氛和以前学生时代比发生了微妙的变化。

夜幕下，大排档的霓虹灯招牌闪烁着，皎洁的月光洒满大街小巷。

时光飞逝，当谢天阳、赵海鹰、吴一白、张翔四个兄弟再次坐到一起的时候，每个人的生活都发生了巨大的变化。

谢天阳自认为是四个人里面混得比较好的，他抿了一口家乡的酒，倍感满足，颇有感慨地说："你们可不知道，美国人喝不惯咱们的高度酒，他们那儿只有改良酒，喝在嘴里跟白开水差不多，这两年可把我憋坏了。"接着，他又拿起一串羊肉串，那眼神恨不得一口把整串羊肉串都吞到肚子里："就是这个味儿，我在美国的时候做梦都想。还有油条粢饭、小笼馒头，哪里也比不上咱们弄堂口那家地道，明天早上我每样都要来一份，你们可别跟我抢啊。"

看着谢天阳的吃相，赵海鹰不禁发笑，这才是熟悉的谢天阳，他带着玩笑的语气说："美国不是纸醉金迷的资本主义花花世界吗，怎么我看你跟受了虐待似的，你在美国过的什么日子啊？"

"你们不知道，漂洋过海的，美国物价贵着呢，像我这样的留学生哪敢大手大脚的花钱啊。"一说起美国的生活，谢天阳有些伤感。

吴一白三句话不离本行，出于记者的本能发问："谢天阳，华尔街到底什么样啊？你拣几样稀罕的跟我们说说。"

说起华尔街，谢天阳的话匣子一下子打开了，虽然去美国的时间不长，但他的经历也算是丰富了，经历了美国股票市场从暴跌到暴涨的过程。他侃侃而谈：

"我刚到美国那年就遇上了股市暴跌，垃圾债券市场崩溃、储蓄贷款协会危机，简直可以跟我们大学课堂上学过的1929年的大崩盘相提并论。可惜啊，我那时候刚到美国，一没人脉二没经验，不知道这次股市危机反而是一次买入的大好机会。现在美国股票市场强势反弹，道琼斯工业指数稳稳地站在2000点之上，反映科技股走势的NASDAQ（纳斯达克）指数涨幅更加惊人。美国现在是科技企业发展、收购、兼并的高潮，美国股市已经进入'机构投资者的觉醒'时代了。"

谢天阳突然冲着其他三个人，问道："你们知道什么叫'机构投资者的觉醒'吗？"

原本想要炫耀一番，没想到赵海鹰却信手拈来："投资者联合起来，向管理层施压，要求改善公司经营，从而增加公司的价值，使自己手中的股票市值上升。"

赵海鹰的回答让谢天阳刮目相看，他没想到赵海鹰虽然离开了学校，但是专业水平还是这么高，心里不禁暗自佩服。几个人把酒言欢，似乎又回到了学生时代……

聚会的第二天，吴一白接到了采访的任务，他要采访的不是别人，就是赵海鹰的父亲——赵国平。

赵国平刚刚参加完市长咨询会议，会上，大家对上海经济发展中的突出问题进行专题讨论，主要议题就是浦东开发、金融改革和产业结构调整。参加会议的国际知名企业家对浦东都表示了极大的兴趣，赵国平已经和他们达成了共识，表示会在适当的时候召开国际金融研讨会，专门研究浦东招商引资策略，吸引更多的外国企业到上海来洽谈投资。

这无疑是浦东开发跨出的第一步。

会后，赵国平匆匆从会场出来，就被吴一白给拦住了。面对吴一白连续的追问，赵国平没说太多，反倒建议他和自己一起去趟浦东，做些实地调查采访，跟浦东开发研究小组的同志深入谈一谈，把浦东的现实情况写进报道里，更为真实可信。这对吴一白来说简直是求之不得的事情，他乐呵呵地坐上了赵国平的车，一同来到浦东黄浦江沿岸。

黄浦江，上海的主要河流，它把上海分成东西两岸，也就是大家口中的浦东和浦西，同时也阻隔了两岸的交通。长期以来，只有摆渡船来往于浦东浦西之间，这也成为浦东发展非常缓慢的因素之一。1292 年上海建城，县城位于浦西；1843 年上海开埠，各国陆续设立的租界全部位于浦西。到了 1990 年，浦东 552 平方公里的土地，经济总量占上海的比重仍然不足 10%。一边是高楼林立，一边却是遍地农田，经济水平差距巨大。

赵国平沿着黄浦江走着，身边跟着干事，还有浦东开发研究小组的成员们。吴一白紧随其后，把自己看到的全部都记录下来。

赵国平问道："现在从浦西乘轮渡到浦东大概要多长时间？"

"昨天我们几个人专门从浦西乘轮渡到浦东，光是车子的排队时间就要两三个小时。"跟在赵国平身边的一个浦东开发研究小组的同志回答说。

两三个小时！难怪上海市民们都说"宁要浦西一张床，不要浦东一间房"了。浦东现在的最高建筑，一是五层的救火观察楼，还有就是民国初年建的一处陈氏旧居，陆家嘴地区更不用提了，基本上是简陋住房组成的棚户区。虽然南浦大桥已经动工了，可是到现在还没有建成。面对浦东交通闭塞的情况，赵国平感到深深的担忧：要建设一座世界级城市，黄浦江上只有一座南浦大桥怎么够啊！

想到这里，赵国平深邃的目光望向远方，隔江瞭望对面的浦西，那里经济繁荣，车水马龙，而浦东呢，全是大片大片的农田。上海的目标是建设世界级城市，可是从浦东的情况来看，和浦西差距太大了，压在他身上的担子很重。

吴一白一直在认真地记录自己的所见所闻，记录着赵国平说的每一句话，然后提出了自己的问题：既然交通阻隔是浦东发展缓慢的重大因素，如果浦东开发正式启动，黄浦江大桥的建设是不是也会提上日程？

吴一白的问题让赵国平心头一震，黄浦江大桥这个项目，他和同事已经构想了很多年，也研究了很多年。之前，他曾经把这个项目向市政府报告过，但是当场被否决了，领导觉得太遥不可及了，是他们不敢触碰的一个梦；可是现在，赵国平突然有种感觉，自己离这个梦越来越近了。

赵国平看着吴一白，眼神坚定，一句话掷地有声："在黄浦江上造大桥是几代人的梦想，这个梦想会变为现实的。"

吴一白被赵国平的坚定所感染，在本子上重重地记下了这句话。

4

美国金融大亨迎娶上海新娘，新闻一经报道，引起轩然大波。一时间，之前很少联系陈梦蕾的同学突然有了她的联系方式，嘘寒问暖，就连大学班长也第一个邀请她参加同学聚会。看着手中的邀请函，陈梦蕾思绪万千。

此时的赵海鹰正忙着筹备同学聚会。

临出门前，吴一白气喘吁吁地拦在他面前。采访完赵国平后，吴一白马不停蹄地跑回来，看到赵海鹰还没出发，心瞬间放下了。他让自己冷静了一下，试探地问："陈梦蕾回国，你知道吗？"

"知道啊！"赵海鹰淡淡地点了点头。

吴一白带着试探，同时又带着几分谨慎的语气继续问道："那她嫁给了查尔德，你知道吗？"

赵海鹰的眼神明显流露出一丝痛苦，心像被石头砸了一下，沉入了谷底，但他努力让自己保持镇定，微笑着说："知道，你们有些报纸不是最喜欢报道这些花边新闻吗？他们当然不会放过大肆报道查尔德的中国夫人。"

赵海鹰的反应让吴一白反而更担心了，他倒是希望赵海鹰能够发发火，或者喝喝酒，把心里的痛苦全部发泄出来。赵海鹰越是表现得无所谓，就证明他心里越是难受。他看着赵海鹰故作轻松地吹着口哨，从他身边走过，不禁捏了一把汗。

这次的同学聚会搞得很突然，也很蹊跷，是他们大学的班长临时安排的，既不是逢年过节，也不是建校放假。之前曾经有人建议过，可是说了几年都没能聚起来，不是这个忙就是那个没时间。直到看到邀请函受邀名单后，吴一白才明白班长的用意，原来受邀名单的第一位写的就是陈梦蕾的名字。

吴一白感慨，对于学经济的同学来说，能够和查尔德近距离接触，这可是千载难逢的机会啊！现在有陈梦蕾这个中间人，套近乎的筹码又多了不少。

赵海鹰一走进大厅，所有人的目光都投向了他，好几个女同学互相推了推，都是一副看好戏的架势。分别四年之后的第一次见面，陈梦蕾和赵海鹰对视着，这一刹那，仿佛整个聚会厅只有他们两个人了，千言万语都凝聚在这一个眼神里。

"好久不见。"赵海鹰微笑着对陈梦蕾说，四个字，包含了太多的内容。

陈梦蕾心中有些惆怅，却微笑回应赵海鹰："是啊，四年了。"

"你一点都没变。"

"你也是。"

匆匆赶来的吴一白正好撞见两个人四目相对，一颗心紧张无比，像系了一颗定时炸弹。

这时，谢天阳大步走了过来，开玩笑地说道："真是造化弄人啊，想当初，你们俩可是我们所有人里最被看好的一对。"

话音刚落，吴一白狠狠地瞪了他一眼。

谢天阳笑着打圆场："口误口误，我口无遮拦，该罚，一会儿我自罚三杯。"

整场宴会现场已经没有同学之间的那种单纯的氛围，大家互留名片，互相吹捧，各自打着各自的小算盘。

只有赵海鹰和陈梦蕾两个人忍受着煎熬，和同学说着，笑着。从同学会开始到结束，赵海鹰几乎就没怎么喝酒，反倒是陈梦蕾，一杯一杯地喝着同学敬的酒，这让吴一白和张翔摸不着头脑。

宴会最后，吴一白建议大家拍一张合影，他特地从报社借了相机，不管怎么说，毕业好几年能聚在一起也不容易。他支好三脚架，把相机放在上面，调好时间，然后飞奔到同学们中间站好。随着"咔嚓"的快门声，这珍贵的一刻被记录下来，同学们都面带笑容，只有陈梦蕾和赵海鹰笑得勉强。

终于熬到同学会散场，赵海鹰独自一个人来到篮球场。每次他的心情跌落到谷底的时候，他都习惯一个人去打篮球。

篮球场空荡荡的，赵海鹰运球、投篮，动作敏捷有力，速度很快。最后，他体力透支，瘫倒在地，汗水和泪水混合在一起，彻底模糊了眼睛。

5

钱春生出狱之后，试着去找工作，但是用人单位一听他坐过牢，都不敢接受他了。没办法，在家待业的他只能在永春副食店打杂。

时间久了，钱春生也渐渐习惯了。每天中午是客人最少的时候，每每此时，他最喜欢的就是躺在躺椅上晒太阳，最好是能够有一张报纸，盖在脸上，让阳光洒满全身，小憩片刻，那感觉简直赛过神仙啊！

孙明芳看到钱春生这一副游手好闲的样子，无奈之下，拜托赵海鹰帮忙，看看有没有合适的工作。赵海鹰思前想后，找到了华建公司的孙华建。孙华建倒也爽快，加上对赵海鹰很信任，也没问太多，就直接答应了。

得到这份工作，钱春生感觉人生就要重新开始了。他每天努力工作，没想到还是躲不过别人的白眼。

单位的员工私下里对他的身份议论纷纷，说他托关系，还坐过牢，见他都是躲着走，好像钱春生会吃人一般。这些，钱春生看在眼里，都忍下了，不过他的上级主管，怎么看他都不顺眼，各种吹毛求疵，挑刺找碴，还在工友面前故意挑衅。钱春生忍无可忍，一怒之下，辞职不干了。

赵海鹰接到孙华建的电话，就赶到黄浦江边。每次钱春生心情不好，总会到江边。他记得钱春生曾经说过，每次听到黄浦江上的汽笛声，什么烦恼都抛到九霄云外了。

"你辞职以后有什么打算？找到新工作了吗？还是有更好的目标了？"赵海鹰试探地问。

钱春生无言以对。

"你不会打算回永春副食店继续晒太阳睡大觉吧？"赵海鹰继续问道。钱春生还是呆呆地看着眼前的黄浦江，不出声。

看着钱春生颓废的样子，赵海鹰有意激一激他："你要再这么下去，连我都看不起你。"

钱春生一下子受到了刺激，怒吼道："老子就知道你是这么想的，你们都看不起我！赵海鹰你别忘了当初我是怎么进去的，你凭什么看不起我？"

钱春生坐牢跟自己有关系，这是赵海鹰心里永远抹不去的痛。可是，他不能看着钱春生回副食店晒太阳，赵海鹰只能继续"打击"他："钱春生，我今天就告诉你，过去的事已经过去了，谁都不能重新活一遍。不是别人看不起你，是你自己一直迈不过去心里那道坎。你自己想想，你整天躲在永春副食店逃避现实，逃避和人打交道，逃避社会，难道别人就会看得起你吗？我知道你好面子，面子是自己挣来的，不是别人给的。犯过错又怎么样，没有文凭又怎么样，我们都是犯了错、摔了跟头的人。要想人看得起你，你就得先自己爬起来，活得像个人样。要是自己都不拿自己当人看，别人只会在你身上多踩两脚，你这一辈子都爬不起来！"

钱春生心理防线彻底被击垮，他羞愧难当，蹲在地上号啕大哭起来。

1990年4月18日，阳光照在弄堂口的石头路面上，几个上了年纪的老人在巷子里散步。卖白糖粥的汉子也开始了一天的工作，他挑着担儿，"笃、笃、笃"敲着梆子出现在弄堂口，白森森的鲜粥上面放着几枚鲜枣儿，馋得围着粥摊的孩子口水直流。

但是，这一天注定是浦东历史性的起点。中共中央政治局常委、国务院总理李鹏参加上海大众汽车有限公司成立五周年大会，宣布中共中央、国务院同意上海市加快浦东地区的开发，在浦东实行经济技术开发区和某些经济特区的政策，为深化改革、扩大开放做出又一重大部署。李鹏在讲话中指出："我们欢迎外国的企业家以及港澳同胞、台湾同胞和海外侨胞投资、参加浦东开发，我们将为此提供优惠的合作条件和日趋完善的投资环境。"总理的声音，通过海内外的媒体，迅速传播到世界各地。全世界的投资家敏锐地感觉到，浦东的发展已经成为中国政府的一项国家战略。

几天后，上海市浦东开发办公室和上海市浦东开发规划研究设计院的挂牌仪式在浦东大道举行。不少老百姓纷纷围在布满鲜花的浦东大道前，观看这一历史性时刻。至此，第一个负责浦东开发组织、协调、平衡的机构全面运作，它的成立标志着浦东开发进入实质性的启动阶段。

刚刚成立的浦东开发办公室和浦东开发规划研究设计院还有些破旧，不少墙皮脱落，下层的仓库阴暗、潮湿，散发着阵阵霉味，不过这些丝毫不影响大家的工作热情。

赵国平走进自己的新办公室，一张巨大的上海市区地图贴在墙上，占据了墙面一多半的面积。他上任后面临的第一个艰巨的任务就是建设杨浦大桥，他清楚，能够完成如此重大任务的人只有一个——陈建华。

陈建华受邀来到浦东开发研究院，一进会议室就看到了赵国平。他的抵触情绪一下子就上来了，转身要走。

赵国平马上拦在他面前，毕竟，于公于私他们之前都发生过不愉快，陈建华的情绪是可以理解的。赵国平谨慎地说道："我今天请你来是带着极大的诚意，希望你能摒弃前嫌，我是来找你谈杨浦大桥项目的。"

一听"杨浦大桥"四个字，陈建华心头一热，不过也就两秒钟之后，他还是斩钉截铁地说："我正在准备申请调任北京的离职手续，不可能留在上海，这个项目已经跟我没有关系了。"

赵国平愣住了，杨浦大桥是陈建华多少年的心血，没有谁比他更了解这个项目。他主动向陈建华打开心扉："当初不是我不支持杨浦大桥项目，而是上海真的拿不出这么多的钱来支撑。"

看陈建华不为所动，赵国平赶紧从公文包里拿出一份材料摆到他面前："这么多年我始终没有放弃过，这是我对杨浦大桥项目的预算测算数据，你可以看看，这里面的每一项、每一条我都是经过实地调查的。"他希望用自己最大的诚意来取得陈建华的信任。

陈建华大致扫了材料一眼，有些意外，当年，他对这个项目很是重视，就是因为赵国平的反对，最后功亏一篑。现在赵国平又来找他谈这个项目，他不知道赵国平葫芦里到底卖的什么药。

赵国平看出了陈建华的迟疑，向他解释："我反对是因为现实条件不允许，杨浦大桥耗资巨大，至少需要十多个亿，政府没有这么多钱啊。如今浦东开发已成定局，按初步设想，浦东开发建设分三步实施，第一阶段的重中之重就是发展交通。"

陈建华虽然感受到了赵国平的诚意，有所心动，但是他已决定要调离上海这个伤心之地，准备回北京。现在说这些都已经太晚了。

赵国平却不放弃，他拦在陈建华面前，极力做最后的努力："杨浦大桥设计施工难度极高，大桥一旦建成，东与浦东新区的罗山路立交桥相接，西与浦西内环线高架道路相贯通，与南浦大桥一起构成内环线上的两个过江枢纽，对促进浦东开发、开放具有重要意义。而且这座大桥一旦建成，将是世界上跨度最大的斜拉桥，也将创造上海建桥史上新的奇迹。"最后，他用反问的语气问道："你想一想，这样一项注定会受到举世瞩目的重大工程，难道要让它就这样流产吗？你不惋惜吗？"这番话像钉子一样扎进陈建华的心里，他沉默了。

赵国平看着有戏，赶紧补充道："现在南浦大桥马上就要完工了，如果杨浦大桥能动工，几年之后，黄浦江万顷碧波中，内环线上的'姊妹桥'南浦、杨浦犹如两条巨龙横卧在'母亲河'上，一定是上海最为亮丽的一道风景线啊。"听到这里，陈建华真的动心了，他想象着这一天的来临，眼神中闪过一道光芒。

赵国平看着陈建华，眼神中流露出真诚："不止是南浦、杨浦两座大桥，未来黄浦江之上会有越来越多的大桥，这些大桥会把浦东、浦西连成一片！光说不做是绝对不行的，成功还是失败，唯一的出路只有靠实践。陈建华同志，在黄浦江上造大桥是几代人的梦想，我们就要做那第一个敢吃螃蟹的人啊。"

赵国平的真诚终于打动了陈建华，肺腑之言让陈建华差点泪湿眼眶。赵国平主动伸出了右手："陈建华同志，作为一个上海市民，我真诚希望你能留下。"

陈建华缓缓地伸出了手，两双手郑重地紧紧握在一起。

第六章
迎来新的征程

<h1 style="text-align:center">1</h1>

上海国际饭店建成于 1934 年，建筑面积约 1.6 万平方米，整个饭店共有 24 层，远远高于周围的建筑物。它拥有"远东第一楼"的美称，是上海最豪华的标志性酒店，同时也是上海的象征。

在美国领证后，查尔德一直想要为陈梦蕾办一场中式婚礼，但是因为陈梦蕾身体不太好，加上自己工作太忙，总是找不到机会。这次，正好趁着回中国，他想完成这个心愿，也算是送给陈梦蕾的结婚礼物。

婚礼现场，宾客盈门，大多数客人非富即贵，除了陈梦蕾的同学，多半都是查尔德的生意伙伴。原本喜气洋洋、热闹非凡的婚礼现场，好像变成了商界精英的聚会场所。不少人趁着机会，到处散发名片，希望能够结交权贵。

在休息室的陈梦蕾一袭红色旗袍，格外美丽。化妆师为她补妆，为婚礼开始做最后的准备。这个时候，好朋友周媚嘟着嘴走进来，一副生气的样子。

陈梦蕾奇怪地问："怎么了？"

周媚心不在焉，根本没听见陈梦蕾的话，她的眼睛一直朝大厅看。这引起了陈梦蕾的好奇，她顺着周媚的目光看出去，恰好可以看到谢天阳正端着一杯酒在和美女们搭讪。他凭借自己的花言巧语和不错的外形，招来一片关注的目光，一番夸夸其谈，哄得那些女孩子哈哈大笑。

周媚一直盯着谢天阳，醋意浓浓地嘀咕着："不过是些三流的模特，算不上美女，有什么嘛！"

陈梦蕾一听，大概理解了周媚的想法："你不会是看上谢天阳了吧？"

周媚没有直面回答，但这次谢天阳回来，真的让她刮目相看。读书的时候她对谢天阳是一点好感也没有，可是这次重逢，已经让她心动。不过，谢天阳同时吸引了不少年轻的女孩，这让周媚心里酸溜溜的。

　　婚礼很快就要开始了，一身唐装的查尔德早已准备就绪，满面红光，等待着他的新娘。这一刻他等了四年，他要让全世界的人都知道，自己的妻子是陈梦蕾。伴随着悠扬的音乐，陈梦蕾一袭红色旗袍朝着大家走来，原本就有着东方气质的她穿着旗袍更加美艳动人，引得现场宾客们发出一阵阵赞叹。

　　这一幕，被刚刚走到门口的赵海鹰看到了，他呆站在门口，久久没有进来。他曾无数次幻想过陈梦蕾成为新娘的样子，只是没想过新郎不是他。正想得出神，突然，一个女人直接撞到了他的怀里，只听"啊"的一声尖叫，让这声音大到足以压过婚礼现场的音乐声。这个不和谐的音符一下子把婚礼的节奏打乱了，所有人都朝着声音的方向看去，目光锁定在赵海鹰的身上。

　　"好痛……"陌生女人跌坐在地上，痛苦地揉着自己的脚踝。

　　赵海鹰站在女人面前，有些不知所措，伸手想要拉她起来："你没事吧？"

　　没曾想女人毫不领情，反倒大声嚷嚷起来："你没长眼睛吧，我都已经这样了，能没事吗？"说完，做了一个让所有宾客瞠目结舌的举动，她脱下了一只被崴断的高跟鞋，从地上爬起来冲着赵海鹰大吼道："这位先生，你是眼神不好吗？你刚刚撞到我了，为什么不道歉？"

　　赵海鹰赶紧解释："我是要给你道歉的，只是还没来得及。"

　　女人对这个解释显然很不满意，抱着胳膊一幅趾高气扬的样子，要求赵海鹰马上道歉。整个宴会厅都被这个女人的嚷嚷声吸引了，大家都认为这是赵海鹰安排好的，为的是搅局。不少人已经开始窃窃私语地议论了，摆出一副等着看好戏的样子。

　　赵海鹰在众目睽睽之下下不来台，他忍着火气道歉："对不起小姐，刚才确实是我走路走得太急了，没有看到你走出来。但是我看你爬起来的动作挺敏捷的，应该没有撞坏吧？"

　　这话更惹恼了女人，她直接把鞋举得高高的，鞋底几乎贴到了赵海鹰的脸上，一副恨不得把他吃掉的架势："怎么没有撞坏？你看我的高跟鞋都被你撞坏了，这是我新买的高跟鞋，穿了不到一天就被你撞断了一只。"说完，她感觉还是不解气，补充道："你还口口声声为自己狡辩，先生，你的绅士风度呢？"最后几个字的音调明显升高。

"抱歉，我确实不是一个绅士，你这双高跟鞋多少钱，我赔给你。"赵海鹰只想尽快平息这场风波。

正说着，周媚走了过来，看看赵海鹰，又看看一旁的女人，问道："怎么回事？"

还没等赵海鹰开口，女人倒是恶人先告状了："他是你的客人吗？他把我的鞋弄坏了，还不肯赔。"

赵海鹰感到莫名其妙，这个女人明显胡搅蛮缠，根本不讲理，他懒得多说一句："这双鞋多少钱，我赔给你。"说着，掏出钱包拿出一叠钱递给女孩："这些够吗？"

女人看都不看一眼就说不够，赵海鹰又拿出一叠钱和刚才的钱加在一起，问："够了吧？"女人跟之前的表现一样，根本都不看，就说不够。这下，赵海鹰算是看出来了，这个女的就是存心和自己过不去。他一气之下把钱包里的钱都拿出来，全部塞到女人的手里："这下够了吧？"

没想到，女人看着手里的一沓钱，高傲地发出一声冷笑，接着把赵海鹰的钱全部塞回他的钱包里，说："先生，我想你大概不认识这个牌子，我这双鞋是国际品牌的限量版，就算把你全身的行头都加起来也买不到这上面的一个装饰品。"

赵海鹰面红耳赤，却无法对一个女人发火。他的拳头已经紧紧地握起，要是面前是个男人，他早就拳脚对付了，正好这几天有一肚子的火没地方发泄呢，但是奈何对方是个女人，他赵海鹰怎么可能和女人动手？因此，所有的委屈和怒火只能往肚子里咽。

这时，陈梦蕾走了过来，直接挡在赵海鹰和女人中间，带着客气但又有些强势的语气对女人说："这位小姐，对不起，我替他向你道歉，他是我的客人，今天是我的婚礼，我不希望在婚礼上发生不愉快的事。至于你这双鞋子，很凑巧，我有一双一模一样的，一次都没有穿过，如果你不介意，我愿意把鞋子赔偿给你。"

新娘亲自出马，这个女人也就不好再说什么了，再说她原本也没打算让赵海鹰赔，就是看他态度差，才故意刁难。她看着陈梦蕾，笑眯眯地说："既然是你结婚，算了，我就不追究你们的责任了。"说着女人脱下另一只鞋子，把鞋子拎在手里，丢下一句"祝你新婚快乐"，光着脚离开了。

看着女人离开，陈梦蕾把目光转向赵海鹰："我知道让你参加我和查尔德的婚礼，这对你来说也许不能接受，但我们的事已经过去了，我希望你今天来是真心祝福我，而不是有别的目的。"

赵海鹰百口莫辩，他没想到自己在陈梦蕾心中居然是那种设计感情报复、对她死缠烂打的人。这一刻，他反倒释怀了："对不起，我也许不应该来，不管你相信不相信，我今天来只想跟你说一声'新婚快乐'，希望你们白头偕老，生活幸福。"说完，赵海鹰转身就走了。婚宴大厅只剩下一脸落寞的陈梦蕾还有她身后无数窃窃私语的宾客。

离开婚礼现场的赵海鹰憋了一肚子的气，在这场婚礼上，竟让别人看笑话了。刚刚走出宾馆大门口，背后就响起一个声音："我还不知道你的名字呢？哎，你叫什么名字啊？"说话的不是别人，正是刚刚那个光着脚跑掉的女人。

赵海鹰转身，看到那个女人光着脚拎着高跟鞋从后面追了上来。他忍无可忍，停下脚步质问："你到底想干什么？"

女人依旧理直气壮："你弄坏了我的高跟鞋，我这样怎么去参加朋友的生日会。"女人拎起高跟鞋给赵海鹰看，一双大眼睛眨巴眨巴的，看上去楚楚可怜。

赵海鹰无语，觉得被同情的应该是自己才对吧。来参加陈梦蕾婚礼的他，原本就打算悄无声息地坐在角落里，等有机会对陈梦蕾说一声"新婚快乐"。现在倒好，竟让陈梦蕾误以为他在报复，憋了一肚子火的赵海鹰在这一刻彻底爆发，他直接抢过女人手里那只完好的高跟鞋，生生地把鞋跟给掰断了。

岂料女人却并不生气，反而笑了，把两只鞋都穿到了脚上，还走了两步，一副还挺舒服的样子，赵海鹰哭笑不得。她笑嘻嘻地看着赵海鹰，似乎很满意："你挺聪明嘛。"说完，伸出右手，介绍道："对了，我叫徐珊珊，我们今天也算是不打不相识。不如交个朋友，你叫什么名字啊？"

赵海鹰觉得这个女人简直脑子有病，根本不想理她，扭头就走。此时的赵海鹰不会想到，他此后的人生将因为这个女人发生巨大的变化。

2

1990年6月2日，浦东迎来了自己的第二个春天，经国务院批复，同意上海市委市政府递交的《关于开发和开放浦东问题的请示》，批准十项政策措施和划出一定区域为保税区。至此，浦东开发进入实质性启动阶段。

经济的热潮带动了股票市场的火爆，加上二手国库券的收益率下降，很多市民由投资国库券转向了投资股票。股票的火热让静安证券业务部门庭若市，热闹非凡，人群蜂拥而至，不少人天不亮就跑来排队，疯狂地争抢着各种股票。

业务人员的心里自然是乐开了花，可唯独谢东面露难色，看着人们疯狂地购买股票，他表现出担忧："现在是高兴，可我担心这种炒法继续下去，股价疯涨，那就值得忧虑了。"

谢东的话让赵海鹰有些不解："以前我们业务部股票是买进多，卖出少，积压了不少库存。现在股市热，我们通过这部分股票库存对市场价格起一个平抑的作用，自己也可回笼点资金。"他不明白谢东在担心什么。

谢东的眉头微微皱起，忧心忡忡："从去年起，全国开始反资产阶级自由化，就在前不久有的报纸刊登文章，把股票市场也列入了资产阶级自由化的范畴。"

谢东口中提到的文章赵海鹰也看过，内容直指股票市场，说股票市场是资产阶级自由化。这一言论对股票市场的发展极为不利。

赵海鹰对文章观点并不赞同，他认为市场经济、企业股份制改革对国内的人来说是新鲜事物，金融资本投资现象让那些习惯了在"计划经济"下生活的人感到不适应，所以要站出来反对。但如果像他们那样把新事物都一棍子打死，把股票视为洪水猛兽，未免太武断了。

"不怕一万就怕万一。"谢东表现出深深的担忧，"我们这个时候也不敢太出风头，万一被别人扣上资产阶级自由化的帽子，捅出点事情来，后果谁也承担不起啊。"说完，谢东无奈地叹了一口气。赵海鹰听着谢东的话，看着他担心的样子，心里突然有了一个大胆的想法。

赵海鹰认为，大多数人都不懂金融资本投资的概念，更不知道该如何操作。尤其在老一代的观念里，习惯了从牙缝里抠出一点钱存在银行里，拿那么一点利息，根本不知道进行资本投资，对股票更是一无所知。作为金融专业的学生，他觉得自己有责任、有义务引导大众接纳股票，而最好的方式无疑是通过媒体进行传播。

他把自己大胆的想法告诉吴一白，吴一白思索片刻："你的提议好是好，可最近'姓社姓资'的争议那么大，很多人都在议论说'宁要社会主义的草，不要资本主义的苗'，就算我们写了这样的文章也未必能发表出去。这件事我得先问问我师傅马跃。"说完，吴一白顿了顿，压低了声音："还有上次那篇把股票市场列入资产阶级自由化进行抨击的文章，你知道是谁写的吗？"

这个人吴一白和赵海鹰都认识，是他们非常熟悉的老师——徐敬之教授。

"我们都是徐教授的学生，如果写了这篇文章，那就是公开反对老师的观点，这件事的后果你可要考虑清楚。"吴一白提醒道。

此时，徐敬之教授正在自己的办公室里看报纸，报纸上有关于股票热的新闻《外埠"炒手"如蜂拥，上海股票暴涨》，并报道了发生在静安证券业务部的情况，报道中写到："本月24日，上海股票市场的两项新纪录引起人们注目。一是该日股票交易额达到85万元，8307股，竟然是去年上半年股票成交额的十分之一；二是由于求大于供，股票交易首次采用竞价方式。"

看到报道后，徐敬之直接把报纸拍在桌子上，愤怒至极。在他看来，这些文章简直荒唐透顶，是资本主义自由化大行其道的明证。他拿起电话，拨通了财经报主编的电话。

第二天，徐敬之拿着自己写好的文章亲自送到了财经报主编的办公室，主编又是端茶，又是递水，简直是受宠若惊："徐教授是经济界的权威，愿意在我们的报纸上发表文章，已经是给了我们天大的面子，怎么能麻烦您亲自送文章呢，您打个电话让我们去取就可以了。"徐教授是经济界的权威，凡是学经济的无人不知无人不晓，单是上海著名的企业家、经济学家，一小半都是徐敬之的学生。此外，但凡在上海重大的经济决议会议上，徐敬之都是主要的发言人，多少报纸争着抢着希望徐敬之接受采访，很多他根本就不搭理，没想到这次居然主动找上门来。

这些奉承的话徐敬之根本不在意，他更关心的是自己的文章，他表情严肃地说："这篇文章是我连夜写好的，我很重视，希望你们能尽快发表。"

主编像接到命令一样，保证让文章尽快见报。

几乎同时，吴一白居然说动了领导马跃，他同意吴一白和赵海鹰的建议发表文章。赵海鹰更是兴奋，在吴一白去报社期间，连文章题目都想好了，就叫《让股票成为改革开放的"领头羊"》。

两篇观点完全不同的文章，在同一天、不同的两份报纸同时发表。徐敬之看到后，勃然大怒，气得直拍桌子。他直接把电话打到了马跃那儿，点名要找吴一白，并让吴一白转告赵海鹰，让他们两个晚上来家里吃饭。

这可是明摆着的鸿门宴。从上学的时候起，吴一白就害怕徐敬之，他太了解自己的老师了，做研究、讲课都很好，就是有一点让人不敢苟同，过于固执，只要是他认为是正确的事，绝对不允许有任何反对意见，他就是权威。这下可好，他怎么也想不到自己发的文章会和徐教授的有冲突。这一回，徐敬之名义上是叫他和赵海鹰去家里吃饭叙旧，实际上肯定是要批评他们，这就是往枪口上撞啊！一想到这里，吴一白突然感觉背后冒了一阵凉气。临出门前，吴一白对赵海鹰千叮咛万嘱咐，一会儿到了徐教授家，千万不要主动提股票的事情。

两人惴惴不安地敲开了徐教授家的门，师生许久未见，徐敬之和赵海鹰、吴一白三人一边吃着饭，一边聊起了很多往事。

徐敬之看着赵海鹰："海鹰，你以前读书的时候可没少让我费心啊。你还记得吗？有一次你上课迟到，我让你罚站，你还编了个什么伤风感冒的借口敷衍我。"

"记得，当然记得。"赵海鹰回忆着曾经的"惨痛"经历，"如果换了别的老师，听说我生病了也就算了，就算明知道我装病也是没办法。可徐教授偏偏不按常理出牌，一听说我病了，马上说，伤风感冒啊？那要出出汗才好得快。这样吧，你去拿个拖把，把我们办公室拖一遍，这样出汗了，病也就好了，比吃药都灵。"

说起这件事，吴一白还记忆犹新："当时赵海鹰就傻眼了，最后，还是傻傻地拿了拖把拖地了。因为这件事，大家都说赵海鹰虽然道高一尺，可徐教授是魔高一丈。不管我们再怎么厉害，都逃不出老师的五指山。"

回忆起往事，师生三人开心地笑起来。老师慈爱，学生恭敬，一幅和谐的画面。

不过画风突然一转，徐敬之颇为感慨道："你们这些小孩子哪里懂老师的良苦用心？我们每天就是和学生斗智斗勇，学生不乖，肯定要管。怎么管、怎么教育才有用，才可以被学生接受，真是好难啊。"

赵海鹰听出了徐敬之的言外之意，主动端起酒杯："老师，以前都是学生不对，我给您道歉。"

不过徐敬之却没有拿起酒杯，而是缓缓地说："你先不要急着道歉，还是先把道理讲明白。"说着，徐敬之拿出了刊登赵海鹰和吴一白文章的报纸，"你们俩谁来讲讲，这篇文章说的是什么意思？"

这下，吴一白的脸瞬间铁青，这个话题看来还是绕不过去了。刚要说话，赵海鹰抢在前面说："老师，这篇文章是我们经过多方采访、实地调查才写出来的。"

徐敬之脸色一沉，一副不大高兴的样子："你的意思是我的文章没有经过实地调查，是信口胡说吗？"他指着赵海鹰和吴一白就吼道，"我看你们胆子大得很，公开在报纸上发表这种立场错误、误导大众的文章，一点都不像我教出来的学生。"说完，徐敬之稍稍平复了一下情绪，像下命令似的对二人说："我现在就命令你们两个，马上在报纸上重新发表文章，为你们之前的错误立场道歉。"

这下，赵海鹰不干了，他认为自己说的句句属实，为什么要道歉。再说，如果徐敬之教授认为他们说的不对，可以反驳他们，但是不能强迫他们去接受自己的观念。赵海鹰承认，现在的中国股票市场确实不成熟，但这不能成为反对的理由。他带着质问地语气问道："为什么一提到股市就一定要讨论姓资还是姓社呢？我实在是不能理解。我们为什么要把一件对国家对人民有利的事物拒之门外？"

徐敬之勃然大怒："赵海鹰，你说话要注意分寸，到底你是老师还是我是老师？我看你现在越来越嚣张了，要给我上政治课吗？"教书几十年，还从来没有学生敢这么跟他说话，当着面都这么嚣张，背地里还不知道狂成什么样了，"你不要以为自己做了几年股票经纪人就是股市的专家了，我告诉你，你还差得远，要跟我辩论你还不够格。"

听徐敬之这么说，赵海鹰心里也很不服气："老师是经济界的专家，我敬重您，但您对股市的一些看法确实有失偏颇，学生无法认同。如果老师今天一定要以师长的身份逼着学生认错，我可以这么做，但这不是我发自内心的真实想法，我在心里并不认为自己有错。难道老师不愿意让学生说出内心真实的想法吗？"

吴一白在旁边，早就满头大汗了，他还从来没见过徐教授如此生气的样子，一直在一旁劝赵海鹰少说两句，不过他根本听不进去。最后两个人直接被徐敬之赶出了家门。两个人下楼后，徐敬之还觉得不解气，他打开窗户吼着："赵海鹰、吴一白，从今天开始你们俩都不是我的学生了！我们的师生情份到此为止！"

看着徐敬之愤怒的样子，吴一白心里挺不是滋味的。他没想到自己和赵海鹰写的那篇文章影响那么大，因为徐教授发表的那篇反对文章，现在他们报社受到了社会上很多人的抨击，连主编的压力都很大。要不是他师傅马跃替他说话，他的饭碗恐怕就保不住了。

第二天一大早，吴一白就接到了采访赵国平的任务，他没想到那两篇文章赵国平也看过了，而且很支持他们俩的想法。赵国平认为时代不同了，徐教授虽然是经济界的权威，但对股市的认识未免过于保守。我国企业的股份制改革已在全国范围推开，早期的股票交易已经在静安证券业务部开展，如火如荼。全国有100多个城市400多家交易机构开办了国库券转让业务，所有的数据都在说明一个问题：改革开放的进程已经使证券交易所的设立成为大势所趋。

采访的最后，赵国平告诉吴一白，政府鼓励支持建立一个公开公平公正的股票交易市场，上海证券交易所已经被列入浦东开发大计，并得到了中央批准。

赵国平的话无疑让吴一白有一种重获新生的感觉，被人支持的感觉真好。他把赵国平的话原封不动地转给赵海鹰，赵海鹰听后感到非常意外，他没想到父亲居然也支持他。正想着，就接到了母亲周蕙的电话，让他回家吃饭。

说是吃饭，其实是父母想要了解一下赵海鹰最近的情况。

赵海鹰早早就回到了家里，又是帮妈妈洗菜，又是帮妈妈煮饭。周蕙忙得不亦乐乎。赵国平和几个领导干部讨论浦东的交通问题，很晚才到家。

还没进门，就听见赵海鹰让周蕙买房子，屋子里传来他激动的声音："现在浦东刚刚开发，周边的配套还没有起来，房价很便宜，这个时候在浦东买房，未来 10 年一定能翻好几番。"这哪里是让周蕙买房，明摆着是让周蕙炒房呢。赵国平推开房门，质问道："你要鼓动你妈妈炒房？"

赵海鹰解释："现在整个上海炒房是大热的态势，大家都在传将来上海的房价一定会疯涨，况且购买不动产是所有投资里面风险最小的。我让妈妈把闲置的钱拿出来买房有什么不对？这也是预防货币贬值的一种理财方式啊。"

赵海鹰的观点，赵国平不能认同，他认为房子是用来住的，不是用来炒的。炒房推高房价，让那些真正有居住需求的居民反而买不起房，大量住房资源闲置，社会资源浪费，那是在害人害己。

赵国平的观点代表了他们这一代人的观点，不过赵海鹰给出了自己的理由："住房本来就具有居住和投资双重属性，投资不等于投机，你也不要全部都一棒子打死吧。"他认为炒房也算是合理投资。

看二人一见面就开始争论，周蕙赶紧解围。一顿好好的晚饭，三个人吃得都没有了兴致。

3

1990 年 10 月，一个晴朗的秋天，树上的叶子已经发黄，落叶为上海披上了一件新衣。来自国内外的 200 多名金融家、企业家、政治家以及经济研究学者云集上海，举行了一次规模空前的高层次金融研讨会，共同商讨上海及中国金融业的发展战略，为收获季节的上海增添了一抹亮色。

会后，上海市领导特地设宴招待了会议专家，查尔德和陈梦蕾也应邀参加。查尔德作为美国代表团的主要代表，自然成为人们争相恭维的对象。不过他身边的陈梦蕾就显得有些心不在焉，因为她没想到，居然在这里见到了赵海鹰。

　　参加宴会的全是金融界的大腕，按说这种场合像赵海鹰这种小业务员是根本没有资格参加的，可是谁让他的死党是吴一白呢！吴一白几乎动用了自己所有的关系，到处求爷爷告奶奶，最后终于帮赵海鹰搞到了一张宴会入场券，这张入场券的分量可是相当重。

　　赵海鹰费尽心思来到宴会的主要目的就是要接触广瀚信托投资公司的老板徐瀚之，可惜事与愿违，他还是和徐瀚之擦肩而过。幸好吴一白机警，拦住了广瀚信托投资公司的另一位重要人物——苏明康。

　　苏明康，广瀚信托投资公司业务部的主要负责人，徐瀚之的得力干将，在公司拥有着一人之下、万人之上的地位。赵海鹰见到苏明康时，他正和别人侃侃而谈，聊的正是世界外汇市场："外汇市场急剧动荡，全球股票市场价格普遍暴跌，现在看来，风景还是这边独好啊。我有个朋友马邑前几年去了日本，昨天还跟我通电话，日本现在的环境也不行了，股价大跌啊。"赵海鹰无意中听到马邑的名字，心里一惊。这个马邑是赵海鹰的老朋友了，准确地说是赵海鹰的老客户了。马邑的发家史很幸运，在1985年以4000元买国库券，掘得第一桶金。随后开始转战股市，自从赚了第一笔钱之后，便一发不可收拾。他是市场的受益者，同时也是改革开放的受益者。之前马邑是赵海鹰客户，凭借着赵海鹰的推荐，赚了不少钱，最后去了日本发展。

　　听完苏明康的话，赵海鹰忍不住接话说："日本的金融危机并非事出偶然，隐患由来已久了。"

　　他的话引起了苏明康和其他几个人的注意，大家都把目光转向赵海鹰，目光中带着疑惑。

　　赵海鹰成功地吸引了大家的注意，他继续分析：广场协议之后，热钱涌入，而日本由于国内市场不大，消耗不了庞大的产出，为了保证出口，实行宽松货币政策，结果造成流动性泛滥，投机盛行，促使房市、股市泡沫的形成。日元不是国际货币，流动性过剩当然就只能在国内消耗了。但是自从三重野康出任日本央行行长以后，日本的超低利率时代结束了，使得土地投机渐冷，土地价格下跌，于是大多数股票开始出现疲态。今年以来，美国却对日本提出了具体的要求，直戳日本股市的要害，突然有大量的股票流入股票市场，股价必然大跌。

赵海鹰分析得头头是道，把当前的商业环境分析得极为透彻，几个西装革履的企业家仔细聆听，低声议论，猜测着他的身份。

赵海鹰主动走到苏明康面前，递上名片，自我介绍道："苏总监你好，我是静安营业部的赵海鹰，久闻广瀚信托投资公司的大名，一直想找机会和贵公司接触。"苏明康顺手接下了名片。不过，他只扫了一眼，眼神中带着不屑，也没有把自己的名片交换给赵海鹰的意思。

"苏总监，您刚刚提到的马邑马先生之前在上海的时候，就是我的客户，我们之间的合作一直很愉快。"赵海鹰看似无意地说道，眼下他只能暂时借马邑和苏明康拉近关系了。

马邑的名字显然起了作用，苏明康一脸意外，没想到眼前这个无名小卒竟然认识马邑。赵海鹰顺势继续说道："这个世界就是这么小，人和人之间交往的机缘也许是早就注定的。苏总监，浦东开发的利好消息，静安指数大涨，您有兴趣了解我们代理的几只股票吗？"

苏明康这才知道赵海鹰的真正意图，原来是来推销股票的。算是给马邑一个面子，他让赵海鹰几天后去他办公室谈。

几天后，赵海鹰就接到了苏明康的秘书顾瑛打来的电话，让他到广瀚信托投资公司面谈。赵海鹰兴奋得一夜未眠，天还没亮就起来了，把自己从上到下好好捯饬了一番。

来到广瀚信托投资公司，顾瑛带着赵海鹰来到苏明康的办公室。一路上，赵海鹰看到公司每个员工都在紧张高效地工作，有的在接电话，有的在奋笔疾书，几个员工在小会议室里争论问题，每个人都显得干劲十足。

办公室里，苏明康正拿着一本静安交易所最新发布的《1989年股票年报》随意翻看了一会儿，然后扔到了一边，毫不留情地打击赵海鹰道："我刚刚看了你们的股票年报，我觉得太普通了，根本不能引起我的投资兴趣。"

听苏明康这么说，赵海鹰赶紧解释道："现在股票发行的试点面积在扩大，中国证券市场呈现出大发展的态势，股票现在是一路上涨，股价指数几乎呈直线上升。"

苏明康显然很不满意赵海鹰的回答。赵海鹰不是第一个找他的股票经纪人，说的话也是千篇一律，他早就听腻了。他有些不耐烦地说："你能说点特别的观点吗？"

这明显是在给赵海鹰出难题，不过这难不倒赵海鹰，他非常诚恳地说道："苏总监，股票永远不会太高，高到让你不能开始买进；也永远不会太低，低到不能开始卖出。想在股市赚钱，最重要的就是买进卖出的时机，如果让我成为贵公司的股票代理……"

赵海鹰的话还没说完，就被苏明康打断，可以看出，他显然对眼前这个不知天高地厚的年轻人非常不屑一顾，反问道："让你成为我们的股票代理，你就有信心抓住每次买进卖出的时机吗？"他露出轻蔑的笑容，"赵海鹰，我看你就是太年轻了，容易对自己盲目自信，而且股市一直是谣言最多的地方，如果一听到什么谣言，就要买进卖出的话，那么钱再多，也不够赔。"最后，他直接拒绝，"你还是多花点时间积累经验吧。像你这么年轻的股票经纪人，我可不敢把生杀大权交给你啊。"

这话等于把赵海鹰一棒子给打死了，但他还在做最后的争取，他反问道："苏总监，经验丰富当然是好事，可是，所有的经验就都是对的吗？"看苏明康不说话，赵海鹰继续说道，"华尔街一位著名操盘手曾说'股市中赚钱很快，但亏钱也很快，而且亏钱大都是赚了钱后洋洋自得之时发生的'。炒股其实就是考验人的思维，只有思维正确了，才能在股市中赚钱。"

看苏明康依旧一副不耐烦的样子，赵海鹰也知道多说无益。他的眼睛无意中看到苏明康头上的一幅画，心生一计，起身离开了苏明康的公司。不一会儿，他不知道从哪里找来一把锤子，再次冲进公司。赵海鹰的行为吓坏了前台小姐，整个公司瞬间乱成一团，大家谁也不敢上前靠近他。

看到赵海鹰拿着锤子冲进来，苏明康大惊失色，说话也没有刚才有底气："你想干什么？我警告你，不要乱来！"

赵海鹰根本不搭理他，拿着锤子一步一步靠近。苏明康吓得脸色苍白，豆大的汗珠子不停从脑门上滑落。

这时，赵海鹰跳上一张椅子，高高地举起锤子，冲着挂在苏明康头顶上的那幅装饰油画砸去。叮叮当当几下把画作四角松动的钉子全部钉牢固了，然后气呼呼地离开了，离开之前他转过头对惊呆了的苏明康说："虽然你拒绝了我，我可不希望你下一秒就被砸破了头被送进医院。"苏明康哪里听得清赵海鹰说的是什么，整个人瘫坐在椅子上，半天说不出话。

这一切都被一个人看在眼里，他就是广瀚信托的老板徐瀚之。他送一位客户出门，无意中经过这间办公室，听到了赵海鹰和苏明康的对话。正好看到了刚刚那一幕，他忍不住笑了。

赵海鹰气冲冲地走出苏明康办公室，刚要离开，就被徐瀚之叫住。赵海鹰疑惑地看着徐瀚之，不知道他的身份。

这时，缓过神的苏明康也气急败坏地从办公室里冲出来，正要兴师问罪，一看到徐瀚之，马上气焰全无，毕恭毕敬道："徐总。"

赵海鹰瞪大了眼睛，惊呼："您就是徐瀚之？大名鼎鼎的徐瀚之？！"看到赵海鹰的反应，徐瀚之微微一笑："正是本人。赵海鹰，愿不愿意跟我单独聊几句？"

在徐瀚之的带领下，赵海鹰走进了他的办公室。徐瀚之也不拖泥带水，直接问道："在我的公司还从来没有哪一个员工敢如此胆大妄为，你考虑过这么做的后果吗？"

赵海鹰也实话实说："徐总，我想您作为一个精明的商人，应该会感谢我刚刚为你挽回了一笔不菲的损失。如果那幅油画从墙上掉下来，一幅赝品摔坏了并不可惜，但如果砸中了你们公司总监的脑袋，那事情可就闹大了。"

这下，徐瀚之笑了，他很好奇赵海鹰怎么会知道那是一幅赝品，于是反问道："你懂字画？"

"恰恰相反，我对字画一窍不通。"赵海鹰回答。徐瀚之一脸疑惑地看着他，他笑着解释道："但我觉得如果是一幅价值连城的真品，应该不会挂在那么显眼的位置招摇，而且以我对那位苏总的观察，他并非一个有艺术品位的人。"

赵海鹰敏锐的观察力让徐瀚之惊叹，敢在他面前说苏明康的坏话，赵海鹰是第一个，不过也是第一个敢说实话的，因为苏明康确实没什么品位。他笑着说："在这里能做到总监的位置，只因为一条，能帮我赚钱。年轻人，你跟他比道行恐怕还浅得多。"

赵海鹰却不甘示弱:"我也能帮徐总赚钱。"

"是吗?你指的是那些股票?"徐瀚之问道,"可我跟苏总一样,对你那几张股票不感兴趣。"

赵海鹰依旧不放弃,他向徐瀚之提出了一个新的观念:"不只是股票,而是一种投资理念。"他停顿了一下,努力让自己平静下来,十分认真地说,"徐总,上海即将进入一个疯狂的成长投资年代,至少未来十年将迎来股票的腾飞。上海要走一条利用内资但不增加内债、利用外资但不增加外债的道路,就不仅需要吸收直接投资,还要通过进 ·步发展证券市场,把内外资通过证券的形式吸收进来。"赵海鹰的话成功引起了徐瀚之的注意,他十分认真地听他接下来的分析。

赵海鹰侃侃而谈,他认为,未来十年会是技术股和电子的发展狂潮。不断增长的成长型股票,主要是像电真空这些与新技术有关的公司,首先会成为股市的宠儿。他特地提到了飞乐音响,认为飞乐音响等其他七只股票加起来的资本金和交易量,还不及电真空的一半,仅半年时间,电真空最高收益曾翻了 25 倍,这种情况和美国 20 世纪 60 年代的"电子狂潮"极为相似,华尔街部分股票的市盈率高达 80 倍。最后他给出自己的建议:"徐总,现在是进入股市的最好时机。"

徐瀚之沉思了片刻,突然站了起来,爽快地说道:"从今天开始,你就是我徐瀚之的股票经纪人了。"听到这话,赵海鹰惊呆了,激动得说不出话来。

"怎么,你有异议?"徐瀚之开玩笑道,赵海鹰已经激动得有些语无伦次:"没有,完全没有。"

从广瀚信托走出来,赵海鹰整个人仿佛做了一场梦。他居然是徐瀚之的股票经纪人了,这简直就是一个奇迹。外界一直传闻徐瀚之精明古怪,从来没有哪个股票经纪人能说服他,可是赵海鹰却靠着自己的真诚和努力赢得了徐瀚之的信任。他觉得,自己的好运来了。

不过,赵海鹰没想到,这位大名鼎鼎的金融大亨徐瀚之,竟然是自己老师徐敬之的弟弟。徐瀚之、徐敬之,一字之差,却很少有人将二人联系在一起。

徐敬之闲暇的时候,偶尔会来徐瀚之的别墅,和弟弟一起下棋。这一天,徐敬之执红棋先行,两人一边下棋一边聊着生活琐事。徐瀚之回忆起小时候的事情:"小时候下棋每次输给你,我都得把零花钱拿出来给你买东西,就因为这样，我的零花钱每次都不够花。有一次实在拿不出钱来就偷了妈买菜的钱，被妈发现以后差点把我打死。你呢，非但不替我求情，还看我的笑话，那个时候我真是一点也不喜欢你这个哥哥。"

徐敬之不甘示弱："难道我就喜欢你吗？你这个弟弟小时候总喜欢跟在我屁股后边，还喜欢打小报告，就因为你说我坏话，我可没少被爸揍。"二人你一言，我一语，诉说着家常。徐瀚之思索着，突然走了一着棋，竟然改变了整盘棋局的局势。

"怎么可能？刚刚你明明已经无路可走了。"徐敬之觉得不可思议。徐瀚之十分得意，端起茶杯："大哥也有失手的时候，总算让我赢了你一次。"

徐敬之还在纠结棋局，懊悔不已："失误，纯粹是失误，我上一次失误的时候还是好几年前了：有一次跟一个学生下棋，那个学生人小鬼大，为了赢我，转移我的注意力让我走错了一步棋。还从来没有哪个学生能在棋盘上赢我，他是第一个。"说起赵海鹰，徐敬之又想起之前的文章，脱口而出："可惜，他的聪明用错了地方，最后连毕业证都没有拿到，真是让人惋惜。他自己不争气，现在竟然把心思用到股市上去了，还公开跟我叫板，在《东方经济报》发表文章反对我的观点，哪像我教出来的学生。"

"你说的是赵海鹰？"徐瀚之惊讶地问。

听弟弟的口气，似乎认识赵海鹰。徐瀚之笑着解释："你别的学生我不知道，可要是说在报纸上发表文章讨论股市，除了他还有别人吗？前几天他还跑到我的公司里去，毛遂自荐，要当我的股票经纪人。"

徐瀚之告诉哥哥，他觉得赵海鹰有点像年轻时的自己，虽然自己那时候只是个云南西双版纳小知青，家庭出身不好，但不甘心被人当落后分子，年年都是割胶先进。

"所以现在你当资本家了，也要处处出人头地？"徐敬之话中带着讽刺意味。

徐瀚之则不以为然，哈哈大笑说："大哥，你不要忘记，我们都是出生在资本家家庭里的，咱们的爷爷不就是上海滩的大资本家吗？"

徐敬之却不以为然地说道："爷爷是做实业的，开工厂的，是正经生意人，不像你这种搞金融投资的，为了利益简直不择手段。就像马克思说的，如果能获得 50% 的利润，资本家可以铤而走险；如果能获得 100% 的利润，资本家敢于践踏人间的一切法律；如果能获得 300% 的利润，资本家就敢冒被杀头的危险。"

徐瀚之涨红了脸，沉吟片刻转而笑了："大哥，你还是跟以前一样那么爱说教。这些年你一直在国内，没有出去过，你有些观点都已经过时了，不能跟国际接轨了。不信你问珊珊，外面现在是个什么样的世界。"

"你少拿国外那套来忽悠人，国情不同，资产阶级自由化只会把我们带进水深火热。"

徐瀚之对这个观点并不赞同，不过也不好再说下去，他转移话题："下棋，下棋好不好？我们再来一局。"

说着徐瀚之开始收拾着棋子，没想到徐敬之却感慨道："这个赵海鹰，我对他是又爱又恨，恨铁不成钢啊。抛开其他的不说，这是一个难得的好苗子，如果扶持得当，将来必定不是池中之物，会有一番作为的。"

这点徐瀚之和徐敬之出奇地一致，虽然观点不同，但是他们都喜欢有才华的人。徐瀚之心里盘算着……

4

赵海鹰最近遇到了一件头疼的事，谢天阳的父亲谢东，同时也是带他入行的老师，即将要调到新成立的上海投资信托公司。赵海鹰是谢东招入静安交易所的，谢东赏识赵海鹰的才华，有意想把他挖走。赵海鹰陷入了两难：当初在自己最困难的时候，静安所收留了他，让他重新找到自己的价值，可面对谢东的知遇之恩，他也不好直接拒绝。最后，他还是遵从了内心的选择，留在了静安交易所。

他无意中把谢东让自己跳槽的事告诉了吴一白，没想到吴一白的反应却格外强烈："你就这样拒绝了谢东？你也太死脑筋了吧！据我所知，上海投资信托公司比静安所强多了，你为什么不去啊？"

赵海鹰却不以为然，他说出了自己的理由："我在静安所工作四年多了，这四年多我学到了很多东西，从一开始谁都看不起的小保安，到现在的业绩第一名，静安所对我有知遇之恩。我现在的事业顺风顺水的，跟同事们也都相处得不错，根本没必要跳槽啊。"

听赵海鹰这么说，吴一白一脸惋惜，人往高处走，水往低处流，这么浅显的道理为什么赵海鹰不明白呢？上海投资信托公司的发展前景多好啊，工作不是都应该向钱看吗？他不明白赵海鹰到底是怎么想的。再说，人心隔肚皮，同事的关系好不好，在平时是看不出来的。一说起这个，吴一白记忆犹新："这一点我是深有体会的，上一次因为股市那篇文章，有的同事直接到主编那里告我的状，害我差点坐了冷板凳，要不是老马在主编面前保住我，我已经没有饭碗了。从那之后我就明白了办公室的生存之道，你要学会戴着面具，学会笑眯眯的，你的工作越是做得出色，就越容易招来嫉妒。有的人只是当着你的面夸赞，背地里却捅刀子。知人知面不知心。"

听完这些话，赵海鹰笑了起来，一向无忧无虑的吴一白，没想到还有这么阴暗的一面，他开玩笑地说："你是不是对我这个好哥们也一直是笑里藏刀，表面一套背后一套啊？"

这下吴一白急了，一副恨不得把心掏出来让赵海鹰瞧一瞧的架势。不过让赵海鹰没想到的是，没过几天，吴一白的话真的应验了。

赵海鹰像往常一样来静安交易所上班，可是经理却阴沉着脸让赵海鹰去办公室。赵海鹰一脸迷茫地来到经理办公室，刚一坐下，经理就说了不少莫名其妙的话："赵海鹰，昨天我考虑了很久，我们静安毕竟只是一个小小的交易所，让你在这里工作实在是大材小用委屈你了。"

赵海鹰一脸迷茫，感到莫名其妙，问道："是我工作做得不好吗？"

"不不不，你的工作做得很好。"经理回答，"就是因为太好了，像你这样的优秀人才当然不甘心在我们这样的小单位上班，你要跳槽追求更好的发展，我能理解，但你不能偷偷摸摸的，可以光明正大地跟我谈嘛，我也不是不通情达理的人。"

赵海鹰丈二和尚摸不着头脑，连忙问道："是不是有什么误会？"

经理一时有些无语，他觉得赵海鹰就是揣着明白装糊涂，于是直接把话说开了："如果你没有想要跳槽，那你约谢东见面干什么？"

赵海鹰试图辩解，不过经理根本不给他解释的机会，赵海鹰一气之下，直接让经理拨通了谢东的电话，可是赵海鹰却忘了，谢东怎么可能说实话。他们这一行，从不树立敌人，谢东如果承认了，不是公开和静安所作对吗？这下，赵海鹰哑巴吃黄连，有苦说不出，无凭无据，他拿什么辩解？

周末，周蕙难得休息，一大早就买了一大堆好吃的东西来到了赵海鹰租房子的地方，一推开门，迎面而来的就是一股常年没有通风的气味，映入眼帘的是各种吃剩的泡面、丢弃的报纸，还有各种啤酒瓶。赵海鹰正躺在床上睡觉，听到周蕙进来的声音，也没有打算起床的意思。

周蕙带着关心又带着几分埋怨的语气说道："外边太阳这么好，就是不上班也不能老在家里憋着，该出去晒晒太阳锻炼身体，不然除了单位就是家，身体都是亚健康的状态了。"看着儿子的样子，周蕙心里已经猜了个八九不离十，试探地问道，"海鹰，你跟妈说说，是不是工作上出问题了？"

赵海鹰一下清醒了大半，立刻否认："没有，我的工作做得很好，上次我不是告诉过你吗，我的业绩一直是交易所里的第一名。"

周蕙十分了解自己的儿子，就是嘴硬："你听妈一句劝，别再跟你爸较劲了，今天就跟我一起回去，给你爸认个错，他会原谅你的。只要你爸帮你，以他在这个圈子里的人脉和渠道，给你安排个体面的工作，怎么都比在交易所里的日子轻松自在啊。"

这句话深深刺激了赵海鹰，为什么连自己的父母都不相信自己，不理解自己？他反驳道："我就是混得再差，去饭店端盘子洗碗也能赚口饭吃，用不着他可怜我。"

周蕙走后，看着一桌子丰盛的饭菜，赵海鹰却突然没有了胃口。他在书架上找出了查尔德的那本签名著作，翻开书，一页页看着，当年查尔德为自己这本书签名的往事涌上了心头。随后，他从书架上拿出小半张报纸，看着上面的一行字：广瀚信托投资公司招聘职员，陷入了沉思。

第七章
挑战和机遇是硬币的两面

1

偌大的"广瀚信托"的 Logo 显得十分气派，公司的墙面上张贴着前往面试大厅的路标。赵海鹰握着简历，走了过去。

长长的走廊里站满了人，个个都是西装革履，黑压压的一片，有些压抑。几乎所有的人都显得局促不安，有的认真看着题目，有的认真背诵着自我介绍，各自做着各自的事情，表情紧张而麻木。赵海鹰直接走到最后一排位置坐了下来，神情显得十分轻松。

没过一会儿，就轮到赵海鹰了。与他一起进入面试大厅的还有一个人，名叫黄斌，是典型的金融男，皮肤白皙，戴着金丝眼镜，藏在镜片后的眼睛里带着一丝精明。

一走进面试大厅，赵海鹰一眼就认出了一位老熟人苏明康，只不过之前苏明康是他的潜在客户，现在变成了他的面试官。再次见到苏明康的赵海鹰有些心虚，不过还是出于礼貌面带微笑地跟他点了点头，算是打过招呼了。苏明康看到赵海鹰却吃了一惊，瞥了他一眼，随后又变得面无表情，低头翻看看简历，整个面试大厅陷入了一阵寂静。

过了一会儿，苏明康的头终于抬起来了，不过没有看赵海鹰，而是看着黄斌，十分感兴趣地问："你是金融学专业毕业的，还去国外学习了一年，文凭很优秀啊。"表扬过后，苏明康顿了顿，面色温和地提出了第一个问题："那你对于信托公司的发展与前景应该也有所了解，目前我国的信托公司多而不精，在全国真正有名头的并不多。广瀚公司作为信托业的领头羊，你觉得要如何一直蓬勃地发展下去？"

黄斌似乎胸有成竹，侃侃而谈："这个问题有一些宏大，不过信托行业的本源是受人之托、为人理财，它有着整合多种金融工具和智慧的独特制度优势。"最后他提出了自己的观点，"我认为诚信是公司最大的理念，只有做到诚信，才能取得顾客的信任。"

对于黄斌的回答，苏明康似乎很满意，一个劲儿地点头，不过另外一位面试官却提出质疑："我们广瀚公司的诚信理念已经树立很多年了，客户群也众多，如何更好地发展，应该不能只靠'诚信'二字吧？"

黄斌一下子紧张心虚起来，头上开始冒汗，他从裤兜里掏出白色手帕，擦去额头的汗水，看向苏明康，苏明康也皱着眉想要缓解尴尬。此时赵海鹰得到了表现的机会，他站起来说："我认为创新才是信托基金的血液。"接着他给出了自己的解释，他认为目前的信托市场，普遍存在投资品种和流向单一的问题，"我们可以打组合拳，运用多种方式来进行投资，包括投资股权、购买特定资产权益、贷款、投资经营性资产，等等。而对于投资领域来讲，据我了解，广瀚公司主要投资的是房地产业和食品业，但不仅仅是地产业的前景可观，这几年矿产资源、能源引起了政府的高度重视，这类领域的投资，我想收益也是十分大的。还有股票领域，如今股票在我国兴起，反响很大，在股票上的投资，也将给我们公司带来不一样的收获。"

赵海鹰的专业能力立刻引起了几位面试官的关注，在已经面试的所有人当中，赵海鹰的回答最为专业，不但直接说出了公司当下的情况，并且提出了解决问题的办法和未来发展的策略，看得出赵海鹰对广瀚公司的情况是做了功课的。

苏明康看了一眼赵海鹰的简历，只有高中文凭，便故意刁难说："你回答得不错，不过……刚刚的问题很简单，你也别说那么多了。我问你，如果股票的现值是 100 元，有两个同时到期的看跌期权，一个执行价是 80 元，一个执行价是 90 元。如果执行价是 80 元的期权值是 0.8 元，执行价是 90 元的期权值是 0.85 元，你说有没有可能套利呢？"

这个问题太复杂，别说是一个来面试的人，就是公司老员工也未必能一下答出来，其他面试官也觉得题目过于刁钻。不过赵海鹰很淡定，一副胸有成竹的样子。他拿起面前的答题板，快速地写了一个公式：$1/9\max(90-St,0)-1/8\max(80-$

St,0）=max（10–St/9.0）–max（10–St/8,0）>=0。最后的回答是"可以套利"。

看面试官都皱起了眉头，赵海鹰笑着解释道："看跌期权的价格随执行价呈凸函数状，执行价为0的看跌期权的值显然为0。如果执行价是80元的期权是0.8元，那么执行价是……"

紧接着，又是一系列复杂的计算，现场的面试官包括黄斌都看得瞠目结舌。

苏明康心里暗暗不爽，原本打算故意刁难一下赵海鹰，没想到却一不小心让他出尽了风头。看着赵海鹰在答题板上奋笔疾书，苏明康直接打断了他，问道："你是什么学校毕业的？上海财经？上面也没写你的工作经历。"

被问及学历，赵海鹰手中的笔停了下来，面露难色，不知如何回答，与之前的自信形成鲜明对比，说话也有些支支吾吾的。他心里清楚，广瀚公司在报纸上登出的招聘简章清清楚楚地写着，应聘者必须有大专以上文凭，他压根儿也没想过自己会得到面试的机会，之前也是抱着试试看的心态。面对苏明康的质疑，赵海鹰定了定神，准备做最后一搏："我认为广瀚公司是一个海纳百川的企业，文凭虽然重要，但是也不能因为没有文凭而否定一个人的实力和专业。我只想来争取这次的机会，我知道，如果我因为害怕门槛问题就错过了这次面试，我会后悔一辈子。"

面试结束后，赵海鹰又回到了停职在家的状况，不过心情还不错，他自认为自己在广瀚公司面试中发挥得还不错。他已经做好从静安交易所辞职的准备，打算入职广瀚公司，没想到面试结束的第二天就接到了静安交易所经理打来的电话。

原来静安交易所最近接了几个大客户，人手少，忙不过来了，经理想让他回来帮忙。赵海鹰听着经理的话，内心五味杂陈。赵海鹰清楚，经理不过就是想让他回去搭把手，并不是因为看重他的能力回心转意。窗外阳光明媚，赵海鹰心中却有无限的纠结。

第二天中午，阳光十分耀眼，篮球场外许多行人正匆匆地走着，估摸着是要赶着回家吃饭，自行车的铃声清脆地响了两声，便被篮球撞击篮筐的哐当声盖过。

中午的球场只有赵海鹰、吴一白、张翔三个人，球鞋在篮球场上不断摩擦，和运球的声音相伴。三人累得筋疲力尽后，吴一白问起赵海鹰应聘广瀚公司的情况。得知静安所又想把赵海鹰叫回去，吴一白吃了一惊："那你是怎么打算的？我觉得静安所的工作还是不错的……"

赵海鹰一口气喝完一整瓶矿泉水，说："我打算下午就去辞职。"

吴一白、张翔二人都很惊讶。张翔连忙劝道："别价呀，广瀚公司的面试成绩还没下来，你现在就去把后路给断了，万一到时候广瀚没通过，不是赔了夫人又折兵吗？"

吴一白害怕赵海鹰冲动，也赶紧劝说："你还是等广瀚通知面试过了再去辞职也不迟啊。"他们二人意见出奇地一致，都觉得一份稳定的工作太重要。这就好比是人生的安全感，静安交易所虽然比不上大银行，但最起码工资有保障。

赵海鹰望着阳光刺眼的天空，云层在慢慢地移动，他若有所思。在静安交易所这些年，他每天都在卖股票、拉客户，原本他以为总有一天能在这里混出一片天地，可是最近发生的一系列事情，让他认清了一些现实：不管你怎么努力，别人总是能拿一件小事来击垮你，认为你做什么都是错的。与其在这样的岗位上混吃等死，还不如去追求自己真正的梦想，放手一搏。他自信地对二人说："真正的安全感不是一份不变的工作，而是坚持自己心中的梦想和价值观，并为之努力奋斗。我一定会通过广瀚的招聘的，我辞职就是为了不给自己留后路。"

当赵海鹰对经理说自己要辞职的时候，经理正坐在舒适的皮质办公椅上，用老茶缸喝着水。"辞职"两个字一入耳，经理的嘴被开水烫了一下。他曾经想过静安交易所里所有的人都可能会辞职，但唯独没想过赵海鹰会辞职，所以当初工作出错的时候，他才敢把话说得那么狠。因为他知道，赵海鹰为这份工作付出了太多努力，最重要的是，他坚信赵海鹰一旦辞职，就不可能再找到像静安交易所这么好的工作了。

"你这小子，开什么玩笑？我之前劝你辞职，你说什么都不愿意，现在好了，我让你回来上班，你给我说你要辞职！脑子瓦特啦？我知道，上次停你职的事闹了点不愉快，但是也的确是你的失误是不是？我们都是公事公办的，这次……"

还没等经理说完，赵海鹰便态度诚恳地解释道："所里惩罚我是对的，但是辞职是我斟酌很久的决定，还希望经理您能理解。"经理感到有些不可思议，一脸无奈地看着赵海鹰。

临走前，赵海鹰又回头看了一眼自己曾经工作了四年多的地方，静安交易所里依旧来往着前来购买股票的市民，算盘声、人声、盖章声交织在一起，形成了赵海鹰心中最难忘却的一幕。

曾经的挫折和失意锻炼了赵海鹰的意志，他知道这里只是他人生奋斗的第一站，不会是梦想的最终站。山越高越难爬，面对未来道路上需要克服的困难或经历的不幸，他更相信勇气与自信才能让追求梦想者荣辱不惊、游刃有余。这是生命绽放的魅力，这是精神成长的动能。

离开了熟悉的工作岗位，赵海鹰把所有的希望都寄托在广瀚公司。可是等待的日子是漫长的，这几天中，赵海鹰一听到电话铃声就格外兴奋，当他接到那个梦寐以求的广瀚入职电话时，兴奋得一整夜没睡着。他不知道，这次能够通过面试，多亏了另外一个人，这个人就是徐瀚之。

当苏明康把合格的求职者名单交给徐瀚之的时候，后者敏锐地发现其中并没有赵海鹰的名字，因而询问道："我记得赵海鹰也有来参加，为什么没有他的名字？"

面对老板的质疑，苏明康有些意外，连忙解释说："这个赵海鹰，原本在静安所里上班，前些天还来求我买他们静安所的股票，结果昨天又来公司面试，像他这种东一榔头西一棒槌的人，做事一看就不踏实。"

徐瀚之心里清楚，苏明康是个小心眼的人，猜到他会在赵海鹰面试问题上故意刁难，他也不捅破，而是替赵海鹰解围："我知道他来卖股票的事，我还答应他，让他成为我的股票经理人。"

这下，苏明康表现得十分惊讶，说道："既然您都给了他这么大一个机会，那他为什么还要辞职来面试？这叫吃着碗里的看着锅里的，他一定是想凭借跟您的一点交情，走后门来我们广瀚。"

"那你的意思是，我在走后门？"徐瀚之直接反问苏明康，这下苏明康慌了神，连忙解释："我是说他没有这个能力而已。而且最主要的是，这个赵海鹰根本没有本科文凭，学历太低，根本不符合公司的用人要求啊。"

徐瀚之却毫不在意："我那天抽空去看了看面试情况，正好看到他那组，他的回答都还不错。"

这下苏明康又意外又心虚，毕竟赵海鹰在面试的时候表现出众，很多问题都回答得很独到："不过这学历……公司的招收要求这么多年都没变过，如果破格录取他，恐怕对公司其他员工不太公平，怕有争议……"

没想到徐瀚之对此毫不在意：争议又如何，职员的能力才是公司最看重的。赵海鹰身上具备很多人没有的东西，他能够从赵海鹰的眼睛中看到一种力量，最后他直接表明态度："我希望能给这个年轻人一个机会，如果试用期考核通不过，那就是他自己没有本事留下来。"徐瀚之的话都说到这个份上了，苏明康只能无奈地接受，不过心里却又开始打起了其他算盘。

不管怎样，赵海鹰总算来到了广瀚公司，成为了一名正式的实习生。

上班第一天，苏明康就对新来的几名员工进行入职培训。他首先恭喜这些实习生通过了广瀚信托的面试，不过很快就提醒道："你们有三个月的试用期，必须要完成试用期的任务，才能转为正式员工。"

说着，他把目光投向了赵海鹰，沉浸在幸福之中的赵海鹰并没有感受到来自苏明康的敌意，反倒是冲着他开心地笑了笑。

苏明康本来心情还凑合，看到赵海鹰一脸得意的笑容，一股怒气冲上脑门，他继续说道："实习期，你们要给公司谋求好的发展型客户，公司一旦立项，审核通过了你们的项目书，就代表你们能继续留在这个公司，反之……"说到这儿，他又把目光转向赵海鹰，眼神中明显充满了杀气，"反之就直接走人，我们广瀚公司不会养没有能力吃闲饭的员工。"听了这些话，刚刚入职的新人们像打了鸡血，浑身充满了干劲。

不出意料，赵海鹰被分到了苏明康所在的投资部。投资部，顾名思义，最主要的就是给公司寻找好的项目投资，当然拉拢客户也是很重要的一环，这对于赵海鹰来说简直再适合不过了。

赵海鹰拿着文件和一箱办公用品走到了自己的座位上，微笑着向同事们打招呼，大家都敷衍地向赵海鹰笑了笑，接着又开始干自己的工作了。气氛一时有些尴尬，但他也没想那么多，整个人又立刻高兴起来，毕竟离自己的目标又近了一步。看着高级的办公桌，他开始憧憬着自己的未来。他兴奋地畅想着，自己的人生将要开始新的篇章了，未来不管如何，他都要努力去实现梦想，无愧于心，不负年华。

而此时的浦东，也迎来了新的征程。1990 年 5 月 3 日，风和日丽，湛蓝的天空飘着丝丝白云，上海市市民像往常一样，买菜、上班、做饭，不过这一天却是不平凡的。

在浦东的一条小巷子里，一大早就挤满了人，大家都在见证一个历史性的时刻：上海市人民政府浦东开发办公室和上海市浦东开发规划研究设计院正式成立。这意味着，浦东的开发正式走上了正轨。

记者们自然不会放过这个好机会，浦东开发办公室的主要负责人之一赵国平就是他们争相采访的对象。不一会儿，赵国平就被记者围了个水泄不通。不过他倒是很喜欢这种情况，有记者采访，就意味着大家对浦东的关注度极高。他一直相信，媒体作为政府和老百姓之间的桥梁，是最好的传声筒，可以很好地把政府的各项措施传递给广大老百姓。

面对记者们的问题，他直接答道："从现在开始，浦东将会得到大规模的发展，建立一个新的经济技术开发区！"

"可是目前上海已经有三个经济技术开发区，为什么还要建立浦东新区？浦东新区的设立不是在浪费资源吗？"提出这个尖锐问题的不是别人，正是吴一白。

赵国平看着吴一白，笑了笑，又十分认真地回答："目前上海现有的三个经济技术开发区内的项目基本上已经饱和了，而浦东恰恰是一块可供开发的宝地，是外商投资的理想之地。中央批准浦东新区的 350 平方公里为开发区，这是我国迄今为止最大的一个开发区。"

吴一白继续追问:"那中央决定浦东开发,上海进一步开放,是不是意味着要和广东、福建竞争,要超过它们,甚至取代它们?还有港媒曾经猜测,中央现在是不是要搞一个上海来取代香港的地位?"

吴一白抛出这样的问题,赵国平毫不意外,因为这个吴一白是自己儿子的好朋友,性格和赵海鹰有几分相似,为人直爽,没心眼,虽然言语犀利,但却表达着老百姓最想知道的内容。赵国平十分严肃地回答:"随着浦东的开放开发,上海肯定会同一些经济特区和经济技术开发区进行竞争。竞争可以促进进步,有一点竞争总比没有的好。但我相信总体上还是合作多于竞争。"说着,赵国平拿过几个不同的茶杯,摆到桌子上,打着比方,"每一个茶杯都不同,就像上海和其他地区产业结构的层次不同、优势不同一样,很多产业在其他区能搞,在上海不能搞,但也有相当多的产业在上海搞得好,在别的地区就搞不成。至于超过广东、福建,现在我们在很多方面,比如科学技术,实际上是超过它们的,但另一方面,如轻工业等,华南地区这几年产品的花色品种是超过上海的,各自的特点不同。"

赵国平的访问很快就见报了,这段话被一字不落的发表在了文章中。吴一白拿着报纸递给赵海鹰看,赵海鹰一看就笑了。他估计也就只有吴一白敢对父亲问出如此犀利的问题。他有时候觉得,记者这个工作不太适合吴一白,外交官也许更适合,他可以把外国的外交官气得半死。

想到工作,赵海鹰的心情一下跌落低谷。窗外下着雨,玻璃窗上全是密密麻麻的水珠,赵海鹰坐在办公桌前发着呆。自从进入广瀚公司之后,他每天闲得发慌,啥事也没有,反倒是一起进入公司的黄斌,每天忙得不可开交,桌子上永远有看不完的文件。

苏明康瞥了一眼正在发愣的赵海鹰,走到他面前,故意说道:"赵海鹰,虽然是实习期,我们广瀚公司也是给开了工资的。你领着工资,吹着海利空调,却在这里给我发呆,还想不想干了?"

赵海鹰有些尴尬地说:"苏总监,我只是在思考问题。我这儿没有客户资料,什么都是乱碰乱撞。很多客户直接挂我电话,还没听我说项目呢,就……"

还没等赵海鹰说完，苏明康打断了他："挂你电话，你不知道当面找人家谈？没有资料，你不知道自己一家一家去调查？在这里发呆，就能给公司找到好的发展项目了？"

苏明康的话虽然是讽刺，赵海鹰却觉得十分有道理，像是一下子开窍了一般，连忙说："苏总监，我……我这就去找客户。"

不过，事情远没有赵海鹰想象的那般顺利，一天跑下来，一个客户也没有谈成。说白了，谁也不想把时间浪费在一个实习生身上。想想三个月的实习期马上就要结束了，照这种情况继续下去，自己能合格才怪呢！心情烦闷的赵海鹰来到了钱家。从小到大，每当他心情不好的时候，只要吃上一碗孙明芳做的馄饨，就什么烦恼都忘了。

钱冬梅看着坐在沙发上十分疲惫的赵海鹰，关切地问："三儿，你怎么了？"

"唉，别提了，今天我跑去见几个客户，要不闭门不见，要不就让我找领导来谈，根本不待见我。我什么客户资源都没有，怎么拉项目？"赵海鹰愁眉苦脸地说道。

钱冬梅听了，也缓缓地坐在沙发上，叹了口长气。

赵海鹰看出钱冬梅今天情况不太对，好奇地问道："冬梅姐，你这又是怎么了？"

钱冬梅看了一眼门外，看到孙明芳和钱青青都离得比较远，轻声说道："我最近，想辞职。"

"辞职？"赵海鹰瞪大了眼睛，他从来没想过钱冬梅会有辞职的想法。

钱冬梅解释道："你也知道，春生刚换工作，青青还在读大学，副食店的生意也只够一些家庭开销，我作为家里的大姐，要多帮家里挣些钱，到时候好在浦西买一套房，全家老小都搬过去。可是以我现在的工资收入，恐怕攒个50年，都不够买浦西的一套70平方米的房子。正好有个机会，一个卫生局直属医疗器械公司想挖我过去，对，就是张翔的单位！"

钱冬梅说的就是永康医疗器械厂，赵海鹰对这个公司还是有些了解的："要有自己的理想。工作首先要热爱才能把它做好，只要有更好的选择，我从来都不会犹豫，人是往高处走的！"最后，他直接表明自己的态度，"我第一个支持你辞职！"

一直有些犹豫的钱冬梅听到赵海鹰这么说，整个人充满了斗志。赵海鹰的支持让钱冬梅坚持了自己的选择：辞职。

孙明芳知道女儿辞职后，着急上火，她不明白女儿明明学的是护士，为什么非要跑去什么医疗机械厂上班，难道是去搬机器不成？

这件事情很快在小小的巷子里传开了。邻居李桂芬一听，就坐不住了。这个李桂芬是出了名的爱管闲事，她的耳朵比谁都尖，平时谁家有个风吹草动，她都喜欢去说道说道。这不，钱冬梅放着好好的护士不干，非要去厂里，自己是看着钱冬梅长大的，总不能看着她往火坑里跳啊。此外，她还有自己的私心，儿子四眼从小就喜欢钱冬梅，保不齐她以后就是自己的儿媳妇。想到这里，李桂芬觉得这次任务非常艰巨。儿子四眼是个个体户，开了个理发屋，生意倒也不错，可是缺什么呢？缺的就是保障啊，没有编制，没有保险，以后咋养老？医院的工作多好，当个护士，稳定又体面。

不过，不管孙明芳和李桂芬如何好言相劝，钱冬梅就是铁了心要辞职。最后一气之下，她跑出了家门。

她捂着脸跑出弄堂，正好撞见四眼慌慌张张地往钱家去。四眼一回家，就听说李桂芬去找孙明芳了，不用想，又是去多管闲事了。还没走到钱家，他就看到了两眼通红的钱冬梅。

四眼惊讶地问："冬梅？你哭了？"钱冬梅也不说话，就是不停地哭。这下，可把四眼给心疼坏了，他看着钱冬梅，眼睛里是满满的温柔，"冬梅，你尽管去做你想做的事！护士太辛苦了，你随时三班倒，我想见你一面都难。永康公司好，你就去那儿上班。什么稳定不稳定的，有我在，怎么都稳定，哪怕你不上班都行，我养你！冬梅，你想做什么，就去做，顾虑得越多，越不能做决定。你不是想在浦西买房吗？我努力挣钱，你看我理发店的生意，好着呢。以后我一定更努力，给你在浦西买一套大房子！所以，你想做什么就去做，有我呢！"

钱冬梅哭得稀里哗啦，一把抱住了四眼哥。四眼温柔地拍着钱冬梅的背，路灯照在两人的身上，把影子拉得老长。

3

有了赵海鹰和四眼的支持，钱冬梅正式从医院辞职，来到了永康医疗器械厂。入职没两天，就赶上了器械厂改革的热潮。

为了实行政企分开，所有权与经营权相分离，永康医疗器械厂正式改革为永康医疗器械有限责任公司，成为自主经营、自负盈亏的社会主义商品生产者和经营者，具有了自我改造和自我发展的能力。永康医疗器械厂也是上海浦东为数不多的国企改革试点单位。

公司成立仪式现场，韩要强亲自揭牌，现场一片热闹的气氛。厂长韩要强激动啊，永康医疗器材有限责任公司的成立，意味着他们需要引进先进的现代管理模式，学习先进的经验。他看着刚刚入职的钱冬梅，提出了一个令她瞠目结舌的要求："你在华山医院工作了很多年，医疗这块可能你比我都熟悉，所以这次，我想让你跟我一起去美国！"

"美国？"这可是钱冬梅做梦都不敢想的地方，以前她只在赵海鹰的嘴里听说过这个地方，现在居然自己也能去美国。她瞪大了眼睛，有些受宠若惊。

韩要强解释道："我们搞了责任承包制，要扩产，这次市里面设备款都批了下来，一次性到位，20万美元，资助我们去美国采购最先进的设备！这是别的单位都羡慕不来的福利！所以，我们企业不能辜负国家和政府的支持！"最后，他对钱冬梅说道，"你跟着一起去采购，去锻炼锻炼！"

钱冬梅第一次有种自己被重视和欣赏的感觉，原来这种感觉这么美好。

知道钱冬梅要出国的消息后，孙明芳也不再唠叨她辞职的事情了，毕竟是去美国啊，那是多少人梦寐以求的地方！她这一辈子也没去过美国，现在自己的女儿要出国，孙明芳脸上也有光，跟街坊邻居说话都带着几分得意。

美国的街头，行人穿梭，路灯下几个男人端着纸杯装的咖啡，偷瞄着过路的靓女。公交车和轿车都充满了时尚的味道，欧式的建筑看起来错乱却又充满韵味。

韩要强这次来美国，主要是和华美集团谈合作，从那里购买先进的设备。这无疑是一次非常宝贵的学习机会，钱冬梅非常认真，把自己在机械厂里看到的、听到的全部记在本子上。短短几天，笔记本上已经写满了内容。

他们受邀参观了华美医药机械厂，医疗器械厂十分庞大，干净整洁，进场人员都要穿着消毒服。生产线上，各类产品都在整齐有序地生产着，还有很多电脑设备在运行。钱冬梅对每一样东西都十分好奇，同时又感到震惊。

她看到了直径比普通规格小一半的医用注射器，这无疑可以减轻患者的痛苦和对皮肤的损伤程度。

不过她更感兴趣的是，工人们带着无菌手套把分割好的棉花球装进一个个小包里。她惊叹于美国人的商业头脑。国内生产的医疗用品，卖纱布是一大捆，卖棉花是一大包，卖医疗器械和刀叉剪子又是一大堆，很多医院不想要，说是不好打理，还一直给压价。但是美国人却聪明地把纱布弄成一小卷，棉花分成一小包，里面再配上一把剪刀、一把镊子和其他的小用品，弄一个整体包装，这不仅降低了成本，还充分发挥了这些小东西的价值。

韩要强感慨道："我们不仅来买设备，还得来学学他们的技术啊！"钱冬梅听后，赶紧把这句话也记到了自己的本子上。

参观完毕，就到了谈判最重要的时候了，谈价钱，也就是俗称的砍价。这对于上海男人韩要强来说可谓是轻而易举，他给出的理由让美国人根本无力反驳："我们东西肯定是要买的，但是价格你们得再优惠一点！我们得促进中美医学文化交流嘛！"带着他们参观的美国人也做不了主，说要回去跟老板商量，韩要强十分开心，动作夸张地举手说"OK"。结果一甩手，就打到了身后的一位女士身上，他连忙用十分蹩脚的英文说着："Sorry，Sorry！"女士微笑着用中文说"没关系"。

钱冬梅震惊了，韩要强碰到的女人正是陈梦蕾；同样惊讶的还有陈梦蕾。异国他乡见到熟人，分外亲热。在陈梦蕾的热情邀请下，钱冬梅和她共进晚餐。

这是一家高档的西餐厅，在20层的高楼上，落地窗外是一片繁华的纽约夜景，霓虹灯闪烁，流光浮动。钱冬梅看着眼前的一切，十分感慨，心想原来这就是赵海鹰心心念念的地方。她正出神，陈梦蕾开腔了："冬梅姐，你怎么会来美国？是华山医院的考察团吗？"

"我换工作了，在永康医疗器材公司，这次是跟总经理来买设备的。"钱冬梅解释道。

听到钱冬梅换工作了，陈梦蕾还是有些吃惊，脸上却保持平静："美国的医疗器械水平一直很高，说实话，国内要十多年才能赶超得上。国内还是需要多学习、多引进，这对改造中国的外贸体系是有帮助的。"

钱冬梅直爽地说："我不懂什么体系，只是希望公司能够发展好！"

陈梦蕾微笑着，美国的生活经历让她看到了人性中丑陋的一面，每个人都为了利益、金钱拼命往上爬，而像钱冬梅这样单纯的、善良的人，简直就是一股清流。

这时，服务员端上来一瓶开好的红酒，放在醒酒器皿中，给陈梦蕾和钱冬梅倒上。

钱冬梅小小地喝了一口，很痛苦地才把酒咽到肚子里，喝完还不忘喝几口白开水。这个酒的味道很新奇，她无法接受，皱着眉头说："这酒应该很贵吧？不过，我觉得还是老娘舅自己酿的葡萄酒好喝，比这个甜。"

陈梦蕾只是笑笑不说话。

钱冬梅有些迟疑地说道："小鹰现在也换了工作，不在静安交易所了，在一家金融类的公司，干得特好！"

听到赵海鹰的近况，陈梦蕾的心猛地抽了一下，笑容也变得有些僵硬。钱冬梅继续说："这个公司可比静安所好多了，是搞金融的。你知道小鹰这个人，能干得很，将来肯定能挣很多钱，到时候就没有人看不起他了！"

钱冬梅这句无心的话，让陈梦蕾的心里有些不是滋味。如果这话是从吴一白或者张翔嘴里说出来，一定是故意嘲讽她；但从钱冬梅嘴里说出，却是无心的，想到这里，陈梦蕾把杯子里的红酒全部喝了，然后淡淡地微笑说："那挺好的。"

一杯酒下肚，陈梦蕾突然感觉胃里一阵剧痛，她皱起了眉头，向服务员要了一杯热水。

钱冬梅看出不对劲，关切地问道："你怎么了？胃疼吗？"

陈梦蕾捧着服务员送来的热水，说："可能是刚刚酒喝急了。"

这时，钱冬梅突然想起临走前，四眼哥特地送来各种自己平时喜欢吃的东西，还拿了一些药，说是以防万一，没想到还真的派上了用场。

钱冬梅在袋子里翻来翻去，一把抓出了几盒药，交给陈梦蕾。也就在同时，钱冬梅在袋子里发现了一个精致的小盒，打开一看，里面竟然是一枚戒指，还有一小张叠好的纸条，写着："冬梅，嫁给我。"

钱冬梅的眼眶一下红了，笑中带泪地说："四眼向我求婚了。"

陈梦蕾也开心地祝福："四眼哥还是这么含蓄，连求婚都小心翼翼。恭喜你，冬梅姐，祝你幸福。"

钱冬梅幸福地笑出了声。她没看到，陈梦蕾的眼睛湿润了，眼神中掺杂着一丝羡慕与伤感。

考察很快结束了，钱冬梅不仅仅学习了国外先进的技术，还收获了爱情。她特地在美国买了一大堆好吃的东西，回国后送到了赵海鹰处，把东西分给他们三个单身汉。此外，她还有件事情想找这三个臭皮匠帮忙。

"我们单位的设备买是买了，过两个月就寄回来了，但是我们建厂房的钱，虽然银行都审批过了，可就是没下来。韩总焦头烂额！我想你们都是搞金融的，有没有这方面的关系？我也好立个功……"钱冬梅有些为难。

"银行的贷款方面出什么问题了吗？"赵海鹰问道。

已经是财务科长的张翔解释道："财政局都批过了，银行只是在走程序，工商银行太慢了，我看最快都要半年。到时候设备运回来，存在港仓的库房，这天天烧的都是钱。"

"是啊，这厂房建不下来，我们的设备回来也没用啊！"钱冬梅担忧地说。

吴一白提醒道："杜黎不是在人民银行吗？"

"对呀！"张翔一拍大腿，"杜黎的工作不就是协调这些的吗？海鹰，我面子不够，你让杜黎帮帮忙，他肯定卖你面子。我和你大姐的工资，就靠你的了……"

杜黎一接到赵海鹰的电话，原本以为是要叙旧，一听是国企的技术改造，立马来了兴趣，当即表明态度："我们银行肯定都是支持的，你让张翔准备个材料，我找工商银行的信贷部主任说说情况去。你放心，海鹰！我肯定帮你们办好！"

几天后，张翔和钱冬梅把文件交给韩要强，连韩要强自己也吃惊，原来银行有熟人就是好办事，短短几天贷款就下来了。不过他看了一眼银行给的额度，眉头又皱了起来："怎么这么少呢？"

原来，由于最近正值国企改革高峰，很多企业都在向银行贷款，僧多粥少，所以永康公司获得的额度少得可怜。杜黎的能力只能尽量帮他们把放款日期提前，银行给的钱只够建厂房，他们的流动资金和购买配套设施的钱，又该从哪里来呢？

同韩要强一样，赵海鹰最近也是头疼得厉害。眼瞅着就要到汇报项目的日子了，赵海鹰却没有项目，因而很心虚。不过，钱冬梅的一个提醒倒让他萌生了一个大胆的想法：银行给永康的贷款金额少得可怜，为什么不能让广瀚和永康合作呢？他把自己的想法写成了方案，准备在实习结束的最后一次考核上汇报一下。到了汇报的日子，赵海鹰心里直打鼓，但还是说出了自己的项目："我的项目是，永康医疗器械公司，他们进行技术改革，需要融资，预计在 400 万左右，利润……"

苏明康一听是"医疗机械"，立马打断，"卫生局直属的单位？"苏明康笑了，看着赵海鹰，轻蔑地说，"你知不知道现在国企是个什么局势？民营和国企合作，这是捞不着好处的！他们的效益随时都可能下滑，一下滑，我们要替他们背负多少债务，你知道吗？"

"可是永康医疗器械改制很成功，而且得到了市里批的款项，刚从美国订购了一大批最先进的设备回来，银行也给他们贷了建厂房的钱……是一个很有潜力的国企，只要我们……"

赵海鹰还想做最后的争取，却遭到苏明康的直接反对："他们这钱来自政府、那钱来自银行，还差钱来配套，东拼西凑，效益能好到哪儿去？你当我们是做慈善的？赵海鹰，我们是搞金融的，哪儿赚钱投哪儿，钱生钱才是王道！"最后，他直接撂下一句话，"这个项目回报小，收益慢，我不可能同意！你已经被否了！"

赵海鹰垂头丧气地从会议室出来，实习期马上就要结束，照这种情况下去，他留在广瀚公司的可能性几乎为零。

很快，实习的结果出来了，黄斌在试用期业绩突出，表现优异，正式加入了广瀚公司一组，成为一名正式员工。赵海鹰不出意外地不合格，他落寞地坐在角落里，默默收拾自己的办公用品。只是他不知道，因为顾瑛的帮助，他的项目居然到了徐瀚之的手里，徐瀚之看了方案之后，十分感兴趣，当即决定立项。他把赵海鹰叫到办公室，让他做一份更详细的融资提成预判分析。

赵海鹰简直不敢相信这是真的，半晌不能作声。徐瀚之问道："怎么，你有什么问题吗？"

赵海鹰这才觉得自己失态，忙说："我只是有点意外，这个案子已经被苏总监否定了，为什么又会……"

徐瀚之笑了："早就听我哥说他有一个'几多学生'，问题多、要求多、麻烦多，果然是名不虚传。"

赵海鹰惊讶地看着徐瀚之，"徐敬之……徐瀚之……"，他瞬间明白了，转而问道："徐总，是因为这个原因才留下我，通过了我的提案？"

徐瀚之笑了，他指着墙上的四个大字"诚信铸金"，解释道："这是我们徐家的祖训，我的太爷爷亲笔题的，这幅墨宝传给了我爷爷，我爷爷又传给了我父亲，我父亲又传给了我。诚者，天之道也；信者，人之道也。我父亲告诉我，效法天道，追求诚信，这是做人的道理，也是做生意的道理。所以，我判断任何一个项目的标准，就是这四个字。我通过你的案子，是因为确有意义，而不是什么人情。"

听了这话，赵海鹰豁然开朗。徐瀚之进而解释道："公司里不缺少有头脑的人才，但是胸中有格局、眼光长远的年轻人更是公司需要的。新员工为了能顺利通过试用期，都会想方设法找那些对公司最有利的项目，换句话说就是风险最低、利润最高的项目。但是，你却与众不同，从你的提案里，我看到了一种格局，看到了你独特的投资眼光。你在方案里提到'国产化'，这个点抓得很准，这也是你提出采用项目融资方案的原因吧？"

徐瀚之所说的正中赵海鹰下怀。赵海鹰认为，很多国产货滞销，国内反而花大价钱去引进国外的产品，就像彩电行业，每年进口彩电散件就要6亿美元。如果我们的政府和企业引进技术投产项目，不断扩大生产规模，每年可以节省的外汇根本不止6亿美元，所以政府现在主张国企的"国产化"。这次永康医疗器械公司就看准了这个契机，引进了美国最先进的生产设备，同时也学到了最先进的技术。前期投入虽然大，但是产品结构和质量都会大大改观，成为真正的国产品牌化的产品。

徐瀚之微笑点头："现在国内很多医疗器械厂设备都很陈旧，而且产品也比较粗糙。永康公司这步棋走得好，抢了一步先机。我同意你的意见，他们的潜力很大。"

两个人正聊得投机，这时，苏明康敲门走进徐瀚之的办公室，看到赵海鹰，明显一惊，又看到桌子上的方案，猜出了大概："徐总，真是不好意思，这个方案很不成熟，已经被我否了。赵海鹰这是越级汇报，是我没有管好下属，违反了公司的规定。"

徐瀚之并不在意："我已经通过了小赵的方案，准备立项。"

这下，苏明康瞪大了眼睛，语气十分强硬："公司还没有和国企合作的先例啊，况且这个方案很不成熟，佣金低，偿还期过长，这样的项目有明显的缺陷，不符合公司要求啊。"苏明康这是公然反对徐瀚之，一旁的赵海鹰有些尴尬，识趣地离开了。

不过，这次苏明康并不是完全针对赵海鹰，他也有自己的考虑，他认为最近几年信托业兴起的公司越来越多，虽然他们有一些优势，但是越是这个时期越要谨慎仔细地挑选项目。国企摊子大，思路保守，他们融资的主要渠道也是银行。就拿赵海鹰的这个项目来说，如果做这样的信托贷款给永康，形式上类似银行的贷款，但是他们的条件宽松、灵活了很多，佣金低，偿还周期很长，这相当于是让广瀚和永康共担经营风险。

对于苏明康的担忧，徐瀚之心里自然也清楚，这样的情况确实客观存在，但是这个项目有它的特殊性和中远期的价值。他最后选择了一个折中的办法："这个项目的考察工作交给你来安排，让小赵深入地去调研一下这个永康医疗器械，在详细的报告出来之前，我们还是不要急于否定。"徐瀚之把话说到了这里，苏明康再说也没有意义，只能灰溜溜地离开。

回到办公室，苏明康直接把赵海鹰叫了进来，也不顾自己的身份，直接冲着他大吼道："一个新人敢越级上报，你是不懂规矩，还是太有心机？"

赵海鹰也纳闷呢，自己的方案怎么会到徐瀚之手里，不过苏明康却完全不听解释，直接提醒道："在我面前装糊涂的人都不是什么聪明人。你的履历上清楚地写着在永康医疗器械厂工作过，我想知道这个提案你有没有私心？"

赵海鹰也不避讳，主动承认有，但仅限于对永康过去的了解。他也表明自己的立场："请总监放心，我绝不会牺牲和损害公司的利益。这个我刚才已经跟徐总汇报过了。而且，我离开永康的时候还有些误会，至今韩总都不愿意信任我。"

"不信任你，什么意思？"苏明康对此表现出强烈的兴趣。

赵海鹰解释道："我为那份提案做过一个初步的摸底调研，也想和韩总直接接触，不过被他拒绝了。所以我想请示一下总监，能不能安排其他同事跟进这个项目的调研。我担心因为我的私人原因影响了这个项目。"

苏明康正愁没办法整赵海鹰呢，他倒是自己送上门了，他表情严肃地说："投资部每个人手里都有工作，再说这个项目是你直接提交给徐总的，你是直接的负责人。我不管你有什么原因，这个项目的调研和考察必须是你来跟进。"

雨一直下个不停，大片大片的乌云铺满了天，完全没有退去的意思。

赵海鹰撑着伞站在雨中，等着韩要强。韩要强最近被一大堆事情弄得头昏脑涨，先是从美国进口的设备马上就要到港口仓库，可是他们的厂房还没有建起来。港仓一天的租金就贵得吓人，他们的设备如果在港口存放十天，光是租金都够他再装修一个仓库了。然后就是厂房的食堂建设，因为钱没到位，建不了窗户，说到底还是没钱。钱钱钱，韩要强每天早上起来，满脑子都是钱。

上周赵海鹰已经来过一趟了，他把广瀚公司的资料和项目计划交给韩要强，遭到了拒绝。这不，过了一周，他又来了。韩要强看到赵海鹰，原本就疼的头，又一阵狂疼。

赵海鹰不放弃，直接跟着韩要强进到了工厂里面。永康缺钱的消息赵海鹰早就知道了，他跟在韩要强后面，努力劝说道："我们广瀚就可以为你们提供融资，只要你点头，资金的事情立刻就能解决。方案您也看过了，我相信整个上海都没有比我们的信托贷款条件更为灵活的了。请您再考虑考虑吧。"

韩要强态度依旧坚决："不同意！"这下赵海鹰犯了难，韩要强，真是人如其名，这么要强，明明已经快断粮了还死要面子活受罪。最后，还是钱春生提醒赵海鹰："以我的经验啊，正面不行，就得从侧面攻破！"

太阳高高挂在空中，中午的阳光显得有些艳丽。

赵海鹰从张翔那里拿到小道消息，知道韩要强虽然工作起来很要强，却是出了名的爱老婆，老婆一句话顶上别人说十句。如果能取得他夫人的信任，说不定可以帮自己说说话。赵海鹰就打算先从韩夫人入手，侧面攻破。他通过多方打听，得知韩夫人喜欢看画展，赵海鹰萌生了一个想法。

上海展览馆，充满着20世纪欧洲建筑风情的爱俪园在阳光的照射下显得更加富丽堂皇，各式喷泉齐开，壮观雄伟。画展在其中的一个小展厅举行，参观者持门票入内。这个不对外开放的小画展竟吸引了很多人前来。赵海鹰拿着门票跟着人群走进展厅，一直寻找着韩夫人的身影。

画展展示的作品主要以油画为主，展厅的墙面上挂着风格迥异的油画。韩夫人穿着优雅，手里拿着小包，和两个宾客一起谈论着画作。

赵海鹰站在不远处，时不时地向这边看，准备寻个机会来和韩夫人攀谈。这时，他看到韩夫人驻足在一幅油画前，看得入了神。这幅画颜色并不绚丽，画中一个小女孩站在森林里，周围是一群张牙舞爪的怪物，小女孩手中抱着一只小兔子，嘟着嘴，目光坚定地瞪着那群怪物，仿佛在警告它们不要靠近。

赵海鹰轻轻地走过去，故作内行地欣赏起了画作。前些天做了功课的他对于油画的审美有了些自己的见解。他主动跟韩夫人搭话："这幅画在光影细节上处理得很好，小女孩的眼中还带着泪光，她那坚定的表情只是为了掩饰她内心的不安，但面对这么多的凶兽，她依旧护着手中小兔子，这幅画寓意很不错。"

韩夫人也很感兴趣地说："是啊，画风既粗犷又细腻。这个小女孩的眼神真是触动人……"韩夫人一边说着，一边深情地看着油画。

赵海鹰看得出，韩夫人对于油画十分感兴趣，便问："夫人很喜欢这幅画？"

韩夫人微微笑着点了点头，说："这幅画里的小女孩，让我想起了我的小女儿，一样坚强，一样……"话还没说完，她眼中又闪起了泪光，语气也有些哽咽。

赵海鹰有些迟疑，韩夫人收了收眼里的泪花，说："她得了白血病，离开我们一年了……但是她很坚强，真的很坚强，就像这个小女孩一样。"

赵海鹰一时不知该如何安慰，想了想说："夫人想要这幅画吗？"

"当然。"韩夫人毫不犹豫地答道，不过表情很快黯淡下来，面露遗憾，"不过……今天的画都只是展出，不售卖的，不然不论花多少钱，我都愿意买下它。"

"如果我能帮您买下这幅画呢？"

韩夫人有些吃惊，她打量了一会儿赵海鹰后，直接回绝，准备走开。

赵海鹰赶忙拦住。韩夫人和赵海鹰对视了几秒钟，说："天下没有免费的午餐，不是吗？你愿意帮我拿下这幅画，我想不是单单的助人为乐这么简单，我并不希望你用一幅画来跟我交易什么。而且这些画都是在国际获奖的，就算举办单位出面也难买下，我并不喜欢说大话的人。所以，不必了。"

赵海鹰十分受挫，但是他必须抓住这次机会，连忙解释说："夫人，您误会了，我并没有什么其他的意思，只是看这幅画对您有特别的意义，所以才想帮您。"

韩夫人又看了看油画，眼神中流露着喜爱，但当她回过头，表情又平静了，客气地微笑着对赵海鹰说："年轻人，谢谢你的好心。不过，我不希望欠别人人情。这幅画对于我来说的确很重要，可是让你去帮忙，我也过意不去。所以，谢谢，还是算了吧。"说完，韩夫人就离开了。

赵海鹰没有想到韩夫人态度如此坚决，这好不容易逮到的机会，看来要打水漂了。赵海鹰心里十分沮丧，他不经意瞟了一眼画作的右下角，那里写着作家的名字：Susan。

第八章

一场画展　一段缘分

1

看得出来，韩夫人喜欢那幅画，不管怎么说，先把画弄到手再说。赵海鹰心里盘算着。目前的线索只有一条，那个叫 Susan 的画家。赵海鹰抱着侥幸的心理找到了主办方，但是正如韩夫人所说，主办方出于保护画家的目的，并不提供画家的真实姓名。上海这么大，他去哪儿找这个连真实名字都不知道的画家。赵海鹰站在展览中心外，郁闷得不行。

"赵海鹰？"耳畔传来一个开朗而略带迟疑的女声。

赵海鹰一抬眼，就看见穿着一身休闲装的徐珊珊站在自己身后。自从陈梦蕾婚礼之后，赵海鹰就再也没见过徐珊珊，他自以为这辈子都不会再见到这个令他头疼的女人。一想起徐珊珊"大闹"婚礼现场的情景，赵海鹰就感觉背后直冒冷汗。

徐珊珊倒像没事儿人一样，满脸微笑地和赵海鹰打招呼。伸手不打笑脸人，徐珊珊热情打招呼，赵海鹰出于礼貌还是淡淡地给了句回应："你好！"一说完，他转身就走，没想到刚抬脚迈出两步，就听见有人叫道："Susan！"

赵海鹰猛地一怔，他顺着声音传来的方向，一眼就看到了说话人正在和身边的徐珊珊打招呼。

"Susan？徐珊珊？"赵海鹰心里一紧，连忙问道："你叫'Susan'？那幅《小女孩》是你的作品？"

徐珊珊圆溜溜的眼睛眨了眨："对啊。"然后露出了一副甜美的笑容，"你也喜欢？"

赵海鹰此时是哭笑不得，心中无限感慨，他惊叹于这个世界怎么会有这么巧的事情，内心五味杂陈。

徐珊珊没想到，赵海鹰居然会主动邀请自己喝咖啡，而且是在上海十分有名的高级咖啡馆，这让她既兴奋又激动。

舒缓的音乐弥漫在空气中，空气中飘着诱人的咖啡香味。两个只见过一次面的人面对面坐在一起，稍显尴尬。

那次在婚礼上，徐珊珊明显能感觉到，赵海鹰对自己并没有什么好感。今天巧遇赵海鹰，在他看自己的眼神里，除了惊讶之外，还有一丝厌恶，这令徐珊珊竟有些难过。

当她知道赵海鹰请自己喝咖啡的原因之后，这种难过变成了失落，笑容也消失了，嘟着小嘴抱怨道："所以，你请我喝咖啡，就是想让我把那幅画卖给你？"

赵海鹰倒没太注意徐珊珊心情的变化，他非常诚恳地说："我知道，这幅画对你来说很重要，但是这幅画对于韩总夫人来说也是一种心灵的寄托……"

徐珊珊有意刁难，脸上略带笑意地质问："我凭什么要帮你？"

缓和的气氛一下变得尴尬起来，赵海鹰也不知道该如何回答，其实就连他自己也找不出让徐珊珊非帮不可的理由。他俩不算熟，第一次还是以那样的方式见面。想到这里，赵海鹰迟疑了一下，实话实说："我也是因为工作的事才求你的，我知道我们不太熟，让你帮忙有些说不过去，但是这个工作对我来说十分重要。如果你能把画卖给韩总夫人，我一定十分感激。"

他的语气非常诚恳，眼神坚定而认真，徐珊珊看得竟有些出神。

如果是其他人，她早就答应了。别说是韩夫人，就是普通朋友，要是真的需要，她也不会刁难。只不过坐在对面的是赵海鹰，赵海鹰身上有种魔力，让她情不自禁想靠近的魔力，她希望多和他相处一会儿。

赵海鹰哪里能懂徐珊珊的"犹豫"，他有些着急："如果你愿意，这幅画就卖给我吧，我也算借花献佛，希望能打动韩夫人。"

"你之前在静安所上班，怎么会和医疗器械公司打交道呢？"徐珊珊突然转移了话题。

"我已经从静安所辞职了，现在在广瀚信托公司投资部。"赵海鹰喝了一口咖啡，很自然地说。

徐珊珊突然两眼放光，她努力掩饰着自己内心的激动，直接表明态度："今天你来看我的画展，我心情很好，这幅画我愿意送给那位女士，分文不取。不过，我是有条件的……"

一脸惊愕的赵海鹰，竟迷迷糊糊地被徐珊珊带到了"上海大世界"游乐园。赵海鹰完全摸不清徐珊珊的心思，但是直觉告诉他，他已经"上了贼船"。

偌大的"上海大世界"Logo 挂在游乐园上方，游乐场里人潮涌动，多是父母带着孩子来玩，或者是小情侣来约会。里面各种游乐设施一应俱全，海盗船、过山车，高耸在云端，整个游乐场不停传来各种尖叫声，和欢乐的音乐声融合在一起，竟显得十分和谐。

赵海鹰长这么大，还是第一次来游乐场。他瞪大了眼睛好奇地看着眼前的一切，像一个孩子一般。还没等反应过来，一只手一把抓住他的衣服，带着他冲上了海盗船。他哪里坐过这种东西，惊恐地抓住扶手，不断惊叫着，眼泪都快被风吹了出来。

几个小时的时间，赵海鹰稀里糊涂地完成了人生的好多第一次：第一次坐海盗船，第一次坐过山车，还有好多他都叫不上名字的游乐设施，它们有个最大的共同点，全是游乐场最惊险、最刺激的。徐珊珊玩得兴奋得不行，酣畅淋漓。而赵海鹰却头晕目眩地扶住身旁的一棵假树，不断干呕。徐珊珊看着赵海鹰，忍俊不禁地说："你胆子这么小啊？"

赵海鹰缓了缓劲，连话也说不出来了，看着满脸笑容的徐珊珊，喘着大气："原来你就是想捉弄我啊！"

徐珊珊也不否定，笑呵呵地说："我明天就派人把画给你送过去。"

赵海鹰半信半疑，徐珊珊被他狼狈的样子逗笑了，随即眼神有些落寞："其实，我只是想找个人陪我玩一次游乐园。小时候，我跟爸爸妈妈去过一个很小型的游乐园，后来就再也没玩过了。在美国，那些游乐场更加高级，可是我也没什么兴趣了。"

看着徐珊珊的样子，赵海鹰有些好奇地问道："你可以带你家人再来一次啊。"

落寞的眼神变得伤感，她告诉赵海鹰她的妈妈早就去世了，父亲后来结了两次婚，整天忙着做生意，根本没时间陪她。"今天我心血来潮，就想跟你来玩一次。谢谢你啦，愿意陪我。"说着，徐珊珊眼神中竟流露出孩子般的欢乐。

赵海鹰内心竟觉得有些羞愧，听她说起自己的身世，可见这幅画对徐珊珊来说应该也十分重要，可自己竟为了其他目的，夺人所爱。

徐珊珊像是看透了赵海鹰的心思一样，笑着说："我自己的画，早就看腻了，既然有人能那么喜欢，更是我的荣幸。"徐珊珊的爽朗大度，让赵海鹰十分感动，他突然对眼前的这个小姑娘产生了一些好感，之前的误会也随着二人的相视一笑化解了。

赵海鹰经过各种"困难"终于拿到了画，当他把画亲手交给韩夫人的时候，韩夫人露出不可思议的神色，她小心翼翼地抚摸着油画，眼神温柔无比，她是真把这幅画里的小女孩当成了自己女儿的替身，眼眶红红的："谢谢你，这幅画，我想我丈夫也会很喜欢的。"韩夫人平复了一下内心的激动，赶忙问道："这画你是多少钱买的？"

"我并没有花钱买这幅画，是作者本人托我转送给您的。"

"我和她根本就不认识，怎么会？"韩夫人显然不太相信这个回答。

赵海鹰解释道："对不起，是我把您女儿的事情告诉了她。这个画家叫徐珊珊，是我的朋友，她说这幅画应该属于最珍视它的人。"

韩夫人十分感激徐珊珊，不过她更清楚天下没有免费的午餐，便直言不讳地问赵海鹰："你既然能直接找到我们家，把画送过来，就一定有什么请求，你说吧。"

韩夫人如此直接，反倒让赵海鹰有些无所适从。她端起桌子上的茶杯，递给赵海鹰，像是看透他的心思一般，缓缓地说："其实我知道，你是想求我帮你跟我丈夫说，接受你们广瀚公司的投资。"其实她之前就听丈夫提起过，广瀚公司最近有个小伙子一直锲而不舍地想要跟永康谈合作，这让韩要强没少头疼。自从在画展上见过赵海鹰之后，韩太太就猜出了大概，不然谁会平白无故地来帮她这么大一个忙？虽然赵海鹰帮她拿到了这幅画，不过她也表明了自己的态度："生意上的事……我真的不好参与。"

韩夫人的坦诚让赵海鹰有些羞愧，不过更多是感动。最开始他的动机确实不纯，不过，他从韩夫人身上看到了人间真情，那一刻，赵海鹰的心软了："就在刚刚，我看到您对这幅画流露出的感情，我就觉得，帮您拿到这幅画，是值得的，不需要什么企图了。"

正说着，钥匙开门的声音响起，韩要强推门进来，一眼看见赵海鹰，有些惊讶。他没想到赵海鹰居然打起了妻子的主意，心里有些不快，不过他一眼看到妻子放在桌边的画，心头不由一震，便猜出了大概。这次，他没有再把赵海鹰拒之门外，一来是被赵海鹰的诚恳所感动；二来公司没钱已经刻不容缓。

不过，韩要强仍然不打算与广瀚合作，和赵海鹰谈话之后，再次毫不留情地拒绝道："永康还没有走投无路嘛，暂时不考虑接受你们的合作要求。"

赵海鹰依旧不放弃："我们的合作建立在彼此信任和了解的基础之上，广瀚对每一个合作伙伴都非常重视，要做全面而详细的融资评估，提出最合理最科学的融资方案。所以我今天来并不是要一个结果，而是希望韩总能打开一扇窗户，看看我们是否有合作的可行性，这对于永康来说，没有任何的损失。"

听着赵海鹰的话，韩要强明显有些动心，他站起来，在屋内来回踱步，慢慢说出了自己的难处："我们还有上级主管单位，不是你想的那么简单。"

韩夫人也在一边替赵海鹰说话："老韩，公司的事情我从来不参与，不过我看这个小伙子是个实在人。你不是也说过吗？公司现在最困难的就是资金，难得小赵这一趟趟地跑来谈，人家是有诚意的。"

韩要强有些迟疑，赵海鹰继续说道："韩总，其实我今天来还有一个私人的原因。当年我辜负了韩总的信任，我一直想找机会当面道歉。说实话，当年您愿意给我一个工作的机会，我真的非常感激。可是我的梦想就是做金融，哪怕有一点的机会我也会去拼一下。但是请您相信，我不是一个不负责任、没有担当的人。"说完，赵海鹰给韩要强鞠躬致歉。

看到赵海鹰能够如此诚恳，韩要强竟不知道该说什么了。赵海鹰辞职，他并没有耿耿于怀，对于年轻人的理想，他是很支持的。听赵海鹰说了这么多，看得出他是下了大功夫、做了功课的，但永康毕竟是一家国企，与私企合作，他还是有些顾虑。韩要强思索片刻，说道："你送来的广瀚的资料我已经看过了，你们做过那么多的项目，我不得不说你们是一家很有实力、很有远见的金融公司。既然是相互了解，我想再考虑考虑。"

韩要强这一回没有直接拒绝，赵海鹰简直欣喜若狂。这是一个信号，合作的成功概率很大。

当天晚上，赵海鹰、吴一白和张翔来到钱春生工作的饭店吃饭。不过他们很快发现，餐厅的人员安排很不合理，偌大的一个大厅里只有钱春生一个服务生。饭店的老板是一个五十岁左右的中年男人，满脸横肉，他悠闲地坐在摇椅上，来回晃动，椅子发出吱吱的声音。他的眼睛死死地盯着钱春生，一幅生怕钱春生惹事的样子。

与之形成鲜明对比的是钱春生，他穿梭在饭店里，一会儿给客人端茶递水，一会儿收拾桌上的残羹冷炙，累得满头大汗。突然，坐在饭店门口的一桌客人撒起了酒疯，猛地将酒瓶摔在地上，冲着钱春生大吼着："让你给我拿瓶丽都啤酒，谁让你给我来这个了？"钱春生点头哈腰地解释着："我之前也跟您说过了，丽都卖完了，只有五星啤酒，您刚刚也说要这个，我才给您拿过来……"客人根本不听，只借着酒劲撒着疯，吼着："什么破馆子？连瓶啤酒都没有，做什么生意？我就要丽都啤酒！"

整个饭店的顾客都把目光投向钱春生，指指点点，让他十分尴尬。老板一看情况不对，十分麻利地从椅子上坐起，赶紧跑了过来，一边连忙向客人点头哈腰，一边大声呵斥着钱春生，唾沫星子喷了钱春生一脸。

这时，一旁的赵海鹰看不下去了，一听这老板难听的言语，立刻起了身要冲过去，却被吴一白一把拉住。吴一白小声地劝解说："别闹不愉快，春生在这儿打工呢，别得罪老板。"

赵海鹰这才把握紧的拳头松了下来，他看着眼前的钱春生，心中五味杂陈。好好的一顿饭，最后不欢而散，不过看着钱春生的工作状况，赵海鹰特别担忧。没想到几天后，钱春生真的出事儿了。

事情的起因是这样的，钱春生饭店的老板，不知道哪天晚上突然灵机一动，想出了给附近工地上工人送饭的点子，最后这个任务又落到了钱春生的身上。

太阳似火球一般，炙烤陆家嘴建筑工地。盛饭的大桶一打开，一股热浪迎面扑来，工人们端着自己的饭碗蹲在地上吃起来。

太阳越来越刺眼，钱春生把饭桶收拾好，客气地找包工头结账。没想到正在建造的楼房突然掉下一个个水泥块，包工头吓得面色苍白，工人们连忙散开。眼看一大块水泥就要砸向工地的一名工人，说时迟那时快，钱春生一把推开了他，两人同时扑倒在地，水泥直接砸在了钱春生的脚踝上。钱春生救了工人，自己却意外受伤了。

看着钱春生一瘸一拐的脚，颓废的精神状态，赵海鹰急在心里。正好他找华建公司的老总孙华建谈事情，无意中说起自己的哥哥在找工作，孙总十分豪气地要接纳他。

不过，赵海鹰有些难于启齿，毕竟钱春生曾经坐过牢，不少单位还是有些忌讳。果然，孙华建一听钱春生坐过牢，态度一下发生了改变："你这恐怕是打我脸吧？坐过牢的人，我的建筑公司可不欢迎。"孙华建毫不留情地说。

赵海鹰赶忙解释，钱春生坐牢是因为做黑市交易，倒换美元。他拍着胸脯向孙华建保证："他早就悔改了，当年是年轻不懂事。他人很老实，也很善良，前些天他去建筑工地送饭，还救了一个工人，结果把自己的脚给砸伤了，现在还……"

没想到，一听到这儿，孙华建露出意外的神色。两个人进一步沟通才知道，原来陆家嘴工地的楼盘就是华建公司承包的，最近孙华建听说，一个送饭小伙子救了工地上的工人。刚听到这件事，他吓得一身冷汗，随之大呼侥幸，特别派人去饭店找救人者，不过听说已经辞职了。孙总没想到事情居然如此凑巧，大笔一挥，同意让钱春生来上班。

从华建公司出来，赵海鹰连家都没回，直接跑到钱家，他把这个消息告诉钱春生。好事儿接二连三，就在大家庆祝钱春生成功找到工作的时候，四眼和钱冬梅手拉着手回来了。

四眼有些激动，钱冬梅则有些害羞，他们向大家宣布一件喜事，他们要结婚了。

钱青青激动地拿出家里的录音机，像个主持人一样说："既然是这么激动人心的时刻，那接下来我就为大家放一首歌曲，小虎队的《青苹果乐园》，希望大家喜欢！"

"不行！"钱春生一瘸一拐夺过录音机，"听 Beyond 的歌！我不听小虎队！"

钱青青使劲地拽着钱春生的手，钱春生用一只手将录音机举得很高，一边得意地唱着 Beyond 的《真的爱你》。钱青青完全够不到哥哥的手，气急败坏，两个人你拉我扯，小小的房间一下子热闹起来。一家人笑声朗朗，其乐融融。

2

上海浦东开发规划研究院一直在为浦东的开放开发做出前瞻性的规划，大大小小的论坛、新闻发布会多不胜数，大家共同为浦东的发展群策群力。可此时的浦东，也面临着各种各样的挑战，赞美、质疑和否定的声音参差不齐。这一次的论坛比较小型，在一个不大的宴会厅里，布置精致，来宾众多。吴一白坐在后排，卓老、赵国平、徐敬之等围坐在会议桌周围。

赵国平和卓老向参加论坛的人介绍浦东的情况。此时的浦东，已经今非昔比，不再是一块荒地，黄浦江沿岸已经建设了上千家发电厂、煤气厂、自来水厂等，电信、公路也都建设起来了。赵国平保守估计，在三年内，浦东的基础设施就比较完备了，正在建设的两座跨越黄浦江的大桥和一个快速环形公路系统将竣工，外高桥的大型发电厂和其他基础设施也在加紧建设中。

不过，徐敬之却给出了不一样的看法，他认为最好还是投资浦西，毕竟从眼前的情况来看，浦西所有的硬件设备还有经验都高于浦东。他听到了很多人的抱怨，都在说上海投资收益不大，如果再鼓励大家投资浦东，他担心会流失更多投资者。

赵国平一听徐敬之又是这种言论，心里就不乐意了，一点也不留情面地反驳道："浦东新区的建立是要打造出更加全面的经济特区，是可以为上海、为长江流域、为国家改革开放大方针甚至整个世界经济新发展做出贡献的。"

徐敬之有些急躁，挥动双手嚷嚷道："大道理，但是我真的是不明白啦！中央再三说，先发展的带动后发展的，先富带动后富！上海这是背道而驰嘛！搞不懂呢！如果以开发成本而论，为什么中央搞改革，不选择西部地区，而首先选择东部地区呢？就是区位优势，地域优势嘛！开发浦东我不反对，但要有主次，有快慢，有先后次序，对不对？"

"混淆概念，分明就是混淆概念，不是一码事！徐教授，我认为你就是观念僵化、思想顽固，历史会证明浦东开发是正确的！是要为改革开放做大贡献的！"

看到两人面红耳赤，与会者也有些不好意思了，纷纷起来劝架，这才平息了这场"战争"。

一直没说话的卓老，这时突然开口了："改革开放不仅是要改经济结构，更要解放思想，改观念！"

卓老的话一出口，徐敬之的脸色一下黯淡了下来。卓老继续说道："我们除了要引投资，还要加强企业的能动性。你看，大家都说上海人精明，其实我看并不见得。上海人论精明不如广东人，更不如香港人，也就是缺乏商业意识。几十年搞计划经济，导致上海人的市场观念、商业意识、开放意识都比较差，往往因小失大，盘算得精，却疏于深谋远虑。"

卓老的话等于是给大家吃了颗定心丸，赵国平不停地点头，给予回应。赵国平建议，目前最重要的是在国营和民营企业之间找到一个好的点，要平衡和结合这两者之间的关系："我们研究院正组织对浦东企业的调查，尽快做个报告反映目前的情况。"

几天后，赵国平就带着调研人员来到了永康医疗器械公司。韩要强看到赵国平，叫苦连天："赵副主任，不是我们叫苦，生产组织不起来！这与设备老旧、厂区条件差，无法对现有设施设备进行更新有很大关系。这还不是最主要的，当务之急是资金压力。"

永康的这种困难在浦东很普遍，这次赵国平走访企业调研的目的，就是要了解区内企业生产现状、资金、设备、厂房以及经营管理等方方面面的问题。目前区内有十几家市属企业，都在等米下锅，管委会要研究相应的扶助政策。

韩要强却认为，他们公司的情况和其他企业情况不太一样，市卫生局同意他们设备改造，财政也批了钱，设备进口也谈妥了，但新厂房的建设却遇到了困难。总不能让花了国家那么多外汇的新设备躺在港口上生锈吧？

一个管委会干部追问道："银行贷款嘛！设备抵押总可以吧？"

韩要强摊开两手，一脸苦恼："审批手续已经报了几个月了，总在走流程。"

钱冬梅在一旁补充说："青浦招商办支持我们整体搬迁，给了三倍的建厂土地，虽然是划拨，但按照去年5月国务院出台的土地政策，仍然要支付补偿费、土地税等费用，还有新厂建设的投资。我们是老厂，负担重，目前根本解决不了。"

永康公司的情况确实迫在眉睫，赵国平提醒道："其他筹资方式呢，考虑过吗？"

这下，韩要强不说话了。赵国平注意到永康公司的地理位置很不错："如果采取土地置换的形式，肯定能解决你们的部分难题。"

"只要解决部分也行啊！"韩要强面露喜色，也有了信心，"最近有家做商业融资的金融公司正在寻求与我们合作，其他的资金我们想办法。"

"好啊，我们有中央的政策，又有上海市委的支持，放心吧同志们，再大的困难咱们也能找到解决办法的，搞浦东开发就是要创造奇迹！"

众人颇受鼓舞。

月亮高高挂在夜空中，朦胧地洒下些许光亮。赵海鹰租住的小四合院，只有他的房间亮着灯。这一夜，赵海鹰彻夜未眠。

第二天一大早，他就拿着自己熬夜写好的方案交给徐瀚之。徐瀚之看着赵海鹰手写的稿子很是震惊，稿子的最上方写着"活动营销"四个大字。

这个灵感还是来自于一个卖花的老头。那天，赵海鹰从钱冬梅口中得知陈梦蕾在纽约的消息，心里很不是滋味，独自一个人来到外滩散步，不小心撞倒了一个花车摊，本来想赔了花就走，没想到临时起意帮摊主卖起了花。他突然发现，一个小小的花车摊的生意都是一门大学问，要想生意好，要想有竞争力，就必须改变营销策略。

回到家里，他就把自己的想法整理归纳，最终完成了交到徐瀚之手中的这个方案。

赵海鹰认为，广瀚公司的一大部分投资者对投资的产品风险和收益的认识都不足，潜意识里都认为投资就必须是低风险、高收益，所以导致广瀚公司的一些产品的推广受到了约束。此外，当前市场的竞争也加大了，想要生存就必须改变营销思路。不仅要服务客户，还要细分客户，帮助客户提高对投资产品的认识。他策划的这次营销活动，目的就是回馈老客户，开发新客户，推销广瀚公司的金融产品。

听着赵海鹰的描述，徐瀚之更多的是惊叹。他觉得赵海鹰的这个想法非常有趣，赵海鹰远比他想象的更聪明。当然他也有自己的考虑，赵海鹰这样的金融人才，用得好就是如虎添翼，用不好，就可能会成为自己日后最具威胁力的竞争对手。

"你马上去通知一下，一组二组一起到会议室，我们开会讨论一下你的这份营销活动计划。一会儿，你来主要阐述。"

徐瀚之的做法就是对赵海鹰进行全力支持，不过他却忘了一个人：苏明康。赵海鹰直接跨级找徐瀚之，这无疑犯了职场的大忌，苏明康心里自然很是不满，尤其看到赵海鹰和徐瀚之攀谈的画面，脸上瞬间摆出不悦的神情。

"赵海鹰，你知不知道你又越级了？以后有什么方案你是不是应该先让我过目呢？"苏明康直接冲着他发飙。

赵海鹰连忙道歉，解释道："苏总监，因为早上您不在，所以我正好看到徐总在办公室……"

没等赵海鹰解释完，苏明康直接怼道："这也是理由吗？你要清楚自己的……"

没等苏明康说完，徐瀚之就开口了："好了，这也不是什么原则性的问题。以后小赵的方案可以直接拿来给我过目，不需要一层层地批上来。"

这下，苏明康的脸色更难看了，直接质问："徐总……这恐怕不太合规矩吧？"

苏明康明显注意到徐瀚之眉头微微皱起，显然对他的话有些不满，徐瀚之也毫不避讳："规矩是我定的，我说可以就可以。"话音一落，苏明康不再说话了，他脸如死灰，显得阴森恐怖。

会议继续进行，赵海鹰向大家介绍自己的方案，每个人也都认真听着；唯独苏明康，他也在仔细地研究方案，不过不是提意见，而是找漏洞。赵海鹰刚阐述完毕，苏明康就直接提出质疑，他说道："信托业很少有实施优惠活动的，一是没有借鉴，风险会很大；二是开展的领域也不广。赵代表刚刚讲到的无非就是给客户一些优惠，让他们来继续购买我们的信托产品，但是长期受益并不高。"

这个问题，赵海鹰之前就已经考虑到了，他立刻做出了解释："这个优惠活动只需要在春节前夕推广一周的时间，给客户让利 15% 的费用，这个费用客户可以选择提现 10%，也可以用来购买 20% 优惠的理财产品，时效期一过，都不会再有此优惠。这只会提高客户对广瀚信托产品的兴趣，薄利多销。"赵海鹰的解释得到了与会者的认可，不少人频频点头。

这无疑更加激怒了苏明康，他努力让自己表面看起来波澜不惊，继续反对道："信托业并不需要薄利多销。俗话说，便宜没好货，好货不便宜，推行优惠政策只会降低公司的收益，并不见得有好的效果。"苏明康的话就是直接否定了赵海鹰所提出的方案，不过赵海鹰也毫不退让，直接反驳道："信托业最重要的就是拉拢客户，稳固住老客户，开展新客户，客户群存在，那才能更加长线地发展。春节前夕的推广活动，老客户会认为是给他们的回馈，新客户也会因为优惠政策的吸引而尝试购买我们的产品。"

赵海鹰没想到的是，这次却有不少人顺着苏明康的话表示了担忧，也就是变相的反对，其中大部分人都是苏明康的亲信。

进行决议的时候，参加会议的各部门领导你看看我，我看看你，不知道该如何做选择，最后是徐瀚之第一个举手赞成，其他人才顺势应和，决议顺利通过。这也就意味着，赵海鹰成功打响了自己在广瀚公司的第一枪。

会议结束后，徐瀚之把赵海鹰单独留了下来，想要了解一下对于永康公司考察的情况。赵海鹰解释道："基本的资料我正在整理，明天我要过去和他们的财务见面。另外，他们的销售部也会提供一份销售报表给我们。"

赵海鹰的办事效率很高，这让徐瀚之很满意。他问起赵海鹰一个问题："你觉得我们做金融，最重要的是什么？"

赵海鹰思索片刻："在学校的时候，教授告诉我们，金融的本质就是价值流通。所以我想，金融最重要的就是通过对现有的资源进行整合，实现价值和利润的等效流通。"

徐瀚之道:"我们经常说物有所值,金融就是要物超所值。要做到物超所值,我们就要对钱有足够的敬畏和尊重,要对投出去的每一分钱负责任。"赵海鹰听得很认真,徐瀚之说的比学校老师讲的更为容易理解,同时也更现实。

徐瀚之继续说道:"比如永康未来五年的规划。他们虽然是传统的国有企业,但正处在转股改制阶段,这算是个机会。就产品而言,如果永康医疗不更新设备,提质扩能,继续粗加工生产,这个企业是没有前途的。"

看到赵海鹰一脸疑惑,徐瀚之笑着说:"年轻人,你要好好关注一下浦东开发的新闻,这次政府的决心很大,意味着浦东的企业都有新的机遇,这个时候就要多考虑长线投资了。海鹰,你记住,未来五年,永康医疗器械在产品上有什么动作极为关键。我们做的事情,就是把未来的钱提前到现在花掉。当然,前提是与政府的配套同步。咱们是信托公司,投资项目的资金都是客户的,可不是大风刮来的。明白吗?"

这一番对话让赵海鹰受益匪浅,他明白,企业的机遇也是他们的机遇,必须做到双赢。

第二天,赵海鹰来到永康医疗器械厂进行合作前的调查。作为永康的财务科长,张翔一早就把需要的文件全部整理好了,已经核对过一遍,完全没有问题。可是,赵海鹰却依旧认真、仔细地核对着。张翔虽然有些不耐烦,可是一想到要和赵海鹰成为合作伙伴,还是有些激动。

赵海鹰却一副公事公办的样子,全部核对完之后,才抬起头,说:"咱俩只能算半个合作方,一切还要等签订合同。"

告别了张翔,赵海鹰直接来到了韩要强的办公室。方才在张翔那儿赵海鹰没说什么,不过他却敏锐地发现了几个问题,需要当面和韩要强核实一下。

"销售部的资料里,我看到有一个规划,是要在医院设立标准病房。我想了解一下,这个标准病房是永康未来要和医院合作完成的新项目吗?是和哪些医院合作?这样的标准病房数量有多少?"赵海鹰连续发问。

韩要强也十分坦诚,双方如果要合作,信任是首要的前提,只不过他没想到赵海鹰居然能够如此敏锐地发现这个项目,于是十分认真地答道:"设立标准病房是我们近期刚刚通过的一个新方案，也是我们这趟出国考察之后得到的启发。目前，已经有 20 家医院和我们签订了协议，其中包括华山医院等。标准病房的意义就在于设施标准化，病房里你能看到的一切医用设施设备，大到病床，小到一支医用棉签都是我们生产的产品。我们要从粗加工向精细化、专业化转型。"

赵海鹰一边听，一边激动地记录着，他觉得永康的这个新项目太有意义了，在上海属于首创，投资潜力巨大。

说起这个，韩要强自信满满："不只是上海，我相信在全国范围内也是有典型意义的。其实这么做对我们永康的压力是很大的，这就相当于拿着放大镜找自身的问题。但是我们要敢于挑战，敢于创新，敢于改革嘛。"

"韩经理，我还有一个问题。永康现有的生产能力能否满足上海地区医院的需求，和国外医疗器械竞争有优势吗？"

这么敏感的问题，韩要强估计只有赵海鹰敢问，不过这点自信他还是有的："目前，永康医疗器械公司确实存在产能不足、生产水平不高的问题，但我们是卫生局的下属企业，有政府的支持，我们是有信心的。"

赵海鹰针锋相对："韩经理，浦东加快开发步伐，意味着上海加大对外开放力度，大量外资企业将与中国企业同台竞争，对本土企业冲击力很大，广东沿海是有许多这样的经验的。永康器械产品仍然处于低质低端，这个问题怎么解决呢？"

韩要强迟疑了，他解释道："浦东管委会前几天刚对永康进行了调研，正在积极帮助我们扩大产能，提高产品竞争力，我们也正在努力，这次下决心搬迁青浦，就是希望提升产品质量，扩大产能。"这对永康来说就是背水一战啊。

赵海鹰直言不讳："有竞争力的产品，才能赢取市场。韩经理，浦东大开发，永康正逢绝佳机会。我们双方合作，广瀚就可以为你们提供持续的资金流和丰富的金融资讯，走向双赢，未来发展无限。"

韩要强沉思片刻，缓缓起身，向赵海鹰伸出手："年轻人，你说服我啦！"

赵海鹰伸出双手紧紧相握。

又是岁末年初，1991年春节，大街小巷张灯结彩，灯笼、对联、窗花，整个上海沉浸在红色的欢乐海洋中。音像店播放着小虎队的《新年快乐》，欢快的曲调和歌词让节日的氛围更加浓厚。

浦东开发研究院的大院里却很安静，几颗光秃秃的树枝低垂着脑袋，只有两三片枯萎的树叶在枝头挂着，摇摇欲坠。偶尔刮来一阵风，把树叶吹下，散落在地上。

赵国平和两位同事正在加班整理资料，整个屋子热气腾腾，桌子上、椅子上摆满了各种各样的文件，大家忙得不亦乐乎。

这时，主任走进来，情绪十分激动："同志们春节也加班，辛苦大家了。告诉大家一个好消息，我们的规划图小平同志已经看过了，他很高兴，说抓紧浦东开发开放，不要动摇，一直到建成！"

听到这里，在场的人都振奋得拍手。

主任继续说道："小平同志这次的讲话，让我很有触动，他说计划和市场只是资源配置的两种手段和形式，而不是划分社会主义和资本主义的标志，资本主义有计划，社会主义有市场。这句话耐人寻味。"

赵国平很有感触，激动地说道："只有深化改革、加快发展，才能真正推动中国特色社会主义事业的前进。一味地批资产阶级自由化，就只会把改革开放批掉了。空喊反和平演变，就只会把外资给吓跑。"

最后，主任慷慨激昂地说道："小平同志已经给我们打了预防针，他让我们不要动摇，一直去完成它，那我们的任务也就是让浦东开发到完成！质疑声不断，我们就逆风前行！"

邓小平同志这一锤定音式的讲话，让浦东即将开始一段飞速的发展。但困境也在发展中渐渐浮现：高昂的地价使得浦东的商务成本高企，许多企业纷纷迁往周边的江苏和浙江等地。可以消耗得起高昂成本的金融等服务业企业，又暂时无法成为上海的支柱产业。在一片追赶上香港、成为亚洲金融中心的鼓噪声中，上海受限于金融政策方面的完全非主导性，面临利率无法市场化、人民币不可自由兑换等问题。在这个时候，上海金融中心的建立，显得十分必要。

3

当越来越多的人开始想要去外国寻求发展的机会时，不少在国外打拼的中国人却看到了祖国发展的潜力，纷纷回国谋求机遇，谢天阳就是其中之一。凭借着查尔德的帮助，谢天阳在华尔街混得如鱼得水。多年来的国外打拼，让他积累了一定的社会资源和资金。他敏锐地发现，查尔德开始把投资的重点转移到了上海，他紧随查尔德的脚步，也回到上海。20 世纪 90 年代初期，中国金融业渐渐发展起来，越来越多的美国人也转战到了中国市场。谢天阳趁着上海国际贸易中心建成之机，注册了一个小的金融公司：汉斯国际投资公司，自己当上了老板，准备跟上海一起发展！

赵海鹰、吴一白、张翔特地来到汉斯国际公司，一来庆祝谢天阳回国，二来也参观一下谢天阳的公司，毕竟谢天阳是他们几个中第一个当老板的人。

谢天阳也很大方，特地定了大酒店，准备请大家吃顿好的。不过吃饭之前，几个人来到了星光理发店，让四眼给谢天阳理理发，寓意从头开始。

星光理发店十几年都没变，陈设十分老旧，椅子上的皮已经磨得几乎掉光了，不过好在十分干净，角落墙壁的上方摆放着一台老式电视机，正播放着电视剧《雪山飞狐》，演的正是胡家传人胡一刀与苗家传人苗人凤两位不世出的英雄豪杰进行的一场惊心动魄的生死决战。电视音响声十分大，小学徒对着谢天阳的头发一剪刀下去，剪刀咔嚓声伴随着电视机声音，把谢天阳吓得一惊，他担心地说："你这学徒，技术行不行？我的 Hair 会不会被剪坏了？"

理发师本来不紧张，结果被谢天阳这半英半中的话给吓着了，半天不知道该怎么回答。这也不能全怪谢天阳，在国外待习惯了，他说话落下了这个毛病，甚至连他自己都没有意识到，但是别人听着，总是觉得有些不适应。

四眼连忙解释道："他跟了我好几年了，你放心，剪的发型绝对不赖。"

张翔也帮忙解围："我这头发就一直是这小哥给剪的，挺好的啊。男生的头发，剃短就行了，又不用多花哨的样式。"

但是谢天阳还是有些不习惯，看了看镜子前的剪刀盒，一脸嫌弃地说："这个剪刀用完还是得洗一洗，我看上面全都是头发。"

他的话让四眼有些不好意思，平时他很注意理发店的卫生问题，毛巾每天都洗，地每天都打扫，唯独这个剪刀，有些特殊原因："剪刀经常见水，容易生锈，我平时就用毛巾擦一擦。"

正说着，小学徒要用毛巾帮谢天阳擦掉脸上粘着的碎头发，谢天阳却立刻抓住了他的手，一脸嫌弃道："别用这毛巾擦，我抖一抖就行了。"

面对如此原始的理发店，谢天阳表现出明显的不适感。他从镜子里看着四眼，带着建议同时又抱怨的语气说道："这么多年了，你还是不进步，现在国外那些理发店的毛巾都是一次性的，这些随时接触皮肤的东西，反复使用很不卫生的。"

这话说得四眼一脸尴尬，连忙解释："毛巾我都是洗过才再用的，应该……应该也不脏吧。"

看着有些不知所措的四眼，一旁的吴一白再也看不下去，帮四眼说了一句："天阳，你以前不也用得很习惯吗？"

谢天阳的挑剔大家都看在眼里，只是不太好说什么，喝了洋墨水的他突然显得和大家格格不入。谢天阳也意识到气氛有些尴尬，没有再说话。

虽然大家都没说，但是每个人的心里都感觉，谢天阳和从前有些不一样了。

周末，一场盛大的推广活动在浦东新区的正大广场举行，广瀚信托公司搭了一个大舞台，上面拉着推广活动的横幅，还请了主持人主持活动，整个就是一个演出现场的架势。老百姓哪里见过这种场面，都跑来凑热闹，一时间，几十平方米的广场被围得水泄不通。

台上，主持人用铿锵有力、热情澎湃的声音介绍着，台下，赵海鹰穿着工作制服，一边给市民散发宣传单，一边普及信托业的服务性质，还有主要的优惠政策，不一会儿就吸引了一大批群众。赵海鹰向大家做着讲解："这相当于是优惠了 15% 的费用，这个费用客户您可以选择提现 10%，剩下的 5% 置换成我们的投资产品。当然，如果您信任我们的产品，也可以全部用于购买我们的投资产品。您用闲置的资金就可以投资，还有固定的利息回报。"市民们一听，立刻抢着要宣传单，想要了解更多。

赵海鹰策划的"活动营销"远比预期的还要火爆，所得到的收益远远超出了之前的预计，同时这次活动也让赵海鹰在业内的名气大振，短短几天，光是大客户就有十多个签了单，还有很多到期了的老客户也都选择了续约。不少人更是慕名来到广瀚公司，特地找赵海鹰进行投资。

徐瀚之十分清楚，做信托行业最主要就是诚信，得到客户的信赖才是最重要的，而赵海鹰现在无疑成为了广瀚公司的活招牌。一时间，赵海鹰不仅得到了徐瀚之的重用，成为了广瀚公司的名人。不过人红是非多，商场如战场，他的如日中天也引来了不少人的嫉妒。

苏明康早就看赵海鹰不顺眼了，没想到后者短短一年，就破格被正式提拔为投资部二组组长，要知道，这是他十几年才奋斗才得到的岗位。一个没有学历的员工提升得如此之快，这在广瀚公司还是头一例。苏明康心里不舒服，徐瀚之前脚夸奖赵海鹰，他紧接着就拆台："赵海鹰，我们投资部只需要给客户找好投资就行了，谈客户的事……"

徐瀚之打断苏明康的话："什么客户部、投资部的？只要是对公司有利的项目，都是好项目。明康，你太局限了！"

"徐总，这次我们的优惠活动搞得如此成功，立刻就会有很多同行也来实行优惠活动，到时候我们的活动结束，他们又开始了，有很多客户会被他们拉去的。"苏明康继续争辩。

对于苏明康的担心，赵海鹰早就想好了应对策略："这次我们的优惠活动结束，其他信托公司肯定会相继效仿，不过这次我们已经拉拢了大量的客户，签了合约，中间有一个时效期，其他的信托公司是没有办法拉走我们的客户的。而他们如果想要拉拢新客户，就必须将优惠做得比我们更大。我之前算过，这次的优惠活动我们做出的优惠比例是利润和让利的最优比值。如果他们要笼络更多客户的心就必须将优惠做得比我们更多，但客户越多，其实利润反而会更低，所以就算他们效仿，对我们的危害也不大。而且除了优惠活动，我们以后也可以开展更多其他的业务和活动来稳固地位。"

苏明康被赵海鹰一套严谨缜密的话说得完全找不出漏洞，半天说不出话。

徐瀚之十分赞同赵海鹰的话，赞赏道："小赵，你想得十分的周全，这次优惠活动，我们收获的最大利益就是大批的客户，这才是最长线的发展。这次公司收益很大，对你也应该有奖励，公司打算奖励你5000块作为奖金，希望你继续努力。"

苏明康无奈，只能同意徐瀚之的话。他隐约觉得，眼前这个工作刚刚一年的新人，很可能有一天会取代他在广瀚公司的地位。

这一年，赵海鹰的人生规划最初的几步在广瀚公司得到了实现，他对金融和事业有了重新的认识，对成功产生了极度的渴望。他太想向别人证明，他赵海鹰不需要文凭、不需要背景，也同样可以很优秀！

此时的浦东也在向全国、向世界证明，这里正在竭尽全力造就未来的奇迹，眼下就在集中所有的资金、人力、物力办一件大事……

4

清晨，浦东开发研究大院内十分安静，冷不丁有几只小鸟停在枝头上叽叽喳喳地叫几声。院子里停着几辆轿车，树枝断掉落下来，刚好砸在汽车上，汽车立刻发出了报警声，吓得小鸟扑腾着翅膀仓皇飞逃。

院子里工作的人可就没有这些鸟儿这么清闲了，办公室的灯经常亮到深夜。赵国平带着工作人员，大家提构想、做规划，经过多日的努力，终于完成了初步的工作，开发已经到了关键时刻，最严峻的问题摆在了赵国平面前：没钱。单是做出的预算就需要8000亿，这根本就是个天文数字。资金，对浦东来说是一道最难迈过去的坎。摆在眼前的方法只有两个，一个是吸引内资，另一个是吸引外资。赵国平想过向中央申请，中央是有一些返税和贷款的优惠政策，但是资金却不会给他们全部拿来搞建设。吸引外资就需要采取土地批租的办法，得在土地上面做文章。

赵国平认为土地批租是一种方式，但不是主要的方式。因为搞批租的土地，只有建楼堂馆所才能较快地收回成本，可是现在上海的宾馆太多了，短短几年，高级宾馆的房间就达到了 20000 间，所以在浦东不能再多搞宾馆了。他把目光转向了工业项目，一定要把世界上比较先进的工业项目和技术引进到浦东来。

想到这里，赵国平就觉得头痛得厉害。回到家里，看到儿子赵海鹰居然在家帮着妻子做饭，心情才好了一点。自从上次发生争执以后，赵海鹰一直没回过家，赵国平嘴上不说，心里还是有些担心儿子的。他从妻子口中得知，赵海鹰在广瀚公司干得不错，而且策划的"活动营销"也在业内传得风风火火，这让赵国平颇感欣慰。他看了儿子一眼，继续低头换着鞋，故作深沉地说："怎么有空回家了？"

周蕙连忙从百货的袋子里拿出领带，用半开玩笑的语气给赵国平说："他来炫耀他的成功来了！说现在是投资组的组长，谈到了大客户，老板给发了 5000 块奖金。"周蕙的语气里满满都是自豪。不过，她很快把目光转向了赵海鹰，继续说道："你觉得你已经成功了，可是比你优秀的人大有人在！你不是说谢天阳回国了吗？他都开公司了！"

赵国平拿起领带，在手里看了看，品质确实很不错，价格肯定也不便宜。5000 块的奖金，这都顶上他一年的工资了。他对周蕙说："你这么比较，那你怎么不去当你们医院的院长？儿子的进步，你得看到啊。"

这下，周蕙可不乐意了，直肠子毛病又犯了，她冲着赵国平嚷嚷道："我怎么看不到了？！我也开心啊，我只是希望他能更好！人家谢天阳出国留学几年，连公司都开了，自己当老板多洋气呀！"

几句话两个人又开始争论起来，让一旁的赵海鹰说话也不是，不说也不是。

自从陈建华投身到浦南大桥的建设后，日夜操劳，加上本身就有冠心病，一次在工地监工的时候，他一个没留神，伤了腿，被送到了周蕙所在的华山医院。

看着陈建华日渐消瘦的样子，周蕙颇为感慨，心想，孩子再优秀又怎样，再有钱又怎么样，不在身边都白搭。她现在越来越体会到赵海鹰在身边的好处了，最起码什么时候想见儿子，随时都能见到。

不过陈建华却不这么想："吃饭是小事情，孩子们的前途是大事情。我们做父母的，不都是希望他们好吗？"

周蕙知道陈建华这是在嘴硬，也不反驳。

晚上和赵海鹰吃饭，周蕙无意中跟他提起了陈建华，说陈建华腿受伤不方便，让赵海鹰把一把轮椅给他送过去。虽然没能成为亲家，但是作为老友，看着陈建华现在一幅孤苦伶仃的样子，之前的怨呀、恨呀，也都过去了。

再看着眼前的儿子，周蕙颇为欣慰，她越来越觉得老天爷对自己是公平的，虽然儿子之前经历了那么多的事，但是依旧能够坚强地站起来，重整旗鼓，现在做得有声有色。最重要的是，儿子一直留在她的身边。想到这里，周蕙感慨道："陈梦蕾也真是的，爸爸都伤了一个礼拜了，也不回来看看。"

赵海鹰听着母亲话里带着一丝埋怨，也不好接话。

第九章

兄弟再聚首

1

　　陈梦蕾接到医院打来的电话，感觉天都快要塌了。她打包好行李，准备出发回上海。查尔德一脸迷茫地看着收拾行李的陈梦蕾，完全摸不清状况。陈梦蕾试图向他解释，说自己回国是去照顾陈建华的生活，查尔德依旧不理解，"可是你现在是公司的总监，有很多的工作还等着你做。何况你的家在这里，这样说走就走，我还是无法理解。"

　　查尔德从 18 岁就搬出了父母家，自己独自打拼，也是从 18 岁开始，他再也没有向父母要一分钱，平时父母也很少跟他联系，他和父母的关系更像朋友。再说，陈梦蕾又不是医生，就算回到中国，陈建华的腿伤也不会好，毕竟治病治伤都是专业的医生做的工作。"如果父母生病，我们第一时间会让他们去医院，然后会找时间去看望，但是要抛掉所有工作，我还是无法理解。"查尔德耸耸肩膀，一副很无奈的表情。

　　陈梦蕾已经听不下去了，她不理解查尔德就像查尔德不理解她一样，这就是文化的差异。"这就是你对中国文化不了解。我们中国人，亲情是很重要的。"她特地加重了"我们"这两个字，像是要和查尔德划清界限。跟查尔德在一起待久了，有时候她会觉得美国人没有人情味，没有亲情，好像在他们的世界里只有钱。最后她也懒得解释，语气坚决地说道："查尔德，你不要再劝我了。公司的工作我昨天就已经安排好了。何况，我这次回家，除了照顾我爸爸，我也能为公司在上海的业务做一个前期的培育。说起来，也不完全是为了私事啊。"

　　陈梦蕾如此坚决，查尔德也显得十分无奈。

　　她回上海的当天，也是永康公司和广瀚公司签约的日子。签约现场围满了媒体记者，众多国企、金融界人士到场，一时间锣鼓喧天，热闹非凡。当徐瀚之和韩要强的手紧紧地握在一起的时候，相机的闪光灯照亮了整个会议室，全上海的媒体纷纷记录下这一历史性的时刻。这一刻，对于永康来说是一个里程碑，对于全上海的正在等待发展的企业来说，更像是一个信号，它宣告国企和金融公司的合作正式开启。

签约当天下午，赵海鹰按照约定来到了华山医院，参观由永康公司投资建成的第一批标准病房的样板房。

崭新的病房内挤满了各大媒体记者，一张崭新的病床摆在病房里，由钱冬梅负责演示。第一次当着这么多人说话，钱冬梅有些紧张，她握紧床边的手柄，慢慢旋转，病床的床头开始缓缓升高，钱冬梅解释着："这个病床的床头会根据病人的需求升高和降低。如果是腿部受伤的病人，也可以根据需求抬高或者降低床尾的部分，也就是腰部以下的位置。大家看，只需要把这个手柄朝相反的方向旋转就可以了。"

原本很普通的一张平板床，就像变魔术似的，床尾居然慢慢升高了，在场的人看到后，无不惊叹叫绝，在场的记者们纷纷按下快门，拍下了这张具有特殊功能的床。

紧接着，钱冬梅从桌边拿起一个包装袋，看似一个小小的塑料袋，里面却大有乾坤，包含了输液器、消毒棉签、消毒纱布、针管、针头等所有的输液设备。这也是钱冬梅在美国考察时得到的灵感，这样的一个输液袋，解决了曾经各种医疗用品集中存放的麻烦，对于病患来说，也提高了安全性和卫生性。而对于护士来说，使用也更方便，减少了不少工作量，在场的人赞叹不已。钱冬梅看着大家的样子，心里松了一口气，原本她怕大家接受不了这些新事物，没想到实际的情况比她想象的要好得多。"目前和我们达成建设标准化病房的合作医院已经有15家，华山医院是第一个样板。我们会把永康的新产品投入到标准化病房里，接受医院、医生、护士、患者和家属第一线的反馈。这对我们来说是挑战也是责任……"钱冬梅越说越自信，生动的讲解得到了在场人的热烈鼓掌。一旁的赵海鹰也默默地把看到的都记到了本子上。

说起赵海鹰，最近可谓出尽了风头，永康与广瀚的合作让他在业内声名鹊起，名气传遍了整个上海金融圈。不过，俗话说得好，人红是非多，这不，赵海鹰最近也遇到了一点麻烦事：只要一进公司，总有很多同事向他投来异样的眼光。赵海鹰虽然察觉到这些异样，但又说不出哪里有什么不对劲，也就没太当回事。

他没想到，自己的"人生经历"已经被大家编成了故事，而且增加了各种戏剧化的情节。一个同事声情并茂地说着自己从别处听来的消息："他明明是读了大学的，却没有文凭，估计不是退学，就是被学校开除的，而且我还听说他差点被关进牢房呢。"嘴上明明是听说，可是说话的语气和表情，简直就是亲身经历者一般。

另一个同事立刻来了兴趣："是因为什么事被开除的啊？"

"这就不知道了。但是你们想，能被学校直接开除学籍的，肯定是大事情了，不然我看他这么有能力，学习成绩估计也不差吧，学校难道还专门给成绩好的学生找事？"几个同事们纷纷点头，觉得说得在理。

这些话被一旁的顾瑛无意中听见，她性格本来就直，加上对赵海鹰的了解，毫不客气怼着那些说闲话的同事："你们在背后这么说同事，不合适吧？"

同事们非但不收敛，反倒觉得顾瑛有些多管闲事。他们就是八卦八卦，工作间歇娱乐娱乐，不过碍于顾瑛的面子，大家也就不再说什么了。

这时，赵海鹰正好从大家面前走过，要去给徐瀚之送材料。一个男同事心里不爽，指着徐瀚之的办公室说："他又屁颠儿的跑到徐总办公室去了，每天都在那儿拍老板马屁。"

另一个同事接话："刚来一年就升职成了组长，丁组长可是干了五年才当上的组长！现在好嘛，连徐总最信任的苏总监的风头都被他盖过去了。听说他马上又要升职成主管了，估计都把老板夸上天了。"

这下，顾瑛彻底听不下去了："你们有本事也去拍马屁啊，看能不能升职。赵海鹰人家是本来就有能力，他做成了永康那个项目，营销计划落实也很成功，你们哪个人能想到？吃不到葡萄说葡萄酸。"

这时，一旁没开口的一个新人开口了："赵海鹰又谦虚又有能力，到底是被开除还是退学的你们也不清楚，就在那儿造谣，再说那也是以前的事了，也不知道是谁故意传出来的！"说话的人名叫杨昊，是赵海鹰在静安交易所工作时的同事，前一段时间刚刚跳槽到广瀚公司，直接被分到了赵海鹰所在的二组。要说赵海鹰的过去，他最有发言权，毕竟之前和赵海鹰一起共过事。

顾瑛的话已经让不少人心里多少有些不乐意，但碍于顾瑛是徐瀚之身边的人，大家不好说什么。可是杨昊就不同了，他是刚刚来广瀚的新人，就这么明目张胆地插话，不少人心里憋不住气了，一个男同事毫不留情地说："你刚来就知道这么多！你懂什么？"

杨昊正想反驳，苏明康走了过来，大声呵斥道："你们讨论够了没有？还不快点工作！"

说来也巧，每次大家讨论得异常激烈的时候，苏明康都恰巧路过，像是掐算好时间一样。

领导都发话了，大家只好识趣地纷纷散去。没有人注意到苏明康嘴角的笑容，其实他老早就站在一旁得意扬扬地听着大家在那儿议论赵海鹰的黑历史，他故意让大家多讨论了一会儿，等时间差不多了才来制止，目的就是要抹黑赵海鹰。赵海鹰这些八卦的散布者其实就是苏明康。不过，这些全被一个人看在眼里，苏明康的表外甥——黄斌。

黄斌自从在面试上听到赵海鹰对当前中国经济独到的见解，就知道他并非等闲之辈。从小到大他都是同龄人的榜样，都是亲戚朋友口中的"别人家的孩子"，他自己也很努力，很争气，读了最好的大学，学了最有前途的专业，就是想要靠自己的能力，在金融界谋得一席之地。可是实习期间，表舅苏明康对他"百般照顾"，让他没少遭到别人的白眼，他心里一直憋着一口气，想要向大家证明自己的能力。

当黄斌气势汹汹地冲进苏明康办公室的时候，苏明康正在悠闲地喝水，黄斌猛地推门而入，让他险些呛着。

"表舅，那些谣言是怎么回事啊？"黄斌的语气里明显带着质问。

苏明康很惊讶黄斌会忽然这么问，笑了笑："怎么样？反响还好吗？"

黄斌一脸的惊讶，还没等他开口，苏明康先说话了："赵海鹰跟你同时进的广瀚，他现在已经是首席代表、二组组长了。你呢？你难道不想把他挤掉吗？"

"表舅，我只想靠我自己的实力升职，而不是用什么手段。"黄斌十分认真地说。

苏明康不屑地冷笑了一下。身为老上海人的苏明康，他的骨子里透着精明。他心里清楚，论实力，别说是黄斌了，就连自己也未必拼得过赵海鹰，如果不采取一些手段，总有一天赵海鹰会爬到自己的头上。他看看眼前的黄斌，一副为赵海鹰打抱不平的样子，心生厌恶："行了，你做你的事去吧。我看你在别人手下干得还挺乐意。给我出去！"黄斌也不想再说下去，转身摔门而出。

不过，苏明康的确是以小人之心度君子之腹了，赵海鹰最近忙得家都没时间回，哪有时间搭理公司这些风言风语。永康和广瀚的合作让他在金融领域风生水起，打响了自己在金融界的第一枪。但是他并不仅仅满足这些，最近他又萌生出一个新点子，叫作"财富管理中心"。所谓财富管理中心，主要是向客户提供一些现金储蓄以及资金管理，其中包括债务管理、个人风险管理、保险计划、投资组合管理、退休计划和遗产安排等，主要功能就是帮助客户制定以及达成他们所需求的财务目标。赵海鹰觉得，这些目标可以是债务重整，也可以是子女教育经费等，他希望通过这一系列的财富管理，不单单可以增加客户的投资收入，而且更可以让他们累积更多的财富，给客户提供更大保障。

他的这个想法是从一位老先生身上得到的启发。这位老先生曾经提出想要将遗产按比例分给儿子和孙子，但是又不知道如何分配才合理，尤其是他的儿子目前还没有稳定的工作和收入，用钱没有定数。赵海鹰认为可以帮老人制订出相对合理的计划，例如每月遵循老人的嘱托，向老人的儿子分配遗产的2%，这2%如果花完，必须要等到下个月的同等时间才能提现。还有老先生孙子的教育经费，为了避免家庭纠纷，可以根据他孙子的年龄来确定，按年分配，到了大学毕业，就能得到全额的剩余遗产。他把自己这个大胆的想法告诉了徐瀚之，原本只是抱着试试看的态度，没想到徐瀚之听后，一语道破了这个理念的核心："为客户提供一对一的一站式理财服务，这是个不错的噱头，能吸引很多的客户。"

千里马常有，伯乐不常有，徐瀚之对于赵海鹰这匹难驯服的千里马来说，是一位当之无愧的伯乐。得到了徐瀚之的认可，赵海鹰也更有自信了。

他向徐瀚之详细地阐述了自己的想法，徐瀚之当即决定把这个计划提上日程，就由赵海鹰来负责。赵海鹰临出办公室门的时候，徐瀚之把他叫住了。最近徐瀚之也听说了一些关于赵海鹰的负面传闻，他并不在意，不过，他也希望这些谣言不要影响到赵海鹰，他提醒道："一个人想要成功，路上总是会有很多阻碍，有的阻碍是自己可以跨越的。如果一个人风头太大，那自然会招惹更多的是非，如何权衡好其中的关系，很重要。"

赵海鹰此时才恍然大悟，他感谢徐敬之如此开诚布公地向他说出这些问题，不过他也坚信那句话："谣言止于智者。"

上海饭店位于黄浦区南京东路，这里是上海最繁华的街道之一，四眼和钱冬梅的婚礼就在上海饭店举行。婚礼现场布置得十分中式，中国红随处可见。钱冬梅盘着头发，戴着花状的首饰，一身简约的凤彩裙褂，脸上洋溢着幸福的笑容。

新郎官四眼和钱冬梅迎接着招待着宾客。四眼显得有些着急，不断往酒店大门外望去；钱春生和钱青青作为伴郎和伴娘，十分兴奋地给宾客们发喜糖。

赵海鹰从门外走进来，开心地递给钱冬梅和四眼一个很厚的红包，祝贺道："冬梅姐、四眼哥，祝你们百年好合！"

"谢谢你，小鹰。"

钱青青看着西装革履的赵海鹰，十分着迷："三哥，你今天真帅！"赵海鹰听后，尴尬地笑了笑。

这时，四眼连忙抓住赵海鹰，在他耳边小声说道："海鹰！我订的戒指还没到，这婚礼还有半个小时就开场了！"

"怎么会这样？"赵海鹰瞪大了眼睛。

四眼欲哭无泪："都怪我，给店员说错了尺寸，让他们连夜帮我换，说好婚礼前送过来，结果现在都还没来！"

钱春生听见了，着急地说："没有戒指怎么行？我去店里取！"

赵海鹰拦住钱春生："我去吧，春生，你是伴郎，帮忙迎客。"说着，赵海鹰就跑了出去。钱冬梅看着赵海鹰跑远，满脸疑惑，好奇道："小鹰去哪儿？婚礼都要开始了！"

四眼笑着打马虎眼："他好像有点急事，马上就回来！"说着，背后已经冒出了冷汗。

珠宝店内，徐珊珊正百无聊赖地坐在陈列柜前，试戴着各类首饰，可是没有相中的，她嘟着嘴和店员说："你们这些款式稍微保守了点，有没有新款啊？"

店员有些尴尬，但依旧保持着笑容："我们是百年老店，饰品也以传统款式为主，这些都是新款了。"徐珊珊正挑选着，耳边传来一个熟悉的声音："您好，我来取一对定制的婚戒。"

徐珊珊一下就听出是赵海鹰的声音，转过脸一看果然是他，惊讶地问道："你结婚了？"

赵海鹰转过头，这才看见了徐珊珊："你怎么在这儿？"

"我想买个礼物送给我妈妈。我问你呢，你还没回答！"

"不是我，是我一个姐姐结婚。我来帮他们取戒指。"说着，店员已经把戒指包装好了，赵海鹰拿着戒指就往外走。

徐珊珊本来就没啥事儿干，听赵海鹰这么说，二话不说，心甘情愿地当起了赵海鹰的司机，亲自送他和这枚重要的戒指去婚礼现场。见徐珊珊这么热情，赵海鹰也不好拒绝。在徐珊珊疯狂的飙车下，赵海鹰终于在婚礼开始前赶到了。

四眼看到了赵海鹰，心里才算是松了一口气。

赵海鹰已是一头大汗，徐珊珊细心地从包里拿出一块手帕，递给赵海鹰。这一幕正好被作为伴娘的钱青青看在眼里。

钱青青为了今天特地打扮了一番，这是她人生第一次当伴娘，当然，最重要的是想要打扮给赵海鹰看。没想到，居然看见赵海鹰从一辆豪华的小轿车上下来，身边还跟着一个漂亮的女人。

钱青青瞬间有种崩溃的感觉，上前问赵海鹰："海鹰哥，她是谁啊！"

还没等赵海鹰回答，徐珊珊抢答道："准女朋友。"几个字说得干脆利落，一点也不难为情。

反倒是赵海鹰丈二和尚摸不着头脑，一脸的尴尬："好了，别开玩笑了，千金大小姐。"

"这是你妹妹吧？好像对我不太满意。我看我还是走吧。"徐珊珊故意试探。

"你看，你帮了我这么大忙，留下来吃饭吧。"听赵海鹰这么说，徐珊珊才放心。而且，赵海鹰没有纠正她说钱青青是他妹妹的话，这就说明钱青青并不是赵海鹰的女朋友，徐珊珊算是真正松了一口气，一口答应："那我就恭敬不如从命了。"

钱青青一肚子的不满。说话间婚礼开始了，钱青青作为伴娘，跟着钱冬梅走上台，可是她的心思完全不在婚礼上。她看着站在赵海鹰身旁的徐珊珊，心里面酸酸的。

徐珊珊没想到自己一句玩笑话居然让钱青青如此在意，她明显地感觉到钱青青的眼神中满满的敌意。她拿起酒杯，喝了一口红酒，尴尬地对钱青青笑了笑。

仪式举行完毕，钱青青刚下台就立刻指着徐珊珊，带着质问的语气问赵海鹰："她是你女朋友？"

在场的人一听这话，目光全部转向赵海鹰。赵海鹰连忙解释道："不是，她是……一个朋友，帮过我大忙。"

"一个朋友"？既然赵海鹰没承认，那就是这个女人自作多情……钱青青心里想着。接着她做了一个让在场所有人震惊的举动，她直视着赵海鹰，十分认真地说："赵海鹰，我喜欢你，我希望你不要再把我当成妹妹，而是当成一个女人看待！我们从小一起长大，谁都没有我了解你，谁都没有我适合你，我喜欢你！我从小的梦想就是成为你的女朋友！你得答应我！"

这么赤裸裸的表白让在场的人无不瞠目结舌。吴一白和钱春生更是惊讶得下巴都快掉到了地上。

所有的目光再次聚集到赵海鹰身上。历史再一次重演，只不过上次是在陈梦蕾的婚礼上，而这次是在四眼的婚礼上。赵海鹰再次成为婚礼的"主角"，所有的人都在等他表态。商场上应付自如的赵海鹰在此时此刻却感觉十分难堪，完全不知道该如何是好。

一旁的徐珊珊看在眼里，嘴角露出一丝不易察觉的笑容。她举起酒杯，起身时假装失手，把红酒洒在了自己身上，当然身边的赵海鹰也不能幸免，身上也溅上了许多酒水。赵海鹰当然知道徐珊珊的用意，连忙拉着她的手走出了宴会厅，像是落荒而逃。

钱青青眼睁睁着赵海鹰拉上了徐珊珊的手，而且清楚地看到了徐珊珊脸上的两片红晕和眼神中的欣喜。她眼睁睁地看着赵海鹰和徐珊珊上了一辆出租车，情绪彻底失控，一瞬间，豆大的泪珠子掉了下来。

所有人的注意力全在钱青青身上，没有人发现，在婚礼现场的角落，陈梦蕾眼神中的失落。

逃离了尴尬的婚礼现场，赵海鹰可算是松了一口气。他看着身边一脸笑容的徐珊珊，又发现自己拉着她的手，反倒更加尴尬了。他知道徐珊珊帮他解了围，憋了半天，说了声："谢谢。"

徐珊珊倒觉得没什么，她看着赵海鹰的窘相，就觉得很搞笑。她开玩笑似的说："你对小女生还真是没有一点办法，你都不知道刚刚有多尴尬！那个小女生长得挺标致的，难道你真不喜欢？"

赵海鹰摸了摸脑袋，说："喜欢。"看徐珊珊明显一愣，他赶紧解释说，"但只是兄妹之间的喜欢。"

徐珊珊的眼神中呈现出一种别样的神情，她还是头一次把自己搞得如此狼狈，但是却没有一丝不快。连她自己也不知道为什么，每次遇到赵海鹰都会想要逗一逗他，就算赵海鹰不搭理她，她也不在意，她就是想和赵海鹰待在一起："鞋子嘛，就不用你赔了，你就赔我件衣服吧。"

对于女装，赵海鹰什么也不懂，只能跟在徐珊珊身后。徐珊珊找到了一家品牌女装店，径直走了进去，赵海鹰跟在身后。

这是一家高级女装店，店面装修简约时尚，衣服整齐地挂在衣架上。服务员微笑着向徐珊珊介绍，可是徐珊珊根本不听，而是快速地翻看着一排排的衣服，最后一脸的失落："都不是我的风格。"这时，一条白色的长裙进入赵海鹰的视线，这条裙子样式有些普通，上面也没有什么其他的缀饰，不过赵海鹰却觉得很适合徐珊珊。他微笑着将裙子递给徐珊珊，说："你先试试这一条吧。"

　　徐珊珊看着眼前这条白裙子，又看看赵海鹰。赵海鹰有些不好意思，毕竟这是他人生中第一次为女孩子挑选衣服，要说不紧张是假的："你先试试吧，我觉得还挺好看的。"徐珊珊看赵海鹰一脸真诚，不忍心拒绝，走进了试衣间。

　　很快，徐珊珊就穿着白色长裙出来了。没想到一条普普通通的裙子穿在徐珊珊身上，立马提升了气质。这裙子跟徐珊珊平时的衣服可完全不是一种风格。此时的徐珊珊更多了一种小女人的靓丽和清纯。

　　徐珊珊自己照着镜子，很明显这条裙子穿出来的效果超出了她的预期，她竟然有些喜欢。不过如此淑女的风格，她也有些不习惯。

　　"你喜欢吗？我觉得这条裙子挺好看的。"看得出，赵海鹰对自己的眼光很满意。

　　徐珊珊骄傲地说："不是裙子好看，是我穿着好看。好了，就这条吧，谢谢你。"心里却是美成了花。

　　徐珊珊穿着白色长裙开心地走出来，赵海鹰跟在身后。店外，蓝天白云，阳光明媚，让人不自觉地心情舒畅。徐珊珊伸了一个懒腰，感觉全身瞬间轻松了不少。她对赵海鹰说："我们俩扯平了。反正饭也吃了，裙子也赔了，每次遇见你呢，也一般遇不上什么好事，不过就当是欢喜冤家吧。"

　　"今天谢谢你。"赵海鹰非常真诚地说。今天要不是徐珊珊帮他解围，他真不知道该要如何面对钱青青。

　　徐珊珊动了动小心思，说："不用谢，不过我下次约你，你可别装不认识我哦。"

　　"可以，不过你怎么找我呢？"

　　徐珊珊故作神秘地说："我当然有我的办法。"说完，她就蹦跶着走了。长裙穿在她身上，依旧没有让她变成淑女。

3

陈梦蕾自从回到上海之后，一边照顾父亲，一边考察好的项目。趁着空闲，她特地来到上海财经大学。在徐敬之的邀请下，她再次走进校园，和徐敬之一同开了一场关于股市话题的讲座。陈梦蕾的名字在财大经济系早就如雷贯耳，是有名的"金融才女"。不过让她最出名的，还是她嫁给了美国金融大亨查尔德。

上海财经大学的阶梯教室内，座无虚席，学生们早早来到教室占位置，就是想要一睹陈梦蕾的风采。讲座一开始，徐敬之首先谈到了 1987 年的世界性股灾。他举了台湾和日本的例子，说台湾最近几年的股市从 22000 多点狂跌到 2000 多点，日本从 1989 年开始，股市跌幅也大约超过了 60%。之所以造成股灾，其中最根本的原因就是股市一直猛涨，给人们带来了错误的预期。他说起了自己曾经的一段经历："我曾经就遇到过一个国外的银行家，美国股市下跌的时候，他们也着急抛售股票。我就问他原因。他说有些人是靠贷款来搞股票投机，一遇上世界性的股市风波，银行就要逼他们还钱，因为怕贷款受损失啊。银行逼迫，他们就只能抛售股票，那么越来越多的人抛售股票，股市就更加下跌。"

"徐教授说得很对，个人买卖股票投机的可能性很大。"陈梦蕾肯定道。接着，她向学生们讲了很多国外的案例，比如在日本，机构投资股票已经占到了70% 左右。而在美国，机构投资主要是两大块：一块是保险基金，因为美国人几乎人人都买保险，不管是财产保险还是健康保险、车险，保险是人人都会参与的，所以保险基金是较为稳定的投资来源。另一块是投资基金，也叫信托基金。机构会挑选好的信托基金，组织大家投资，这样也可以分散风险。

陈梦蕾说的正好是徐教授心里想要表达的内容，他讲道："上海发售 207 万张股票认购证，一张认购证本来是 30 元，竟然有人做起了这个生意，把 10 张连号的认购证炒到了 3000 元。这个'溢价'大家算一算啊，十多倍，不得了啊。"

说到这个十多倍的"溢价"，陈梦蕾也想到了一个案例：查尔斯·庞兹，美国历史上最大的诈骗犯之一。1919 年，庞兹利用邮政票券设计出"金字塔式骗局"，短短 7 个月便吸引了 4 万名波士顿投资者，每天进账 25 万美元，这在当时堪称天文数字。第二年的 8 月，庞兹就宣告破产。这个案例让陈梦蕾印象深刻："我认为虽然这个案例和今天的主题没有直接的关系，但是投资者的心态惊人地雷同，大家都希望获得最大的投资回报。当投资回报的吸引力很大的时候，我们就需要冷静分析，而不是盲目地追随。股市的风险也在于此。"陈梦蕾话音刚落，现场掌声雷动。

谢天阳自从回国之后，出尽了风头，自己当上了老板，成为他们一拨人里面混得最好的。他最喜欢做的事情，就是坐在自己宽敞明亮的办公室里，喝着红酒，将上海的风景尽收眼底。

他最近把目光投向了生物科技，这是一个新兴的领域，还没有人触及。他认为，一个真正的投资者并不会如赌徒一般随意投放资金，他只会投放在有足够可能性获取利润的地方。他在回国前就瞄准了这个项目，有一家生物科技公司的业绩非常优秀，而他最看重的，也是这家公司最值得一提的价值，就是它的核心产品具有十分强大的市场潜力和科技含量。如果一旦投资做大，就能迅速在市场上铺展开。谢天阳把杯中的红酒一饮而尽。这是他回国的第一单生意，他要靠这单生意在上海的金融市场上扬名立万。

华碧园会所的装修是按照 19 世纪欧式风格进行的，陈设奢华气派。窗外阳光明媚，会所内却格调低沉，灯光有些昏暗，充满了慵懒和奢靡的氛围。

包间内，服务员熟练地用茶具泡着茶，一股股茶香飘来。方大力穿着一套老式西装，将男士钱包放在茶桌的一侧，手里带着一块石英表，颇有一些大老板的样子。他端起茶杯闻了闻，喝了一小口，看看手表，离约定时间已经过了 10 分钟，心里已经有些不耐烦。

这时，谢天阳姗姗来迟，走进了包间，一脸抱歉的样子："方总，让您久等了，刚刚才签完一个合同赶来，耽误了点时间。"

方大力连忙起身和谢天阳握手。像谢天阳这种从国外回来的，方大力也见过不少，他们每次会面都迟到，好像不迟到凸显不出他们的身份似的。方大力也不揭穿，笑着说："当然要等谢总把大生意做了来。"

谢天阳用微笑做回复，不置可否。他看着方大力，微笑着端起茶杯，慢慢地品了一口茶。

方大力道："今天第一次见谢总，真没想到谢总如此年轻，却已经是一家大公司的老总了，真是年轻有为啊。"

谢天阳一直微笑着，但讲话却带着高傲的范儿，举手投足也有一种老板的架势："大公司算不上，不过是我在美国打拼了多年，多了些别人看不透的智慧，才能猎中方总的'蚁神宝'这么好的项目。"

"既然谢总如此开门见山，那我们就直接进入正题。"方总露出来几颗大黄牙，笑着说，"我知道，您多次来我们生产厂区和公司做了调查，这个'蚁神宝'的产品有多好，已经不需要我来自夸，谢总也是清楚的。所以这次投资，谢总绝对不会吃亏。"

"吃亏？"谢天阳喝了一口茶，将茶杯放下，露出他标志性的笑容，"我的目的可不是不吃亏这么简单，既然我们汉斯国际是专门做投资的，那就是奔着投资以后的利润回报来的。我给这个项目做过一个详细的预算，方总应该也是仔细看过的。我们的目的，就是要用'蚁神宝'这个产品来作为上市的敲门砖，对它进行强有力的包装和推广，再加上大量的资金投入，把蚁神宝公司推行上市。"

方大力虽然已经看过了预算表，但一听谢天阳这么说仍然觉得震惊，可他表面上却表现得十分胸有成竹，说："是啊，一旦我们蚁神宝公司上市，能得到的利润可就是上百倍啊！而且我十分有信心，我们的产品绝对是全国史无前例的前沿科技产品，就目前的销量来说，那也是全国保健品行业中的佼佼者，很多投资公司都看中了我们的项目。"

"其他投资公司来投资，不过就是为了你们的利润分红，算是小买卖。而我的投资，目的是要将你们公司推行上市。一家上市公司的前景和利润，方总应该也是看得到的。"谢天阳也有着自己的算盘。

"是，是，是。"方大力被谢天阳说得很是激动，连忙点头，"不过谢总，以您投资的资金量……要想推行上市，恐怕还是有些困难。"

谢天阳没想到眼前这个看似五大三粗的家伙居然还摸过自己的底，不过他也不担心，吹了吹烫口的茶，十分自信地说："我自然是知道的，目前的投资额距离将'蚁神宝'推行上市，恐怕还差百分之六七十。"说完，谢天阳轻轻地喝了一口茶，一副胸有成竹的样子，"投资额相差甚远，那就再找投资商。"

方大力等的就是谢天阳这句话，一拍大腿说："只要肯有大公司来投资，我们这上市计划绝对不是问题啊。不知道谢总有没有什么好的意见？"

"广瀚信托如何？"谢天阳看似不经意地说。

方大力的眼神中明显流露出惊叹、激动又兴奋的神色，广瀚信托在上海的名望大，资产雄厚，最近几年风头又旺，如果有他们投资，那谢天阳口中的上市计划绝对能提前完成。不过方大力也说出了自己的担忧："我们这个属于新兴产业，不知道他们公司愿不愿意投资……"

谢天阳嘴角再次露出一丝自信的笑容，表情淡定："方总，你要有自信。我是看中了你们的核心产品才决定合作的。我相信广瀚也会有兴趣……"更何况赵海鹰现在在广瀚公司做得风生水起，他准备让赵海鹰出面，一起谈谈合作。不过后面这句话他并没有说出来。

方大力看着眼前这个年纪轻轻的小伙子，真是不敢小觑。

和方大力的这次谈话结束后，谢天阳立刻把赵海鹰约了出来。西餐厅里顾客很少，格调高雅，陈设精致，优雅的音乐让餐厅更显高端。一身西装的谢天阳坐在靠窗的位置。自从回国之后，谢天阳基本上西装不离身，这是他在美国养成的习惯，只要出门着装就必须正式。他认为这是一个人的精神面貌，也是对要见面的朋友的尊重。

一见面，谢天阳就迫不及待地从桌上拿起一份项目书递给赵海鹰，说："海鹰，这是这次合作的项目书，你看一下。本来想着等吃完饭再跟你聊，但是我又迫不及待地想要跟你分享这个好项目，我们就干脆边吃边聊了。"

见谢天阳这么兴奋，赵海鹰有些好奇。谢天阳说："如今我们国家和联合国推荐的源于市场经济的 SNA 都接轨了，你也应该放眼国际市场，关注一些流行的东西了。"

赵海鹰微笑着说："我们国家去年的 GDP 总值世界排在第 11 名，美国 59796

亿、日本 30536 亿、德国 17144 亿、法国 12444 亿……中国 3902 亿。美国是我们的 15 倍，我不知道这得多少年才能赶超得上。"

赵海鹰对数字还是如此敏感，让谢天阳颇为感慨。趁着赵海鹰翻看项目书的时间，他解释道："如今生物科技在我国兴起，受到了很多关注。而这个项目中的保健品是从动物身上提取的稀有成分，吃了有强身健体的效果。我考察过这家公司，从销售额到口碑，再到市场份额，都是强中之强。我跟蚁神宝公司的老总方大力已经洽谈过了，我们的目的就是通过大量的投资，来将蚁神宝公司推行上市。一旦在主板上市，那我们的利润就能翻到 300%！"

赵海鹰一边听着谢天阳滔滔不绝的分析，一边翻看着资料，看完后他眼睛也为之一亮："这个生物科技的确算是新兴产业，不仅政府会认可，市民也会很追捧，如果多进行一些商业宣传，一定能被炒得火热。"

"是啊，海鹰。说实话，这个项目是我花了很大的心血才谈下来的，只是你也知道我的公司才刚起步，所有的流动资金都投了进来，但是也不够将它做大做强。如果广瀚能够加入进来，那上市的计划就一定能够实现。"谢天阳说得十分诚恳。

赵海鹰思索片刻，看着资料说："以我初步的判断，这个项目倒是基本符合广瀚公司的投资追求，生物科技这种新型产业，广瀚是肯定会很支持的。"

谢天阳一听有戏，立刻兴奋了起来。这个项目和赵海鹰抓的永康的项目其实算是同行业，赵海鹰对国企的预判都这么乐观，那么这样有核心自主研发产品的公司更是大有前途。谢天阳有些激动地说："这正是我们合作的最好契机！我们现在最应该选择的就是未来大有前途，却没有被世人察觉的潜力股，并要长期持有它。"

不过，赵海鹰还是有些犹豫，毕竟蚁神宝项目投资额度很高，高投资就代表着高风险，如果要合作，就必须要全方面考察蚁神宝公司，这也是广瀚公司确定投资项目的一道必要程序。

听赵海鹰这么说，谢天阳欣喜若狂。考察他不怕，考察是对每家公司负责的行为，怕就怕人家压根儿不搭理你。眼瞅着赵海鹰对这个项目感兴趣，他觉得离成功又近了一步。

　　告别了赵海鹰，谢天阳直接来到暮趴酒吧参加一个化装舞会。暮趴酒吧是商界精英出入的地方，他在国外经常出入这种高档酒吧，在那里能听到很多情报，因为一喝酒，大家都放松了戒备，什么话都说了。泡吧可以说是他出国的第一课。夜晚的外滩十分热闹，隔着黄浦江，几栋高楼耸立，霓虹灯五颜六色地照耀着，使上海充满了时尚的气息。

　　嘈杂的音乐声从巷子深处的酒吧传来。谢天阳一边走一边戴着面具，同时向酒保出示了邀请卡。他戴着一个魔鬼面具穿过拥挤的人群，向酒吧中央的舞池走去。

　　舞池中央有几个舞女戴着面具在跳舞，五彩斑斓的灯光在屋顶旋转。舞会开场，宾客都戴着各式面具，穿着奇装异服。谢天阳左拥右抱着两位美女，美女搔首弄姿。伴随着音乐声，大家都舞动起来。舞池中央有舞者跳起了霹雳舞，全场立刻沸腾了。

　　谢天阳跳累了，便跑到一旁的吧台去喝酒了。吧台边还坐着一个身材性感的美女，戴着半截狐狸面具，一直低头喝着酒，身边也没有其他的玩伴。谢天阳打量了她很久，她都没有看向谢天阳一眼，这倒是引起了谢天阳的好奇。来这种酒吧的女人多数都是为了认识商界人士，多半的男人也就是想要寻找一夜情，大家各取所需。

　　谢天阳早就对这一套轻车熟路，轻轻走过去搭讪："Hello，美女，你一个人？"

　　女生有些微醺，半截面具外刚好露出红扑扑的脸颊。谢天阳问："有兴趣跟我喝一杯吗？"女生没有说话，直接举起酒杯跟谢天阳碰了杯，自己一饮而尽。

　　这下，更加提起了谢天阳的兴趣，加上酒精的作用，透过面具，谢天阳可以看到女生有些魅惑的狐狸眼，不觉有些痴醉……在酒吧外，月光散落在巷子里，更显暧昧，两个身影在巷子深处纠缠，隐隐约约还能听到从酒吧里传来的音乐声。

　　"很高兴认识你，可以把面具摘了吗？"谢天阳首先提出，他太好奇了，急于想要看清女人的真面目。

　　"怎么，你就不怕我是个丑八怪，或者吸血鬼，摘了面具会露出原形？"女生开玩笑地说道。

两个人同时摘下面具，谢天阳惊呆了，眼前的美女居然是周媚。周媚也觉得不可思议，两人多年未见，没想到竟以这样的方式重逢。气氛瞬间尴尬了起来，随即觉得这也算一种缘分，同时笑了起来。

就在谢天阳和女孩子打情骂俏的时候，赵海鹰已经起草好了计划书。这次他没有直接去找徐瀚之，而是把计划交给了苏明康。

之前因为赵海鹰越级直接递交计划书的事情，苏明康已经表现出了极度的不满。赵海鹰不想惹麻烦，公司的闲言碎语他也略听了一二，加上顾瑛、杨昊的提醒，赵海鹰知道想要长久在广瀚工作，单单有能力还不够，人际关系的维护也是工作内容之一，所以这次他直接找到了苏明康。

苏明康看着手里的文件，盯着面前的赵海鹰，不经意地问道："这项目，你怎么找到的？"

赵海鹰也毫不回避，实话实说："是我的大学同学，他在美国的时候已经开始关注和研究蚁神宝，回国后就成立了一家金融投资公司，可以说是直奔这个项目而来的。"

"有备而来，有点意思。"苏明康看着赵海鹰，问道："评估过吗？你怎么看？"

"仅从他给我的资料做初步测算，利润 150% 不是吹牛。不过我们需要时间考察和调研。"

苏明康提出要见见谢天阳，赵海鹰欣然答应。赵海鹰一走，苏明康就把黄斌叫来了。桌子上摆着两份计划书，一份是赵海鹰刚刚递交的，另外一份也写着"蚁神宝"三个大字。

苏明康看着黄斌，带着埋怨的语气说："看看吧，你刚给我交了提案，赵海鹰就来了。你们组是不是有人泄密了？"

黄斌先是一惊，拿着两份文件，对比了半天："不可能啊，总监，这个蚁神宝公司我们是刚刚开始关注，而赵组长这份文件的内容要详细很多，可能只是巧合。"

苏明康站起来，走到黄斌身边："你是我的亲侄儿，在公司里我当然是要帮你了。这个案子，你们继续考察，其他的事情不用管。"

赵海鹰把谢天阳和苏明康的会面安排在了一间高档会所内。谢天阳开门见山地说："上一次给海鹰的报告不够完善，这份报告是我们去了蚁神宝公司和工厂实地考察之后的报告，更全面，请苏总监过目。"

苏明康接过报告，随意看了看，说："生物科技公司，这个领域对我们来说是陌生的。要评估这样一家公司，恐怕还需要专业的机构。"

"这个你们放心，我已经发了资料给我美国的朋友，他们对生物科技领域非常专业。"谢天阳解释道。

苏明康道："真是后生可畏啊，谢总这么年轻，却是胆大心细，做金融投资的经验也很丰富。"

说着，苏明康突然想起了什么，立刻对赵海鹰说："小赵，你去我车里帮我拿一份评估报告。"

等赵海鹰走出去，门关上，苏明康喝了一口茶，对谢天阳说："谢总，我作为公司投资部的总监，投资部的项目都必须经过我的审批，否则不可能通过。"

"总监的意思是……"谢天阳有些警惕，他觉得不对劲，苏明康显然是故意支开赵海鹰，他倒要看看这个老狐狸葫芦里到底卖的什么药。

苏明康十分淡定，喝了口茶，淡淡地说道："这个项目我早就在关注了，方总那边我们正在安排接触。可是就这么巧，谢总先了我们一步。"

"既然苏总监对这个项目有兴趣，那我们的合作岂不是顺理成章了？"谢天阳反问道。

"不过，我有一个条件。"苏明康顿了顿，继续补充道，"这个项目我会亲自负责，至于赵海鹰嘛，他手上的事情多，我不希望他顾此失彼。谢总这么聪明，应该明白我的意思吧。"

老狐狸终于露出尾巴了。谢天阳面露难色，正要解释，赵海鹰拿着文件走了进来。谢天阳欲言又止，掩饰着尴尬，拿起茶杯喝了一口茶。

苏明康顺势接过报告递给谢天阳："谢总，这是我们投资部出的一份预估报告，你先看看，这么大的项目我们肯定还需要多次的沟通。"

谢天阳接过报告："报告呢我带回去仔细研究。苏总监、海鹰，我一会儿还有点事，就不多耽误你们的时间了，我们再约时间详细谈。"

看谢天阳要走，赵海鹰有些意外，事情才谈了一半就走，这不像他的风格。正准备开口，没想到苏明康也站了起来，直接回答："好，那我们再约。"

苏明康要走，赵海鹰也没办法，只能跟着离开。

谢天阳没有说谎，他的确有点事情，他特地来到一所大学门前，静静地等待着。

葱绿的植物和充满人文情怀的古朴教学楼相互映衬。正值放学时间，学生们相伴而行走出学校，带着蓬勃的朝气，散发着青春的活力。谢天阳把自己的小轿车停在学校的大门外，穿着一身帅气的休闲服，留着有型而且发亮的头发，身体靠在车边，和轿车形成了一道亮丽的风景线，引得无数学生注目，不少女学生娇羞地从他身边走过，为的就是吸引他的注意。对于这些女孩的青睐，他自然心知肚明，却表现得极其淡定。如果换作在其他地方，他一定会主动上去表现自己的绅士风度，只不过今天他的目的不是她们，而是钱青青。自从在婚礼现场见到钱青青之后，谢天阳就被她清纯的外貌和勇敢的表白所吸引，本打算趁着钱青青被赵海鹰拒绝这个绝佳的时机出手，却因为公司的事情错失良机。现在趁着有空，他特地跑到学校，准备给钱青青一个惊喜。这时，扎着马尾辫的钱青青挽着同学的手走出校门。见钱青青出来，谢天阳先是整理了一下衣服，又特地摸了摸头发，接着立刻招手，大声叫着钱青青的名字，毫不在乎周围人的目光。

钱青青顺着声音看过去，见谢天阳正在向自己招手。旁边的同学立刻起哄，说："青青，这是你男朋友啊？好帅啊！"

钱青青有些尴尬："不是啊！"

"他不是在向你招手吗？看来要约你哦。"另外一个女同学阴阳怪气地说。

钱青青瞟了一眼谢天阳，表情有些尴尬，对同学说："不会吧，我跟他可不熟。"

钱青青刚准备走，谢天阳又大叫了一声她的名字。情急之下，钱青青只能走向谢天阳，轻声问道："你找我？"声音小得只有他们两个人能听见。

"对啊，上车，我请你去吃西餐。"谢天阳一点也不拐弯抹角，说话的同时露出一脸迷人的笑容。这笑容要换作其他女生，估计早就被迷得五迷三道了，可偏偏钱青青不吃这一套，拒绝道："不用了不用了。我已经约好和同学一起吃饭了，我先走了。"

见钱青青真的要走，谢天阳赶忙从车里拿出一盘磁带，故意在钱青青面前晃了晃，说："你看这是什么？"这个磁带他本来是想吃饭的时候送给钱青青的，没想到她却连吃饭的机会都不给。

钱青青一眼就认出这是小虎队的新专辑。要知道，小虎队此时可是风靡全中国的偶像团体，这个专辑可是有钱都难买到的。谢天阳知道现在的小女生都喜欢这个，费了老大的劲才把磁带买到。看到钱青青这么喜欢，突然他觉得之前的辛苦都是值得的。

钱青青把磁带拿在手里看了又看，爱不释手，犹豫了一下，把磁带还给谢天阳："我的确很喜欢，可是，我不能要。"

"为什么？"谢天阳明显有些意外。

见钱青青不说话，谢天阳猜出了大概："我知道，你哥当年是因为我和海鹰进的监狱，但是也不能怪我们啊。你现在这么疏远我，就是因为你哥吧？"

钱青青原来根本没想到这件事，只是觉得无功不受禄，不好随便要别人的东西，何况她也知道这盘磁带的价格不便宜。听谢天阳这么一说，她的火一下冒了起来，瞪着圆溜溜的大眼睛看着谢天阳："我哥的事，早就过去了，我哥都没有埋怨过你一句。我们家人也从来没有怪过三哥，他却一直觉得亏欠了我们家。你倒好，说我们不该怪你，现在我倒是觉得就怪你！如果不是因为帮你，我哥也不会坐牢！"

这些话句句戳进谢天阳的心里，他气得说不出话来，憋了半天才冒出一句："你怎么不讲理啊？"

钱青青明显占据了上风，傲气地说："对啊，我就是不讲理。再见！"最后两个字说得既大声又决绝，说完，便头也不回地走了。看着钱青青的背影，又看着手里的磁带，谢天阳的心情十分糟糕。

第十章

明争暗斗

1

让谢天阳烦心的事儿还不止这一件。一回到公司，他就接到了蚁神宝公司方总传来的口信，约他马上在博雅会所见面。不同于上次，谢天阳隐约有种不好的预感。他匆忙赶到博雅会所，大老远就看到方大力坐在会所的卡座里，而他的对面坐了一个外国人，两人相谈甚欢。方大力喜笑颜开地跟外国人说着什么，外国人显得彬彬有礼，不时跟翻译在说着什么。

很快，方大力也看到了谢天阳，他假装有些慌张的样子，一副做了亏心事的表情："谢总，你怎么这么快就来了？"

"我刚好在广瀚谈事，很近。"谢天阳解释着。外国人和翻译起身告辞。

谢天阳刚坐下，方大力就刻意地想把桌上的文件收一收，却被谢天阳看见了。上面的英文，谢天阳一扫而过，试探地问："这是你的合作商？"

他知道谢天阳是从美国回来的，英文对他来说，略扫一眼都能看懂意思。听到他这么说，方大力也不再遮着掩着了，大方地说道："实不相瞒，刚刚那位是一家美国投资公司的代表，来跟我谈投资蚁神宝的事。"

"他们也要投资蚁神宝？"谢天阳语气明显带有一些紧张。

方大力给谢天阳倒了一杯咖啡，缓缓地说道："说到这事，我也很苦恼。他们十分看好我们的产品，想要投资，而且说如果由他们来推动我们公司上市，一定更加快速，但是……他们要求的控股条件有些苛刻，让我很是犹豫。"方大力停顿了一下，看了一眼谢天阳的表情，语气中带有明显的试探。

这次会面的谢天阳与第一次明显不同，他显得有些心急，这也正是方大力想要的效果。

谢天阳停顿了一下说："美国的上市公司虽然资产雄厚，但是跟美国人打交道可没有那么简单，他们千方百计地想如何更多地捞到中国人的钱。方总，我们已经谈合作这么久了，只是广瀚公司那边才报上去，得等审批结果。不过你放心，我很有信心他们绝对会同意投资的。"

谢天阳说得很实在，方大力也向谢天阳保证，如果能跟广瀚信托和汉斯国际合作，他绝对不会让美国人来赚这笔大钱的。

告别了方大力的谢天阳着急了，蚁神宝是他考察了很久才找到的项目，他不能让这个项目落到美国人的手里。他需要找到赵海鹰，问清楚到底广瀚是什么态度。

没想到谢天阳怎么也联系不上赵海鹰。赵海鹰此时正在酒店里忙着永康青浦新厂建筑招标项目。这次的招标，他特地向韩要强推荐了华建公司，孙华建一听赵海鹰要把这么好的一个项目推荐给自己的时候，起初还是有些迟疑的，他开诚布公地问赵海鹰："一个搞金融的，怎么还管起建厂房的事情来了，不会是只想帮忙吧？"

孙华建明显话中有话，赵海鹰也不回避，实话实说："第一，招标的事情公开公正透明，我只是推荐你们参加竞标，因为我觉得你们有实力，信得过；第二，永康青浦的厂区建设进度和我们广瀚有着密切的关系，我是积极主动在做好服务和促进工作，其实还是为公司打工，和我个人利益没有半点关系；第三，要说私心，我在永康干过销售，当时年轻气盛没好好干，总觉得亏欠了韩经理。孙总您也帮过我，帮过我春生哥，所以我想如果你们能合作，我也算是还了人情。"

这下反倒弄得孙华建有些不好意思了，他也明白了为什么赵海鹰在广瀚升职那么快了，就是因为赵海鹰这个人重情义，做事情又有主见。

招标现场，孙华建的华建公司凭借着雄厚的实力，成为永康青浦新厂的中标公司。

而另一边，谢天阳没时间再等了，他不能眼睁睁地看着这么一个好的项目从自己手里溜走，无奈之下只能直接找苏明康洽谈。

谢天阳直接敲门进入苏明康的办公室。这次，看着满脸焦急的谢天阳，苏明康却表现得很淡定："蚁神宝这个案子我们投资一部已经作了全面的分析和考察，确实很不错，而且我还知道他们正在和一家有外资背景的公司接触。"

苏明康果然神通广大，这令谢天阳格外佩服。苏明康直接把话挑明了："如果汉斯国际和广瀚合作，案子的赢面就大了很多，否则……"

后面的话还没出口，谢天阳赶紧接话："我当然是想和广瀚合作的，否则我今天也不会直接来找苏总监。"

"看来，我上次的提议你是接受了。"

谢天阳当然知道苏明康指的是什么，于是说道："赵海鹰确实很忙，而且永康那个案子他太用心用力，我也担心他没有多余的精力来跟进。所以，如果能和苏总监合作，我求之不得。"

谢天阳走后，苏明康马上召开会议，他要和时间赛跑，他知道赵海鹰正在忙永康的招标会，他必须在赵海鹰回来之前，让黄斌把蚁神宝的项目汇报完。黄斌显然也做了充分的准备，在会议现场侃侃而谈："蚁神宝公司注册资金 5000 万，他们的核心产品是蚁神宝系列保健品。根据目前统计，他们有 20 万蚂蚁养殖户，形成了养殖、研发、生产、销售的链条……"

可是人算不如天算，苏明康的计划再缜密，还是没料到赵海鹰会提前赶回公司。赵海鹰在门口就听到黄斌提到蚁神宝项目，直接冲进会议室，一开口就质问黄斌为什么要抢自己的案子，一边说，一边把目光转向一旁表情淡定的苏明康。

苏明康心知肚明，已早有准备，淡淡地解释着："赵组长，你别着急，是这样的。今天这个会呢是我召集大家开的，这个项目呢最早也是投资一部抓的项目。那天真的很巧，你来找我之前，黄斌他们已经把这个项目报到我这里来了，所以……"

赵海鹰不乐意了，打断了苏明康的话，质问道："苏总监，我找你汇报你为什么没说这案子黄斌也报了？我们还一起见了汉斯国际的谢天阳。"

"我见谢天阳，就是为了更进一步考察情况。对了，谢天阳下午来找过我，我们已经谈得差不多了，投资部开过会之后，我就汇报给徐总。"

这下，赵海鹰惊呆了："谈得差不多了？这是什么意思？"

苏明康解释道："赵组长，我评估了一下你们二组的工作，确实任务重。这个项目一部也把工作做在了前面。总归都是我们投资部的工作嘛，谁做都一样。"说完，他故意顿了顿，看着赵海鹰，语气中带着挑衅，"我想你应该不会有什么意见，对吧？"

苏明康这句话问得赵海鹰哑口无言，他知道苏明康明显是在拿权力压自己。

"既然项目交给一部了，那这个会我就没必要参加了。"说完，赵海鹰转身走出了会议室。

2

积压了一肚子气的赵海鹰来到了谢天阳的公司，准备问个究竟。谢天阳看到赵海鹰找上门来，也猜出了大概，赶紧上前安慰："你先消消气，我慢慢跟你说。"

不等谢天阳解释，赵海鹰先开口了："这个项目是不是你主动来找的我？苏明康是不是我给你引荐的？你们现在合作了，我出局了。天阳，你就是这么对我这个老同学的？"

谢天阳不紧不慢，倒了一杯咖啡送到赵海鹰面前："海鹰，这事不能怪我。你在这个项目上态度一直不明朗，一直犹豫，如果你这么想做就应该盯死。我今天给你打了电话，可是你不来，还让我直接去找苏明康。苏明康多狡猾的人啊，人家早就对这个项目动心了，一定要抓在手里，而且……"谢天阳犹豫了一下，看了看赵海鹰，实话实说道，"而且在第一次见面的时候，他已经提出来，不想让你参与。"谢天阳心里明白赵海鹰的实力，赵海鹰和苏明康，不用说他肯定是站在赵海鹰这边的。暂且不说他是自己的老同学，单单从实力上说，赵海鹰绝对远高于苏明康。

这下赵海鹰彻底被激怒了，接过咖啡放到了桌子上，质问道："之前你居然一个字都不跟我说？"

谢天阳一脸为难，解释道："他是你们公司投资部的总监，这个项目我们两家要合作，不是我和你私人的事情。我没说，是不想把私人的关系搅和进来，这在生意上是很大的忌讳。再说了，如果今天你在公司，也许结果会不一样。"

苏明康看自己不顺眼，这点赵海鹰早就知道了。他曾经仔细想过，知道自己历史的人在广瀚公司没几个，只有苏明康看过自己的简历，知道自己的过去，他推测苏明康就是流言的传播者。这次蚁神宝事件也是一样，哪怕他当时在现场，估计苏明康也会想尽办法把项目拿过去。

看赵海鹰的火消得差不多了，谢天阳试探性地问道："你不会怪我吧？"

赵海鹰看着谢天阳诚恳的眼神："好的项目很多，也不能都抓在手里吧。我这边永康马上要建厂了，我可能还要多跑跑青浦那边。精力有限，不参与也许是好事。"

听到赵海鹰这么说，谢天阳才算是放下了心。之前他还怕赵海鹰因为这件事情怪罪他、埋怨他，但是又不舍得丢掉蚁神宝的项目；他心里也是很纠结很犹豫的，他可不希望和广瀚公司合作的第一个项目，就影响他和赵海鹰之间的友谊。看赵海鹰对这件事情不介意了，谢天阳才算是松了一口气。

谢天阳的事儿赵海鹰释然了，但是吴一白又让他憋了一肚子的气。吴一白最近和赵海鹰争执不断，只要谈到浦东开发和上海改革，二人都要吵上半天。吴一白一直在关注上海的发展问题，通过长期的调查，他发现，上海的发展存在巨大的漏洞和问题：上海作为大都市，比广东改革开放晚了接近十年，很多改革的方式方法早已落伍。广东的整体政策执行彻底，具体操作大胆稳健，而且对民营和外资企业保护十分到位，但上海并没有学习到这些长处。而且吴一白十分不喜欢上海人的守旧和斤斤计较，他觉得上海在中国的经济地位、上海人的思维方式限制了上海的发展，浦东到底能不能成为世界金融的高地，这是个很大的疑问；很多学者满怀信心地觉得浦东发展一定很好，这是画饼充饥。

赵海鹰显然不认同这一观点，他认为吴一白所说的问题有些夸大，上海能发展到今日这个地步，已经实属不易。浦东开发才刚刚开始，国家政策也才刚刚实行，但是已经有了效果，杨浦大桥开工、金融中心成立、浦东新区的开放和开发就是为了引导上海走出改革开放前期的彷徨和保守，将来上海重返远东地区甚至世界的经济舞台中心，都要从浦东开发开始。现在不是抨击的时候，而应该鼓励和推进。

吴一白正要反驳，钱春生拖着一身的疲惫来到了陆家嘴小院，拿起桌上的苹果啃起来，但姿势有些不自然。赵海鹰问起原因，才知道钱春生之前跑项目有些腰肌劳损，而且今天在街上追了一个小偷几条街。原来，钱春生自从来到华建公司当起了包工头，可谓风生水起，做得有模有样。看着存折上的钱慢慢多了起来，钱春生很是激动，他终于感觉自己的付出有了回报。工作之余，他那爱管闲事、见义勇为的毛病也时常给他带来一些麻烦。这不，刚刚从银行出来的钱春生遇到了一个小偷当街偷钱包，他反应迅速，全力追击小偷。小偷跑得很快，但钱春生也不落下风。两人一前一后在街道上全力奔跑，路上正在巡逻的一个派出所公安丁小刚看见了，也加入了追击战中，引得无数过路群众注目。小偷体力渐渐不支，钱春生一个鞍马跳从小摊前的桌子上跳过去，一把扑倒了小偷。丁小刚也冲上来，把小偷拉起，反手扣上了手铐。丁小刚感谢了钱春生的见义勇为。

不过钱包的主人却因为追赶小偷弄伤了脚。钱春生好人做到底，把失主送到了医院。钱包的主人名叫杨乔，是重庆江津人，个头不高，双目炯炯有神，总是笑呵呵的，总爱说"要得要得"。钱春生没想到，年纪轻轻的杨乔已经是劳动局副局长。

钱春生因为帮助抓小偷结识了杨乔，也算是有所收获。

赵海鹰听完钱春生的描述，从抽屉里找出一盒药膏，准备给他涂上。赵海鹰有些心疼："你啊，还是要先管自己，这腰得去治治，不然走路都困难。先涂点这药膏。"

钱春生抗拒，躲得老远，一脸嫌弃地说："不涂不涂，又是那什么越南的土药膏，味儿太大了。这一涂，隔几十米都能闻见。"

赵海鹰笑着说："这几天越南的总书记正好来访问中国。你去给他反映反映，说他们的土药膏太臭了，得加点香精才行。"一句话把大家都逗乐了。

张翔噗的一下笑出了声，放下游戏机，跑到一边去投了几下篮。

站在一旁的吴一白询问："对了，海鹰，你和谢天阳那个合作搞得怎么样了？"

钱春生听到谢天阳的名字怔了一下，毕竟当年那段不堪的往事中，谢天阳也算是个重要人物。

"谢天阳的项目我出局了。"赵海鹰平静地答道。

"怎么回事啊?"吴一白问。

赵海鹰说道:"是我们总监,太想抓项目了,把这个项目交给投资一部了。"

这下,大家都明白了大概。张翔询问道:"你们的第二期款什么时候到?我们给华建的工程款已经支出了50%。我最近真正体会到了花钱如流水啊,哪儿都是用钱,还都是大数目。"

"我明天就要去一趟青浦,看看工程的进度。根据合同,你们生产车间封顶,我们的第二期款马上到位。"

第二天,赵海鹰来到了永康青浦分厂的工地上实地考察。工地上热火朝天,永康的几个人和赵海鹰戴着安全帽边走边谈。孙华建向赵海鹰介绍着工程的进度,几个人跟着孙总走到了堆放材料的地方,两个永康的人拿起一根钢筋,摸出尺子测量着。

孙华建信誓旦旦地说:"你们放心,我们华建建筑从来不偷工减料。"

正说着,突然,立在旁边的几块木板倾倒下来。赵海鹰惊呼,一个箭步上去推开了孙华建,木板砸在了赵海鹰的身上。这次的事故让孙华建对赵海鹰感激万分,同时这也暴露出工地上存在的问题。赵海鹰自从进入广瀚之后,每天最多休息四个小时,这次的事故让他难得有时间好好休息一下,也算是因祸得福。

3

1991年11月19日,连接上海浦东与浦西的南浦大桥竣工。南浦大桥动工于1988年12月15日,它是中国人第一次依靠自己的力量设计施工的第一座现代化的大跨径桥梁。工程总投资8.2亿元,总长8346米,其中主桥部分全长846米,引桥全长7500米,架于浦西陆家浜路至浦东新区南码头之间,是世界第三大叠合梁斜拉桥。它连通了被江水分隔的浦东浦西,连通了整个上海的历史和未来，连通了中华大地的繁荣昌盛。在未来的五年内，浦东主要开发三个地区，每个地区二到三平方公里，这就是浦东新建港口边上的自由贸易区、外滩对面的金融商业区和快速环路旁边的工业加工区。

南浦大桥的竣工预示着上海浦东正发生着日新月异的变化，越来越多的海内外投资商将资金投向这片热土，便利的交通环境为浦东的腾飞插上了翅膀。

作为上海浦东开发规划研究院的副主任，赵国平出席了本次竣工仪式。他告诉记者，南浦大桥跨越黄浦江连接黄浦区与浦东新区，是上海内环线的重要组成部分，也是开发浦东的重要起步工程。

吴一白作为记者，记录下了这神圣的时刻。

赵海鹰出院后，受邀参加徐瀚之的家庭聚会。聚会在徐家的私人别墅里举行。别墅庄园里风景优美，装修豪华，建筑装饰全是欧式风格。大门外的小喷泉上有一把小提琴，不断优雅地喷着水。

这次聚会是徐瀚之特地举行的，受邀参加的客人都是徐瀚之公司的优秀员工。来到徐家后，赵海鹰受到了热情的接待。不过，让他好奇的是，明明之前说会有很多公司员工参加，可他却连一个同事都没有见到。

疑惑之下，他一个人在花园里闲逛。徐家的别墅花园保持着天然的意趣，不加雕饰，宛如天成，人在其中犹如行走大自然里面一样，人与环境完美融合。

此时，在泳池附近一个身穿礼服的女子映入赵海鹰的眼帘。女子穿着白色连衣裙，宛如一位仙女。正走着，她突然不小心踩到了自己的裙摆，慌张地前后摇摆着，眼看就要掉入泳池。赵海鹰眼疾手快，一个健步冲了上去，抓住了女子的手。

两人误打误撞地抱在了一起，赵海鹰没想到的是，女子竟然是徐珊珊。

赵海鹰看着徐珊珊，吃惊地问："你怎么会在这儿？"

气氛一时有些暧昧，徐珊珊立刻机灵地伸出手说："你还欠我一顿饭呢。"

赵海鹰呆头呆脑地说："我没想到你在这儿……太巧了吧，你是徐总的朋友啊……"徐珊珊被赵海鹰的模样逗笑了。

"这是我女儿珊珊。"徐瀚之的声音传来，他的身边站着一位优雅端庄的女人，袁敏。

赵海鹰彻底蒙了，他表情震惊，愣了半天，还是徐珊珊客气地伸出手，友好地说："你好，赵海鹰。"

其实，这一切都是徐珊珊预先设计好的，她在一次和徐瀚之闲聊的过程中，看似无意实则有意地向父亲提议，可以经常邀请一些父亲公司的员工来家里做客，美其名曰自己想要多接触一些金融领域的人才，也希望父亲多和员工亲近亲近。徐瀚之当然没读懂女儿的小心思，以为是女儿贪玩，便一口答应了。

吃饭期间，徐瀚之看似无意地问赵海鹰对蚁神宝案子的看法，赵海鹰却毫不掩饰地回答："徐总，这是一部负责的案子，我没做太多研究，不好随便发言。"

"你和黄斌两个人几乎是同时关注的这个项目，我听说，因为这事你们还闹了点不愉快。"徐瀚之看似无意地问道。

赵海鹰却很释怀，他解释道："没什么不愉快，我退出了，一部也做了很多调研，由他们跟进挺好的。"

赵海鹰的回答让徐瀚之很满意，对于这个案子他也略知一二，以他对赵海鹰和对苏明康的了解，大致也猜到了一些其中的奥妙，他刚才那么问，是想听听赵海鹰到底如何回答："你能这样想就对了，都是广瀚的人，有的时候不要计较一时的得失。永康的项目，你很尽心尽力，还受了伤，我想给你放个假，你好好休息休息。"

可是赵海鹰谢绝了徐瀚之的好意："永康的生产车间工程进度很快，他们也在提醒我们第二笔款的事情。"

"蚁神宝的项目已经定了签约时间，就在下个礼拜四。签约后第一笔款就是2000万，必须到对方账上。所以，我想让你适当拖一拖永康的第二笔款。"徐瀚之这是给赵海鹰出了个难题，如果不按合同约定打款，是有违约责任的。他要看看赵海鹰如何处理这个问题。他提醒道："不视为违约，不就没有责任了吗？"

4

进入腊月，鹅毛般的大雪飘向大地，为即将到来的新年披上了一层新衣。

自从回国之后，陈梦蕾除了照顾父亲，其他的时间都在认真研究上海的商业环境。她为了一份合同专程从上海坐了十几个小时的飞机飞回纽约，原因是查尔德说这份合同非常重要，加上陈建华的病也康复得差不多了，自己回国有一段时间了，总是让查尔德一个人在美国，她也觉得不太合适。

查尔德哪里是因为合同，只不过是因为妻子离开时间太长，不免有些担心，找个借口罢了。他转移话题，问起了谢天阳最近的情况。

"他的公司做得还不错。现在他和赵海鹰的公司在合作一个大项目。"陈梦蕾说。

"是什么项目？"查尔德似乎很感兴趣。

"具体的我也不清楚，好像是一个保健产品，在中国国内很畅销的。"

这下激起了查尔德的兴趣，他兴奋地说："亲爱的，你知道在美国，也有很多保健品公司和品牌，业绩非常不错。我们想要开拓上海的市场，就需要好的合作伙伴。你觉得谢天阳怎么样？"

"他头脑够灵活。你们在美国不是也合作过吗？如果你觉得他是一个合适的人选，我可以去和他谈谈。"

正说着，查尔德神秘地从身后拿出一个信封，放在陈梦蕾面前，亲切地说："这算是我送你的圣诞礼物。"

陈梦蕾好奇，打开信封，里面竟然是两张机票。她惊喜地看着查尔德。

查尔德解释道："公司董事会已经正式决定让我们去上海。"

这下，陈梦蕾更加兴奋了："看来公司很会找时机啊。这次我回去也听说了一些消息，中国加快开发开放浦东的决心很大。"

查尔德也认为上海环境好、政策好，不过还需要项目好。所以公司给他们的要求就是找准好的题材，尤其是上海浦东要大力发展的题材。"董事会对你的期望很高，你在上海的朋友名单应该重新梳理一次。"查尔德十分认真地说。

听到这儿，陈梦蕾方才的兴奋瞬间减少了一大半，她原以为查尔德是因为爱她才要和她一起回上海，没想到却是想要利用她在上海的关系。查尔德太现实了，现实得让她觉得害怕。她带着些许讽刺的意味问道："如果不是为了工作，你一点儿都不想回上海吧？"

查尔德抚摸着陈梦蕾的脸颊，眼神中瞬间充满了浓浓的爱意："亲爱的，我这么着急让你回来就是要办理一些交接的工作。如果顺利的话，我想我们应该来得及陪你爸爸一起过春节。"陈梦蕾有些感动，拿着机票，轻轻靠在了查尔德的肩头。

又是一年春节，家家户户张灯结彩，外滩更是美丽绝伦，礼花盛放，色彩斑斓的焰火映照夜空，投射在家家户户的玻璃窗上。

钱冬梅出嫁了，而赵国平则因为研究浦东开发的一些事情，大年三十还沉浸在紧张的工作中。

搞好浦东开发开放，就是打开祖国的"东大门"，原来设定的计划是起步期5年，完成各项详细规划，逐步实现从点到线、从线到面的开发格局，10年到20年完成全面开发建设。但是，随着中央、市委都在使大劲，奋力推进，上海两年就完成了各项规划，3年就基本完成了"十大工程"！再加上实施重点开发、基础开发和功能开发并举，浦东辉煌指日可待。

赵国平所在的管委会在短短几年已经取得了阶段性的成果。他们发现，上海人的吃、穿、用已经不成问题，就是住宅环境还存在很大问题。所以这次他们形成了一个"打到外线去，挺进大别山"的战略思想，准备从根本上改变上海旧城区的面貌。

赵国平提出了自己的改革策略。他认为，要集中力量到浦东去落实总体规划内容，建设一批周转房后，一次性把棚户区居民搬出去。旧城区的改造首先要与市容改造结合起来，特别是与整治上海几个重要窗口结合起来。一片一片地改造旧城区，首先要去改造最繁华、最容易被人看到、经济和社会效益最好的地方；

其次，很多破旧的棚户区在地理位置上比很多新建的高楼大厦还要好。他们的战略很快就得到了通过，不过浦东的老百姓对此还不知情，他们正在家中享受新年的气氛。

赵国平在加班，钱冬梅结婚有了自己的家，最后周蕙和孙明芳一商量，两家合为一家一起过新年。人多热闹，一大家子人围坐着，一边吃饭，一边看春节联欢晚会。

大家聊着聊着就聊到了钱冬梅，孙明芳想到女儿，有些心疼。女儿自从到了永康上班，一天到晚忙工作，虽然结婚了，但是肚子根本不见动静。钱冬梅的婆婆李桂芬多次在她面前唠叨，说得孙明芳无地自容。

周蕙倒是看得很开，安慰道："冬梅和四眼这不结婚也没多长时间吗？怀孕生孩子的事情急不来的。"

钱青青也在一旁跟着应和："妈，我大姐现在是事业型的，她跟我说过，不想这么着急要孩子，等个三五年再说。"

她不说还好，这一说，孙明芳更是一肚子的火。

钱春生夹起一块肉塞到了青青的嘴里："这么多好吃的都堵不上你的嘴。"

赵海鹰很能理解钱冬梅，永康公司发展太快了，他估计在青浦的新厂再有两个月就会竣工，到时候搬迁又是一大摊子事，钱冬梅根本就停不下来。

钱春生也有同感："连我们工程队的那些工人都说，今年春节休息的时间最短，都赶着开工，建设的脚步太快了。"

很快，旧城改造的消息就传遍了浦东的大街小巷，陆家嘴当然也在其中。

洋泾街道依旧一片热闹的氛围，一个头发如瀑的小姐正在弄堂后门的水斗上，穿了一件缩了水的旧毛衣，正在洗头发，太阳下那湿湿的头发冒出热气来。

一旁有一位修鞋师傅，坐在弄口，用力地敲着一只高跟鞋的细跟，补上了一块新塑胶。旁边的小凳子上坐着一个穿得挺周正的女人，光着一只脚等着修鞋，嘴里用上海话念叨着："这年头鞋子的质量真是没有早些年的好了，这些卖次品鞋子的奸商就该倒闭去当瘪三！"修鞋师傅笑了笑，没有说话。

女人看着修鞋师傅说道："老梁师傅，还是你手艺好，我都在你这儿修了好几年的鞋嘞。"

修鞋师傅有些感慨："以后，我可不知道该去哪儿修鞋咯。"

女人惊讶地说："发生什么事了，老梁师傅？你不做这行了？"

修鞋师傅一边用刀片刮着塑胶皮，一边说："是政府不让我做咯，要把这儿都拆了。"

女人震惊地看着老梁师傅，一时不知该说什么好。

孙明芳像以往一样早早就起来整理副食店外的货物。这时，王大娘和李桂芬急匆匆地走来。

"明芳，你知道吗？我们老街要拆迁了！"王大娘又惊又喜地说。

孙明芳有些惊讶："拆迁？"

"对啊，你还不知道啊？市里给的通知，在巷子口都贴上公示了。这可怎么办啊？这老街拆了，我们住哪儿去啊？"李桂芬一脸愁容。

孙明芳也有些犯愁，却安慰着李桂芬："政府总是会想办法解决的，你先不用担心。"

不过这些话对李桂芬似乎没有什么作用，她担忧地说："这一拆迁，我们家四眼的理发店也是开不得了。"

孙明芳虽然安慰着李桂芬，可是看着自己的副食店，也有些不知所措。不过有忧的也有喜的，王大娘非常乐观，甚至很是兴奋："政府肯定是会给福利政策的！他们买了我们的房，我们就有钱去买新的房子了。你看我们现在住的是什么环境咯？说出去都丢人的啦！那种高楼小区呀，鸟语花香的，你们见过的哇？再说，大不了住他们给安排的临时住房去，到时候等这老街修好了新房，我们再搬回来！"

说是这样说，但是真的让自己搬走，孙明芳心里还是有些不舍。她看着永春副食店的招牌，心中不免有些伤感。

晚上，钱家一家人坐在一起吃饭，孙明芳特地加了两个菜，一来是因为四眼和钱冬梅回家来吃饭了，二来她特地把赵海鹰也叫来了，就是想听听赵海鹰对于拆迁的看法。自从钱冬梅的婚礼后，赵海鹰很少来钱家，总觉得太尴尬。

菜刚刚上桌，老娘舅就带着高粱酒走了进来，看得出他的心情很不错。他的腿脚不便，钱春生连忙上去帮老娘舅提酒。不同以往，这次老娘舅的衣服袖子上还佩戴着一个红色袖套。他看见赵海鹰，高兴地打招呼："我今天特意带了老家酿的酒，我们来喝两杯。"

孙明芳抱怨说："你每顿都想喝酒，别带坏了三儿和春生。"

赵海鹰注意到了老娘舅的袖套，上面清晰地写着三个字"房管会"。原来老娘舅因为老街要拆迁，之前的酱菜厂也估计开不成了，街道办就推荐他来当房管会的主任，专门负责协助赵国平管理拆迁工作。

赵海鹰早先就听说洋泾街要拆迁的消息，他估计自己住的地方没多久也要拆迁了。他认为这次拆迁改造以后，陆家嘴一定会更加繁华。

不过孙明芳却并不看好，一脸的愁容，她说出了自己的担心："这儿拆迁了，我们住哪儿去？我这副食店也开不成了。还有四眼，你的理发店怎么办？工作说没就没了？"

赵海鹰则是持乐观的态度，安抚孙妈别太担心，他建议孙妈先接受政府给的安置房，过去住着，等老街改造好了再搬回来。可以在安置房附近看看有没有什么门面，先租着，生意照样可以做。

"这次政府花钱来大改造，对于整个陆家嘴的发展都是有利无害的。上海在发展，浦东开发也进入了新纪元。等我们陆家嘴全部改造完，一定美丽至极，到时候全是高楼大厦，多繁华啊。"赵海鹰安慰道。

钱春生也是拆迁的拥护者，原因很简单：说不定将来华建公司可以承接一些改造的项目，那样就可以多建几栋楼。

老娘舅也说："是啊，我看过设计效果图，我们这老街要打造成住宅区和商业区的结合体，全是大房子了。明芳，你不用担心，到时候门面我来帮你找。我们最好劝老街的街坊邻里全搬过去，等老街改造完，我们就集体搬回来，大家的情谊不变！"

听他们这么一说，孙明芳的心里也有了期望，甚至有些憧憬老街改造后的模样："好，那我帮你一起去给大家做工作！"

5

　　徐瀚之最近遇到了麻烦事，蚁神宝要上市，方大力公司研发的新产品也在攻坚阶段，但是资金却出现了问题。这不，苏明康一得知汉斯国际的第二笔款已经到账，直接跑到徐瀚之这里要钱来了。

　　这笔钱原本是徐瀚之要给永康的第二笔款，按照合同，广瀚给蚁神宝的钱应该是在蚁神宝拿到交易所上市的审批之后才能到账，这是风险控制的底线。

　　可是苏明康不能再等了，他劝徐瀚之，生物科技现在是世界的前沿科学，和蚁神宝合作的蚂蚁养殖户已经从 20 万迅速扩大到 50 万，这个数据足以说明蚁神宝不可估量的前景。一旦上市成功，获得的利润将是公司现在任何项目都不可能实现的。

　　不过徐瀚之并不表态，他得到消息，中央即将成立证监会，未来对金融的管理会越来越严格，他有些担心蚁神宝的上市问题。

　　"风险控制是一般情况，总会有一两个特例。"苏明康带着试探性的语气说。

　　"公司短时间内不可能筹措出这么大一笔资金啊。"徐瀚之解释道。

　　"永康的第二笔款可以先挪用过来，让赵海鹰拖一拖。"苏明康终于说出了自己的真正意图。

　　"来不及了，刚才赵海鹰已经拿了我的签字去财务放款了。"徐瀚之缓缓地说道，接着他补充道，"我们已经拖了永康那边一个礼拜了，合同约定是只有 10 天的余地，超过 10 天我们就是违约。"

　　这下，苏明康有些着急了，直接抛出撒手锏："徐总，永康还有回旋的余地，但是蚁神宝这个时候资金断裂，研发工作一旦停止，上市就将无限期滞后，我们前期的 2000 万难道就不是风险？徐总，我们只需要挪用两个月，现在证监会不是还没有成立吗，争取审批的关键机会，最迟几个月就会批复下来。"

　　此时，徐瀚之这个商场老将也有些进退两难，手心手背都是肉，哪边出现问题他都吃不消。苏明康一看这种情况，抓起桌子上的电话，拨通了广瀚财务部，递给徐瀚之："没时间了，徐总，不要再犹豫了。"

最后如苏明康所愿，赵海鹰没有能够拿到永康的第二批款项。这下，赵海鹰急了，直接冲进徐瀚之办公室，问其究竟。

一看到苏明康也在，赵海鹰心里就隐约觉得不妙。果不其然，徐瀚之一开口，赵海鹰就知道又是苏明康从中捣鬼。听完解释，赵海鹰一下子站起来："徐总，真的不行，再过几天我们就违约了。我没有理由去和韩经理谈啊。"

苏明康在一旁添油加醋："赵海鹰，你不要只站在永康的立场和你个人的立场上，你应该站在整个公司的立场上。蚁神宝的项目本来是你们二组来跟进，你对我的安排有意见。但是那都是我们内部的小问题，不能干扰了大的方向嘛。"

苏明康明显是在转移话题，赵海鹰一听就怒了，直接怼了过去："我对你的安排没有任何意见。我们现在谈的问题是为什么要拖延永康的项目资金。仅仅是因为蚁神宝能给公司带来更大的利润，公司就要妥协，就要放弃原则甚至不惜违约吗？如果是这样，我们项目部的工作还怎么做？"

虽然苏明康知道徐瀚之对赵海鹰很是器重，不过从职位上说，赵海鹰还是他的下属，赵海鹰当着老板的面这么怼他，简直就是没把他放眼里："公司有公司的考虑，你的本分就是执行公司的安排，并且尽最大的努力去和永康协商。两个月，争取两个月的时间，我们就能周转。"

这下，赵海鹰情绪有些激动："对不起，我没有这个能力去做这样的拖延。"

"小赵，你冷静一点。"徐瀚之安抚道，"这件事情我知道非常为难，但是公司做出这个决定也是无奈。"

赵海鹰努力让自己平静了下来，看着徐瀚之，认真地说："徐总，一旦我们违约，我们不只是要赔偿经济损失，更重要的是名誉损失。我还记得，你就是在这里给我解释墙上挂着的这幅字：诚信铸金。我从第一天到广瀚，就一直秉承着这个信念在做事。现在这样，我真的不知道该怎么去理解。"

赵海鹰的话句句戳中徐瀚之的心坎，这次，他沉默了。

苏明康见情况不妙，再次把矛头指向赵海鹰："赵海鹰，如果你胜任不了公司交给你的工作，那你只能让贤。公司给你发工资奖金，不是让你在这里大呼小叫的，完全不顾公司的立场。"

"我就是为了公司的立场。永康医疗器械公司青浦新厂落成在即，他们已经在采购设备，这个时候因为我们的违约造成资金不到位，工厂无法正常运营投产，一定会上头版头条。我们广瀚公司和国企的第一次合作是成功的经验，还是失败的案例？徐总、苏总监，请你们再考虑考虑。"最后一句话，带着十分诚恳的语气。

徐瀚之满脑子都是二人的争吵声，最后他提出了一个折中的方案：汉斯公司到账资金60%转给永康，剩下的40%转给蚁神宝。他提议，永康40%的缺口可以先从银行想办法。

"他们修厂房贷款数额很大，恐怕很困难。"赵海鹰提出。

徐瀚之安抚赵海鹰："小赵，你就辛苦一点，多跑几家银行。但是一定要和永康协商好，不能让他们告我们违约。两个月后，我们把这40%补上。"

赵海鹰看到徐瀚之为难的表情，也软了下来，既然话说到这个份上了，他也不好再坚持什么，最重要的是这么下去也根本解决不了问题，他妥协了，不过想到马上要面对的那个倔强的韩要强，还有那个天天催债的张翔，赵海鹰突然感到一阵阵的头疼。

当赵海鹰把徐瀚之的决定告诉张翔后，张翔说得毫不留情面："你们广瀚也太不像话了，你怎么还好意思来协商？要不是看在老同学的情面上，现在就请你离开，等着承担违约责任吧。"

赵海鹰一脸为难："我知道我们没有理由，道歉也无济于事。我想了一个方案可以暂时弥补资金的缺口。"

赵海鹰的方案就是用广瀚公司的第二笔款购买一部分原材料，让新厂正常生产，而新厂更新的设备可以用于银行抵押贷款。不过唯一的问题就是新厂更新的设备，虽然市政府拨付了一部分款，但仍然有一部分需要永康自己解决。这一点，赵海鹰心里有数，他认为只要顺利抵押贷款，那么就能购买剩下的一部分设备，保证工厂的正常运营。这相当于在计划之外从银行获得了一笔贷款。两个月后，广瀚的资金到位，那么永康的流动资金就很充足了。

赵海鹰说得有理有据，处处考虑双方的利益。韩要强思索片刻，似乎也想不到更好的办法，他心里明白，就算真的把广瀚告到法庭，对他们也没有什么好处。

这时，赵海鹰拿出了一份补充协议："为了弥补永康的损失，我们愿意把第三期款的 30% 合并到第二期尾款中一起支付。"也就是说，两个月后，广瀚公司转过来的是 1500 万。

韩要强再犹豫下去似乎也没啥意思，签字之前，他再三强调："银行贷款如果失败，我们仍然会追究广瀚的违约责任。"

搞定了韩要强，赵海鹰接下来就是要解决银行贷款的问题了。这次，他找到了老同学同时也是老情敌的杜黎，在杜黎的牵头下，银行很快同意拨款。

永康的事情总算告一段落，赵海鹰也算是松了一口气。没想到还没消停两天，就遭到了谢天阳的堵截。

谢天阳最近也是焦头烂额，证监会迟迟不通过蚁神宝的项目。他打听到材料就在梁乔成的手里，他之前特地去拜访了梁乔成，没想到还没进门就被赶了出来。谢天阳也没想到这个人这么不近人情，他估计自己已经彻底得罪了梁乔成。他之前听赵海鹰提起过梁乔成和赵国平是同学，这不，他专门到永康门口堵赵海鹰，想让赵海鹰动用一下赵国平的关系，帮忙求求情。

当赵海鹰把事情的始末跟赵国平说完后，赵国平大发雷霆："他为什么不给你们审核通过？既然你们材料都没有问题，你们的项目也被你夸得那么完美，他何必要扣留住不给你们审批？他是我的老同学，也是当年一起知青下乡的好朋友，他的为人我很了解，不可能故意刁难你们。"

"可能是天阳之前去给他送礼，让他产生了反感吧……"赵海鹰有些尴尬地说。这也是谢天阳偷偷告诉他的。谢天阳这个家伙，虽然去喝了几年洋墨水，但对中国的人情世故却是精通得很，只不过这次用错了地方。

话还没说完，赵国平就有些激动，质问道："还去送礼了？这不是心虚是什么？"

赵海鹰忙着解释道："这个项目虽然我没有参与，但毕竟也是公司的项目。我想能出力就出点力。"说完，赵海鹰顿了顿，带着生气的语气说："你要是不乐意求人，我可以去拜访梁伯伯……"

"不行，项目的问题，你不要想从我这儿走捷径！这个事情不要再说了。"

看赵国平如此坚决，赵海鹰只能灰头土脸地离开了。

这下，谢天阳彻底陷入困境。眼下唯一的办法就是有新的投资进来，他左思右想，最后把希望寄托在查尔德身上。在美国，谢天阳和查尔德因为陈梦蕾的事情有过交情，他之前特地找陈梦蕾打听过，查尔德近几年来十分看重中国的投资市场。

查尔德的独特之处就在于，在一种股票发行之前，他能够透过乌云的笼罩看到里面隐藏的希望，他很清楚自己为什么要买或不买。而当他发现自己处境不利的时候，他也能走出困境。卖空就是查尔德特别喜爱用的招数，他的基金公司把赌注下在几个大的机构上，然后全部卖空，最后当这些股价猛跌时，公司就赚到了很大一笔钱。虽然在别人看来，卖空风险太大，但因为他事前做足了研究和准备工作，所以后面的冒险十有八九都会以胜利而告终。

谢天阳猜得没错，查尔德的确很关注上海的股票市场。他认为中国股市就是被大家抬起来的，存在巨大的泡沫，100元的"豫园"股票交易价格一度突破10000元，随时可能崩盘。

不过，陈梦蕾却不这么认为，她提出了自己的观点："中国和美国不一样，中国现在已经有了证监会，他们要对公开发行股票的股份公司进行非常严格的审核。美国的政治和经济是不同的两个中心，政治的权力中心在华盛顿，经济的权力中心在华尔街，美国政府常常被华尔街所操控。但是中国完全不一样，中国是在中国共产党的领导之下，中国只有一个声音，就是执政党的声音。这个执政党的理念都是以人民为中心的，以改善人民的生活作为目标的。"

听完，查尔德不屑地笑了。在他看来，为人民，只是一句口号而已。陈梦蕾试图向他解释，可是却像对牛弹琴。正说着，谢天阳带着蚁神宝项目前来拜访，他开门见山，直接把蚁神宝的资料交给查尔德，没想到查尔德只是看了一眼标题，就把资料放在了桌子上。

这下，谢天阳急了，他让自己沉住气，耐心地解释道："蚁神宝正在走上市的程序，你也知道这么好的项目，想参与的公司很多，但是我更愿意促成我们之间的合作。之前有很多次的机会，但都阴差阳错没有把握住。所以这一次，我想用一个好项目建立起我们彼此之间真正的合作关系。"

查尔德看着谢天阳诚恳的表情，稍作思考后提出了一个让谢天阳始料未及的条件："我对这个项目很感兴趣，不过我有一个条件，我要直接和蚁神宝接触。"

看到谢天阳有些迟疑，查尔德解释道："资料里的东西我比你更清楚，我要见见蚁神宝的负责人。你们中国的中医可以通过望闻问切了解病情，我要投资的项目、公司，我都必须亲自了解洽谈。看过谈过，值不值得合作我自然会有判断。"

6

天空下着小雨，渐渐将地面打湿。赵海鹰拿着文件急匆匆地出门，却撞见了醉醺醺回家的张翔。张翔一身酒气，走路有些踉跄。

赵海鹰一把扶住他，惊讶地问："这个时间，你不是该在上班吗？"

张翔已经有些不省人事，发着酒疯，说话也语无伦次，不停地说着要赚大钱之类的话。赵海鹰把张翔扶上床，轻轻给他盖上了一层薄被子。张翔一躺下，就呼呼大睡了。

夜里，酒醒的张翔从床上爬起来，只觉得头疼得厉害。他看了看表，迅速从床上爬起来，拿着衣服冲出门外。

他来到了位于瑞京路街道的一条巷子里。巷子很深，不过却灯火通明。几家餐馆的牌子摆在门前，几个大汉站在门口，进餐馆之前必须打暗号。这里明面上是餐馆，事实上全部是地下赌场。张翔直接朝着一间走了进去，看门人连看都没看他就放行，看样子他是常客。

赌场里乌烟瘴气，每张赌桌前都围着一群人。张翔坐在赌桌前一边吸着烟，一边把他面前不多的筹码不断往赌桌上扔，然后神情紧张又期待地一张张翻看自己手里的牌。翻开的点数一张比一张大，还是同一个花色，张翔情绪激动地大呼着，身后围观的人也惊呼着。荷官用杆子把桌上的筹码推给了张翔。有赢就有输，而且十赌九输是必然的，很快，张翔的钱输光了。

屋漏偏逢连夜雨，张翔在赌场上失意，没想到一出赌场还遇到了一场大暴雨，淋得一身湿地跑回了家，嘴里骂道："什么鬼天气，说下雨就下雨，把我淋得内裤都湿了。"

赵海鹰从早上出门就觉得张翔不太对劲，他收拾东西的时候，无意间发现了张翔桌上放着一个铁盒，里面有两张存折，一张存折上余额是零，另一张存折上只有六七百块钱。这一夜，他没有睡，看到张翔屋里的灯亮了，他走了进去，很认真地问："你最近都干吗去了？"

张翔看似不以为然，拿着毛巾一边擦着头发，一边含糊地说："上班啊！还能干吗？"

赵海鹰看出张翔明显是在撒谎。之前他向钱冬梅求证过，钱冬梅说张翔好几天都没去上班了。看张翔这副样子，他更加担心了："张翔，你要干大事我不管，但是千万不能去做那些违法乱纪的事，赌博可千万不能沾，赚钱有很多种办法。如果你有什么需要帮忙的，尽管说，我们都会帮你的。"

张翔笑了笑，拍了拍赵海鹰的肩膀说："谢谢兄弟，我没什么需要帮忙的。快睡吧，你明天还要上班。我去洗澡了。"说完，张翔就跑进了浴室。他的态度让赵海鹰隐隐感觉不安。

几天后，赵海鹰和杜黎、吴一白、谢天阳、张翔意气风发地站在篮球场边，他们要和财经大学的几名大三学生打一场友谊赛。篮球场内，木质地板被擦得锃亮，对手的球服上写着上海财经大学，而赵海鹰五人自然穿上了当年的梦之队球服。

场边坐了一些前来观赛的大学生。一位体育老师担任裁判，他将篮球举高，吹响哨子，篮球被抛向空中。吴一白是中锋，他一个纵身，率先抢到了球，又迅速将球传给了赵海鹰。赵海鹰反手转身一个运球，从底线进行突破，一个拉杆式投球，将球投进了篮筐。全场欢呼，赵海鹰开心地和谢天阳击掌，又快速跑到了另一半场。身旁的欢呼声、熟悉的场地还有队友让赵海鹰十分感慨，这场篮球赛，仿佛又让他回到了自己最开心的大学时代。

下一次进攻，谢天阳将球斜传给了张翔，张翔快速地运球，躲避开对方的大前锋，再传给外线的杜黎。杜黎站在三分线外，一个精准的三分球空心而入。五个人一同用独特的方式欢呼着。场上比分不断变化，他们玩得尽兴，汗水也不断滑落。

最后，裁判吹起长哨，梦之队以 54∶32 的成绩取得了胜利，双方队员互相握手。一个大学生说："早就听说 86 级的梦之队是我们财大篮球界的神话，今天切磋，果然名不虚传，师弟领教了！"

赵海鹰笑了笑，对他说："你们也不错，要珍惜在大学的时光，我们现在可难得聚齐打球了！"五个人又击掌欢呼庆祝。赵海鹰和杜黎互相击掌时，眼神对视在一起，心中却有千言万语。

第十一章
灾难也是机会

巷子里、房顶上，升起一层白蒙蒙的雨雾，宛如缥缈的白纱，紧接着，倾盆大雨洒向大地，雷声愈加响亮。很快，风也参与到了这场"争夺战"中，似乎在比谁更厉害。最后，雨占据了优势，从小雨迅速转为特大暴雨。很快，上海这座美丽的城市笼罩在瓢泼大雨之中。短短几天，上海的平均降水量突破了470毫米，达到了往年降水量的两倍之多，这是建国后上海遭遇的最大一场暴风雨。雨水汇聚成汹涌的洪水涌向周围，市区道路严重积水，不少汽车被拦截在了马路中，熄了火。天像是漏了一般，雨下得没完没了，完全没有想要停下来的意思。

谢天阳的心情也如这暴雨的天气一般，阴沉、低落，失去了往日的奕奕神采。他虽努力数月，蚁神宝的项目还是没有被证监会通过，原因不明。谢天阳看着窗外密集的雨线，陷入了沉思。蚁神宝的项目他付出的太多了，汉斯公司的资金全被这个项目套牢了，撤，满盘皆输，不撤，公司很快就支撑不住了。一向自视清高的谢天阳陷入了两难的境地，他甚至开始怀疑，是不是自己的眼光有问题。

方大力对证监会没有通过的事情却看得很淡，说好事多磨，过程曲折点很正常。看到方大力这样的态度，谢天阳甚至怀疑是不是蚁神宝提交的财务报表出了问题。可是他查了方大力的账目，却看不出什么问题。不过，有件事情却很奇怪，苏明康和方大力的态度出奇地一致，都认为应该尽快和查尔德合作。蚁神宝即将要推出面市的新品，已经送到了美国的鉴定机构，只等报告出来，就能签订合作合同。

对此，谢天阳有些担忧，他担心苏明康和方大力已经预先商量好，一旦查尔德加入，就把自己踢出局。他开始后悔，如果当初坚持让赵海鹰加入，事情肯定不会像现在这么糟糕。

赵海鹰最近也忙得焦头烂额，拨给永康公司的第三期款项采购了一大批新设备，刚刚装配到青浦的新厂车间。赵海鹰照例打电话过去联系，没想到对方说车间进了水，情况好像不乐观。这下，徐瀚之坐不住了。

"搞什么搞啊！怎么会出这种问题？！"向来天灾比人祸要严重，他思索片刻，对赵海鹰说，"这样，你带二组的几个人一起过去，目的就是监督组织他们抢救设备。保住设备，才能保住生产，否则我们的投资就真打水漂了。"

赵海鹰一刻不敢耽误，从徐瀚之办公室出来后，叫上杨昊就往外走。临出公司前，黄斌不知道从哪里冒出来，说是苏明康让他跟着一起去，多一个人多一个帮手。赵海鹰知道这又是苏明康在搞鬼，自己还没开口呢，一旁的杨昊就忍不住了，嘀咕着："监视就监视，还帮手呢。"

雨不等人，赵海鹰顾不上去纠结，带着杨昊、黄斌飞奔向青浦新厂。

大雨倾盆，赵海鹰等人驾车驶来，车轮溅起一米多高的水花，雨刮器不停地上下划动，雨帘下的前挡风玻璃非常模糊。车停在了厂区大门之外，赵海鹰等人穿着雨衣从车上下来，蹚着水跑进了工厂大门。

青浦的新厂因为刚刚建好，到处还都是土路，加上新厂所在的地方地势比较低，附近的泥水全部涌向厂房。还没走进厂区，泥水已经没过脚踝。一到车间，就发现车间门半开着，虽然没有外面水深，但也没过了脚背。新进的设备全部被泡在水里，厂房内空荡荡的，只有一位看场的老头。

老头告诉他们，厂里的人都去抗洪救灾了。情急之下，赵海鹰让黄斌留下，自己和杨昊前往抗洪现场，准备找些人过来帮忙抢救机器。

一来到现场，赵海鹰就被惊呆了。洪水来势凶猛，周围的农作物基本被摧毁，一排排低矮的平房被淹了一大半。解放军官兵正紧张地展开施救工作，雨越下越大，洪水越涨越高，远处的天与地连成了一条线。

赵海鹰一眼就看到了正在带着工人们传送沙袋的韩要强。韩要强全身都是泥，胡子拉碴，双眼布满了血丝，一看就是好几天没合过眼了。

"韩经理，你怎么还在这儿啊？"赵海鹰大声问道。韩要强看了他一眼，惊讶地说："你怎么来了？""新车间都进水了，那些设备怎么办？快带上工人抢救设备！"赵海鹰着急地说。

韩要强却没有要走的意思："你着急，我也着急。"他用手指着不远处已经被大水淹没了一半的民房，"你看看那边，我们好多职工的家就在那里，那些等着救援的人当中，说不定就有他们的老婆孩子，还有他们的父母啊。"

这下，赵海鹰急了："韩经理，我们的合同里可是有条款的，这批设备是我们广瀚的投入，要是就这么泡坏了，相当于损失掉几百万的资金啊。这个损失不只是你永康医疗器械公司的，也是我们广瀚的。你们现在这个做法，已经严重损坏了我们共同的利益。作为合作方，我要求你必须组织工人抢救设备。"

听到赵海鹰这么说，韩要强停下了手里的工作，语气也变得十分强硬："设备的确是价值几百万，也是我这个新厂运营的命脉。可是人命关天，这么大的灾，我就一个原则，就算是永康因此要破产，我也要先救人，每一个职工和他们的家人的安全无法用金钱来衡量。我们办公司，做医疗器械，归根结底都是为社会服务，为人服务，我们要有社会责任和担当。如果一切都只拿数据、拿金钱来做衡量指标，钱赚得再多也没有意义。"

韩要强的话让赵海鹰感受到一股震撼的力量，他看着韩要强和眼前的救援团队，内心有一股莫名的感情涌上心头，这是一股融在每个中国人内心的民族精神。

他二话不说，接过韩要强手中的沙袋，带着杨昊参与到了救援队伍中。

历经十几个小时紧张奋战，在大家的合力营救下，全部被困群众已成功救出。就在大家准备庆祝的时候，韩要强却因为多日的劳累，晕倒了，住进了医院。

也许感受到了人类的顽强，也许被韩要强等人的精神所感动，雨渐渐停了。

看着累倒在病床上的韩要强，这一刻，赵海鹰的心情是复杂的，他竟然想起一件似乎和今天发生的一切没有什么必然关系的事情来。1990年5月3日，也就是上海市人民政府浦东开发办公室挂牌的那一天，有位农民在门口等着，他要献出他家里的两亩地、一头牛。他说浦东开发了，浦东老百姓看到曙光了，他要把这一点家产捐献给政府，捐献给开发办。这位农民和韩要强，他们一个要捐献自己微薄的家产，一个牺牲了新工厂的利益也要救人，就是这么朴素而有力量的想法，让赵海鹰第一次开始怀疑自己对金融的理解。金融就只是钱生钱吗？显然，他的答案是否定的。

韩要强渐渐醒了，看到赵海鹰，满脸歉意："那些设备，你们心疼，我更心疼啊。说实话，和你们广瀚的合作一直很愉快，就是因为你们的融资到位快，我才这么快能把青浦的新厂建起来。这批设备是你们帮我们做的第三次融资，你在我们的合作上很用心，做了不少的工作，可是现在我却把你陷在泥潭里了。"

赵海鹰刚刚进厂房的时候，看到车间里那些设备没人管，真的很生气。可是这十几个小时下来，他已经理解韩要强了，设备没有了，可以再想办法，但是人没了就真的没了。如果今天真的抱着设备不放，永康的员工们的心也就寒了。

赵海鹰的理解让韩要强很感动，可接下来的现实问题摆在了两个人面前。设备损失了，新车间恐怕无法正常运营，韩要强需要在最短的时间里想出办法渡过难关，毕竟发展的机遇稍纵即逝。不过，这也就意味着广瀚第三期的融资还款恐怕无法按期履行了。

说起这个，赵海鹰也有些为难，作为广瀚的员工，他的工作就是为公司谋取最大的利益。可是作为一名中国人，他也不能置中国的老百姓生死于不顾，这一刻，他竟有些不知所措。

韩要强清楚赵海鹰的难处，思索片刻，提出了一个不情之请："如果合同的第四期融资能顺利到账，我保证永康有能力……"

话还没说完，就被赵海鹰打断了，赵海鹰知道他要说什么，就是想再要钱："这个难度很大。最坏的结果就是广瀚不肯再继续履行合同。"说到这儿，韩要强的心猛地一揪，他明白，如果没有了广瀚的投资，永康的机器很难再次运转起来。

赵海鹰看出韩要强的心思，安抚道："我保证，我一定会全力帮助永康想办法。"听到这里，韩要强伸出手，与赵海鹰紧紧握在了一起。这一切都被匆匆赶来的黄斌看在眼里。

回到公司后，黄斌如实向苏明康汇报了整个情况，最后的结论是"我觉得赵组长他的处理没有任何问题"。

这下，苏明康急了，指着黄斌的头破口大骂："黄斌，你是不是被雨淋傻了，我让你干吗去了，不就是让你监督他们抢救设备吗？你倒好，回来还替他们说好话。"

"表舅，你没在现场，不知道那里的情况多紧急。灾难面前，人命最大。"一说起自己看到的一切，黄斌又有些激动。

苏明康看着自己的外甥，气得半天说不出话来。他不知道赵海鹰是如何做到居然让自己身边的人都如此崇拜他，他愈发感到了赵海鹰的威胁，不仅仅来自于工作的能力，更可怕的是收买人心。他甚至不敢确定，黄斌将来会不会也成为赵海鹰的人。想到这里，他后背一阵发寒。他露出了标志性的笑容，语气也缓和了一些："徐总让我们现在就过去，你最好想想该怎么说。你别忘了，你们一部和二部是竞争的关系，现在蚁神宝的项目延期，永康的项目出了大问题，你自己掂量掂量吧。"

当黄斌吞吞吐吐地把永康的情况报告之后，徐瀚之火冒三丈。这时，赵海鹰走了进来，看到低垂着脑袋的黄斌和趾高气扬的苏明康后，就猜出了大概。他把一份评估报告放到徐瀚之面前："徐总，我重新做了一份关于永康公司的投资回报数据。如果我们现在可以继续投资永康医疗器械公司，帮助他们尽快恢复生产，那么之前洪灾导致的设备损失是可以拿回来的，只是时间要比我们预计的长一些。"

"时间不是成本吗？"正在气头上的徐瀚之直接反问道。

"时间当然是成本，可是按照数据计算出来的结果是，投资回报时间比原来的计划超出半年，但是回报率也增加了7%。这就意味着，我们能比之前的计划获得更多的利益。"赵海鹰用几个数字表明自己的立场。

徐瀚之不理会他的申辩，继续说道："你这次去青浦，不但没有督促永康挽救设备，减少损失，反而是去当英雄去了。你第一天来广瀚的时候，我就说过，我们不是慈善家，我们是金融家。凡是能为公司赚钱的项目，我们绝不能放过。反过来，如果是让公司蒙受损失，那公司也必然会追责。"

苏明康也在一旁添油加醋："赵海鹰，如果不是你，公司也不会提前把第三期款转过去。你已经给公司造成了巨大的损失。按照惯例，公司会直接请你走人。"

"如果公司要开除我，我无话可说。"赵海鹰看着苏明康，眼神中没有一丝畏惧，"可是我没有做任何损害公司的事情，我更没有忘记公司的原则。如果徐总能耐心看看我的报告，就会知道，永康医疗器械公司的价值远比很多同类企业要高得多……"

徐瀚之打断道："前提是什么？数据的基础是什么？是永康新厂能正常运营生产！我这里也有份报告，永康损失很惨重。就算我们不怕死，其他合作方也会撤，这个时候我们一家的钱投进去，那是杯水车薪，他们也无法正常投入生产。"

"你的评估我严重怀疑！"徐瀚之话锋一转，他明显失去了耐心，"不要再说了，公司很快就会开会讨论中止和永康的合作的事情。"

赵海鹰还想解释，但徐瀚之却不再给他机会。

华山医院里人山人海，各个病区人满为患。附近县送来的受伤群众很多，医生和护士忙得不可开交。周蕙连日做手术，没有休息好，晕倒在医院。醒来后，她看到的第一个人居然是陈梦蕾。原来陈梦蕾向医院捐赠了一大笔钱，希望能够为救灾出一些力。她来医院却碰巧撞见晕倒的周蕙，索性就留下来照顾。

周蕙躺在病床上，微微闭着眼。说她对陈梦蕾没有看法那肯定是骗人的，但是现在陈梦蕾都结婚了，自己也不好多说什么。护士刚刚通知她，说已经给赵海鹰打了电话，这下，她就更不想让陈梦蕾留在医院了，万一让儿子看到，又要想起伤心事。她缓缓睁开眼睛，说："谢谢你梦蕾。我这儿没什么事，你不用在这儿陪着。"

陈梦蕾却没有要走的意思，她自然也知道周蕙的顾虑："周阿姨，我明白你的意思，你放心，我和海鹰之间就是正常的工作关系。"

"你说什么？你和海鹰在工作上还有往来？"周蕙一下坐了起来，头猛地晕了一下。

陈梦蕾没想到周蕙会如此激动，说话也有些吞吐："是……是有一个项目我们两家公司有合作。"

这下周蕙算是彻底清醒了："作为长辈，我再多提醒你们一句，保持距离，晓得吧？你现在有了自己的生活，海鹰也有他的生活，所以你们除了工作上的交流，我希望你们私底下不要见面。"周蕙知道自己这样说肯定会伤害陈梦蕾，但是她没办法，她不能看到自己的儿子再受伤了。说完她还不忘补充一句："同样的话我也会对我儿子讲的。当然了，我的提醒没有恶意，也请你理解吧。"

陈梦蕾十分难堪，这些话像一根根针，刺着她的心。她强忍着泪水，起身道："阿姨，我理解的。那我就先走了，过两天我再来看您。"

原本一句客气的话，却被周蕙活活堵死："不用了，你的工作忙，我也没有什么时间。"

看到周蕙如此坚决，陈梦蕾转身就走，她不愿让周蕙看到自己的眼泪。

陈梦蕾心事重重地打开家门，满脑子都是周蕙的话。保姆来门口迎接她，压低声音说："先生回来了。"陈梦蕾换鞋子，抬头往客厅看了看："先生吃饭了没有？"

保姆摇头："回来一直在讲电话。太太，饭都做好了，是现在吃，还是等先生……"

"准备好了就开饭吧，我去叫他。"说完，陈梦蕾就往楼上走。

还没到书房，陈梦蕾就听到了查尔德的声音，明显是在打电话。查尔德对电话那头的人说："我太爱这里了，这里到处都是小绵羊……不不不，真正的猎人不会现在就屠宰绵羊，我要把他们养肥了才值钱……操盘手？当然，你知道的，这一行需要聪明的穷人，要够饥渴，还要冷血。在现在的中国，在上海，我可以找到很多这样的牧羊犬……"

这些话传入了陈梦蕾的耳朵里，侵蚀着她的心。她走进书房，表情平静，把一份文件放在了桌子上。

查尔德瞟了一眼文件的封面，上面写着"华山医院扶困基金项目书"，查尔德一愣，匆匆挂上电话，拿起了那份文件看了几眼，笑容凝结在脸上："这是什么?"

陈梦蕾解释:"我今天去了一趟华山医院,看到因洪灾受伤的人特别多,有的灾民家里的财物都损失掉了,连医药费都付不起。我本来是过去捐款的,但是一看这个情况,就想到是不是可以募集一只扶困基金……"

"亲爱的,你做这件事为什么不和我商量?"查尔德显然有些不满,"我跟你说过很多次了,你现在的主要精力要放在蚁神宝的项目上。再说了,募集扶困基金,我看不出其中的前景。"

"除了你口中的利益、前景,我们就不能单纯地做一点好事吗?"陈梦蕾明显有些生气。

查尔德一脸不知所云的表情:"你是一个在美国在华尔街学习和工作过的金融人士。在上海,你的履历在金融圈子里是很有分量的。可你的想法却这么幼稚简单,我真的不能理解。"

"我也不能理解你,查尔德。"陈梦蕾脱口而出。她在查尔德脸上看到了明显的震惊,她让自己平静了一下,"有些话我憋在心里很长时间了,我想我们应该好好谈谈。"

查尔德摊开了手:"OK,OK!我们是应该好好谈谈,不过不是今天。晚上有一个非常重要的活动,你得和我一起去。"

"什么活动,参加的都是什么人?"

"你会见到你的老同学,谢天阳。当然还有赵海鹰。"最后三个字查尔德明显加重了语气,说完,还不忘观察陈梦蕾的表情。

陈梦蕾思索片刻:"好吧,我和你一起去,正好我也可以和他们聊聊蚁神宝这个项目。"

陈梦蕾走进衣帽间,为查尔德拿出席晚宴的领带。抽屉一打开,里面放的是各种各样的领带,全部按颜色区分好。查尔德走到陈梦蕾身后,指着领带暗示道:"你看,这个世界不止有黑色和白色,还有这许许多多的中间色。所以你没有必要那么执着,你应该学会变通。金融本来就是变化无常的,唯一不变的就是利益。你只要抓住这个本质,很多事情办起来就容易了。"

陈梦蕾抽出一条蓝色的领带,给查尔德系上:"如果早知道金融的本质是这样，我可能上大学的时候就不会选择这个专业了。我也不应该去美国，那个时候只想到我心目中的榜样，却没有好好分析自己的内心。可能我真的不适合。"最后一句话，她说得十分小声。

陈梦蕾话一出口，查尔德变得异常紧张。他心里清楚，陈梦蕾自从嫁给自己之后，很少再像以前那样开心了。他知道陈梦蕾心里还想着赵海鹰。想到这里，他一把握住陈梦蕾的手，惊恐地问："你后悔了？"

陈梦蕾看着惊慌失措的查尔德，一时不知如何是好。查尔德继续说道："我知道赵海鹰的妈妈就在那家医院，你要做的基金在我看来没有前景，在你看来可能大有作为吧？"

这下，陈梦蕾瞪大了眼睛。查尔德耸了耸肩："华山医院，真是一个冠冕堂皇的理由。"

"如果你这么介意，那为什么还要我来负责推进蚁神宝的合作？那样的话，我和赵海鹰见面的频率会更高。"陈梦蕾狠狠地说，只要一牵扯到赵海鹰，查尔德表面看上去没什么，但实际上非常介意。如果查尔德那么介意，为什么还要让她来推进蚁神宝的项目，她猜不透查尔德到底在想些什么，一直以来她都看不透查尔德。

查尔德盯着陈梦蕾，片刻，露出一丝精明的笑容："你又忘了，我的脑子里有一台计算机，我不会做吃亏的投资。"

"投资？不就是利用吗？还被你说得这么冠冕堂皇，你不仅利用我，还利用我的同学。"陈梦蕾突然觉得查尔德简直就是个冷血动物，她一分钟也待不下去了，索性收拾好行李，离开了查尔德的房子。

从查尔德的房子离开后，陈梦蕾感到了一丝轻松和庆幸，她庆幸自己此时此刻是在上海而不是纽约，如果此时是在纽约，她不知道自己到底要去哪儿，偌大的纽约除了查尔德，她没有任何亲人。不过，这是在上海，她默默地想。她坐在出租车里，看着眼前上海的一切，感觉是那么温暖，这里有父亲，有同学，还有……赵海鹰的脸浮现在眼前，但是紧接着这张脸就变得模糊了，原来自己流泪了。

当陈梦蕾回到家的时候，陈建华也正好提着很少的菜往家走。自从陈梦蕾去美国后，陈建华每顿饭都是凑合着吃的，要么去食堂吃，要么自己买点面条随便对付对付。他的腰已经弯了，腿脚也不再利索，孤独的背影让站在远处的陈梦蕾心中一紧，瞬间红了眼眶，她轻轻地唤了一声："爸！"

陈建华看到陈梦蕾手里的行李，问道："怎么了这是？和查尔德吵架了？"

"就是想回来陪你住两天。"陈梦蕾敷衍着，说着接过陈建华手里的菜。

陈建华太了解自己的女儿了，从小到大，遇到什么问题都自己解决，从来不麻烦他。从陈梦蕾这次突然回家的情况，陈建华已经猜出了大概，虽然他对这个查尔德百般不满意，可是既然木已成舟，他这个做父亲的只能祝福女儿。

"其实啊，这吃饭和婚姻是一个道理。两个原本陌生的人，能一起生活，首先就是要能吃到一块儿去。我和你的妈妈就是吃不到一起去，所以才离了婚。你啊，从是个小囡开始，早上就喜欢喝牛奶，和查尔德也是命中注定要走到一起的。"陈建华和女儿吃饭的时候，看似无意地说道。

陈梦蕾拿筷子叉起包子送到陈建华嘴里："你听听你这些话，充满了消极的宿命论，哪里像是个高级知识分子说出来的？"

陈建华一边吃包子，一边说："你嫁给的这个人，他有没有钱，做什么工作，这些都不是最重要的，我就是希望你们能够快乐幸福，白头偕老。"听着父亲的话，陈梦蕾的眼眶又湿了。

为了让女儿和查尔德和好如初，陈建华找了一本英汉词典，对照词典，给查尔德打了一通电话。令他欣慰的是，查尔德接到电话后，声音里充满了紧张和激动，他没听懂电话那头的查尔德支支吾吾说了些什么，但是他听得出，这个男人很在乎陈梦蕾。

陈建华不知道，陈梦蕾离家出走对查尔德来说简直是天大的打击。挂上电话后，查尔德冲出家门，在去接陈梦蕾的路上，他看到一家花店，买了999朵玫瑰，捧着花来到陈建华家楼下。

邻居们哪里见过这种架势，一个洋人捧着这么一大束玫瑰花。街坊邻居都跑出来，围在查尔德身边，议论纷纷。

一向低调的陈建华也震惊了，顾不上多说，直接把女儿推出家门："快下去，快下去，被人这么围着，多不好意思啊。"

"爸，是你让他来的？"陈梦蕾有些不快。

陈建华哪里还想得了那么多，查尔德的架势已经让他招架不住了，匆匆说道："我只让他来接你回家，没有让他买玫瑰花啊。"看着父亲尴尬的样子，陈梦蕾破涕为笑。

自从政府公布了拆迁的事情之后，洋泾街算是安宁不下来了。老娘舅成为动员拆迁的主要负责人，不过大家的看法却是两极分化，有的说："这烂房子实在是住得够够的啦，政府叫我去住单厨单卫的新房子，为什么不乐意？"还有的说："新房子？那是郊区好吗？贴告示的这些人，他们愿意去住吗？他们愿意，我就愿意搬！"

老娘舅左右为难。孙明芳看他一脸为难，站了出来，表示自己愿意搬家："不说别的，就说我们这老房子，连个厕所都没有，每天早晨倒马桶，那个味道大家还没闻够吗？还有谁家一做饭，整个弄堂都是呛人的煤烟。你们想想，这样的日子就不想改变吗？现在浦东要开发，好多外省外地的人都看准了机会参与进来，我们是上海人，我们总不能自己拖自己的后腿吧。"

她的话显然起到了作用，不少人开始响应。当然也有不支持的："孙姐，话不好这样讲的！你也做生意，你知道的，不是我们不支持浦东搞建设，只是我们这个饮食店，不能这样补偿的。搬迁了，停业了，生意没法做了，政府要考虑给我们营业补偿的，是不是啦，孙姐？我们换个地方还要重新培养客户，短时间里，哪里又那么容易做出名声的啊！"

几个街坊跟着响应，说来说去还是想看看政府到底补贴多少钱。原本已经打算搬的孙明芳听大家这么说，也觉得很有道理，心里的小算盘也在盘算着。

旁边的街道已经开始拆了，可是洋泾街连价格还没谈好，老娘舅看着眼前的老街坊、老邻居，满脸的愁容。

3

永康的项目出现的纰漏，让徐瀚之下定决心，要终止和永康的合作。

听到这个决定，赵海鹰不甘心，永康的项目一直是他负责，他不想就此放弃。临开会前，赵海鹰来到徐瀚之办公室，上交了一份刚刚做好的报告。

徐瀚之看到报告，有些不屑："今天下午就要开会讨论中止与永康合作，你现在还来交报告，你觉得还能改变公司的态度吗？"

赵海鹰依旧不放弃，努力劝说道："徐总，我理解你的顾虑，我也是站在公司的立场。永康这个项目是我一直负责的，所以我对他们的情况做过很全面的调查和分析。这次洪灾，可以说是塞翁失马，我看到了一个极其有担当的老板，看到了一群肯为公司卖命的职员，我坚信永康一定能办好。所以我在报告里也改变了融资方式，第四期融资改投资。"

"投资？"徐瀚之显然并不赞同他的想法，"你是从静安所走出来的人，投资股票，最大的忌讳就是不设定止损，一味地追跌。"

赵海鹰说出了自己的看法，他认为如果把股票当作投机，确实应该遵循严格的止损原则。但是如果是投资，并且拿着的是一个非常有潜力的公司的股票，那么更应该具体问题具体分析。永康做的是医疗器械，健康产业，这是一个发展空间很大的产业，并且发展速度极快，这在他的评估报告中有详细的数据分析和预判。他能够肯定，在这次洪灾事件中，自己和韩要强之间已经建立起非常良好的信任，这个时候投资，等同于雪中送炭。表面上看投的是项目，可实际呢？投的是人，是未来。他恳求徐瀚之再考虑考虑。

"不用考虑了。"徐瀚之对赵海鹰的话一句也听不进去，"海鹰，我欣赏你，也信任你的办事能力。但是在这个项目上，公司不会再浪费一分钱。"

徐瀚之甚至有过一丝怀疑，怀疑自己当初的判断，投资永康是否正确。他欣赏赵海鹰，也信任赵海鹰的办事能力，但是他不能把自己的欣赏和信任建立在公

大浦东

司赔钱的基础上。他身后有股东、有员工，他不能拿这个冒险。

"永康的事情按照合同执行，能挽回多少损失就挽回多少损失，如果你觉得从私人情感上不好处理，我会交给投资一部，让黄斌去善后。从今天开始，你从这个项目上退出！"

赵海鹰依旧想要坚持，但徐瀚之已很不耐烦。

突然，赵海鹰看到了桌子上的一支笔，他拿了起来，徐瀚之一脸惊愕，只见赵海鹰写了一份赔偿书，放到了桌子上："徐总，永康的事情，我有不可推卸的责任，我愿意和永康一起赔偿公司的损失。"

他这个不知天高地厚的行为，让徐瀚之觉得很可笑，反问道："你赔得起吗？"

"一年赔不起，三年，三年赔不起，十年。"说完，赵海鹰转身走了出去。

徐瀚之看着赵海鹰的背影，嘴里嘀咕着："真是牛犊子！"

几天后，徐瀚之竟接到了市政府领导的电话，邀请他参加上海市抗洪救灾表彰大会，并对广瀚集团进行行政奖励。这次真如赵海鹰所说"塞翁失马，焉知非福"，会上，作为抗洪救灾的优秀企业家代表，徐瀚之侃侃而谈，赢得了一阵阵的掌声，广瀚公司也因为这次的事件，赢得了声誉。

会后，徐瀚之把赵海鹰叫到了办公室，不过毕竟自己是领导，他也不好直接向赵海鹰道歉，而是把赔偿书还给了赵海鹰。

赵海鹰有些疑惑。

"撕了吧。"徐瀚之缓缓地说。

"不不，我说过的话一定要做到。"赵海鹰坚持。

徐瀚之看到赵海鹰这股牛犊子劲儿，哭笑不得。自己这已经是向赵海鹰低头了，赵海鹰还想怎么样，难不成还让他真的说"对不起，是我错了"吗？赵海鹰平日里挺聪明，怎么一到这件事情上这么别扭呢？想到这里，徐瀚之一把拿过赔偿书，撕成了碎片："你写这个东西的时候，你知道我怎么想的吗？"

看赵海鹰一脸迷茫，徐瀚之解释道："当你没有钱来偿还债务的时候，最好的方式就是把债务留下来，但是不能失掉信用，要体面地把债务留下来。所以，你做到了，让我刮目相看。我从来没想过真的要你来赔偿公司的损失，我当时没有拒绝你的赔偿书，是因为我希望你能吸取一个教训，那就是：做生意，是不能

226

投入感情的，感情会影响你的判断。人人都想做好事，但做金融，我们追求的是利润，不是做慈善。"

徐瀚之让赵海鹰记住，贫穷不再是清高的标志。大到我们整个国家，整个上海，整个浦东，小到我们每一个人都在积极求变，我们每个人更是要抓住时机。赵海鹰重新写的报告，徐瀚之又仔细地看了，觉得还是很有道理的。永康现在是模范单位，一个模范单位向银行贷款，信誉度首先就是非常高的，如果徐瀚之没猜错，永康的贷款很快就会批下来，而且有政府的支持，很有可能银行会提供无息贷款给他们。这样一来，赵海鹰报告里的数据基础就实现了。两家模范单位的合作，前景是毋庸置疑的。最后，徐瀚之意味深长地说："海鹰啊，我代表公司感谢你，感谢你为公司挖到这样的一个宝，永康后续的合作事宜还是由你来负责。"

黄昏时分，陆家嘴的弄堂小院里热闹非凡。赵海鹰和吴一白最近迷上了一个新的游戏：玩飞刀。也许是今天心情好，也许是最近练得比较多，赵海鹰好几把都正中靶心，引来吴一白崇拜的眼神。

张翔听到动静，哼着歌从屋里出来，红光满面。

赵海鹰一眼就看到张翔换了一身最新款的西装，里面还配了一件蓝色的格子衬衣，双手插在兜里，耍着帅。

"新衣服？最近股票赚了？"赵海鹰笑着问。

"小赚，比不上你。"说着张翔对准靶子，扔出飞刀，"我现在真后悔当时就业的时候，没有坚持自己的初心。老白，你呢，后不后悔？本来你也可以在金融的海洋里搏击的，现在只是做一个旁观者，去描述金融市场的惊心动魄，会不会遗憾？"

吴一白笑了笑："每一个人都有他的能力和价值，只要你肯做，没什么能难倒你。"说着，吴一白的飞刀也正中靶心。

张翔对吴一白的话倒是很赞同，他知道徐瀚之奖励了赵海鹰一大笔钱，那么多钱要是给他的话，还真不知道该怎么花："说真的，海鹰，你想好奖金怎么花了吗？这么多钱，当我和老白十年的工资了！"

赵海鹰笑了："十年的工资？这种算法太夸张了。你看看这周围，上海每天都在发生巨变！"

吴一白很同意赵海鹰的看法，明天的事情谁知道，先把眼前的事情解决了才实惠，赵海鹰得了这么大的一笔奖励，不狠狠宰他一顿肯定说不过去了。

赵海鹰也是这么想的，大家只要高兴就好，钱嘛，都是赚出来的。去吃饭前，他特地来到洋泾街接孙明芳。

不同以往的是，这次赵海鹰是开着车来到钱家。这辆车是徐瀚之给他配的，方便他和永康之间的联系。

一来到洋泾街，可是不得了了！小小的洋泾街什么时候见过小轿车？街坊邻居都出来瞧这辆崭新的车，钱春生还特地摇下窗户指挥，说白了，就是想炫耀一下。

"哎呀，春生，你这是哪里发达了，都买了小汽车了啊？"一个邻居十分羡慕。

钱春生笑着下车："这是海鹰公司的车，借我们用用。"

"海鹰真的能力强，公司都给他配车啦，这车真漂亮。"另一个邻居看着崭新的小轿车，连连感慨。

车停在了孙明芳家门前，赵海鹰和钱春生下车，从后排搬出了一个大纸箱。

孙明芳笑着走出来，看到这么大的纸箱，惊呆了："春生，海鹰，你们买了什么啊？"

一个邻居眼尖："哎呀，春生，你们买了那么大个电视啊！"

"几寸的？好像还是彩色的呢！"另外一个邻居接话。

这下，街坊邻居各种夸孙明芳有福气，孙明芳听在耳朵里，甜在心里。

查尔德一直非常自信，唯一不自信的是陈梦蕾对自己的感情。在事业上，查尔德呼风唤雨，眼光独到，但是只要和陈梦蕾有关，他就会失去理智。让他最头疼的就是当工作和陈梦蕾出现冲突的时候，更是左右为难。

他在华尔街打拼多年，见多了各种人为了利益出卖朋友、牺牲爱人，所以，无奸不商这句中国古话，他认为很有道理。作为一个商人，就是要花最少的钱，得到最多的利益。不过陈梦蕾似乎并不这么想，她太感情用事，这是作为一个金融家最忌讳的东西。这不，他没想到，陈梦蕾无意中发现了蚁神宝的财务造假文件。

查尔德见状，一把抢过文件。

陈梦蕾问道："这么大的事你怎么能对我隐瞒呢？"

"总部刚刚传真过来，这个时候我不想节外生枝。"说着，查尔德把文件放进了抽屉里。

"你连我也不信任吗？最近谢天阳来找了你很多次，蚁神宝的上市计划已经延迟了，现在又查出财务造假，这个时候我们为什么还要介入？"

查尔德看着陈梦蕾，十分认真地说道："我的每一分投资，都有风险评估。他们财务数据是有问题，但那是因为他们的研发费用过高。为了上市，他们做了一些手脚，不过这在华尔街也是司空见惯的。一旦上市，就能扭转困境，把不良资产变成优质资产。"查尔德说这些话的时候，十分自然，似乎这是一件习以为常的事情。

不过陈梦蕾并不这么想，在她的世界观里，财务造假，说明这个公司根本不值得信任。

"他们在重新整顿内部，研发的新品也会很快面市。这就像股票，低迷的时候买进风险最低。"查尔德试图向陈梦蕾解释。

"那也要看这只股票是不是有潜力。"

查尔德这次没有反驳，他已经和谢天阳达成协议，准备投资汉斯国际，因为汉斯国际手里最大的项目就是蚁神宝，查尔德希望由陈梦蕾负责对接。

第二天，查尔德约谢天阳打高尔夫球。一进球场，陈梦蕾就被球场的配套设施震惊了：起伏的球道或笔直向上，或跌宕而下，或逼仄曲折，或扑朔迷离。草地与云天相接，雪白柔软的沙坑充满飘摇飞动之感，往往出乎意料地"俘获"住小球；平滑的果岭，看似温柔亲切，实则暗藏玄机，考验球员的心思。

陈梦蕾没想到，短短几年，上海变化这么大，居然有如此豪华的俱乐部了。

谢天阳却不以为然："老同学，不要怪我不提醒你，你是我们财大的金融侠女，在美国，你也是很受欢迎的。现在在上海大本营，你可千万不要落后啊。"

"和你合作怎么会落后，你不是一向都是跑在前面的吗？"陈梦蕾的话里有话，谢天阳听着有点不舒服。

"说真的，能和查尔德、和你合作，我真的很高兴。"谢天阳很诚恳地说。

"你对蚁神宝这么有信心？"陈梦蕾看似无意地问。

陈梦蕾的这句话让谢天阳一时分了神，球打偏了。他放下球杆，看着陈梦蕾："梦蕾，我们是老同学，又一起在美国奋斗过，在华尔街奋斗的艰辛，被踩进泥土里又一点点长出来，还要开出耀眼的花朵，这样的拼搏，你和我都了解，所以，我比任何人都希望成功。蚁神宝是我公司现在最大的一个投资项目，我一定会保证万无一失，因为我输不起。"

"你别误会，我不是质疑你，我只是对那个方大力没有什么好感。"陈梦蕾解释道。

"梦蕾，你对我和方大力没有信心，对查尔德总该有信心吧。我们上大学的时候，他就已经是知名金融家，他的投资经验和判断，你还有什么不放心的呢？"谢天阳观察着陈梦蕾的表情，继续说道，"你再想想，这个项目广瀚公司投入非常大，徐瀚之是什么人？上海最早的一批金融大佬中的翘楚。他还有一个经济学家的哥哥，就是我们的徐大教授。他们都是火眼金睛。"

此刻的陈梦蕾心中虽有疑虑，但很快又被谢天阳的自信打消掉了。是啊，每一个上海人，包括陈梦蕾自己都对上海、对浦东充满了期待。邓小平明确指出："金融很重要，是现代经济的核心，金融搞好了，一着棋活，全盘皆活。""上海过去是金融中心，是货币自由兑换的地方，今后也要这样搞。""中国在金融方面取得国际地位，首先要靠上海。"正是上海金融的发展，吸引着这些海外的学子们归来。1992年，我国第一家外商独资贸易企业——日本上海伊滕忠商事有限公司经外经贸部批准，在外高桥保税区注册；金桥出口加工区也正在鼓励发展外商投资项目和国内投资项目、进口设备。浦东开发进入大规模推进基础设施建设的阶段。

4

　　自从韩要强出院后，他成了名人，到处开会，学习先进的技术。在一次会议上，他偶然结识了上海德兴制药的经理，这个经理还在会上做了一个简短的发言，说希望把中药推出国门，推向世界，给韩要强留下很深刻的印象。回来之后，韩要强特地去德兴公司进行考察。德兴公司是一家以中药研发为主的公司，规模很小，但是技术力量很强，而且致力于中药的研发。他们迫在眉睫的也是资金和发展问题，韩要强有兴趣想要收购他们，他觉得是时候拓展永康的业务范围了。

　　韩要强把这个想法告诉了赵海鹰，没想到两个人一拍即合。自从和韩要强谈过之后，徐瀚之更加重视和永康的合作了。按照赵海鹰重新修改的计划，已经把之前的融资改为投资。现在韩要强既然有意想要拓展业务，这也正是他们合作的好机会。

　　当赵海鹰去德兴制药实地考察之后，被德兴公司自己的种植园惊呆了。他迅速写好了一份报告，交给了徐瀚之。

　　徐瀚之仔细地看过报告后，惊叹道："永康的这一步棋走得好啊，别看这个德兴制药规模不大，核心技术、核心产品还不少。"

　　赵海鹰有些激动地说："我去过他们那儿了，真的让我很惊讶，他们有自己的种植园。因为资金有限，所以种植规模、生产规模都很小。但是他们的研发能力和技术非常强。而且，他们的总经理是一个留学回来的医药博士，正带领着团队研发能走出国门的创新中药。"

　　徐瀚之相信赵海鹰的眼光："我们一定要帮助永康完成收购，这意味着永康未来的蓝图绝不只是一家医疗器械公司，而很有可能朝着大健康产业规模发展。"徐瀚之心里清楚，帮永康，也是帮他们自己。

　　徐瀚之曾把蚁神宝和永康这两个项目拿出来做比较，虽然他在一开始的时候，不怎么看好永康，但是现在看来，永康厚积薄发，后来者居上了。蚁神宝虽然也是个好项目，但是做项目的方大力，徐瀚之却不怎么看好，信誉是他最大的短板。不过，他对谢天阳也刮目相看，没想到谢天阳居然能够说服查尔德进行投资，这样一来，既解决了汉斯国际的资金危机，也避免了方大力踢他出局。徐瀚之看得出，谢天阳不是个简单的人物，很有可能成为未来商界数一数二的金融大亨。

从徐瀚之办公室出来，赵海鹰就被徐珊珊缠着了。

徐珊珊一直站在门口，她想要听听赵海鹰到底在和父亲说什么，可是玻璃的隔音效果太好了，什么也听不见。见赵海鹰出来，徐珊珊直接冲过去，笑眯眯地说："你刚刚和我爸爸吵架了？"

"徐小姐，我在上班，在工作……"赵海鹰有些不耐烦。

"我知道。我也不是来玩的，我最近在做一个金融的艺术主题展览，所以来这儿找点灵感，要是影响你了，我马上走。"说着，徐珊珊起身做出要走的姿势。

赵海鹰这才觉得自己方才有些过分了，赶紧道歉，不过他现在真的没心情应付这个徐珊珊。

"我理解，金融行业起落瞬息之间，千变万化，从业者普遍压力特别大，这是我这几天观察下来最直观的感受。"

一听徐珊珊这么说，赵海鹰可算是有种解放的感觉，他站了起来："是啊，理解万岁！那个，徐小姐，现在我有事要外出了。"

没想到徐珊珊也站了起来，跟着赵海鹰跑了出去，坐上了赵海鹰的车，还主动当起了司机。

一时间，两个人都安静下来了。

徐珊珊看着身边的赵海鹰，首先开口："赵海鹰，有些话现在和你说可能不太合适，但是我也不想再等了。"

赵海鹰一愣，感觉有些奇怪。

徐珊珊继续开着车，脸颊泛起红晕："刚才我撒谎了，对不起。我就是来找你的，并没有什么金融的艺术主题展览。"

"徐小姐，我们之间是不是有什么误会？"赵海鹰有些窘迫。

徐珊珊微微一笑："是的，我不想让误会、误解、猜测或者各种随机的因素，在每一次的等待中滋长了。所以我今天想把话说明白，我喜欢你！"

话音一落，徐珊珊猛地刹车，赵海鹰满脸的震惊。

徐珊珊看着赵海鹰，继续说道："如果你讨厌我，或者觉得我们之间一点可能性都没有，你就下车，这儿离你的目的地不远，走过去五分钟。我给你一分钟时间考虑。"

赵海鹰依旧沉默。

徐珊珊直言不讳："我知道你谈过一个朋友，现在人家已经结婚了。海鹰，为什么不给自己一个机会尝试一段新的感情呢？"

"开车吧。"赵海鹰缓缓地说。

徐珊珊两眼放光，激动地欢呼。车子启动，伴随着徐珊珊的笑声，缓缓前行。

自从向赵海鹰表白后，钱青青就发现赵海鹰好像在有意躲着她。所以，没事儿的时候，她就来找吴一白，想从吴一白那儿套点消息。有一次，钱青青无意中听说吴一白采访过东方电视台里的人，这下她简直把吴一白当成赵海鹰一样膜拜，每天可怜巴巴地恳求吴一白，死缠烂打，软磨硬泡，就是想去东方电视台实习。但是东方电视台可不是谁都能去实习的，无奈之下，吴一白只能找师傅开口，帮钱青青争取到了实习面试的机会。

一听到这个消息，钱青青那个激动啊。可是，电视台人才济济，她的资质并不算优秀，除了认识吴一白、赵海鹰之外，也没有什么人脉。不过，她无意中听到几个编导正在商量如何请徐瀚之来当嘉宾的事情，但是电视台的编导哪里能和徐瀚之搭上关系。钱青青为了留在电视台，不管三七二十一，直接把这件事情给包下来了。主编一听，直接让她开始实习，第一个实习任务就是落实徐瀚之作为节目的嘉宾。

可是，钱青青哪里认识什么徐瀚之啊，甚至连见都没见过，她唯一知道的就是徐瀚之是赵海鹰的老板。所以从电视台出来后，钱青青直接跑到了赵海鹰的单位。

"海鹰哥，有大事求你，这一次你不帮我，我就死定了！我能不能顺利留在电视台工作，就靠你了，海鹰哥！"钱青青一见到赵海鹰，拉着他的手，苦苦哀求，"海鹰哥，你知道吗？我现在在《东方直播室》节目组实习，那是我最喜欢的对话栏目！"钱青青一副不达目的不罢休的样子。

钱青青把电视台想要邀请徐瀚之当嘉宾的事情告诉了赵海鹰，并且恳求赵海鹰帮忙。又是撒娇，又是卖萌。这时，徐珊珊正好走进赵海鹰的办公室，看到了这一幕，脸色立刻晴天转阴，质问道："你们干吗呢？"

钱青青转身，看到徐珊珊，惊讶地说道："是你？"她显然也不怎么高兴，她不明白为什么徐珊珊可以在赵海鹰办公室出入自如。

钱青青松开了赵海鹰的手，冲到徐珊珊面前："你怎么会在这儿？"两个女人一台戏，这场戏的男主角站在一旁，怕钱青青惹事，赶紧介绍道："她是我们徐总的女儿，今天……"

一听到"徐总"两个字，钱青青眼睛突然放光，立刻喜笑颜开地拉住徐珊珊，"姐姐，姐姐"地叫着，叫得徐珊珊心里直打鼓，警惕地问道："你干吗？"

钱青青的反应让站在一旁的赵海鹰大跌眼镜，紧接着，钱青青就把赵海鹰赶出办公室，说要单独和姐姐说说话。

徐珊珊眼睁睁地看着钱青青把赵海鹰推出办公室，锁上了房门。

让赵海鹰没想到的是，没过多久，徐珊珊和钱青青居然手挽着手笑呵呵地从办公室里走出来。徐珊珊答应钱青青，一定帮助她请父亲参加电视台的专访。站在一旁的赵海鹰，看着眼前这一对十几分钟前还针锋相对的女人，觉得不可思议。

后来，徐瀚之真的答应了女儿，接受钱青青的邀请，参加电视台的节目。这足以看出徐瀚之对女儿的疼爱程度。

很快，由徐瀚之作为嘉宾的新一期《东方直播室》节目，在东方卫视黄金时段播出。街坊邻居听说赵海鹰的老板上电视，都很好奇；加上这档栏目还有钱青青参与制作，大家的积极性就更高了，纷纷跑到孙明芳家，围坐在一起看电视。

所有人都在赞扬钱青青有本事，老娘舅满脸春风得意，也不说话，只是不停地傻笑。孙明芳看他高兴得过了头，就知道有事儿，一问才知道，原来老娘舅最近投资了蚁神宝，这让他赚了不少钱。据说，蚁神宝的收益特别快，投资个几百块钱，没几天就能成倍地赚，说得孙明芳心里直痒痒，这简直快赶上她一个月的营业额了。要是从前，她肯定二话不说直接就把钱投进去了，不过现在的她还算是比较理性，这主要得益于赵海鹰，赵海鹰曾经多次给她灌输思想，提醒她投资之前必须亲自考察，确定没问题再往里面投钱。孙明芳思前想后，还是决定先试试蚁神宝的产品，看看效果到底怎么样再做决定。

蚁神宝不单单让投资者得到了收益，同时也满足了很多熬夜的工作者的需求，宣传功效里面有一条就是帮助熬夜者重获新生，这说的不就是记者这一行业吗？这不，吴一白专程去采访方大力，想要具体了解一下蚁神宝的功效，可是对于一些关键问题，方大力的回答都是含含糊糊，似乎刻意在回避什么，只对宣传、做广告的信息感兴趣，这让吴一白相当不满意。他看着方大力给自己的资料，全是各种奇效，记者特有的敏感性让吴一白觉得似乎有点不对。就算真如宣传的那样，果真有奇效，吴一白也不想人云亦云，他要找到新的角度来让老百姓重新审视这个"神药"。不过离发稿日期越来越近了，他却找不到思路，正发愁呢，一抬眼，就看到同事的桌子上放着的蚁神宝，不用说，又是一个熬通宵的夜猫子。好奇之下，他问同事："效果怎么样？"

同事抬起头，指着自己硕大的两只黑眼圈说："你自己看效果怎么样。"

吴一白晃了晃手里的蚁神宝盒子，这小小的褐色液体果真有那么大的奇效吗？他突然产生了一个新的想法，他要亲自尝试一下这个被神化的东西。他倒出一小瓶盖的蚁神宝，用舌头尝了尝，记住了这种味道。

第十二章
直播现场被"求婚"

1

自从徐珊珊回国后，徐瀚之就开始为自己宝贝女儿的感情发愁了。好女不愁嫁，可是徐珊珊已经二十多岁了，却还像个孩子。他托朋友帮忙看看，准备为女儿物色个老公。徐瀚之找女婿，消息一放出去，各大企业家纷纷把自己的儿子献上，谁不想和上海金融大亨成为亲家？徐瀚之挑来挑去，还真看中了一个。据介绍人说，这个男人可谓是才貌双全，国内名牌大学毕业，之后去美国深造，是海归金融才子，还靠着自己的本事在上海创办了公司。徐瀚之对这个人产生了浓厚的兴趣，主要看中的就是最后一条。

徐珊珊不明所以地跟着父亲来到了一家高档西餐厅，一见面才知道上了父亲的当。不过没想到的是，父亲为自己精心挑选的如意郎君竟然是谢天阳。徐珊珊从第一次见到谢天阳就没什么好感，她觉得谢天阳这个人不够坦荡，做事情太自私，又没有人情味，最重要的是她心里早就有了心仪的对象。

谢天阳见到徐珊珊也是吃了一惊，他没想到徐珊珊居然是金融大亨徐瀚之的女儿。对于相亲这件事，他本身就很反感，他有着上海男人特有的自信，自认为以他的条件什么样的女人找不着。与其参加这么无聊的事情，还不如抓紧时间在股市上多捞点钱，有了钞票，才能继续做投资，财富越滚越大。可是怎么也拗不过父亲谢东，最后还是被生拉硬拽给弄过来了。

徐珊珊见到谢天阳，满脸的吃惊，直接用英语问道："What's going on？"

谢天阳摆手耸肩，回应道："As you see…"

徐珊珊一脸尴尬地对谢天阳说："What can we do now？ I don't want to waste our time."

谢天阳宽容地对徐珊珊笑笑："We need a good excuse to leave here."

突然，徐珊珊灵机一动，笑着说："I have a good idea." 说着，她对谢天阳眨眨眼睛："Let us have a try."

接着，徐珊珊走到徐瀚之面前，拉着父亲的手轻轻地摇晃着，打量四周环境挑剔地说："这里太闷了。"

谢东见状，立刻明白了徐珊珊的意思，赶紧表态："我也觉得这里面闷闷的，不适合你们年轻人谈事情。要不，我们换到外面阳台上去？"

徐瀚之看着女儿的样子，就知道她打着什么主意，板起面孔，故作严肃："珊珊，不许胡闹。"

没想到徐珊珊指指谢天阳："那我和他出去走走，好不好？"

"对啊，我带珊珊去看电影吧，我知道有个地方可以看到 *The Age of Innocence*。"谢天阳赶紧说道。

谢东没想到儿子居然会主动，赶紧应承道："你们年轻人去看电影吧，不用陪我们老年人了。"

说完，徐珊珊哀求地看着徐瀚之，徐瀚之无奈，只能任由女儿胡闹。

从饭店一出门，两个人就露出了本来面目，分道扬镳。不过徐珊珊却一点都不开心，父亲公开为她找老公，这和封建社会父母包办婚姻有什么区别？再说她心里早就有人了，她喜欢赵海鹰，她将来是要成为赵海鹰的妻子的。将来？一个大胆的想法突然冲入徐珊珊的脑子里，她直接打了个车，冲到了广瀚公司。

顾瑛看到徐珊珊并不意外，自从赵海鹰入职后，徐珊珊来广瀚公司的次数呈几何级数增长。顾瑛作为徐瀚之的秘书，早就学会了洞察人心的本领。她见过徐珊珊看赵海鹰的样子，那简直就是一个情窦初开的小姑娘，遇到了自己真爱的姿态。看到徐珊珊又来了，顾瑛知道，肯定是来找赵海鹰的，不过她还是故作惊讶地问："珊珊你怎么来了？"

徐珊珊倒没想那么多，她一直很喜欢顾瑛，直接说道："我的画展马上就要召开了。我想同时开一个订婚 Party。"

"订婚？"这让见惯了大世面的顾瑛也有点吃惊，"太突然了吧！和谁啊？怎么一点消息都没有！"

"赵海鹰啊！"徐珊珊说得十分自然，没有一点羞涩的样子。

这下顾瑛瞪大了眼睛，她从来没听赵海鹰提过要娶徐珊珊这件事。

"好了，你帮我通知大家，我就不昭告天下了。"徐珊珊有些不耐烦，说完，直接朝着父亲的办公室走去。

当徐瀚之知道女儿要和赵海鹰订婚的消息后，大发雷霆，气得直拍桌子："你太胡闹了！不要任性了，赶紧回家去！"

不过，徐珊珊可不认为自己是任性，她心里认定了赵海鹰。

看女儿如此坚决，徐瀚之的态度也软了下来，他劝说道："婚姻不是儿戏，最重要的就是门当户对，有共同的生长经历才会有共同语言。"

可是徐珊珊根本就听不进去，在她心里，根本就没有什么门当户对，她父母失败的婚姻就是典型的案例："你和妈妈倒是门当户对，也有共同的成长经历，到头来还不是离婚了。"

徐珊珊的话让徐瀚之完全没有反击的余地，他试图解释，可是徐珊珊根本不听，她认为徐瀚之口口声声所谓的门当户对，其实就是对家庭、长相、财富等外在条件的衡量，是一种交易，根本不是爱情。"没有爱情的结合才是对婚姻的亵渎。我知道我自己在做什么，我以后也绝对不会后悔！自从我见到赵海鹰的那一刻起，我就知道，我认定了他，他就是上天为我安排的另外一个人，我一定要和他在一起！"徐珊珊态度坚决，徐瀚之气得半天说不出话。

父女吵架的声音传到了办公室外，事件的男主角却站在办公室门外一头雾水，他隐约在徐瀚之父女之间的对话中听到了自己的名字，一时不知如何是好。

在顾瑛的提醒下，赵海鹰敲门而入，看到了一脸期盼的徐珊珊和一脸愤怒的徐瀚之。赵海鹰一脸尴尬，试图解释："徐总，这件事，我，我也是刚知道……"

徐珊珊看到赵海鹰这种态度，气得脸瞬间变得通红，摔门而出。徐瀚之无奈，拍拍赵海鹰肩膀，示意他坐下。

赵海鹰正准备开口解释，徐瀚之摆手打断："我知道，这都是珊珊一厢情愿，瞎胡闹搞出来的。"徐瀚之之前特地就感情问题和赵海鹰聊起过，赵海鹰当时的态度很坚决，暂时不考虑。徐珊珊今天闹的这一出，徐瀚之推测就是女儿的一厢情愿，人家男方压根儿就没同意。徐珊珊一个大姑娘家，天天嚷嚷着要和别人订婚，这说出去，他的脸往哪儿放，徐珊珊的脸往哪儿放，以后还怎么嫁人？

"海鹰，你不用解释，我相信这件事情完全是珊珊的主意，她就是太任性。我想这件事情她也没有经过深思熟虑，可能是我昨天给她安排了相亲，她就是不满意要和我对着干。海鹰，我替她向你道歉。"徐瀚之身体前倾，压低了声音说。

赵海鹰对工作的事情游刃有余，可是一牵扯到感情的事情，他的智商几乎为零。钱青青还没搞定，又来一个徐珊珊，赵海鹰一时也不知道该说什么，半天才开口："徐总，你不用道歉，我知道徐小姐是搞艺术的，有时候做事情比较冲动。我也会多注意，以后尽量不和她见面。"看赵海鹰这个态度，徐瀚之才算是放了心。

几天后，徐珊珊的画展举行了。徐珊珊一袭长裙站在门口翘首期盼，这条裙子正是之前赵海鹰送给她的那条，徐珊珊平时都不舍得穿。她特地挑选了这个特殊的日子穿起来，等待赵海鹰一来，就宣布他们订婚的消息。可是没想到的是，宾客们都走了，赵海鹰却还是没有出现。

"珊珊姐，还等吗？"画廊员工看着一脸失落的徐珊珊，小心翼翼地问。

徐珊珊依旧抱着一丝希望，她固执地认为赵海鹰一定会来。

这时，耳边突然响起赵海鹰的声音："徐小姐。"

徐珊珊回头，看到赵海鹰，激动不已。她示意事先安排好的小提琴手开始演奏。舒缓的音乐弥漫在黄昏时分的街道上，不少路人纷纷停下脚步，好奇地看着眼前的一男一女。

赵海鹰有些尴尬，面对喜笑颜开的徐珊珊，有些不忍心。他迟疑了一下，还是说了出来："我觉得我们真的不太合适，我也希望你可以更慎重地处理感情问题。这段时间我们先不要联系，冷静一下，好吗？"

说完，赵海鹰转身要走，小提琴声也戛然而止。

徐珊珊的倔强劲上来了，拉着赵海鹰来到一幅蒙着布的巨大油画前，一把扯掉了布。画里画的正是当日他们在服装店的一幕，徐珊珊当时穿着白色的裙子，赵海鹰看着她。看到油画的赵海鹰表情僵硬，一时不知该说什么。

徐珊珊动情地说："还记得这条裙子吗？是你让我发现了另一个我，那一刻我就喜欢上了你。你看看这幅画，这是我为了这次的画展，为了我们的订婚仪式专门画的。我不相信，你对我完全没有感觉。"

徐珊珊说得没错，赵海鹰对徐珊珊有感情，但赵海鹰清楚，徐珊珊真的不适合自己。感情这种事情，必须快刀斩乱麻。赵海鹰平复了一下内心的紧张与不安，语气坚决地说："徐小姐，可能我对你来说是个意外，我和那些围绕在你身边的人不一样，所以你产生了错觉。你相信我，这只是你的新鲜感而已，你并不是真的喜欢我。"

"我是，我是真的喜欢你。"徐珊珊十分肯定自己的感情，"所以我才会这么直接，这么大胆地告诉你。"她不明白赵海鹰为什么不敢靠近自己，为什么不接受自己。

"我今天就明确告诉你，我们不合适，也不可能在一起。"赵海鹰语气异常坚决。

"为什么？是因为你还爱着你的初恋？"除了这个理由，徐珊珊想不出还有什么原因，"海鹰，你还没放下她吗？可是她已经结婚了，你应该有新的开始。"

赵海鹰沉默了，他是应该有新的开始，但是这个开始不应该是徐珊珊。

"海鹰，你以为我是个对待感情很随便轻率的女人吗？我不想费口舌来解释，我只想说，我没有对任何一个人说过我今天说的这些话。我是真的喜欢你，想和你在一起，所以我才不顾一切。我害怕因为迟疑，因为面子，因为所谓的矜持而错过了你，你明白吗？"徐珊珊的坦荡让赵海鹰一时哑口无言，她对感情的态度也让赵海鹰重新审视眼前这个平时嘻嘻哈哈的小姑娘。在感情的世界里，和徐珊珊相比，自己竟显得如此懦弱与不堪，更重要的是，他还没有准备好开始一段新的感情。他不知道该如何面对徐珊珊，只能选择逃避。

看着赵海鹰离去，徐珊珊依旧不放弃，冲着他大喊道："赵海鹰，你记住，感情不是赛跑，它不需要发令枪宣布开始。事实上，它已经开始了，你根本没法回避！"

2

离开画廊后，赵海鹰来到了黄浦江边。此刻的他仰望着东方明珠塔，耳边的音乐声似乎变成了嘈杂的锣鼓声。自从 1991 年 7 月 30 日东方明珠广播电视塔奠基仪式举行之后，一晃快三年过去了，1993 年年末的钟声即将敲响，东方明珠广播电视塔也顺利封顶。可是赵海鹰的感情世界还是空白，似乎比这座蓬勃发展的城市滞后了很多年。他把全部的精力都用在了工作上，而一直忽略的爱情还是闯进了他的生活。

另一边，赵海鹰就那么头也不回地走了，这让徐珊珊倍感失落。从小到大，除了母亲和父亲离婚那段时间，她从没像现在这样失魂落魄过。回到家，她黯然神伤地坐在沙发上，那幅画被她摆在了电视的前面。她死死地盯着那幅画，一声不吭。

徐瀚之看到女儿这副样子，反倒很高兴，他特地嘱咐妻子袁敏做个青鱼糟菜，因为以前每次徐珊珊不高兴，她的生母都给她做这道菜，徐珊珊一吃就会忘了不开心的事。

不过袁敏却不怎么高兴，娇嗔地横了徐瀚之一眼，带着撒娇又有些抱怨的语气说道："你知道的，这个菜做起来有多麻烦，就是你想吃，我也只会叫'老人和'送来。不过，为了珊珊心情好点，我马上做。"她是个聪明的女人，知道徐瀚之对这个女儿的疼爱。徐瀚之对她也好，能满足她想要的一切，但她也清楚，商场上叱咤风云的徐瀚之，唯一的弱点就是这个骄纵的女儿。她曾经也想尽力去讨好这个油盐不进的小祖宗，徐珊珊对她也算是客气，不过，不管如何努力，她和徐珊珊之间总是隔着些什么。

最后，她也放弃了。虽然同在一个屋檐下，但是只要徐珊珊在哪儿，她就不去那儿。距离产生美这句话在他们家得到了最好的诠释。

徐瀚之却对两个女人的小心思没太在意，他小心翼翼地看着女儿的脸色，走近女儿，看似无意地问："今天赵海鹰去找你没有？"

徐珊珊面无表情地"嗯"了一声。徐瀚之问道："那他怎么说的？"

徐珊珊把脸扭到一边，赌气说："他说什么？他说什么，你能不知道吗？"

徐瀚之看到女儿生气，心一下软了下来，他叹了口气："乖囡啊，你天真烂漫，明丽动人，从来没有过任何挫折。"说着，他看了一眼女儿，顿了顿又说，"你知道赵海鹰之前有个女朋友吗？"

徐珊珊却不以为然："你也知道那是前女友了，过去的事情，关我什么事？我不要听！"

"好好好，你不想听，那我就不说了。"不过徐瀚之放心了不少。

看着父亲有些幸灾乐祸的样子，徐珊珊心里更加生气了。吃饭时，她破天荒地跟袁敏说谢谢，感谢袁敏给她做这么麻烦的菜。这让袁敏有些受宠若惊，徐瀚之也感到很惊讶，没想到接下来徐珊珊的行为让徐瀚之大跌眼镜。

徐珊珊放下碗筷，伸个懒腰，一副心满意足的表情："我吃饱了，谢谢阿姨给我做这么麻烦的菜，我吃了，果然感觉到体力、精力都恢复了。"

徐瀚之的笑容立刻消失了。徐珊珊看着徐瀚之，露出笑容："爸，谢谢你为我加油！"说完，哼着小曲出门了，气得徐瀚之连饭也吃不下去了。

不过，徐珊珊并没有直接去找赵海鹰，虽然在家里她表现得满不在乎，但是心里还是很难过。百无聊赖的她来到自己的画廊，准备用工作麻痹自己，没想到却迎来了一位特殊的客人。

周蕙并没有见过徐珊珊，也从没听赵海鹰提起过徐珊珊，她是从孙明芳那儿听说，在钱冬梅的婚礼上儿子居然带了一个女孩，而且听说还是老板徐瀚之的女儿。这下周蕙坐不住了，她认为赵海鹰和徐珊珊根本就不合适，门不当户不对。在她心里，徐珊珊这种千金小姐，住洋房，进出有车，回家有保姆，娶个这样的老婆在家里，赵海鹰的日子不晓得有多难过的呀！她还特意打电话问了钱春生，根据春生的描述，好像是这位大小姐一直倒追赵海鹰，而赵海鹰一直没有表态。周蕙不放心，从来这"女追男隔层纱"，儿子要是真把她娶回来，周蕙觉得自己简直不要活了。

　　想到这里，周蕙打听到了徐珊珊的画廊，想要亲自看看这个勇敢的千金小姐。

　　画廊职员把周蕙带了进来。徐珊珊看到周蕙，疑惑地问："我们认识吗？"

　　周蕙端着架子自我介绍："我是赵海鹰的母亲。"

　　一听说是赵海鹰的母亲，徐珊珊立刻露出笑容，又是端茶，又是递水，甚至还直接挽起了周蕙的手臂，一口一个阿姨，叫得周蕙心里怪别扭的，明显有些不自然，刻意拉开了距离。

　　"阿姨，你看到我的画了吗？在那边，我带您过去吧。"徐珊珊有些激动。

　　她不说还好，这一说，周蕙就把目光投向了面前的这些画。说实话，周蕙真的没怎么看懂，她打小就没有什么艺术细胞，只好客气地说："我刚刚看过了，画得……真不错。"

　　这下，徐珊珊就更激动了："原来我们这么有共同语言啊。"

　　周蕙尴尬地笑笑，心想，这小丫头可真会说话啊，怪不得把儿子弄得一愣一愣的。

　　见面过程原本进行得还算顺利，除了有点自来熟之外，周蕙对徐珊珊的印象还是不错的，她身上没有富家小姐的矫揉造作，为人比较真实。

　　正想着，突然周蕙的身后传来一声大喊："Surprise！"周蕙被吓了一跳，回过头一看，更是一惊，站在自己身后的竟然是一个蓝眼睛的外国人。

　　这个人是徐珊珊的画家朋友，名叫"John"，瑞典人，长得帅气，金色的头发，迷人的蓝色双眸。

　　徐珊珊欣喜地回过头，看见John，立刻抱了上去。

　　她的行为让周蕙吃了一惊。徐珊珊丢下周蕙一个人站在门口，和John两个人用英文开心地交流起来，举止亲密。不久，John走进了画廊。

　　周蕙一脸鄙夷的神情，压抑着心里的不满，询问徐珊珊："这是你家亲戚？"

　　"不是呀，是我大学同学，瑞典人！"徐珊珊哪里知道周蕙此刻的心情，仍带着一副没心没肺的表情，"阿姨，这里离红房子不远，我们去吃个午饭吧？"

　　此刻，徐珊珊在周蕙心中的印象已变得十分差，周蕙哪还有心情吃饭："不了，我今天过来办事的，知道你在这里办画展，顺路过来看看你的画。"说着，她停下来，顿了顿说，"海鹰不知道我过来，他说出差去看什么蚂蚁，我也搞不懂你们年轻人的事。我还有事，你忙你的，我走了。"

还没等徐珊珊反应过来，周蕙已经走了，剩下徐珊珊自己一脸迷茫地看着周蕙的背影渐渐消失。

中国在变化，浦东在发展，为了能够更好地向西方国家展示上海、展示浦东，赵国平萌生了一个想法，去旧金山举办一次"上海周·浦东日"主题活动，希望借这次活动把浦东这块招牌打出去。临行前，他特地就这次活动向卓老汇报。

"很好嘛，这样的活动就是要多办。"卓老思索片刻，提出了一个建议，"我们招商引资就是要把浦东开发的情况介绍清楚，但是对外招商的工作是一门艺术，要具备全球眼光和先进的理念。同时呢，也要让大家看到我们的真诚。所以呢，你们这次去美国，一定要做好充分的准备，这个准备不仅仅是材料，还要有心理准备啊。"

卓老的建议对赵国平来说太及时了，他有些兴奋："这一次的活动，美国给我们的反馈很积极，初步统计会有150多家的跨国公司总裁和执行官来听我们的报告。所以，吸引到这些人，让他们放心地来投资，这是我们的目标啊。"

卓老认为，浦东的开发，就是践行"解放思想，实事求是"。绝对不是来者不拒，而要有明确的指导思想，有所为，有所不为。"我们吸引外资，但同时也是要货比三家的嘛。不优秀的，不符合我们产业导向的，我们还不发这个通行证呢。"卓老给出自己的意见。

带着卓老的指导思想，赵国平一行人来到了美国旧金山。在这里，150多家跨国公司总裁和首席执行官齐聚一堂，新闻记者们的闪光灯不停地闪烁着。赵国平看到这个架势，努力抑制住自己内心的激动，作为中国的代表，他拿出了大国的气魄。

这时，多媒体屏幕上打出一句话："浦东投资环境很好，我很想去，但出于政治考虑，我还是想再等一等，看一看。"这是一条匿名的留言，写这句话的是参加活动的某个嘉宾。

赵国平见状，首先对来参加的企业家表示感谢，也感谢这条匿名留言者的坦诚。留言说出了在座的一部分企业家的顾虑，但他请大家不要把政治和经济混为一谈。他用有力的声音缓缓地说道："你们在这里犹豫不决的时候，已经有德国、日本、法国等国的企业来到了上海，来到了浦东。我们中国有一个词叫'捷足先登'。现在上海满大街都能看到桑塔纳和奥迪，但看不到美国的车。我们的很多家庭已经用上了日本的家用电器，冰箱、彩电，甚至刮胡刀，可是我们到现在还不知道美国有什么品牌的电器。法国和比利时的贝尔公司也已经占领了上海市场的制高点，可你们的 AT&T 虽然全球著名，却唯独失去中国这个巨大市场。我想，如果再等下去、看下去，恐怕失去的机会更多。"

他的话引起了现场热烈的反响，事后，不少企业家就直接敲定了来中国投资，投资上海、投资浦东。

会议结束后，赵国平在工作人员的簇拥下从礼堂走出来，身旁是华美贸易的总裁布朗。赵国平对布朗说："浦东将召开很多次国际招商会，到时候上海全市的优秀企业都会参加，如果布朗先生能够亲自来看一看，我想是上海的荣幸。"

布朗听完翻译的话，开心地说道："我十分欣赏上海的投资环境，上海是一座有实力又有情怀的城市。我很乐意开拓华美在中国的市场，到时候就从上海，从浦东开始！"

二人握手的一幕被现场的摄影师定格。

赵国平在美国的行程通过电视在国内播出，全中国的老百姓都看到了世界对中国的期待。同样，随赵国平等出访美国的记者也大出风头，这让梦想着能够成为一名外景记者的钱青青，只有眼巴巴羡慕的份儿。

这时，总编满脸愤怒地走过来，大家纷纷安静了下来。总编把手里的单子拍在了桌子上："都看看吧，这是你们最近两期的收视数据，坐滑梯快啊，再滑就到底了。"大家面面相觑，不敢说话。总编是一名地道的上海人，好胜心特别强，私下里大家都给他起外号叫"狮子"，寓意不领跑就不痛快。钱青青使劲往后面缩，生怕总编看到自己。

总编环视大家，最后把目光锁定躲在同事身后的钱青青："好好想想怎么挽救一下你们节目！总导演说了，他想看到一些新鲜的变化，新鲜，晓得哦？"

总编走后，大家才微微松了一口气。钱青青拍拍自己胸口，也长长地出了一口气，小声问自己的同事："李姐，这收视率在台里不还是可以吗，总编怎么那么生气？"

　　李姐笑着敲了一下她的头："那就是头狮子，不领跑就不痛快。"

　　组长敲敲桌子，示意大家安静。接着，他一边绕着会议室的桌子走，一边说："不怪上面冒火，观众不买账，你们自己把上期的节目调出来看看，嘉宾全程都在背书，主持人的互动也要总结，缺少吸引力。帮帮忙好不好，我看了都要睡着了，更别提让观众打电话进来互动了！"

　　组长说的编导们都懂，可是他们也没办法啊！台里编导本来就少，为了请嘉宾，仅有的几个人都跑断了腿。有限的精力，根本不能保证每一期节目都对观众胃口。大家叫苦连天，组长更加生气。他把目光转向钱青青，其实在面试的时候他没怎么看上钱青青，留下钱青青也是因为她口出狂言，说要请徐瀚之。原本大家都把这个当成笑话听听，没想到钱青青真的把徐瀚之给请到了现场。实习第一天，她就引爆了一个"重磅炸弹"，让组长刮目相看。整个实习期间，钱青青踏实肯干，也正因为此，组长才把她一直留在台里。现在救场的时候又到了，钱青青的人脉得用起来，组长暗暗地想。

　　"钱青青，你有没有什么想法？"

　　钱青青局促，左看看右看看："我这会儿也想不到谁……"

　　"钱青青，你来实习也有一些日子了，我一直觉得你脑子灵活，又肯做事。如果你能请来让收视率起死回生的嘉宾，我就给你打报告，转正，升责编。"组长保证着。

　　钱青青兴奋得差点跳起来："是，组长，我一定全力以赴！"

　　从电视台出来，钱青青没有去找赵海鹰，这次她要转变思路，换个人下手。

　　当钱青青拿着自己准备的饭菜来到吴一白家的时候，吴一白正在赶稿子，看到钱青青，有些吃惊。在他印象中，这是钱青青第一次找自己。

　　吃饭期间，钱青青看似无意地提到："一白哥，我们节目收视率下滑，总编、总导演都冒火了，今天总编跟我们开会，说是必须要请新鲜的嘉宾。"

　　吴一白也看过他们的节目："上次的嘉宾确实没选好。不过，请嘉宾这事不关你的事吧?"

"现在这嘉宾事大,关我们每个人的事。我们组长说了,我要是能请到新鲜的嘉宾,就给我转正呢!"

"是吗?那是好事啊。"吴一白说得很平淡。

"我也知道是好事,可新鲜、新鲜……哪有那么多新鲜的啊。而且最近台里给我们命题了,要做一个系列的金融话题,这就更难了。"说着,钱青青放下手中的饭盒,她觉得嘴里的饭菜没有了任何味道,难以下咽。

吴一白却不以为然,笑着说:"你啊,真是身在此山中,云深不知处!身边两个新鲜的大才子谢天阳、赵海鹰,你忘了吗?最关键的是,他们两个都还单身呢。你随便带一个去你们节目,我敢保证,所有上海的观众,懂金融的、不懂金融的,尤其是老阿姨,还有你们小姑娘,都会拼命往电视台打电话的!"

钱青青一下被吴一白点醒了,猛地站起来,一拍脑袋:是啊,赵海鹰和谢天阳不就是现成的金融家吗?还是这么年轻的企业家!他们的奋斗经历一定会对很多准备做金融的年轻人产生积极影响。想到这里,钱青青连饭也顾不上吃,撒腿就跑。

3

钱青青用了几个小时就赶出了一份策划案,交给组长。这个故事她太熟悉了,故事的主人公就是赵海鹰,说的也是赵海鹰的故事,一个连大学毕业证都没有拿到的金融天才的奋斗史。主编对这个话题非常感兴趣,同意开题。钱青青突然感觉眼前一片光明,剩下的就是搞定赵海鹰了。她再次来到陆家嘴的弄堂小院,准备亲自下厨做几个菜。吴一白没想到钱青青早上刚走,下午又跑来了,无奈只能默默地打起了下手。

张翔看着满桌子的菜,馋得直咽口水:"看在这菜的分上,我也提点下你。你海鹰哥,心里有伤疤。就你们那个节目,恨不得挖地三尺煽情!你去跟你们组长讲，换人，换谢天阳，财经大学优秀毕业生，又是美国华尔街镀过金回来的金融才子，全身上下没有任何瑕疵，播出去不要太轰动，包管你们电视台的电话会被打爆！"

钱青青明显对张翔的话很不满意，盖上锅盖，夺过张翔的筷子："别看了，又不是做给你吃的！"

张翔抢了一只蟹腿："哎，你这个小姑娘，怎么说翻脸就翻脸啊？上海女人脾气太大，惹不起啊，惹不起！"

"她人选已经报上去了，军令状也立了，现在改，来不及了。"一旁的吴一白说。

这时，赵海鹰下班回来，看着一桌子的菜，跟饿狼似的，拿起筷子就吃。张翔已经吃得差不多了，在一旁提醒他："这就叫吃人嘴软。"

吴一白瞪了张翔一眼，示意他不要乱说话。

"对了，翔子，你的股票怎么样了？"赵海鹰边吃边说道。

说起股票，张翔眉开眼笑："多亏了天阳指点我买继峰，这几天啊，一片红，一片红啊，形势大好！"

赵海鹰提醒他："继峰最近的波动有点儿不正常，你要小心谨慎啊，我怀疑后面有大庄家在抬高股价。你知道的，股市是有风险的，而且风险还不小。我听说有人借钱炒股，最后输得倾家荡产，你问老白，报纸上都有报道。照我说啊，我们要用一颗平常心对待金融产品，记住，没有捷径！"

可是张翔哪里听得进去，二人你一言我一语就吵了起来，好好的一顿饭，最后不欢而散。赵海鹰正准备走，被钱青青叫住了。

"我把你列为台里的嘉宾了。"钱青青兴奋地说。

赵海鹰愣了一下，继而说道："青青，你知道我的，我不愿意接受什么专访，更不可能去上什么电视节目。"

钱青青没想到会是这个结果，她承认请赵海鹰当嘉宾是有私心的，不过这点私心并不单单为了自己转正："我也是为了你啊，张翔哥说你心里有伤疤，叫我不要去触碰你的心事。可是，我是想，比起一帆风顺、春风得意的谢天阳，你，赵海鹰的经历更能给我们后来的年轻人一个鼓励，一纸文凭没有什么重要的，你在社会大学学到了更多，虽然没有那个毕业证，但是金融实战知识，你懂得比谁都不少。"钱青青把心里话全部说出来，却没想到，这些话深深地伤害了赵海鹰："你真是越来越像一个媒体人了，懂得揭我的伤疤去换收视率了，是吧？"语调虽轻，但是分量却很重。

这下，钱青青的眼睛里噙满泪水，直言道："我们大部分上海人，从小就在这斗室大的环境中长大，早早就懂得生活的艰辛，所以必须对所有的事情都精打细算。做了这么久节目，我经常听一些人说，上海人小家子气，没有北方人洒脱，对金融这种新兴的事物，了解得还不如广东一个渔婆！但是现在的上海，要建设国际金融中心，开放是最有效的一剂良药。海鹰哥，你的心也该开放起来了！"

赵海鹰没有回答，起身回到自己的房间。这一夜他彻夜未眠。

苏明康最近感觉诸事不顺，他没想到，公司董事会居然通过了成立企业部的提案，并且任命赵海鹰担任企业部总监。更让他无法接受的是，徐瀚之从投资部抽调了一些人手，安排进了企业部。虽然苏明康心里万般不情愿，但是只能默默忍受。

回到办公室后，苏明康压抑已久的怒火终于爆发，他把桌子上的文件都掀到了地上，发泄着自己的情绪。他没想到，徐瀚之居然在此刻走了进来，捡起地上的一个文件夹，放到了桌子上："明康，什么事发这么大脾气啊？"

苏明康大惊失色，赶忙道歉加解释："对不起，徐总，我没有控制好情绪。"

徐瀚之知道苏明康心里不舒服，甚至会认为自己对赵海鹰有偏袒，有情绪也是正常的："那就把肚子里的话都说出来吧。"

看徐瀚之这么说，苏明康也就不忌讳什么了："我也算是广瀚的元老了，这么多年我跟着徐总你兢兢业业地干，对公司忠心耿耿，业绩也是公司上下有目共睹。可是我在这个位置上就没有挪过窝，赵海鹰他凭什么和我平起平坐，我想不通。"

徐瀚之之所以一直用苏明康，哪怕他心里知道苏明康在背后陷害赵海鹰他也是睁一只眼闭一只眼，除了苏明康刚刚说的那些功绩外，还有一点就是苏明康这个人心里藏不住事，说话很直。徐瀚之解释道："任命赵海鹰为企业部总监，董事会是经过讨论的，有几个理由：第一，成立企业部是赵海鹰提出的，他对企业部的构想阐述得非常有说服力，得到了董事会一致的认可。第二，我们和永康合作之后，开拓了和国企合作的模式，让我们广瀚在同业中脱颖而出，这也是董事会非常看重的。第三，企业部，顾名思义就是要服务于企业。赵海鹰在永康这个项目上，亲力亲为做了很多的工作，也取得了很好的效果。董事会认为赵海鹰是企业部负责人的不二人选。"

苏明康反问道："投资部也是和企业打交道，有必要再成立一个企业部吗？"

"投资部的核心工作还是评估项目的价值和提出投融资的方案。而企业部，是在投资部的基础上，更深入全面地服务于企业。"徐瀚之解释道，"这两个部门各有所侧重，当然也有相互的交融。所以，我希望你尽快调整好情绪，不要影响工作。"

苏明康还想说什么，徐瀚之却不再给他机会："蚁神宝的项目暴露的问题越来越多，董事会已经向我施压了。如果短期内还不能扭转亏损的局面，我和你都没有办法向董事会交代。你是公司的元老，千万不要在这个时候顾此失彼。"

苏明康看着徐瀚之，眼神里有一种空洞的绝望。

赵海鹰刚刚坐到自己的新办公室，钱冬梅就来了。无事不登三宝殿，钱冬梅找赵海鹰是要问永康收购德兴制药的事情。

"我是负责市场的副总经理，公司这么大的收购案，我居然不知情，韩经理没有说，我大概能猜到原因，可是你为什么也不说？"钱冬梅语气中带着很强烈的埋怨。

原来钱冬梅参加公司的会议，会议上，韩要强拿出了一份详细的计划书，内容就是收购德兴制药。钱冬梅事先并没有接到通知，一看到计划书，当下就震惊了。她认为，永康这几年发展的速度很快，正是到了医疗器械技术的改革和创新的关键时期，人力、财力、物力都得放到医疗器械的研发以及生产和销售上。这个时候去收购一家中药研发公司，对永康并没有什么好处。她不明白，广瀚作为他们的合作方，为什么会支持这样的方案。

面对钱冬梅的质问，赵海鹰很意外，他解释道："第一，我不知道韩经理没有和你提过这个收购案；第二，我们也认为永康的发展方向并不能只局限在医疗器械上，而是要向健康产业方向发展，更能大展宏图；第三，德兴制药……"

"停停停，"钱冬梅打断了赵海鹰的话，"我不是来听你给我讲这些的，我现在需要你重新评估这个收购案，尤其是站在永康的立场上考虑收购案的弊端。"

"我们的方案里利弊都写得非常清楚，我想不需要再重新评估了，这是浪费时间和金钱啊。"赵海鹰的态度十分坚决。看钱冬梅有些动气，赵海鹰微微放缓了语气："大姐，你仔细看看那个收购计划书，我们做了很详细的收益预估，只要完成收购，未来的效益非常可观。当然了，收购案会在一定时期内造成永康资金周转的压力，不过我们广瀚就是解决资金问题的。"

可是钱冬梅根本听不进去，她认为赵海鹰是做投融资的，当然看重投资回报比，但是广瀚公司并没有考虑过永康真正的发展诉求。永康必须压缩医疗器械的投入来完成收购计划，这意味着会在一定时期内减产，这将是永康的损失。

钱冬梅的想法赵海鹰很理解，她是做市场的，当然不希望永康的减产。他希望钱冬梅能够理解他的专业判断，毕竟有舍才有得，永康要拓展新领域，适当的牺牲和取舍是必要的。

可是在气头上的钱冬梅哪里听得进赵海鹰说的这些，她现在满脑子都是永康的经济效益，她质问赵海鹰："如果德兴制药的效益不能达到预期怎么办？如果永康资金断链怎么办？你负得了这个责任吗？"

赵海鹰还没回答，钱冬梅已经夺门而出。赵海鹰知道，钱冬梅根本不是在询问自己，而是在指责自己。

就在这时，赵海鹰接到了吴一白的电话，让他火速到外滩江边，有急事跟他说。还没等赵海鹰回答，电话就挂断了。赵海鹰心力交瘁，拿起包就往外走。

吴一白最近发现了一些新的情况，他查到蚁神宝正在做上市的准备，不过他无意中发现蚁神宝的财务状况有一些问题。他把这个情况跟马跃汇报了，马跃的态度很明确，蚁神宝通过各种渠道短时间内在上海引起了骚动，很多市民都有参加和投资，如果这个时候真的查出来蚁神宝有问题，那就是特大新闻。以马跃的经验，特大新闻，就会有特大代价。

这反倒让吴一白更想要去查个清楚，他准备亲自到蚁神宝的车间摸摸底。临出门前，马跃提醒他小心行事，此外，在没有真凭实据之前，必须保密，对社里任何人都不能透露一个字。不过吴一白还是在一次酒后把这件事情告诉了赵海鹰，这也足以看出他对赵海鹰的信任。

努力很快得到了回报，据他暗访调查，蚁神宝就是一个骗子公司，养殖户的蚂蚁根本没有经过筛选，而且蚁神宝公司把收上来的蚂蚁做了销毁，根本不是他们说的销毁不合格蚂蚁，而是全部销毁。他已经拿到了一些证据，他怀疑他们的产品有问题，只是关键性的证据还没有拿到，他需要帮助，而眼前唯一能够帮他的人只有赵海鹰。

赵海鹰来到约定的地点后，看到吴一白一个人站在江边，面朝黄浦江，有些出神。他知道肯定有大事。

一见到赵海鹰，吴一白就把一个信封递给他。赵海鹰打开信封，里面是一些蚂蚁养殖户的照片。

吴一白解释道："不去不知道，去了真的是吓一跳。这些养殖户的蚂蚁根本没有经过筛选，而且蚁神宝公司把收上来的蚂蚁做了销毁，根本不是他们说的销毁不合格蚂蚁，而是全部百分百销毁。"

"销毁也许是为了知识产权保护，这能说明什么问题呢？"赵海鹰有些好奇。

"不，我已经拿到了一些证据，我怀疑他们的产品有问题，只是关键性的证据还没有拿到。"吴一白十分认真地说。

但是赵海鹰曾经见到过蚁神宝的产品质检报告，是没有问题的。看赵海鹰还是不相信自己，吴一白急了："你怎么还不明白，这件事情不是表面这么简单的。"

看到吴一白十分认真的表情，赵海鹰才意识到问题的严重性。此事牵扯面太大，一步错，就会导致蚁神宝崩盘，到时候受到损失的不单单是几个公司，还有千百万的股民以及正在服用蚁神宝的顾客，所以必须保密，不能打草惊蛇。

但是只靠他们两个估计难以完成调查，赵海鹰问道："谁也不能信吗？"

"有个人可以试试，如果得到她的帮助，可能会更快找到实质性证据。"

从吴一白眼神中，赵海鹰就知道他说的是谁，多年的友情让彼此形成了默契。

当接到赵海鹰电话的时候，陈梦蕾有些吃惊，尤其是赵海鹰约她来到了他们在一起时经常约会的西餐厅，同时，选择了他们之前最喜欢的靠窗位置。

陈梦蕾特地穿了一身简约的白色长裙，这是赵海鹰最喜欢的颜色。她看着窗外的景色，感觉又回到了从前："这里一点都没有变，从这里看出去还是这么美。"

赵海鹰的心猛地痛了一下："本来你回国，我早就想请你和查尔德先生吃饭的，可一直都太忙了，所以……"

陈梦蕾打断赵海鹰的客套话，转移话题："我听说你升职了，恭喜啊。"

"我也应该恭喜你，和天阳合作还好吗？"赵海鹰试探地问。

"合作总会有分歧和矛盾，他是不是跟你抱怨我了？"

"你们的分歧不会是蚁神宝的项目吧？"说完，赵海鹰看了一下陈梦蕾的脸色，继续说道，"如果你是想试探我对这个项目的态度，我可以明确告诉你，我不看好蚁神宝。"

赵海鹰看着陈梦蕾，这么多年过去了，她的性格一点没变。赵海鹰把信推给陈梦蕾，她看后惊呆了。

"梦蕾，蚁神宝的项目关系到汉斯国际，也关系到广瀚。我想只有你有能力想办法调查蚁神宝的产品。"

"坦白说，之前我对蚁神宝的产品检测并不是百分之百放心。但是查尔德请美国的机构做过复检，没有问题。"

陈梦蕾的话更加引起了赵海鹰的关注，按理说，美国的复查制度非常严格，不会连这个问题都看不出来，难道真的是自己多虑了？

陈梦蕾看出赵海鹰的迟疑，犹豫了一下，说道："既然我们都有怀疑，我会想办法调查清楚。"

赵海鹰等的就是这句话。这次谈话也让陈梦蕾很是开心，两个人说起过去的时光，聊得很不错。

回到办公室之后，赵海鹰的脑袋立刻疼了起来，因为他又看到那位难伺候的大小姐徐珊珊。徐珊珊半刻不让赵海鹰消停，拉着他往东方电视台赶。

此时在东方电视台，钱青青正在焦急地等待着。之前她求徐珊珊帮忙邀请徐瀚之做嘉宾，没想到真的成功了；这次她又找到徐珊珊，没想到徐珊珊还是特别爽快，一口答应。

就在直播开始前的 10 分钟，徐珊珊拉着赵海鹰匆匆赶来。赵海鹰不明所以，徐珊珊直接撂下话："爸爸出差去了，这次的节目关系到广瀚公司的形象和未来，你必须接受采访。你不信我，可以问问爸爸，看我敢不敢拿这么大的事情开玩笑！"

赵海鹰怎么可能真的去打电话，还没反应过来，就被一堆化妆的、拿衣服的给包围了。时间不等人，在钱青青恳求的眼光下，赵海鹰坐到了摄像机前。

钱青青心有余悸地盯着监视器："我真的好紧张，我欺骗了海鹰哥，这是直播、直播，万一节目出什么问题怎么办？"

同事安慰她："不会的，导演组跟赵海鹰说的就是试录，他很放松，如果他真的很有水平，节目一定会顺利的。虽然冒险，不过也许有意外收获呢。"

这时，组长走过来表扬她，看得出组长对赵海鹰很满意，说这个人能力强，态度谦和，最难得的是人长得帅，还有富家千金倒追，愿意在全上海人面前求婚："青青，我们这次的收视率要爆啊，我看这次节目播出去，台里能给你升责编了……"

组长说的话钱青青没有听清，唯独"求婚"两个字，钱青青听得格外清楚。

还没等钱青青反应过来，只看见监视器里徐珊珊一身婚纱，捧着鲜艳的玫瑰花走到赵海鹰面前："赵海鹰，从我见到你的第一眼，我就爱上了你，我就认定了你。我在美国学习和生活了很多年，可能在你眼里，我太过直接，不过没有关系，我爱你，就要让你知道，我想跟你在一起。我愿意让全上海收看这个节目的观众成为我们幸福的见证人。"

赵海鹰满脸惊愕，缓缓站起来。徐珊珊把花递到了他面前："赵海鹰，我今天当着这么多人的面向你求婚，请你让我嫁给你，做你的妻子。不管未来是什么样子，我们都一起面对困难，分享快乐，好吗？"

这时，全场响起了"愿意，愿意，愿意！"的叫喊声，现场的导演，工作人员也跟着起哄。

徐珊珊眼里闪烁着激动的泪光。赵海鹰接过了鲜花，此刻他的心情难以言表："如果要求婚，也应该是我向你求婚……"赵海鹰缓缓地说，徐珊珊听到这句话，尖叫着扑进赵海鹰的怀里。

此时，全上海的市民通过电视屏幕，见证了徐珊珊求婚的这一幕。徐珊珊更是被很多女性奉为偶像。

徐瀚之则是气得火冒三丈，准备好好教训教训徐珊珊，没想到女儿见到他非但不害怕，反倒一脸的幸福，还主动向他和袁敏打招呼。

徐瀚之放下报纸，没有理会。徐珊珊见状，赶紧挽着徐瀚之，各种撒娇。徐瀚之无奈，木已成舟，女儿已经向全世界宣布了自己要和赵海鹰结婚的事情，现在说什么都来不及了，不过他还是板着脸："你不要以为来个先斩后奏，昭告天下就万事大吉了！我告诉你，结婚是人生大事，必须按照规矩来，双方父母先见一下！再领证！"徐珊珊一脸不在乎，答应都听父亲的。

婚礼很快就举行了，婚宴就设在徐珊珊的画廊，现场被布置成了一场画展，全是徐珊珊自己的作品；内容呢，都是徐珊珊和赵海鹰，两个人一路走来的嬉笑怒骂。来参加仪式的宾客都被这种新颖的方式吸引。整个婚礼现场清新脱俗，充满了艺术气息，就连一向苛刻的徐敬之都赞誉有加。

陈梦蕾和查尔德也应邀来到了婚礼现场。一会儿的工夫，查尔德就被上海各界商业精英团团围住。陈梦蕾觉得婚礼现场太闷了，索性走出了宴会厅，仔细观察徐珊珊的画作。一幅画着赵海鹰的油画引起了陈梦蕾的关注，她默默地站在油画前，愣了很久。

徐珊珊看到陈梦蕾，故意大方地走过来："这幅画，你看了很久，喜欢吗？"

"画得很好。"陈梦蕾回答道。

徐珊珊故意说道："这是我和海鹰第一次见面的情景，虽然有点滑稽，但却是我们缘分的开始。"

听到这里，陈梦蕾沉默了。

这时，袁敏从宴会厅走过来，她找徐珊珊都快找疯了，要拍大合照，新娘却找不着了。徐珊珊向陈梦蕾匆匆告别，冲回宴会厅。

陈梦蕾看着袁敏的背影，意识到了什么，往前走了几步想追上去，又停住了。

婚礼结束后，陈梦蕾直接回到了父亲家，打开门，家里一片黑暗，毕竟是老旧的职工楼，光线很差。

陈梦蕾窗帘都没拉，直接扑在床上，泪水浸湿了衣襟。电话铃声响个不停，她却不想去接，她今天就想在父亲家住，哪儿都不想去。

看到女儿满脸的失落，陈建华心里大概猜到了一些，最后索性带女儿来到了杨浦大桥的工地上。夜已经深了，工地上灯火辉煌却寂静无声。

陈建华遥望远处的杨浦大桥，自豪地说："蕾蕾，你看，爸爸参与设计的上海杨浦大桥完工了，主桥 602 米长，像不像一道横跨浦江的彩虹？要知道，在世界同类型斜拉桥中，杨浦大桥可是雄踞第一名的。"

看着两鬓斑白的父亲，看着父亲骄傲的神情，陈梦蕾的心融化了。她知道父亲的心血都融在了这钢筋混凝土里，而她早早地去了美国，错过了太多和父亲分享努力的快乐，分担艰辛和压力的时光。看着眼前的父亲，看着壮美的杨浦大桥，陈梦蕾的心中升腾起一种久违的自豪。

钱青青参加完赵海鹰的婚礼后，心情跌落到谷底。虽然这次她没有再大闹婚礼现场，不过整个婚礼上她没有露出一次笑容，所有的目光都注视在新郎官赵海鹰的脸上。

这一切都被谢天阳看在眼里。婚礼过后，谢天阳再次把钱青青约出来。

黄昏时分，皋兰路老教堂法国餐厅，二楼在教堂的尖顶之下，阳光透射着五彩的玻璃。莫扎特优雅的钢琴曲天籁般地响彻，这是谢天阳特地准备的。整个饭店里，只有他一个客人。谢天阳静静坐在那里，从斜阳的午后，等到暮色四合的黄昏，钱青青始终没有出现。

时间一分一秒地过去，谢天阳看看时间，并没有要走的意思，而是拿出自己带来的文件处理起来。侍者无聊地在等待下班。

这时，钱青青终于出现了，走向他，有些不好意思："对不起，我迟到了，路上太堵了。"

谢天阳站起来接过钱青青的衣服和包，为她拉开椅子，很绅士地说："没关系，在这么美的地方，等一个这样美的小姐，我乐意至极。"

钱青青根本没意识到谢天阳的用意："你找我有什么事吗？别告诉我又是向我告白的！帮帮忙，别逗我了！"

听钱青青这么说，谢天阳的心里猛地抽了一下："我知道，赵海鹰和徐珊珊结婚，你心情不好，我去找了你几次，你也是避而不见。今天，你终于还是赏光来了，我就想请你吃正宗的法国大餐，让你开心。"

可是钱青青根本吃不惯这些所谓的法国大餐，她对谢天阳也没有一丝好感，前来赴宴也就是想跟谢天阳彻底说清楚，她吃不惯谢天阳口中的这些好东西，也不打算尝试谢天阳所谓的有品质的生活，她就是个土生土长的弄堂小囡。

看钱青青要走，谢天阳一把拉住了她的手，深情告白："青青，我是真的喜欢你，为什么就不能给我们一个机会？我有能力让你过得幸福。你和我在一起，你愿意工作就工作，不愿意工作，你可以回家享受生活，这样不好吗？"

钱青青努力挣脱了谢天阳的手："对不起，谢大哥，我谢谢你对我说这些话，但是我们不合适。"

这下，谢天阳终于失去了耐心。难道赵海鹰就合适吗？自己哪一点比不上赵海鹰："我是财经大学的优秀毕业生，他连个毕业证都没拿到。我出国是在华尔街工作，他呢？在交易所当保安。现在，我回国就办了上海数一数二的金融公司，而你的海鹰哥呢？如果不是做了徐瀚之的乘龙快婿，他十年也赶不上我！"

听谢天阳这么说，钱青青彻底对他失去了好感。他们可是最好的同学啊！就凭他刚才说的这番话，谢天阳就比不上赵海鹰，最起码他的人格比赵海鹰差太多了。

话都说到这个份上，钱青青一刻也待不下去了，拿起东西扬长而去。

谢天阳看着钱青青离开的背影，气得把桌子上的盘子摔在了地上，眼神里充满了嫉妒与愤怒。

第十三章

股市之痛　生命之轻

1

上海证券交易所大厅里没有了往日的热闹，传来一阵阵哀号和悲泣。张翔表情呆滞地站在显示屏前面，看着满屏的绿色，双目失去了往日的神采。就在刚刚，他一直引以为豪的继峰股份的股票彻底跌停。之前赵海鹰提醒过他，继峰股份的波动太不正常，让他赶快撤出来，可是他赚钱赚得正高兴，根本就听不进去，反而怪赵海鹰不给他提供内幕消息。他之所以这么相信继峰股票，是因为谢天阳一直建议他要做就做大的，没有风险哪里来的收益，而且谢天阳向他保证继峰绝对没有问题。张翔信以为真，不光把自己准备给母亲治病的钱全部砸了进去，还把公司要给客户的工程款也全部"借用"过来，准备大赚一笔之后就收手。

现在继峰股票跌停了，他所有的钱都赔了进去。张翔的额头上渗出大颗大颗的汗珠，但他却觉得格外冷，冰冷的身体渐渐变得麻木。他的耳边不停地传来各种声音，领导指责的声音、母亲要钱的声音、赵海鹰劝说的声音。证券所的憋闷的空气让他喘不过气，他冲出大门，试图逃离这一切。

张翔一口气跑到大厦顶层，大口喘着气，阴冷的空气令他战栗。他走到大厦的边缘，看着眼前的上海，这里是他梦开始的地方，也是他梦终结的地方。他痛苦地闭上眼睛，身体感觉很轻，脚下像踩着棉花，轻飘飘走向边缘。风迎面吹着，吹乱了他的头发。他失魂落魄，竟然一滴眼泪都没有。他身体缓缓前倾，他感觉好累，身体不自觉向前倾斜，紧接着一跃而下。这一刻，他感觉自己在飞，他从没有像现在这样自由过、轻松过，笑容挂在脸上，身体自由落体似的往下落。

当吴一白赶到现场的时候，看到张翔躺在冰冷的地上，鲜血从身体下漫溢开，眼睛还睁着。吴一白吓傻了，张着嘴却觉得嗓子像被什么堵着似的，喊不出声音来。身后的同行记者们涌动着，争先恐后地要拍摄一张震撼的图片，周围的老百姓也发出各种尖叫和议论的声音，但是吴一白却什么也听不见。

张翔的父母原本是来上海看儿子的，没想到等到的却是儿子自杀的消息。老两口来到张翔跳楼的位置，张翔的母亲把染有张翔血迹的泥土挖了出来，用布包好，张翔的父亲为张翔点香悼念。张翔的骨灰盒包着一块红布，安放在一边，同学们在旁边无声伫立。张翔的父母头发苍白，在阳光下刺痛着在场每个同学的眼睛。

看着眼前的一切，吴一白盯着谢天阳，眼神中充满了愤怒和仇恨。谢天阳却像没事儿人似的，扶起张翔的父母。吴一白再也无法忍受谢天阳的虚情假意，紧握的拳头挥向了谢天阳。

"要不是你，张翔就不会死！"吴一白指着谢天阳怒吼道。

谢天阳被突如其来的攻击打蒙了，捂着脸连退几步才站稳："老白，你是不是疯了？张翔跳楼跟我有什么关系？"

看着谢天阳伪善的脸，吴一白怒火中烧，冲上去又要打谢天阳，没想到却被谢天阳几招就撂倒在地。

赵海鹰拉开谢天阳，质问道："你知道张翔为什么跳楼吗？"这下，谢天阳倒是不出声了。"他就是太相信你，以为能靠着一只股票发财，挪用了公款炒股……"赵海鹰虽然嘴上这么说，但他觉得自己没资格去责怪谢天阳，因为自己也是杀死张翔的间接凶手，如果当初不是他让张翔接触到股票，张翔不可能陷得这么深。想到这里，赵海鹰懊悔不已。

不过，谢天阳却一点都不懊悔，对于张翔的死，他也很悲痛，不过他认为张翔的结局只能说明他贪心过分，不听劝而已。

看到谢天阳是这种态度，吴一白的怒火再次燃起。如果不是谢天阳一直劝张翔买股票，张翔怎么可能会不听赵海鹰的劝说。如果真像谢天阳所说的那样，为什么张翔亏得血本无归，谢天阳却能够全身而退？同样，赵海鹰在吴一白的提醒下也特地去调查过，继峰股票连续暴跌之前，谢天阳就已经全部卖出了，不但没有损失一分钱，反而还大赚了一笔。

面对大家的盘问，谢天阳脸上挂不住了，灰溜溜地走了。

张翔的死，对吴一白影响很大，他像是变了一个人，根本没有心情工作。张翔跳楼的新闻引起了很大的社会反响，这个新闻原本是吴一白负责的，但看着电脑上空荡荡的文档，吴一白一个字也写不出来。原本他们报社是第一个知道跳楼信息的，可是却因为吴一白的缘故，报道迟迟未出。马跃知道他和张翔的关系，也没追究他的责任，让他回家好好休息。为了转移注意力，吴一白把所有的精力都投入到蚁神宝事件的调查上。

夜幕下，奔腾的黄浦江暗潮涌动，江面翻起浪花，一个接着一个。做完调查的吴一白背着背包，走进了弄堂口。

忽然，前面跑出来三个手拿棍子的黑衣人，二话不说对他一顿暴打，相机被砸了个粉碎。吴一白因为拼命保护相机，身受重伤，被过往的路人发现，送到了医院。

当赵海鹰得到吴一白住院的消息后，整个人瞬间石化。他丢下手上的工作，连闯了几个红灯，终于赶到了医院，看到的却是额头上缠着绷带、脸上还罩着氧气罩的吴一白。

赵海鹰吓得脸色惨白，他走到吴一白病床前，伸出手在他眼前晃晃："老白，老白，你看得到吗，这是几？"

看吴一白不出声，赵海鹰瞬间一身冷汗，脑袋一阵发麻。他已经失去了一个好朋友，如果连吴一白也……想到这里，赵海鹰不自觉地打了个寒战。他不停地叫着"老白""老白"，直到吴一白缓缓地睁开眼睛，赵海鹰兴奋得就差尖叫了。

吴一白示意赵海鹰取下氧气罩。他很幸运，只是因殴打引起了脑震荡，加上最近心情不佳，准备好好休息一下，可是赵海鹰在他耳朵边一直叫唤，让他不醒也难。

赵海鹰却是一脸紧张："老白，你别着急啊。到底怎么回事，你慢慢说。"

"有人买凶打我……"吴一白虚弱地说。

"你说什么？"赵海鹰一脸惊讶。吴一白的相机被砸，身上的钱包、手表都不见了，大家都以为他遇到了抢劫。

　　不过吴一白却非常肯定，他虽然有点头晕，记忆力却不差："不，那个人好像认识我，还叫出了我的名字……如果不是受雇于人，怎么可能会这样。"

　　"你真的不认识对方吗？"赵海鹰追问。

　　吴一白摇头。在他的记忆中从来没见过那三个人，甚至连声音都没听过。

　　"买凶者除了方大力，我想不出第二个人……"吴一白肯定地说。

　　从医院出来，赵海鹰就接到了陈梦蕾的电话，约他到外滩见面。

　　一见面，陈梦蕾就拿出了一份从美国寄来的产品检验报告。赵海鹰一边看，陈梦蕾一边解释："这两份检验报告，内容一模一样，结论完全不同。"说到这儿，陈梦蕾顿了顿，压低了声音："也就是说，方大力在提供的送检样品上做了手脚。"

　　吴一白被打，陈梦蕾又拿到了造假检验报告，所有的证据直指方大力，看来这个方大力真的有问题。

　　"你想怎么办？"陈梦蕾问道。

　　赵海鹰思索了一下："我必须马上回公司，把这个交给徐总。"

　　"我也要回汉斯国际，不管谢天阳是否知情，这个项目必须马上停止。至于证监会那边……"

　　"交给我去办吧。"

　　陈梦蕾却说出了自己的担忧。几天前，谢天阳特地找了她和查尔德，告诉他们蚁神宝重新启动了上市的计划，当时陈梦蕾特地留了一手，让谢天阳暂缓一下给蚁神宝追加的第二笔资金。

　　赵海鹰知道陈梦蕾担心的是什么，他试探性地问："梦蕾，你想过没有，如果谢天阳，又或者是……你的丈夫查尔德，他们都知道真相，会是什么结果？"

　　陈梦蕾的眼神明显回避了一下，片刻后，她语气坚定地说："我想过，任何人，任何情况都不能让我们突破底线。"

　　赵海鹰要的就是这句话。与陈梦蕾分开后，他直接来到了广瀚公司，把自己查到的事实全部告诉了徐瀚之。徐瀚之慌忙接过报告，看着看着，脸色大变："怎么会这样？怎么有两份结论完全相反的美国鉴定报告？"

"方大力欺骗了我们，调换了送检的样品。"

徐瀚之一巴掌拍在桌子上，突然胸口剧痛，栽倒在地。

另一边，陈梦蕾也把自己查到的资料交给了谢天阳，并且提醒他必须立刻终止这个项目。

谢天阳看到两份资料后，脸色惨白，他不敢相信会是这种情况，情绪几近失控。

"天阳，你冷静一点。"陈梦蕾安抚道，又仔细斟酌了一下，"马上启动应急程序吧。"

谢天阳显然还没想好，如果真的启动应急程序，他会亏很多钱，搞不好连自己的汉斯公司都要搭进去。

"没有时间想了。"陈梦蕾提醒道，"纸包不住火，这件事方大力很快就会知道，他一旦跑掉，事情会更麻烦。好在我们的第二笔追加资金还没有转过去。"

自始至终，陈梦蕾都非常冷静，她没有注意到谢天阳紧握的拳头已经冒出了青筋。人算不如天算，谢天阳算来算去，没想到自己居然会被方大力这个土包子给骗了。他以最快的速度整理思路，得出的结果是：目前唯一的靠山只有查尔德。但是这次事件很可能让查尔德怀疑是他和方大力合伙欺骗他。想到这里，他看着陈梦蕾，哀求道："梦蕾，你相信我，我真的不知情，我绝不会害你和查尔德先生的。总部那边一定会问责，你们如果现在撤资，我就真的死无葬身之地了。梦蕾，你一定要相信我啊。"

陈梦蕾看到谢天阳的样子，十分厌恶："老白就是因为暗访调查蚁神宝的事，结果被人打了，现在还在医院里。"陈梦蕾带着几分埋怨。虽然在张翔的事情上她没有开口，可是她相信赵海鹰不会无凭无据冤枉谢天阳，没想到到现在谢天阳还是不愿意放弃利益，"虽然没什么证据，我们都怀疑是方大力干的，他可能已经有防备了。所以，天阳，损失再大也必须割除这个毒瘤。"

这下，谢天阳彻底绝望了，他痛苦地一拳头打在桌子上。事已至此，他虽然不甘心，却也别无选择。

2

秋风萧瑟，层林尽染，不知不觉已经过去一周。吴一白头上的绷带还没有去掉，但他坚持要出院，他等不了了。

出租屋内，时间一分一秒地过去，夜越来越深，已经过了约定的时间，但陈梦蕾迟迟没来。

吴一白有些担心，陈梦蕾和查尔德毕竟同在一个屋檐下，万一被查尔德发现，陈梦蕾的处境就会有危险。

"发现了又怎么样，上海是法制社会，即便他是丈夫，也没有权利限制妻子的行动自由。"赵海鹰嘴上虽然这么说，但是心里还是有些不安，他不停地看手表，焦急地等待着。

吴一白心里藏不住话："我们这样做，会不会给梦蕾带来什么麻烦？"

连赵海鹰也变得焦虑起来："梦蕾这么做，也是为了自己丈夫好。你也看了蚁神宝的配方了，如果真的是添加了兴奋剂，那么多不明真相的消费者吃了，他们也要承担责任的。"

正说着，陈梦蕾背着包走了进来，

吴一白赶紧迎上来："梦蕾，查尔德他没难为你吧？"

"谢谢关心，老白。"陈梦蕾低下头，轻轻地说，"查尔德昨天晚上连夜飞回了美国。"

赵海鹰如释重负，赶紧把之前的三份检测报告拿出来，比对后，又递给吴一白。吴一白擦擦眼镜，把报告凑到灯光下，反复核对。

"我已经核对过了，蚁神宝产品造假，铁证如山……"

突然，门被推开，三个人吓了一跳。徐珊珊冲进屋子，扑过去就和吴一白争抢检测报告。

原来，徐瀚之经过抢救，暂时脱离了危险。赵海鹰不想对徐珊珊有所隐瞒，把蚁神宝的事情全部告诉她了。徐珊珊听后苦苦哀求赵海鹰，不要去告发蚁神宝。她不懂什么蚂蚁的项目，她只知道，以徐瀚之目前的情况，不能再受到一点刺激，如果这个项目停止，很可能会直接导致广瀚破产。钱没了不要紧，但是徐珊珊知道，广瀚就是徐瀚之的命。

吃过晚饭，赵海鹰接了个电话就匆匆离家了。徐珊珊疑窦丛生，也跟了出来。这是她第一次跟踪赵海鹰，没想到却看到赵海鹰和陈梦蕾先后走进吴一白的家。这下，徐珊珊的精神彻底被击垮，她直接冲了进来。

赵海鹰清楚地看到妻子方才看自己的眼神，其中夹杂着仇恨。他赶紧过去拦下妻子，问道："珊珊，你怎么到这里来了？"

徐珊珊根本无法接受赵海鹰和陈梦蕾在一起的事实，更加无法理解陈梦蕾。她看着丈夫，质问道："这件事到底背后隐藏了什么？为什么陈梦蕾为了你愿意背叛自己的丈夫？"她把目光转向陈梦蕾，毫不客气地说，"这个项目让你不惜背叛自己的丈夫，让我的丈夫不顾岳父的安危，不惜牺牲全部家业。整个项目在执行过程中难道你们都没有察觉丝毫的问题，直到快要上市了，直到我爸爸把所有身家都投入了，你们才出来揭露真相，这算什么？！"

"不是的，徐小姐，我们也是刚刚才知道蚁神宝的产品作假。之前我们根本……"陈梦蕾刚开口，只听啪的一声，徐珊珊竟然反手抽了陈梦蕾一个耳光。

在场的所有人都惊呆了。赵海鹰见状，挡在陈梦蕾面前，冲着徐珊珊大喊道："珊珊，你怎么能这样？！"这是结婚后，赵海鹰第一次对徐珊珊发火。

徐珊珊的眼泪在眼眶里打转："怎么，心疼了？"说这话的时候，她却感觉自己的心口痛得厉害。

一旁的吴一白冲上来，试图解释："海鹰确实一直反对蚁神宝这个项目，但是广瀚毕竟是你爸爸说了算，他其实也很无奈。"

徐珊珊根本听不进去，依旧不依不饶："既然是我爸爸说了算，那为什么现在你又要反对他的意思，一意孤行要却揭发这个项目呢？"

说着，徐珊珊竟然冲上来抢夺吴一白手上的报告。争抢时，她一把推倒了陈梦蕾。

这下，赵海鹰真的生气了，他一把拉开徐珊珊，伸手去扶摔倒在地的陈梦蕾，陈梦蕾却有意躲开，自己站了起来。

徐珊珊看着眼前的一切，突然有种世界崩塌的感觉，她再也忍不了了，冲着赵海鹰大吼道："你和陈梦蕾才是一起的，你们都是大义灭亲的英雄，归根到底，我们是两类人！在我眼里，亲情高于一切。哪怕是坐牢，我也要陪着我爸！"

陈梦蕾看着徐珊珊，竟有一丝同情眼前的这个女人："在我看来，我的所作所为完全对得起我的丈夫，你以为我在害他，恰恰相反，我是在挽救他。徐小姐，请你控制好自己的言行，报告我可以给你，无论你打算怎么做，我都一定会去终止这个项目。"说完，陈梦蕾头也不回地离开了。

回到徐家之后，徐珊珊使出浑身解数，就是不让赵海鹰出门。赵海鹰已经受够眼前的徐珊珊，眼下，他认为最好的办法就是让她好好冷静一下。

他们的争吵声传到了楼上徐瀚之的房间，徐瀚之让袁敏把徐珊珊带回房间，准备亲自和赵海鹰聊一聊。

"海鹰啊，自从我第一次见到你，我就预感，你会是一个出色的金融家。所以，我不遗余力地栽培你，力排众议让你到广瀚公司，一直支持你的工作，包容你的成长。后来，又把宝贝女儿嫁给你。我已经是你的父亲了，我们是一家人啊。30%的股权，我可以马上准备合同，赠股！"徐瀚之已经失去了往日的神采，面容憔悴。

不过，赵海鹰却拒绝了："就是因为我们是一家人，我才要劝你，到此为止吧。钱损失了可以再挣，我们一定可以让广瀚东山再起的！"

听赵海鹰这么说，徐瀚之险些跌倒，他苦苦哀求道："海鹰，广瀚公司是我毕生的心血，这层窗户纸一旦捅破，一切就都毁了。"

赵海鹰心里清楚，徐瀚之对他有知遇之恩，也正是徐瀚之让他明白了金融的现实意义，正因为如此，他才要极力相劝："广瀚是您的心血，这我比谁都清楚。可是您有没有想过，那些老百姓的心血，他们把省吃俭用的钱拿去买假货，买蚁神宝的时候，有谁在心疼他们的心血啊？爸，我们之前是受害者，但是现在证据就在我们手里，我们不能和方大力同流合污啊。"

徐瀚之听着赵海鹰的话，知道他主意已定。眼前的赵海鹰已经不是他当年初识时那个年轻稚嫩的小伙子了，俨然一位成熟的股票经纪人。他深深地叹了口气，让赵海鹰离开了。

走出徐家，天空飘起了小雨。赵海鹰站在大门外，雨水淋湿了他的头发。他知道这一步只要踏出去，将无法再回头，他和徐珊珊的感情，他和广瀚的关系都将随着雨水的洗刷，彻底消失。他有些迟疑，他不知道自己的选择是否正确，他站在雨中，任由雨水冲刷着自己的脸颊，最后，他想起了徐敬之，想起徐敬之曾经在课上告诉他的话："这世上只有一小部分人知道自己是谁，始终坚持做自己，这非常难。"他看着前方的路，勇敢地大踏步走了出去……

来到徐敬之家的门前，赵海鹰已经被淋成了落汤鸡。他犹豫不决，手抬起来又放下，但最终敲响了大门。

徐敬之看着被雨淋透了的学生，一脸惊讶："海鹰，发生了什么事？快进来。"

赵海鹰有些不好意思，毕竟之前自己把徐敬之气得够呛："对不起，徐教授，我走着走着就走到学校来了。这么晚了，打扰您了吧？我改天再来吧！"

徐敬之看出赵海鹰心神不宁，拉住他，同时让老伴给他煮了碗姜汤。

当赵海鹰把事情一五一十地说了之后，徐敬之久久陷入沉思。这件事情对赵海鹰来说，确实太为难了，他知道事情一旦败露，自己的弟弟会面临怎样的打击，但他更欣赏赵海鹰的坦荡。他告诉赵海鹰："以前，我给你们上金融课的时候，就经常告诫你们，投机是一切金融罪恶的根源，金融市场，从来没有捷径。现在，我依然坚持这个观点。"

听着徐瀚之的话，赵海鹰心里的结突然解开了。比起自己，徐敬之教授内心肯定更为纠结，毕竟那是自己的亲弟弟，但是徐敬之既然能够如此坦荡地跟自己说，那自己还有什么好犹豫的呢？赵海鹰满含热泪，端起手中的姜汤一饮而尽，对着徐敬之深深鞠躬表示感谢。他终于知道该怎么做了。

就在赵海鹰把方大力的虚假文件交给审委会的时候，徐瀚之因为接到了一通电话，彻底被打垮了。原来苏明康一直暗度陈仓，把公司账面上的钱全部转移了，已携款潜逃。徐瀚之听到这个消息后无法接受，再次晕倒。

虽然手术成功，但是徐瀚之却深度昏迷，情况很不乐观。医生告诉徐珊珊，徐瀚之的生命体征很不稳定，这种深度昏迷的病人，一旦昏迷超过一定时间，就可能永远醒不过来了。徐珊珊听后，当场晕倒。

蚁神宝造假的消息很快通过各大媒体揭露了出来，在全国引起轰动。查尔德得知了这个消息后震怒了，他把谢天阳叫到了自己的私人会所，虽然没有明着说，但是大概的意思就是怪谢天阳太鲁莽，没有考虑好就启动应急程序。

谢天阳一脸委屈，把所有的责任全部推到陈梦蕾的身上。他知道查尔德不能把陈梦蕾怎么样，但是如果自己得罪了查尔德，肯定会死得很惨。

他这点小心思哪里能够逃脱查尔德的眼睛，查尔德提醒他："不管到了什么时候，都要保持大脑的冷静，这是一个金融人必需的素质。在这一点上，赵海鹰比你强很多。整件事，他虽然牺牲了广瀚，但是却成就了他自己。"

谢天阳还不服气："梦蕾第一时间把报告交给他，他不过是占了个先机。如果我先拿到报告，我也可以那么做。"

说起陈梦蕾，查尔德脸色骤变。赵海鹰一直是他的心结。在他看来，现在陈梦蕾居然为了成就赵海鹰而不惜牺牲自己在公司的地位，这让查尔德心里非常不舒服。

"总部已经决定了，梦蕾很快就会离开，让我来全权负责在上海的工作。"查尔德解释道，"陈梦蕾在这件事情上的处理方式，在总部看来是有很大问题的。所以总部非常生气，她很快就会离开公司了。"

当查尔德把总部的决定当面告诉陈梦蕾的时候，她大为惊讶。

看着妻子一张装作无辜的脸，查尔德竟然有一丝厌恶："出卖公司利益，给公司造成了损失，难道不应该被解聘吗？"

"蚁神宝产品造假，是我发现了证据，及时挽回了更大的损失。"

"可是你没有第一时间向总部汇报，而是告诉了赵海鹰。你难道不应该反思吗？"一句话问得陈梦蕾哑口无言。

查尔德带着嫉妒的语气质问道："那是因为除了他，你不相信任何人，对吗？"

陈梦蕾的气势明显减弱了不少："我们都是局内人，只有赵海鹰没有直接参与这个项目，所以我想他是最客观的。"

"作为你的丈夫，我可以原谅你出卖我，但只此一次。"这是查尔德做出了最大的让步，"不过公司可没有我这么大度。我希望从美国回来的时候，你能变得更像我的妻子。"说完，查尔德转身走了出去。陈梦蕾跌坐在沙发上，欲哭无泪。

3

蚁神宝的项目让谢天阳赔了个血本无归，还好有查尔德这个后盾，才让他有东山再起的机会。通过父亲谢东的关系，他认识了义和金控公司的老板何卫平。说起这个何卫平，原本是钢材生意起家的，近几年开始把目光转向金控公司。所谓金控公司，是一种以控制其他公司的股份作为其主要业务的公司。

"我听说你的公司很快要有大动作呀。"谢东端起茶杯，看似不经意地说。

说起这个，何卫平侃侃而谈："上海正在规划建设国际钢铁交易中心，这是重量级的项目，政府的重视程度非常高。我是从玩钢材生意起家的，这个金控公司，实际上是个虚名。所以现在是绞尽脑汁，想办法要参与竞标。如果能拿下这个项目，公司成甲方了，那可就上了一个大台阶啦。"不过想要拿下项目，首先就要解决资金的问题。说起这个，让何卫平有些头疼："我现在正在想办法融资，这么大的项目竞标，门槛很高，竞争激烈啊。"

谢东一听，指着身边的谢天阳："我儿子天阳，他的公司不就是金融公司吗？"谢东看着谢天阳，说："天阳，你跟你何叔叔聊聊，看看你能不能帮忙啊。"

谢天阳心领神会，赶紧向何卫平介绍自己的公司，就是各种夸呗，什么他的公司有外资背景，投融资的项目做了很多之类的话。最后谢天阳直接打包票："别的我不敢说，但是只要是跟金融有关系的事情，特别是投融资，我一定能帮上忙。"这正合何卫平的意啊，二人相约有时间去义和金控详细谈一下。

谢天阳是行动派，几天后，他就掌握了义和金控的所有资料。通过分析，他了解到义和金控想要参与竞标，但是需要两个条件，一是资质，二是资金。资金方面，他可以找查尔德想办法。但是要找一家有资质的公司来在名义上合作竞标，就有些困难了。但谢天阳清楚，短期内，这个项目是他能抓住的最好的机会，他不想放弃。他找到了查尔德，准备和查尔德合作。他要靠义和金控打一场翻身仗。

查尔德听了谢天阳的叙述，思索片刻，找出了一份关于拓普智通铁矿石公司的资料。

谢天阳接过资料，眼前一亮："拓普智通？名声很响的。"

查尔德和拓普智通的董事会关系不错，曾经在国际资本市场上合作过。拓普智通在海外平台非常好，销售渠道四通八达，订单数量非常高，查尔德看中的正是这一点。"他们不仅资金雄厚，更重要的是有国际巨头的资源。这个国际钢铁交易中心将会成为中国甚至是影响亚洲地区的钢铁交易平台。"查尔德缓缓地说。

谢天阳惊喜："查尔德先生，我们苦苦寻找的大项目就这样落在了面前？试想一下，如果有100家钢材用户进入交易市场，这就意味着巨额的资金往来。我真的感觉像做梦啊！"

查尔德也有自己的想法，他的眼光却不仅仅是翻身："如果做成这个项目，汉斯国际在上海金融圈都会成为闪耀的名片。"

听着查尔德自信的描述，谢天阳的眼前立刻就浮现出了自己站在纽约交易所意气风发的模样，心情甚佳。

就在上海的金融界呈现出一片光明的时候，浦东新区的建设也在有条不紊地开展中。按照规划，中国人民银行上海分行总部从浦西迁入浦东，这对浦东来说是非常重要的大事件。为了欢迎他们的到来，新区政府决定赠送寓意吉祥的礼物表示庆贺，但是送什么让赵国平着实为难起来。

"赵副主任，这可不是一般的贺礼，这个礼物有多少经费预算啊？给我们透露一下，我们也好有个参考嘛。"办公室里的一位同事问。

这也是赵国平为难的原因之一，由于经费紧张，已经拿不出钱来买礼物了，囊中羞涩的感觉真是不太好啊。不过贺礼贺礼，贺重于礼。赵国平思索片刻，笑着说道："我们表示欢迎的态度最重要，礼品寓意好最重要，至于价值嘛，那不是衡量我们热情的标准。"

可是到底送什么，赵国平还是没有定论。最后还是赵海鹰的一句话给了他灵感。

赵海鹰从父亲口中得知杜黎已经正式从北京调了过来，随口说道："人民银行真不愧是领头羊。"

就是这句话，让赵国平灵光一闪："有了，有了，这下贺礼有了。"

赵海鹰看到父亲一脸兴奋，摸不清头脑："什么贺礼啊？和领头羊有什么关系？"

赵国平激动地解释道："新区政府要代表浦东人民对人民银行表示欢迎，所以呢就要送一个贺礼，我都想了好几天了。没想到踏破铁鞋无觅处，被你一句话点破了。"

"不会是送一只羊吧？"赵海鹰瞪大了眼睛。

"'领头羊'就是一只羊，多好的寓意。"

几天后，中国人民银行上海分行总部正式落户浦东，此举标志着陆家嘴金融贸易区的正式建立。开业仪式上，红旗招展，彩带飘飘，赵国平代表浦东向人民银行上海分行赠送了一只打扮得十分可爱的小木羊，寓意其作为金融业的"领头羊"率先进入了浦东。在场的中外媒体纷纷把镜头对准了这只羊，这一外形"吸睛"又独具意蕴的特殊礼物，引来了金融界的惊奇和喜悦。杜黎代表人民银行上海分行从赵国平手里接过了小木羊。

现场赵国平格外兴奋，他激动地说："吸引各类金融机构提前进驻，以此来吸引它们的全球性企业客户，再进一步吸引这些企业的总部进驻，这是我们管委会希望达到的一种与传统目标有些不同的'集聚效应'，就是希望先入驻的机构能带动后面观望的机构，激活市场的凝聚力量。"话音一落，现场响起了热烈的掌声。

随着中国人民银行的迁入，浦东成为国际金融中心区的大幕也随之掀起。

何卫平没想到，谢东的儿子的确不简单，短短几天，谢天阳居然找到国际公司拓普智通参与到项目中，这可是他曾经想都不敢想的国际巨头。

谢天阳故作神秘地说："何叔叔，既然我们要合作，我也给你透个底，我们的一个股东和他们有过很多生意往来，关系非常密切。这个项目他已经和那边交流过了。"

何卫平已对谢天阳刮目相看。眼下有好几家钢铁国企都盯着这个项目，他之前还担心竞争会太过激烈，但如果拓普智通真的能和他们合作，那等于有了70%以上的胜算。借着查尔德从美国回上海的机会，谢天阳做局，让查尔德和何卫平见了一面。

夜幕缓缓降下，国际饭店各种华丽的装饰灯亮起，流光溢彩，令满天的繁星黯然失色。会馆上千平方米的专用酒会场地内灯火辉煌。气质不凡、谈吐优雅的上百名来客们小声交谈着，不时发出酒杯轻碰声。香衣倩影，美酒佳肴。

谢天阳和何卫平早早就来到国际饭店的宴会厅，不一会儿，陈梦蕾挽着查尔德的手臂走进来，他们的到来，立刻吸引了很多目光。

查尔德享受着别人羡慕的眼光，他轻轻拍了拍陈梦蕾的手："亲爱的，你总是能吸引这么多目光。"

不过陈梦蕾似乎已经厌倦了参加这种场合的宴会，她觉得自己像个花瓶，毫无思想、毫无价值。她始终保持着优雅的微笑，低声说道："也许他们在想这个女人是怎么站到查尔德先生身边的，是靠本事呢，还是靠这张脸呢？不过，不管他们怎么想，我现在的确只剩下一个查尔德夫人的头衔了。"这不是陈梦蕾想要的生活，她背着查尔德，向自己之前所在的美国公司投递了简历。因为之前的工作经验，加上现在她是查尔德的夫人，之前的公司很快给她答复，告诉她随时可以回去工作。

　　这完全在查尔德的意料之外，他有些惊讶地看着陈梦蕾。陈梦蕾却不以为然，对他的反应早就在意料之中："你一直不太喜欢我和你在同一家公司做事，这不是正好吗？我另谋他就了。"语气里明显带有抱怨的成分。

　　"你就这么不愿意只做我的妻子吗？"查尔德压低了声音道，有些愤怒。

　　"我没有觉得做你的妻子就一定要放弃事业。"陈梦蕾答道，"当初，我带着多大的梦想去了美国，你是最清楚的。我想告诉你，我的梦想从来没有改变过。如果你感到意外，我只能说也许你并不了解我吧。"

　　一句话，说得查尔德竟无法接话。

　　趁着查尔德和谢天阳进到包间谈事情，陈梦蕾自己在宴会厅闲逛，却意外看到了自己的好友周媚。自从周媚进了演艺圈之后，只要有类似的宴会，她必然穿着光鲜亮丽，盛装出席。看到陈梦蕾，她也就打了个招呼，就继续回归舞池。她嫉妒陈梦蕾，读书的时候，就得到了最优秀男人的爱；毕业了，嫁给了世界最优秀的男人。而她呢？每天还奔波在各种片场，演着各种连自己都厌恶的角色。现在还要把自己打扮得像只花蝴蝶一样，在各种宴会上拉投资。只是偶尔，还能招来一些意外的收获，比如谢天阳。

　　按理说，谢天阳也算是同学里面混得比较好的优质男了，完全符合周媚挑选男人的条件。可惜周媚也知道，谢天阳这种从国外回来的花花公子，是不可能对她动真感情的。不过她还是抱着一丝希望，尤其是和谢天阳翻云覆雨的时候。不过，两个人鱼水交欢之后，谢天阳就恢复了原本的面貌，掀开被子，开始穿衣服。

　　周媚掐灭手中的烟，赶紧过来帮忙，殷勤地问："不洗澡了啊？"

　　谢天阳系上领带，背对着周媚，提醒道："以后别再穿得跟个花蝴蝶一样，到处拉投资了。如果有什么好案子，你也可以来我们公司和我们的项目投资经理谈一谈，现在文化产业也很热……"

　　周媚为谢天阳系领带的手垂下来："天阳，这么多年了，你应该知道，我，我一直在等你……"

　　这可能是谢天阳今年听过的最好笑的笑话，读书的时候周媚明明喜欢的是赵海鹰，只不过赵海鹰和陈梦蕾如胶似漆。现在赵海鹰结婚了，自己混得好了，周媚居然开始打起自己的主意了。他不屑地说道："周媚，我们这么熟的关系，你就不要把你演电影的那一套也用在我身上了吧？"

周媚不死心，直接扑到谢天阳怀里，泪流满面，苦苦哀求："你知道的，我一直爱慕你，爱慕了很久……"

谢天阳有些厌恶，推开了周媚，十分平静地说道："我们都不是大学生了，如果你愿意，我们可以像这样，偶尔见见面，叙叙旧，相互慰藉。但是，就因为我们的关系不一般，我更要坦率地告诉你，我不会娶你，也不能给你什么承诺，我要娶的女孩子必须纯洁、形象好，能为我增加好感度……"

谢天阳的这些话深深刺痛了周媚，眼泪止不住地在她眼眶里打转，如果真如谢天阳所说，那么他们现在这种情况算什么？

这时，谢天阳又露出一脸迷人的笑容："这在国外叫开放式关系。"说完，头也不回地离开了宾馆，剩下周媚一个人蜷缩着失声痛哭起来。

洋泾街的搬迁工作进行得如火如荼，戴着安全帽、光着膀子的拆迁工人在尘土飞扬的工地上施工，唯独四眼家迟迟不肯搬，成了洋泾街的最牛钉子户。

四眼的母亲李桂芬说什么都不搬，原本倒也还没什么，可是因为钱冬梅给他们家生了个大胖孙子，一家五口人都要住在政府安排的三室一厅里，李桂芬怎么算都觉得不够住。她的要求很简单，只要再多加一间房，她就搬。这下可难坏了赵国平，要多出一间房子也不是不可以，但那就超出了补偿的面积，按照规定住户要交纳两万块钱，李桂芬哪里肯掏这两万块钱的，所以赖着不走。

这也急坏了老娘舅，苦苦相劝，告诉李桂芬，如果拆迁延迟，政府要赔钱给投资商，全部街坊邻居都拿不到奖金，损人不利己，可是李桂芬根本油盐不进，就两个字："不搬！"最后没办法，赵国平亲自上门和李桂芬谈："党和国家为了使上海的经济效益尽快提升上来，为了上海人民的生活尽快得到改善，提出了浦东开发的政策，现在我们这个地块截至目前已拆迁 953 户，动迁率达到97.2449%……"

话没说完，就被四眼父母打断了。赵国平说的这些大道理，四眼父母其实都懂，可他们也有他们的理由："这个地方，1923 年建好，我爸爸就是买了的。李桂芬嫁到这个家里40多年，一直住在这个房子里，我们在这里生儿育女，度过了一生。浦东要发展，我们也愿意做出牺牲，但是，我们这一辈是牺牲掉了，总不能让小的一辈又去受苦是吧？"说道动情处，四眼父亲双目含泪，他看着赵国平，继续说道，"赵主任，我在想，国家要我们动迁，造房子改造旧市区是件好事情，既然好事情就要做到底，就成人之美成全我们嘛，能一次到位让我心满意足的……"

李桂芬也说得很明白，只要同意他们的要求，今天谈好，明天就搬走，说得还理直气壮："我们不是不讲理的人，我们有没有要求政府补偿900美元一个平方米的房子，没有吧？"

赵国平也有自己的苦恼，洋泾老街改造，大部分的群众都是配合的，可就有那么一两家，情况嘛也有特殊的情况，一家呢是人口多，六口之家，老房子又是祖屋。还有一家嘛，儿子结婚了，也是想多要点面积。可是拆迁补偿是有明确规定的，如果开了这道口子，那大家都来找政府，问题就解决不完了。

无奈之下，他来向卓老取经。卓老认为上海的开发同时也是中国迈向21世纪的国家战略，但是要满足在改革开放中萌芽的个人权利意识和要求是非常困难的。在惊人的经济增长之中，国家和个人的关系成为新的课题。

面对赵国平的疑问，卓老给出八个大字"变则通，不变则不通"。卓老看着赵国平，笑着说："你好好想想，有什么办法可以既满足群众的要求，又不违反大的原则。像你刚才说的两家人，儿子要结婚，人口多，是不是想要分家啊？如果在拆迁之前，他们已经是分了家的，那补偿房子的时候是不是就会有相应的分户补偿，只不过面积的核定就要有相应的调整了。"

卓老的话让赵国平茅塞顿开，当天夜里，他再次来到四眼家，把最后的决定告诉李桂芬："原则上讲，确实不可以分户的，但是呢，你们这样有具体情况的，也可以具体情况具体分析。我们政府呢，绝对维护居民的利益，现在问题的关键是，你们多要求的面积，能不能拿出相应的钱来？"

四眼父母听到这话又生气地站起来，打算往外轰人。

赵国平摆摆手，示意他们坐下："你们不要急，听我说完。按照钱师母提的建议，同时，也考虑到你们的实际需求，我代表街道和建设公司承诺，可以多分你们一室房子，但是两个房子的面积都要减少，这样，你们只需支付10000元，就可以得到两间共18个平方米的房间……"

"我们一年才几千块的收入，不是我们不想给，是真的没有啊，赵主任……"四眼父亲一脸为难。

一旁的孙明芳则算明白了账，笑着说："现在搬，你们家能领到两万元搬迁费，支付了这一万元，还留一半在手里，老划算的呀。"

老娘舅如释重负也笑着过来凑趣："还是赵主任照顾我们老街坊，四眼妈妈，这下你得偿所愿了吧？明天我就帮你找黄鱼车，赶紧的，搬到安置房，我们现在打牌三缺一啊！"

在街坊邻居的帮忙下，四眼家的家具、家电一件件被背出了房间，钱冬梅抱着大宝跟在四眼哥身后。回头望望这个生活了几十年、承载了三代人记忆的老房子，所有人的眼泪打湿了眼眶。

钱家安置房内，孙明芳拿着鸡毛掸子给小卖部货架扫灰，整个人十分憔悴，目光呆滞。连日来的搬家已经让她有些体力不支，为了不麻烦孩子们，老房子从收拾到搬迁全是她一个人忙活。

不过，货架旁剩下的不少蚁神宝的囤货却让她着实为难，她想了想，最后把囤货全部扔进了塑料口袋。正在装袋，李桂芬的声音从屋外传来："亲家！你说这些货可怎么办吧！连方总都被抓……"

李桂芬刚走进来，一看孙明芳正在扔产品，连忙阻拦："哎，哎，哎，你都扔了干吗呀？"

孙明芳有些疲惫："不扔怎么办？这些产品都是假的，害人的！"

"这些都是我们用钱买来的，我屋里还有一大堆呢！当初可是你让我们买的产品，拉下家入会，现在你就不管了？"说着，李桂芬已经有些激动了。

原本孙明芳心情就不怎么好，加上李桂芬在她面前这一吵闹，让她感到眩晕。

李桂芬冲着孙明芳喊，有点蛮不讲理的意思："那我们该返的钱还没返完呀！这可怎么办？你得负责！你当初把这些产品，夸得……"

还没等李桂芬说完，孙明芳就觉得眼前发黑，晕了过去。

就在此时，徐瀚之由于长期昏迷，最终导致器官严重衰竭，最终宣布死亡。医生一宣布这个消息，袁敏的情绪几近失控。她跑到徐瀚之床边，失声痛哭，悲痛声响彻走廊。赵海鹰努力忍着眼泪，缓缓走向徐珊珊，紧紧地抱住了她。不过徐珊珊却没有一滴眼泪，她全身颤抖着，狠狠地推开赵海鹰，要走近徐瀚之，刚走了两步，就昏倒了。

医院病房里十分安静，窗外吹着微风，纱帘轻轻地飘起来。赵海鹰趴在病床边，握着徐珊珊的手，眼中满是自责、愧疚，他知道整件事情最大的受害者就是她。

徐珊珊闭着眼睛，原本圆润的脸上满是苍白与憔悴，偌大的氧气罐摆放在一旁。徐珊珊吸了几口气，缓缓地睁开了眼睛。

赵海鹰轻声问道："珊珊，你醒了？"徐珊珊恢复了意识，虚弱地看着赵海鹰，想要挣扎着起身。

赵海鹰连忙把徐珊珊扶着，说："珊珊，医生让你静养。"

徐珊珊突然想到什么，用尽全身力气大喊道："赵海鹰！是你！是你害死我爸爸！你明明知道蚁神宝的事情会对我爸爸造成致命的打击，可你还是那么做了。你对我无情，对我们全家无情。你对那个人太有情了，是你们气死了我爸爸！"

赵海鹰任由徐珊珊打闹，也不知道如何解释，只是安慰说："我很抱歉……我没有想到蚁神宝的事情会……"

徐珊珊用充满仇恨的眼神看着赵海鹰，只不断重复地说："是你们气死了我爸爸……"

赵海鹰欲哭无泪，他不知道该如何向徐珊珊解释。此时病房门被推开，袁敏走了进来，原本保养得当的她此刻显得格外憔悴，两条重重的皱纹刻在她的眼角。她把赵海鹰叫了出去，告诉了赵海鹰一个关于自己的秘密。

"我是陈梦蕾的母亲。"袁敏的话让赵海鹰惊讶不已。她继续说道，"这乱七八糟的关系让我也很头疼，真没想到我跟自己的女儿还纠缠在一起。我从小没有给梦蕾多少母爱，但是她的事，我不能不管。"她的话里明显带有警告的成分。

赵海鹰根本没有料到会是这种情况，袁敏的误会更让赵海鹰有些不知所措，他解释道："我跟梦蕾在大学的时候确实有很深的感情，但是现在我们只是普通朋友。"

袁敏显然不这么认为，如果是普通朋友，为什么陈梦蕾会背叛自己的丈夫把这么重要的资料交给赵海鹰？如果是普通朋友，为什么徐珊珊会看到赵海鹰背着自己跑去找陈梦蕾？虽然这一切都是徐珊珊亲口说的，不免会有些臆想的成分，不过袁敏却认为，无风不起浪，如果没做，怎么会让别人抓住把柄？她提醒赵海鹰："你已经和徐珊珊结婚，梦蕾如今也嫁为人妻，我绝对不会允许她的未来因为这种丑事被毁掉。"

赵海鹰有口莫辩，他解释道："首先，我必须说我和梦蕾的见面，只是为了揭发蚁神宝的造假事实，不想市民和政府受到危害，见面的时候也并没有任何亲密接触。其次，我绝对没有想要破坏别人的婚姻，更不可能辜负珊珊。"

袁敏看着满脸真诚的赵海鹰，不再追问了。几天后，徐瀚之的追悼会在广瀚公司举行，徐瀚之生前的好友、商业伙伴都前来送他最后一程。

不过最夸张的却是谢天阳，他特地送来两个大花圈，让两个壮汉抬着从人群一侧招摇而过，自己则戴着一副墨镜大摇大摆地走进大厅，一副小人得志的样子。

赵海鹰看到谢天阳，用冰冷的语气质问："你来做什么？"

谢天阳摘下墨镜，一副什么都没发生的样子，他说："我只是来表示慰问，好歹徐总也是我曾经的合作伙伴，不可能花圈都不让我送吧？"

一场葬礼变成了闹剧，生旦净末丑轮流上场。广瀚信托的轰然坍塌在上海金融界引起不小的震动，更让赵海鹰清晰地认识到金融绝不是儿戏，金融行业的水远比他想象的要深得多。

第十四章

兄弟反目成仇

1

陈梦蕾最近要参加一个国际会议。她来到旗袍店，想要选择一条颜色素雅的旗袍作为礼服。店员热情地向她做着介绍，像陈梦蕾这样热爱中国旗袍的人已经不多了，加上她本身就具有东方女性特有的气质，旗袍穿在身上，简直就是活广告。

就在这时，徐珊珊冲过来，一把拽住了陈梦蕾，嘴里骂着："贱女人！有老公还勾引别的男人！"

陈梦蕾受到了惊吓，但依旧淡定地说着："徐小姐，您是有名的画家，被人看见这样破口大骂成何体统？再说了，你说的话，是在污蔑我，我有权告你诽谤。"

徐珊珊情绪十分激动，反倒觉得陈梦蕾恶人先告状，她死死地拽着陈梦蕾的手腕，故意提高了音量："你以为我不知道你跟我丈夫以前是什么关系吗？你都嫁人了还对他念念不忘？让你那个美国丈夫知道了，还真是出洋相！"陈梦蕾努力挣开了徐珊珊的手腕，店员也连忙过来劝阻。

陈梦蕾无奈，觉得如此纠缠下去，只能让二人越闹越僵，最后她索性向店长借用二楼的贵宾室，准备和徐珊珊好好谈谈。

不过徐珊珊根本就不去贵宾室，她来的目的就是为了让陈梦蕾难堪。自从徐瀚之死后，徐珊珊就像变了一个人，整天疑神疑鬼，把全部的错都归咎在陈梦蕾身上。

"为什么要去楼上说？这里人多啊，让她们看看你到底是什么样的人！"徐珊珊追在后面喊着。她就是要报复，要让陈梦蕾在所有人面前难堪。

陈梦蕾强压着心里的怒火，走上楼梯，徐珊珊却追上前来拉扯，不依不饶地说："我就是要当着大家的面说！要让大家都知道，你陈梦蕾是个勾引别人丈夫的狐狸精！"

徐珊珊抓着陈梦蕾，结果一下子没踩稳，向楼下摔去，陈梦蕾也被徐珊珊拽下了楼梯。店员们惊呼着，眼看两人从楼梯上滚落下来。徐珊珊摔在地上，脚还崴了，伤情严重。

好在陈梦蕾抓住了一旁的扶手，虽然有些磕磕碰碰，手上被抓出了血，但是没有摔倒。她顾不上自己，赶忙跑去搀扶徐珊珊，没想到徐珊珊非但不领情，反倒大喊着让陈梦蕾滚开。

当赵海鹰赶到医院的时候，徐珊珊正躺在病床上，面色苍白，右腿被打上了石膏，吊在病床上。一看到赵海鹰，徐珊珊的眼泪冲出眼眶，心里明明很想他，嘴却不饶人："你来干什么？我现在腿骨折了，你们在一起更方便了！"

赵海鹰和站在床边的陈梦蕾对视了一眼，气氛一时有些尴尬。他看到了陈梦蕾手臂上缠着的纱布，话到嘴边却硬生生咽了下去。袁敏说得对，他和陈梦蕾各自有家庭，过多的牵扯只会让彼此更加难堪。眼下他最重要的就是陪伴徐珊珊，他看着妻子，关切地问："疼吗？"

仅仅两个字，却把徐珊珊的心理防线彻底击垮，她痛哭起来。和心里的疼比起来，腿上的疼又算得了什么。

赵海鹰没有什么表情，看了看陈梦蕾的手臂，只是说："你先走吧。"陈梦蕾感觉很委屈，但看得出赵海鹰对徐珊珊是有感情的。她什么也没说，转身离开了病房。

病房门关闭的那一刻，赵海鹰看着徐珊珊："珊珊，你为什么要去找她？她不该牵扯进来的，你太胡闹了。"

"为什么这个时候你还帮着她说话？我才是你的妻子！"一说起这个，徐珊珊的情绪又有些激动。

赵海鹰知道徐珊珊最近情绪不好，但是他认为徐珊珊不该把陈梦蕾牵扯进来，这样只会让事态越来越复杂。

这时，徐珊珊的眼泪一滴一滴地落在床单上，精神儿近崩溃："爸爸去世了……爸爸去世了！如果蚁神宝的项目不被揭发，爸爸就不会一夜之间憔悴。如果不是你跟陈梦蕾的事刺激了爸爸，他也不会去世。这一切你让我怎么接受？"

赵海鹰不再解释，心里充满了愧疚，上前抱住了妻子。在这件事情上，他最对不起的就是徐珊珊，他没想到事情会发展成这样，看着眼前虚弱的妻子，赵海鹰发誓要用一生来弥补她。想到这里，他抱着妻子的双手更紧了些。

徐珊珊的眼泪顺着脸颊滑下来，她冷静了下来。这时，她觉得自己某些时候确实不可理喻，但是她太爱赵海鹰，爱得卑微，她不确定赵海鹰到底是更爱自己还是更爱陈梦蕾。她伸出双手，抱着赵海鹰的腰，她知道，整个世界，她只有赵海鹰了。

徐珊珊熟睡后，赵海鹰心情烦闷，独自去了酒吧。一系列的人和事让他喘不过气，别人的苦闷朝着他发泄，他心里的憋闷只能靠酒精来释放。

从酒吧出来，他抬头看着天空，几颗星星闪烁着微弱的光芒，停留在黑色的夜幕上。赵海鹰突然迷茫了，觉得自己就像天空中的一颗星星，是那么渺小，那么微不足道。这么浩瀚的宇宙，一颗小星星想要将其改变，是不是太不自量力了？

赵海鹰拿着酒瓶，微风把他的衣角吹起，一路走着，一路喝着酒，走着走着竟走到了外滩。

一个小时后，吴一白背着包气喘吁吁地跑了过来。他刚刚忙完报社的急稿，收到赵海鹰的留言后就赶了过来。

吴一白看着赵海鹰，也不知道该怎么劝，只能陪着赵海鹰喝酒。

赵海鹰看着眼前的江水，苦笑着，看似在跟吴一白说，又好像是在跟自己说话："你说，我做的这一切真的错了吗？或许我就不该去掺和这一切！如果不去多管闲事，就不会搞得广瀚集团破产！徐家也不会成现在这样，家破人亡！"

"不，这一切都不怪你，是徐瀚之明知道一切都是骗局，却还要贪婪地一意孤行，而谢天阳和查尔德却能完美抽身，这本来就是一个巨大的圈套。你做的都是正确的事，如果蚁神宝上市，后果才不堪设想！"吴一白安慰道。

赵海鹰喝了一口酒，苦笑着。

吴一白迟疑了一下，问："海鹰，广瀚集团破产的事，你还没有告诉徐珊珊吗?"

赵海鹰缓缓地摇了摇头:"她现在情绪很不稳定,刚失去父亲,又受了伤。我实在不敢想象,如果她知道她父亲的心血就这么没了,该有多崩溃。"

听了赵海鹰的话,吴一白也觉得很无奈,他叹了一口气,说:"可这终究也瞒不了太久。徐家除了那栋别墅,其余的资产都拿去抵债了,银行也拒绝贷款。没有资金你的事业如何东山再起?"赵海鹰陷入了沉思,忽然说:"或许我可以去找一个人。"

赵海鹰找的不是别人,正是何卫平。徐瀚之曾经告诉他,之前借给过何卫平500万。现在广瀚有难,赵海鹰决定向何卫平讨回这500万,如果广瀚能够东山再起,对徐珊珊也是一种补偿。

咖啡厅里客人不多,环境安静优雅,赵海鹰和何卫平相对而坐。

赵海鹰从西服内兜里掏出一张有些折纹的欠条,直接说明来意:"如今广瀚集团破产,珊珊刚失去父亲,经济也面临拮据。这张欠条,不知道您还记不记得?"

何卫平接过欠条一看,十分爽快:"记得,当然记得。当初老徐借给了我500万,我说好连本带利一起还给他。这层债务关系,我自然不会抵赖。"

看到何卫平是这种态度,赵海鹰一下感觉到了希望。

"不过……"何卫平的眉头微微皱了起来,似乎有难言之隐。他有些歉疚地说:"现在义和金控正在走竞标的程序,我还没有那么多的资金来偿还。"

赵海鹰原本放下的心突然提起,不过何卫平却立刻说:"只要我们拿下竞标,别说是500万,就算是增加利息,甚至让珊珊成为义和金控股东也是可以的。如果你不放心,我让秘书准备一份协议,你明天来签署就行。"何卫平的态度打消了赵海鹰心中的疑虑。

除了重新寻找资金,赵海鹰眼下最重要的就是处理广瀚公司破产的善后工作。首先面对的就是员工的安置问题。为了能让广瀚的老员工不至于失业,赵海鹰给每个人都写了一封推荐信,希望有了这个推荐信,能够让员工去理想的公司工作,这是他能为大家做的最后的事情了。接着,他又来到了永康公司。广瀚破产后,永康和广瀚的债务关系发生了变化,银行要求永康公司直接把债务清算干净，可是韩要强一时间也拿不出这么多钱抵押给银行，所以银行把设备都扣押了。

赵海鹰进来后，韩要强示意他坐下，又让钱冬梅给赵海鹰倒了一杯茶，有些愧疚地说："赵总监，广瀚破产……我们的债务关系转变了，银行要我们直接把债务清算干净，我们一时间也拿不出这么多钱抵押给银行，所以他们把我们的设备都扣押了，这……"

赵海鹰理解韩要强的难处，广瀚的破产直接连累了永康。韩要强刚刚完成了收购案，资金正是最紧张的时候。他想了想，建议道："我可以找我的同学杜黎，他现在在人民银行上海分行工作，我会请他帮你们协调一下，看看能不能把债务时间延迟一些，但是这期间你们必须要找到其他的公司来融资。"

这比韩要强的预期已经好太多了，他知道赵海鹰的处境很不好，还要为广瀚做这些善后的事情，也是难为赵海鹰了。不过在短期内怎么才能找到合适的融资方呢？赵海鹰对金融圈比较熟悉，韩要强希望他能推荐推荐。

这个事情，赵海鹰还真想过："这次上海的国际招商会，或许是你们的一个契机。把一部分股权让出去，可以搞中外合资企业，这会让你们企业的生产设备和技术提升，赢得更多的市场份额。"

赵海鹰给韩要强提了个醒，一旁的钱冬梅试探性地问道："海鹰，你现在有什么打算吗？"

韩要强赶紧接话："我们永康随时欢迎你！"这种接话速度，一看就是两个人提前商量好的。

赵海鹰心领神会，不过婉言拒绝了："最近我还有很多事要处理，我不会放弃我的梦想。我以后还是会在金融领域发展，就算一败涂地，也不会放弃。"

看着赵海鹰的样子，韩要强甚至有点佩服。他看人很准，赵海鹰是个顽强的家伙，有梦想，成熟干练，个性强悍，具有独当一面的能力。他建议道："浦东经济发展强劲，正在建设国家的金融中心，需要大量的金融服务，有没有打算独立做一番事业呢？"

韩要强说的正是赵海鹰心中所想，他正在为这个目标而努力着。

2

浦东国际酒店外，车水马龙，各色旗帜迎风飘扬，各种装束和肤色的商务人士、嘉宾正在出席酒店举行的酒会。

酒店内，上海国际招商会酒会正在隆重举行，中外媒体记者举着"长枪大炮"穿梭会场，拍摄着各类素材。

赵国平作为东道主频频举杯，不时与各国贵宾攀谈，华美贸易的总裁布朗也在其中。布朗这次来中国不单单是因为邀约赴会，他还有其他的项目。他了解到永康公司有想要合作的意向。之前永康公司在华美购进了大批的先进设备，让布朗对韩要强和永康公司有了非常好的印象，他们也算是朋友了。

不过朋友归朋友，工作归工作，布朗的态度还是非常明确的："我并不了解永康公司，我会派我的洽谈组来跟永康谈。如果考察得很满意，我很希望能够进入中国市场。现在的上海需要发展，浦东金融中心的建立，除了你们的国产企业助力，更需要我们外资的加盟。"

布朗的想法和赵国平不谋而合，浦东最需要的就是华美这样成熟的外资企业。

这时，身穿旗袍的陈梦蕾朝着他们走了过来。布朗介绍道："这是我们华美集团在亚洲的商务代表，陈小姐，这次将由她来考察永康公司的合作项目。"

韩要强主动和陈梦蕾握手，不过他总觉得这个陈小姐有些似曾相识。

陈梦蕾也有相同的感觉，她回忆了一下，想起应该是韩要强和钱冬梅来华美洽谈购买设备的时候见的面。

相比韩要强，一旁的赵国平对陈梦蕾十分熟悉，只是在他的印象中，陈梦蕾还是个学生的样子。他突然醒悟："陈梦蕾？陈工的女儿？"

陈梦蕾优雅地伸出手，向赵国平问好，这一幕正好被人群中的吴一白拍了下来。在这种场合看到陈梦蕾，吴一白还是有些好奇，他听赵海鹰说陈梦蕾离开原来的公司了，原本以为她要在家做全职夫人了，没想到会在这里见到她，于是问起了这件事。

"是啊，不是我要离开的，是被解雇了。原因就不需多说了吧。"陈梦蕾开玩笑似的说。

吴一白倒认为解雇了也好，理由是夫妻两个在一家公司，容易吵架。

陈梦蕾突然觉得和吴一白说话特别舒服、痛快，她看多了金融圈子的尔虞我诈，庆幸身边还能有像吴一白这种说话直爽、单纯的朋友。她笑着，半开玩笑地说："原本想要好好休息休息，没想到这么快就又回来了。这是我的新名片，我现在在美国华美集团，请大记者多多关照啊。"

吴一白接过名片，上面赫然写着"华美集团亚洲区商务代表"，他瞪大了眼睛，惊叹道："头衔够大的呀。"

陈梦蕾感慨道："我在美国的第一份工作就是在华美，算是我的老东家吧。他们在网上看到了我的求职简历，很快就联系了我。我现在的老板对上海有特殊情结，正缺少一个上海通为他开拓业务，所以我们就一拍即合了。"

吴一白从陈梦蕾的话里听出玄机，瞪大了眼睛，问："华美集团是国际大公司，听说准备在中国发展业务。"俨然一副打听消息的姿态。

陈梦蕾却故意给他卖了个关子："看在老同学的分儿上，我肯定有问必答。不过，今天热点这么多，咱们是不是改日交流？"

吴一白竖起大拇指，心想金融女侠，思维敏捷，果然名不虚传。

很快，陈梦蕾就来到了永康位于青浦的实验室，原本应该由韩要强亲自带着参观，不过因为他要去卫生局开一个关于健康产业的会，所以临时决定由王克力为陈梦蕾解说。

王克力首先带着陈梦蕾来到了留样间，这个房间主要是用于存放原样和成品留样。

王克力介绍道："每批药材原料进厂，再到成品出厂，我们都会留样。"

看到几名工人们正在分拣中药材，陈梦蕾有些好奇。

王克力解释道："他们是在做重点留样的定期观察，主要是根据检验结果考察我们的产品生产技术、工艺，还有有效期是否设定合理。这样的反馈对研发和生产都非常有用。另外，如果药品出现质量问题，我们也会立即取留样进行检验，能够及时看到原始情况。"

陈梦蕾发现，实验室的质检环节做得十分细致，她转而建议道："但是在核心研发方面，特别是药剂的市场培养方面，我认为还需要加大投入。"

王克力显然有些意外，有些尴尬，想说什么，但欲言又止。

他细微的心理变化让陈梦蕾有所察觉，也许是她太过于敏感，她觉得王克力对自己的建议并不十分赞同。也许是因为她对中药剂的生产研发不够了解，不过，她还是说出了自己的担心："以我的观察看，目前新产品的研发手段还是比较传统的。"

陈梦蕾担心的正是王克力一直坚持的，他认为守住传统是保证质量的必要条件。

两个人的意见出现了明显的分歧，陈梦蕾显得很无奈，同时也有些尴尬。幸好韩要强的秘书及时出现，说韩要强回来了，邀请她去办公室。

韩要强看到陈梦蕾，表示歉意。陈梦蕾向韩要强简单地介绍了一下自己最近这段时间在永康考察的成果："你们对中药制药的研发、生产、质检等环节，真的是做得非常细致。当然，我希望有机会更深入交流，加强研发创新。"

得到陈梦蕾这么高的评价，韩要强很是欣慰，要知道，陈梦蕾毕竟是在美国待了不少年，什么样的大公司没见过。

谢天阳最近人逢喜事精神爽，蚁神宝的事情让他险些破产，幸好查尔德的帮忙让他侥幸逃脱。这不，他心里还是惦记着钱青青。钱青青上学的时候，他就在学校蹲点；钱青青上班了，他又跑到电视台蹲点，还不忘买一束红玫瑰站在东方电视台楼下，样子格外招摇。

不少路过的行人纷纷投来羡慕的目光，谢天阳很享受受人关注的感觉。

也算是公众人物的谢天阳很快便引起了媒体的注意，东方电视台的记者从楼上跑下来，把镜头对准了谢天阳。谢天阳一点也没有觉得不好意思，反而有些兴奋地望着楼上，准备给钱青青来一场别开生面的告白仪式。

可是故事的女主角此时正在录制节目，根本没注意到楼下发生的情况。这时一位女同事来到钱青青身后，拍了拍她的肩膀，有些激动地说："青青，楼下有人等着跟你表白呢，你快去看看。"

钱青青一脸惊愕，完全摸不着头脑。女同事解释道："之前他好像也来过我们电视台，长得还挺帅的。"眼神中流露出羡慕的神色。钱青青从演播室里出来，拨开人群，朝楼下望去，看到谢天阳正低头闻了闻花香，一脸自恋的模样，看得钱青青心生厌恶。她一脸冷漠，有些严肃地跑下了楼。

这下，钱青青所在的栏目组炸开了锅，大家没想到大名鼎鼎的商界富豪居然在追求钱青青，大家惊叹之余又带着一些羡慕。

可是女主角却似乎并不买账，就在大家议论这段童话般的爱情故事到底结局如何的时候，钱青青板着一副冷脸，走到了谢天阳面前。

一看到钱青青，谢天阳靠着豪车的背立刻挺直，笑容阳光地看着钱青青，赶紧把一大束玫瑰花递给她。

钱青青表情冷漠，并没有伸出手，而是厌恶地看着他，语气冰冷地问："你来做什么？"

谢天阳一点没受影响，笑着说："青青，做我女朋友吧。"

一时间，现场响起了起哄的声音。

"跟你说过，我不喜欢你，你走吧。"钱青青丝毫没有动摇，语气非常坚定。

一时间，围观的群众一片哗然。要知道，谢天阳是汉斯国际的董事长，年轻有为，是出了名的钻石王老五，是单身女人们的梦中情人。

谢天阳表情僵硬了片刻。他是真心喜欢钱青青。无论对之前的那些女人还是周媚，他都是逢场作戏，但他是真想要把钱青青娶回家当老婆。他让自己冷静了一下，补充道："青青，我知道我们之间有些误会，但是你要相信我啊，我……"

钱青青已经不耐烦了，打断了谢天阳的话："相信你什么？相信你对同窗挚友没有背叛，对海鹰哥没有欺骗吗？"

一说起赵海鹰，谢天阳就一肚子的火。他不明白，为什么所有人都向着赵海鹰，钱青青是这样，吴一白是这样，陈梦蕾更是。读书的时候，只要有赵海鹰在，自己永远都只能排在第二的位置，同学、老师永远偏袒的都是赵海鹰。他妒忌赵海鹰，妒忌到骨髓里。赵海鹰退学了，自己以优秀生的身份拿到了大学文凭，顺利出国，成为别人心中羡慕的对象，他不再是赵海鹰的附属。可是为什么，现在他拥有了一切，却还是无法得到钱青青的青睐。

"我不想我们之间受到其他因素的影响。"谢天阳努力克制着心中的怒火，"现在赵海鹰一败涂地，都是他咎由自取的。我能做的都做了，是他自己不听劝，才落到今天这个田地。"

钱青青听着谢天阳的话，冷笑了一声，她没想到谢天阳居然会说这样的话。如果之前自己对谢天阳还保留着一份像兄妹一样的情谊，那么此刻，她才算是真正看清了他的真面目。她忽然降低了音量，凑在谢天阳耳边，带着威胁的语气说道："你现在走，我还能把新闻都压下去，留下来，只会哗众取宠。"

谢天阳瞪着钱青青，没想到是这个结果。钱青青倒是一脸无所谓的样子，冷笑着说："你想看明天电视和报纸都刊登你表白失败的新闻吗？"

一句话，说得谢天阳无地自容。他压抑着怒火，把花一把扔进后座，开车走了，剩下身后一片惊呼声。

这次的告白失败，让谢天阳对赵海鹰的恨又加重了一层。他要做得更好，让所有人看到他和赵海鹰到底谁最强。但他没想到，百密总有一疏。

3

事情的起因是吴一白在一个工厂调查添加剂的案子时，无意中找到了一个临时工。这个临时工原本就是街头的小混混，没事儿跑到工厂打点零工，赚点生活费，他自己都不知道吴一白是什么时候盯上自己的。他像往常一样下班回家，没想到刚出厂门就被吴一白叫住了。他也摸不清啥情况，以为吴一白是警察，拔腿就跑。吴一白见状追了上来，两个人追了好几条巷子。吴一白之前受过伤，体力不支，大喊道："你别跑！我给你钱！钱也不要吗？"

小混混有些迟疑，心想警察怎么还给钱。他看到吴一白已经跑不动了，索性放慢了脚步，冲着吴一白喊道："你给我多少钱？"

"那得看你给我透露多少信息了。"吴一白喘着大气说。

小混混这才停下来。吴一白自报家门，接着从包里掏出一大把钱。

小混混的眼睛直勾勾地盯着吴一白手里的钱，猜出了大概："我只是在工厂里打短工，能知道多少内幕？"

"你们用的添加剂里是不是有硫氰酸钠？"吴一白问道。

小混混装作一副什么也不懂的样子："你不是说你是经济报的记者吗？还管添加剂干吗？我也不容易，之前的工厂才出了事，我被迫到食品厂里打工，这再让你给报道出去，我们这个工厂也完了。我不知道，不知道。"

吴一白疑惑："你之前在什么工厂？"

说起之前的工厂，小混混格外委屈："我们是大案子，蚁神宝，老板都被抓了。以前我好歹还是个技术组长，现在只能混口饭吃了。"

吴一白没想到还有这么巧的事情，原本要调查食品添加剂的事儿，却遇到了"老熟人"。他语气缓和了不少："那这样，你帮我从你们工厂带一小管添加剂出来，我帮你找一份更好的工作！"

一听有新工作，小混混的眼神比刚刚看到钱还要激动。不过令吴一白没有想到的是，当自己说出"汉斯国际"四个字的时候，小混混居然立刻警惕起来，说出了谢天阳的名字。

一个小混混怎么会认识谢天阳？他们之间到底有什么关系，让小混混这么厌恶谢天阳？

接下来小混混说的事儿让吴一白大跌眼镜："我在蚁神宝的时候就见过他几次。后来出事了，他派了个人来找我，给了我一笔钱，让我找人去打一个在调查我们工厂的男人。我事情帮他办得妥妥的，可是兄弟被抓，差点坐牢。结果他现在翻脸不认人，我去他公司找他，想找份工作，结果他竟然让保安把我赶出来。你不是记者吗？报道啊！把他的事全报道出来！"

后面的话，吴一白已经听不清了，小混混的话在他耳边萦绕。他木讷地递给小混混两张钞票。小混混拿着钱快速离开了，吴一白却还在原地发愣。

世界没有不透风的墙，如果不是因为调查违章工厂，意外得知了一些内幕，吴一白无论如何也不会想到，打自己的人居然是谢天阳派来的，没想到曾经的同学从背后插刀，他感到心寒。

他跑到赵海鹰的家，把这件事情告诉了赵海鹰。赵海鹰起初根本不相信，因为谢天阳也是受害方，他为什么要打吴一白："除非他知道内情，和方大力、苏明康是一伙的，否则，伤害兄弟的事，他、他做不出来的。"

"他是什么样的人，我们都心知肚明。"吴一白说。

"翔子是怎么死的，你忘了吗？"吴一白越说越严重，这句话激怒了赵海鹰。

赵海鹰的拳头紧紧地捏在了一起，猛然站起来："我找他去！"

谢天阳正得意扬扬地从公司出来，却忽然受到了猛的一拳攻击。赵海鹰一把抓住谢天阳的衣领，十分愤怒地骂道："你王八蛋！"

谢天阳的嘴角渗出鲜血，他使劲拽住赵海鹰的手，一把甩开。

一旁的吴一白瞪着谢天阳骂道："你不是想教训我吗？今天就给你这个机会。"

谢天阳一脸迷茫，大吼道："老白，海鹰，你们吃错药了吧？"

"我没有想到你竟然如此心狠手辣，连兄弟你都下这么狠的手！"

"什么对兄弟下手，我根本不知道你们在说什么？"

吴一白在一旁看着谢天阳，都这个时候了，他还在演戏："你根本就知道蚁神宝是冒牌货，为了阻止我调查，你居然雇凶打我，你的良心被狗吃了！"

谢天阳明显心虚，却努力保持着镇定，冲着吴一白大喊道："你别血口喷人啊！方大力是个什么东西，你别把屎盆子扣我头上！"

吴一白带着讽刺的语气说："我真挺佩服你的，苏明康、方大力现在都进了监狱，你却好好地当你的老板。我想采访采访你，你是怎么做到的？"

"谢天阳，你怎么会变成这个样子？为了钱不择手段！你还是我认识的那个谢天阳吗？"

谢天阳原本就对赵海鹰厌恶至极，现在赵海鹰居然说自己变了，是谁让自己变成了这副样子，罪魁祸首不就是赵海鹰么？既然大家都把话说开了，谢天阳也没什么好忌讳了，索性把心里的话都说了："赵海鹰，你宁愿相信吴一白在这儿胡说八道，也不相信我对吧？我知道，你恨我，你们都恨我。当年那件事，你哥坐了牢，你全算我头上了。是，我是害怕，我是不想被连累，所以我去系主任那里告了状，所以你才得了处分，失去理智退了学，呵呵都是我，是我干的。还有张翔，他自杀了，吴一白你就是从那一天起就恨上了我，对吧？"

谢天阳的话让赵海鹰目瞪口呆，他不敢相信这一切都和谢天阳有关。原本他还对谢天阳抱一丝希望，希望听到解释，可是没想到却看到了一个真正的谢天阳。如果不是因为他，自己也不会退学。想到这里，赵海鹰的拳头握得更紧了。

谢天阳却还一脸得意，一副不管不顾的样子："行，你们要说是我干的，那就是我干的。我就是看不惯你们这副假仁假义的样子，我就是看不惯你赵海鹰，输给了我却妒忌我。我看不惯你吴一白，当个记者就以为自己了不起，还搞什么暗访调查，你以为你是福尔摩斯吗？你害得我白白损失了 2000 万！我就是想教训你！"

赵海鹰整个人都在颤抖，拳头紧握、青筋暴起，看着谢天阳一副玩世不恭、无所谓的模样，他再也忍不住了，猛的一拳向谢天阳砸去，谢天阳应声栽倒在地上。

赵海鹰和谢天阳拳脚相向，谁也不肯服输。双方都使出了全身的力气，你一拳我一脚，累得筋疲力尽。赵海鹰的脸红得像燃烧的炭火，却不肯罢休。谢天阳也把这些年心里所有对赵海鹰的怨气通通发泄出来。这一场架，让两个昔日同窗挚友的友谊走到了尽头，彻底决裂。

4

昏暗的房间，地上扔满了各种垃圾，赵海鹰颓然地靠着墙根呆坐着。他的头发有些凌乱，满脸胡碴，十分憔悴。

自从和谢天阳彻底摊牌之后，赵海鹰就把自己关在房间里，任凭谁敲门都不开。张翔自杀、吴一白被打、徐瀚之去世、徐珊珊受伤、谢天阳背叛，短短几个月发生的事情，让赵海鹰几近崩溃。他想要发泄，却找不到出口。他把自己关在房间里，重新整理思绪。这一整理就是三天，在这三天里，赵海鹰不吃不喝，任凭谁敲门也不开。

赵海鹰在屋里躲了几天，钱青青就在屋外陪了几天。最后她实在是没办法了，情急之下找到了陈梦蕾。

当钱青青一脸焦急地出现在陈梦蕾家门前的时候，陈梦蕾一脸迷惑，惊讶地问："青青，你怎么来了？"

"梦蕾姐，不好意思啊，这么贸然地来找你，但是……但是海鹰哥出事了。"说这话的时候，钱青青的眼泪都快出来了。看陈梦蕾一脸迷茫，钱青青解释道："海鹰哥把自己关在房间里，不吃不喝三天了！我担心，担心他坚持不下去。"

陈梦蕾的心猛地揪紧，拿起包就要出门，刚刚踏出一步，又突然停住了，有些犹豫地说："我……我跟海鹰之间有些误会，恐怕他也不会听我的，我不太方便去。"

钱青青见状，急了："梦蕾姐，你去试试吧，以前海鹰哥最听你的话了。我知道你们现在关系很特殊，但是总归也是朋友，不是吗？"

陈梦蕾为难，她担心赵海鹰，可是，一次次发生的事情，让她有些不知道该如何是好。如果去，但凡和赵海鹰有关系的事情，查尔德都格外介意；但是如果不去，赵海鹰真的发生点什么，她知道，自己会后悔一辈子。

听到陈梦蕾的声音，三天没有打开的门终于传来了开锁的声音。钱青青知道赵海鹰没事，松了口气，她一脸期待，把陈梦蕾给推了进去。

昏暗的房间里，赵海鹰站在窗边，满脸憔悴。

来之前陈梦蕾已经听钱青青说了关于谢天阳的事情，钱青青声情并茂地把谢天阳描述成了一个十恶不赦的大坏蛋。陈梦蕾知道谢天阳对赵海鹰意味着什么，也知道谢天阳所做的一切对赵海鹰所造成的打击。

"海鹰……"两个字刚刚说出口，赵海鹰忽然激动地冲着陈梦蕾大吼道："我不需要你的关心！"

赵海鹰的态度让陈梦蕾的心像被什么东西扎了一下，眼眶一下红了，委屈地看着赵海鹰。

赵海鹰依旧满眼怒火："谢天阳、查尔德！你帮我转告他们！我赵海鹰不可能被打倒，我要跟他们斗到底！"

听到赵海鹰这么说，陈梦蕾泣不成声，她早就料想过会有这么一天，夹在中间真的很为难。

赵海鹰语气坚决："查尔德是你的丈夫，我想我们不应该再有来往。"陈梦蕾听到这里，含泪走出了房间。

钱青青惊讶地看着，此时，赵海鹰从屋里出来向门口走去，面无表情。

她连忙跟过去："海鹰哥！你去哪儿？"

赵海鹰镇定地说："我去修个头发。"

从房间里出来，赵海鹰一个人站在院子里。上海的冬天，气温虽然不低，但却格外阴冷。被人背叛的感觉十分椎心，空气湿冷，赵海鹰的心情也如这空气一般，阵阵悲凉。不过这也让他更为清醒，张翔、吴一白、徐瀚之、徐珊珊，这些他生命中最重要的人，都间接因为他受到了伤害。他的视线模糊了，一股暖流从眼眶涌出，他狠狠地擦去脸颊的泪水。这次的事情，让他看清了谢天阳，同时也看清了自己未来的路究竟要怎么走。血液在身体里流淌，他感觉到一股重生的力量。

理了发，换上了一件干净的衣服，赵海鹰找到了何卫平。眼下他最需要的就是一笔启动资金，何卫平是他唯一的希望。但是，何卫平的钱全部都投在股市里了，一时半会儿也套现不出来，这500万只能等上海钢铁项目竞标成功才能拿出来。赵海鹰心里有些着急，他答应何卫平可以再宽限一段时间，不过提醒何卫平要尽快履行诺言。

5

钱春生最近忙得焦头烂额，他承接了洋泾老街改造的项目。好是好，可是项目太大了，劳动力根本不够。现在打工仔薪资都不低，请都请不起，建造更难了。

钱春生正在办公室发愁呢，突然接到杨乔的电话，约他去吃火锅。杨乔是地地道道的重庆人，根本就吃不惯上海的小笼包、白斩鸡，最近听朋友介绍浦东刚开了一家地道的重庆火锅店，这下，他一刻都忍不了了，马上约钱春生一起去吃。

一进火锅店，浓香的火锅味扑面而来，杨乔深深地吸了一口气，露出满意的笑容，"要得要得"地说个不停。他们点了最辣的锅底，火辣辣的汤锅鼓着红彤彤的气泡，格外诱人。杨乔夹起一块毛肚，吃得心满意足，他没想到浦东竟然有这么正宗的重庆火锅。

钱春生却没什么胃口，他给杨乔烫着菜，没有说话，心神不宁。

吃了一会儿，杨乔发现钱春生没吃几口，疑惑地问："你怎么不吃？"又用半开玩笑的语气说道："缺钱啦？"

"缺人。"钱春生苦笑道。

杨乔一脸迷茫。钱春生喝了一口酒，解释道："我承接了老街改造的项目，但是建造过程需要大量的劳动力。可是现在上海四处建着高楼，改造街道，劳动力紧缺，就算能找到零散的工人，收费也不低。"

杨乔一听，来了兴趣，一拍桌子说："找我呀！"

钱春生又是惊喜又是不解。杨乔十分兴奋地说："在我们重庆江津，有大量的富余劳动力，很多民工都苦于找不到工作在四处奔走。你这有这么好的机会，我可以把大量的工友都介绍到上海来啊！"

钱春生两眼放光，心想之前怎么把杨乔给忘了。

杨乔笑着说道："你有了人，我家乡的人也有了挣钱的去处，这样也算是为家乡做好事了呀！"

这顿火锅，解决了钱春生面临的最大的问题。他对未来充满了期望，他有种感觉，浦东，将会是中国乃至世界一颗耀眼的新星。

夜色深沉，上海的商界酒会大厅里，却是灯火辉煌。赵海鹰需要尽快融入到商业环境中，他开始频频参加商界的酒会。不少人看到赵海鹰时，起初还有些惊讶，因为之前好几个公司的老板都向他发出过邀请，都被拒绝了。这次大家看到赵海鹰居然跟在谢东的身后，纷纷猜测他是不是想去上交所穿黄马甲。

聊着聊着，大家把话题转移到了最近上交所的国债期货上。一个老总看着谢东，似乎随意地问道："谢总，现在上交所的国债期货是不是不做了？我可是赔了不少钱，政府就这么说取消就取消了？"

"不是取消，只是暂停嘛。"谢东打着马虎眼。

这些事情大家都心知肚明。另外一位老总直接点破："谢总，这可都是行内众所周知的秘密了，名为暂停，实为取消。"这一说，弄得谢东有些尴尬。

这时，一旁的赵海鹰突然插话，他直言道："当时国债期货发展的政策环境出现了重大的变化，面对高达两位数的通货膨胀率，央行出台了储蓄保值贴补政策，国债的固定利率也变成了浮动利率，国债期货的价格波动加大。全国各地投资者趋之若鹜，成交额明显放大，当时交易所国债期货清算保证金达到了140亿元。上交所对市场存在过度投机带来的风险估计严重不足，交易规则不完善，风险控制滞后，监督管理也不严格，所以才致使在短短几个月内屡次发生严重违规交易引起的国债期货风波，这与上交所的决策失误有很大关系。"

赵海鹰的话明显让谢东很难堪，谢东解释道："我们也正在总结教训，国务院明确了证券监督管理委员会的职责，依法对证券期货市场进行管理。未来上海、深圳证券交易所都可能纳入直接监管，监督管理自然会严格。"

一旁的一位老总看出气氛有些尴尬，赶紧打岔道："法规也是逐渐完善的，事后监管也不迟嘛！海鹰，你这番话的意思要砸谢总的招牌哟！"

赵海鹰却显得十分坦然："原谅我直言，我是有过深刻教训的，所以认为依法监管是风险管理的必要手段，才能更有利于金融的发展，不是吗？"

谢东听着赵海鹰的话，总觉得话中有话，有些耐人寻味。聊天一时有些难以进行下去。

这时，身边传来了谢天阳的声音。自打赵海鹰走进这个房间，谢天阳就已经开始注意他了。看到赵海鹰竟然在这么重大的场合直接批评自己的父亲，谢天阳怎么可能忍得下去，他直言道："赵先生的话还真是耐人寻味啊，可作为一个金融界的小辈在这里说三道四，也不太好吧。"

赵海鹰毫不示弱："我讲述的是事实，是在帮上交所擦亮招牌而已。"

谢天阳还想反驳，赵海鹰根本不搭理他。钱青青恰好在远处跟他打招呼，赵海鹰便看也没看谢天阳一眼，径直走向了钱青青。谢东看着赵海鹰离开的背影，感觉他最近怎么像是变了一个人。

赵海鹰表面上和钱青青有说有笑，但是眼神时不时地就会瞅向谢天阳。他正在观察谢天阳，却突然看到了何卫平。赵海鹰心里一震，正准备去跟何卫平打招呼，没想到何卫平却匆匆离开了宴会大厅。

赵海鹰拨通了何卫平的电话，何卫平倒是也不回避，约他见面聊。

两个人见面，何卫平一脸的无奈："我来就是想跟你说，关于竞标的事，义和金控由于注册资金不足3000万而没有竞标的资质，申报材料已经被驳回了。我们之前签订的协议，我无力履行啊。"

"您这是什么意思？无力履行，您是准备撕毁协议？"赵海鹰显得有些着急。

何卫平赶紧解释："这事我本来想瞒着你，但是我总归是欠了徐家500万，这是事实，我不能赖账，就想着硬着头皮也要来通知你一声。但是，但是……"何卫平吞吞吐吐，似有难言之隐，"我现在的确拿不出一分钱来给徐家。不过，现在没有，只要您帮个忙，就立刻有了。"何卫平但是了老半天，终于憋出一句话来。

这下，赵海鹰算是彻底被搞糊涂了："你不要跟我绕弯子了，有什么话就直说吧。"

何卫平解释说，现在唯一的解决办法，就是找来一家有资质的公司联合竞标，只要拿下竞标，拓普智通的资金立刻就会到账，而这家联合竞标公司不需要实际出资一分钱，只是一个名义，而且中标以后还能分得很大一笔佣金。但是他现在找不到资质能符合联合标准的公司，所以希望赵海鹰能帮帮忙。

听着他的话，赵海鹰思考着。何卫平继续说："我也不希望有其他的公司来跟我分这一杯羹，但是现在我需要大公司的名声，大公司不用出一分钱，就能得到一大笔佣金，这是两者都受益的。您看只要这竞标成功了，就能立刻拿到钱，我绝不会赖账，您得相信我的为人。况且这竞标公司就出个名义而已，只要有熟人，帮个忙也不难的。"

何卫平说得倒是很简单，但是其中的难处却不小。最后二人达成协议，如果竞标成功，汇款到账，何卫平需要立即还欠下徐家的 500 万。

上海浦东的建设正在四处展开，敲敲打打的声音在钢筋水泥的楼体间混响，塔吊调整方向运转着，高楼渐渐林立。

陈建华的办公室里摆放着各类地图和建筑照片，最近他正在为建设浦东国际机场忙碌着。他已经熬了半个多月了，脸色蜡黄，看上去十分疲惫。几名年轻的工程师正在紧张地画图，一名工程师拿着浦东国际机场附属配套工程的设计方案让陈建华看，陈建华拿起笔，把自己手绘地图上的坐标更改了，可刚没画两笔，他就突然感到一阵心绞痛，吃力地捂住了胸口。

一位工程师注意到了陈建华难看的脸色，连忙说："陈老师，您怎么了？"

陈建华忍着痛，摆手说道："没事，有点胸疼而已。"

年轻的工程师吓坏了，赶忙问道："陈老师，您有药吗？我给您拿。"

陈建华指了指抽屉："我抽屉里，有一个白色的小瓶子。"

工程师们纷纷停下了手中的工作，一位去倒水，一位找药。陈建华吃下了药片，感觉舒服了不少，他对大家说："我没事，感冒引起胸痛而已。你们继续。"

晚上回到家，陈梦蕾也看出陈建华脸色极差。在她的强烈要求下，第二天，父女二人来到了医院。

周蕙一看到陈建华的化验结果，眉头就皱了起来："冠状动脉血管发生动脉粥样硬化病变而引起的血管腔狭窄，造成心肌缺血，所以才会出现心绞痛的症状。"这个病也就是俗称的冠心病，冠心病在美国和许多发达国家排在死亡原因的第一位。如果不控制，病人容易发生心脏衰竭和猝死。

这一说，把一旁的陈梦蕾吓得脸色铁青。周蕙让她不要担心，说："我接触的这方面的病人很多，目前这个病是能控制的，能够手术，也能药物治疗。"

陈梦蕾毫不犹豫地选择了手术，但是陈建华却犹豫了，浦东的建设才刚刚开始，手术的周期对他来说太长了。

父女二人眼看又要吵起来。周蕙看着陈建华，就想到了周国平，他们都是工作狂。她微笑着说："先住院观察，我跟心外科的医生一起给你会诊，再决定你需不需要手术。"

赵海鹰从周蕙的口中得知了陈建华住院的消息，来到医院看望。

刚走到病房外，就看到陈梦蕾正端着洗脸盆从病房里出来，正好和他撞了个正着。

看到一身清爽的赵海鹰，陈梦蕾有些意外。之前赵海鹰说的话，陈梦蕾一个字都没忘，气氛一时有些尴尬。

赵海鹰没话找话："我是来探望陈伯伯的，没想到你也在。"

说完，连赵海鹰自己都觉得有些不好意思，自己明明是想来跟陈梦蕾道歉。他吞吞吐吐地说："之前……不好意思啊……我把气撒在了你身上。"

陈梦蕾微笑着回答："没关系。你进去吧，爸爸在打吊瓶。"

赵海鹰还没来得及挪步子，徐珊珊就疯了一般，一瘸一拐地冲过来，直接扇了陈梦蕾一巴掌。

陈梦蕾手里的盆子差点没有拿稳。赵海鹰一把拽住徐珊珊，惊讶地瞪着她。

徐珊珊恶狠狠地看着赵海鹰。之前她特地问赵海鹰去干吗，赵海鹰吞吞吐吐，说要看一位伯父。徐珊珊疑心，跟踪赵海鹰，没想到居然看到他和陈梦蕾站在一起。

赵海鹰显然也已经失去了耐性："我是来探望陈伯伯的，你一上来不分青红皂白就打人。你知道你像什么吗？一个泼妇！"

徐珊珊更加激动了，一把抢过赵海鹰手里的水果扔在地上："对，我就是泼妇！赵海鹰，都是你逼的！"

走廊上很快围满了病人和病人家属，赵海鹰抓住徐珊珊的手走出医院。

多日的压抑让赵海鹰彻底崩溃了。为什么徐珊珊就是不肯相信自己，他知道徐珊珊缺乏安全感，他也试图给予徐珊珊安全感，可是到头来一切都是徒劳。

徐珊珊早已泣不成声："毕竟我们之间发生了太多的事情，爸爸去世了，家里破产了，我什么都没有了，我真的不知道，哪一天你也会离我而去。"

赵海鹰沉默片刻，十分坚定地说："珊珊，我绝对不会辜负你的，你要相信我。"

"你还爱我吗？"徐珊珊眼睛里含着眼泪，看着赵海鹰问。

二人对视，仿佛空气中被抽掉了氧气一般。他不确定，他不确定自己是不是还爱着徐珊珊。看着徐珊珊渴望又可怜的眼神，他的眼睛里起了波澜，却又不知道该说什么。

离开了医院后，赵海鹰来到了北方集团。之前的客户马邑已然成为了北方集团的执行董事。赵海鹰不知道该如何弥补徐珊珊，他想要尽快把何卫平手里的500万拿回来，也算是一点补偿。眼下能够帮他的人只有马邑了。

看到赵海鹰，马邑有些惊喜。听了赵海鹰的来意，马邑答应帮忙，上海钢铁公司的项目，他之前有些了解，毕竟是政府大力支持的项目，走的也是正规的竞标程序。此外，义和金控提出的不需要实际出资，还能得到一笔佣金，对他们北方集团来说，这是个不错的项目。不过最重要的是马邑信得过赵海鹰。马邑答应，会帮忙做董事会的工作，赵海鹰十分感激。

第十五章

金融角力　扭转乾坤

1

永康公司最新研发了一款新的康复器材，主要用于病人术后的康复治疗。徐珊珊成为第一批使用的病人。钱冬梅作为研发的负责人，同时作为赵海鹰的姐姐，自然肩负起照顾徐珊珊的任务。自从徐珊珊在医院当场"抓住"赵海鹰和陈梦蕾后，赵海鹰就一直没有联系徐珊珊，这让徐珊珊意志消沉，根本没有心情配合钱冬梅。

钱冬梅却卖力做着指导："把下肢抬起，脚离开床面，进行膝关节伸展，维持单脚支撑的搭桥动作，再把侧膝关节屈曲放在这只腿上。"钱冬梅费了老大工夫，但是徐珊珊根本就不配合，完全不想动。这可愁坏了钱冬梅，她看着徐珊珊一天天消瘦下去，心疼得很："你除了骨折，肌肉也受了伤，手术做完骨头是好了，可是你腿部的肌肉如果不坚持训练，以后走路会不方便的。训练这么久了，你都没什么起色。"

徐珊珊躺在器材床上，看着天花板，若有所思地说："我不想我好得那么快。"

钱冬梅一脸好奇地问其原因，徐珊珊却依旧看着天花板，没有回答。突然，徐珊珊的面前有一根项链从手掌上坠落，项链上挂着一枚钻戒。徐珊珊看得有些眼花，她不太敢相信，但马上就反应过来，兴奋地坐起来，看着钻戒。

赵海鹰微笑地看着徐珊珊，手里还捧着一束玫瑰花。他把钻戒从项链上取下，拿在手上，单膝跪地说："珊珊，让我们重新开始好吗？这段时间，我真的太忙了，不能每天来看你，你的生日快到了，我想爸爸也希望你可以像以前一样快乐。"徐珊珊之前所有的委屈、不安在这一刻全部瓦解了，她泪如雨下，紧紧地抱住了赵海鹰。

陈梦蕾手里提着水壶，看着康复室里赵海鹰和徐珊珊激动拥抱的画面，徐珊珊手上的钻戒十分耀眼，赵海鹰也笑得很开心。陈梦蕾面无表情，默默地走开了。

为了商议与义和金控联合竞标的相关事宜，马邑专门召开了董事会议，希望尽早定下这件事情。不过商议的过程并没有马邑想象的那么顺利。北方集团属于老牌企业，大部分的董事都属于保守派，有的董事认为万一出现问题，就要承担连带责任，不安全；也有些董事认为项目缺乏深入考察，建议独立参加竞标。

大家各执一词，这让首席董事马邑犯了难。他苦口婆心地解释道："这次上海钢铁公司的项目是政府支持、国家产业政策扶持的项目，还有什么质疑？至于独立竞标提议，除了信誉问题外，关键是没有义和金控携国际资本参与，我们独立竞标也很难成功的。"

"我们到底是投钱还是不投钱？利润又如何？"

"我坚决不赞成资金联合。项目竞标在即，连底细都没摸清，就把钱砸进去，不行，不行！"

每当马邑话音一落，董事们的议论声就更大了。马邑解释道："义和金控目前只是请求我们联合竞标，满足上海钢铁公司的竞标要求就可以了，至于北方集团是否真的参与其中，我们可以再议。就算有什么问题，外界并不知道我们联合竞标，我们只需要和义和金控对质就行，自然可以全身而退。况且，钢铁交易中心前景可图。"

一个董事很警觉，从马邑的话中找到了漏洞："马总，我们是制造企业，真是不明白北方集团为什么要蹚一滩没有多大利益的浑水？况且钢铁商贸领域很混乱，风险很高，值不值得？"

马邑有些为难，连忙解释："这次项目具有可发展性，还有像拓普智通这样的国际大公司参与合作。如果竞标成功，意味着多了一个机遇，我们近水楼台，利益优先，是可以考虑加入其中的。现在钢铁行业利润倍增，北方集团也算可以开辟新的领域了。"

董事们议论纷纷，虽然充满疑虑，但也不好再说什么了。

虽然马邑心里松了一口气，不过董事们所提出的问题也让他有些担忧。没想到，竞标当天真的出事了。

竞标会现场，各大企业代表纷纷落座。赵海鹰匆匆赶来时，竞标会已经开始，偌大的会议室里，灯光有些暗，赵海鹰探着脑袋找寻着马邑和何卫平的身影。

赵海鹰坐在马邑身边，何卫平向赵海鹰挥了挥手。马邑的表情有些复杂，对赵海鹰耳语道："这次的竞标底价才3000万，可是大家的出价最高的已经达到5500万，远远超出了我们的预计，我估计这次我们竞标无望了。"

赵海鹰心里的想法和他一样，不过他却发现，坐在一旁的何卫平却一丝愁容也没有，而是认真地在看北方集团的资料，这不免让赵海鹰有些疑虑。

很快就轮到何卫平阐述了。他整理了一下自己的西装，有些激动地站起来，自信满满地说："各位招标委员会委员你们好，我是北方钢铁集团和义和金控联合方的代表，这次我们给出的投标价格是7000万。"

话音刚落，全场一片哗然，赵海鹰和马邑惊讶地看着何卫平。

何卫平侃侃而谈："北方钢铁集团是冶炼加工企业，板、管、丝、带、型材产品在国内产量占重要地位，虽然义和金控成立时间不长，但是我们有丰富的商贸经验，正在为冶金企业提供信息交换和产品交易信用委托……"这些资料都是他刚刚才背下来的。

最终何卫平以7000万的价格取得这次竞标的成功。他拿着资料书得意扬扬地从会议室里走出来，赵海鹰却十分生气，质疑道："你们之前的投标价格不是3500万吗？为什么现在涨到了7000万？简直高得离奇，这个天价标你们如何承受得住？"

不过何卫平却不以为然，反倒有自己的解释："这次竞标义和金控必须拿下来，不然拓普智通公司根本不会跟我们合作。我私下打听过了，所有投标公司都涨了自己的投标价，我只能硬着头皮涨啊。"

他的话让一旁的马邑有些无奈，现在的问题是，义和金控拿得出那么多钱吗？

说起钱，何卫平却是一点都不担心，他看着马邑，笑了："这不是还有……"

马邑心里一惊，愤怒并且震惊地看着何卫平。

这时，一堆记者就围了过来，纷纷把镜头和话筒对准了马邑和何卫平。

一个记者问道："马总，这次北方集团和义和金控联合竞标，是否意味着北方集团即将开启钢铁产业新经营模式呢？请问如何看待未来全国钢材交易趋势？"另一个记者马上又追问："北方集团这次突然竞标，是否就是不想让其他投标人有所准备，以北方集团的实力……"

面对记者们穷追不舍的提问，赵海鹰彻底被激怒了，拉着何卫平和马邑挤出了人群，来到大厅的贵宾休息室。

"为什么所有记者都知道我们北方集团联合竞标的事？不是说好我们只是名义上的联合，没有任何其他的利益瓜葛吗？"一进到贵宾休息室，马邑十分严肃地质疑何卫平。

何卫平打着马虎眼："我只是为了做做宣传嘛。"

赵海鹰十分生气："你是想把北方集团逼到台面上，让外界所有人都知道你们竞标成功了上海钢铁的项目。就算你给不出竞标资金，也能让北方集团在压力下替你们掏腰包吗？"

面对赵海鹰和马邑的逼问，何卫平露出一脸的不在乎，他解释道："你们都忘了吗？我们真正的合作方是澳洲的拓普智通集团，钱的事，不是问题，不是问题。"

赵海鹰隐约感到不安，他警告何卫平，最好快点拿到拓普智通的钱，不要想打北方集团的主意。何卫平微微一笑，当作回答。

查尔德的办公室里，悠扬的音乐声飘荡，三只酒杯轻轻相撞，谢天阳已经微醉。他没想到，这个何卫平还真是有两下子，是个狠角色。他们只调动了几百万，就轻松拿下 7000 万，这简直是神来之笔。

不过何卫平却有些忐忑，首战告捷，他心里也很兴奋，虽然在竞标会上他表现得很淡定，但是手心早就被汗给浸湿了："但是现在还真的没有到庆祝的时候，只有与澳洲拓普智通集团签订合同，才算万事大吉。查尔德先生，时间紧迫啊，否则煮熟的鸭子会飞走的。"

不过谢天阳却不以为然，一副成竹在胸的样子："何叔叔！查尔德先生在华尔街大名鼎鼎，他与拓普智通是合作关系，这个是板上钉钉的。你瞎操心！瓦特啦！"

何卫平虽然点头，但是总觉得不安心。

查尔德为两人加了少许红酒，介绍道："这是罗斯柴尔德家族在西班牙最好的庄园酿造的葡萄酒，味道美妙。知道他们成功的秘诀吗？"

谢天阳细细地品着葡萄酒说："欧洲最为神秘的古老家族，曾经是世界最大的金融王国！"

查尔德故作姿态地说："请记住他们的信条，'神圣的君权注定将被神圣的金权所取代'。"谢天阳和何卫平都沉默了。

查尔德拍拍何卫平的肩头，像是安慰："我预订了明天的机票，去澳洲与拓普智通谈判，我会盛情邀请他们加入共同追求财富的游戏。"

这下，何卫平才算是彻底放心。

但是，查尔德太高估自己了，当他飞到大洋彼岸，来到美丽的悉尼大剧院约见拓普智通的负责人乔伊斯时，才发现事情并非自己想象的那般顺利，他的方案遭到了拒绝。

乔伊斯和查尔德是老朋友了，他冷静地摊开手，直言道："拒绝你的理由我已经说得再清楚不过了，那些数据我完全了解！中国在1980年钢铁产量只有1700万吨，10年后的1990年，钢产量是6000万吨，可仅仅五六年后，现在他们已经突破1亿吨了。下个10年，我认为他们产量会更大，3亿、4亿、5亿吨，也许要更多！"

"出口量也在迅速增加，"旁边的亨利插嘴道，"很快中国就会成为钢铁净出口国的。他们的钢铁企业是我们的竞争对手，强大的对手，明白吗？"

在查尔德看来，这根本就不是理由，关键的问题是中国的市场巨大，通过合作，可以从项目上赚到大钱，这才是每个商人最终想要的结果。

"查尔德，这点我们不怀疑，但是这个交易所如果建在韩国，在日本，或者菲律宾，我们都会参加的，但是中国不行，他们成长得太快了，会瓜分掉我们的市场的。"乔伊斯缓缓地说。

查尔德彻底无语了，他眼中的乔伊斯简直已经无可救药，这么做根本就不是保护市场，而是典型的商业保守主义。最后查尔德丢出一句话："没有交易所，中国商人也会快速发展的！"

"延缓他们的发展，对我们的赢利大有好处。"亨利冷冷地说道。

这下查尔德彻底明白了，为了阻止别人生存，拓普智通宁愿放弃利益。查尔德将手中最后几页纸抛向空中，踩着满地的资料，黯然起身，走向门外，留下一句话："拓普智通，你们会后悔的！"

约定的时间已经过去了好几个小时，可是查尔德却迟迟不回来。何卫平着急了，他来到北方集团公司，准备找马邑想想办法，毕竟他现在和马邑是一根绳上的蚂蚱，他不能让这个担子全部压到自己身上。

马邑刚推开门走进来，就看见秘书正给坐在沙发上的何卫平倒茶水。

秘书站起来，缓缓地说："马总，这位何总说有事找您，我就请他……"马邑摆了摆手，示意秘书出去。

马邑刚刚开完董事会，董事们对他的解释将信将疑，不过也下了最后通牒：尽快从这件事情上解脱，不能再出什么纰漏了。那边刚刚结束，这边就看到了何卫平，马邑心里隐约觉得事情不对劲。

这次的何卫平和之前在投标所看到的判若两人，两个大大的黑眼圈顶在脸上，胡子拉碴，满脸的憔悴。

何卫平一见到马邑，直接说明来意："这拓普智通的钱目前还到不了，上海钢铁的首款……"

一听钱到不了，马邑感到十分震惊："到不了？为什么？"

何卫平解释："国外注资呢，有一个时间差，他们从审核到打款至少需要半个月的时间。可是根据中标合同，竞标成功后的首期款是必须要一周内到账的。所以还得让北方公司先垫付首期款给上海钢铁公司……"

马邑一听就不乐意了，商场摸爬滚打多年的他表现出了异常的警惕，他提醒何卫平，北方集团是签署过协议的，只是名义上的联合竞标，并不需要出资金。

"可是竞标书上写着我们两家公司的名字，一旦违约，上海钢铁把我们告上法庭，赔偿款你们也得出一大笔。况且现在各界都知道，北方集团和义和金控是联合拿下的这个项目，这个时候抽身，恐怕……"何卫平语气里带有明显的威胁。

马邑有些生气了，何卫平见状立马变了一副嘴脸，连忙赔笑道："马总，我只是在讲述这里面的利害关系。况且拓普智通集团的资金两周后就能转账过来，北方集团只是需要垫付一下，到时候拓普智通的款一到，就立刻偿还给北方集团，还能有200万的佣金。我们这个项目多好啊，在国际上都备受关注的，你们北方集团的加入，只有利益，没有损失！"说着，赶紧从包里拿出一沓资料，"我这里还有所有拓普智通集团跟我们公司的来往协议，您看看，绝对如假包换！"

马邑警觉地接过资料，仔细翻看着，内容一应俱全，确实看不出什么问题。马邑整理着自己的思路，何卫平说得对，现在退出，只会让北方集团平白无故增添损失，违约金就是一笔不小的数目，不过这30%，就意味着2100万，对北方集团也算是巨款了。他让何卫平当即签下合同，两周之后要将钱原数奉还。最后马邑补充道："还有徐家的500万，你必须如期归还！"何卫平听后，心花怒放，连忙说好。

2

上海老城区，昏黄的路灯整齐地排成一列。夜已经深了，赵国平家客厅的灯依旧亮着，他还在为香港招商局大厦落成仪式上要送的礼物发愁。

浦东成了香饽饽，大家争先恐后地拥进来，"领头羊"来了，"一马当先"也来了。给香港招商局送什么，可是愁坏了赵国平。

周蕙笑着说，赵国平简直成了送礼专业户，隔几天就要送一次礼，你说送礼就送礼吧，还必须花钱少，又有寓意。照她看，要是这么一次次送下去，赵国平的脑袋估计就要想破了。

"是啊，我的脑袋快破了。"赵国平按着太阳穴，觉得灵感殆尽。

看着赵国平的样子，周蕙笑起来，帮着他按摩，边按摩边说："你呀，不服老不行，多找点年轻人，让他们给你出出主意。"

第二天上班，赵国平还在为送礼的事情头疼，一边开会，一边还在想着送什么。这时，工作人员在幻灯片上播放着一些手绘的小地图，这些地图都是陈建华自己没事儿的时候画的。陈建华看到地图出现在幻灯片上，有些惊讶。

赵国平看着陈建华，为他解开疑虑："是你的女儿，陈梦蕾女士提供给我们的。陈工，你的这些地图太有意义了，见证了上海的变化，见证了浦东的发展啊。"

听赵国平这么说，陈建华还有些不好意思。赵国平提议，让陈建华亲自为大家介绍。

陈建华缓缓站起来，侃侃而谈，他说起了这些地图的来历："我是个北京人，刚调到上海来工作的那几年，我一直都不习惯。别看我是工程师，但我也是个路痴，每次出门办事我都记不住路，所以我就画了这一张张小图。我发现这个东西不只是对我有用，还能帮助别人。上海的外来人口不少，和我一样的路痴也不少，我碰到问路的人，就随手送他几张。这几年，我画地图的频率更频繁了，因为道路变化很快啊。高架桥，高楼大厦，让我眼花缭乱。这些地图是浦东的见证，更是全中国建设发展的见证。"

陈建华像是对大家说，也像是对自己说，他憧憬地看着幻灯片："我在想等有空的时候，我想登上明珠塔，从高处看看上海，画一张上海全景图，那一定很壮观。"

一旁的徐敬之补充道："登高望远，一定精致别样啊。"

突然，一个灵感闪过赵国平的脑海，他激动不已，在陈建华和徐敬之诧异的目光中，赵国平激动地说："二位，你们又帮我们解决了一个大问题，这是今天开会的意外收获。"

赵国平解释道："香港招商局大厦落成典礼，新区政府要送贺礼，这是我们的传统节目啊。二位刚才说登高望远，说得太好了。我们可以送一只雄鹰，寓意展翅高飞。"大家拍手叫好。

香港招商局大厦在浦东举行落成典礼的当天，赵国平代表新区政府赠送了一座雄鹰雕塑，寓意招商银行有鹰一样的慧眼，即将展翅翱翔浦东大地，振翅高飞，带动陆家嘴一飞冲天。

赵海鹰发现，钱春生最近有点奇怪，开始疯狂地想要赚钱。钱春生前几天竟然神秘兮兮地找到他，想问他要一些股票方面的内幕消息。原来钱春生的一个朋友买卖股票，仅仅只用了10天就赚了200多万，钱春生说起这个的时候眼珠子都快瞪出来了。赵海鹰当下就把他的这个念头扼杀在了摇篮里，并且十分严肃地警告钱春生，内幕交易是违法的！很多所谓的内幕消息都是各个公司为了竞争故意流传出来的假消息，不少人都因此上当受骗。

赵海鹰说的这些钱春生根本就听不进去，反而质疑道："海鹰，你是不是不想我赚大钱？上交所的高层哪个不知道内幕消息？内幕交易多了去了，一到我头上就出事了？"赵海鹰的态度十分坚决，认为这件事没有任何商量的余地。

这次分开后，连续好几天钱春生都没有联系赵海鹰，赵海鹰越想越担心，决定跟钱春生好好谈谈。

一来到钱家，钱青青和孙明芳都在忙着包饺子，看到赵海鹰又惊又喜，留他吃饺子，赵海鹰却没啥心情，询问钱春生在不在。

"一回来就闷闷不乐地跑到卧室里待着！都是个老邦瓜了，也不知道出去多跟朋友聚聚会，接触点女生！"孙明芳明显带着抱怨。

正说着，钱春生从屋里走出来，同样也带着抱怨的语气："妈！我有那么老吗？还老邦瓜！说话真是夸张！"

钱青青哈哈大笑了起来，但是她突然发现，从进屋后，赵海鹰自始至终都没有笑过。钱青青正想问呢，赵海鹰却叫钱春生跟自己一起出去。钱春生极不情愿地跟着赵海鹰来到了一家私房菜馆。

这是一家位于洋泾街的老式四合院，因为老街都拆迁了，只有这条路还保留着，老板把这家四合院承包了下来，改成了私房菜馆。

也许是因为在老式的房子里，所以容易勾起曾经的记忆。赵海鹰点了一份竹笋炒肉，回忆起来："我记得我们俩小时候最喜欢吃竹笋，你最开始还吃不来，说味道太奇怪，后来我硬往你嘴里塞，每次都这么整你，后来你竟然比我还爱吃了。"

钱春生笑了起来："我不能让竹笋成为我的软肋啊，每天被你揪小辫子。"

熟悉的味道让两人陷入回忆，笑着谈论起儿时在老街的往事。

"我还记得有一次，我们老街的一群小伙伴中有人竟然带了大家都没见过的烟花棒，王大娘的儿子小胖子还使坏把烟花棒扔进了你的裤裆，结果大家都吓傻了。"赵海鹰回忆道。

说起这事儿，钱春生大笑了起来："最后还是你一把脱下我的裤子，才没让火烧起来，不过我因为这事一个礼拜没理你和小胖子，你们一个害我差点被火烧，一个害我在所有人面前丢了男子汉的脸。"两兄弟陷入了回忆之中，都十分感慨。

说了这么多，赵海鹰终于进入了主题。他看着钱春生，十分认真地说："春生，你是我这辈子最重要的兄弟，我不想因为什么事，影响了我们之间的感情。"

钱春生拍了拍赵海鹰肩膀，愧疚地说："不，都是我的问题，不怪你。"那天之后，钱春生也仔细想过这些问题，自己没钱也不能怪赵海鹰，赵海鹰作为朋友已经非常尽力在帮自己了，只是他最近真的遇到了一个大问题，一个必须要用钱解决的大问题。但是话到嘴边，还是没有说出口。

钱春生的办公室里人满为患，这几乎已经成了最近几天的常态。每天一大早，包工头带着四五个农民工就跑到钱春生的办公室里要钱，包工头气冲冲地说："我们公司改造洋泾老街的项目工期过半，有些项目都要竣工了，你还不给我们发工资！大家都等着领钱回家过年呢！"

钱春生又是端茶又是递水，他知道自己理亏，也理解这些民工们，但他也很无奈，但凡有一点办法他都不会拖欠着工人的工资。他看着大家，带着歉意说："这甲方贷款手续还没有完善，资金出现了缺口，我等了这么久都没有收到工程尾款，上百个工人的工资我哪里拿得出来啊！"

民工们可不管那么多，他们都等着拿钱回家过年。有些民工急了，冲着钱春生大喊道："别扯那些没用的！不管你是借还是偷，都要把工资给我们发了！"

其他民工跟着应和："明明是你不讲理，拖欠农民工工资！快点发工资，不然我们不走了！"眼瞅着民工就要动手，钱春生赶紧答应，保证明天就给，这才把民工们安抚好。

第二天一大早，天还没有亮，钱春生就被敲门声吵醒了，他没想到民工们直接找到钱家安置房了。钱青青刚要开门，钱春生眼疾手快，一把拦下。

敲门声也把孙明芳吵醒了，她感觉有些不对劲，问："春生，外面是谁？"

钱春生还没回答，门外又响起了更加猛烈的敲门声以及嘈杂的吵闹声："还钱！钱春生！你拖欠民工工资，还当什么老总！你快出来！你说好今天给我们发工资的！你倒是出来啊！"

这下，孙明芳和钱青青都知道是怎么回事了。纸包不住火，钱春生本来不想让孙明芳担心，现在事情败露，只好老实交代："是工程尾款政府还没批下来，我哪拿得出那么多钱发几百号人的工资啊！"

孙明芳一听就急了，电视上天天播拖欠农民工工资的负面新闻，每次她都深恶痛绝，必须把这些黑心的老板都说上一通才算是痛快，可是没想到这次居然轮到自己儿子。她决定把自己的存款拿出来给钱春生救急。

"妈！得要70万！"钱春生把这个数字一说出口，孙明芳就震惊了。钱春生解释，"我们项目的尾款是150万，只要尾款下来，我就能发工资了，可这不是还没下来吗？"

孙明芳一屁股坐到椅子上，70万，她连见都没见过这么多钱啊，可是门外的敲门声依旧不断，孙明芳估计左邻右舍都听见了，尤其是四眼家，就在她家隔壁，这让她以后在李桂芬面前怎么抬得起头啊。钱青青更是急得上蹿下跳，外面全被堵着，她可怎么去上班啊。钱春生看着母亲和妹妹，忽然想起了什么，连忙用电话拨下了一串号码。

过了一会儿，满脸忧虑的杨乔匆匆赶来，远远地就被眼前的景象吓了一大跳。原来，包工头动员民工们停工，全部都来到钱春生家要钱。民工们早已把钱家围得水泄不通，许多邻居都打开门上的猫眼瞄两眼，又赶忙关上，还有的透过阳台的窗户看热闹。

包工头看到杨乔，赶紧迎了上去。之前就是因为杨乔推荐，他们才从重庆来到上海，现在杨乔来了，包工头首先冲上前去，一口一个杨局长叫着。杨乔看着包工头，心里极其厌恶，之前给他介绍工作的时候，这个包工头恨不得把脑袋都割下来担保，说一定不惹事，好好带着工人干，现在可好，才一点事情，就带着工人找上门了。这不是给他难堪，给钱春生难堪吗？

杨乔没有表露出对包工头的看法，眼下最重要的是要让工人们赶紧散去，在这儿堵着，万一惊动了媒体，这事儿可就大了。他找到了一把椅子，站了上去，苦口婆心地劝阻道："你们在这里堵着，给左邻右舍都造成不便。拖欠工资肯定是钱老板的错，没有任何疑问！但是，你们这么围堵，也解决不了办法。大家放心，你们都是我介绍来的，我们又是老乡，我肯定想办法给你们解决！钱老板是我的朋友，他这个人绝对不是赖账的人，只是因为工程尾款没拿下来。不过大家放心，我给你们打包票，有我杨乔在，我一定会为大家要回工资，让大家好好过个开心年的！"

听到杨局长都这么说了，民工们也都安静了下来。其实他们之前的工资发得还是比较及时的，都是因为临近过年，准备回家，却迟迟不见剩余的工资，加上包工头带头鼓动，这才放下工作，跟着跑过来讨要工资。大家你看看我，我看看你，都不知道如何是好，最后把目光再次转向了包工头身上。

包工头上前一步，笑呵呵地对杨乔说道："杨局长，大家都有难处，但是我们相信你，你要帮帮我们啊。"

杨乔拍拍胸脯，向大家保证道："我杨乔拿人格担保，你们会拿到工资的！我是代表劳动局的，是政府的声音，说到一定做到！"

杨乔是劳动局局长，代表的是政府，民工们这才纷纷散去。

安抚好民工，杨乔心里才算是松了一口气，不过转而又担忧起来。钱春生把事情都跟他说了，不同以往的把酒言欢，这次杨乔十分严肃地提醒钱春生，不可以拖欠任何一个农民工的工资："他们的生活都很不容易，家里几乎都是上有老下有小，大老远地跑到上海来打工，就是想多挣点钱往家里寄。而且马上要过年了，你不能让他们空手回去。"

杨乔说的钱春生都理解，但是他也很无奈，甲方一直不给钱，他从哪儿凑出70万给民工发工资啊。

临走前，杨乔安抚钱春生："我们再去找甲方谈谈，这是他们的问题，在过年前必须把工资发下去！"

赵海鹰接到钱青青的电话，才知道钱春生遇到了麻烦，他这才明白为什么钱春生最近那么想要赚外快。不知道为什么，他心里竟有一丝安慰。

他托了个金融界的朋友用他们公司的名义帮忙做了一份金融担保书，让钱春生拿这个担保书去银行，至少可以拿到 40 万的贷款。剩下的 30 万，赵海鹰继续帮他想办法。

钱春生原本就不想麻烦赵海鹰，可是赵海鹰的一句话就让钱春生的心瞬间融化了："我们是最好的兄弟，你有困难，我必须义不容辞地帮你。"

泪水已经浸湿钱春生的眼眶，他不知道该如何是好。之前赵海鹰帮他融资了一大笔钱，才开了建筑公司，如今剩下的 30 万他觉得不能再麻烦赵海鹰了。

3

当赵海鹰把钱春生的事情告诉赵国平的时候，赵国平对赵海鹰好一顿责备："春生有这么大的麻烦，你怎么不早说？"

赵海鹰也是一脸无奈："我也是今天才知道。您能想想办法吗？"

"我跟你爸还有积蓄，都借给春生！加上贷款，应该也够了。"正在厨房做饭的周蕙听到这个消息，走了过来，一副要为钱春生还债的架势，不过被赵海鹰拒绝了："春生不想借我们家的钱。"

赵国平了解钱春生，自尊心那么强，肯定不会要的。按说洋泾老街的改造本来也归管委会负责，这些甲方承包出去就什么都不管了，拖欠着民工们的工资，这还了得。想到这里，赵国平当即决定："我去给工程部打个电话，必须让人协调好，机关办事有时候真是太慢了！"赵国平一边念叨着，一边走进书房。

周蕙微笑对赵海鹰小声说道："你爸一出手，绝对没问题啦！"

周蕙说得没错，果真赵国平的一通电话打过去，很快就有了答复。最后，在管委会的参与下，钱春生顺利拿到了工程尾款。

一拿到钱，钱春生那叫一个激动啊，银行都没去，直接带着钱来到了工地。

他心里急，他觉得只有工人们实实在在地把钱拿到手上才是真正的放心。现在过年期间，在银行需要排很长的时间，他直接把钱交到大家手里，既节约了时间，也让大家安心。此外，为了弥补之前拖欠大家工资耽误的时间，钱春生还特意给每人准备了 200 元的大红包。为了归途的安全，他还特意包了专列火车，送他们回乡，希望尽可能地给大家做一些弥补。

民工们提前接到了要发钱的消息，早早就排好队，脸上洋溢着激动兴奋的表情，焦急地等待着。

片刻后，赵海鹰的轿车风风火火地驶入工地，钱春生和赵海鹰热情地把一摞摞钱交到农民工手里，场面温馨又壮观。整个过程都被钱青青记录下来了，通过电视机，传播给了全国的观众。

浦东的高楼大厦鳞次栉比，渐渐繁华起来。黄浦江水缓缓流动，环绕着整个上海，温柔而安静。不过有一个人的心情却并不平静。何卫平等着查尔德和拓普智通的合作协议，等得花儿都谢了，最后等到的是一句"拓普智通放弃投资"。

这下，何卫平慌了，如果拓普智通放弃投资，那么他之前所做的一切都白费了。情急之下，他来到了查尔德在上海的公寓。

查尔德看到何卫平，连招呼都没打，自顾自地喝着红酒。查尔德自己也很无奈，他在电话里已经跟何卫平解释清楚了："拓普智通是笨蛋，是混蛋，他们没有眼光，他们害怕中国商人会抢走市场。就是这么简单！结束了，一切都结束啦！"

"北方集团已经把首期款垫付给了上海钢铁公司，交易中心项目正式启动，目前已经有几家公司向我们投来了橄榄枝，我们……我们马上就要成功了。拓普智通不参与投资，北方钢铁公司就会撤出项目，所有的投入，我的身家都在里面了，一切要打水漂啦！您，查尔德，是华尔街的大老板，您一定有办法的，求您再去澳洲，或者美国，或者英国……"何卫平几乎带着哭腔恳求道。

不过，查尔德却并不这么认为，拓普智通突然放弃的项目，消息肯定传遍了全世界，其他公司就会心存疑虑，也不会投资。想到这里，查尔德也感到很痛心，中国市场真的很大，对他来说，是一块到嘴的肥肉，没想到这么快就没了。

看到查尔德也无力回天，何卫平彻底绝望了。几十年的家业，顷刻之间彻底毁灭。他在绝望中跌跌撞撞地离开了。

何卫平听了查尔德最后的建议："走得越远越好，非洲、南美洲，或者大洋洲……反正世界这么大，你可以走得很远！"

赵海鹰拿着借条来到义和金控，却发现公司只有几个员工，办公室更是空空如也。他感觉不对劲，找到了马邑。

当赵海鹰急匆匆地来到马邑办公室，马邑正在看新闻。新闻里播放的正是义和金控的公司职员被警察问询的画面。原来从几天前开始，何卫平就彻底失去了联系，与他一同消失的，还有公司账面上的数百万元。赵海鹰和马邑面面相觑，震惊地看着新闻。

马邑脸色难看，看着赵海鹰，一脸的焦虑："坏事了坏事了，我们北方集团已经把 2100 万的首期款付给上海钢铁公司了。剩下的全款呢，谁来补齐？"

听马邑这么说，赵海鹰心里一沉，问道："何卫平让北方集团出了首期款？"

"从一开始联合竞标，我们就已经被捆绑在一起了，不管是义和金控给款，还是北方集团给款，在合同里，我们都是甲方，一样有连带责任。"马邑显得有些崩溃。

赵海鹰震惊了，他原本是去义和金控找何卫平偿还欠条，结果发现根本没有他的踪影。后来赵海鹰找了许多朋友，才知道何卫平四处筹钱，有几家金融公司在跟进项目。赵海鹰感到事情不太对劲，从义和金控来到了马邑这里。没想到一来就从电视上看到何卫平的消息。

"他这时候放弃，一定是拓普智通毁约了，没有了外国的资本，他就拿不出那么大一笔钱，无法继续项目的建设，将输光所有底牌。"马邑推测着。

看着马邑，赵海鹰十分自责："对不起，马邑，对不起，是我害了你，是我为你与何卫平牵线的，让你陷入了这么大一场风波里……"赵海鹰话没说完，便十分愤怒地一拳捶在了墙壁上。

马邑也十分崩溃。这个时候再说谁对谁错已经没有意义，他捂着额头一屁股瘫坐在沙发上，问道："这项目我自己也有很大过失，没有及时掌握义和金控和拓普智通的合作进度。不关你的事。可是现在该怎么办？这钱肯定是要不回来了，上海钢铁如果再把北方集团告上法庭，我恐怕无法推责……"

赵海鹰拳头紧握，说道："马邑，这件事我一定会调查。何卫平的事既然已经被媒体通报，说明警方早已介入了，我们总要挽回一些损失才行。"看着马邑十分失落地呆坐在沙发上，赵海鹰心中更加自责。

谢天阳没想到，他居然会跌倒在何卫平手上，他得知消息后整个人蒙了。呆站在电视机前许久，他才反应过来，他马上拨打何卫平的电话，可是得到的却是电话关机的语音播放。

他怒气冲冲地推开了查尔德办公室的门，查尔德正悠闲地站在办公室里打着小型高尔夫。谢天阳心里猛地一沉，质问道："何卫平到底逃到哪里去了？"

查尔德没有任何回应，而是十分有兴致地把球轻轻推入球洞。

这下谢天阳更觉得事态严重。当初竞标上海钢铁公司，他投给了何卫平300万，何卫平这一跑，让谢天阳血本无归。

"你不要告诉我这件事跟你无关，而且你竟然还这么悠闲！"谢天阳带着质问甚至有些愤怒的语气问查尔德。

查尔德的办公室位于大厦顶楼，阳光十分刺眼。查尔德不紧不慢地走到窗边，把纱幔轻轻拉过，遮住太阳，说道："我也是受害者。好题材没有赚到钱，对于一个优秀的金融家来说，就是最大的失败。"

"几百万对你是小数目，但是我不信你查尔德被人欺骗，还能泰然自若地在这里打高尔夫！拓普智通为什么不投资，是不是你在其中搞鬼？"

谢天阳的逼问彻底激怒了查尔德，他收起球杆，瞪视谢天阳，斥责道："你没有资格质问我！拓普智通的商业合作函你也亲眼看到的，他们最终毁约，我们都是受害者。明白吗？"

看到查尔德这个态度，谢天阳也无所谓了，之前他对查尔德毕恭毕敬，只是为了能够拥有查尔德这个靠山。查尔德对他看似友好，但是双方心里都清楚，只是彼此利用而已，查尔德想要利用谢天阳在上海的金融网络为自己服务，谢天阳又何尝不是要利用查尔德在华尔街的招牌。

二人冷静片刻后，查尔德先主动开口："你觉得我会拿自己的钱去给自己设骗局？你动动脑子，如果何卫平没有跑掉，交易所项目破产，你们要共同承担违约责任，损失的何止几百万？连带你在上海金融界的信誉，全都完蛋啦！我是在帮你，你要感谢我，感谢何卫平的消失，法律责任是他一个人的！"

谢天阳被查尔德的态度和言语搞得十分狼狈。这 300 万对于他已经是一大笔钱了，如果不能快点补上漏洞，汉斯集团就会有大危机。

查尔德没有再说话，而是挥球杆把球推进了球洞。谢天阳看得出，这就是查尔德的态度，这个洞深不见底，查尔德自己是不可能进去的。

当陈建华在办公室见到赵海鹰的时候，很是惊讶，他知道赵海鹰无事不登三宝殿。他倒了一杯水给赵海鹰，问道："你还是第一次来我这里吧？说吧，什么事啊？"

赵海鹰直言道："陈伯父，据我所知，上海钢铁交易所的详细规划是你们设计院做的，我想向您了解了解上海钢铁交易中心的情况。"

陈建华也听闻了北方集团的一些事情，只是没想到赵海鹰也和这件事情有关系。他找到了竞标时公布的上海钢铁交易中心的规划书和图纸，交给赵海鹰。

赵海鹰一边看，陈建华一边解释："上海钢铁交易中心的规划把重点放在了国内市场，重点是辐射长三角、珠三角地区，主要围绕上海钢铁现有服务业综合试点区的钢铁交易、信息、物流、再生资源等几大功能，实现龙头企业和地方企业的强强联合，打造钢铁行业国内领先的服务、交易平台。"

赵海鹰看得出，手中的规划设计耗资并不低，可见政府也是下了决心要打造一个能够打响名气的钢铁交易中心的。他有些疑问："为什么这么大的钢铁交易中心不能考虑面向国际市场呢？"陈建华没有回答，而是让他继续说。赵海鹰说出了自己的想法："如果把规模再扩大一倍，把物流、仓储的标准运营体系跟国际接轨，通过产、融结合促进钢铁行业企业融资环境的健康发展，把金融变成和钢铁交易、信息、物流、研发等功能并重的功能之一，甚至可以形成钢铁交易和服务的'上海标准'，做到面向亚洲市场甚至全球市场也不是不可能的。"

赵海鹰的提议让陈建华瞬间茅塞顿开。之前的规划设计更多的是把目光投在国内市场，而赵海鹰的眼光更加长远，直接投向了国际市场。陈建华听后，频频点头，感叹道："海鹰，你果然是金融行家啊。你的这个思路很好，不过现在招标已经结束了，如果要改规划，那也应该是甲方提出来啊。"

陈建华口中的甲方正是北方集团。赵海鹰说："其实我今天就是想来和您先探讨探讨，如果您觉得扩大规模、改变原有规划有实际的可行性，那我想去和甲方谈谈。"

陈建华向赵海鹰保证，只要北方集团愿意增加投入、扩大规模，设计院十分乐意也会支持配合完成新方案的调整和修改。

看到陈建华的态度，赵海鹰心里算是有底了，他直接来到马邑家。马邑也正在犯愁，北方集团董事会已经投票决定，放弃上海钢铁交易中心的项目，也就是说，两个小时后，北方集团将会正式启动撤资程序和经济诉讼。

情急之下，赵海鹰提出了一个大胆的建议：参加北方集团的董事会议。

马邑一听就拒绝了。要知道，出席董事会议的全部都是北方集团的高层领导，连部门经理都没有资格参加，何况是赵海鹰。赵海鹰顾不了那么多了，跟着马邑来到了北方集团的会议室，还没等大家反应过来，赵海鹰转身把门反锁，直接抽出插在门上的钥匙。

这下，会议室的董事们慌了神，交头接耳。赵海鹰看着在场的董事们，直言道："对不起，各位董事，我是赵海鹰，上海钢铁交易所的项目是我推荐给马邑先生的。在你们开会之前，能不能给我 20 分钟的时间，做个陈述？"

不开口还好，这一开口，董事们的议论声更大了。其中几个董事知道赵海鹰的名字，但是就算赵海鹰是其他公司的董事长，他也没有资格来参加北方集团的董事会。

赵海鹰拿出钥匙，带着威胁的语气说："我已经把会议室的门锁上了。我要说的事情和北方集团的利益息息相关，如果你们连20分钟都不肯给我，那么我就把这把钥匙从这里扔出去，恐怕浪费的不止20分钟的时间。"

这下，马邑也急了，赶紧站起来，劝道："海鹰，有话好好说。"

一直没有出声的董事长正襟危坐，赵海鹰的大名他也略有耳闻。他倒是很好奇赵海鹰到底想干吗，于是开口道："好吧，我们也不差这20分钟的时间。赵海鹰先生，你有什么想说的现在可以说了。"

董事长都开口了，其他人也不好再说什么。赵海鹰见状，赶紧将准备好的上海钢铁交易中心最新规划的资料交给董事们，一边发一边解释道："在这份规划里，上海钢铁交易中心不再只是面向国内钢铁市场，而要面向国际市场。也就是说会辐射日本、韩国、东南亚以及欧美……

赵海鹰侃侃而谈，董事们听得也格外认真。最后，赵海鹰为在场的董事展示了一份礼物，他揭开了会议桌上的一个大盒子，是一个新钢铁交易所模型的大蛋糕。这个蛋糕是他请陈建华帮忙画了草图，依照草图的模样做的："我期待未来的钢铁交易所更美丽，更宏大，应当是上海面向亚洲、面向世界钢铁市场的交易中心。"众人表情惊讶，议论纷纷。

赵海鹰看着董事长，又看看会场的董事们，非常认真地说道："董事长，各位董事，刚才我说的全新的上海钢铁交易中心就如同这个摆在你们面前的大蛋糕。北方集团已经获得了甲方的权利，如果和上海钢铁公司强强联手，一起把上海钢铁交易中心打造成为国内、国际领先的B2B服务平台，那么这块蛋糕就会做得更大更好。"

话音一落，会场的董事面面相觑，最后都把目光转向了董事长，等待着董事长的意见。只见董事长拿起了小勺子，把一小块蛋糕送进了嘴里，表情很满意，意味深长地说道："这个蛋糕的味道确实很不错，耐人回味啊。"董事长的意思已经很明确了，一时间，董事们纷纷拿起小勺子，开始品尝蛋糕。

洋泾街改造项目已经接近尾声，赵国平和几位上海领导特地来考察，由钱春生做介绍。

整条洋泾街焕然一新，一改之前破旧弄堂、老式街店的模样，四处高楼林立，洋气的商铺充满了时尚的气息，一点也看不出曾经的样子了。

钱春生介绍道："这条支路是我们建筑公司承建的，所有的楼房项目均按照政府给的规划图一比一规制。这条街以前杂货铺、理发屋、菜市场等便民点聚集，现在主要打造成了商业中心，街中央有一个大型的百货店入驻。"

听着钱春生的介绍，赵国平很是激动，这条路就是以前孙明芳开永春副食店的地方，没想到短短几个月，竟变得如此现代化。赵国平感慨道："浦东的老街改造几乎都要完工了，浦东的发展万象更新，一人富，富一点，大家富，富一片。城市形象树立得好，人民居住条件改善良多，商业化的进程不断推动，上海才能真正成为国际金融中心。"

被赵国平这么直白地表扬，钱春生还有点不好意思："现在全国都在提倡新都市主义，街区的多功能化，重视城市的公共空间，同时重视古建筑的保护。上海在城市规划这一块，探索和规划得十分成功。浦东新区如今的实践，是打造新时尚环境的最有力证明。"

洋泾街的改造让钱春生的春生建筑公司在业内名声大噪，也让不少人看到了商机，杨昊就是其中之一。

之前广瀚公司的破产，让杨昊对金融界大失所望，他觉得与其跟着别人干，还不如自己当老板。正好洋泾街改造，新建了不少商铺，杨昊便用自己所有的积蓄开了一家西餐厅，赵海鹰和钱春生知道这个消息后，特地前来捧场。

赵海鹰发自内心替杨昊开心。"我给你打折！或者你带一桌来，我就给你10%的回扣？"杨昊半开玩笑半认真地说。

"或者我入股，每季度分红，我不参与技术，只负责融资？"赵海鹰连开玩笑都和自己的职业有关系。一旁的钱春生也开玩笑说："你们搞金融的也太会做生意了，还让不让其他人活了？"

杨昊笑得很开心："你们慢慢吃，我先去忙了！"

"好！"

等杨昊离开，钱春生十分激动地说："海鹰，我又接了一个大项目，是富华房产的商业街建设，那条街就在你们上海证券交易所的新址那里。听说上交所新址今年8月就要开始正式营业了，到时候那条商业街一定很繁华……"

"恭喜你啊，春生。"看到钱春生混得风生水起，赵海鹰由衷地为他高兴。

而谢天阳最近可就没钱春生那么幸运了。

谢天阳的汉斯集团因为在义和金控上投资了300万，濒临破产。他在国际期货市场里赔了些钱，急于要找回来，所以利用参与义和金控的机会，高利息吸收了几笔资金。面对儿子欠下的巨额资金，身为父亲的谢东犹豫了，他违背了自己的原则，向谢天阳泄露了证券内幕消息。

纸包不住火，谢天阳疯狂买进一只股票的消息在业内传得沸沸扬扬，也引起了上海证监会的注意，最后谢天阳和谢东被判入狱。

赵海鹰得知这个消息后，多次去监狱探视，却都遭到了谢天阳的拒绝。赵海鹰突然感到身心疲惫，广瀚集团破产，他为了让何卫平偿还债款，把马邑推到深渊，深陷骗局，害得马邑被董事会罢免，徐珊珊的债款也要不回来，连上交所的前辈、他曾经十分尊敬的长辈谢东，都被证监会抓捕……一切的一切在他脑海中闪现，他突然感觉这一切都跟自己扯不开联系，甚至觉得正是自己把这一切搅得太乱了。

想着铁窗内的谢天阳，赵海鹰的心里有种说不清的感觉。他想起了这几年所发生的一切，自己从静安所的一名小保安，到在金融圈崭露头角，名声大振，又到一夜之间公司破产失去朋友和最敬重的长辈，再到今天，或许自己有太多连自己都没有意识到的问题，才一次次被人陷害，连累朋友。他要从头再来，这一次，他不会再一意孤行，要把每一步都实实在在地走清楚，走明白……

第十六章

东山再起

1

为了支持赵海鹰重新开始，钱春生拿出 300 万，说是还钱，但数目远远超出了赵海鹰曾经借给他的钱。赵海鹰心里清楚钱春生的用意，但是说多了显得矫情，兄弟之间的感情尽在不言中。

赵海鹰拿着这 300 万作为自己重新开始的起步资金，在陆家嘴商业街上租了一间写字楼。

办公室宽敞明亮，落地窗外正是浦东外滩，采光极好，房间里整整齐齐都是工作格子间。更令他没想到是，办公室迎来的第一位客人居然是马邑。

一身西装的马邑，精神抖擞，满面红光，完全看不出来刚刚经历了一次那么大的风浪。马邑这次可不是空手而来，他给赵海鹰带来两份礼物：一份是一张支票，这是作为赵海鹰为北方集团和上海钢铁交易中心牵线的佣金；而另外一份礼物让赵海鹰大为惊喜，竟是马邑本人。

"我已经辞职了，现在我是带着我的家当来投奔你来了。"

赵海鹰原以为经过之前的事情，北方集团的董事们不会再怪罪马邑了，没想到竟会是这种情况，一时不知该说什么好。

没想到马邑却满脸轻松，说并不是北方集团要辞退他，而是他自己主动辞职。经历了这次的事情，他感到身心疲惫，不过也因祸得福，他想明白了一个道理，就是要和诚信的、有能力的人合作，才能干一番自己的事业。说来也巧，马邑刚刚规划了自己的未来和目标，就听说赵海鹰开公司了。这下，马邑也坐不住了，毅然决然地放弃了北方集团，想要入伙赵海鹰的公司。

马邑的加入对赵海鹰来说简直就是如虎添翼。凭借马邑在商界打拼多年积累的经验和人脉，那是很多公司花多少钱都请不过去的，可是马邑却分文不取，还自己掏腰包要入伙，这是对赵海鹰莫大的信任。赵海鹰没有理由拒绝，主动伸出双手，微笑着说："马总，欢迎你加入海银投资公司。"马邑也微笑着伸出手，两双手紧紧地握在了一起。

惊喜接踵而至，就在赵海鹰的海银投资公司正式开张的第一天，顾瑛、黄斌也来到了赵海鹰的新公司。在金融界里，工作好找，可是好的老板却难求。顾瑛和黄斌一听说赵海鹰开公司的消息，想都没想，就直接放弃老公司，投奔赵海鹰来了。

顾瑛半开玩笑说："赵总！我拿着你亲自写的推荐信来应聘，你收吗？"

黄斌不好意思地摸摸头："我之前的金融公司把我的推荐信收走了，要不你重新给我面试一次？"

看着曾经的伙伴一个个都回来了，赵海鹰的心情早已不能用激动来形容，他感觉自己再次找到了人生的新起点，经历了这么多大风大浪，他的心早已被磨得刚硬不摧。上海在发展，浦东在狂奔，赵海鹰心底暗暗发誓，这一次，他一定要抓住这最好的时机，奋力一搏，在这东方的华尔街里，重新启程，闯出属于自己的一片天地！

很快，赵海鹰就接到了公司的第一笔单子，当韩要强把一份合同递给赵海鹰时，赵海鹰的表情不是激动而是吃惊。眼下，永康已经是国际公司了，而且正在做上市的准备，肯定有非常多的金融公司想要和永康合作，而海银投资还仅仅是一家刚刚成立的小公司，就算排队也轮不着他啊。

看着曾经桀骜不驯的赵海鹰居然谦虚起来，韩要强反倒有些不适应，大笑了起来："你们金融业最重要的资本其实是'信用'，你的真诚和善良、你的勇气和正直打动了我。永康正在申请IPO的程序，希望你能继续为我们的企业提供服务。"面对韩要强对自己的信任，赵海鹰保证，一定为永康做好金融服务。

除了永康的项目，赵海鹰还把目光放在了浦东郊区的主题公园项目上。很快，马邑就与欣欣文旅公司取得联系，同意与海银投资合作。有了欣欣文旅的加入，赵海鹰对主题公园的竞标增加了不少胜算。

马邑对这件事情却表示出担忧："虽然我们和文旅公司一同合作竞标能增加胜算，但我们毕竟是刚成立的公司。浦东郊区主题公园的项目很大，我们想要跟背景深厚的大公司竞争，实在是以卵击石。"

不过赵海鹰对此事的态度却异常坚决，他认为不能因为对手强大就自乱阵脚，急于退缩，就像他的亲身经历一样，遇到再大的困难不也都过来了。在他的字典里，没有退缩两个字。他看着有些担忧的马邑，又看看眼前的员工，十分坚定地说："竞标公司要选的投标者，不是具有丰富的财产和资质就行的，他们最看重的是投标者的可发展性，能让他们的项目在最可控的成本里发展出最大的利益价值。我们必须在投标方案上下百倍的功夫，只有拿出了最好的方案，才有可能打败从先天上比我们有优势的对手。大家有没有信心？"

听着赵海鹰的豪言壮语，公司里年轻职工也是各个干劲十足，一副志在必得的架势。

马邑看着大家斗志昂扬的样子，突然有种似曾相识的感觉，他在眼前的这批年轻人眼里看到十几年前静安所里赵海鹰的影子。

接下来的几天里，赵海鹰吃住都在公司，所有的员工看到老板这么拼命，下班后也都不自觉地留了下来。

竞标会的现场座无虚席，上海知名的、不知名的企业代表坐在其中，焦急地等待着最后的结果。赵海鹰和马邑坐在靠后的一排。这时，主持人拿着最后的结果，走到台前，用富有磁性的声音宣布："此次竞标成功的，是海银投资有限公司和欣欣文化旅游公司！"

话音一落，台下响起了雷鸣般的掌声。赵海鹰从座位上站起来，激动地接受着来自四处惊讶的目光。马邑兴奋地站起身，和赵海鹰拥抱在一起。

这次竞标的成功，让外界再次看到了赵海鹰的能力。赵海鹰完美地向外界证明，就算是刚起步的小公司，也同样能跟实力强劲的大公司抗衡。海银投资的名气也因这次中标在业内一炮打响。

许久没有参加商界酒会的赵海鹰再次进入人们的视线。酒会现场，看着许多熟悉的身影，赵海鹰感慨万分。

一个老总上前搭话，一张嘴就是"赵总，赵总"叫个不停，叫得赵海鹰还有些不适应："您还真是金融界一只打不死的小强，几起几落，都能再次爬起来，还能成立自己的公司，我雷某佩服，佩服。"接着，这位老总又把目光投向赵海鹰身边的马邑，带着嘲讽的语气说道："这位不是北方集团的前任总经理马总吗？听说您现在是海银公司的合伙人。两位栽过大跟头的人在一起，应该能擦出不一样的火花吧。"

赵海鹰还没开口，马邑就忍不住了，毫不留情地回应道："在金融圈里，谁也不可能是常胜将军，但跌倒过的人，总是会比别人多一个心眼儿，不像有的人缺心眼，只会抓住别人曾经的失败不放。"

这么直白的嘲讽让这位老总一时有些下不来台，转移话题道："赵总，我听说你们公司拿下了政府都在支持建立的主题公园项目，你们公司实力还真是不容小觑啊。不过，我个人倒是不怎么看好主题公园的项目，至少现在的消费群体，看样子并没有对主题公园有什么太大的兴趣。赵总这次恐怕又要摔一次大跟头啊。"

赵海鹰也毫不客气，回击道："投资项目其实跟炒股是一个道理，每个人都有炒股赚钱的脑力，但不是每个人都有这样的肚量。如果你动不动就闻风出逃，那就不要去碰股票，也不要买股票基金。历史上很多成功的投资案例、项目都并不是被大家看好的，却往往能收获颇丰，为什么？因为成功的投资者能看到其中隐藏的价值和盈利点。如果人人都有这样的洞察力，我想世界上就没有失败的人了。"

这时，另外一位老总走过来插话道："我就很佩服赵总的魄力！海银投资刚成立不久，就能在业界小有名声，还打败这么多竞争对手一举拿下主题公园项目，融资资金达到1000万。我想，未来海银投资的实力恐怕会让业界闻风丧胆啊！"

他的话说出了现场不少人的想法。这位老总向赵海鹰和马邑敬酒，赵海鹰和马邑都举起酒杯，三人一饮而尽。

商界的尔虞我诈丝毫没有影响浦东的发展，不久后，浦东再迎新客人"泰华国际银行"。上海市政府对于这件事情十分重视，因为泰华国际银行是中国境内首家外资独资银行的总行，迁址浦东，也就意味着它是第一家在陆家嘴的外资银行总部，意义非凡。

赵国平这个"送礼专业户"再次显示出了自己的"实力"，一开口就说出"万象更新"四个大字。他认为，短短六年的时间，浦东发展一往无前，历史给了浦东一个机会，浦东还给了世界一个惊喜。所有的一切都是往美好的方向发展，这次第一家外资银行总部落户浦东，意味着又一大新篇章翻开了序幕。此外，在中国传统文化里，"象"与"祥"谐音，所以"象"被赋予了很多吉祥的寓意；泰国人民更是历来把大象看成是力量的象征，常常被他们当作招财进宝的吉祥物，这对于银行，寓意再好不过了。

乔迁这一天，陆家嘴金融区锣鼓喧天，人潮涌动。赵国平和泰华国际银行总经理一同掀开红布，偌大的一座用红木雕刻的大象精美地呈现在大众面前。一时间，金融街响起了掌声和欢呼声。

2

人逢喜事精神爽，吴一白经过多年的努力，终于获得了"上海市优秀经济记者"的殊荣。他感慨万分，自从当记者以来，他看到了社会太多的黑暗面，他时常听人说在新闻界最吃香的是财经方向的记者，他估计有这种心态的人看上的应该是这个"财"字。他们总以为这些人整天跟经济打交道，肯定收入颇丰。确实，现在很多财经记者会利用自己所掌握的资源和权力来获得除工资外的额外收入，但是在所有的记者中，经济新闻记者的工作量和压力是最大的。经济新闻报道在所有的新闻报道中是最具有挑战性的，同时，经济新闻记者在政治素质、专业素质和文化素质方面的要求也是最高的。一个合格的财经记者不是只报道最近发生了什么样的并购，哪里成立了什么新的公司，或者股票期货市场出现了牛市或熊市，也就是说不能只为经济而写作，最重要的是在做出这些报道的同时要考虑你的报道会对这个社会的绝大多数群体会产生了什么影响，要为读者写作。

没想到好事接踵而至，就在他还沉浸在获奖的喜悦中时，马跃又当着大家的面宣布，吴一白正式成为东方经济报社的副主编。

为了庆祝吴一白双喜临门，钱青青嚷嚷着让他请客吃饭。吴一白就近找了一家西餐厅，点了钱青青最爱吃的面包。钱青青嘴上啃着面包，思绪还停留在吴一白刚刚说的获奖感言上："你刚刚在台上的那一番讲话，真的把我感动得稀里哗啦。太震撼了，说到大家心坎里去了。没想到你这人，平时就知道损我，还能发出这样激动人心的言论来。"钱青青原本是来找新闻的，正巧看到吴一白上台领奖，她很少看到吴一白正儿八经的样子，方才的一幕，竟让她感动。

吴一白笑了笑，故作深沉地说："我损你是建立在你损坏我名义的基础之上的，经济学里还有以牙还牙策略呢。"

钱青青气得瞪大了眼睛，说道："就知道拿专业知识堵我。"

吴一白被钱青青生气的样子逗笑。钱青青也笑了笑，举起茶杯，对吴一白说："恭喜你，这么年轻就成为了东方经济报社的副主编。"眼神中流露出一丝不一样的情感。

气氛一时有些暧昧，吴一白赶紧转移话题，缓解尴尬："你今天怎么想着来我们报社了？"

说起来经济报的原因，钱青青瞬间蔫了下来，她想起主编给她交代的任务，一脸的无奈："我们电视台要和你们报社合作出一档新节目。"

"我听说了，关于金融精英的。"吴一白不经意地说。

钱青青看到吴一白的态度，没有表现出明显的反感，钱青青感觉有戏。她认识的金融精英不多，只有赵海鹰算一个。唯独吴一白，天天接触的全是精英，她双眼放光："以后估计你要被我烦死了，天天来缠着你要你给我最全的金融精英资料。说不定，我以后的金龟婿就在这些名单里了。"

吴一白吃着东西，连头都没抬起，满口不屑地说："那我给你介绍的，必须是结过婚的，还有子女的，必须把你这种无耻的想法扼杀在摇篮里。"

话音还没落，钱青青的笑容就僵在脸上，吴一白看到后，笑出了声。两人再次感到了气氛的暧昧变化，纷纷羞红了脸，一种说不清的感觉在二人之间蔓延。

几天后，吴一白实现了自己的诺言，真的把钱青青带到了一个全是精英的

沙龙会。不过钱青青根本就不领情，因为这是海银投资公司举办的第一届金融
沙龙。

钱青青刚一走进会场，就看见了职员们忙碌的身影，端茶倒水、整理资料。
公司大厅中央搭起了沙龙式会客桌，提供各式酒水饮料、休闲食品，许多商界精
英都在席间。吴一白拿着纸笔坐在会议桌侧前方认真地写着什么东西，钱青青开
心地挥舞着手，大声叫着："吴一白！"吴一白微笑地招呼钱青青坐在自己身边。

钱青青当然明白吴一白的用意，赶紧把自己的名片递给坐在身边的几位金融
精英，大家看钱青青认识吴一白，也都纷纷回赠自己的名片，不一会的工夫，钱
青青手里的名片就积攒了一沓，她激动地挥舞着自己手里的"战果"，向吴一白
炫耀："看，就算你不给我介绍，我一样可以得到金融精英的名片。"

吴一白一脸不屑状："那还不是我通知你来参加的。"说完还不忘提醒钱青
青："这次参加沙龙的嘉宾全是海鹰亲自邀请的，个个厉害，你一会儿认真听
听，涨知识的！"

正说着，作为主办方的赵海鹰拿起话筒，首先对前来参加沙龙会的嘉宾表
示欢迎和感谢。海银投资公司刚起步一年，就赶超业内的一些成熟公司，许多人
都想来学习一下经验，不过对于赵海鹰来说，他已经在这个行业里摸爬滚打了十
年，从一无所有到小有成就，到声名远扬，再到一无所有，这其中的每一场经历
让他更为谨慎，更为成熟。

说着，赵海鹰从西服内兜里拿出一张卡片，卡片上面明显有几个洞，他解释
道："我手中有一张卡片，我给它取名叫决策卡，它是一张只可以打 20 个洞的投
资决策卡。我每做一次投资，就会在卡片上打一个洞。相对地，能做投资决定的
次数也就会减少一次。假如你们是投资人，跟我一样受到这样的限制，那你们也
会耐心地等待绝佳的投资机会出现，而不会轻率地作决定，所以我从不后悔我做
的每一项决定。"

不过，这不是他开交流会的目的，他想借着这次沙龙的机会，向大家宣布一
个重要决定："海银投资将开展新的服务领域，专门去支持和服务于 80% 没有服
务过的消费者和小企业，给他们提供服务和资金帮助，建立新的金融服务体系。
这是我曾经最大的梦想，如今我有这个能力，就要去完成我当初的承诺。"

话音刚落，在座的金融界精英却一脸讶异。按说上海在全国的金融地位刚刚确立，金融体系都不完善，赵海鹰却提出要建立金融服务体系，而金融服务是保险公司和银行搞的事情，投资公司来做金融服务，不是自己亏本帮别人赚钱吗？

赵海鹰却有自己的坚持，他认为不以盈利为目的不等于亏本，中国的股票市场开始时间比较晚，制度的健全和在投资者心目中的地位提高都还需要一个过程。监管部门与被监管对象之间的"旋转门"和"利益捆绑""老鼠仓"也较多，市场被少数机构投资者控制，损害了证券监管的公信力和投资者的信心。中小企业特别是处于初创期的小微企业，在不同程度上都存在着融资难的问题，直接制约了企业的长远发展。尤其是那些发展潜力巨大的科技企业，在成长的初期阶段，需要得到金融支持。

不少人对赵海鹰的决定并不十分理解，但是马邑却深知赵海鹰的用意，他向在场的人解释道："建立新的金融服务体系，可以改进金融机构经营管理，增强金融业的竞争力，更好地促进经济和社会的发展。海银投资公司愿意做这个领头羊。"话音一落，台下一片哗然。

陈梦蕾和钱冬梅最近一直在忙永康公司上市的事情，按理说永康现在已经和华美合资，上市的条件是具备的，但是以永康目前的资质，还是有些单薄，离挂牌上市还有些差距。陈梦蕾跑来向赵海鹰取经，赵海鹰看了看钱冬梅递来的财务报告，建议道："我认为永康应该多扩展一些产业，打造出多元化的样态来。最近有一个生物制药的小公司，叫明诚制药，是一帮医药大学的研究生创业办的实验室，我考察过，非常有前途，我们公司也给他们做了融资，如果永康能够收购明诚制药，就能形成多种产业形式，到时候就不光光是医疗器械，而是一个健康产业的大模式。"

赵海鹰的想法和陈梦蕾不谋而合，钱冬梅也觉得不错。不过真正操作起来可就没那么容易了，钱冬梅没想到，单单一个拍照就让她头大了。

钱冬梅手上现有的照片拍的全是之前的老永康，就这些还是钱冬梅从几十张照片里面挑出来的，赵海鹰一看就皱起了眉头，照片上的永康车间破旧，工人们也没有形成系统化的作业流程，最后赵海鹰决定做一次摄影师，亲自为永康拍新照。

当陈梦蕾看着赵海鹰拿着一台老式的凤凰牌单反相机出现在永康车间的时候，一脸惊讶。钱冬梅笑着解释道："为了我们上市的材料，海鹰对我们的那些资料照片都不满意，非要自己亲自拍。"

他拿着相机，这里拍拍，那里拍拍，看似很专业，但整整一卷胶卷，没几张是自己满意的，还把自己累得满头大汗。他没想到，拍照原来也是一门艺术活加技术活。

陈梦蕾看着赵海鹰狼狈的样子，觉得有些好笑，堂堂一个公司的老总，居然被一个小小的相机给难为住了。突然她萌生了一个新的想法，对赵海鹰说："我们为什么不拍一个公司的宣传片？宣传片可以让文字资料视觉化，对于公司现在的规模、优势、特点、发展前景都有很强的表达。"

赵海鹰放下手里的相机，气喘吁吁地看着陈梦蕾："好方法，我怎么没有想到呢？"不过最主要的是，拍宣传片就可以解救他了。

很快，陈梦蕾通过周媚推荐了一个拍摄团队，拍摄方案和要拍摄的内容也已经准备就绪。

宣传片的第一个镜头是韩要强，第一次面对摄像机的韩要强，紧张地全身冒汗，NG 了好几次，才把他的镜头拍完。接着，摄影师拍摄了永康实验室的精密仪器以及永康的医疗器械生产车间。通过摄影机，永康公司先进的技术被记录下来。

很快，永康公司的企业宣传片拍摄进入尾声，不过王克力提出了一些不同意件。起因是韩要强在宣传片里谈到了对未来的规划，以及把务实、创新、诚信、高效、科技作为永康的企业精神，王克力敏锐地发现了问题，尤其是他之前对明诚制药进行了深入的调查与研究，他说出了自己的担忧："第一，我们现在考察的这家明诚制药，他们的核心团队是做基因研究，和我们永康现有的两大支柱生产线没有直接的关系。第二，我们现在正在筹备上市，公司的资产必须和公司生产经营相配套。我们现在的两大支柱生产经营线，都在进行新产品的研发和测试，市场也在拓展，如果这个时候启动新的收购案，对我们的冲击会很大。这个事情董事会还没有投票，所以在宣传片里提这个，恐怕不合适。"

关于这个问题，钱冬梅之前也考虑过，她和王克力的想法一致，她提出："目前，我们正在和日本的伊藤医疗合作研发两款新型的大型医疗设备，意味着我们将打开日本、韩国、东南亚等市场，这对于我们上市来说是个很大的利好，这个内容就可以多提一提。至于生物科技的内容，是不太恰当的。"

面对王克力和钱冬梅的顾虑，陈梦蕾解释道："说起伊藤医疗，这是一家全球领先的制药、生物技术和医疗器械研发平台公司，他们一直是以客户为中心开发合作项目，也就是说他们向全球的医疗器械公司、生物科技公司还有制药公司提供研发实验室服务、生产服务，还有市场拓展服务。我们华美和伊藤公司也有过合作，他们的运营模式我们非常清楚，也正因为如此我们为永康和伊藤搭桥牵线，促成了研发合作。"所以，陈梦蕾也同样认为生物科技是现在和未来医疗、制药、健康产业的核心，如果永康可以借鉴伊藤公司的发展模式，明诚制药应该是一个最好的合作目标。

"陈总说的我们也是做过详细考察的。"赵海鹰说出了自己的想法，"明诚制药团队的核心领军人有在美国和日本学习和工作的履历，在生物科技尤其是基因研究方向非常杰出，虽然他们的团队很年轻，但都是高学历、高技术、高能力的人才。如果永康能够成功收购明诚制药，就意味着大大缩短了永康在生物科技研发上的进程。我们作为永康的金融顾问，现在最重要的工作内容就是为永康的上市提供全方位的服务，也包括上市后的发展战略。明诚药业的收购案不是一蹴而就的，我们可以放到上市之后再完成。但是现阶段，我们认为应该启动和明诚的谈判。"

赵海鹰和陈梦蕾说的那些金融上的东西，王克力不懂，不过他知道赵海鹰关注的是数据、是规模，可是他更关心的是中药的研发，他反驳道："我们的产品已经获得了美国权威机构的测试，获得了 FDA（美国食品药品监督管理局）认可的 IND 临床用药申请，我们正在打造一流的中药品牌，并拓展海外市场。这和明诚制药的基因科技方向是没有关联，甚至是会产生矛盾冲突的。我认为公司应该保护并加快发展我们的中药制药，而不是另辟蹊径。有的时候，我们需要做减法，做得更纯粹。"

陈梦蕾也毫不客气："王副总，我们现在讨论的是公司发展的整体战略。你如果一直站在公司的一个板块或者说局部的视角来发表意见，可能大家很难达成一致。"

气氛一时有些尴尬。他们最后把决定权交给了董事会。

果然不出赵海鹰的意料，董事会最后没有通过收购案，毕竟基因研发对现在的永康来说是完全陌生的领域。

对于这个结局韩要强也表示很无奈。董事会上，他看到了一些人缺少长远的眼光，同时也缺少包容和全局的胸怀，王克力就是其中之一。最后，三人决定等到永康上市后再启动收购案的计划。

临近 1997 年 7 月 1 日，赵国平也变得格外忙碌。香港回归在即，但是发展迅速的上海开始被炒得沸沸扬扬。不少媒体都拿上海和香港作比较，说上海和浦东的经济腾飞已然给香港经济造成了压力，不少媒体都表示上海即将取代香港国际金融贸易中心的地位。面对记者们的询问，赵国平十分认真且严肃，要知道，如果一句话说不对，就可能被某些别有用心的外媒抓住把柄，那后果肯定不堪设想。面对媒体，赵国平缓缓地说道："世界经济发展的历史表明，一个国家经济的崛起必然会出现区域性的金融贸易中心，但不一定会以取代其他金融贸易中心的地位为代价。就像纽约成为国际贸易金融中心，并没有改变伦敦是欧洲金融中心的地位。第二次世界大战以后，东京成为新的金融贸易中心，也没有取代纽约的地位。"

"那上海的国际金融贸易中心地位在您看来稳定吗？上海的迅速崛起，会给香港带来什么样的影响呢？"一位记者追问道。

赵国平思索片刻，十分严肃地回答道："上海的迅速崛起，是实现中国经济腾飞的需要，也是中国经济迅速发展的必然结果，因为在中国这样一个人口众多、领土辽阔的国家，要实现经济的腾飞，必须有上海和浦东这样的龙头来启动，中国经济的持续增长也必然会创造和产生像上海这样一个甚至无数个区域性的金融贸易中心。"

在香港回归这件事情上，赵海鹰和父亲的态度竟出奇地一致。赵海鹰认为香港和上海在金融领域的互补性要远远大过竞争性，他认为和香港真正同质化竞争的是新加坡，而不是上海。

吴一白也很赞同赵海鹰的观点，他也认为香港和上海本来就是两个完全不同的城市，谁也取代不了谁，最好就是优势互补，合作双赢，对于有人竟然拿二者比较做文章，吴一白表示很不理解。

两个人的对话钱春生彻底插不上嘴，他在愁自己的事情。最近他遇到了一点小麻烦，这要从他的一次相亲经历说起。家里给他介绍了一个相亲对象，没想到一见面才发现是个小女孩，看上去还不到 20 岁，这让接近 40 岁的钱春生怎么能够接受？正准备拒绝呢，没想到小姑娘倒真看上他了，死活要做他的女朋友。钱春生吓得一身冷汗，正准备逃离现场，没想到小姑娘一气之下，抢了钱春生的钱包威胁他，钱春生也毫不示弱，直接报警，让警察把小姑娘当小偷抓了起来。

一进派出所，钱春生才知道这个小女孩名叫韩小桂，竟是永康老总韩要强的大女儿，这下，钱春生就尴尬了。正准备开口解释，没想到自己还没说话，父女二人倒是大吵了起来，没想到最后韩要强被气得犯了心脏病，被送进了医院。事情最后竟然是这么个结局，钱春生心里说不出来的憋屈。

吴一白倒觉得这是个机会："人家是缺少父爱，从心理学的角度讲，这叫恋父情结，要不她咋一直揪着钱春生不放呢？"

钱春生一脸不高兴，反问道："你的意思是我很老吗？"

吴一白赶紧解释，不老不老。不过赵海鹰倒是有些担心，主要担心韩要强，公司要上市，忙得一塌糊涂，家里还有一本难念的经。"春生哥，有机会你也好好开导开导韩小桂。"

钱春生立刻摆手："我可不敢再见她了，要开导，你去。"

说着，三个人都笑了起来。

第二天一上班，赵海鹰的办公室就来了一位特殊的客人——查尔德。

对于查尔德的到访，赵海鹰很是惊讶。查尔德是他学生时代的偶像，可是经历了这么多事情之后，赵海鹰对他已经完全没有崇拜之情了。徐瀚之的死，谢天阳的入狱，都和查尔德脱不了干系，而且从陈梦蕾日益憔悴的面孔，他也看得出陈梦蕾和查尔德的婚姻并不幸福。他没想到查尔德竟然会主动上门，想和他一起合作做生意，不过此时的赵海鹰已经不是当年的学生了，也不是刚进入金融界的毛头小子了，他变得更加沉稳，更加理性。

查尔德看见赵海鹰，用英文说道："好久不见啊，赵海鹰。"

赵海鹰十分冷静又客气地说道："好久不见。"

查尔德走到窗边，充满闲情逸致地说："你这儿的风景不错，地理位置、公司环境都很 Nice。"俨然一位朋友的口吻，似乎之前发生的一切都和他没有任何关系。

"作为一个金融人，生活中的每一个细节的选择都可以当作一次投资，谨慎和周全是关键。"赵海鹰回应道。

"很好。"查尔德转过头，把目光投向赵海鹰，"细节决定成败，我很欣赏每一处都要求完美的人，这也是我挑选合作人的首要条件。"

"可我并不想被挑选成为您的合作人。"

赵海鹰不假思索的拒绝让查尔德的心中泛起一阵波澜，还从来没有一个人会拒绝与他合作，不过查尔德的脸上没有表现出丝毫的变化，他笑了笑说："你都还没有听我带来的合作项目，就断言想要拒绝，这可不是一个合格的投资人该有的做法。"

查尔德一次性说完了自己的计划："上海东辰旅游公司新开发了一批线路，观光地点包括中国香港、澳门，以及新加坡、马来西亚和泰国。你也知道现在香港回归你们中国，这条线路绝对能吸引大量的游客，新马泰的旅游目前更是火热，而我已经跟东辰旅游的董事长商量好，只要签约，我们可以做成环线的线路，东起上海，里面的第一站就是你们海银投资的主题公园，海银集团能在里面赚取的收益，我想你有自己的估算，而只要你跟我合作，投资这条线路旅游的开发，你还可以得到30%的利润分红，怎么样？你不可能拒绝我。"查尔德一上来就亮出了自己的底牌。这不是查尔德的一贯作风，也不是一个好商人谈判的架势。

没想到赵海鹰的态度依旧十分果断："这项合作的确能给我们海银集团带来极大的利益。"说完，赵海鹰顿了顿，笑着说道："但是，我不会答应。"

赵海鹰的决绝让查尔德始料未及，有钱都不赚，这简直是太愚蠢了。

赵海鹰径直走到书柜面前，找出了当年和查尔德的合影，递给查尔德："这是当年你来我们学校听课时的合影纪念，那个时候，在我心中，你就像个偶像，像个老师，我对你充满了崇拜和敬意。但是现在，我只想送给你一句话：道不同不相为谋。"

查尔德的脸色变得十分难看，从来没有人会拒绝与他合作，赵海鹰是第一个。

不过赵海鹰对查尔德的想法却毫不在乎，他冷笑一声，用带有警告的语气对他说："你不要试图把华尔街的金融骗术和投机冒险方式带到中国来，蚁神宝和何卫平的案子你真的那么干净吗？上海的金融业虽然仍在发展的过程中，但是这里很快将成为真正投资者的乐园。陆家嘴欢迎每个支持中国改革开放的合作者，但是绝不欢迎想把这里搅成一滩浑水的投机者！"

这下，查尔德彻底被激怒，赵海鹰却依旧微笑着："在你的自传里，你说过，就算你承受着再大的愤怒，你都要保持微笑，因为这样，敌人才揣摩不出你真正的心思。可是显然，你现在已经恼羞成怒了。一个人赚钱除了满足自己的成就感之外，就是为了让自己生活得更好一点，所以我只选择让我身心愉快的赚钱方式，而跟你合作，我想我会很痛苦。请你离开吧。"

看着眼前的赵海鹰，沉着冷静，应对自如，俨然不是当年那个跟在自己后面要签名的年轻学生，查尔德第一次感到了威胁。一位"老师"被"学生"数落一番，查尔德涨红着脸，强忍着愤怒，走出了赵海鹰的办公室。

查尔德走后，赵海鹰站在窗边，看着尽收眼底的上海。再有一天，香港就要回归了，查尔德主动找他，正表明了中国正在强大。他为刚才的表现骄傲，更为自己的祖国骄傲，他绝对不允许任何一个外国人在中国的土地上兴风作浪。

夜里，赵海鹰和马邑来到了上海文化广场，这里曾经是旧上海的法商赛跑会，亦即逸园跑狗场，场内能容纳二万余人，号称"远东第一大赌场"。

月亮高高地挂在夜空中，陆家嘴高楼林立，深夜也同样灯火辉煌，上海文化广场的时钟上正显示着23：00的时刻，广场的电视大屏幕上播放着香港殖民的纪录片。人头攒动，陈梦蕾搀扶着陈建华走在广场一侧，无数的志愿者挥舞着中国国旗和香港特区区旗，每个人脸上都洋溢着喜悦。

23时56分，中英双方护旗手入场，两国政府香港政权交接的降旗、升旗仪式开始。出席仪式的中外来宾全体起立，全场的目光都集中到竖立在主席台主礼台前东西两侧的旗杆上。

23时59分，英国国旗和香港总督旗在英国国歌乐曲声中缓缓降落。随着"米字旗"的徐徐降下，英国在香港一个世纪的殖民统治宣告结束。

零点整，激动人心的神圣时刻到来了，中国人民解放军军乐团奏起雄壮的中华人民共和国国歌，中华人民共和国国旗和香港特别行政区区旗一起徐徐升起。许多人眼睛里噙满激动的泪花，雷鸣般的掌声经久不息。照相机的镜头不停地闪动，记录下这一庄严的历史时刻。全中国的老百姓无论是在什么地方，都起身欢呼，欢庆这具有历史性的一刻，油然而生的民族自豪感让无数的中国人流下激动的眼泪。

上海文化广场上一片欢呼沸腾的声音，天空中无数礼花齐放，划过闪亮的轨迹，然后绽放、绽放，越来越大，开出各式各样的"花朵"。广场上播放着群星献唱的歌曲《一九九七永恒的爱》：我用心一次次地敲响五千年的钟声，你用爱唤起沉睡百年的梦醒，用暖流浇灌起绚丽的紫荆花，用温馨荡去冰冷的寒风，我用情一滴滴地融化百年的冰冻，你用爱让我们彼此心心相通，用思念编织一条美丽的彩虹……

所有人不约而同地跟着歌曲跳起舞来，上海沉浸在一片欢声笑语中，浦东跟随着上海和祖国的脚步，向未来腾飞！

5

随着香港的回归，永康医疗国际股份有限公司也隆重上市了。永康的上市，让赵海鹰的计划再次提上日程，他特地邀请王克力来到外滩吃饭。王克力心里清楚，赵海鹰肯定又是为收购案的事情找他。

赵海鹰先卖了个关子，他给王克力倒了一杯清酒，笑着说："王总，这第一杯酒，我想祝贺你，永康上市，你功不可没。"接着，赵海鹰又倒了第二杯酒："这第二杯酒，我想祝贺我们，因为我们都曾经选择了和永康合作。敬我们的眼光，敬我们的缘分。"

当赵海鹰要倒第三杯酒的时候，王克力直接捂住了酒杯，直言道："赵总，说吧，把你想说的都说了，我们再喝也不迟。"

赵海鹰说出了自己的想法。在第一次和永康合作的时候，永康刚从一个国企历经艰难改制成功，一穷二白、资金匮乏、技术平庸，只能做一些粗放的医疗器械。但是永康赶上了浦东开发开放的洪流，从土地置换，到青浦建厂，一路扬帆。就在永康的医疗器械发展到鼎盛之时，公司又一次要打破传统，竖起了进军药业的大旗。这一路走过来，赵海鹰见证了永康的发展与变化："事实证明，一个医疗器械公司不是不能做药业，相反，合理整合资源，培育优良的团队，拓展新的领域才是一个企业发展的生命力。也正是因为永康一路改革，一路奋进，也是因为你带着德兴的加入，才有了今天永康的成功上市。现在的永康比任何时候面对的挑战和机遇都要大，永康再一次面临新的征程。"

这一次，王克力沉默了。赵海鹰看向对岸的浦东，有些惊叹地说："王总，你看看今天的浦东，像不像一幅画卷。过去的浦东是什么样子，我们都很清楚，谁能相信浦东会变成今天这样高楼林立。如果没有中央的大力支持，没有上海政府的决心，没有大家齐心协力的建设，浦东的奇迹是不可能实现的。"

赵海鹰的话句句打中王克力的心。赵海鹰见势，继续说道："王总，今天的你不再是德兴的领军人，而是一个上市医疗公司的高层决策者，你的眼光、你的胸怀、你的行动力关系着永康未来五年、十年甚至更长久的发展。机遇就在眼前，不断的改革创新才是发展的硬道理！"赵海鹰的这顶高帽子，让王克力戴着很舒服，不过更让王克力看清了一个问题，也许自己是太过于保守了。他给自己倒了一杯酒，缓缓举起来："赵总，谢谢你的这番话，你让我看到了永康未来无限的可能性。"

二人的酒杯碰到了一起。

火热的太阳高高挂在空中，黄浦江上一艘豪华邮轮缓缓地行进着，水面被推开一层层的浅浪。豪华邮轮上，正举行着上海的商界酒会，十层叠加的香槟塔摆放在宴会中央，十分壮观。宴会的举办方正是海银集团，赵海鹰和马邑四处招呼应酬着各位来宾。这时，钱青青穿着深V长款礼服走进大厅，女人味十足，一进大厅就成为众人瞩目的焦点。原本身材高挑的她，为了能够撑得起这条裙子，特地穿了一双高跟鞋。这是钱青青人生中第一次穿高跟鞋，鞋跟足足有10厘米那么高。她有些不习惯，刚走了几步，脚丫子就受不了了。她接过一杯服务员递来的香槟，独自喝起来。一旁的吴一白被钱青青吸引了，举着照相机，抓拍下了钱青青温柔的瞬间，却又立刻打趣地说道："你穿这么长的裙子，别不小心摔倒，把香槟塔给推了，那海鹰肯定请你出去。"

女为悦己者容，钱青青穿成这样就是想引起吴一白的注意，没想到却遭到一通打趣，心里自然不太高兴。她把头仰得老高，因为鞋跟的关系，几乎和吴一白同等身高。她高傲地说："我才学会穿高跟鞋，但是已经可以跑了，不信你看。"

说着，钱青青立刻向吴一白展示自己的高超"技能"，但没跑两步，就差点崴了脚，被吴一白一把扶住。

这下，吴一白更是哈哈大笑起来，钱青青气急败坏地瞪了一眼吴一白。两人打情骂俏的画面正好被周媚看到。一身晚礼服的周媚缓缓走进邮轮的会客大厅，宛若天仙般，一下子吸引了所有人的注意，而她身边的陈梦蕾也同样魅力难挡，引得在场男士纷纷投以倾慕的眼神。

赵海鹰看着周媚，打趣道："难得大明星能来我们海银集团的酒会，恐怕今天的主角不是我，是你了。"

周媚笑容灿烂："赵总许久不见，嘴变甜了。这次我来，是跟你谈合作的。"

赵海鹰和周媚来到邮轮的餐厅里，周媚从包里拿出一份资料，说："我有一个新的电影项目，不知道你有没有兴趣。"

正说着，钱春生跑了过来。自打周媚走进大厅，钱春生的视线就没有从她身上离开一秒，他直接坐在了赵海鹰身边，喝起水来，故意说道："我刚跟一个房地产老总谈完项目，你都不知道他有多难伺候！我给你说……"有种没话找话的意思。

赵海鹰和周媚看着夸夸其谈的钱春生，有些尴尬。赵海鹰知道钱春生的心思，但这演技也太假了。钱春生也立刻意识到了自己好像打破了什么气氛，说："没事，你们谈，我就坐这儿吃点东西。你们谈。"

赵海鹰笑着说："周媚，你继续说吧。"

周媚无奈地笑了笑，钱春生这点小伎俩怎么能够逃脱她的眼睛。她继续说："这部影片是由我主演，也是我第一次兼任制片人。所以，很需要拉到能够投资的公司。"

趁着周媚说话的空当，钱春生好奇地翻开了资料："我最喜欢看电影了，这是抗战题材？"其实只要是周媚演的，他都喜欢。

"剧本我看过了，十分有吸引力。这份企划书里有故事的大纲，上海电影制片厂是制片方，不过导演是一个新人，所以，目前想要投资的企业并不多。"周媚打开了话匣子，滔滔不绝地说了起来，"我跟这个新人导演吃过饭，我在他身上好像看到了你的影子，很有冲劲和对梦想的追求，说起来应该也是缘分，所以这次我代表制片方来融资，也不仅仅是出于私心，只是希望你能共同来打造这个电影项目，就像建造一个造梦工厂，圆这个导演的电影梦。"

赵海鹰还没开口呢，钱春生倒是很积极，一拍桌子，说道："我投！"赵海鹰看着被感情冲昏头脑的钱春生，提醒道："春生，这是一个大项目，不是只看剧情就行的，电影的拍摄团队、后期的发行……"

不过，钱春生哪里听得进去，立即打断了赵海鹰的话："我感兴趣的项目，为什么不投？现在我聘请你们海银投资公司作为我们的中介方，你们审核完以后，给我报个额度。"

赵海鹰无奈，不过认为这个项目是个好项目，既然钱春生都这个态度了，他就君子成人之美，想要成全钱春生。

正说着，周媚的电话突然响了起来。她接通电话，电话里居然传出查尔德的声音。周媚有些好奇，到一旁接电话。让周媚没想到的是，查尔德竟然是要跟自己诉苦，抱怨对陈梦蕾的不满。这是周媚第一次见识到如此不堪的查尔德，颓废、无奈。说着说着，查尔德竟然和周媚谈起了合作。

"你很漂亮，在好莱坞可以做大明星，我帮你，我与福克斯，还有米高梅、华纳的老板都是朋友！"查尔德带着几分得意的语气。

能去好莱坞是所有演员梦寐以求的事情，周媚的眼睛发光，立即离开邮轮去见查尔德。可是，两人见面后，周媚喝了几口酒竟然就感觉全身无力，头晕眼花。再次醒来的时候，她发现自己竟然在酒店的房间里。

这种事情周媚再熟悉不过了，以前经常听到娱乐圈里的各种八卦，自己也是一笑了之，没想到这次居然发生在自己身上。虚弱的她连忙摸索手机，拨通了陈梦蕾的电话，但是陈梦蕾没有接。周媚又立刻用颤抖的手发短信给陈梦蕾，短信直打了两个字："救我！"

还没等短信发送出去，酒店房间突然响起了开门声，周媚十分惊慌。只见查尔德醉醺醺地走进来，西装外套敞开着，领带也松了很多。

查尔德笑着说醉话："你要当好莱坞大明星，我会满足你的，我的小猫。"说着，查尔德就脱了西装外套和领带，扑向周媚。

周媚欲哭无泪，疯狂地叫喊着，可是全身无力，根本喊不出声音。眼泪从眼睛里滑落，她苦苦地哀求着查尔德，请求他放过自己。查尔德像是着了魔，周媚越是反抗，他就越是冲动。

当陈梦蕾拿着手机打开酒店房门的时候，她被眼前的场景惊呆了。

自己的丈夫整个身体压在周媚的身上，周媚哭喊的声音，身后工作人员窃窃私语的声音，她都听不见，脑子一片空白。

　　周媚看到陈梦蕾，立刻摆脱查尔德，跑来躲到陈梦蕾的身后，小声地说："不要让别人知道我在这里，否则我的前途就完了。"

　　陈梦蕾努力压抑着自己的情绪，让工作人员先行离开，大颗大颗的眼泪从脸颊滑落。

　　曾经，陈梦蕾在自己的幻想城堡中编织一个个天长地久、地老天荒的童话故事，而残酷的现实却永远在无情地粉碎她的美梦。她原本以为只要好好努力维持这一段感情，婚姻就不会受到破坏，可是她错了，婚姻是两个人的事，不是她一个人唯唯诺诺就能走下去的。她一向做事情很果断，唯独对待婚姻犹豫不决。

第十七章

塞翁失马　焉知非福

1

　　夜已经深了，赵海鹰独自走在上海的街头。天空下起了小雨，商场的音响播放李慧珍的新曲《在等待》："我有一张得到后就会笑的脸，说着一些充满着爱的语言，假如正好你来到身边，也会感觉是在春天。我那么狂像马儿奔跑在旷野，我有一张失去后就会哭的脸，告诉别人我已经开始埋怨，原来感觉美好的一切，忽然变得不想留恋……"歌词让感同身受的赵海鹰思绪万千。

　　他拖着沉重的步伐走进公司大厦，四处的灯已经熄灭，显得十分冷清。没想到刚从电梯里出来，就看到一个坐靠在墙上的身影。他吃了一惊，走进一看原来是钱春生。

　　钱春生正好打着盹醒来，一看见赵海鹰，便惊喜地站起身来。

　　"你怎么睡在这儿？"赵海鹰好奇道。

　　钱春生解释："BP机和手机都联系不上你，家里也没人，心想你这个工作狂，肯定晚上都加班，我就来这儿等你了。"说着，钱春生却突然激动地抱住赵海鹰。

　　赵海鹰被钱春生无厘头的动作搞得哭笑不得："你干吗呀？"

　　钱春生看着赵海鹰，激动得眼泪都快掉下来了："今天！我的建筑公司承包了一项大的基建项目！中美两家跨国企业公司签约联合投资，要在陆家嘴兴建90层的摩天大楼，虽然有很多家建筑公司共同合作建造，但我们公司作为中小企业竟然中标了！是那个老板给了我机会！"钱春生难掩激动的情绪，他只想第一时间把这个消息告诉赵海鹰。

　　钱春生畅想着未来："将来我一定要成为浦东最响当当的建设者，浦东的楼盘一半都必须是我修建起来的才行！"

听着发小激情四溢的豪言壮语，赵海鹰很欣慰，他感慨道："我们处在这样一个大时代下，看着浦东一点点地发展起来，高楼林立，参与它的每一步成长。浦东和上海，正发生着天翻地覆的变化。"他走近落地窗，窗外的陆家嘴依然繁华，霓虹闪烁。

钱春生拍了拍胸脯，站在窗边骄傲地说："以后我就可以自豪地指给别人看，这楼，是我建的！这条街，是我建的！浦东开发，我是建设者！"

赵海鹰揽住钱春生的肩膀，说："我们是见证者，更是推动者！现在光大证券的总部迁入了浦东，这可是首家将总部设在浦东陆家嘴金融贸易区的全国性证券公司。上海证券交易所也正式迁入了浦东证券大厦的新址。中国上海人才市场也宣布入驻陆家嘴。陆家嘴将成为未来中国乃至国际领先的金融贸易中心地带。而我的金融服务公司也将在这里得到最大限度的发展。"

两个人聊着聊着就聊起了感情。一说到感情，钱春生就头痛，孙明芳天天给他物色各种年轻的小姑娘，让他头都大了。要不是因为要照顾孙明芳和钱青青，他早就自己搬出来住了。

其实不光孙明芳整天物色未来的儿媳妇，就连亲家李桂芬也天天张罗着给钱青青和钱春生找对象。毕竟钱春生现在是大老板了，经济条件好，人又老实，最重要的是知根知底。这不，她把自己身边的亲戚全部筛选了一遍，拿着女孩的照片，向孙明芳一一介绍："这是我的侄女，四眼儿的表妹，在发电厂工作，斯斯文文的。要是她能嫁给春生，我们也是亲上加亲了！"孙明芳看着眼前一张张照片，心里既高兴又着急，盘算着给儿子找个什么样的媳妇。

钱春生一踏进家门，孙明芳就凑了上来，神秘兮兮的样子："春生，明天中午你没事吧？"

"妈！你又要做什么？"钱春生一脸无奈。

孙明芳连忙把照片递给钱春生，一副命令的语气："什么叫又做什么？明天中午你去浦东的海徐路发电厂接一下小桂，一起去吃个饭，听到没有？！"

钱春生表示抗议，不过孙明芳根本不搭理他，她苦口婆心地说："你看你都三十多岁了，青青也二十好几了，我到你们这年龄，青青都出生了呀！我真不知道你们怎么想的，说出去多丢人呀！青青长得这么漂亮，还嫁不出去，别人要说闲话的呀！还有你，你挣这么多钱，难道不是给下一代挣的呀？可是你到现在都没结婚……"

眼瞅着孙明芳又开始啰唆了，钱春生无可奈何，只能答应下来。

秋高气爽，高尔夫球场依旧青翠广阔。陈梦蕾挥动着球杆，球在空中划出一道抛物线落地。韩要强没想到陈梦蕾的高尔夫球打得这么好，连连称赞。不光是韩要强，赵海鹰也是第一次看到陈梦蕾打高尔夫球。以前的陈梦蕾可是连跑 800 米都不及格的运动白痴，没想到现在打起高尔夫球却是游刃有余。

陈梦蕾解释道："在美国的时候，谈一项业务，那个客户每次约好见面的地方都是高尔夫球场。一开始我不明白，为什么他很礼貌却始终不和我签合同。后来他告诉我，不会打高尔夫球的人，不会真正理解他的想法，合作起来会不顺畅。"为了争取到那份合同，陈梦蕾苦练高尔夫，最终赢得了客户的好感。

不过陈梦蕾不明白的是，李桦为什么要选择在这里见面，而且高尔夫球场的环境是开放的，并不适合确立合同条款。一个小时后，李桦姗姗来迟，令陈梦蕾没想到的是，他的身边还跟着一个人——查尔德。

看到眼前这个和自己还有夫妻关系的男人，想到他之前对周媚所做的一切，陈梦蕾有一种厌恶的感觉，问道："你怎么来了？"

查尔德答道："我现在是明诚制药的股东，这么重要的会议我当然要参加。"

在场的几个人都惊讶地把目光投向李桦，李桦根本不清楚几个人之间的关系，笑着解释道："因为我们刚刚做完股权转让手续，所以还没有对外宣布。现在查尔德先生持有明诚 35% 的股份，是第二大股东。所以，我们接下来和永康的合作事宜，查尔德先生都会全程参与。"

查尔德满脸尽显得意，他看着眼前的几个人，笑着说："先生们，今天天气特别好，我们可以一边打球一边聊合作的事情。我相信在这么好的环境下谈工作，大家的心情都会非常好。"

陈梦蕾看着查尔德，不再说话。

1997 年 7 月 2 号，亚洲金融风暴席卷泰国，中国也没有幸免于难。陈梦蕾所在的华美公司敏锐地发现，整个东南亚市场的动荡仍然在加剧，已经超过了他们的预想。陈梦蕾作为华美的驻华代表，很快就收到了美国总部发来的传真，要求她暂缓在上海的业务。同时，这代表了一个信号：华美准备放弃香港的公司，断尾自保。

陈梦蕾呆坐在书房里，查尔德不知道在什么时候走了进来。陈梦蕾见到查尔德，根本不想和他说话，起身就要走，查尔德一把拉住了陈梦蕾的手臂："你在为明诚制药的事情生气吗？"

陈梦蕾怒视查尔德："难道我不该生气吗？"

查尔德想起自己曾经做的事，心生愧疚，他提醒道："香港股市现在跌破了万点，预计损失数万亿的港币。房地产净值也将由三万多亿元缩水近半。你们华美在整个亚洲的业务都会受到重创，尤其是香港公司，根本就不可能挺过这次金融危机。你们和永康的合作很快就会受到影响。如果我是你，我就会思考自己的后路。"

听查尔德这么说，陈梦蕾一脸不屑，毫不领情。查尔德知道陈梦蕾还在为那天周媚的事情生气，不过想起在球场赵海鹰和陈梦蕾有说有笑的样子，查尔德就一肚子的火："赵海鹰交给李桦的收购计划书被我推翻了，因为他严重低估了李桦团队的价值。明诚制药的团队非常优秀，想和他们合作的人很多。永康是，我也是。我是提高了明诚制药的估值，这在商业上是非常正常的情况。如果永康吃不下这块蛋糕，那明诚恐怕就要选择更有实力的合作方了。"

陈梦蕾冷冷地看着查尔德："你我心里都清楚，永康给明诚开出的条件是合理的。你在这个时候抢先买入明诚的股权，不就是认定了永康会不惜一切代价收购明诚吗？提高估值再卖出你手里的股权，这是你在华尔街玩惯了的游戏，可惜，你让明诚和永康失之交臂了。"陈梦蕾像是把查尔德看穿了一样，十分不屑，"永康的董事会已经正式放弃了明诚药业的收购案，你很失望吧？"说完，陈梦蕾转身走出了书房。她没有告诉查尔德，自己马上就要回美国了，她要为上海的公司做最后的争取。

临走前，赵海鹰找到了陈梦蕾，告诉她了一个大胆的计划。

"据我们掌握的资料和分析，这次在东南亚掀起金融风波的是量子基金、老虎基金，还有摩根斯坦利巴顿、高盛，还有 GP 摩根等国际金融市场的投机家们。"海银公司的办公室里，韩要强、钱冬梅、王克力几个人也和陈梦蕾一样，被赵海鹰临时叫过来开会。赵海鹰给每个人发了一份自己的分析资料，介绍道："我要告诉大家的是，世界上没有哪一个政府在与国际投机家的对抗中取胜过。这是一场力量悬殊的金融战争，香港的经济已经遭受重创。"

亚洲金融风暴直接影响到了香港的经济。香港一直是以自由港而闻名于世的，特区政府奉行自由市场原则，已经再三申明政府不干预市场，前景难料。赵海鹰认为香港刚刚回归，中央政府不会袖手旁观，所以他提出来一个大胆的建议："让永康收购华美香港公司。"

赵海鹰认为，虽然因为不得已的原因放弃了明诚制药的收购计划，但是永康未来的发展规划并没有改变。这次亚洲金融危机，导致华美在东南亚的各个公司产生了连锁反应，其中香港公司陷入了前所未有的金融旋涡之中。华美香港公司是华美集团旗下一个以生物科技为核心的公司，拥有全球领先的生物科技研发团队。此外，华美集团在生物科技领域涉足很早，其研发团队和产品在美国也享有盛誉。而华美香港公司是华美集团在亚洲研发和生产的主要经营实体。华美香港公司是优质的科创实体。

如果不是遭遇这场危机，华美绝不会放弃在亚洲的业务。但是这场经济动荡，等于是给了永康一次绝佳的收购机会。

"这就叫塞翁失马，焉知非福。"赵海鹰有些激动地说，"永康放掉了一个明诚制药，却能抓住一个更大的机会。"

"可是华美香港公司就算是遭受重创，要收购也并不是容易的事情。资金缺口太大了。"陈梦蕾说出自己的担忧。

"是啊，以永康现在的情况要想完成这么大的收购案，首先面临的困难是钱从哪里来。去年开始，银行已经全面收紧银根，现在从银行贷款难上加难。"韩要强和陈梦蕾担心的问题一样：钱从哪儿来。

关于这个问题，赵海鹰早就想好了对策。就在他们开会的前几天，赵海鹰已经和多家基金洽谈过合作的计划，不少基金已经表现出强烈的兴趣，不过想要真正落实估计还需要一些时间。

眼下只能死马当活马医了，赵海鹰代表永康去谈基金，陈梦蕾去和华美董事会的布朗交流一下。如果由永康来收购华美香港公司，那么意味着帮助华美渡过难关，挽救华美在亚洲的主要业务，利益仍然是大家共享，最终实现多方共赢。

1998 年，对中国来说注定是不平凡的一年，东南亚金融危机波及整个世界，引起全球金融市场的动荡。为了在这场金融风波中稳定香港经济，中央政府对香港特区做出承诺，只要香港特区政府提出要求，中央无条件全力支持。在中央政府的支持下，香港特区政府出台了一系列限制金融投机的政策和措施，有效地遏制了国际投机家们持续的金融进攻。美国及主要西方国家为防止危及自身，也加强了金融监管，打击国际投机，迫使银行收紧对对冲基金的信贷，国际投机家被迫撤出香港。而从 6 月份开始，因洞庭湖、鄱阳湖连降暴雨、大暴雨，使长江流量迅速增加，形成了自 1954 年以来的又一次全流域性特大洪水。洪水来势汹汹，不过中国的老百姓却并没有被洪水打倒，一时间，全中国的人们纷纷加入了抗洪救灾的队伍中。孩子们为灾区的小朋友捐钱、捐衣服，大人们则是有钱出钱，有力出力。

上海市政府也团结带领全区各级党组织和广大干部群众，攻坚克难，为灾区人民送去了温暖，全市多家企业参与捐款和救灾行动，涌现出了一大批先进集体和先进个人。仅仅不到两个月的时间，抗洪救灾取得全面胜利。为了肯定成绩、树立典型、表彰先进，上海市政府特地召开表彰大会，鼓励此次在抗洪救灾中做出卓越贡献的企业和个人。

赵海鹰、马邑、韩要强也受邀参加上海商界表彰大会。在这次抗洪救灾中，赵海鹰带着大家捐赠的物资，亲自乘专机飞往灾区，为受灾的老百姓送去上海人民的温暖，为抗洪救灾做出了很大贡献。短短几周的时间，海银公司的名字进入全国媒体的视线。

从表彰大会回来后，赵海鹰、马邑就被上海各大媒体记者围了起来。记者们纷纷发问，有的问道："赵总，马总，海银集团受到市委表彰，你们作何感想？"还有的提出质疑："请问海银集团是否想以这次捐款为契机，打造更加全面的金融服务体系呢？"

面对问题，赵海鹰毫不退缩，从容应对。通过镜头，他向全上海的老百姓说出了自己的心里话："金融服务体系跟这次捐款完全没有任何利益瓜葛，但是初衷都是一样，希望能为国家尽自己的力量。一个金融家不能只懂得赚钱，个人的富有需要带动群体的富有，才能成就一个国家的富有。我们只是希望能为祖国的发展尽自己最大的贡献。"赵海鹰的话感染了在场的记者们，更感染了全上海的老百姓，一时间所有的相机都对准了赵海鹰和马邑，记录下这一对有责任感的商人。

经过两年多的建设，洋泾新街终于修建完成。为了庆祝这一盛事，上海市政府举行了隆重的剪彩仪式。剪彩当天，锣鼓喧天，还有舞狮节目表演。赵国平作为主要领导人，站在最中央，在众人和媒体的注目下，用剪刀剪下了彩带，一时间所有街坊邻里都激动地鼓着掌。曾经十分老旧的棚户区，摇身一变成为了繁华的商业街，已然看不出曾经的旧貌。不过很多东西都还留有过去的痕迹，比如说永春超市。

孙明芳万万没想到，在自己的有生之年还能再开一间小商铺，而且这次的比之前的大好几倍，连名字也变了。这是钱春生出资为母亲开的超市，也是他送给母亲的60岁大寿的礼物，他知道永春副食店对母亲意味着什么。

看着永春超市醒目的大招牌，看到超市里琳琅满目的货品整齐有序地摆在货架上，孙明芳眼眶湿润了，不过她假装生气地瞪着儿子："你个小赤佬，花这么多钱！"

"妈，我这叫投资！"钱春生笑着说，"以后你跟老娘舅呢，就一起打理这家超市，不过不要把自己累着，交给员工去做就行了！"孙明芳哭着欣慰地抱住儿子。赵海鹰和大家都十分开心地看着这个温馨的画面。

为了庆祝洋泾街重新开张，老街坊们特地在新街大酒楼举办了一场大宴席。

宴席上，每个人的脸上都呈现出喜气洋洋的神色，就连之前一直不同意搬迁的李桂芬，也笑得合不拢嘴，抱着大宝，这儿瞅瞅，那儿看看。

老娘舅首先站了起来，他有几句话一直想说，可是总是逮不着机会，今天是最好的机会，他对大伙说道："我们热烈祝贺我们洋泾老街改造完成！感谢政府，给了我们最优惠的政策，给了我们帮助，让我们从简陋的弄堂棚户搬进了高档小区，我们也从弄堂小民，变成了真正的大都市市民！"话音一落，宴会现场掌声雷动。

孙明芳激动得眼眶红红的，她当即决定，在超市里拿出一小块地方，办一个"市民茶室"，地方不大，就两三张小桌子，几把椅子。"我就想这个地方可以成为大家交流的地方。这次搬迁的过程，我有很多的心得，我觉得我们街坊邻居都需要这样的一个地方，分享好事情，化解矛盾。你们说我的想法行不行？"孙明芳话音刚落，老娘舅第一个表示支持。

看着曾经的老街坊、老邻居满脸都是笑容，赵国平感到很欣慰。他就快退休了，回想自己这么多年的努力，为的不就是眼前这一刻吗？浦东在发展中，上海在发展中，中国在发展中，眼前的这些老街坊都是浦东开发的见证者，也是建设者，未来的浦东、未来的上海，会让大家成为更加骄傲的上海人、中国人！

没过多久，"市民茶室"很快成为附近有名的地方，大家都喜欢来这里喝杯茶，聊一聊家长里短。

浦东，从 1990 年到 1999 年，短短九年的时间，经历了翻天覆地的变化，作为见证者之一的徐敬之颇为感慨。曾经他是浦东开发最大的反对者，现在看着浦东的高楼大厦，每一栋楼都充满了科技感和时尚感，他萌生了一个想法，写下了一篇名为《我觉得浦东不仅仅是这样》的文章。文章一经见报，就引起了赵国平的注意，尤其当看到文章的作者居然是徐敬之时，他更按捺不住内心的激动，亲自上门拜访了这位老朋友。

徐敬之家的装修十分中式古朴，曾经叱咤风云的徐教授，现在俨然变成了一位居家老大爷，退休之后，他业余的生活就是看看报纸、泡泡茶、打打太极，人也平和了许多。

听见门铃响起，他打开门，看到赵国平站在门外，惊讶之余视线扫到他手里的报纸，便猜出了大概，平静地说道："进来吧。"

赵国平却十分激动，他扬了扬手里的报纸说："老徐，你写这篇文章的时候，算不算表明当初的争论，是我赢了？"

徐敬之认真地泡着功夫茶，不紧不慢地说："当年我一直质疑上海的改革开放，认为浦东不可能发展起来，是我的认识错误。这些年来，浦东的发展让所有人有目共睹，我不承认也不可能了。"

赵国平没想到一向严格古板的徐敬之竟然会主动认输，于是十分兴奋地坐下来和他促膝谈心："浦东开发开放已经九年多，已经实现了经济社会的跨越式发展，一个外向型、多功能、现代化的新城区巍然屹立。1990 年浦东的 GDP 是60 亿元，到现在的 700 多亿，已经增长了十多倍。上海抓住了机遇，浦东抓住了机遇。"

"是啊，不过浦东开发中也存在很多问题。"徐敬之才不会让赵国平占了上风，他十分严肃地说，"就拿 1997 年的金融危机来说，浦东也受到了冲击，刚刚开始打地基的环球金融中心大厦面临投资者纷纷要求撤资的窘境，资金链断裂，工程不得不叫停，工地上空空荡荡。泰国商人投资浦东陆家嘴地区的大型购物娱乐中心也因金融风暴吹断了资金供应链而停工，投资者纷纷后退，国外媒体出现了很多'浦东开发失败''办公楼出租率只有 20%''浦东的灯亮不起来'的文章。"一个个举例，足以看出这位老人对浦东发展的关心。

赵国平对徐敬之提出的问题十分重视，两个人不断地探讨着、聆听着，时间一分一秒地过去。两个老朋友喝着茶，从浦东的发展，聊到了上海的发展战略，聊得酣畅淋漓，不知不觉就到了深夜。就连赵国平也没想到，曾经因为政治和经济问题吵得不可开交的二人，如今的思想竟能如此一致。

临走前，赵国平提出了一个邀请："不知道你有没有兴趣来上海张江高科做顾问？"

原来，上海市委、市政府颁布了"聚焦张江"的战略决策，明确园区以集成电路、软件、生物医药为主导产业，集中体现创新创业的主体功能。园区十分缺领导型专家，市委多次要求他推荐人才，他第一个就想到了徐敬之。他真诚地说道："这个顾问非你莫属啊。"

不过，徐敬之却看破红尘般摆摆手。自从退休之后，他反而能够更加平和地看待很多问题。弟弟的死让徐敬之看破人生，他现在就想喝喝茶，锻炼锻炼身体，过几天踏实的日子："别给我戴帽子，你要是闲不住，完全可以当这个顾问嘛。"

赵国平却依旧坚持："你是上海金融的权威专家，没有比你更合适的人选了。政府希望张江高科能够成为浦东开发新的标志，科教兴市的一面旗帜，成为科技创新的引领企业，这也是我们所有建设者的责任。所以，如果你能来当这个顾问，我想张江高科一定能成为国家首屈一指的高新技术园区。"

赵国平这顶高帽子让徐敬之戴着很舒服，不过他依旧有些犹豫。赵国平也不强迫，他希望徐敬之好好考虑之后再做决定。

云层不断变幻，阳光透过云朵照射着宁静的上海。几只鸟儿在枝头上，叽叽喳喳地叫着，预示着新的一天即将到来。

陈梦蕾在参加完永康医疗国际股份有限公司收购华美香港公司的签约仪式后，早早回到了家。她今天的心情不错，永康已经正式改名为永康生物科技集团，这让她之前的努力终于有了结果。此外，她还有另一个深藏在心里多时的喜讯。

厨房里，陈梦蕾和保姆一起煲着汤，煎着牛排，桌子上已经摆满了菜，一切准备就绪，就等男主人回家了。

浑身酒气的查尔德阴沉着脸走进门，连看都没看桌子上的菜，就径自走向楼上。看到查尔德的样子，陈梦蕾的心沉下去一大半，跟着查尔德来到二楼房间。

查尔德心情看上去十分糟糕，他听说了永康收购华美的消息，嫉妒、愤怒侵蚀着他的心。他一把扯去领带，脱掉外套，晕乎乎地走到床边。没想到，却不小心碰到了一旁的立体衣架，红木的衣架倒在地上。查尔德显得有些烦躁，好像事事都和他过不去。他缓缓地将衣架扶起，原本挂在衣架上的陈梦蕾的手提包也掉在地上，里面的东西散落一地。查尔德胡乱地把口红、镜子塞进包里，却无意中在包里发现了一张单子，他打开一看，竟是一张 B 超单，上面清楚地写着陈梦蕾的名字和已怀孕的诊断。他看了一眼日期，距离检查的日期已经过去一个多月了。

查尔德瞬间清醒了，他努力回忆着最近和妻子的同房经历，似乎只有一次。愤怒彻底让他冲昏了头脑，他拿着 B 超单质问刚刚进门的陈梦蕾："你怀孕了？"

他的反应和陈梦蕾预想的差别太大，她还没张嘴解释，查尔德恶狠狠地说出了两个字："谁的？"

陈梦蕾的世界瞬间崩塌，这莫大的侮辱笼罩在她的心头，她瞪大眼睛看着查尔德："你什么意思？除了你，还能有谁？"

"我们已经很久没有同过床了，怎么可能会怀孕？"说完，查尔德的眼睛里充满了恐怖的神色，"是赵海鹰的对不对？说！"

原来查尔德心里早就有定论了，陈梦蕾暗暗地想，眼泪一下子从眼睛里流出，眼前的这个男人，曾经口口声声爱自己的男人，竟然会对自己的孩子产生怀疑！

陈梦蕾感觉有千万根针狠狠地刺着自己的心脏，她想要解释，却又感觉一切的解释都是多余的。之前，她是准备告诉查尔德的，原本想要分享这个喜悦给孩子的父亲，可是查尔德却不给她机会，成夜成夜不回家。今天如果不是她一再请求，她估计查尔德又会在外面的哪个野女人家里过夜。她曾经想要放弃这段婚姻，是这个孩子让她重新燃起希望，她已经决定放弃一切好好和查尔德在一起，可是得到的又是什么？

"我感谢你在美国对我的帮助，没有你，就没有我陈梦蕾的今天。但是，我已经尽力了，你还要我怎么样？"陈梦蕾愤怒地说。

"你跟我在一起就是为了还债？"查尔德冷笑道，"我早该想到，你那么积极帮助永康完成收购，你早就想和赵海鹰在一起，你早就背叛了我。我没有想到你们居然还有了孽种！你真是个婊子！"

这句话彻底触碰到陈梦蕾的底线："你根本不配当父亲！"她要离开，永远不再回来。

查尔德见状，左手一把拉住陈梦蕾的胳膊，右手顺势掐住陈梦蕾的脖子，他的眼神中冒着怒火，带着杀气。陈梦蕾用力拉扯着，她喘不上气，感觉自己快死了，全身已经没有了力气。她想到了肚子里的孩子，不知道从哪里来的一股力量，狠狠地朝着查尔德的下体踢了一脚，查尔德吃痛，一把把陈梦蕾甩开。

陈梦蕾的身体顺势撞到立柜上，她突然感觉自己下腹剧烈地疼痛起来，一股热流从大腿根部流了出来。很快，肉色丝袜被血染红了，腹部的剧痛让陈梦蕾脸色苍白，她却咬着牙，用憎恶的眼神恶狠狠地盯着查尔德。

查尔德这才恢复了理智，他看着陈梦蕾痛苦的表情，心中有些波澜，却还呆愣着站在原地。

送到医院的陈梦蕾已经奄奄一息，却不见查尔德的身影。孙明芳抹着眼泪，赵海鹰跑前跑后，陈建华却是目光呆滞地坐在椅子上，神色凝重。

手术室的门打开，护士着急地从手术室里跑出来："你们谁是病人家属？"

陈建华赶紧走过来："我……我是她父亲……"

"病人小产大出血，可是病人是 RH 阴型血，我们医院的血库里根本没有这种血型，您是 RH 阴型血吗？"护士问道。

陈建华一下子慌了，吞吞吐吐地说："我……我不是。"

"病人现在很危险，如果不赶快输血，随时都可能没命。"护士的一句话让陈建华险些站不稳。

这时，一个女人的声音从走廊一头传来："我是，抽我的！"陈建华朝着声音的方向看去，看到袁敏疾步走来。陈建华心头猛然揪紧，没有说话。袁敏从他面前走过，冲他微微一笑，接着走进手术室。

陈建华看着手术室的门缓缓地关上，他像失音了一般，说不出话来。

短短的几个小时，像是过了几个世纪那么久，所有的人都在手术室外焦急地等待着。终于，手术室的门缓缓打开，大家不约而同地朝着门口走去。出来的是袁敏，她脸色惨淡，整个人看上去很虚弱。陈建华赶忙上前搀扶，轻声道："谢谢你。"

袁敏看着陈建华，勉强露出一丝笑容："还好及时赶过来，不然梦蕾就很危险了。"

病房有些昏暗，一丝阳光照进来，却没起到丝毫的作用。赵海鹰打开日光灯，看清了陈梦蕾惨白、毫无血色的脸。陈梦蕾目光呆滞地看着窗户，不出声。一场手术，她活下来了，可是孩子却没了。陈梦蕾不知是庆幸还是难过。她看着眼眶通红的赵海鹰："你一晚上都没睡吗？"

赵海鹰强打着精神，笑着说："你这儿没人照顾，等你家保姆来了，我再走。"

陈梦蕾没有说话，眼泪突然滑落了下来。赵海鹰也不知道说什么，他知道，孩子没了，这对陈梦蕾的打击是致命的。二人都不说话，气氛一时有些尴尬。

"我这个丈夫不在，果然给了你们最好的约会机会。"声音从门口传来，只见一身西装的查尔德走了进来。

赵海鹰看到查尔德，怒火中烧，冲过去一把揪起他的衣领，怒视着他。

查尔德却一副无所谓的样子："怎么？你很生气？她是我的妻子，你现在是以什么样的身份打我？"

查尔德的话更加重了赵海鹰的愤怒："我跟梦蕾是清清白白的朋友关系！你的一切指控都源自你的肮脏的内心！"

查尔德倒是一副很有兴趣的模样，正准备说话，却被陈梦蕾插话："海鹰，你先走吧，我跟他有话要谈。"赵海鹰和查尔德一直对视着，终于，赵海鹰放开手，一言不发地走出了病房。查尔德看着赵海鹰离开的背影，仍是一副无所谓的表情。

陈梦蕾看着眼前的查尔德，只感觉到一阵恶心，然而她的脸上却看不出一丝情绪波动，片刻后她冷静地说："我们离婚吧。"

查尔德沉默了两秒钟，说道："Okay。"

"我会让律师帮我拟一份离婚协议，等我出院以后，我们就签了吧。"陈梦蕾依旧十分平静。

这下，查尔德有些犹豫了，反问道："没有商量的余地？"

陈梦蕾看着查尔德的眼睛，十分坚定地说："我已经给过你机会了，但是我现在才发现所有的复合，都只是重蹈覆辙。"

几天后，律师将离婚协议书一式两份交给二人，陈梦蕾毫不犹豫地在两份协议书上都签上了字。查尔德看了一眼陈梦蕾，也在协议书上签好了字。

陈梦蕾在查尔德的别墅收拾好自己的行李，走了出去。少了女主人的别墅突然显得有些空旷。临走前，陈梦蕾缓缓地从包里掏出一个精致的盒子，里面放的是当初查尔德在大学里赠送给她的那枚徽章。她把徽章放在茶几上，这是她曾经最珍贵的东西，现在把它还给查尔德："我们因为这枚徽章结缘，现在也以这枚徽章结束吧。"

查尔德拿起徽章，徽章并没有因为岁月的推移而变得黯淡，可如今徽章的意义却再也没有了。查尔德狠狠地把徽章扔在了地上，以示愤怒。

陈梦蕾提着行李箱毫不犹豫地离开了。一出别墅，大门外的阳光照射进来，陈梦蕾的背影显得格外坚强。经历了华尔街尔虞我诈的金融洗礼，经历了家庭巨变的悲痛，陈梦蕾结束了一段感情，她彻底走出了过往，开始了新的生活。

从2001年起，新区政府连续组团赴海外招聘留学人才，陈梦蕾也起到了非常重要的桥梁作用。在招聘现场，她目睹人山人海的归国热潮，不由得感慨当年自己和同学们拼尽一切都想出国，想去华尔街的那份热情。当年，她也曾经在上海美国领事馆门口排着长队等待着签证。而如今，这些优秀的海外学子们也是排着长队等待着与来访的浦东官员们交谈，获得回到上海、回到浦东开创事业的机会。陈梦蕾庆幸自己亲历了浦东的飞跃。

阳光明媚，为寒冷的冬季带来一抹温暖。

今天是谢天阳出狱的日子，周媚早早就来到监狱门口，临出门前还特地打扮了一番。她穿了一件白色羽绒大衣，梳起了大马尾辫，妆容在她的脸上显得那么自然和谐。阳光照射在她白皙的脸上，仿佛镀了一层金，格外耀眼，宛如仙女一般，与监狱周围的环境格格不入，时不时引来行人异样的眼光。

监狱门打开，剃了小平头的谢天阳从里面走出来，显然对外面刺眼的阳光有些不适应。

看到眼前明艳动人的周媚，谢天阳出于男人的本能还是下意识地愣了一下，不过很快就回过神来。

周媚满脸笑容地走向谢天阳："好久不见……"

谢天阳平静地说："好久不见……都不敢认了……"

周媚开玩笑道："我是不是变漂亮了？"

"像个明星。"谢天阳露出一丝笑容。

周媚一把夺过谢天阳手里的包，直接扔在了地上："这些东西我们不要了，过去的就彻底扔掉。"谢天阳看着地上的包，若有所思地说："有的东西恐怕想扔也扔不掉。"

周媚知道谢天阳指的是什么，她假装没听见，笑着说打算约大家一起吃个饭，谢天阳却一口拒绝了："别麻烦了，我现在这样，没人想见我吧。"

"你想得太多了，其实大家还是很关心你的。"

谢天阳不屑地一笑："关心我？还是想看我现在这副失败的样子？"

听谢天阳这么说，周媚心里不是滋味。这些年，他们都去探视过谢天阳，可是每次谢天阳都避而不见。最后，在谢天阳的坚持下，周媚只好把谢天阳送回了家。

回到家后，谢天阳看着曾经的家已经破败不堪。他打开电视，竟看到了徐敬之做客东方电视台的采访，而旁边的主持人竟然是钱青青。几年不见，钱青青已经褪去了青涩，蜕变成一位优雅成熟的女人。谢天阳拿出包里的笔记本，上面清楚地写着：钱青青生日。

说来讽刺，自己出狱的日子竟然也是钱青青的生日，谢天阳不知道老天爷是耍他还是帮他。他换了一身干净的衣服，独自一人来到了东方电视台门口，没想到却看到了令他惊讶的一幕。

只见钱青青抱着玫瑰，挽着吴一白的手走出来，脸上洋溢着幸福的笑容，那笑容是谢天阳从来没有见过的。钱青青坐上吴一白的车，车子从谢天阳身边驶过的时候，根本就没有人注意到他。谢天阳目送着车子远去，直到消失在视线里，他自嘲地笑了笑。

西餐厅里播放着悠扬的音乐，周媚没想到谢天阳会主动联系自己，特地打扮了一番。

谢天阳清楚，这么多年来，只有周媚还一直留在他的身边，支持他、不嫌弃他，也只有和周媚在一起的时候，他才会觉得安全。但是他心里清楚，那不是爱情，只是感激："我们都活得太现实，爱情对我们来说就像奢侈品，即便摆在我们面前，我们也没有勇气去触碰了。"谢天阳缓缓地对周媚说。

周媚的笑容僵在脸上，谢天阳如此直白地拒绝自己，心如刀割的感觉并不好受。这些年来，她身边不乏高富帅的追求者，她却根本提不起兴趣。她在等，等谢天阳哪天转身的时候，会看到自己一直在他的身后。她曾经天真地以为，经历了这次的事情，谢天阳会对自己有那么一点点的感情。她知道，谢天阳喜欢钱青青，可是，钱青青对他没有半点好感。可是想着想着，周媚又替自己悲哀，自己还不是和谢天阳一样，爱着一个不爱自己的人。

看着眼前意志消沉的谢天阳，周媚感到心痛。曾经那个心高气傲、意气风发的谢天阳哪里去了？"你看看你现在的样子，因为一个从来没有爱过你的女人要结婚了，你就颓废成这样吗？你还是我认识的那个谢天阳吗？"

"不是，当然不是了。"谢天阳不需要周媚帮他回忆曾经的自己是什么样子的，"我是一个从监狱里出来的人，背着那么不堪回首的历史，我还能成为过去的谢天阳吗？现在的我不是你可以依靠的人，我们不可能有未来。"

周媚听着谢天阳的话，眼眶红了。周围来庆祝新年的客人们都把目光投向这两个看上去一点都不般配的年轻人。周媚一下子站起来，这些年，她一直等着谢天阳，是因为她以为谢天阳不会这么轻易放弃，她以为谢天阳会重新创造辉煌，可这几年的铁牢锁住了谢天阳的心，他真的不再是以前的他了。

"你说我们都活得很现实，我想告诉你，其实我们很不一样。你是为了现实而不断妥协改变的人，而我是为了追求心中所想不断挑战现实的人。"周媚突然感到了绝望，她爱谢天阳，等了这么久，满心期待谢天阳出狱后能够重新开始，可直到今天她才明白，即使再相隔几年，见面后也不过是成熟的表演罢了。周媚拿起包，转身离开，一滴眼泪滑过脸颊。"谢天阳，这一次就让我先说再见吧。"周媚心里暗暗地说。看着周媚的背影，谢天阳嘴角的笑意凝固在了僵硬的脸上。

5

周媚坐在酒吧里，脸颊泛红，喝得有些微醉。她的新电影杀青了，年底就要上映了，这是她第一部自己当制片人的电影，也是她第一次当女主角的电影。按理说她应该高兴才对，可是她却根本笑不出来。

她接过调酒师递过来的酒，自嘲地笑了。一个女人事业再成功又能怎么样？就算再出名，也难遇到一个真心喜欢自己的男人。

突然，周媚站了起来，十分激动地拿出手机，含糊不清地说："现在！我就给我手机通讯录里的男人打电话，随便打！谁要来了，我就嫁给他！"

周围的人都像看热闹似的凑过来，跟着起哄。在众人的注目中，周媚拨通了第一通电话，嘀嘀嘀，电话那头没有人接。周媚继续打，这次响了两声后，电话那头传来一个男人的声音，周媚大声地说："我在暮趴酒吧，我被一群男人骚扰，你来帮我赶走他们！"

电话那头传来男人隐隐约约的声音，大概的意思是让周媚赶快报警。周媚大吼道："报警？报警我找你干吗？你难道怕被打吗？"说完，周媚晕乎乎地挂上了电话。

周媚的意识已经不太清醒，她不信，不信自己遇到危险的时候连一个男人都找不到。她再次打开通讯录，在里面搜索着。这时，钱春生的名字出现在上面，她想都没想，就拨了过去。

周媚忘了自己在电话里跟钱春生说了些什么，她只记得钱春生的身影出现在眼前，手上似乎还拿着一根铁棍。周媚正想取笑他，可是头却疼得厉害，眼前一黑，晕了过去。

当钱春生接到周媚的电话，隐约听到她说什么骚扰。他大声叫着周媚的名字，可是电话那头却传来挂断的声音。钱春生当场就蒙了，从街边捡了一根废旧铁管就冲进了酒吧。

可是酒吧的情况和他想象中的完全不一样。酒吧环境很舒适，而且音乐舒缓，大家都只是坐在卡座里喝着酒。反倒是他的到来引起了不少人的注意，大家都疑惑又害怕地看着钱春生。

他一眼就看到调酒台前的周媚，直接冲了过去。没想到，周媚只是看了他一眼，就晕倒了。

钱春生半抱半扶着把周媚送回家。周媚家很大，屋子里摆满了各种 Hello Kitty 的摆件，足以看出周媚的少女心。床就摆在屋子中央，连床单、枕头都是粉色的。

周媚迷糊地睁开眼睛，自言自语道："这是哪儿啊？"

"这是你家！"

"那你是谁啊？"

钱春生无语，明明是周媚打电话找自己来，现在却连自己是谁都不知道。

周媚翻了个身，原本就比较宽松的衣领，滑落到一边，大半个胸露了出来，能够清晰看到内衣的部分。

钱春生的脸刷一下红了，竟有些不知所措。一股热血冲上脑门，他努力让自己冷静下来，赶紧拽起周媚身下的被子，给她盖上。

喝醉的周媚两颊通红，额头的碎发随意散落在脸上，媚态诱人，看得钱春生心脏怦怦直跳。突然，周媚猛地坐了起来，一把搂过钱春生的脖子，眼神迷离，似一潭深不可测的春水，魅惑地凑在钱春生耳边说："你想要什么？"

钱春生愣了两秒，耳根瞬间全红了。他连忙把周媚推倒在床上，把被子盖过去，活生生把她裹成了一个大粽子，不停说着："你喝多了，快睡觉吧！"

周媚再次睡了过去，一觉睡到了大天亮。

第二天一大早，周媚醒来的时候，觉得自己全身都快散架了。酒精让她的头感到一阵剧烈的疼痛。走到镜子前，却被眼前的女人吓着了。镜子中的女人，两个大黑眼圈，睫毛膏、眼线全部晕染，增加了黑眼圈的程度，头发乱糟糟地顶在脑袋上，活脱脱一个女疯子。不过，更让她惊讶的是，一个男人居然躺在她家的沙发上。

周媚走过去想看清男人的样貌，忽然，男人的手机铃声响起，吓了周媚一跳。男人睡眼惺忪地接起电话："我睡过头了，我马上来……"周媚这才看清这个男人是谁。

"你……昨晚睡这里的？"周媚指着沙发问道。

"你家只有一张床，不然我睡地上啊？"钱春生睡眼惺忪地说。

周媚自己都觉得问得挺尴尬的，没话找话地说："你为什么没走？"

钱春生站起身，支支吾吾地说："我看你昨晚喝那么多……我怕你半夜呕吐，就……不过你挺行，一直睡得很沉。"

钱春生原本是开个玩笑，没想到周媚眼眶不自觉得有些湿润，一直定睛看着钱春生，看得钱春生心里直发毛。他急了，赶紧解释："我真没对你做什么。"

看着钱春生惊慌失措的样子，一下把周媚逗乐了，以她对钱春生的了解，借钱春生几个胆子估计他也不敢。

气氛一时有些暧昧，钱春生赶紧说道："那个，我还有点事儿，先走了，你要是有什么事，就给我打电话吧。"

周媚点头，看着钱春生像是落荒而逃的样子，忍不住笑了。

最近赵海鹰听说了一条好消息，上海马上要开工建设卢浦大桥了。这座大桥由著名桥梁设计师林元培亲自设计，初步的规划是北起浦西鲁班路，穿越黄浦江，南至浦东济阳路，全长 3.76 千米，建成后，卢浦大桥将成为世界上主拱最长的拱桥。

他把这个消息告诉了钱春生，钱春生一听，兴奋了大半天。他突然萌生了一个想法，他要参加卢浦大桥的全国竞标，如果能够竞标成功，那么他的建筑公司可就彻底盛名远扬了。

不过钱春生的这个想法被赵海鹰泼了冷水："你有这个实力吗？"

钱春生有自己的打算，他想只参加分段部分，如果能够投标桥面铺设的工程，那就更好了。他现在担心的是这个项目工程太大，需要高额的保证金，再加上要审查公司资质，对流动资金也有要求，他们公司账面上确实没有那么多流动资金可以支配，所以才来找赵海鹰。他知道，以海银公司的实力，解决他这点资金问题是小意思："我先从你的公司贷款，等项目启动了，我分期还贷，没什么问题吧？"

"春生，我并不建议你独立参加竞标。"赵海鹰十分认真地说，"卢浦大桥是世界级工程，以你的建筑公司目前的水平来说，资格还是有些不够的。"

钱春生却自信满满，毕竟他们公司有过桥面铺设的建筑经验，中标的可能性很大。他甚至提出只要赵海鹰肯为他筹资，他愿意付出高额利息。

这下赵海鹰更加不同意了，说这根本不是钱的问题。卢浦大桥是上海的标志性工程，如果盲目竞标，就算成功了，到时候如果钱春生的建筑公司建设水平达不到预想的效果，不仅亏损钱，更重要的是影响工程质量，那损失就大啦！他不能让钱春生冒这么大的险，更不能让卢浦大桥冒这个险。

不过钱春生却不这么想，他感觉赵海鹰是瞧不起自己的公司。在他的心里，做什么事情没难度？现在尝试都不尝试，怎么知道不行？

两个人争来争去，钱春生觉得赵海鹰太保守，赵海鹰觉得钱春生不理性，二人最终不欢而散。

看着钱春生悻悻离开，赵海鹰觉得无话可说，他拿起手机，拨了出去。

一架东方航空的飞机在停机坪降落，重庆的桥梁和高楼建筑错落有致地彰显着山城的魅力。重庆因地势陡峭，江河交汇处比较多，所以架起了许多大桥，也因此得名为桥都。

赵海鹰一下飞机，直接来到了江津劳动局，找到了杨乔。他托杨乔联系了重庆建筑公司的老板何总，何总带着赵海鹰参观了重庆大大小小的桥梁，其中黄花园大桥给赵海鹰的印象格外深刻。

黄花园大桥横跨嘉陵江，南起渝中区黄花园，北到江北区廖家台，全长1208 米，双向六车道，桥面宽 31 米，是五跨预应力混凝土连续钢构的结构，中间三跨跨距有 250 米，通航净高 20 米，桥下的公路净空大于 5.2 米。地震强烈是按七级设防的，全桥六车道分为上下两幅，中间设 1.5 米中央分隔带，桥面采用的是沥青材质。何总的建筑公司参与了主桥的建设，刚刚竣工没多久。

赵海鹰站在江边，仰望着黄花园大桥，如此巧夺天工的设计，令他格外感慨。他激动地对何总说："卢浦大桥的竞标马上就要开始了，不知道何总能否愿意和我们联合竞标？"

杨乔之前已经和何总谈过这个事情，何总笑着说："作为一个重庆人，能够参与建设上海，我想那是我的荣幸！"

钱青青和吴一白小两口最近感情升温，他俩在没有通知双方家长的情况下，直接把结婚证拿到了孙明芳面前，有那么点先斩后奏的意思。小两口心情甚好，可是无奈却看到了一副苦瓜脸的钱春生。

原来，钱春生因为要竞标卢浦大桥的项目，急需 300 万资金作为保证金交给竞标公司。他手上的流动资金全部压在了永春超市，一时半会儿拿不出这么多钱。如果这 300 万不交，那就意味着他的公司连竞标的资格都没有。他跑到海银公司找赵海鹰，没想到赵海鹰却消失了，电话不接、邮件不回，没有人知道赵海鹰去哪儿了。整整三天，钱春生把上海翻了个底朝天，可是连赵海鹰的人影都没见着。直觉告诉他，赵海鹰这是有意在躲着他。这下，钱春生像霜打的茄子一样，垂头丧气。

正烦着，家里响起了敲门声，钱春生一开门，赵海鹰正站在外面，身后还放着行李箱。

钱春生转过身，不冷不热地说："躲了我三天，你现在冒出来干什么来了？"

赵海鹰去重庆的时候，忘记带手机充电器了，这才"消失"了三天。他顾不上解释那么多，直接拿了一份合同递到钱春生面前，上面赫然写着几个大字：重庆市天钢建筑公司。赵海鹰兴奋地说："我去重庆考察了两天，这个天钢建筑公司是杨乔介绍的，重庆大大小小的桥梁有 20 座都是这个公司参与建造的，经验相当丰富。这次跟他们联合，你们在参与建造卢浦大桥桥面的时候，能避免走很多弯路。还有保证金，我已经向财务申报了，明天就能到春生建筑公司的账面上。"

　　看着眼前的合同，再看看面前风尘仆仆的赵海鹰，钱春生激动地冲上去，狠狠地抱住了他。

第十八章

苦难重重

1

三年后。

上海的基建项目发展迅速，仅仅三年，许多豪华气派的大楼拔地而起，黄浦江江水倒映着四面的风景，时尚都市的味道油然而生。

钱春生自从拿下了卢浦大桥的竞标项目，整个人像是打了鸡血，几乎把所有的时间都投入到了大桥的建造中。一晃三年过去了，卢浦大桥的建造也进入了尾期。站在大桥上，看着脚下潺潺流动的黄埔江，钱春生既感慨又激动。

陈建华作为设计研究院的监工，按规定前来检查他们施工项目的完成度以及跟设计图的契合度。对于上头派来的检查人员，钱春生从来都不担心，这点自信他还是有的。他向陈建华认真地介绍道："我们承接的是标准节段的桥面和 Z7 特殊桥段的建设工程，目前标准节段的桥面已经到了安装的尾期，现在可以看到运送桥面系梁的驳船已经开到吊机的正下方，在提升过程中，我们用测量仪器随时跟踪桥面的提升状态，确保桥面的水平，这已经是最后一块标准桥段的桥面安装了。"他停下来，见陈建华没出声，而是不停地在本子上记着什么，继续说着："目前 Z7 桥面特殊段的安装也在进行，Z7 桥面呈现'凸'字形，边跨端通过竖向支座支撑在中横梁上，并且经过伸缩缝和边跨桥面相连。桥面吊机在就位时会向跨中预偏 2500，桥面提升到高于就位高度 5 至 10 厘米的位置，安装预制好的辅助牛腿……"

话没说完，就被陈建华打断了。陈建华质疑道："你们这个步骤跟你们之前提交的安装方式根本不一样！"

关于陈建华说的这个问题，钱春生也清楚，他笑着解释道："我们的师傅经过很多次的计算，改良了方法，这样做，我们的桥面……"

陈建华摆了摆手，打断钱春生的话，说："我不管你们是不是改良了方法，你们的安装流程跟要求的安装流程出现了偏差，就是不合格！"

这下钱春生傻了眼。他们的工程师傅大部分都是来自重庆的，有着非常丰富的桥梁建筑经验，这样的安装办法也是多日研究出来的："Z7 的桥面段特殊，我们开工以后才发现有很多问题，所以跟之前提交的方案有出入也是正常的。"

听钱春生说得如此随意，陈建华的脸色明显有些不好看。什么叫正常？钱春生不经允许直接修改了大桥的安装流程，这也叫正常？他这次来的目的就是监工，只要发现桥梁的安装流程与要求的安装流程出现任何偏差，就要判定其为不合格。再者说，就算真如钱春生所说，施工过程中发现了问题，钱春生也应该及时向研究总院申报修改的方案，现在擅自改了安装方案，如果这中间出现了误差谁来负责？陈建华当即宣布：立即停工。

这下钱春生彻底傻了眼，他认为自己根本就没有错，却被无故停工。他气得火冒三丈，跑到永春超市的调解室发泄着愤怒。

赵海鹰一听，惊讶地问："出什么事了？"

钱春生愤愤地讲着整个情况："卢浦大桥的项目已经进入到了安装最后一块桥段桥面的过程，我们改良了安装方式，结果他非说我们的安装方式会产生大误差，要求我们立即停工！工程期限马上就要到了，现在停工，我们不是等着赔钱吗？"

"你们改良安装方式，有提前告知研究院吗？"赵海鹰问道。

一说起这个，钱春生更是满脸委屈："我们时间很紧，这些安装流程都是经过师傅的严格计算的，根本不会有问题！停工一天，我们的损失就会高达十多万，这遥遥无期的停工，我不是等着亏钱吗？到时候没有按时完工，还要赔给政府一大笔违约金！"

听钱春生这么说，赵海鹰皱起了眉头。这件事情确实棘手，对谁都没有利益。他了解陈建华，做事认真，有原则，没有商量的余地。最后，他决定亲自上门拜访陈建华。

果不其然，当赵海鹰说明来意之后，陈建华的态度十分明确，不会让步，给出的理由也十分充分："安装流程和方法必须要经过研究院审批，万一出现大的误差，谁来赔付这个损失？"

"钱春生没有申报是他的过错，毋庸置疑，但是……"赵海鹰看了一眼陈建华的神色，十分谨慎地说，"但是现在他们公司面临大面积停工，工期限制在那儿，这样耗下去，对卢浦大桥、对建筑公司、对研究总院都没有好处。"

陈建华眉头微微皱起，像是在考虑着什么。赵海鹰觉得有戏，趁热打铁地说道："您看，能不能我们请研究院的设计工程师和重庆的建筑工程师开个会，大家一起来探讨一下这个安装方法。如果可行，就能立刻开工，这样只会耽误半天的时间，不用等审批和一系列的烦琐手续。"看似是建议，实则是在帮陈建华找解决的办法。

其实陈建华心里也清楚，这么拖下去对谁都没有好处，只会浪费国家的资源。他也不是针对钱春生，就是觉得这个小伙子太执拗，明明错了还不承认，非要和他较真。他命令停工也是职责所在，一座大桥承载着太多人的生命安全，每一步的改变都需要万分甚至是十万分的谨慎，不能有一点闪失。这是他作为监工的责任，也是建桥人的责任。

赵海鹰的建议他也听进去了，认为十分合理，省时又省力。他沉默了一会儿，说："我明天去院里，向领导申请会议。不过会议能不能召开，还得看建筑公司配不配合。"

"配合，肯定配合，"赵海鹰赶紧应和着，心里也默默舒了一口气，"这是他们的职责。春生这个人性子很急，如果之前说话有什么不当的地方，我替他向你赔个不是。"

陈建华摆了摆手，说道："我看他性子跟我倒是挺像，一个比一个固执。"

一波未平，一波又起，几乎就在同时，中国境内爆发了建国以来最大的一次传染病疫情——"非典"。"非典"全名非典型性肺炎，疫情首先在广东顺德爆发，短短几个月，就扩散到东南亚甚至全球。为了防止病情的进一步扩散，很多地方都采取了严格的隔离政策。汽车站、火车站、机场随处可见拿着检测器的医务人员。一时间，只要听到"非典"两个字，就人人自危。这是一场没有硝烟的战争。

"非典"的扩散也影响着股票市场，不少医药类、生物科技类的股票都有不同程度的增长，永康香港联创公司也受其影响，波动明显。不过，赵海鹰还是敏锐地发现，永康香港联创公司的股价有些波动异常，一开始他也以为是受到非典的影响，但是一周后，赵海鹰却发现，情况并没有那么简单。

为了查明真相，赵海鹰前往香港调查。与此同时，美国的华美公司也发现了异样，派陈梦蕾从美国赶到香港，负责调查这次的事件。

两个人一碰头，就开始分析股票的情况。他们发现，最近有一家公司疯狂购买永康联创的股票，陈梦蕾来港前已经调查过，这是一家美国公司，从来没涉足过医药制药领域，从表面看上去信息很干净，只做一些日化品的生意，看不出什么问题。

不过赵海鹰的直觉告诉他，其中肯定有问题："从这几天来看，他们都是低抛高买，不符合一般规律，反而是在故意抬高股价。如果我们的分析没有错，明天，他们就会开始抛售股票，连续几天跌停，把股票打压到最低点。"

陈梦蕾提出了质疑："打压到最低点，他们是什么目的？难道是为了趁最低点全部买入？"

赵海鹰的眉头微微皱了起来，如果真如陈梦蕾所说，这个公司的目的就不仅仅是股票，而是永康香港联创。一旦这个公司掌握了永康联创20%的股份，就会成为公司最大的股东，那后果将不堪设想。

赵海鹰的担忧在第二天就得到了证实，永康香港联创的股票从开盘之后就一直跌，直到午市休市之前，股票跌停。

也就在这个时候，陈梦蕾在美国的朋友调查的结果出来了，收购公司的其中一个股东竟是他们的老朋友查尔德。

赵海鹰看着电脑上满屏的绿线，思索着。眼前的情况对他们来说十分不乐观，查尔德已经开始收拢袋子口了，估计下一步就是上海。他和陈梦蕾分头行动，他回上海立刻组织反击，陈梦蕾留在香港做沟通，防止香港的股东把股份卖给查尔德。

赵海鹰坐了最早的一班飞机飞回上海。机场内，全都是戴着口罩的乘客和包裹得十分严实的工作人员。机场的广播中一遍遍传来声音："尊敬的乘客朋友们，为了确保您的安全，请自觉接受体检。"

等待检查的人排成了长长的队伍，赵海鹰看着望不到头的队伍，焦急万分。时间一分一秒地过去，终于轮到赵海鹰了。他迅速站了上去，两只脚刚刚踏上机器，机器突然发出嘀嘀嘀的响声，一时间所有的人都下意识地往后退，赵海鹰也退了回去，又重新站上去试了一次，没想到机器又响了。赵海鹰有些惊慌。这时，几个戴口罩和手套的工作人员立马上前，把他控制住了。赵海鹰想挣扎，但被工作人员牢牢地按着。

赵海鹰的脑海中一片空白，他成了一名"非典"的疑似病人，被隔离了起来。

这下，永康生物科技集团陷入了成立之后的最大一场危机。查尔德的速度很快，陈梦蕾已经从香港打来电话，说查尔德已经出手了，他通过操纵股票收购了7%的股份。此外，他还通过买通公司股东购买了6%的股份，只要他持有的股份超过20%，那么他就会成为永康香港联创的第一大股东，操控着整个公司的发展。可是现在赵海鹰被隔离，到底接下来要怎么办，韩要强无比焦虑。眼下，最重要的人就是永康香港公司的王董，他手上有9%的股份，这9%的股份是成败的关键。

陈梦蕾一下飞机，就把王董请到了海银公司。王董的态度异常坚决，表示股份绝对不会卖给任何人。王董的态度早在陈梦蕾的意料之中，她也不解释，也不争取，而是给他放了一小段视频资料。

视频里播放的正是王克力、钱冬梅他们在卢浦大桥工地、社区、工棚发放中药的画面。

陈梦蕾解释道："王董，像永康这样一个有社会担当的企业，一个坚持把专业和科学技术真正用在回馈社会、服务于老百姓的企业，如果因为一场金融利益战而丧失对香港联创的主导权，那么这不只是永康集团的损失，更是一个行业的损失，整个社会的损失啊。"

王董看着视频，沉默了。他站起来走到窗户边，凝视着窗外。他的心中有一个天平，之前查尔德也找过他，要出高于市场的价格购买他手里的股份，不过被他拒绝了。他不想让自己的股份成为别人竞争的工具。他知道，如果永康拥有他手上 9% 的股份，就能抓住香港联创的主导权，与其让股份放在自己手里浪费掉，不如用在更需要的地方。最终，王董同意把股份转让给永康。也就在同一天，"非典"疫情得到全面控制，赵海鹰解除了隔离，回到家中。在这场没有硝烟的战争中，中国人民凭借着顽强的毅力最终赢得了胜利。

自从赵国平退休之后，每天的生活就是种种花、养养鸟，偶尔再遛遛狗，生活平淡而无聊。他是一个闲不住的人，所以时不时还回到当初的老单位，看看之前的同事，没事帮着大家出出点子，提提意见。设计院的同事们似乎也习惯了他的到来，隔几天不见，还感觉有些不适应。最后领导直接给他安排了一个新工作——"顾问"。这不，他刚刚从设计院回家，就又被市委叫去开会了。

市委会议厅座无虚席，出席会议的都是和赵国平年纪差不多的老同志。原来，为了促进全国经济的发展，国家发展和改革委员会决定在全国开展综合改革试点，上海市首当其冲，准备争取浦东作为综合改革试点之一。会上的气氛很激烈，不单单是赵国平，不少参与了浦东发展的老同志也都被请了过去，大家积极发表建议，最后话题落实到一个关键地方：综合配套改革。

这副重担又落到设计院身上了。赵国平已经退休，设计院由之前他的下属李平负责。李平一接到这个任务，第一时间就给赵国平打了电话，希望老领导能够给些意见。赵国平爽快地答应了，他正好有不少想法想和大家分享分享。

会上，赵国平说道："已经有领导提出了一个很新的思路，'三不'原则，那就是不要政策、不要项目、不要资金。这个原则一提出来，就引起了热烈的讨论，虽然还没有定论，但我个人是非常支持的。我们浦东从开发到今天，可以说是攻克了很多的难关，见证了很多的奇迹，已经进入全面建设的新阶段。这个时候，我们的眼光不能只停留在单项改革上，不能局限在要政策、要项目、要资金上。所以啊，咱们设计院的这份报告至关重要，要从综合配套的思路上下功夫。"

赵国平想起一个例子：1995年，日本八佰伴百货商店在陆家嘴开业："那天天气冷，风也大，但是商场大门一开，市民就像潮水一样涌了进去，盛况空前。足足有107万人涌入八佰伴百货商店，这个盛事还创造了吉尼斯世界纪录。"

说到这里，赵国平感慨道："日本八佰伴集团的核心公司在1997年亚洲金融风暴中宣布破产。但是在浦东，上海第一八佰伴不但没有受到总公司的拖累，反而从2001年开始盈利至今，现在的第一八佰伴已经跃居全国百货第一了啊。"

赵国平的意思已经很明显了，八佰伴是一个典型的例子，上海第一八佰伴是第一个打破中国商业中资经营局面的，也带给了中国商业界一个惊喜，让大家都看到了这样的海外商业对中国消费者有着巨大的吸引力。

最后赵国平站起来，说："同志们，时间紧、任务重，这一个月大家恐怕都得加班了，要做好打攻坚战的思想准备啊。"

接下来的一个月，赵国平和设计院的前同事们一起，同吃同喝同劳动，终于完成了《上海浦东综合改革试验区框架方案》，按时递交国务院，并得到了高度的肯定。浦东十五年高标准的规划和高速的发展成果，让美国纽约、英国伦敦，还有其他国家的国际大都市惊叹不已。浦东正式拥有了综合配套改革试验区的新身份，从而步入新的发展阶段。

永春超市门前，人潮涌动，奇怪的是有的人进去了好大一会儿，却空着手出来。这些人多半是来找"市民茶室"解决问题的。

孙明芳的超市自从开业后，生意确实不错，客流几乎是之前的好几倍。不过最受大家欢迎的还是"市民茶室"，孙明芳一会儿做起了调解员，一会儿有当起了红娘。虽然成立的时候孙明芳没打算用"市民茶室"赚钱，不过"市民茶室"为她的营业额贡献不少，不少前来解决问题的街坊，问题解决了，顺便买点东西回家，这让永春超市的生意一天比一天好。

这不，"非典"过去了，不少人开始关注日常养生保健。孙明芳此时当起了"义务中介"，特地请周蕙来超市，给老年朋友们讲一讲养生保健的小知识。

周蕙出门前特地打扮了一番，穿起了刚刚买的长裙，头发抹得锃亮，还特地穿上了高跟鞋。虽然之前她参加过不少讲座，可是都没有像今天这么紧张，毕竟观众可都是自己的老街坊、老朋友，马虎不得，她可不想在他们面前丢脸。

一到"市民茶室"，周蕙就被街坊们团团围住，大家准备了一堆的问题要咨询。周蕙呢，帮大家一一解答，从每天吃什么到每天做什么运动，都说得十分详细。最后总结了两点，一就是要保持愉快的心情，二就是要有好的生活习惯。不少老街坊认真地做着笔记，生怕自己落下点什么。

另外一边，赵海鹰的海银公司由于业务不断扩大，开始招募新人。参加面试的都是金融界的后起之秀，有的是赵海鹰的师弟，有的是新加坡国立大学毕业的学生，还有的从美国留学归来，这些年轻人有的是冲着赵海鹰的名气来的，有的是因为认同海银的发展理念。不过，这次他没有在海银公司里面招聘，而是换了个地方——东方明珠塔。

之所以选择东方明珠塔作为面试的地点，是赵海鹰特意安排的一次考验。一般来说，应聘者都比较习惯在公司办公室里参加面试，而东方明珠观光塔对大家来说相对开放、陌生、随意。也正是这样的环境，才能显示出一个人最真实的一面，有一些人可能会紧张、疑惑甚至不知所措，但是也有的人能随机应变，不但融入了这个环境，而且还很擅长调动大家的情绪。赵海鹰要的就是这个效果，他要看看在如此轻松并且陌生的环境中，每个人最真实的一面。

面试者个个西装革履，而他自己则穿得十分休闲，跟一个游客毫无差别。他隐藏在面试者中，观察着每一个以后可能成为自己员工的人。

一个叫吴凯的年轻人引起了赵海鹰的注意。首先从穿着上，吴凯在十几个人中就尤为特别。别人都是西装革履，白色衬衫，唯独他是一身休闲服，运动鞋，反倒与周围环境十分和谐。其次，与其他面试者如临大敌的状态不同，吴凯的心态十分放松，一会儿帮大家拍照留念，一会儿向大家介绍东方明珠塔的历史，俨然一个导游。他的一句"美景不可负，何必太拘束"，把在一旁假装看风景的赵海鹰都逗乐了。

作为一个金融人，其核心还是和人打交道；除了丰富的专业知识，更重要的是保持创新的思维和积累丰富的经验。吴凯明显占有优势。

看看时间差不多了，主角开始登场。不过当吴凯得知一直跟在大家身后的中年大叔就是赵海鹰的时候，他并没有怎么吃惊。他从赵海鹰上电梯的时候就已经注意到他了，赵海鹰是最后上来的，还故意压低了鸭舌帽。按理说，以上海现在的气温，也没有太阳，完全不需要戴帽子。上电梯后，赵海鹰看似在观风景，实则是在观察电梯上的每个人，这些都被吴凯看在眼里。

身份之谜被解开，赵海鹰带着应聘者来到了东方明珠塔主观光层。他告诉眼前的年轻人，登高望远是一种理想，但是也只有坚韧不拔、不断挑战和创新的人才能接近和实现理想。他今天让大家来这里面试，就是希望加入海银的每一个人，都有这样挺立潮头的理想和实力。

谈话的最后，赵海鹰提出来一个问题，让每个人都来回答。

"你们来海银之后的目标是什么？"

一个青年不假思索地答道："在财大的时候就听过各种关于您的传说。我对贵公司做过分析，尤其对贵公司这次招聘的职位中实体产业部的投资分析师职位感兴趣。我分析过海银和永康的合作案例，因为有了金融的驱动，永康这样的实体企业就插上了一对翅膀：一个翅膀是国际化，一个翅膀是金融。"

一个来自新加坡的朋友，用一口流利的普通话说道："如果有机会进入贵公司实体产业部工作，我的目标是加强产融结合，把产业资本和金融资本融合，把产业市场和资本市场结合，更大程度地驱动实业增长。"看得出这位新加坡朋友确实对海银的实体产业部做过一些研究。

轮到吴凯了，他是从美国留学回来的，还在美国的时候，他就开始筛选未来就业的公司。他之前一共选择了五家公司，其中四家是美国公司，一家是海银，不过最终他还是选择了回国发展，看中的就是中国的发展潜力："我认为我的机会在中国，而且就在上海。2000年的时候，中国基金规模仅为562亿元，到今年2005年，基金规模已达5000亿元。这就是我说的机会，我认为中国的基金投资会有爆发性的增长。而且我相信海银会需要我，我也需要海银这样的平台。"吴凯侃侃而谈。

看着眼前充满理想抱负的年轻人，赵海鹰似乎又回到了从前，看到了自己年轻的时候。他相信，有这些新鲜血液的加入，海银的未来一定会更加美好。

面试成功后，吴凯来到东方经济报门外，看到吴一白出来后，吴凯冲上去，给了吴一白一个大大的拥抱。

为了庆祝吴凯顺利找到工作，吴一白特地把他带到了一个小馄饨店里吃馄饨。吴凯看着破旧不堪的店面，有些不高兴地说："小叔，我有工作了，你就请我吃这个啊？"

原来吴凯就是吴一白在美国留学的侄子。一说起自己进入了海银公司，吴凯就各种兴奋和激动，他更是对赵海鹰佩服得五体投地："小叔，你这个老同学真厉害，把我们弄到东方明珠塔上面试。也就是你这个聪明智慧的侄子，对这样的情况应对自如，面不改色……"

看到吴凯一脸崇拜的眼神，吴一白笑了："早知道你沾了我的光，就该让你请吃一顿好的。"

听吴一白这么说，吴凯不乐意了："什么就沾你的光啊，我可没有提你半个字，我是凭自己的本事。"

吴一白笑着看着吴凯："行，这点哪，你还真的和你们董事长很像！当年赵海鹰应聘去广瀚公司，广瀚的董事长就是我们老师的亲弟弟，赵海鹰也是只字未提。"

吴凯在美国留学的时间比较长，习惯了美国那种按章办事的流程。他特地交代吴一白，必须对他俩的关系保密。

吴一白却不以为然，以他对赵海鹰的了解，就算是知道吴凯是自己的亲侄子，恐怕也不会给他行什么方便。他这个侄子什么都好，就是太自信。他提醒道："进了公司凡事谦虚点，跟你们董事长多学习。对了，你现在在哪个部门啊？"

"投资部，我现在是基金代表。"吴凯有些自豪地说。说着，他突然萌生了一个想法，"小叔，你们不是要举办校友会吗？我想给董事长提议，借这次校友会招募一只公益的专项基金，用于孵化老师和大学生团队的创新项目。"

吴一白一听，就来了兴趣，正好他明天要和校友会的几个发起人去学校，他可以提出来让大家商量商量。他也让吴凯抓紧向赵海鹰提议。

虽已快要进入寒冬，但是阳光毫不吝啬地洒向校园。财经大学里，过路的学生有的嬉笑打闹，有的抱着书本匆匆赶路。温暖、惬意的感觉笼罩着美丽的校园。陈梦蕾、杜黎、吴一白走在校园里，似乎一下年轻了十几岁。

自从退休之后，徐敬之也很久没有回到财经学院了，看着眼前自己的几个得意门生，颇感欣慰。

陈梦蕾十分感慨地说："徐教授，这次校友会能得到您的支持，真的很感谢。我已经向很多海内外的校友发了邀请函，大家也都有回应，到时候我们也可以一起聚一聚。"

徐敬之提着公文包，点了点头，说："是啊，我也很久没有见过大家了，你们这届学生，让我印象很深刻。"他看着身边的杜黎，问道："杜黎，我听说你又升职了？"

杜黎有些不好意思，谦虚地回答："教授，在您面前，我永远都是个学生。"

一旁的吴一白打趣道："教授，我也升职了，您怎么一点儿都不关心呢？上学的时候您就没正眼看过我。"语气里还带有酸溜溜的感觉。

徐敬之笑了，看着眼前在社会上已经拥有一席之地的几个人，笑着说："胡说，你现在是副社长了，说话还是这么没心没肺的。"一句话把大家都逗乐了。

这时，陈梦蕾从手提包里拿出一份文件。她已经向海内外很多校友发去了邀请函，她初步计划这次校友会会期三天：第一天，回归的校友可以聚在一起互相交流，重温校园时光，开座谈会；第二天可以安排一些讲座；另外呢，他们几个商量为学院招募一只公益的专项基金，希望尽自己的一份力，为母校发展添砖加瓦。

另一边，吴凯也把拟好的公益基金招募书交给赵海鹰，基金的名字就叫"金鹰基金"。他借鉴了在美国的大学里面的模式，这种基金不等于奖学金或者助学金，是带有激励性质的，同时对被孵化的项目和人也有约束，会定期考核评估项目进展情况。赵海鹰把这个项目交给吴凯全权负责。他打开邮箱，看到了校友会的邀请函，落款是陈梦蕾，一时间心情很复杂。

校友会当天，吴一白拿着相机，兴奋地给校园里的学生和风景拍照，不想错过任何一处美好的角落。

上海财经学院也因为这次校友会，在校园里挂起了很长的横幅，上面写着

"校友欢迎你回家"几个大字。

陈梦蕾扎起了马尾,上身穿着一件白色T恤,下面穿着蓝色牛仔裤,配上白色帆布鞋,充满了学生气,看上去和读书的时候没什么两样。她和许多学生会的同学正在给回归的校友们分发传单,有的在地上摆设纪念衣物。吴一白拿着相机,定格下陈梦蕾美丽的瞬间。

这时,几个慕名而来的学妹看到了吴一白,她们是他的小迷妹。一个学妹红着脸说道:"我每天都看你的报纸,你发表的每一篇文章,我都珍藏在笔记本里!"

吴一白心里早就乐得开了花,一本正经地和学妹们握手。一旁的陈梦蕾打趣道:"你成了学妹们的偶像了。"说得吴一白还挺不好意思的。

不过,这次校友会还有一件最重要的事情,就是"金鹰基金"的正式启动仪式。启动仪式设在财经学院的大礼堂。不少学生听说了这件事,早早就来到大礼堂占座。

启动仪式的一项重要议程是赵海鹰的讲座。他的身上佩戴着"荣誉校友"的绶带,站在主席台上,他说道,"金鹰"谐音"精英",我们财经学院,虽然不是211学校,但是培养了众多优秀的金融人才……"赵海鹰侃侃而谈,从很多人对金融有着误解谈到金融的本质。他披露,不少人以为,所谓的金融,就是一群不事生产的人,和一群对社会毫无正贡献的人,互相对赌的零和游戏,其本质和赌场没有区别,而另外有些人则把金融说得跟天一般高,可以主宰人类社会,好像在整个人类文明的顶尖一样,认为其他做实业的人都是被支配的奴隶。事实上,真正的金融技术,和种植技术、畜牧业技术、造船技术这类的技术没有太大的本质区别,都是人类为了自身利益的考量发展出来的技术而已。金融,既不是高大上的、高人一等的特殊技巧,也不是赌桌上毫无益处的赌博工具。金融,是一种服务,是被社会所需要的服务,无须仰视,也无须妖魔化。

台下的师生们听得格外认真,赵海鹰极富感染力的语言让每个人都在思索,到底自己心中的金融究竟是什么。台下的陈梦蕾看着赵海鹰英姿飒爽的模样,仿佛回到了大学时代。

3

上海的夜，风情万种，惊艳迷人。在这座日新月异的时尚大都市里，每天都在上演着风格迥异的戏码。总有那么些人，心甘情愿地扮演着配角的角色，他们不知道，自己也许已经成为别人故事中的主角。

西餐厅，烛光摇曳，红酒杯里的红酒显得格外醉人。周媚轻轻地摇晃着酒杯，脸上却露出淡淡的忧伤。自从钱春生在她家过夜之后，两个人的联系也频繁了不少。一晃眼好几年过去了，不少人都以为他俩在一起了，每次两个人的回应都一样，对对方微微一笑，不承认也不反驳。钱春生也不捅破，就是默默地陪在周媚身边。

钱春生把切好的牛排放到了周媚面前，周媚看着钱春生认真的样子，半开玩笑地说："春生哥，你对每个女人都这么体贴吗？"

"如果我说这是我第一次为一个女人切牛排，你信吗？"

周媚微微一笑，不再出声，这么多年了，钱春生的心思她怎么可能不清楚。

"我要走了。"过了好大一会儿，周媚漫不经心地说。

钱春生却没什么反应。这几年，周媚经常到全国各地拍戏，他都习惯了。他问道："这次又去哪儿拍啊？"说着，吃了口牛排，却觉得今天的牛排做得难以下咽。

"美国。"周媚平静地回答。

钱春生的表情瞬间发生了变化，不过他很快调整好自己的情绪，假装很高兴的样子，故意问道："祝贺你啊，周媚，都要去美国拍戏了。去几个月啊？"

周媚看着钱春生一副自欺欺人的样子，终于忍不住了："春生哥，我已经和好莱坞一家电影公司签了经纪约，合同是八年。"

这下，钱春生的笑容彻底凝固在脸上，他举起手里的酒杯，轻轻碰了一下周媚的酒杯："好，我等你。"

看到钱春生如此自然地说出这几个字，周媚的心猛地揪紧了："别开玩笑了，不是八个月、八个礼拜、八天，是八年。我签了八年的经纪约，我要去好莱坞发展了。"周媚有些激动，她知道钱春生对自己的感情，可是内心深处，她怕，她怕自己投入感情，最后还是付之东流。她害怕爱。

钱春生却一副无所谓的样子，笑着说："那又怎么样？别说是八年、十年、十五年、二十年，不管多久，我都愿意等你。"

周媚被感动了，她知道钱春生是一个特别好的男人，可是他们认识得太晚了："可是我们没有缘分，我们不合适，你忘了我吧，我不值得你这样做。"

钱春生放下了手里的刀叉。缘分不是天上掉下来的，是要靠两个人一起去珍惜和守护的，说到底，周媚就是害怕，害怕再次受到伤害。他十分认真地说："你有勇气闯好莱坞，难道就没有勇气相信一次爱情吗？"

钱春生的话说到了周媚的心坎里："不是我不相信爱情，是根本就没有值得相信的爱情。而且，我不想有任何的牵绊，我的事业、我的梦想、我的未来都在好莱坞。"

"好，那我们就来一个十年之约。如果十年后你回来这里，你还没有嫁人，那就嫁给我！你敢吗？"

看着钱春生，周媚的眼睛里闪烁着泪花，举着酒杯绕过了钱春生的臂弯，两个人捧着这杯交杯酒，一饮而尽。

4

2007年8月，美国爆发了严重的"次贷危机"，美国第五大投资银行贝尔斯登宣布旗下两只对冲基金倒闭。很快，贝尔斯登、花旗、美林证券、摩根大通、瑞银等相继爆出巨额亏损。这场金融风暴席卷了全球，毫无衰退的架势。为了缓解这种情况，美国政府签署一系列经济刺激法案，大幅退税、刺激消费，进而刺激经济增长，为的就是避免经济陷入衰退。这次"次贷危机"，查尔德的公司也未幸免于难，不过他还没急，明诚制药的李桦倒急了。他们的项目正处于研发的关键阶段，一旦查尔德的资金链断掉，项目就会前功尽弃。李桦无计可施，背着查尔德找到了韩要强，并且主动示好，希望能够和韩要强合作。

李桦这是给韩要强出了个难题，韩要强没有同意，也没有拒绝，给了一个模棱两可的态度：考虑考虑。他心里很想继续合作，毕竟这个项目之前也是花费了不少精力。不过考虑到查尔德，韩要强犹豫了。

李桦前脚刚走，赵海鹰后脚就来到了永康公司。韩要强一看赵海鹰来了，瞬间轻松了不少，赶紧把文件递给他。

赵海鹰一边翻看，一边说道："看来美国次贷危机已经严重影响到查尔德，不到万不得已，李桦不会开出这样的合作条件。"

"李桦很坦诚，他们的项目正处在研发关键阶段，查尔德那边一旦资金断链，他们就要前功尽弃，甚至是承担更糟糕的后果。"韩要强解释道。

赵海鹰问韩要强的态度，韩要强思索片刻，缓缓地说道："海银3号能不能投这个项目？"

韩要强和赵海鹰想到一块儿去了："海银3号是我们共同发起的医疗基金，我认为这个项目非常可行。不过，以我对查尔德的了解，合作恐怕不会这么顺利。"

"如果查尔德这个时候不和我们合作，恐怕他也没有更好的选择。"

他们推测得没错，当李桦把自己的想法告诉查尔德的时候，直接遭到了拒绝。李桦表示不理解："查尔德先生，美国的次贷危机愈演愈烈，集团已经大幅减少了我们的研发投资。再这样等下去，我们只有死路一条了。"

但查尔德的态度也异常坚决："我也在想办法，但是我绝不会同意和赵海鹰合作。"

"为什么你一直针对赵海鹰？难道就为了你们的私人恩怨？"

"No，no，no。"查尔德否定，"赵海鹰是一个破坏金融游戏规则的人，是他一直在挑战我，挑战我们华尔街的法则。你看着吧，我很快就会给他好好地上一堂课。"

查尔德所说的"一堂课"是钱青青制作的一期辩论节目，起初她也没抱什么希望，毕竟赵海鹰和查尔德都是金融领域的专家，而且她也知道他们两个人之间的矛盾，可是令她没想到的是，二人一听对方要去，竟都一口答应了。

这下可把钱青青高兴坏了，节目还没录制，就把他们共同参加节目的消息发布了出去。这一场中西的较量在金融界引起了不小的轰动，就连徐敬之教授也以嘉宾的身份应邀参加了这次电视节目。徐教授认为，一个上海金融精英，一个美国金融大亨，两个人之间的较量必定会擦出不少有意思的火花。

一开场，现场就充满了火药味，赵海鹰和查尔德各自站在一边，相互的眼神不是友好的，而是充满敌意的。很快，主持人抛出第一个辩论论点："金融驱动是否能够促进实业的增长"。赵海鹰作为中方代表率先作答，他侃侃而谈，认为实业的发展要考虑投资的回报，要考虑投资者的需求，而站在金融的角度，也要想怎么为实业服务，因为毕竟产业才是经济的基础。金融机构不能给企业雪中送炭，因为不是企业的钱，他给出的建议是希望金融机构别撤离得太急，如果撤得太急，把企业"抽塌了"，塌的企业多了，系统性风险就会殃及金融机构。

不过，查尔德似乎对这个观点十分不屑，他提到，曾被视为偶像的松下幸之助、杰克·韦尔奇这样的实业家，在当今社会已经不再时髦了，人们更津津乐道的是巴菲特、索罗斯和李嘉诚这样的金融家。"用钱生钱"显然比实业来得轻松愉快。这和查尔德最近的经历有关，他时常碰到一些仍在实业界打拼的企业家，他们已纷纷萌生退意，向往去做一个投资家，或 VC（风险投资），或 PE（私募股权投资），总之不愿意再干实业。资本市场的回报是远远高于工业经营的。很多投资家看中一家小公司，仅仅几年就可以取得数十倍、成百倍的回报，可见金融带来的社会经济利益才是最大化的。实业做得再好，它对经济地位的提高帮助也只是杯水车薪，去服务实业，只会拖慢金融的节奏，影响经济发展。

辩论一开始就充满着火药味。赵海鹰最厌恶的就是查尔德自以为是的样子，把华尔街那套全部照搬到中国市场上。面对查尔德"金钱至上"的理论，赵海鹰毫不客气地反驳："没有实业整个经济就是个空壳，但是反过来说，实业如果没有金融的支持，市场经济也不可能进行下去。在未来相当长的时间里，中国经济要在全球竞争中有所作为，必须依赖实业经济的勃兴，而金融就是实业最坚强的后盾。"

现场气氛一时有些尴尬，主持人见状，赶紧出来打圆场，马上又抛出了第二个问题："关于美国的'次贷危机'的看法"。这下说到了查尔德的痛处，查尔德的脸色更差了。他冷静了一下，说道："在美国，贷款是非常普遍的现象。而人们跳槽、失业、再就业同样也非常普遍。所以，买房因为信用等级不达标，就被定义成为次级信用贷款者。次级抵押贷款在美国是一个高收益的行业，当然也意味着高风险。"查尔德自己也承认这次的次贷危机对美国的经济影响很大。不过，作为一个美国人，他相信美国政府会让美国平稳度过危机。不过，说这话的时候，查尔德明显有些心虚。

赵海鹰接过话："很多经济学家认为，美国次贷危机，根本原因出在了金融监管缺失。"

话音一落，现场哗然。

赵海鹰直接阐述了自己的观点："美国30年来加速推行新自由主义经济政策，非常核心的内容就是解除监管。美国政府一直通过制定和修改法律，放宽对金融业的限制，致使华尔街的投机者有空可钻。老百姓一方面被鼓励借贷消费，一方面收入却呈现下降的状态……"

这些话说得查尔德心里十分不舒服，他直接打断赵海鹰，表明自己很不喜欢"投机者"这个字眼，认为这是对美国的极大不尊重。

赵海鹰却毫不示弱，两个人眼看就要互掐起来，这时，一直在一旁观战的徐敬之开口了，他认为自美国次贷危机以来，中国制造业出口面临极大的困境，所以被迫向内需化转型，而国内消费市场确乎也出现了旺盛之势，而这其实正是实业家可以大展雄心的时刻。同时，中国的产业经济面临升级转型的重大时刻，更需要实业家全力以赴，加大投入。不过这个时候却出现了投机之风，这不得不让人生出无限的担忧。最后徐教授十分明确地表明了自己的立场："我赞同赵海鹰先生的观点，金融必须担起它本来的职责，为实业服务，为社会服务。"徐敬之最后做的总结性的发言，让查尔德的脸色变得十分难看。

看似一场简单的辩论，并不只是查尔德和赵海鹰的唇枪舌剑，更是华尔街的金融游戏和中国的金融业健康发展的一场竞赛。金融服务于实业，让金融的资源真正用到经济发展的重点领域和急需发展的薄弱环节上，更好地满足经济发展的多元化和人民群众的多样化需求，这是赵海鹰越来越坚信的金融理念，也是越来越多的金融人产生的共鸣。

辩论结束后，查尔德回到住处，恼羞成怒。这次的辩论让他看到了一个不一样的赵海鹰，一个强大的充满战斗力的敌人，赵海鹰不再是当初那个年轻稚嫩的小伙子了，在他看来，赵海鹰是一个破坏金融游戏规则的人，是一个破坏华尔街规则的人，查尔德绝不允许任何人这么做。

不过，查尔德心里清楚，次贷危机对他们公司的打击是巨大的，想要继续支持明诚制药，只能想其他办法了。思索片刻，他拨通了一个电话。

帕尔萨红酒庄装修得十分奢华，大厅悬挂着偌大的水金吊灯，和阳光相互融合，发出斑斓的光点。酒宴准备了各类精致的点心和西餐，前来参加宴会的宾客都以正装出席。

查尔德拄着文明杖，佩戴着水晶胸章走进大厅，身后还跟着李桦。查尔德要有所行动了，他的电话正是打给华美贸易的总裁布朗的，他们之前还有些交情。当查尔德在电话里向布朗介绍明诚制药的项目后，布朗表现出了极大的兴趣。查尔德表示自己愿意转让明诚制药的全部股份，唯一的条件就是华美五年之内不能转让给永康或者是海银公司。

布朗看着眼前依旧光彩的查尔德，心里明白，查尔德也就是表面风光。查尔德的公司在次贷危机中损失惨重，否则也不会沦落到卖股份的地步。不过布朗却并没有说透，反倒是对查尔德提出的条件表示出强烈的好奇心。据布朗了解，永康开出的价格比华美的高，按理说，以查尔德的做事风格，利益高于一切，可是他为什么会做这种傻事呢？

"布朗先生，明诚制药在基因研发的项目上非常出色，我们曾经和永康是最大的竞争对手。我的集团在美国遭受重创，我不得不做出这样的决定，但是我不愿意向永康或者赵海鹰认输。"查尔德解释道。

布朗听后微微一笑，不再说话。

查尔德没想到，布朗居然和赵海鹰是认识的，而且关系似乎还不错。他们一回到大厅，赵海鹰就主动走过来，和布朗打招呼。

"赵海鹰先生，我看到了你参加的电视节目，非常精彩。你说了一段话，把在中国做企业比喻成跨栏跑，非常有意思。"布朗笑着说道。

赵海鹰回应道："在美国做企业，如果说是 100 米赛跑，在中国做企业就是 110 米跨栏。我们有很多障碍要过，但是这给了我们这些人机会。因为我们看到了不同，我们把握了机会。一个优秀的企业家，一定是善于学习、善于倾听的，但一定是你说你的、我做我的。企业家和经济学家之间的差异就在这儿，经济学家讲完了，这个事情就过去了，企业家讲完了，事情还没开始。"

赵海鹰的观点让布朗格外欣赏，尤其是企业理念和人生观。之前他和赵海鹰合作的情景，布朗记忆犹新。这次华美集团能够顺利在次贷危机中平稳度过，很大程度上都是归功于他们在亚洲尤其是在中国的业务发展十分良好。经历了这次次贷危机，布朗已经决定要加大在上海的发展，而赵海鹰无疑是他要寻找的最适合的合伙人。

就在赵海鹰正向着自己的梦想更近一步的时候，一场灾难也正在慢慢向中国逼近。

5

2008 年 5 月 12 日下午，中国四川省的汶川县，发生了 8.0 级的地震。此次地震，波及大半个中国及亚洲多个国家和地区。倒塌的房屋，中断的道路，滑坡的山体，一幅幅揪心的画面出现在电视上，牵动着亿万中国百姓的心。

仅仅几个小时之后，党中央发出了举全国之力抗震救灾的指示。上海市委市政府也发出了号召，要举全市之力对口支援四川都江堰市。

赵海鹰立刻动员浦东金融管理协会捐款，他们的目标是位于都江堰市东南部的幸福镇。这里直线距离震中汶川映秀只有二十多公里，由于地震发生得太突然，破坏巨大，人员伤亡和财产损失严重。

抗震救灾，众志成城，赵海鹰一刻不敢耽误，带着大家筹备的首批善款，亲自前往幸福镇。

　　都江堰早已一片狼藉，地上全是一个接着一个的救援帐篷。汶川地震后，陈梦蕾跟着慈善基金会的志愿队赶赴灾区，被安排在都江堰的安置点当志愿者。

　　这时，一个女孩撕心裂肺的哭声引起了陈梦蕾的注意。她循声而去，只见一个满脸泥土的小姑娘坐在一个老太太的怀里哭着。小女孩脸上挂满了泥巴，泪水划过的痕迹挂在脸上，格外明显，眼神中流露出恐惧与不安。一旁的老太太告诉陈梦蕾，这个小女孩叫南南，是被救援队送过来的，她的父母都是汶川中学的老师，地震的时候，两个人都在上课。这个老太太也不认识这个小姑娘，她和陈梦蕾一样，看到小姑娘自己在帐篷外哭，过来看看什么情况。

　　陈梦蕾轻轻抚摸着女孩的头发，安抚着孩子："南南，阿姨给你吃个苹果，苹果可好吃了，可甜了……"说着陈梦蕾从背包里拿出一个苹果递给小女孩。

　　小女孩渐渐收住了哭声，拿起苹果咬了一口。

　　陈梦蕾起身，正要走，可是小女孩却一把抓住她，一双大眼睛哀求地看着陈梦蕾："阿姨，我要找妈妈，我要找爸爸……"

　　"南南乖，和奶奶好好留在这里，阿姨去帮你找爸爸妈妈，好吗？"陈梦蕾安慰道。

　　南南的眼神露出一抹亮光，赶紧说道："我妈妈叫王娟，我爸爸叫陈晓东。"

　　"好好，阿姨答应你，一定会帮你找到爸爸和妈妈。"陈梦蕾安慰道，在小姑娘渴望的眼神中，陈梦蕾走出了帐篷。

　　可是，混乱的灾区现场，想要找人谈何容易。陈梦蕾来到安置点登记处，里外都挤满了人，她费了老大的劲，终于挤到前面，赶紧问道："请问，请问这里可以查失踪人员吗？"

　　"名字，性别，失踪地方？"

　　"女的叫王娟，男的叫陈晓东，都是汶川中学的老师。"

　　听到汶川中学几个字，志愿者突然停留下来，抬头看着陈梦蕾："汶川中学？恐怕凶多吉少了……"

　　陈梦蕾感觉到一阵头晕，她立刻扶住旁边的桌子，耳边只剩乱哄哄嘈杂的声音。

　　闹哄哄的人群中，突然一个熟悉的声音传来，陈梦蕾定了定神回头一看，居然看到了钱春生朝着自己跑了过来。

原来钱春生的公司组织了志愿队，本想去汶川，可是路断了，只能改道。他原本打算过来帮忙的，可是却不知道怎么帮忙，现在一身的劲使不上，急得到处乱转，不想正好遇到了陈梦蕾。

这时，陈梦蕾接到了志愿者发来的消息："王娟，女；陈建华，男，汶川中学老师。今天下午 16 时尸体被找到。找到王娟的时候，她的身体下还护着一个学生，确认均已经遇难……"

陈梦蕾突然感到自己已听不见任何声音，只感到一阵眩晕，栽倒在地。

第十九章
有情人终成眷属

1

病床上的陈梦蕾睡得很不踏实，嘴里隐隐约约地喊着"南南"的名字。赵海鹰陪在她身边。医生告诉赵海鹰，陈梦蕾已经来都江堰三天了，晕倒的原因是过度劳累，最终导致了低血糖。赵海鹰不知道陈梦蕾这几天到底经历了什么，他甚至不知道陈梦蕾来都江堰的事情，如果不是因为去往汶川的道路断了，临时改道来到都江堰，他根本就不可能见到陈梦蕾。

陈梦蕾缓缓睁开眼，虚弱地问："我这是在哪儿？"

"医疗点。"赵海鹰有些紧张，"你昨晚晕倒了，还记得吗？"

陈梦蕾完全没有任何记忆，她最后的记忆是在安置点。她顾不上和赵海鹰寒暄，神色慌张地拔掉了手背上的输液针："我要去找南南。"

手背上的针孔瞬间流出了鲜红色的血。赵海鹰一脸紧张，赶紧拦住她："你要找谁？我去帮你找。"

"不行，我答应了南南，可是我食言了，我没有找到她的爸爸和妈妈，她的爸爸妈妈都遇难了……"说着，泪水从陈梦蕾的眼角滑落，情绪激动起来，"海鹰，我……我不敢告诉她，我不敢说她成了孤儿……"

赵海鹰替陈梦蕾拭去眼角的泪水，温柔地说："这么大的灾难，这样不幸的家庭还有很多。我们能做的，就是尽我们的能力去帮助他们。"见陈梦蕾的情绪有所缓和，赵海鹰继续说道，"我已经让春生哥去买机票了，今天我们就一起回上海。回到上海，我们能做的事情比留在这里更多。"这几天的经历让赵海鹰感触太大了，他感到，灾后重建，需要的不仅仅是盖房建楼，房子只能让失去家园的人们有地方住，更重要的是重建精神家园。所以赵海鹰有个想法，他想要在都江堰成立一个援建康复中心。临走之前，陈梦蕾想再去看看南南，和南南告别。

再回到之前的帐篷，老太太不见了，南南也不见了，帐篷里都是一些陈梦蕾不认识的人。陈梦蕾神色紧张地问："有一个小女孩，这么高，她去哪儿了？"

一名志愿者回答："今天早上转走了一些人，可能是送到其他安置点去了。"

陈梦蕾一脸的失望。赵海鹰安慰她，说这也是天意，不让陈梦蕾亲口告诉南南那个噩耗。

赵海鹰和陈梦蕾回到了上海。飞机上，陈梦蕾很少说话，只是静静地看着窗外渐渐远去的都江堰，心事重重。

一回到上海，赵海鹰就听说雷曼兄弟已经宣布破产，美林公司也被美国银行收购，华尔街的巨人一个接一个倒下了。这边刚刚收到消息，那边赵海鹰就接到了布朗的电话，布朗在电话里说希望和赵海鹰见一面。赵海鹰知道，布朗也坐不住了。

布朗找赵海鹰的目的很明确，他希望和赵海鹰合作，共同在上海开创华美公司崭新的未来。

赵海鹰心里很清楚，美国的次贷危机对华尔街甚至全美国的经济都造成了巨大的影响，而正在发展的上海已经成了很多外国投资者的天堂。如果布朗和赵海鹰之间的合作达成，那么也就意味着华美在中国的业务将会全面展开。

最后，他向布朗提出了一个大胆的建议，可以把华美公司在大中华区的总部设在上海。

俗话说，人红是非多，就在海银和华美公司的合作谈判过程中，网上却传出了"海银公司收买华美集团内部高层"的负面新闻，目标直指赵海鹰。面对这些莫须有的谣言，赵海鹰特地开了一个小型的记者见面会做出澄清。他也清楚，这些不过是竞争对手的把戏，目的很简单，就是恶意丑化海银集团。

只不过这次的幕后黑手使用的伎俩太过幼稚，丝毫没有阻挡海银公司和华美的合作关系。几天后，美国华美贸易集团与上海海银投资股份有限公司签约仪式正式举行。

通过这次签约，海银投资股份有限公司成为华美集团的股东，这也为海银的国际化发展向前推进了一大步。同时，华美集团在海外的发展重心也会更多地放在上海。

签约现场，查尔德一直站在观众席的最后一排。查尔德一直以为自己是华尔街最聪明的人，没想到这次居然栽在布朗身上了。直到这一刻他才明白，原来布朗在他把明诚制药的股份转让给他之前，就已经想好和赵海鹰合作了。

他把赵海鹰的成功全部归功于运气："赵海鹰，你的运气真好！"查尔德走向前，有些不屑地对赵海鹰说。

赵海鹰没想到查尔德会出现在现场，他的脸上不见一丝波澜："我不是运气好，上海是给了投资者最好的机会，但却不是投机者的天堂，这才是你我之间的区别。"

"小心你的措辞，你没有资格跟我说这些！"查尔德怒视着赵海鹰，"如果不是陈梦蕾，你以为今天和布朗签约的人会是你吗？"

"查尔德先生，也请你注意你的言辞。"赵海鹰语气中明显带着警告的成分。总有一天，他要把查尔德在陈梦蕾身上欠下的账讨回来。他压低了声音，带着威胁的语气，"我听说查尔德先生要回美国了，其实我们已经掌握了诽谤者的证据，如果我现在把它交给媒体朋友们，你觉得会怎么样呢？"听赵海鹰这么说，查尔德脸色苍白，愤怒地离开了。

布朗看着查尔德的背影，曾经风光无限的查尔德，现在显得如此落寞不堪，甚至用最低级的手段去污蔑竞争对手，他感慨道："在华尔街有太多的金融投机者，就像查尔德，他们风光无限，但好景不长。我很幸运选择了正确的合作伙伴，也许是我的父亲一直在帮助我，是他让我对上海充满了感情和期待。"

赵海鹰好奇道："布朗先生，您刚才说对上海有特殊的感情，是因为您的父亲吗？"

说起父亲，布朗先生的神色柔和了下来。布朗先生向赵海鹰讲述了一个故事，原来在第二次世界大战的时候，有 600 万犹太人惨遭纳粹屠杀。全世界都对犹太人关上了大门，只有上海敞开了大门，庇护了两万多犹太人，布朗先生的父亲就是其中之一。他的父亲当时躲避在上海一个资本家安排的屋子里，一躲就是六年。布朗先后六次来到上海，就是希望找到当年救过父亲的那位恩人。可惜，每次都一无所获。

"我父亲现在年迈了，我真的希望他在有生之年能完成他的心愿。"说起父亲的心愿，布朗先生显得有些难过。

赵海鹰没想到布朗先生居然和上海有这么深的渊源，他作为上海本地人，找人这样的事情应该比布朗先生方便很多："您有什么线索比如照片，那个房子的地址，或者那位资本家的名字什么的，都可以提供给我，我想我能帮忙的。"

布朗先生一听赵海鹰这么说，立刻兴奋起来。那间房子的旧址他曾经去过，不过早就变成高楼了。他告诉赵海鹰，父亲当年因为避难，那个资本家给过他一件工人的衣服，这件衣服一直被布朗珍藏着。

赵海鹰跟着布朗先生回到了他入住的酒店。布朗从一个铁皮小盒子里小心翼翼地拿出一块布片，布片上的图案已经褪色了。

布朗解释，由于时间太长，之前的那件衣服已经损坏了，他从衣服上剪下唯一一处带有标志的地方，标志在衣袖上。他记得父亲说过，当年有两个工人来给他送过饭，都穿着同样的工人服，他相信，这个标志和那个资本家的工厂一定有关系，这也是他能提供的唯一线索。

赵海鹰看着眼前这小小的布片，知道这是旧上海某个工厂的工作服上剪下来的。不过他认真地看了半天，却没有一点头绪。毕竟想在上海找一个几十年前的人，无疑是大海捞针。他问道："布朗先生，您这次准备住多长时间？

"十天左右。"

十天的时间，确实难度非常大。他犹豫了一下，不想让布朗先生失望而归，最后答应道："好，布朗先生，这个布片我先借走。"

布朗知道十天的时间希望太渺茫了，但是不管结果如何，他都十分感激赵海鹰："我代表我的父亲、我的家人感谢你。"

告别布朗先生之后，赵海鹰来到医院看望陈建华。

陈建华躺在手术台上，吸着氧气，昏迷着。几天前，陈建华因为脑瘤恶化住进了医院，现在正在进行手术。

当赵海鹰匆忙地赶到医院的时候，陈建华的手术已经进行了六个多小时了，袁敏也在。陈梦蕾坐在病房里，一会儿站起来，一会儿又坐下，显得焦躁不安。

袁敏安抚道："手术很复杂，手术时间长也是正常的。病房里一定要留家属，如果手术室出现什么问题，会随时呼叫病房的。你就是站在手术室门外，也什么都看不到的。"

陈梦蕾眼睛里有泪光闪烁。之前她和医生谈过这个问题，医生说这样的手术在国内的成功率只有 60%。她原本打算带陈建华去美国动手术，可是陈建华一再坚持，说就算死也要死在中国的土地上，陈梦蕾拗不过陈建华，只能顺着他。"我真不该听我爸的，我应该带他去美国做手术。"

看着一脸憔悴的陈梦蕾，袁敏心疼。自从陈建华住进医院，陈梦蕾就一步也没有离开过医院，天天在医院陪着陈建华，吃不好，睡不好，面容憔悴，人也瘦了一圈。袁敏看在眼里，疼在心里。不过，有件事情让她也很头疼。

袁敏把赵海鹰叫到病房外，告诉他徐珊珊回来了。说起徐珊珊，赵海鹰的思绪一下回到了好多年前。徐瀚之死后，赵海鹰一度想要和徐珊珊重新开始，没想到徐珊珊竟不辞而别，去了美国。没多久，赵海鹰就接到了徐珊珊从美国发来的离婚协议和邮件，徐珊珊告诉赵海鹰，自己在美国过得很好，还交了美国男朋友，希望赵海鹰也能找到自己的幸福。最后，赵海鹰在离婚协议上签了字，他和徐珊珊短暂的婚姻宣告结束了。

"这次回来，她好像变了一个人。我听说她在美国接受了两年的抗抑郁治疗，恢复得差不多了，整个人精神挺好的。"袁敏有些担心。

"抗抑郁治疗？"赵海鹰有些惊讶，"她之前跟我发邮件说的都是在环球旅行……"

袁敏摇头，那些不过是徐珊珊为了让赵海鹰放心而编的谎话罢了。虽然赵海鹰和徐珊珊已经离婚，但是袁敏思考过后，还是觉得徐珊珊回来的事情不应该瞒着赵海鹰，最后她把决定权交给赵海鹰。

"伯母，我们都应该相信珊珊，既然她能勇敢地面对自己患病的事实，能接受治疗，那么她也一定是打开了心里的那个结。这次她回来，没有主动联系我，我想我们应该尊重她的想法。"

听着赵海鹰的话，袁敏明白了赵海鹰的态度。她的身份太特殊了，既是陈梦蕾的亲生母亲，也是徐珊珊的继母，两个人都是她的女儿，手心手背都是肉，她希望两个女儿都能够幸福。

这时，手术室的门打开了，躺在病床上的陈建华被推了出来。主刀医生一头大汗，笑着说："手术很顺利，病人要马上送去 ICU。不要靠得太近，不要和他说话，ICU 病房不能探视。"

陈建华躺在推床上，吊着各种输液瓶。袁敏看到陈建华苍白的脸，闭着眼睛，嘴唇苍白，她用有些颤抖的手捂住了嘴，泪水滑落。

陈梦蕾跟着推车走了几步，轻声叫道："爸……"刚喊了一声，声音就沙哑了。

手术虽然成功，但是陈建华还要在 ICU 观察 72 小时，才能转入普通病房。医生建议家属留下一个，陈梦蕾留了下来，让袁敏先回家。

陈建华的手术成功，也让赵海鹰松了一口气。眼下，最重要的就是帮布朗先生找到恩人。赵海鹰借着回家的工夫，把布朗先生留下的布条交给父亲，让父亲这个老上海帮忙寻人。

赵国平接过布条，左看看右看看，嘴里还念叨着："就这么个东西想要找到当年的人，恐怕太难了。"

"这是当年那个资本家的工人穿过的工人服，上面这个标志是唯一的线索。"赵海鹰自然也知道不容易啊，别说是几十年前了，就是几年前的东西想找到也并非易事，上海这么多年变化这么大，他去哪儿才能找到布朗先生的恩人啊。

"资本家？"这倒是给了赵国平一些提示，"那时候上海的资本家倒是不少。你还真可以去问一个人，说不定他会知道。"

"谁啊？"

"你的老师，徐敬之。"

赵海鹰带着试试看的心态来到了老师徐敬之的家。他听父亲说，徐敬之的父亲早年就是在上海开纺织厂的资本家，家产很雄厚。赵海鹰眼下只能死马当活马医了。刚刚出门，他就接到了马邑的电话，原来马邑从音像资料馆那边调到了一段纪录片视频，经过反复比对，画面中有工人就穿着这样的工人服，虽然手臂上的标志很模糊，但是经过技术处理，发现就是这个标志。

可惜的是，马邑仍然查不到这是当年的哪家工厂，不过总算是有了一点新的线索。赵海鹰把这段视频以及布条都带过去，交给徐敬之，希望能有一些眉目。

徐敬之认真地看着电脑里的视频，又看看铁盒里的布片，有些动容。他拿出一个盒子，放到茶几上，打开盒子，里面是一本相册和一本日记。相册里的照片是黑白的，上面是徐敬之的父亲和几个工人在棉纺织厂拍摄的。

赵海鹰接过照片，惊讶地瞪大了眼睛，工人袖子上的标志和布条上的一模一样。"教授，这是……"赵海鹰有些激动，话都说不清了。

"这是我的父亲……"徐敬之陷入了回忆，"我记得我父亲跟我讲过，当年那些成功获得去美国签证的人，就像中了彩票一样，因为大家都认为美国是一个很好的国家。加拿大、澳大利亚，也都是好国家。还有一些国家，说不上好也说不上坏。上海，被认为是最糟糕的选择。可上海是自由港，不需要签证，所以是犹太人可行性极高的选择去向。"

徐敬之说的正是1943年，当时日本占领当局把无国籍难民强制迁入虹口隔离，犹太人已经趋于平静的生活就此被打破。饥荒与疾病肆虐，他们的人身自由也受到了限制。终于等到日本战败，欧洲亲人们惨遭屠杀的噩耗纷纷传来，避难上海的犹太难民才真正意识到，上海在他们生命中扮演了重要的角色。

赵海鹰没想到，这么多年，布朗先生一直寻找救他们全家的恩人，就是徐敬之教授的父亲。

徐敬之告诉赵海鹰，这个工人服，是当年他父亲给厂里的工人们发的，这个手臂上的标志，是他母亲带着女工们绣上去的。他没想到，世上竟有这么巧合的事情。

说话间，赵海鹰接到了布朗先生的电话，他父亲病危了，所以他要提前回国。赵海鹰放下电话，带着徐敬之教授往机场赶，他希望能够让老布朗先生不要带着遗憾离开。

当布朗先生抚摸着那张陈旧的黑白照片，激动得说不出话来。曾经，全世界都对犹太人关上了大门，上海是唯一的例外。

他放下手中的照片，很是感慨："我父亲经常对我说，他们从来没有听说过什么'反犹主义'，他们和中国人生活在一起，感觉到很舒服。两万多犹太难民抵达上海时，曾担心中国人也会戴有色眼镜，敌视、排挤他们，但是，自战火蔓延到上海，每日都有大批难民涌入，本来处境也十分困难的上海人，却平静地接受了我们这些白皮肤、黄头发的'异乡客'。"

说着，布朗先生的眼眶红了。上海，对他来说是一个温暖又善良的城市。他代表自己的父亲深深地向徐敬之鞠了一躬，并且希望能够在上海成立一个纪念馆，把这段历史永远珍藏在世人心中。

登机之前，布朗先生和徐敬之一同举着照片和旧物合影。布朗先生带着这张合影回到了美国。

看着布朗先生乘坐的飞机腾空而起，陈梦蕾的眼眶红了。她想到了自己的父亲，曾经的自己浪费了太多陪伴父亲的时间，现在她恨不得一天 24 小时都能待在父亲身边，陪伴着他。

送走布朗先生，陈梦蕾回到了医院。陈建华的身体正在慢慢恢复，不过身体的各项机能一时还有些迟钝，首先吃饭就成了问题。

医院病床上，陈建华右手努力想握住勺子，可是勺子却掉在了地上。

袁敏把勺子捡起来："老陈，你的右手现在还没有恢复，不能拿东西也是正常的。你别再和自己较劲了，好吗？"

陈建华根本不听。医生之前专门交代过，让他慢慢来，不能急，可是他不信。他活了一辈子，从来没有靠过别人，他不想老了却成为一个废人，连吃饭都要靠别人。

看着陈建华的情绪越来越暴躁，周蕙苦口婆心地劝说："陈建华，你现在是我的病人，我必须要告诉你真实的病情。你的右手无力，行动不便，是因为你的脑瘤压迫了神经导致的。虽然手术很成功，脑瘤切除了，但是部分受损神经是不可逆的，所以影响到了你的右手。恐怕在今后的生活中，你的右手都很难恢复。"

陈建华显然接受不了这个事实，他不信，他的手明明有感觉，能感觉到冷热，能感觉到疼痛，在他的意识里，只要多练习，就能够恢复。

最重要的是，他是个工程师，他要画图，他要设计啊，如果右手不能用了，那他就彻底是一个废人了。他恳求周蕙帮帮他，让他的右手重新好起来。

看着陈建华，周蕙一时哑然。

袁敏已经泪流满面："老陈，你不要为难周主任了，你面对现实吧。能保住你的命，周主任和我们都已经觉得谢天谢地了。"

"你懂什么？你懂什么？我的右手就是我的命，如果我不能再画图，我活着还有什么意思？"陈建华朝袁敏大喊。袁敏不说话，忍着眼泪走出病房。

自从陈建华手术之后，他的脾气越来越暴躁，情绪也越来越激动，这些周蕙都能够理解，可是周蕙知道，再这样下去对他一点好处都没有："你转回普通病房一个月来，袁敏和小蕾轮流来陪着你、照顾你，小蕾工作又忙，袁敏一边要照顾女儿，一边还要照顾你，你对她这么凶，合适吗？"

这下，陈建华不说话了。

周蕙劝道："如果你心疼女儿，心疼袁敏，你就得配合我们，安安心心地养病，好好地康复，尽快出院。你一个大工程师，这点道理都不懂啊？"周蕙说的陈建华怎么可能不懂，他就是心烦，就是心里堵得慌。

周蕙把心里话全部给陈建华说了："我们当医生的，每天都能看到生老病死，那种感受你可能很难体会。但是当你垂危的时候，你的家人是最痛苦、最脆弱的。当你活下来的时候，她们又是最幸福、最坚强的。你的右手对你来说可能比生命更重要，但是你的生命对于小蕾还有袁敏来说，才是最重要的。"

听着周蕙的话，陈建华的眼眶红了，他知道自己有些无理取闹，

3

距离汶川地震已经过去快半年了，这半年里钱春生一直留在都江堰，他在忙着选址，用来建设康复中心。此外，留在上海的韩要强也没闲着，积极组织大家

投入到康复中心的物资准备中。

临近新年，韩要强打算年前把物资运往都江堰。另外，康复中心大楼的设计图纸经过三个月的紧急修改，现在已经顺利通过了，这也就代表着他们援建都江堰的第一个大项目马上将会顺利开工。

赵海鹰提议，既然要送物资，倒不如大家一起去都江堰，和康复中心的人们一起过春节。毕竟这是地震后的第一个春节，不少人在地震中失去了亲人而不能团聚，也有不少人在地震中受伤而变成了残疾。赵海鹰希望和大家坐在一起吃顿年夜饭，告诉大家，好好地活着，坚强地活着，就是对逝去亲人最大的安慰。

银白色的月光洒在地上，却无法遮盖外滩的美。外滩广场上，人流如织，霓虹闪亮，各色各样的灯光璀璨耀眼。

徐珊珊坐在咖啡厅里，看着窗外的外滩。在美国的两年，她想了很多，这次回上海，她就是希望能够对过去做个彻底的了断。

当钱青青接到徐珊珊的电话时，愣了好几秒。她只是听说徐珊珊去了美国了，还找了美国男朋友，怎么又突然回国了呢？带着好奇，钱青青如约来到外滩，见到了两年不见的徐珊珊。

眼前的徐珊珊根本看不出经历过那么多挫折，依旧保留着青涩，全身散发着青春的风采，和去美国前简直判若两人，钱青青简直不敢认。

徐珊珊冲着钱青青一笑。这次回来，她没有告诉赵海鹰。她听袁敏说，赵海鹰最近很忙。

"是啊，他越来越忙了，公司、医院、两头跑。"

说完钱青青就后悔了，这不是表明赵海鹰已经和陈梦蕾在一起了吗？她看了一眼徐珊珊，没想到徐珊珊表情自然，看不出任何波澜。

"青青，其实今天约你之前，我是想好了要跟你道歉的。"片刻后，徐珊珊开口道。看钱青青一脸的迷茫，她解释道："之前，我因为抑郁症的影响，做了很多疯狂的事情，现在想想我自己都很难理解。我知道，其实你也爱过赵海鹰，可是却被我横插了一刀，我还利用了你的节目……"

钱青青摆摆手，这些都是多少年之前的事儿了，再说，现在她都结婚了，而且过得很幸福："其实就算没有你的出现，我和赵海鹰也是不可能的。他的心里，从来就只把我当成妹妹。"

徐珊珊看着钱青青，现在居然能够坦然地面对赵海鹰对自己的情感，爱情真的是会改变一个人。

"一切都是最好的安排。珊珊姐，你也会有真正属于你的幸福。"钱青青真心地祝福道。

徐珊珊没说话，而是从包里拿出一个相框，放到了钱青青面前。

相框里是一张修补好的毕业照片。这张毕业照，是陈梦蕾送给赵海鹰的，虽然照片里没有他，但是他很珍视这张照片。有一次和赵海鹰吵架，徐珊珊一气之下把照片撕了。那一次，赵海鹰很多天都住在办公室，不愿意回家。时隔这几年，她终于想明白了，这张照片里不只是有他的初恋，更有他的青春回忆，可惜当时的自己太无理取闹了。现在，她要把这张照片还给赵海鹰，她希望赵海鹰能够幸福。

钱青青看着曾经的富家小姐，话到嘴边却说不出来。她带着照片来到了都江堰。除夕夜，电视播放着春节联欢晚会。都江堰临时康复站里，所有的人坐在一起吃着年夜饭，钱青青却有些心不在焉，心事重重。

吃过晚饭，钱青青把赵海鹰单独叫了出来，她把相框交给了赵海鹰。赵海鹰接过相框，一脸惊讶。钱青青解释道："这是珊珊姐交给我的，本来她让我转交给陈梦蕾。我懂她的意思，她是想告诉陈梦蕾，你一直很珍视这张照片，没有忘了过去的时光。"

"那你为什么没有交给她？"

"我想决定权在你这里，你想怎么做，就去做吧。"说着，钱青青回到房间。赵海鹰一个人望着满天的繁星，思索着。

就在康复中心投入到建设中的时候，吴凯又给赵海鹰想了个新点子。在一次会议上，赵海鹰提到海银公司未来的发展要重视"服务"两个字。这两个字被吴凯听进了心里，他发现，华夏银行等多家银行开设了"电子钱包"业务。这个业务很有意思，可以实现网上支付、查询、统计交易记录等功能。这表面看是一种支付方法的变化，但实际上是一种服务的变化，更为便捷，更为灵活，甚至未来能够改变消费方式。

吴凯认为，相对于银行来说，海银公司的优势就是更灵活便捷，所以这个"电子钱包"是一个颠覆性的业务，它不仅给一些散户在支付和理财上提供了方便，针对小型企业，这个业务未来也大有可为。只不过之前还在研究阶段，还没有成熟的思路。

经过几个月的市场调查，吴凯已经把"电子钱包"的现状和预期都摸得清清楚楚。他找了一家做便捷支付的公司，公司规模小，业绩不错，他准备和老板详谈。赵海鹰让吴凯盯紧这个公司，三天之后，他回来和老板面谈。

这三天，赵海鹰有一件非常重要的事情要做，他和陈梦蕾再次回到了都江堰的康复中心，经过五个月的施工，一栋三层楼高的康复中心建成了。

就在康复中心里，陈梦蕾和赵海鹰即将领养南南。几个月前，钱春生打来电话，说南南已经找到了，陈梦蕾当时就萌生了领养南南的念头。来四川之前，她已经办理了领养南南的手续。如果南南见到她，还记得她，愿意跟她走的话，她就会成为南南法律上的监护人，也就是成为南南法律上的妈妈。

赵海鹰一脸惊愕地看着陈梦蕾，照陈梦蕾所说，这件事情陈梦蕾已经计划了几个月了，可是他一个字都没跟他提，这让赵海鹰的心里有些不舒服。

"你就这么不信任我吗？你觉得我会反对你收养一个地震孤儿？还是不想拖累我，又一次找个理由来拒绝我，是吗？"赵海鹰连续说了好几个问句，明显有些生气。

他之前听徐珊珊说过，陈梦蕾之所以嫁给查尔德，是因为在美国生了一场重病，走投无路，当时赵海鹰的心如千根针扎一般。他不明白，为什么陈梦蕾在最需要人的时候，第一个想到的不是自己。

"对不起。"陈梦蕾的眼眶已经红了，"当时我真的不知道自己能不能活下去。就像现在，我同样忐忑，我不知道我能不能当一个好妈妈。"

赵海鹰扶着陈梦蕾的双臂，看着她，非常认真地说："你能。"

正在这时，一个漂亮的小姑娘出现在门口。几乎快一年没见的南南已经长高了不少，小脸蛋红扑扑的，十分漂亮可爱。

南南一眼就认出了陈梦蕾，眼睛发亮，扑到陈梦蕾的怀里，大声叫着：

"阿姨。"

"南南，阿姨问你，你想跟阿姨去上海吗？"陈梦蕾有些激动地说。

南南看看陈梦蕾，又看看一旁的赵海鹰，缓缓点头。

陈梦蕾的泪水止不住流淌下来，将南南紧紧地抱在怀里。

4

赵海鹰一回到上海马上联系吴凯。从吴凯激动的语气中，赵海鹰感觉到事情处理得十分顺利。吴凯兴奋地告诉赵海鹰，在他离开的这三天里，自己和零灵公司的谢总接触了三次，说巧不巧，这个谢总也有美国的留学背景，居然和吴凯还是校友。这下，两个人可算是聊开了。零灵公司本来是几个海归的年轻人弄的，这个谢总知道后，果断地收购了他们，现在这家公司的规模已经扩大了一倍。

事情远比赵海鹰想象的顺利，或者说是太顺利了，这让他反倒有些不踏实。他让吴凯做好一个详细的方案，自己准备会会这个谢总。

会所包间里，谢天阳独自坐着，摆弄着面前的一盘茶具。

这时，吴凯和赵海鹰走了进来，看到谢天阳，赵海鹰吃惊地问："怎么是你？"

谢天阳倒是一点也不吃惊，主动向赵海鹰伸出手，笑着说："好久不见。"四个字意味深长。

赵海鹰没有主动伸手，站在原地不动。这些年，他尽量让自己不去想起谢天阳，没想到谢天阳现在又出现在自己面前。

一旁的吴凯完全没有摸清状况，反倒十分兴奋："你们认识啊？"

"赵海鹰、我，还有你的叔叔吴一白，我们三个是大学同学。"谢天阳向他解释着。

这下，吴凯更是瞪大了眼睛，也更兴奋了："你还认识我叔叔，真是缘分啊！"

赵海鹰却听出了弦外之音，看来谢天阳之前已经对吴凯做过深入调查了，他甚至怀疑这次的合作是谢天阳提前安排的。是报复？还是另有阴谋？赵海鹰不得而知，但是不管怎样，他都不会和谢天阳合作。

"这个项目到此为止吧！"赵海鹰毫不犹豫地说道。吴凯完全摸不清楚状况，一脸迷茫地看着转身就要走的赵海鹰。

"赵董事长，请留步。"身后传来谢天阳的声音，"既然来了，何不坐下来喝一杯茶，我们好好聊聊。就这个项目本身的价值而言，我想赵董事长不会不感兴趣。"

就算真的如谢天阳所说，这个项目十分赚钱，赵海鹰也没什么兴趣："我想我们之间就没有必要浪费时间了。我们海银公司不会和诚信有污点的人合作，这是我们公司的理念，也是我个人经营的底线。"说完，赵海鹰大步走出会所房间。

吴凯完全没摸清情况，丢下失落的谢天阳，追了出去。

"董事长，这到底怎么回事啊？"吴凯追了上来。

赵海鹰停住脚步："吴凯，你是投资部的经理，难道在考察项目的时候，不应该考察考察这家公司的背景？"

"我考察过啊，没什么大问题。"

"那这个谢总的履历呢，你也做过调查？"赵海鹰质问道。

吴凯显然没有调查过谢天阳的身份，谢天阳一说和他是校友，吴凯就乐呵呵地和他谈生意了，哪里能想到这一层。

赵海鹰提醒吴凯，项目的价值只是一个指标，绝不能为了利益最大化，而去和没有诚信、甚至违法乱纪的投机者合作。

不过此时的吴凯却什么也听不进去，这个项目他已经研究了好几个月，觉得现在放弃太可惜了，可无奈赵海鹰的态度异常坚决："我说到此为止就到此为止，不要再跟我提这个项目！"吴凯一脸无奈地看着赵海鹰的车从自己身边飞驰而过，他看得出，这次赵海鹰是真的生气了。

2010 年 5 月，第 41 届世界博览会在上海举办。一时间，从世界各地来的游客纷纷涌入上海，参加这一盛会。上海的市民们更是如潮水般涌向黄浦区。

恰逢周末，赵海鹰、陈梦蕾带着南南也来到世博会现场。美丽的场馆让南南目不暇接，她看到什么都是新鲜的，左瞅瞅、右看看，生怕自己落下些什么。赵海鹰则是当起了摄影师，专门负责给陈梦蕾和南南拍照。

这时，南南被不远处的中国馆吸引了，她挣脱陈梦蕾的手，跑进人群中，一眨眼的工夫就消失在拥挤的人群中。陈梦蕾急得大喊着南南的名字，可是根本没有回应。

这下陈梦蕾慌了神，她在人群中搜寻着南南，好几次都把别人家的孩子错认为是南南。眼看这么下去肯定不行，赵海鹰让陈梦蕾留在原地，自己准备去广播站发布寻人启事。

刚走出两步，突然身后响起了南南的声音："妈妈……我在这里。"陈梦蕾猛地回头，南南就站在人群中。

陈梦蕾跑过去，一把抱住南南，心里松了一口气："你吓死我了，吓死我了，你去哪儿了呀？"

"妈妈，我错了。"

陈梦蕾以为自己听错了，再次确认道："南南，你叫我什么？"

"妈妈……"仅仅两个字，却让陈梦蕾感觉到心都快化了，她紧紧地抱住南南，泪水从脸颊滑落。曾经，她以为自己这辈子都会失去做母亲的权利，现在上天又给了她一次机会，抱着南南，她感觉自己是全世界最幸福的女人。

赵海鹰也走过来，蹲下身，带着宠爱和提醒的语气说道："以后要听妈妈的话，不敢乱跑的。"

南南眨着大眼睛，好奇地问："那我是听爸爸的话，还是妈妈的话呢？"

听到南南居然喊自己爸爸，赵海鹰激动半天说不出话，他高高地举起南南，旋转了好几圈才停下来。

赵海鹰放下南南，突然单膝跪地，陈梦蕾还没摸清状况，只见他从裤兜里摸出一个戒指盒。他缓缓打开盒子，里面竟放着一枚简单的铂金戒指："梦蕾，这个我带在身边好长时间了。当年你出国之前，我们说好要去领证结婚，所以我就买了这枚戒指，想着领证那天亲手给你戴上的。"

陈梦蕾看着戒指，感动不已。

赵海鹰也已经热泪盈眶："这枚戒指在我家里一放就放了这么多年，直到我们都离婚了，我又把它找出来，一直随身带着。我一直在想，什么时候能有机会再把它拿出来送给你，什么时候你才能答应愿意嫁给我。今天，我不想再等了。梦蕾，嫁给我吧！"陈梦蕾含着眼泪，伸出了手。赵海鹰激动得双手颤抖，他从盒子里拿出戒指，为陈梦蕾带上。20年前的承诺在这一刻得到兑现。赵海鹰和陈梦蕾在追逐金融梦的道路上曾经携手奋进，又擦肩而过，到今天有情人终成眷属。他们懊恼曾经错失了丘比特的爱情之箭，却欣喜地重逢在时代奔腾向前的巨轮上。

领证的这一天，只有他们两个人来到了民政局。当陈梦蕾翻开了结婚证之后，眼眶红了。

赵海鹰看着妻子，轻轻将她揽入怀中："从今天开始，我们再也不分开了。"赵海鹰轻轻为陈梦蕾拭去脸颊的泪水，称呼也改了："老婆，你不想要婚礼，那我们去旅行，怎么样？"

"好啊，我真的有好多地方都想去。"说着，陈梦蕾的眼睛都亮了。出国旅行一直都在陈梦蕾的计划中，只不过一直没有时间。陈梦蕾掰着指头，说着自己想去的地方："澳大利亚大堡礁、印度泰姬陵、威尼斯、埃及金字塔……"突然她停了下来，问道，"你都陪我去吗？"

赵海鹰微笑地看着陈梦蕾："那我们就向公司请假一年，把这些地方都走一遍。"

"布朗和马邑肯定会疯的。"

赵海鹰笑了起来："再忙也不能错过我们的蜜月啊，选一个地方吧。"

陈梦蕾看着赵海鹰，记忆回到了二十几年前："你知道吗，其实上大学的时候我就在想，等毕业了，我一定要带你回北京，去看看我住过的那个胡同。可惜，毕业后就开始忙工作、出国，一晃这么多年过去了，当初的那个愿望……"

话音还没落，赵海鹰已拨通了顾瑛的电话："给我订两张去北京的机票，对，明天……"

挂上了电话，赵海鹰伸出手拉起了陈梦蕾的手："我们明天就去。"陈梦蕾看在眼里，感动在心里。

两个人刚刚下飞机，赵海鹰就接到了杜黎的电话。杜黎正在北京开会，一听说赵海鹰居然到北京了，也没问原因，直接约赵海鹰酒店见。

三个人一见面，杜黎就看到了陈梦蕾手上的戒指，嘴长得老大："你们两个这个保密工作做得好啊，连我都不通知一声。"

陈梦蕾带着玩笑的语气说道："我们也不打算办婚礼，本来是想好好放松几天，没想到走出机场，海鹰就说要来和你见面。我真怀疑你们早就约好了吧。"

这下杜黎笑了起来，他见证了赵海鹰和陈梦蕾这么多年经历的挫折，现在终于有情人终成眷属，他发自内心地感到高兴，不过可惜的是他马上就要调回北京了："金融工作会刚刚结束，我们银行就开了两天的会，深入分析了国内外极其复杂严峻的经济金融形势，强调金融稳定长效机制的进一步健全。领导今天会后找我谈了话，希望我做好调回总行金融稳定局的准备。"

赵海鹰感触颇深，全球金融市场的融合已经开始呈现发展趋势，经历了国际金融危机之后，也会促使国际社会更加关注金融周期的变化。杜黎有金融一线工作的丰富实践经验，又是金融专家，要说敏锐观察经济动态，深入分析国际国内经济形势，杜黎的确是最佳人选。

杜黎有些感慨，他感觉肩上担子很重，有一种时不我待的使命感："等回了上海，我要去海银好好和你们聊聊。海银公司是一个非常典型的案例，一方面你们对外交流与合作做得非常好，和华美的合作很成功；另一方面你们始终坚持金融服务实业，这一点在这次的金融工作会议上是讨论的重中之重。我是近水楼台，收集收集一线资料，你们可得支持啊。"

赵海鹰看着杜黎一脸严肃的样子，开玩笑道："看看，新官还没上任，三把火就烧起来了。"

这时，服务员托着红酒走来。三个好友举起酒杯，酒杯碰在了一起，他们感到，夜色中的北京格外醉人。

5

赵海鹰和陈梦蕾只能在北京待三天，就这点时间，还是马邑硬给他俩挤出来的。时间紧迫，每一分钟都格外珍贵。一天的工夫，陈梦蕾就带着赵海鹰喝了豆汁、吃了卤煮，看着赵海鹰表情怪异的样子，陈梦蕾被逗得直乐。

最后，他们一起来到了陈梦蕾之前在北京的家，位于芝麻胡同的一个老式四合院。如今的四合院已经成为一家特色餐厅，全然看不出曾经的样子了，唯一留下来的只有院子里的一棵树，这是她们家搬去上海之前，父亲和她种下的。

看着眼前的树，陈梦蕾陷入了回忆："其实当年离开静安所出国之前，我回来过一次。"

赵海鹰有些吃惊地看着她，陈梦蕾说道："当年走的时候我真的不知道什么时候能再回来。我在树下埋了一个东西，我对自己说，如果有一天我们重归于好，我就带你来这里，让你把我埋的东西给挖出来。如果我们今生注定无缘，就让它长埋在树下，也算是纪念了我们的芳华。"

看着陈梦蕾有些遗憾的样子，赵海鹰觉得心里十分愧疚，他想要弥补，可是又不知道该做些什么。

夜已经深了，夜幕下的四合院一片宁静。赵海鹰翻墙跳进四合院，将泥土一点点挖开，借着电筒的光，一个铁盒子露了出来。

赵海鹰一脸兴奋，抱着盒子跑出了四合院。他看得出，陈梦蕾很想看看之前的东西还在不在。说实话，他自己也好奇，到底陈梦蕾埋下的秘密是什么。

当他神秘兮兮地把铁盒子交给陈梦蕾的时候，陈梦蕾又惊讶又兴奋。

赵海鹰打开铁盒子，里面装的竟然是手绘的一张结婚证书，上面贴的照片是陈梦蕾和赵海鹰在大学时候学生证上的登记照片。由于岁月的侵袭，这张纸已经泛黄。赵海鹰惊讶得说不出话来，陈梦蕾的眼睛里早已闪烁着泪花："当年，我在民政局等了你一天，可是你最后还是没有出现。我为你想了一百种理由，可是我说服不了自己，也收不回想要去美国深造的那份心思。我知道也许我们会就此永远分开，也许我们都没有机会再见面。所以我画了这个结婚证，在我心里，我在那一年就已经兑现了要嫁给你的承诺。"

赵海鹰的眼眶湿润了，一把将陈梦蕾拥入怀中。这一刻，他终于知道，自己能做的，就是用自己的后半生好好呵护这个女人。

　　三天的时间短暂而充实。一回到上海，赵海鹰、吴一白就忙着给杜黎送行，但是光是吃饭显得没创意，吴一白提议，干脆一起来到篮球场，好好打上一场篮球赛。几个人都觉得意见不错，可是人不够，打不起来。这时，吴凯不知道从哪儿跑了出来，拍拍胸脯，说这事儿包在他身上。

　　一到篮球场，吴一白才傻了眼，他的这个宝贝侄子竟然找了几个高中生，屁颠屁颠过来了，还自称是"未来队"，要和他们这只"梦之队"切磋切磋。语气里带着几分嚣张。

　　这下，曾经的"梦之队"开始摩拳擦掌，要是真输给这帮九〇后的孩子们，丢脸可就丢大了。

　　不过吴一白却看得很开，说："梦之队对抗未来队，如果胜了，就是姜还是老的辣，如果败了，那就是长江后浪推前浪，胜利是属于未来的。"

　　几个人都笑起来。吴一白感慨道："说真的，好长时间没打过篮球了，想当年我们'梦之队'，张翔和谢天阳的配合那叫个天衣无缝啊，可惜……"

　　原本热闹的气氛一下变得安静下来。赵海鹰转移话题，带着黄斌上场热身去了。

　　可是现在的梦之队哪里是未来队的对手，岁月不饶人，三下五除二的工夫，梦之队已落后二十几分。黄斌更是频频失误。

　　中场休息期间，赵海鹰、吴一白、黄斌已经累得体力不支，杜黎拿着毛巾过来，看似无意地说："黄斌和你的配合不行啊，还是没有天阳和你默契啊。"

　　见赵海鹰不接话，杜黎赶紧冲黄斌使了个眼色。这个黄斌演技也够烂的，突然捂住了脚踝："不行了，董事长，我的脚崴了，下半场我可能上不了场了。"

　　吴凯赶紧接话，有些得意忘形地说："董事长，要不要我们借个替补队员给你们啊？"

　　赵海鹰指着吴凯，正准备教训呢，突然一个声音传来："我来！"赵海鹰闻声看去，只见谢天阳已经一身运动装站在场外。

　　赵海鹰惊讶地看着杜黎："是你叫他来的？"

　　"海鹰，今天是给我送行，友谊第一，其他第二。这么多年的同学，你这个面子必须给我！"正说着，上场的哨声再次吹响。

就这样，赵海鹰硬被逼上了球场。谢天阳一上场，局面很快扭转。谢天阳和赵海鹰配合得天衣无缝，连续几个三分球就把比分拉平了。很快，未来队改变打法，主攻杜黎和吴一白，连连得分。

赵海鹰心急进攻，脚下一滑，摔倒在地，谢天阳上前，伸出手要拉赵海鹰。赵海鹰犹豫了一下，还是伸出了手。就连傻子也看得出来，这场篮球赛就是故意安排的，目的就是想让赵海鹰和谢天阳见面。

不过赵海鹰依旧不买账，篮球赛结束后，直接要走。

杜黎看到这个情况，追了上来，叫住了他："今天我把天阳叫来，就是想你们有机会面对面地聊一聊，有些事情聊开了就好了。"

"你的好意我心领了，不过我和他没什么好聊的。"

看到赵海鹰的态度如此坚决，杜黎也平复了一下心情。他知道，谢天阳的事情在赵海鹰心里种下了永远不可抹去的伤痛，不过，谢天阳也因此付出了代价。他告诉赵海鹰，谢天阳在监狱里表现非常好，减刑了六个月提前释放。

"杜黎，你现在跟我说这些，到底什么意思？你是想说他改过自新，重新做人了？还是想说我们还能像过去一样做好同学，好朋友？信任就像是一张纸，褶皱了就很难抚平了。"

"就是因为你不信任他，所以才拒绝和他合作，错失良机啊。"杜黎提高了音量，"才两年时间，谢天阳的零灵公司规模扩大了三倍，便捷支付业务现在是炙手可热。"

"那又怎么样？"

"你比我更清楚它的价值。"

这下赵海鹰沉默了。杜黎说得没错，他曾经认真看过吴凯的方案，他也认为这样的便捷支付正在改变人们的消费观念，改变人们的生活。未来，金融机构的支付业务也会和零灵这样的第三方支付平台公司合作。

看赵海鹰沉默了，杜黎苦口婆心地说："天阳过去迷失过，丢掉了诚信，但是现在他做的事情，核心就是诚信，而且是在公众和市场的监督之下。在便捷支付领域，但凡有一丁点的失信，都会是灾难。所以，我愿意相信天阳，他选择这个领域，除了他独到的眼光之外，更重要的是他的决心。"

赵海鹰虽然表面上对谢天阳不认可，但是谢天阳在监狱的时候，赵海鹰曾经多次去探视，只不过都被拒绝了，这说明赵海鹰还是重情义的。杜黎真心希望他们能够冰释前嫌，再度合作。

杜黎的话赵海鹰听进心里了，他没想到一向高傲的杜黎愿意替谢天阳当说客，也许杜黎说得对，谢天阳是真的变了。

第二十章

圆梦大浦东

1

　　回到公司，赵海鹰让吴凯尽快做出一份关于零灵公司情况的报告。没想到吴凯此时竟像变戏法似的把报告放到了桌子上，一副早有预料的样子。

　　赵海鹰有些意外，开玩笑地说："看来你之前都把我的话当耳边风了。"吴凯不好意思地笑了："我是觉得这么好的项目你不会轻易放弃，所以我一直盯着零灵公司。"

　　这话赵海鹰听着倒是挺顺耳。他快速地翻看着报告，吴凯趁机说道："我听说查尔德来了，这两天正在和谢总谈。"

　　"查尔德回来了？"赵海鹰脸上的笑容凝固了，"我知道了，你出去吧。"

　　吴凯走后，赵海鹰放下手中的文件，拿出手机，找出谢天阳的电话，犹豫片刻，拨了出去。

　　电话那头的谢天阳并没有任何的吃惊或者兴奋，只是淡淡说了声"好"。让赵海鹰没想到的是，谢天阳竟主动提出要在茶楼见面。

　　茶楼里播放着柔和优美的音乐，让身处其中的茶客内心安静了下来。谢天阳泡好了茶，为赵海鹰添茶。看着茶水静静流入杯中，赵海鹰先开口道："我记得你不爱喝茶。"曾经的谢天阳最爱喝的是红酒、香槟，茶根本不入他的法眼，可现在看谢天阳冲泡茶叶的手法，行云流水，自然和谐，俨然一个精通茶道的人。

　　谢天阳向赵海鹰说起了自己和茶叶的渊源。原来在监狱的时候，和他同室的一个老伯特别懂茶，没事就和他聊茶，向他介绍茶叶的品种、泡茶的方法，可能是受了他的影响，出来之后谢天阳就慢慢喜欢上喝茶了。他曾经在香港参加过一个茶道学习班，深受启发。

赵海鹰拿起杯子，当茶水刚入口的时候，味道有些苦涩，但是渗入喉咙之后，又是一阵回甘的香味："你的茶不错。都说茶道有六事，很复杂。"

说起茶，谢天阳一直平静的脸上才稍显波澜："其实并不复杂，茶礼贵在懂，茶规贵在遵，茶法贵在知，茶技贵在勤，茶艺贵在雅，茶心贵在净。能守得住心净，才能做得了好茶。"

看着眼前的谢天阳，赵海鹰有一种既熟悉又陌生的感觉，也许真如杜黎所说，谢天阳变了。

谢天阳向赵海鹰表露心声，过去的他，很难做到心静，不过吃一堑长一智，从监狱出来之后，他的很多想法都变了。赵海鹰曾经忠言逆耳的提醒，让谢天阳体会到什么才是真正的朋友。如果当初他早早听了赵海鹰的话，也许后来就不会发生这么多事了。不过，人总要自己摔倒、摔疼了，才能知道什么是对什么是错，要不是栽了那么大的跟头，他也不会成为今天的自己，也许就没有机会和赵海鹰面对面地坐着品茶了。他给自己新的公司起名叫零灵，第一个零是从零开始，第二个灵是便捷灵活。这两年公司发展很顺利，规模扩张很快，他真心希望能和赵海鹰合作。

赵海鹰没有回答，转而问起了查尔德的情况："听说查尔德在和你谈合作？"

谢天阳毫不避讳，坦诚地说道："他是找过我几次，不过我已经明确拒绝了他。估计现在他已经回到美国了。"

"你真的不打算和他合作？"

看赵海鹰还是有些迟疑，谢天阳十分真诚地说："我不想把辛辛苦苦创立起来的一个公司又变成第二个投机的筹码。我对便捷支付的未来有清晰的蓝图，而如果我们合作，我相信这个蓝图会更快变成现实。"

杜黎说得没错，谢天阳是变了，经历了这么大的挫折后，他重新找到了自我。赵海鹰看着眼前的谢天阳，端起茶杯，以茶代酒。谢天阳也激动地举起了手里的茶杯，两个茶杯轻轻碰撞在一起，两个兄弟再一次开启了一段新的旅程。

短短两年时间，赵海鹰的海银飞速发展，成为上海商界的一座风向标。

2015 年 12 月，冬季的纽约被白雪覆盖着，繁华似乎被锁定在纯净之中。雪后暖阳丝丝缕缕从摩天高楼、玻璃大厦的缝隙间洒落，带着暖意扑向中央公园，柔和的阳光透过树枝跳跃而下，又扎进还没有结冰的湖水里，激起一片浅浅的金色涟漪，反射的光芒在湖边的白雪丛中闪烁。

赵海鹰信步走进纳斯达克大厅，抬眼便是滚动着英文数字的环形屏幕，注视着屏幕上"海银集团"的名字和 Logo，脸上露出愈加自信的笑容。

赵海鹰昂首走向台中央，钱春生和海银集团的其他随行人员分列在他的两旁。

他按捺住激动，将手放在按钮上，重重按下！一瞬间，纳斯达克的钟声立刻响了起来。"砰砰砰"，彩带飞扬在大厅的空中，在场的所有人开始鼓掌欢呼。

赵海鹰转身，看着马邑、钱春生的脸上洋溢着激动的笑容，眼眶有些湿润。

下午，赵海鹰一行人等一同参观纳斯达克的金融博物馆。一阵急促的手机铃声把赵海鹰的思绪打乱，陈梦蕾有些抱歉地拿出手机，低声道："妈，怎么了？什么，南南住院了？好，我们这边的事情很快就会结束，对，我们尽快回来。"挂上电话，陈梦蕾面色忧虑，赵海鹰感觉不太对劲，关切地问："出什么事儿了？"陈梦蕾的眼眶已经红了："南南病了，查出来是白血病……"

处理好美国的事情之后，赵海鹰和陈梦蕾搭乘最早的一班飞机回到了上海，飞机到上海已是深夜，赵海鹰和陈梦蕾顾不上回家，一下飞机直接赶往医院。

南南躺在病床上，自己拿着画板画画，脸色很不好看，一点都没有想要睡觉的意思。袁敏坐在病床前，削好了一个苹果递给南南，不过南南根本不想吃。

"南南，苹果有维生素，营养很丰富，医生说了，你每天都要吃一个苹果，这样病才好得快。"袁敏的话显然没有什么作用，南南还是认真地画着画，不说话。

袁敏有些好奇，南南一个晚上都在拿着画板画画，她凑上去，看到了南南画的是赵海鹰、陈梦蕾带她去游玩的图画。袁敏一时没控制住自己，抚摸着南南的头，安慰道："等病好了，我们就去，爷爷、奶奶、外公、外婆、爸爸、妈妈都陪你去，好吗？"

医院走廊里，赵海鹰和陈梦蕾先找到了周蕙，了解南南的病情。周蕙把情况大概向他们介绍了一下，并且提醒他们要有思想准备："南南虽然是初发，目前暂时能够通过保守治疗控制病情恶化，但是治疗的效果因人而异，不排除南南病情恶化周期加快的可能。"陈梦蕾一听，险些站不稳："你的意思是，南南恶化的可能性很大？"

周蕙犹豫了一下，还是说道："我和南南的主治医已经谈过了，她的判断是这样。所以我们已经报备了南南的资料，希望能在病情恶化之前找到合适的骨髓捐赠者。"

陈梦蕾的情绪有些失控，整个身体要依靠赵海鹰的搀扶才能够支撑住。赵海鹰轻轻扶着陈梦蕾："我和蕾蕾，我们两个也去做个配对。"

"你们不是孩子的亲生父母，虽然概率非常低，但是呢也有一定的概率。明天就可以安排你们做体检。"说着说着，三个人就走到了病房门口。周蕙提醒道，情绪对病人的病情也是有很大影响的，希望陈梦蕾和赵海鹰给孩子提供一个积极的情绪。

陈梦蕾向赵海鹰点了点头，她擦掉脸上的眼泪，努力让自己站稳，接着推开了南南病房的门。南南一看到陈梦蕾来了，兴奋得一下子坐了起来。陈梦蕾冲到床边，紧紧地把南南抱在怀里。赵海鹰也顺势走到床边，轻轻抚摸南南的头发，轻声问道："南南，有没有哪儿不舒服，跟爸爸说。"

南南摇摇头，她不知道的自己生什么病了，她看着赵海鹰，不开心地问："爸爸，我什么时候能回家？我想回家，我想去上学。"

赵海鹰向孩子解释："你现在生病了，所以我们需要在医院里治病，等病好了，南南就能回家，也能去上学了。"

"我得了什么病，会死吗？"南南像是有什么预感似的。这句话问得陈梦蕾忍不住了，眼泪夺眶而出。她赶紧站起来，掩饰着，她不能让南南看到自己的眼泪。

赵海鹰依旧坐在床边，强忍着泪水，笑着对南南解释："不会的，南南得的病不严重，只是需要时间治疗。所以南南要听医生的话，好好休息，好好吃药打针，这个病啊就好得快一些。"听到赵海鹰这么说，南南这才好了一些。

陈梦蕾让袁敏回家休息，自己留下来照顾南南。袁敏顺势让陈梦蕾送自己出去，她有些话想跟陈梦蕾说。"孩子得了这个病，我们一定要有最坏的思想准备。"袁敏试探性地说，"我知道，你流产之后不能再生育，这对女人来说是最残忍的事情。但是小蕾，世事无常，如果南南真的……你一定要坚强面对。"说起女儿的事情，袁敏的心里也难受。

陈梦蕾显然接受不了这个情况，她绝对不会让南南出事："如果这里治不好，我就带她去美国，去最好的医院，用最好的药，我一定会救我的女儿。从我收养南南的那一天起，我就把她当成我亲生的女儿，这几年孩子和我的感情有多深，你是最清楚的。我不能失去她，她是我和海鹰唯一的孩子啊。"

袁敏怎么可能不懂呢？就是因为自己，让陈梦蕾从小缺失了母爱，所以陈梦蕾现在把所有的母爱都给了南南。"正因为这样，我才要跟你说这些话。南南的情况不是很乐观，我是怕万一发生了意外，你会崩溃的。"陈梦蕾根本听不进去，或者心里根本就接受不了这个事实："不管怎么样，不管花多大的代价，我一定会救我的女儿。"

回到病房，陈梦蕾驻足在门外，透过病房门上的玻璃，她看到赵海鹰正在给南南讲故事。南南闭着眼睛，认真地听着赵海鹰讲《小王子》的故事。

"大人们劝我把这些画着开着肚皮的，或闭上肚皮的蟒蛇的图画放在一边，还是把兴趣放在地理、历史、算术、语法上。就这样，在六岁的那年，我就放弃了当画家这一美好的职业。我的第一号、第二号作品的不成功，使我泄了气。这些大人们，靠他们自己什么也弄不懂，还得老是不断地给他们作解释……"

突然，南南睁开了眼睛，嘴角浮现出笑容，问道："爸爸，你会让我放弃画画吗？"

"不会，南南喜欢做的事情，爸爸一定会支持。但前提是，这件事情是发自南南的内心愿望，而且不会损害别人的利益。"赵海鹰温柔地说。

南南若有所思地说："我的爸爸和小王子的爸爸不一样，我的爸爸会鼓励我成为一个画家，对吗？"

赵海鹰点了点头。这时，陈梦蕾推门进来，南南看到陈梦蕾兴奋地坐了起来。陈梦蕾暗暗发誓，不管用尽什么办法，她都不会放弃南南。她迎上去，紧紧地抱住了南南。

2

　　自从南南生病，陈梦蕾就放下了所有的工作，专心陪南南。赵海鹰则是白天在公司，晚上去医院陪孩子，因为休息不好，面容十分憔悴。

　　公司的事情主要就交给马邑和吴凯来处理。吴凯最近又找到一个新的项目，关于飞乐智慧城市产业基金，他把找到的资料向赵海鹰和马邑汇报了一下："飞乐音响认为，本次设立产业基金，目的是结合当前宏观经济形势和未来行业发展方向，优化公司在智慧城市建设方面的产业布局，积极把握产业发展中的机遇，推动公司积极稳健地进行外延式扩张，实现公司持续、快速、稳定的发展。"

　　一走出会议室，赵海鹰就让吴凯马上准备资料，和马邑尽快约建信（宁波）投资管理有限责任公司的人见见面，最好能亲自跑一趟宁波。

　　"这一趟值得跑啊。"马邑有些兴奋，"建信是建设银行旗下的全资子公司成立的基金管理公司，该公司与飞乐音响可以签订委托管理协议，飞乐音响也可通过此方式参与基金管理公司的管理。我们直接上门洽谈效率更高。"

　　赵海鹰这段时间从没离开过上海，所有出差的事情都交给马邑和吴凯。马邑知道南南和陈梦蕾这个时候最需要的就是赵海鹰能够陪在身边，他问起南南的病情。说起南南的病情，赵海鹰愁容满面："现在还没有找到合适的配型，病情还算稳定，这两天就要出院。梦蕾想带孩子去美国治疗。"

　　马邑虽然不是医生，但是他也知道如果找不到合适的配型，到哪儿都一样。另外，现在中国国内的医疗水平也十分先进，这么小的孩子折腾到美国，人生地不熟、语言不通、水土不服，到时候恐怕更麻烦。马邑想到的赵海鹰也想到了，能劝的话他已经劝过了，可是在去美国的问题上，陈梦蕾十分固执。

　　"关心则乱。"马邑表示出自己的担忧，临走之前，他忽然想起了一件事儿，"对了，永康派人送来了请柬，他们的基因公司落户张江高科，请我们出席。"

　　马邑和吴凯去了宁波，赵海鹰来到了张江高科园区，郑心蔓博士带着他在园区内参观，无意中问起了陈梦蕾。

"她在医院，南南生病了。"赵海鹰心神不宁地答道。

郑心蔓从赵海鹰的语气中听出了一些不寻常，问："什么病？"

"白血病。"一说起女儿的病情，赵海鹰心里有些不舒服，"现在还没有找到合适的配型，只能保守治疗稳定病情。"

郑心蔓一听，竟有些激动："我们和上海儿童医学中心、国家人类基因组正在合作研究专门针对儿童血液病的基因干预治疗。课题组已经有了重大发现，有望大大提高儿童急性白血病的治愈率。我还跟你说，这在国际上都是首发，数据已经得到了美国、德国等多国的临床数据验证。我可以带你们去上海儿童医学中心，把南南的具体病况做一个分析，如果适合的话，可以尝试基因干预治疗。"

赵海鹰这一趟真是来对了，他赶紧打电话把这个消息告诉陈梦蕾，电话那头的陈梦蕾听到这个消息，通过电话把南南的情况大概向郑心蔓说了一下。

挂上电话后，陈梦蕾直接带着南南来到了上海儿童医学中心。医生把南南的具体病况做一个分析，得出的结果是适合治疗，可以尝试基因干预。很快，第一期治疗结束，观察一个晚上，没什么问题就可以办理出院。第二期治疗要在50天后，医生提醒陈梦蕾这50天尽量注意，不能让孩子有剧烈的运动，尤其是注意营养，适当锻炼，还要注意卫生。

"那，可以带她去旅行吗？"陈梦蕾问。南南在住院期间，一直缠着她想要去旅行，陈梦蕾不想让孩子失望。郑心蔓建议可以带孩子去周边空气好一些的地方散散心，时间不要超过一个星期，只要注意饮食和卫生就行。毕竟孩子在医院治疗这么长时间，让她彻底放松对恢复也有帮助。

南南一出院，赵海鹰就开车带着南南和陈梦蕾来到了周庄古镇。周庄古镇是一个具有九百多年历史的水乡古镇，位于上海、苏州、杭州之间，小镇四面环水，湖水将周庄环抱入怀，最主要的交通工具就是橹船，一派古朴幽静之美。

陈梦蕾看到一个客栈门前围站了不少人，她带着南南上去凑个热闹。走近一看，才知道是摄制组正在拍戏，拍戏的女主角还是她老朋友周媚。

"咔咔咔。"导演大声喊道。周媚走过来，看着导演："刚才那条我感觉还是不太满意，太生硬了。"就连导演自己也觉得男主角演得缺少感情，他把男主角叫过来，给他讲戏："你眼前的这个女人，是你一生挚爱，你们现在就要分别，所以眼神里既要有浓浓的爱意，又要有难舍的忧伤，还要有……"

这个男演员一看就是新人，已经连续拍了三十几条了，感情早就磨没了，一脸抱歉地跟导演和周媚说："对不起，导演。对不起啊，周老师。能不能休息一下？"

周媚已经习惯了美国工作的模式，拍戏必须严格，可是这个新演员的感觉一直拿捏不准，让她很发愁。她向导演建议道："能不能让谁来和我试试戏，让刘峰看一看，找找感觉可能更好。"

"我来！"导演还没开口呢，一个男人的声音就传了过来，周媚一回头，看到一身休闲服的钱春生站在身后，震惊地说："你怎么会在这儿？"钱春生开玩笑地说："周大明星回国接拍的第一部大戏，宣传是铺天盖地，看不到才难呢。"

导演一脸的惊讶。只见钱春生二话不说拉起了周媚的手，周媚也没有拒绝，跟着他走到镜头前。两个人四目相对，眼神中似乎有着千言万语。

周媚去了美国十年，钱春生就等了十年，直到刚刚看到钱春生那一刻，周媚的心中早已认定了这个男人，眼泪不争气地流了下来。钱春生上前，轻轻为周媚拭去眼泪。两个人的十年之约在今天兑现。

站在人群中的陈梦蕾看到这一幕，眼泪充满了眼眶。赵海鹰紧紧地握住了她的手，这一刻，他们感到幸福是如此的简单。

市民中心，门庭若市，易拉宝上清晰地印着吴一白的照片以及他最新发表的报告文学《走向新时代的大浦东》。洋泾街的老街坊早早就来到了市民中心，专门给吴一白捧场。在钱青青的指引下，老街坊们走进了浦东市民中心展区，观看着展区两边摆放的一张张标志着浦东这些年变化的照片。

"冬梅，你看看这几张照片。"四眼指着其中的几张照片，有些激动，又有些兴奋，"洋泾街的过去和现在，照片里还有我的星光理发店呢，太多的记忆留在了那里。"

钱冬梅顺着四眼指的方向看去，感慨道："以前我做梦都想能去浦西买个房，每天坐着轮渡上班下班。那个时候真是不敢想象浦东会发展成现在这样高楼林立。"

钱青青带着摄像师走过来拍摄，从镜头里看到周媚和钱春生对视的幸福的笑脸。随着镜头移动，镜头里出现了陈梦蕾和陈建华。

陈梦蕾挽着陈建华的手臂，被一张张的手绘地图所吸引。手绘地图被装裱在漂亮的画框中，颇具艺术感。陈建华看着这些出自自己之手的地图，有些不敢相信自己的眼睛，惊叹道："这些地图装了框这么一看，还真有点意思。"

陈梦蕾也被眼前的手绘深深吸引了，她惊叹道："爸，这都是你这么多年亲手画的吗？连我都是第一次见到。"

"是啊，本来是随手画画，方便认路。"陈建华看着自己画的手绘地图，从刚到上海再到退休，几十年的手绘地图让他重温浦东的变化，他不禁感叹道："浦东变化太快了，我感觉一个礼拜不出门，好像这路就有变化。"

这时，大厅里传来声音："请各位来宾入座，我们的沙龙活动马上就要开始了！"

随着主持人的介绍，一身休闲装的吴一白在众人的注目下走上讲台，坐到了主持人的对面。看着台下一张张熟悉的面孔，又看看对面陌生的主持人，吴一白笑着说："采访了那么多人，今天终于坐到了被采访的位置上。这个位置还让我有点紧张。"一句话把大家都逗乐了。

主持人首先向吴一白问起创作这本报告文学的初衷。吴一白看着坐在下面的老街坊、老朋友，有感而发："我的初衷特别简单，其实就是记录变化。浦东的变化让我发出不断的追问，一个城市的生命在于变化，在于发展，而对于我们每一个人又何尝不是呢？岁月的沉淀，无论是什么，都会沁入生命，给我们源源不断的力量去展望未来。正因为有这样的展望，我们才会去奋斗、去努力、去实现。我的心里充满着感动，充满着感恩，我想创作这个报告文学，把它作为一份我送给浦东、送给浦东人的礼物，表达我对这个日新月异、蓬勃发展的我的家乡浦东的祝福。"吴一白的话说到了大家的心坎里，引起了现场热烈的掌声。

主持人也被感动了，她继续说："有着这样的一份深情厚谊，难怪吴先生能写出这样好的报告文学，能拍出这么美、这么真实的照片。刚才在展区，很多来宾和客人们一边欣赏那些图片和文字，一边赞不绝口。对大家的喜爱和赞美，我想请问吴先生，你最想跟大家分享的是什么呢？"

吴一白面朝大家，情绪有些激动："如果大家对今天的图片展，对这本报告文学加以赞美，那么我想说其实这都不是我的功劳，我只是忠实地记录了浦东的发展，记录了浦东人生活的变化。在这本报告文学里的主角很多，有政府官员、有建筑工程师、有企业家、有经济学者、有金融专家、有教师、有工人、有街坊邻居……每一个人、每一件事、每一个太阳升起的早晨和夕阳西下的黄昏，都记录着奔腾向前的黄浦江和蓬勃发展的浦东。如果说浦东是个奇迹，我们就是有幸见证这个奇迹的人！"

台下的老街坊再次被吴一白的话感染了，谢天阳更是一边鼓掌一边激动地说："我回国的时候你告诉我，你没能去美国，是有点遗憾但不是缺憾，我当初还认为你是心里妒嫉才嘴硬。"

听谢天阳这么说，赵海鹰在一旁补充："我当时还说过上海会是中国的华尔街。"

"是啊，这么多年，亲眼看到这座城市的发展，真是幸运。"两个人相视而笑。

台上的吴一白还在侃侃而谈，陈梦蕾的手机却突然响了起来。陈梦蕾一看到是周蕙打来的，走出大厅，在大门外接起了电话。

电话那头，周蕙有些激动，她告诉陈梦蕾，南南的配型找到了。

挂上电话，陈梦蕾激动得说不出话，一转身，看到赵海鹰站在身后，眼里含泪看着妻子。赵海鹰一把将陈梦蕾拥进怀里。

清晨，晨曦拉开了一天的帷幕，带来了新的一天。

一大早，赵海鹰和马邑一行人来到了飞乐股份的生产车间参观考察。工作人员热情地向他们介绍车间里的各种机器。当走到智能 LED 照明生产车间时，工作人员停了下来，随手拿起一件产品介绍道："这个就是去年我们研发的新产品 HBB 系列 LED 高功率光源。"赵海鹰拿起这个还没手掌大的小灯泡，仔细看着。

工作人员介绍道："这种光源升级之后，在降低能耗的同时，提高了性能的稳定性和安全性，照明舒适感也得到很大提升。"

赵海鹰临时起意，说道："我听说你们主打的道路照明灯也申请了专利，能带我们看看吗？"

在工作人员的带领下，赵海鹰一行人来到了道路照明灯生产车间。令他们没想到的是，车间里的工人并不多，全是大型机械化设备，工人们正在有条不紊地操作着。

根据工作人员介绍，他们的机器设备都是最先进了，直接减少了三分之一的人力。人力虽然减少了，但是效率非但没有降低，反倒提高了不少。工作人员拿起一件半成产品，介绍道："这个产品就是我们道路照明灯的专利产品。这个我们称为迎风面，把它设计成流线型，这样可以减少空气的阻力，抗风性更强，适合北方以及海岛等风比较大的地区使用。这里，模块之间的间隙能够形成空气的对流，利于散热，延长灯体的寿命。"

吴凯瞪大了眼睛，没想到平日里看似平凡的路灯居然还有这么多精细的设计，简直是大开眼界啊。

马邑看他一副没见过世面的样子，故意逗他说："你以为'公共环境照明专家'的头衔是随便说说的吗？"说得吴凯还怪不好意思的。

一旁的赵海鹰对这次考察非常满意，他记得在一次城市论坛上，飞乐股份公司的董事长曾经放出豪言，要打造上海智能路灯网，节能、高精度、减少风阻、增强抗风性，还有一项很重要的目标是实现上海城市道路照明标准的LED模组，以便后期的维护。今天的参观让赵海鹰大开眼界，真的算是眼见为实了，他不禁有些佩服飞乐股份公司董事长的战略眼光。

从飞乐股份公司出来，赵海鹰说起参观的感触："他们的技术中心、生产车间都让我非常震撼啊。他们现在提出的智慧城市建设战略非常了不起，从智慧家居、智能路灯网到智慧社区，几大板块囊括非常广泛啊！"

马邑也有感而发，监控摄像头、电子显示屏、电动充电桩等，这个智能路灯网已经真真实实呈现在大家面前了。刚才他们也看到了，不只是上海，银川市政府也已经和他们签订了智能照明和智慧城市战略合作项目，眼下最重要的就是加快推进智慧金融和他们的合作。

马邑和赵海鹰想到一块儿去了，不过马邑却说出了自己的担心："我们和飞乐的洽谈表面看很顺利，他们对我们的态度也很开放，但是我总有一种无力感，就好像看着一锅水，一直在火上烧着，却没冒泡。"

"我和你有同样的感觉。"说到这个，赵海鹰和马邑的感觉竟惊人的相似，"到目前为止，我们并没有进行到实质性的阶段。换句话说，飞乐并没有把我们视作他们第一合作方。"

对于这个，赵海鹰心里早有打算："万事俱备，只欠东风。全球城市论坛下个月就要召开，在这之前我们需要把智慧金融的方案做到完美。"

"你是想借这个东风，再烧一把火。"多年来合作，两个人已经形成了一种不约而同的默契。

吴凯看着眼前的两个老板，默默地叹了一口气，假装自己是一个霜打的茄子，蔫了下来："两位老总，我们是不是又要加班了……"

这一夜，整个海银集团的办公室灯火通明，赵海鹰把谢天阳也给找来了，多一个人多一点想法。

整整一夜，他们提出了无数个方案，然后又推翻了无数个方案，眼看天就要亮了，可还是没有头绪。每一个方案赵海鹰都不是很满意，但是又说不清楚是哪里有问题，就是感觉不对。他在办公室里来回踱步，整理着思绪，但就是不下决定。

　　这下连马邑也有点着急了，离出发还有不到 15 个小时，就算是现在把问题讨论出来，也来不及修改了："我们目的是打动飞乐和我们合作，我觉得目前这个方案已经很完善了。"说着，马邑把目光投向正在看方案的谢天阳，"天阳，你劝劝他，这个世界就没有完美的方案。"

　　赵海鹰看着谢天阳，开口问道："天阳，你的感觉呢？"

　　其实从方案提出之后，谢天阳就一直在仔细地看，他和赵海鹰一样，总感觉哪里有些问题，但是也说不上问题出在什么地方，但他知道这种感觉是一个金融人身上特有的，错不了。他一直在看方案的内容，越看心里越乱。突然，他脑子里闪过一个想法："化繁为简！"

　　一旁的赵海鹰突然两眼放光，激动地打了个响指："对，就是这个，飞乐提出的智慧城市，其核心就是基于互联网技术的发展，也就是说把信息技术和城市建设融合在一起。我们来想想这几个关键词：互联网、大数据、云计算、物联网……"

　　"便捷，服务，环保！"谢天阳脱口而出，赵海鹰的话让几个人的思路一下打开了，想法如泉水般涌出。赵海鹰激动地说："智慧城市就是给人们提供最便捷的信息获取方式，最有效的智能化服务，最舒适的生活环境。那么我们的智慧金融现在主打的是安全性、高效性、便捷性、灵活性，但是我觉得还不够。"

　　马邑在一旁补充："智慧金融同样依托的是互联网技术的高速发展，运用大数据、云计算等科技手段来实现金融业务和客户服务的全面提升。"

　　"你还少说了一个关键技术。"赵海鹰打断马邑的话，马邑充满好奇地看着他。赵海鹰补充道："人工智能，人工智能的飞速发展，可以实现金融的风控高效、低风险等全方位的智慧化。"

　　谢天阳恍然大悟，肯定道："智慧智慧，我们应该突出最关键的关键词。"

　　赵海鹰看着谢天阳，说道："零灵公司的便捷支付、便捷投资理财就是互联网技术高速发展的金融业务体现。我们依托互联网、大数据、人工智能等的发展，让这样的投资理财变得更为透明、即时、智慧化，那才是智慧金融的关键特征。"赵海鹰的观点得到三个人一致的认同。马邑打趣道："灵感来自于智慧，要用智慧的思维打通彼此的心灵，我马上让吴凯他们修改方案。"

赵海鹰如约来到在上海交通大学举办的全球城市论坛现场。现场人头攒动，媒体如云，非常热闹。这一次全球城市论坛，主要围绕城市政府治理创新、城市经济转型发展、城市交通治理创新、城市生态治理创新、城市文化保护与传承等方面的问题开展。徐敬之和赵国平也应邀出席。赵国平这次来一是想听听其他国家的城市理念，另外也是抱着一点私心，想要听听自己儿子的小组发言，他知道今年的论坛主题是"协同治理，共享发展"，他挺好奇赵海鹰准备以什么题目来展开这个主题。

一旁的徐敬之打趣道："老赵，看来你这个儿子不是什么都给你打报告啊。"

赵国平笑了起来，开玩笑地说："他从小就不爱打报告……"

其实徐敬之也有些好奇，赵国平问之前他就向赵海鹰打听了一下，赵海鹰竟给他卖关子，就是不说。不过他看连赵国平都不知道自己儿子准备说什么，心里倒是平衡了不少。

下午的全球城市论坛小组讨论，现场座无虚席，很多人都是奔着赵海鹰来的。当飞乐股份的代表说完之后，轮到赵海鹰上台。他健步走上发言台，几乎同时，投影屏幕上出现了"智慧金融"的标题页，赵海鹰轻轻点击按钮，目录显示出来。赵海鹰环顾了一下会场，最后把目光停留在飞乐股份的代表身上："刚才飞乐股份的王先生关于智慧城市的发言非常精彩，我印象最深刻的描绘智慧城市的一句话，就是'智慧城市，打造你我美好家园'！'美好'两个字是人类对城市生活、环境执着的追求。而随着城市的发展，尤其是上海作为国际化的大都市，金融已经走进了千家万户，每个人都有对金融的理解，也就是说，每个人都有对金融的需求，也许是融资服务的需求，也许是支付服务的需求，也许是财富管理的需求。既然金融与老百姓的生活密切相关，那么我想说的是'智慧金融，打造你我共享的金融平台'。"话音一落，会场响起了热烈的掌声。谢天阳趁机观察坐在对面飞乐股份的代表的表情，见他们认真且严肃，看得出对赵海鹰提出的理念还是有些兴趣的。

待掌声停止，赵海鹰切换屏幕上的页面，继续说道："科技的更新，使金融业步入了前所未有的快速发展的轨道。金融科技主要包括互联网技术、大数据、云计算、人工智能等。这些就构成了金融科技的基础平台。有了这些科技的基础，金融就成为了融资、支付、财富管理、资源配置的集合品。科技对金融的影响是显而易见的。"他举了个例子，像便捷支付、余额理财等的发展速度惊人，他认为科技对金融的影响力在中国比在美国要更加明显和广泛。而科技对金融未来的引领会更加凸显，随着人工智能技术的发展，智慧金融在降低投资风险和服务成本上会有划时代的变革。因此，智慧金融是未来金融发展的方向，它的特点是透明、即时、高效、安全、便捷、智慧！

几乎同时，"透明、即时、高效、安全、便捷、智慧"几个大字出现在屏幕上，掌声再次响起。这一次，飞乐股份的代表目不转睛地盯着屏幕，眼神中带着兴奋与激动。

赵海鹰的发言得到了徐敬之和赵国平的肯定。小组讨论之后，赵国平特地找到了赵海鹰，认真地提醒他："金融科技、金融创新也会带来很多的挑战和风险，所以如何监管也是需要思考的。当然了，监管不可能消灭风险，但是可以形成有效的规则监控风险，防止风险像传染病一样蔓延和扩散。像美国次贷危机那样的病毒式蔓延，要引以为戒啊。"

正说着，韩要强带着飞乐股份的代表走了过来，他向赵海鹰介绍，没想到飞乐股份代表主动说道："我和赵先生已经见过多次面了。今天的发言非常精彩，让我这个对金融不太通透的人都茅塞顿开啊。"一句话一下拉近了两个人之间的距离。

"谬赞了。"赵海鹰谦虚地说，"其实我的这套方案就是我希望和你们合作的板块，只不过在之前的交流中还没有细致化。"

关于这个问题，飞乐的代表刚刚已经从赵海鹰的发言中听出来了："我们的智慧城市模块也在不断完善，刚刚韩先生还和我们达成了在智慧医疗板块的合作意向。"

韩要强对赵海鹰的发言也是赞不绝口："金融和城市发展的各个领域、行业都有着密不可分的关系。所以，我们非常需要智慧金融这个驱动器啊。"

话音一落，飞乐股份的代表向赵海鹰伸出了手，两双手紧紧地握在一起，这标志着飞乐股份和智慧金融达成了战略合作意向。

5

赵海鹰从报纸上得知，曾经他和张翔、吴一白一起合租的院子，如今已经变成了吴昌硕纪念馆，曾经破旧不堪的院子，如今已然变了模样。院子里的墙重新粉刷过，每个房间也都变成了展厅，摆放着吴昌硕数百幅书画精品。据说，澳大利亚外交部副部长来浦东的时候，也参观过这里，留下了深刻的印象，还给上海市政府留下了字条，上面写着："保留一个旧建筑往往比建设一个新建筑还难。"

这些内容都变成了导游口中的解说词，向每位来纪念馆参观的游客们进行着介绍。赵海鹰、吴一白和谢天阳也再次回到这里，这座老宅的每一个角落都有他们当年的回忆。这里是他们梦想开始的地方，刚刚搬到这里的情景历历在目，这里有他们的欢声笑语，有他们的青春。这些回忆见证了他们追求梦想的酸甜苦辣……

时光飞逝，转眼到了 2017 年，一切都朝着好的方向发展。南南经过治疗，慢慢恢复了健康。赵海鹰的公司也顺利和飞乐签约。没想到一通从美国打来的电话打破了原有的宁静。

原来华美集团接到美国国会技术挑战委员会的调查通知，他们出于对核心技术泄密等安全问题的担忧，要求对华美集团和海银集团与永康的商务合作进行贸易调查。尤其是永康涉及基因研发的药品和技术，恐怕要受到极为严厉的审查。一些在调查范围之内的药品已经暂停研发和销售了。

赵海鹰得到这个消息，立刻打电话通知大家召开临时会议，商量对策。

韩要强一接到赵海鹰的电话就觉得不对劲，没想到居然是这件事情，他有些担忧地提醒赵海鹰："国家安全，这四个字已经成了美国国会最常用的借口，其实质就是高高竖起的贸易壁垒。"

"情况比我们想象的更为严峻。"赵海鹰的眉头也微微皱了起来，"因为基因研发属于高科技和健康领域，所以已经有国会议员给委员会写信，甚至用了最恶劣的字眼，称集团和海银、永康的合作，不仅是对美国基因研究最高级别的技术窃取，对知识产权视若敝屣，威胁到美国民众的健康和安全。"

"简直一派胡言！"韩要强愤怒地拍着桌子。

李桦接到赵海鹰的电话时，整个人都呆住了。这项技术明明就是他们公司研发的，怎么会成窃取了？惊讶之余更是愤怒："他们有什么证据？我们的研发和产品都是技术合作，最核心和尖端的研发工作都是我们在上海和在香港等多地研发团队合作突破完成的。我们抱着开放的合作态度，他们反倒说我们是窃取……"

这时，马邑面色沉重地走进来，把打印出来的邮件递给了赵海鹰："这是华美刚刚发过来的邮件，美国的调查已经开始了……"

事情的发展远比他们想象得快。赵海鹰看了看邮件的内容，才知道美国方面又找到了新的证据："恐怕我们必须马上整理我们的证据带去美国。这一仗我们必须做好充分的准备。"

赵海鹰找了公司的律师代表一起商议对策。张律师迅速浏览了一遍赵海鹰交给他的资料，认真地说："我需要分析一下现在华美提供过来的所有调查资料，今天之内我会出一份我们需要带去美国的资料准备清单。"

时间不等人，赵海鹰看着马邑："立刻把我们和华美所有合作的项目清单整理出来，包括往来的邮件、报表、财务表等，一切的一切，越详细越好。"

让陈梦蕾没想到的是，向调查小组提交新证据的人居然是查尔德。她有些愧疚，觉得是因为查尔德报复自己才让永康陷入险境。

韩要强看着陈梦蕾不安的样子，安慰道："查尔德不过是个偶然，我们这场贸易壁垒战却是个必然。这一次去美国，我们是有备而战，我对这次我们打赢这场仗有信心。"

赵海鹰知道陈梦蕾心里不好受，轻轻地拍了拍她的手，安抚道："我们对华美的部分收购，实现了海外市场和上下游产业链的闭环，永康的基因研发核心技术都在国内，并且推出的具有全球领先水平的测序系统是拥有完全的自主知识产权的。"

一说起这个，韩要强还有些骄傲："截至昨天，冬梅他们加班统计的我们的数据，在国际四大顶尖学术期刊《自然》系列、《科学》《细胞》《新英格兰医学》上共发表文章近 150 篇，知识产权方面申请国内外专利达 983 件。我们的学术排名也是名列前茅啊。"要不是因为这次的事件，他做梦也想不到永康居然已经有这么多科研成果了。

看着赵海鹰和韩要强卖力地安慰自己，陈梦蕾也有了信心："这么多真实的数据，我不相信无法说服美国国会的调查组。"

几天后，赵海鹰、陈梦蕾和张律师乘坐专机来到了美国，还没走进国会大厦，就看到查尔德一脸得意地从另外一辆轿车上走下来。他也看到了陈梦蕾，故作亲昵地叫道："亲爱的梦蕾，好久不见！"

看着查尔德的脸，陈梦蕾突然感到厌恶与恶心，不过表情依旧很平静。她没想到会再次见到查尔德，而且是以这种对抗的形式。看陈梦蕾不搭理自己，查尔德自觉没趣，他扬了扬手里的一个文件袋，一副胜券在握的样子："希望一会儿不会让你们太尴尬。"

赵海鹰站在一旁一直没出声，他观察着眼前的查尔德，他已然变成了一位老者，头发花白，满脸皱纹。赵海鹰回忆起第一次见到查尔德的情景："就是在那堂模拟课上，你给谢天阳签名留念，写了一句话'要想获得成功，欢迎来华尔街'！当时我们都很兴奋，我们对华尔街充满了美好的憧憬，因为我们以为这里是公平、公正、自由的竞争平台，只要我们有能力，就一定能获得成功！其实我们都想错了。"

赵海鹰的话给了查尔德重重一击，他的表情十分难看。赵海鹰毫不理会，继续说道："谢天阳，一个优秀的金融人才，他来到美国却在这里沉沦。最终他还是回到了中国，回到了上海，获得了他人生的成功！你比我更清楚，这里从来都不是什么公平竞争的游戏场，而是充满了利益的明争暗斗。查尔德先生，你带着手里所谓的证据站在这里，我想不需要再多说什么，你的行为更加证实了你们的虚伪和怯弱！"

赵海鹰的话对查尔德引以自豪的华尔街论断进行了直接的抨击，一旁的陈梦蕾听着格外解气，她也跟着补充道："你们不了解中国文化，不了解中国人的勤劳和智慧，不了解永康人付出的艰辛和持之以恒的努力。华美和海银、永康的合作早就已经开始，而你所谓的那些证据不过是断章取义的偏激理解和杜撰罢了。我们今天要呈现的才是真相。永康和海银，根本不是什么窃取者，而是分享者，我们不但不应该被调查，反而应该成为中国和美国企业合作的典范。我们想告诉你们，中国在改变，中国会更加强大。"

陈梦蕾话音一落，赵海鹰赶紧接上："今天的中国聚集了各行各业的优秀人才，聚集了各行各业全球领先的企业，为什么？因为今天的中国正在建设资本市场强国，在不断营造稳定健康的发展环境，在不断推进市场的双向开放。这一场调查风波会持续多久，我们不知道。但是我们不害怕风险，不畏惧艰难，我们要为我们的实力和尊严正名！我们也相信，未来会有更多的美国企业愿意和中国企业合作，势不可当！"夫妻二人一唱一和，把查尔德气得半天说不出话来。

赵海鹰和查尔德四目相对，赵海鹰的眼神里是无比坚定和自信，查尔德的眼神里却充满了怒气。最后，查尔德被赵海鹰看得有些不安，耸着肩头说："好吧，中国有句老话：有理走遍天下。技术委员会的调查刚刚开始，咱们拭目以待吧。"

这场门口的对话虽然只是个开始，但是却让赵海鹰充满了信心，他看着身边一同前往的几个人，笑着说："兵来将挡，水来土掩。既然来了，我们就应战到底！"

一行人等早就被赵海鹰、陈梦蕾和查尔德的对话震撼到了，觉得简直就是扬眉吐气了！原本的焦虑与不安早就没了，众人挥舞拳头，相互鼓励，昂首挺胸走上台阶。

赵海鹰开着车，不停地看着手表。钱春生和周媚要拍婚纱照，非让赵海鹰和陈梦蕾也去。赵海鹰听完报告，赶紧开车往婚纱店赶。

还没到目的地就接到了谢天阳的电话，电话那头的谢天阳那叫一个激动啊，还没等赵海鹰开口就先说话了："十九大总书记的报告听了吗？我可是完完整整地听了一遍，报告里涉及金融领域的内容很给力啊！"

赵海鹰笑了："我也听了，报告里数次提到'加快建设实体经济''把经济的着力点放在实体经济'等。"这和赵海鹰之前的观点不谋而合，"可见监管层将金融定位于服务实体经济的层面是十分明确的。你怎么看？"

"我和你的看法完全一致。"谢天阳激动地说,"除此之外,报告里还提到要提高直接融资比重。也就是说给了供应链金融、消费金融、网贷信息中介等多种金融业态一个利好的空间啊。"

谢天阳和赵海鹰想到一块儿去了,这说明供应链经济、消费经济是国家未来重视的方向,这正与普惠金融、智慧金融的未来方向也是契合的。想到这里,赵海鹰兴奋地说:"天阳,我们大有可为啊!"

电话里谢天阳的声音更是兴奋得不行,甚至有些急不可耐:"海鹰,听了十九大报告,我整个人都很振奋。就是你说的,我们大有可为。你现在在哪儿?我迫不及待想和你见面聊聊。"

"我现在开车去找春生哥,他和周媚今天拍婚纱照,非要让我和梦蕾也去……"赵海鹰脱口而出,一说完就后悔了。

电话那头的谢天阳明显停顿了一下,片刻后,传来他满不在乎的声音:"我差点忘了,他们要结婚了……"说完,挂掉了电话。

谢天阳电话刚挂,吴一白的电话又打来了,不用说,肯定也是听了习主席的报告,兴奋呗。

果真,电话那头传来吴一白激动的声音,丝毫不亚于谢天阳:"这次十九大报告提出,赋予自由贸易试验区更大的改革自主权,探索建设自由贸易港。目前内地城市中还没有自由贸易港,上海提出的建设自由贸易港应该要快马加鞭了。"

赵海鹰没想到吴一白也看到了这点,笑着说:"从保税区到自贸区,再到自贸港,对外开放是一步步升级加强。在亚太地区,目前自贸港政策运转得比较好的是新加坡港和我国香港地区。它们的共同特点是充分利用港口的区位优势,吸引大量集装箱前去中转,从而奠定在世界集装箱中转量排名前列的位置。你要注意,探索建设自贸港,软件建设往往比硬件建设更加重要。我跟你说,金融服务大有作为。"

赵海鹰三句话不离老本行,让吴一白很是兴奋。他想听听赵海鹰的看法,找找灵感。赵海鹰侃侃而谈:"金融就是现代经济的核心。自贸港的优势就在于'创新'和'松绑',这就必须以高水平的金融领域开放度与之配套。人民币项目可兑换、利率市场化、人民币外汇管理、金融监管等这些金融领域的高难度动作必须逐步与国际水平对接，才能用国内外资金的便捷流动，推动自贸港建设。怎么样，老白，是否前景无限呢？"

吴一白听得情绪高涨，他也通过电话告诉了赵海鹰一条好消息："智慧城市的方案获得市政府有关单位的高度重视，已列入城市未来发展规划研究。所以我先预约，就这个智慧城市、智慧金融热点，你得给我一个专访！"

吴一白还说赵海鹰呢，他自己也是三句话不理老本行啊。赵海鹰打趣道："下周末，春生哥和周媚的婚礼，我给你留十分钟！"

赵海鹰明显听到电话那头吴一白发出了"哼"的一声，表示不满："要不说成功人士特别珍惜时间呢，赵董事长的时间真是够精贵的。行吧，到时候只要春生哥和周媚没意见，我无所谓啊！"

几个电话的时间，赵海鹰就已经到了婚纱店。一进婚纱店门，赵海鹰就被钱春生拉去换了一套西装。片刻后，准新娘周媚和伴娘陈梦蕾各自穿着婚纱走过来。赵海鹰看着眼前的陈梦蕾，一时有些失神，低声对她说："你今天真美。"

整整一下午的时间，陈梦蕾和周媚、钱春生和赵海鹰，四个人像二十多岁的年轻人，各种摆拍、自拍，摄影棚里时不时传来欢笑的声音，每个人的脸上都洋溢着幸福的笑容。

婚礼在黄浦江上的豪华邮轮中举行。

钱春生和周媚挽着手走向前台。赵海鹰作为证婚人站在一旁，看着在场的来宾，看着钱春生和周媚幸福的脸庞，他有感而发："在我们年轻的时候，我们会认为，爱情，只要两颗心就够了。但是当我们经历了生活，步入了中年，我们更懂得爱情只有加上责任、信任，才能走进婚姻。我们的新郎和新娘，正是在真正懂得爱情和婚姻的年龄选择了彼此。他们的爱经受住了时间和距离的考验，他们曾经差一点擦肩而过，是爱紧紧地把他们的缘分绑在了一起，让他们始终在心里守护着、等待着彼此。有情人终成眷属，在他们彼此的眼里、心里，对方都是那个最珍贵的人！我想代表今天到来的所有亲人、朋友、嘉宾们，为新郎和新娘送上最真诚的祝福，祝福他们恩爱一生、永结同心、幸福美满！"

顷刻间，现场响起了热烈的掌声。钱春生和周媚早已热泪盈眶，紧紧相拥。

大家共同走到甲板上，站好了位置，背景是美丽的大上海，每个人脸上都洋溢着幸福的笑容，在摄影师"一，二，三"的口令下，画面定格，留下了美好的瞬间。

黄浦江水波光粼粼，映照着每一个人的笑脸。赵海鹰、陈梦蕾、钱春生、周媚、赵国平、陈建华、周蕙、孙明芳、老娘舅、韩要强、钱冬梅、钱青青、吴一白、四眼、谢天阳……他们身后是美丽的大上海，华灯璀璨，流光溢彩。

黄浦江两岸夜色绮丽梦幻，美不胜收，风景令人迷醉！